BEGRABENE
ENGEL

WEITERE TITEL VON PATRICIA GIBNEY

DETECTIVE-LOTTIE-PARKER-SERIE

Die vergessenen Kinder

Die geraubten Mädchen

Das verlorene Kind

Nie in Sicherheit

Sag Nichts

Tödlicher Verrat

Zerrissene Seelen

Begrabene Engel

IN ENGLISCHER SPRACHE

The Missing Ones

The Stolen Girls

The Lost Child

No Safe Place

Tell Nobody

Final Betrayal

Broken Souls

Buried Angels

Silent Voices

Little Bones

The Guilty Girl

Three Widows

PATRICIA GIBNEY

BEGRABENE ENGEL

Übersetzt von Veronika Kallus

bookouture

Die Originalausgabe erschien 2020 unter dem Titel
„Buried Angels"
bei Storyfire Ltd. trading als Bookouture.

Deutsche Erstausgabe herausgegeben von Bookouture, 2023
1. Auflage April 2023

Ein Imprint von Storyfire Ltd.
Carmelite House
50 Victoria Embankment
London EC4Y 0DZ

deutschland.bookouture.com

Copyright © Patricia Gibney, 2020
Copyright der deutschsprachigen Ausgabe © Veronika Kallus, 2023

Patricia Gibney hat ihr Recht geltend gemacht,
als Autorin dieses Buches genannt zu werden.

Alle Rechte vorbehalten.
Diese Veröffentlichung darf ohne vorherige schriftliche
Genehmigung der Herausgeber weder ganz noch auszugsweise in irgendeiner
Form oder mit irgendwelchen Mitteln (elektronisch, mechanisch, durch
Fotokopie oder Aufzeichnung oder auf andere Weise) reproduziert, in einem
Datenabrufsystem gespeichert oder weitergegeben werden.

ISBN: 978-1-83790-499-0
eBook ISBN: 978-1-83790-498-3

Dieses Buch ist ein belletristisches Werk. Namen, Charaktere, Unternehmen,
Organisationen, Orte und Ereignisse, die nicht eindeutig zum Gemeingut
gehören, sind entweder frei von der Autorin erfunden oder werden fiktiv
verwendet. Jede Ähnlichkeit mit tatsächlichen lebenden oder toten Personen
oder mit tatsächlichen Ereignissen oder Orten ist völlig zufällig.

*Für Lily Gibney,
Aidans Mutter und meine wunderbare Schwiegermutter*

PROLOG

Hinterher sollte der Detective sagen, dass er so etwas in seiner ganzen polizeilichen Laufbahn noch nie gesehen hatte.

»Lassen Sie mich vor.« Er streckte die Hand aus und hinderte den jungen Garda daran, einzutreten. »Ich sehe mich zuerst allein um. Sie warten draußen.«

»Aber ...«

»Nichts aber. Wenn Sie nicht wollen, dass sich Ihr Frühstück mit dem Blut auf dem Boden da vermischt, dann tun Sie, was ich Ihnen sage. Haben Sie mich verstanden?«

»Ja, Sir.«

Nachdem er sich seines Schützlings entledigt hatte, schloss der Detective die Tür hinter sich. Ein kupferner Geruch lag schwer in der Luft. Er wischte sich den Mund mit dem Handrücken ab, atmete tief ein, hielt sich mit Daumen und Zeigefinger die Nase zu und durchquerte die Küche, ohne auf die orangefarbenen Resopalschränke oder das zerbrochene Geschirr auf dem Boden zu achten. Scherben knirschten unter seinen Stiefeln. Er verließ die Küche und ging in die Diele. Sie war klein und kompakt. Über dem Geländer waren Mäntel drapiert; die Schranktür unter der Treppe hing aus ihren

Angeln; auf den Fliesen waren blutige Fußabdrücke zu erkennen. Mit einem behandschuhten Finger stieß er die Tür zu seiner Linken auf und trat ein.

Die Couch war umgekippt. Ein nackter Fuß ragte dahinter hervor, teils verborgen von einem flachen braunen Kissen. Er schluckte galligen Schleim hinunter und bewegte sich vorsichtig um die Möbel herum, ohne etwas zu berühren. Unwillkürlich schlug er sich die Hand vor den Mund, als er auf die Frau auf dem Boden hinunterblickte. Blut war auf ihrem Gesicht und ihrem Hals getrocknet und hatte einen braunen Fleck auf dem Teppich gebildet. Er schätzte, dass er mindestens vierundzwanzig Stunden zu spät dran war, um an den Versuch einer Wiederbelebung auch nur zu denken. Obwohl der Gestank ihm die Nasenlöcher verstopfte und die Kehle zuschnürte, setzte sich der Geschmack von Verwesung dennoch auf seiner Zunge ab.

Er zog sich aus dem Zimmer zurück und blieb auf dem Flur stehen, wo sein lautes Atmen die Stille durchbrach. Er blickte nach oben und lauschte dem Tropfen eines Wasserhahns irgendwo über ihm.

Die unterste Stufe knarrte unter seinem Gewicht. Als er die letzte Stufe erreichte, knarrte auch diese. Er blieb auf dem kleinen quadratischen Treppenabsatz stehen, von dem vier Türen abgingen. Alle waren geschlossen. Sein Herz pochte so stark gegen seine Rippen, dass er sicher war, es würde gleich aus seinem knöchernen Käfig herausspringen. Sein Mund wurde trocken, die Nase war nun komplett verstopft, und angesichts des Hämmerns in seiner Brust fiel es ihm schwer, zu atmen.

Die Türen waren alt. Knäufe aus Messing. Scharniere aus Stahl. Lose Türnägel. Er drehte den nächstgelegenen Knauf und schob die Tür nach innen auf.

Das Badezimmer.

Grüne Fliesen. Vergilbte Badewanne. Weiße Keramiktoilettenschüssel und weißes Keramikwaschbecken. Ein Mischmasch aus Farben. Ein Hauch von Bleichmittel, kein Blut. Er atmete langsam aus und ging rückwärts aus dem Raum. Er fokussierte sich kurz auf den Geruch der abgestandenen Luft auf dem Treppenabsatz, bevor er am Knauf der nächsten Tür drehte. Sie knarzte. Dann öffnete sie sich.

Die Luft veränderte sich schlagartig. Der Geruch von Kupfer drang erneut brutal in seine schmerzenden Atemwege ein. Er schloss die Augen und versuchte, die Szene in dem Raum auszublenden. Aber es funktionierte nicht. Für den Rest seiner Tage sollte dieses Bild erscheinen, sobald er seinen Kopf auf ein Kissen niederlegte, als wäre es auf seiner Netzhaut eingebrannt. Das Bild eines Schlachthofs voller Menschenblut. Seine Träume sollten zu Albträumen werden und er sollte nie wieder ruhig schlafen können.

Kinder.

Kleine Kinder, nicht mal in der Pubertät, dachte er. Wie konnte jemand so etwas tun?

Zwei Mädchen in zusammengewürfelten rosa und gelben Schlafanzügen. Eines der Mädchen war an einem Fuß barfuß, der andere steckte halb in einer Fleecesocke. Ein Bein war ausgestreckt, als ob das Kind versucht hatte zu fliehen. Das zweite Mädchen befand sich drüben am Fenster, die Hand ausgestreckt, ebenfalls wie zur Flucht, der Mund in einem stummen Schrei erstarrt. Die Vorhänge versteckten das fest verschlossene Schiebefenster.

Er blieb wie angewurzelt stehen. Es hatte keinen Sinn, noch weiter in das Zimmer hineinzugehen. Er wollte den Tatort nicht durcheinanderbringen. Der Mörder hatte diese grausame Tat längst begangen und war geflohen. Oder aber …

Der Detective erstarrte. Wartete der Mörder hinter einer der anderen Türen? Er verließ den Raum, wandte sich der dritten Tür zu und streckte die Hand nach seinem Schulterholster aus. Der Gedanke daran, den Urheber dieser Verwüstung zur Strecke zu bringen, ließ ihm das Adrenalin durch die Adern schießen.

»Ich komme jetzt rein«, warnte er, war sich jedoch nicht sicher, ob er es laut genug gesagt hatte, um auf sich aufmerksam zu machen, falls sich dort drin jemand aufhielt.

Das Zimmer war ein weiteres Schlafzimmer. Auf dem Fußboden lagen wahllos gemusterte Bettwäsche und zwei Kissen. In der Mitte des Lakens auf dem Bett hatte sich eine feuchte Lache gebildet. Er war sich sicher, dass es kein Blut war. Wahrscheinlich hatte derjenige, der hier geschlafen hatte, das Bett genässt. Eines der Mädchen? Waren sie durch den Lärm des Eindringlings geweckt worden? War dies das Elternschlafzimmer? Während er sich diese Fragen stellte, starrte ihn sein kreidebleiches Gesicht aus dem Spiegel an der Schranktür heraus an.

Das Fenster stand offen und eine Brise ließ den Vorhang in den Raum hineinwehen. Er wusste, dass er sich nicht weiter hineinwagen sollte, aber er musste sichergehen. Auf den Knien schaute er unter das Bett. Ein staubiger Koffer und ein Paar Wildlederpantoffeln. Er stand wieder auf und bemerkte eine Tür zu seiner Rechten. Ein weiteres Bad? Er schlich hinüber, ohne zu wissen, warum er Angst davor hatte, ein Geräusch zu machen. Er hatte seine Anwesenheit angekündigt. Er hielt eine Waffe in der Hand. Was hatte er zu befürchten?

Die Tür hing in zwei Angeln, die dritte war kaputt. Dahinter befanden sich eine Dusche mit einem altmodischen Plastikvorhang und eine kleine Toilette. Der Raum war leer.

Drei Leichen. Mutter und zwei Töchter? Gab es einen Vater, Ehemann oder Partner? Wenn ja, wo war er? Hatte er diese brutale Tat an seiner Familie verübt und war dann geflohen?

Er verließ den Raum und warf einen Blick in das letzte Zimmer. Ein Einzelbett. Ein frei stehender Kleiderschrank an einer Wand, ein kleiner Nachttisch mit einer ausgeschalteten

Lampe neben dem Bett. Ein schmales Fenster mit leichten geblümten Baumwollvorhängen. Sonnenstrahlen fielen durch den Schlitz und warfen einen Lichtkegel, in dem Staubkörner tanzten, in die Mitte des winzigen Raums.

Er eilte die Treppe hinunter und stürzte nach draußen. Dann bückte er sich, die Hände auf die Knie gestützt, sog die frische Luft ein und versuchte, sein Frühstück im Magen zu behalten.

»Was haben Sie gefunden?«, fragte sein uniformierter Kollege.

»Eine Mutter und zwei Kinder. Mädchen. Tot, alle tot.« Er schnappte nach Luft und versuchte verzweifelt, sich von dem Gestank des Todes zu befreien, von den Bildern, die sich unauslöschlich in seine Augen eingebrannt hatten.

»Zwei Kinder?«

»Ja. Den Vater habe ich nicht gefunden. Noch nicht. Den Scheißkerl.«

»Sagten Sie zwei Kinder?«

»Verdammt noch mal, sind Sie taub? Warum wiederholen Sie das immer wieder?«

»Ich bin mir nicht sicher ... Ich dachte, in dem Bericht stand ...« Der Garda tastete in seiner Jackentasche nach seinem Notizbuch. Er blätterte ein paar Seiten um. »Dass es drei Kinder sind.«

Der Detective richtete sich auf und fasste sich mit zitternden Fingern an die Stirn. Während er in seiner Tasche nach Zigaretten suchte, fragte er: »Und wo zum Teufel ist dann das dritte?«

Zwanzig Jahre später

Um das Gefriergut zu bewegen, brauchte man rohe Gewalt. Und natürlich Handschuhe.

In einer Kiste fand ich ein Paar, unter einem Sammelsurium von Gartengeräten, Abfallsäcken, Schneckenkorn und Unkrautvertilgungsmittel. Ich diskutierte mit mir selbst über die mögliche Nützlichkeit des Unkrautvernichters, warf ihn aber schließlich zurück in die Kiste. In einem Werkzeugkasten fand ich eine Rolle Klebeband. Ich verließ den Schuppen und machte mich auf den Weg. Dorthin, wo meine Arbeit auf mich wartete.

Das Schloss der ersten der drei Gefriertruhen konnte ich mit einer Zange öffnen. Ich spürte die Vorfreude, die in der Luft lag. Dann hob ich den Deckel an und machte mich daran, das gefrorene Fleisch herauszunehmen. Zwei Lammkeulen und ein Stück Rindfleisch. Das war nur zur Tarnung, falls jemand herumschnüffelte. Nachdem der doppelte Boden entfernt war, betrachtete ich die antößige Ware. Sie war an den Seiten festgefroren.

Es kostete einige Mühe, sie anzuheben. Die Plastikfolie riss an einigen Stellen auf. Als sie schließlich vollständig herausgehoben war, klebte ein Teil des Plastiks noch in der Gefriertruhe. Daran konnte man jetzt nichts ändern. Ohne dem Klumpen Fleisch (in Ermangelung einer besseren Beschreibung) allzu viel Aufmerksamkeit zu schenken, ließ ich ihn auf den Boden fallen. Ich wollte ihn mir nicht wirklich ansehen. Ich wusste, was er war. Ich hatte ihn gesehen, bevor er gefroren war.

Die Müllsäcke waren sehr nützlich. Ich schlitzte sie auf und legte sie aus, dann rollte ich den Klumpen darauf. Das gefrorene Fleisch war durch die zerrissene Folie sichtbar, gelblich und schrumpelig.

Als es vollständig in den Säcken verpackt und fest mit Klebeband umwickelt war, legte ich den doppelten Boden zurück in die Gefriertruhe, gefolgt von dem Fleisch, das der Tarnung diente. Die Arbeit war fast getan. Jetzt musste die

Ladung nur noch im Schutze der Dunkelheit abtransportiert und entsorgt werden. Sie war schon einmal bewegt worden. Dieses Mal würde das letzte Mal sein.

Ich musste noch zwei weitere Kühltruhen leeren. Ich arbeitete systematisch.

Ich hatte noch eine Menge zu tun, bevor die Sonne aufging.

EINS

SONNTAG

Langsam ließen sie den Sarg in die weiche Erde hinab. Ein Weinen, das eher wie eine Art melancholischer Seufzer klang, erfüllte die Luft. Lottie Parker warf einen Blick nach rechts. Grace Boyd blickte mit glasigen Augen geradeaus, ihr Gesicht war tränenüberströmt. Eine Hand hielt sie sich vor den Mund. Sie kaute an ihren Fingernägeln. Ihre Nase lief und ein Tropfen war an ihrer Oberlippe hängen geblieben. Lottie hätte am liebsten ein Taschentuch genommen und ihn ihr weggewischt. Aber sie blieb steif und starr stehen.

Obwohl bereits die letzte Maiwoche angebrochen war, blies der Atlantik einen regelrechten Tornado kalter Luft die Westküste entlang und fegte durch Lotties leichte Sommerjacke. Der Friedhof lag auf einem Hügel und war den Elementen ausgesetzt; an den hohen keltischen Kreuzen wuchs grünes Moos; an einem waren Muscheln in die Spitze eingelassen. Die wenigen Bäume beugten sich wie in Demut vor dem Wind. Violette Heidekrautsträucher kitzelten mit ihren spitzen Blättern die Nasen der Bergziegen, die am Wollgras knabberten. Es hätte eine geradezu idyllische Szene sein können, wäre da nicht diese Traurigkeit gewesen.

Der Priester sprenkelte Weihwasser in das sechs Fuß tiefe Loch, in dem der Sarg nun ruhte. Er forderte die nächsten Angehörigen auf, es ihm gleichzutun. Einen Moment lang stand Lottie ganz allein da, als die anderen einen Schritt nach vorn gingen. Mit einer kleinen Schaufel stießen sie in den Erdhügel und ließen die Erde auf die Holzkiste mit dem Messingkreuz rieseln. Grace zögerte, dann pflückte sie eine Lilie aus dem Blumenkranz und ließ sie in das klaffende Loch fallen. Die weißen Blütenblätter brachten ein wenig Licht in die Dunkelheit dort unten.

Eine weiterer scharfer Luftzug wehte vom Meer herüber. Lottie fröstelte, die Erinnerung an die Beerdigung ihres Mannes Adam überkam sie nackt und roh. Der penetrante Geruch der Lilien stieg ihr in die Nase und ihre Hand flog hoch, um Mund und Nase zu bedecken. Doch sie vergoss keine einzige Träne. Im Lauf der Jahre waren genug Tränen aus den Tiefen ihres Inneren geflossen, und nun waren keine mehr übrig.

»Im Namen des Vaters, des Sohnes und des Heiligen Geistes …« Der Priester beendete das Gebet, und Lottie trat zurück, um dem stetigen Strom von Einheimischen die Möglichkeit zu geben, der Familie ihr Beileid zu bekunden.

Als sie an der dornigen Brombeerhecke stand, die den Friedhof zur Klippe hin abgrenzte, ließ sie sich die Meeresbrise um die Nase wehen und begrüßte kurz die Nähe zur Natur. Sie hatte keine Ahnung, wie lange sie dort schon gestanden hatte, als sie hinter sich im weichen Gras herannahende Schritte wahrnahm. Sie drehte sich nicht um, ihre Augen waren auf die Weite des Wassers und den von Dunst verschleierten Horizont in der Ferne gerichtet. Einen Moment lang wünschte sie sich, sie könnte lautlos auf dem Kamm einer Schaumkronenwelle an einen Ort getragen werden, der weit von dem entfernt war, an dem sie jetzt stand.

Als sie spürte, wie eine Hand in ihre glitt und ihre Finger

drückte, drehte sie sich um. Den anderen Arm fest um seine Schwester geschlungen, legte Boyd seinen Kopf auf ihre Schulter.

»Ein schöner Abschied für Mam«, sagte er. »Jetzt ist es vorbei, Lottie.«

Sie hauchte ihm einen zärtlichen Kuss auf die Stirn.

»Nein, Boyd, jetzt fängt es gerade erst an.«

Grace Boyd saß zusammengesunken in der Ecke des Raums; eine einsame Gestalt, unnatürlich still. Sie kaute immer noch an ihren Nägeln.

»Ich weiß nicht, was ich mit Grace machen soll«, flüsterte Boyd Lottie zu, als sie mit zwei Gläsern Sprudel erschien. Er nahm ihr eins davon ab, bevor ihr Ellbogen von jemandem in der immer größer werdenden Menschenmenge im Pub angerempelt werden konnte.

»Komm mit raus«, sagte sie.

Draußen im Sonnenschein atmete sie die frische Seeluft ein. »Leenane ist wunderschön. Hier wurde *Das Feld* gedreht, nicht wahr?«

»Ja. Mam hat ... hatte ein Foto von Richard Harris an der Wohnzimmerwand hängen.«

»Ich weiß nicht, was ich sagen soll, Boyd.« Obwohl Lottie in ihrem eigenen Leben schon so viel getrauert hatte, wusste sie nicht, wie sie auf die Trauer eines anderen reagieren sollte.

»Sag mir, was ich mit Grace machen soll.«

Sie zog einen Stuhl unter einem Holztisch hervor, der voller Vogeldreck war, und bedeutete Boyd, sich zu setzen. Dann lehnte sie sich gegen den Tisch, während er mit der Hand über den Stuhl strich.

»Das ist eine schwierige Frage«, sagte sie. »Grace hat ihr ganzes Leben bei eurer Mutter verbracht. Allein zu leben wird eine große Umstellung für sie sein.«

»Genau darum geht es.« Er nippte an einem Glas Bier. »Ich glaube nicht, dass sie überhaupt allein leben *kann*.«

Lottie deutete auf sein Glas. »Woher hast du das?«

»Das ist ein Pub, Lottie.«

»Du sollst doch nichts trinken, während du in Behandlung bist.«

Bei Boyd war vor mehr als sechs Monaten eine leichte Form von Leukämie diagnostiziert worden, und obwohl es ihm gut ging und seine Behandlung reduziert worden war, war sie ständig um seine Gesundheit besorgt. Sein Immunsystem war schwach und er war anfällig für Infektionen. Sie fürchtete, dass der Stress, den der Tod seiner Mutter ausgelöst hatte, seine Genesung beeinträchtigen könnte.

»Mein Arzt hat gesagt, dass ich gelegentlich etwas trinken darf«, gab er gereizt zurück. »Hör auf zu meckern.« Er senkte den Kopf. »Grace versucht, unabhängig zu sein, aber wir wissen beide, dass man sie nicht sich selbst überlassen kann. Sie braucht jemanden, der auf sie aufpasst.«

Lottie streckte eine Hand aus, hob sein Kinn an und sah in seine traurigen haselnussbraunen Augen. »Deine Mam war großartig, und wir werden sie alle vermissen. Das ist ein Schock für euch alle. Besonders für Grace.« Dann sprach sie die Worte aus, von denen sie wusste, dass er sie hören wollte. »Vielleicht solltest du sie mit zu dir nach Ragmullin nehmen.«

»Dann muss ich Kirby rauswerfen.« Boyd grinste.

»Es ist sowieso höchste Zeit, dass der sich eine eigene Wohnung sucht, und wenn mein Halbbruder Leo endlich das Geld für Farranstown House rausrückt, dann können wir gemeinsam etwas kaufen und Grace kann bei uns wohnen.«

Sie dachte an das ständige Hin und Her mit den Anwälten wegen der ganzen Rechtsdokumente, von denen sie absolut gar nichts verstand. Sie wollte einfach nur irgendwo unterschreiben und das Geld bekommen, aber die Dinge waren leider nie so einfach. Leo Belfield war nach einem schwierigen

Fall in ihr Leben getreten, bei dem ihre wahren Familienverhältnisse aufgedeckt worden waren. Sie versuchte immer noch, diese Geschichte aufzuarbeiten.

Boyd beäugte sie über den Rand seines Bierglases hinweg. »Das würdest du für mich tun?«

»Du weißt, dass ich alles für dich tun würde.«

»Das klingt wie ein Zitat aus einem Liebesroman.«

»So was liest du also heimlich!«

»Du mich auch«, erwiderte er lächelnd. Es war das erste Mal seit langer Zeit, dass sie wieder dieses schelmische Funkeln in seinen Augen sah.

Er stellte das Glas ab und legte seine Hand um ihre. Sie spürte, wie die Wärme seiner Berührung durch ihre Haut bis tief in ihren Körper eindrang. Sie blickte über das glitzernde Wasser der Bucht bis auf die üppige grüne Vegetation an den Hängen der Berge, die den Meeresarm bewachten.

»Ich weiß, dass du krank bist, Boyd, aber du machst mich so glücklich.«

Ein Krachen und das Klirren von berstendem Glas waren aus dem Inneren des Pubs zu hören. Die Gespräche verstummten und eine Sekunde lang herrschte fassungslose Stille, dann durchdrang ein Schrei die Luft.

»Das ist Grace«, rief Boyd, während er sich von seinem Stuhl erhob, aber Lottie war schon durch die Tür geschossen, wo sie von einem wilden Durcheinander empfangen wurde.

In einer Ecke des schwülen Pubs hatte sich ein Halbkreis aus verschwitzten Körpern gebildet. Sie bahnte sich mit den Ellbogen einen Weg durch die drei Reihen aus Menschen. Auf der Bank zusammengekauert und die Knie an die Brust gepresst, weinte und schluchzte Grace Boyd. Das Haar stand ihr zu Berge und ihre Arme waren ganz zerkratzt.

»Lasst mich in Ruhe, alle«, fauchte sie mit zusammengebissenen Zähnen.

»Hey, Grace, willst du nicht mit mir nach draußen

kommen?«, fragte Lottie, als sie die verstörte und zerzauste junge Frau erreichte.

»Ich habe sie nur gefragt, wo sie jetzt wohnen wird«, erklärte ein Mann. »Sie ist komplett ausgerastet, als ich ...«

»Lass sie in Ruhe«, unterbrach ein anderer.

Lottie hatte genug gehört. Sie musste Grace ganz ruhig aus diesem Gedränge befreien.

»Treten Sie zurück. Machen Sie ihr ein bisschen Platz. Holen Sie ein Glas Wasser.« Sie blickte in die Menge. »Sofort.«

Endlich löste sich die Ansammlung auf und jemand drückte ihr ein Glas Wasser in die Hand. Sie ließ sich auf die Bank neben Grace sinken.

»Trink. Das ist schön kühl.«

Sie war überrascht, dass sie ihr das Glas aus der Hand nahm und einen Schluck daraus trank, ohne den Blick zu heben.

»Kümmere dich nicht darum, was die anderen sagen. Was wissen Männer schon über Trauer, hm?«

Grace bekam Schluckauf.

»Langsam. Nur schlückchenweise. Komm.«

»Ich bin kein Kind.« Wut blitzte in ihren Augen auf.

»Willst du mit nach draußen kommen? Mark ist draußen. Vielleicht möchtest du ihm sagen, was los ist.«

»Er versteht mich nicht, Lottie. Keiner versteht mich. Nicht einmal du.« Grace wischte sich mit dem Handrücken die Nase ab, wie ein kleines Kind.

»Ich habe da selbst ein bisschen Erfahrung mit, gib mir eine Chance.«

Grace schüttelte den Kopf und gab ihr das Glas zurück. »Ich will nach Hause. Kannst du mich bringen?«

»Sicher kann ich das.« Lottie reichte ihr eine Serviette vom Tisch. »Trockne dir die Augen, und dann lass uns von hier verschwinden.«

Grace stand auf und wischte sich das Gesicht ab. Sie

zerknüllte die Serviette und stopfte sie in ihre Handtasche. »Ich mag dich, Lottie, und ich bin froh, dass du zu meinem Bruder hältst.«

»Das ist lieb von dir, aber hör mir zu. Ich bin auch für dich da.«

»Aber meine Mam ... Ich werde sie so sehr vermissen. Verstehst du das?«

»Ich habe meinen Mann verloren, also ja, ich verstehe das besser, als du dir wahrscheinlich je wirst vorstellen können. Und jetzt lass uns wirklich von hier verschwinden.«

»Ich hätte gern einen Teller mit Speck und Kohl nach irischer Art. Könntest du mir das kochen?«

Lottie stöhnte innerlich auf. Kulinarik gehörte nicht zu ihren Kompetenzen. Grace sehnte sich nach etwas, das ihre Mutter immer gekocht hatte. Etwas, das sie in ihren Gedanken am Leben hielt.

»Wo war der Lieblingsort deiner Mutter?«

»Bei den Twelve Pins.«

»Also gut, dann fahren wir dorthin.«

»Du bist so lieb, Lottie.« Grace schniefte. »Danke.«

Der Kloß in Lotties Hals wurde größer. Es fiel ihr schwer, ihren eigenen Kindern gegenüber so mitfühlend zu sein, warum konnte sie also diese Frau, die schon in ihren Dreißigern war, so bemuttern? Unfähig, eine Antwort darauf zu finden, ging sie zu Boyd hinüber, der an der Tür stand.

»Weißt du, wo das ist?«

»Ja, Chefin.« Er zwinkerte Grace zu, in deren Gesicht sich daraufhin ein trauriges Lächeln stahl.

»Und dann muss ich zurück nach Ragmullin«, sagte Lottie. Leise flüsterte sie in Boyds Ohr: »Ob du mitkommst oder nicht.«

ZWEI

MONTAG

Ein rissiger Weg führte durch den kleinen und überwucherten quadratischen Garten zur Eingangstür des frei stehenden Einfamilienhauses aus den 1950er-Jahren. Es war das zweite in einer Reihe von zehn Häusern. Jemand hatte eine Rampe und ein Geländer entlang der zwei Stufen angebracht, die zur Haustür führten. Patsy Cole, Jeffs Tante, war erst sechzig gewesen, als sie vor zwei Jahren hier in ihrem Bett gestorben war, aber das störte Faye nicht weiter. Sie glaubte nicht an Geister oder Gespenster. Sie war glücklich. Endlich hatten sie ein Haus, das sie ihr Eigen nennen konnten. Sobald sie es renoviert und eingerichtet hatten, würden sie endlich ihrer winzigen Wohnung entkommen können. Sie strich mit der Hand über ihre weiße Baumwollbluse und tastete voller Vorfreude nach der noch unsichtbaren Kugel darunter.

Der Schlüssel ließ sich leicht im Schloss drehen. Sie stieß die Tür auf und trat auf das graue Linoleum. Die verfärbten Linien entlang des Bodens erinnerten an Patsys Rollstuhl. Das muss weg, dachte sie, als sie ins Wohnzimmer ging.

Der Kamin befand sich an der Wand ihr gegenüber. Kacheln mit Tigerstreifen umgaben den zerbrochenen Feuerrost und Rauch hatte Spuren auf der Blümchentapete hinterlassen. Jeff hatte bereits einen Großteil der Möbel zum Recyclinghof gebracht, und der meiste Unrat war auf der Müllhalde gelandet. Es hatte nicht einmal etwas gegeben, das man in einen Wohltätigkeitsladen hätte bringen können. Alles, was an Einrichtung in diesem Raum übrig geblieben war, waren ein alter Sessel und der abgenutzte orangefarbene Teppich.

Am Fenster hielt Faye inne. Sie legte erneut die Hand auf ihren Bauch und lächelte. Ihr komplett eigenes Haus. Sie sah sich um und beschloss, dass als Erstes die Tapete verschwinden musste. Sie war aufdringlich und gleichzeitig schon ganz verblasst und von rußigen Flecken und Rissen überzogen, und sie ließ den Raum kleiner erscheinen, als er tatsächlich war. Der Plan war, die Wand, die das Wohnzimmer von der Küche trennte, einzureißen. Sie versuchte, sich eine offene Wohnküche vorzustellen, aber nun da sie hier stand und die Lampe mit ihren drei Birnen über ihrem Kopf leise surrte, fragte sie sich, ob das überhaupt funktionieren würde. Es war wirklich sehr klein.

Aus einem Miniaturwerkzeugkasten holte sie einen Malerspachtel hervor, füllte dann in der Küche eine Plastikschüssel mit dem gelblichen Wasser aus dem Hahn und begann, die Tapete in der Ecke am Fenster zu befeuchten. Zuerst ging sie langsam vor, aus Angst, den darunterliegenden Putz zu beschädigen, doch dann spürte sie einen Adrenalinstoß, und plötzlich wollte sie jede Wandfläche von der scheußlichen Tapete befreien. Innerhalb einer Stunde war sie beim Kamin angelangt. Sie stand inmitten von feuchten, schimmeligen Tapetenresten, die auch an ihrer Jeans und ihren weißen Converse-Schuhen klebten. Aber das war ihr egal.

Das Papier auf der linken Seite des Kamins löste sich leichter als an allen anderen Stellen. Sie zog und zerrte mit den Fingern, bis sie in einem langen Streifen abriss. Mit dem

Spachtel klopfte sie auf den Putz. Es klang hohl dahinter. Sie klopfte rechts daneben gegen die Wand. Solide.

Sie trat zurück und betrachtete die Wand. Der Putz auf den beiden Flächen sah unterschiedlich aus. Eine Seite war frischer als die andere. Sie fragte sich, warum das wohl so war. Dann fiel ihr ein, dass Jeff erzählt hatte, dass in diesem Raum früher ein Küchenofen gestanden hatte, den sein Onkel aber herausgenommen hatte. Stattdessen war ein Kamin eingebaut worden, bevor die Küche hinten angebaut worden war. Da wurde ihr klar, dass der Anbau wegmusste. Das Flachdach war undicht.

Sie seufzte angesichts der Menge an Arbeit, die noch auf sie zukam. Sie hatten sich darauf geeinigt, selbst zu renovieren. Das ist billiger, hatte Jeff gesagt, und wir haben es ja nicht eilig. Aber sie hatte es eilig. Sie wollte einziehen, bevor das Baby kam. Das bedeutete, dass sie nur noch weniger als sechs Monate Zeit hatten. Wenn sie dieses Stück Mauer hier herausnehmen würden, dann wäre da vielleicht eine schöne Nische. Sie könnte ein IKEA-Regal kaufen. Es würde gut zu dem Hackschnitzelbrenner passen, den sie schon ausgesucht hatte. Jetzt fühlte sie ein bisschen Vorfreude.

In der Küche fand sie Jeffs größeren Werkzeugkasten. Sie nahm sich einen schweren Hammer und ging zurück ins Wohnzimmer. Jetzt oder nie, dachte sie und schwang den Hammer mittig auf den Putz. Bald war sie mit Putzresten bedeckt. Eine Wolke aus Staub schwebte vor ihren Augen. Sie hätte die Schutzbrille aufsetzen sollen. Als sie einen Schritt zurücktrat, um ihr Werk zu begutachten, seufzte sie. Sie hatte nur ein kleines Loch geschaffen, obwohl es sich anfühlte, als hätte sie schon stundenlang gehämmert.

Mit den Fingern zerrte sie an der Gipsplatte und versuchte, sie von der Wand zu lösen. Schließlich hielt sie sie in der Hand. Ein größeres Loch tat sich neben dem Kamin auf. Vielleicht hatten Jeffs Onkel und Tante darin eine Zeitkapsel versteckt, dachte sie. Das wäre doch spannend.

Plötzlich stellten sich ihr die Härchen im Nacken unter ihrem Pferdeschwanz auf. Vielleicht war diese Wand nicht dazu bestimmt gewesen, wieder eingerissen zu werden.

Sie versuchte, das seltsame Gefühl, das sie überkommen hatte, zu verdrängen, nahm den Hammer wieder in die Hand und schlug mit aller Kraft gegen die Wand. Der Putz knackte und riss und bröselte auseinander. Hustend und spuckend wedelte sie mit den Händen um sich, um etwas sehen zu können, und betete, dass der Staub dem Baby in ihrem Bauch nicht schaden würde.

Als sich die letzten Staubkörnchen gesetzt hatten, trat sie einen Schritt vor und blinzelte in das dunkle Loch. Und dann bebte ihr ganzer Körper vor Grauen, ihre Zähne klapperten aufeinander, und kalter Schweiß lief ihr den Rücken hinunter.

Das Loch war nicht leer.

Sie keuchte und wich zurück, als das Ding in der Wand herausfiel und vor ihren Füßen landete. Zwei seelenlose Augen starrten sie an.

Erst da schrie sie.

DREI

Als Lottie aufwachte, lag ihr Enkel schlafend neben ihr. Am Abend zuvor, als sie aus Galway zurückgekommen war, hatte er in Katies Armen geweint.

»Er macht mich fertig, Mam«, hatte Katie gesagt, und ihre Stimme hatte genauso erschöpft geklungen wie das Wimmern des kleinen Jungen. »Ich weiß nicht, was mit ihm los ist.«

»Vielleicht ärgern ihn die Backenzähne.« Lottie ließ ihre Reisetasche hinter der Couch fallen und nahm ihrer Tochter Louis ab. »Was ist denn los, kleiner Mann? Hast du deine Nana vermisst?«

Sie wurde mit einem weiteren lauten Schrei bedacht.

»Ich habe ihm vor einer halben Stunde einen Löffel Fiebersaft gegeben«, berichtete Katie, »aber auch der hat nicht geholfen.«

»Du musst Geduld mit ihm haben.« Lottie wiegte den Jungen auf ihrem Schoß und beruhigte ihn mit Küssen auf sein weiches Haar. »Geh jetzt ins Bett. Ich kümmere mich um ihn.«

»Du musst doch morgen früh arbeiten. Ich will nicht, dass du mir die Schuld gibst, wenn er dich die halbe Nacht wachhält.«

»Das werde ich bestimmt nicht tun«, hatte Lottie gesagt.

Jetzt war sie mit Kopfschmerzen aufgewacht und würde zu spät zur Arbeit kommen. Sie schlüpfte unter der warmen Bettdecke hervor und duschte sich schnell, dann zog sie ihre schwarze Jeans und ein weißes langärmeliges T-Shirt an. Das würde ihr wenigstens das Eincremen mit Sonnencreme ersparen, falls sie heute im Freien arbeiten musste.

Louis bewegte sich, drehte sich um und schlief mit dem Daumen im Mund tief und fest weiter. Sie würde Katie wecken müssen. Auf Zehenspitzen ging sie über den Flur, klopfte an die Tür und schaute hinein. Das lange schwarze Haar ihrer Tochter lag wie ein Fächer ausgebreitet auf dem Kissen, das sich mit jedem Atemzug bewegte.

»Katie? Liebes, du musst aufwachen.« Sie strich mit den Fingern über die nackte Schulter der jungen Frau und schüttelte sie sanft.

»Was? Was ist los? Wie spät ist es?«

»Es ist noch früh, aber ich bin spät dran.«

»Ich wusste, dass du mir die Schuld geben würdest.«

»Das habe ich doch überhaupt nicht. Louis schläft in meinem Bett. Geh und leg dich zu ihm. Er wirkt ausgeruht. Ich glaube, er bekommt einfach nur einen Zahn.«

»Ja, ja.« Katie warf die Bettdecke zurück und stolperte in Lotties Zimmer hinüber.

An Seans Tür klopfte sie fester. »Sean. Zeit für die Schule.«

»Ja, ja«, sagte ihr sechzehnjähriger Sohn und klang genauso wie Katie einen Augenblick zuvor. »Ich bin ja schon wach.«

An der dritten Tür zögerte sie. Die achtzehnjährige Chloe hatte die Schule abgebrochen. Keine der Betteleien, Bestechungsversuche oder Streitereien hatten etwas genützt, und da Lottie mit Boyds Krankheit und Seans Launen beschäftigt genug war, hatte sie nachgegeben. Chloe arbeitete jetzt Vollzeit im Fallon's Pub, und es schien ihr Spaß zu machen. Aber Lottie wollte unbedingt, dass ihre Tochter im September wieder auf ihren Abschluss hinarbeitete.

Sie klopfte nicht und ging stattdessen die Treppe hinunter und schnappte sich eine Scheibe Toast, um sie im Auto zu essen.

Sie hoffte, dass es eine ruhige Woche werden würde.

VIER

Das Spielen mit der Drohne machte richtig Spaß. Sie sauste so schnell umher, dass die Jungen kaum mithalten konnten. Jack Sheridan war begeistert von den Bildern, die auf seinem Handy, das mit dem Controller verbunden war, angezeigt wurden. Die waren klarer als das Mittelmeer im Hochsommer. Damit kannte er sich aus, er war schließlich letztes Jahr in den Ferien auf Mallorca gewesen. Sein Freund Gavin Robinson hingegen hatte es nur nach Connemara geschafft.

»Glaubt deine Mutter wirklich, dass wir die Drohne für ein Schulprojekt brauchen?«, fragte Gavin.

»Natürlich. Meine Mutter glaubt alles, was ich ihr sage. Glaubt deine dir das nicht?«

»Machst du Witze? Ich muss jeden Morgen ein Verhör über mich ergehen lassen, das sich gründlicher gewaschen hat als ich mich hinter meinen Ohren!«

Jack lachte. »Solange du ihr nicht sagst, wo wir vor der Schule immer hingehen, sollte alles in Ordnung sein.«

»Nächsten Monat werde ich ja zwölf«, sagte Gavin, »und dann wünsche ich mir auch eine Drohne.«

Von der Brücke über den Eisenbahnschienen aus blickte

Jack zurück auf die Stadt, die hinter ihnen in einer Senke lag, und auf die Türme der Kathedrale, die über Ragmullin wachten, als würden sie es vor bösen Ungeheuern schützen. Jack hatte gehört, wie sein Vater von bösen Ungeheuern erzählt hatte, und er war oft genug davor gewarnt worden, mit Fremden zu sprechen. Die dachten wohl, er wäre immer noch fünf, oder was? Ungeheuer gab es doch gar nicht.

Die Sonne ging schnell am Himmel auf, und Jack wusste, dass es heute genauso warm werden würde wie gestern. Er zog seine Jacke aus und stopfte sie in seinen Rucksack, bevor er ihn auf seinen Rücken hievte. Dann richtete er seine Aufmerksamkeit auf die Gleise unter ihm.

»Kanal oder Gleise?«, fragte er.

Gavin war bereits dabei, die flachen Stufen an der Seite der Brücke hinunterzusteigen. »Wir waren letztens erst am Kanal. Ich dachte, wir waren uns einig, dass wir heute die Gleise nehmen?«

»Ja, aber ich will nicht, dass der blöde Pendlerzug in Jedi reinknallt.« Er hatte unter seinen Freunden einen Wettbewerb veranstaltet, um der Drohne einen Namen zu geben. Jetzt, da er darüber nachdachte, wurde ihm aber klar, dass es gar kein richtiger Wettbewerb gewesen war, weil es keinen Preis gegeben hatte, und außerdem hatte er den Namen am Ende selbst bestimmt.

»Der Frühzug ist doch längst durch«, meinte Gavin, »und der nächste kommt erst in einer Stunde. Komm schon.«

Jack ging hinter seinem Freund die Treppe hinunter. Er musste zugeben, dass Gavin für seine elf Jahre manchmal wie ein Erwachsener redete. Das ging Jack gehörig auf die Nerven und er dachte oft darüber nach, sich einen neuen besten Freund zu suchen, aber Gavin wusste über Sachen Bescheid, von denen er keine Ahnung hatte, wie zum Beispiel den Zugfahrplan, also war es auch ziemlich gut, mit ihm befreundet zu sein.

Er vergewisserte sich, dass die Kamera an der Drohne funktionierte, prüfte, ob die SD-Karte für die Aufzeichnung richtig eingelegt war, stabilisierte den Controller und ließ Jedi auf die Gleise los.

»Lass sie nicht um die Kurve da fliegen«, schrie Gavin. »Hör sofort auf, du Volltrottel. Sie wird verloren gehen. Wir werden sie nie wieder finden.«

»Ich sehe sie doch auf dem Display. Selber Trottel.« Jack rannte vor seinem Freund her, ein Auge auf das Display gerichtet, das andere auf Jedi, der an einem Brombeerstrauch vorbeiglitt und aus dem Blickfeld verschwand.

Als Gavin aufholte, verlangsamte Jack sein Tempo und ging ein paar Schritte vorwärts, wobei er darauf achtete, einen halben Meter Abstand zwischen sich und den Gleisen zu lassen, nur für den Fall, dass Gavin sich doch mit dem Fahrplan geirrt hatte. Das war zwar unwahrscheinlich, aber man wusste ja nie. Er wollte nicht, dass der Zug von Ragmullin nach Dublin sie überrollte und zu Hackfleisch zermalmte. Igitt.

»Was ist das da?«, fragte Gavin und deutete auf das Display.

»Was ist was?«

»Lass Jedi ein Stück zurückfliegen. Lass ihn noch mal über dasselbe Stück Gleis schweben.«

Jack sah Gavin an und bemerkte, dass seinem Freund fast die Augen aus dem Kopf fielen.

»Ich glaube, dass ich da was zwischen zwei Schwellen gesehen habe«, quiekte Gavin. »Nimmst du auf?«

»Ja, klar.« Jack ließ die Drohne zurück über die Gleise fliegen und betrachtete das Display.

»Halt ihn in der Schwebe. Nimm weiter auf.«

»Ich bin doch nicht blöd«, sagte er. Er blieb stehen und starrte vor sich.

»Jack?« Gavins Stimme zitterte. »Was ist das da auf den Gleisen?«

Jack hatte keine Ahnung, aber es erinnerte ihn an eines dieser Ungeheuer, die es doch gar nicht gab.

»Sieht aus wie ein Zombie. Wie etwas, gegen das Spiderman kämpfen würde.«

»Es sieht aus wie ein Körper ohne Kopf«, flüsterte Gavin.

Jack zoomte näher heran und ließ die Drohne über den Gleisen schweben. Dann sah er entsetzt zu, wie Gavin ihm die Schuluniform vollkotzte.

FÜNF

Irgendwann hatte sich Faye ausreichend beruhigt, um ihr Handy zu suchen und Jeff anzurufen. Innerhalb von fünfzehn Minuten war er an ihrer Seite.

»Ich dachte, du wärst ermordet worden oder so was in der Art«, sagte er, als er sie in den müffelnden Sessel seiner Tante schob.

»Mach dich nicht über mich lustig, Jeff. Ich hatte schreckliche Angst vor diesem ... diesem Ding.« Sie wischte sich mit dem Taschentuch, das er ihr in die Hand gedrückt hatte, über die Stirn. »Was ist das? Sag mir, dass es nicht echt ist.«

»Es ist wahrscheinlich eine Attrappe. Ein Streich.«

»Aber er ist schon seit Gott weiß wie lange hinter dieser Wand eingemauert. Da würde doch sicher niemand eine Totenkopfattrappe reintun, oder?«

»Für mich sieht es ganz danach aus.« Er setzte sich neben sie auf den Boden. »Warum hast du die Mauer überhaupt eingerissen?«

»Ich habe die Tapete abgezogen und dabei den Unterschied im Putz bemerkt.«

»Welchen Unterschied?« Seine Stimme war gemäßigt, aber Faye fand, dass sie eine ungewöhnliche Schärfe hatte. Sie versuchte, sich zu beruhigen, indem sie die gerade Linie seines Kiefers und das glatte Kinn in seinem langen Gesicht bewunderte. Seine blauen Augen schimmerten im Halbdunkel. Sie wollte, dass er sie festhielt, damit sie sich in die weiche Baumwolle seines Hemdes kuscheln konnte, aber er saß wie ein Mönch auf dem Boden, die langen Beine an den Knöcheln gekreuzt. Er war neunundzwanzig, sie fünfundzwanzig, und sie war hoffnungslos in ihn verliebt.

»Auf diesem Stück war er frischer.« Sie zeigte auf das Loch in der Wand. »Und als ich mit dem Spachtel dagegen geschlagen habe, klang es hohl.«

»Und dann musstest du gleich wie eine Wahnsinnige drauflshämmern. Warum?«

Faye zuckte müde mit den Schultern. »Tut mir leid. Ich dachte, wenn da Platz ist, könnten wir ein Regal reinstellen.« Ihre Stimme hatte sich wieder normalisiert, obwohl ihre Kehle vom Schreien noch wund war. »Ein billiges Regal natürlich. Ich weiß, dass du nicht willst, dass ich Geld verschwende, das wir nicht haben.«

»Du hättest ja nicht gleich die ganze Wand einreißen müssen. Sind irgendwelche Nachbarn vorbeigekommen, um zu sehen, was es mit dem Lärm auf sich hat?«

Sie schüttelte den Kopf. »Nein. Die meisten sind bestimmt gerade bei der Arbeit.«

»Wahrscheinlich.« Er stand auf und ging zur Wand, um das Loch in Augenschein zu nehmen. Dann betrachtete er den Schädel, der mitten auf dem Boden lag. Er stupste ihn mit seinem Schuh leicht an. »Der sieht für mich ziemlich unecht aus.«

»In dem Moment wirkte er ziemlich echt auf mich. Er ist so klein. Hat mich zu Tode erschreckt.«

Er streckte sich zu seiner vollen Körpergröße und begann, im Kreis zu gehen. »Musst du zum Arzt?«

»Warum sollte ich?«

»Wegen dem Baby. Du hast einen ganz schönen Schreck bekommen und ...«

»Jeff, dem Baby geht es gut. Mir geht es gut.« Sie fragte sich, wie sie das Bild des Schädels, der vor ihr auf den Boden gefallen war, jemals wieder aus ihrem Kopf bekommen sollte. »Ich finde, wir sollten die Polizei rufen.«

Jeff blieb stehen. »Guter Gott, nein. Wir würden uns ganz schön lächerlich machen.« Er lachte, bevor er ihre Hand ergriff und ihr mit ernstem Blick in die Augen sah. »Er ist nicht echt. Wahrscheinlich irgendein uraltes Halloweenüberbleibsel. Kein Grund, die kostbare Zeit der Gardaí damit zu verschwenden.«

»Aber wer hat ihn da hineingetan, und warum?« Sie spürte, wie seine Finger ihre staubbedeckte Hand kneteten. »Wusstest du, dass es dort ein Geheimversteck gibt?«

Er ließ ihre Hand los und trat zurück, die Hände in die Hüften gestemmt. »Nein. Er könnte schon Jahre vor dem Kauf des Hauses durch meine Tante und meinen Onkel dort hineingelegt worden sein, aber ich weiß ja, dass sie irgendwann einen Küchenofen rausgenommen haben.«

»Kannst du das herausfinden?«

»Was herausfinden?«

Faye seufzte. Jeff verhielt sich einfach unmöglich. »Herausfinden, wann die Wand neu verputzt worden ist und wann der Schädel dort hineingelegt worden sein könnte.«

»Es gibt niemanden mehr, den ich das fragen könnte. Mam, Dad und Onkel Noel sind alle schon vor Jahren gestorben, und Tante Patsy ist jetzt auch schon seit einer Weile nicht mehr da.«

»Es muss doch noch jemand anderen geben.«

»Ich bin der Einzige, der noch übrig ist, und du musst aufhören, über diesen Schädel nachzudenken. Ich werfe ihn in den Müll. Vergiss ihn einfach. Ich nehme dich mit in die Stadt auf einen Cappuccino und ein warmes Croissant.«

Sie sprang auf und rief: »Wie kannst du nur an Essen denken, wenn das Ding, das da auf unserem Wohnzimmerboden liegt, der Kopf von jemandem sein könnte?«

Sie hatte nicht laut werden wollen, aber jede Pore ihres Körpers schrie ihr zu, dass dies etwas Schlimmes war und sie es ernst nehmen mussten. Sie begann zu husten, Staub blieb ihr im Hals stecken. Tränen traten aus ihren Augen und sie schwankte auf der Stelle. Jeff hielt ihren Arm fest, und sie taumelte gegen ihn.

»Du bist so melodramatisch, Faye. Sieh mich an. Wir vergessen das jetzt einfach. Ich meine es ernst.«

Wie erstarrt lehnte sie sich an die Wand, um sich abzustützen, und beobachtete, wie Jeff den kleinen Schädel aufhob.

»Haben wir hier irgendwo Müllsäcke?« Er drehte den Schädel in der Hand und stocherte mit den Fingern in den Augenhöhlen herum.

»Ich finde, du solltest nicht ...«

»Verdammt, Faye, jetzt hör aber auf.« Er holte tief Luft und sah sie dann an. »Es tut mir leid. Tut mir leid, dass ich ausfallend geworden bin. Es ist einfach furchtbar ... es hat mich auch verunsichert. Bleib hier. Ich gehe die Säcke selbst suchen.«

Mit dem Schädel in der Hand marschierte er aus dem Zimmer, und Faye hörte, wie er in der kleinen Küche Schubladen öffnete. Sie schaute aus dem Fenster und sah die Welt dort draußen an sich vorbeirauschen. Autos auf der Straße. Zwei Teenager auf dem Fußweg lachten laut, während sie versuchten, sich gegenseitig zu fangen. Wahrscheinlich schwänzen sie die Schule, dachte sie. Ein Vogel landete auf einem blühenden Kirschbaum. Sie beobachtete ihn und konzentrierte ihre Aufmerksamkeit darauf, wie er mit seinem kleinen Kopf wackelte. Hauptsache, sie sah nicht mehr diesen augenlosen Schädel vor sich, der ihr vor die Füße gerollt war.

Genau in diesem Moment spürte sie es zum ersten Mal. Ein Flattern, wie ein gefangener Schmetterling, der in ihrem Bauch herumzappelte. Ein winziges Wesen, geschaffen von ihr und Jeff.

Aber aus irgendeinem Grund fühlte sie sich dabei nicht glücklich.

SECHS

Detective Larry Kirby parkte den zivilen Streifenwagen auf dem Grünstreifen neben der Brücke. Er war schon immer der Meinung gewesen, dass die Tarnung reine Zeitverschwendung war, weil jedes Kind und jeder Gauner in der Stadt einen zivilen Streifenwagen aus einer Meile Entfernung erkennen konnten.

Uniformierte Beamte hatten eine Einbahnstraße eingerichtet und schickten wütende Autofahrer zurück den schmalen Hügel hinunter. Alle Züge waren gestoppt worden, was zu einem Chaos auf dem Bahnhof und Schienenersatzverkehr für Pendler geführt hatte. Er steckte sich eine Zigarre in den Mund ohne sie anzuzünden, stieg aus und wartete darauf, dass Detective Maria Lynch zu ihm kam. Er musste zugeben, dass sie nach ihrem Mutterschaftsurlaub gesund und fit aussah.

»Und der kleine Kerl schläft die Nacht durch?«, fragte er und kaute auf dem Ende seiner Zigarre herum.

»Er ist viel braver als die anderen zwei. Ben ist natürlich begeistert, denn jetzt müssen wir nicht mehr ständig mitten in der Nacht wegen einem kleinen Milchquälgeist aufstehen und ihm die Flasche geben.«

»Gut, gut«, sagte Kirby und suchte in seiner Tasche nach einem Feuerzeug. Er verstand nichts von Babys und Flaschen und solchen Dinge. Es sei denn, die Flaschen enthielten Alkohol, versteht sich. Er hatte keine Kinder, und es sah so aus, als würde er auch nie welche haben, da er schon eine Scheidung hinter sich hatte und dann seine neue Freundin im Dienst getötet worden war. Aber er beneidete Lynchs Mann, Ben, nicht um seine Kinder.

Schließlich gelang es ihm, die Zigarre anzuzünden, während Lynch kurz mit einem der Beamten sprach.

»Mach die aus, Kirby«, sagte sie. »Wir haben einen kleinen Spaziergang vor uns, wenn wir unten am Ufer sind. Ich hätte besser eine Hose anziehen sollen.« Sie stieg die Stufen an der Seite der Brücke hinunter.

Die beiden Kinder, die die grausame Entdeckung gemacht hatten, standen zwischen lauter Polizisten am Fuß der Treppe.

»Wir sollten uns zuerst mit ihnen unterhalten«, sagte Kirby.

»Um die wird sich schon gekümmert. Ich habe ihre Kontaktdaten. Komm schon, du Faulpelz.«

Bei jeder anderen Person hätte er die Worte als Beleidigung aufgefasst, aber er arbeitete schon lange mit Lynch zusammen, darum lachte er nur in sich hinein und ging hinter ihr her. Vielleicht würden sich die Dinge, jetzt da sie zur Arbeit zurückgekehrt war, wieder normalisieren. Und hoffentlich würde Sam McKeown seinen Arsch wieder nach Athlone bewegen. McKeown war eine gute Ergänzung für das Team gewesen, während er für Lynch eingesprungen war, aber er neigte dazu, Kirby ohne guten Grund zu reizen.

»Ist es weit?«, rief er Lynch zu, als sie den Grünstreifen neben den Bahngleisen entlanggingen.

»Nur etwa eine halbe Meile.« Ihre Stimme hallte in der warmen Morgenluft zu ihm zurück.

»Nur?«, murmelte er. Er fand ein schmutziges Taschentuch

in seiner Tasche und tupfte sich damit den Schweiß ab, der ihm in die Hautfalten am Nacken tropfte.

Als sie um die nächste Ecke bogen, kamen die weiß gekleideten Mitarbeiter der Spurensicherung in Sicht. Kirby trabte hinter Lynch her. Sie hatte die Schutzkleidung schon fast komplett angezogen, als er die versammelte Gruppe endlich erreichte. Er schnappte sich selbst einen Overall, doch bevor er ihn anziehen konnte, musste er sich kurz nach vorn beugen und die Hände auf den Knien abstützen.

»Geht es dir gut?«, fragte Lynch.

»Ich muss erst wieder zu Atem kommen.«

»Vielleicht solltest du ins Fitnessstudio gehen.«

»Dafür habe ich keine Energie.« Er hob den Kopf und betrachtete sie. Lynch hatte nur wenig von ihrem Babygewicht behalten, und ihr Gesicht war schlanker, als er es in Erinnerung hatte. Er legte einen Finger an seine eigenen schlaffen Wangen und fragte sich, ob sie nicht vielleicht doch recht hatte.

»Zieh dir den Overall an und beeil dich, um Himmels willen«, sagte sie.

Er zwängte sich in den engen forensischen Overall und zog Haube, Überschuhe und Handschuhe an. Er konnte riechen, was sie erwartete, noch bevor er das warme Zelt betrat. Er zog sich den Mundschutz über die Nase, war aber immer noch kurz davor, zu würgen.

»Kein schöner Anblick«, sagte Jim McGlynn, der Leiter der Spurensicherung. Kirby wusste, dass der Mann das Geplänkel mit ihrer Chefin, Detective Inspector Lottie Parker, genoss, auch wenn weder sie noch McGlynn das jemals zugeben würden.

»O mein Gott«, stieß Lynch hervor und erblasste unter den paar hellen Strähnen, die aus ihrer Haube hervorschauten.

»Mein Gott, Jim, was ist das?« Kirby blieb am Eingang des Zeltes stehen. Er spürte, dass ihm leicht schummerig wurde. Von der Hitze oder von der Zigarre? Vielleicht war das mit dem

Fitnessstudio wirklich keine so schlechte Idee. Aber das konnte er vergessen. Er konnte sich das sowieso nicht leisten.

»Wenn Sie mir die Chance geben würden, erkläre ich es Ihnen.« McGlynn klang genervt.

Als er sein Gleichgewicht wiedererlangt hatte, spähte Kirby über Lynchs Schulter, um einen besseren Blick zu erhaschen. Eingezwängt zwischen zwei Schwellen lag ein Körper, oder besser gesagt, ein Teil eines Körpers. Ein Torso, ohne Kopf. Die Beine waren an den Hüften abgetrennt, die Arme an den Schultern. Es war schwer zu sagen, ob es ein Mann oder eine Frau war. Und der Körper war klein, sehr klein. Die Haut war faulig und tropfte an manchen Stellen, und an anderen Stellen sah sie aus wie ...

Er kratzte sich am Kopf. »War das gefroren?«

»Ja. So wie es aussieht, taut sie schon seit ein paar Stunden auf. Hoffentlich ist sie schon kurz nach ihrem Tod eingefroren worden, dann haben wir vielleicht Glück.«

»Glück?« Kirby konnte es nicht erwarten, diesem Zelt zu entkommen.

»Ja, Detective Kirby. Durch das Einfrieren einer Leiche kurz nach dem Todeszeitpunkt bleiben DNA und Fasern erhalten. Wir könnten dadurch Proben gewinnen, die wir forensisch analysieren können und die uns möglicherweise Aufschluss über die Todesursache geben.«

»Gut, gut«, sagte Kirby. »Und der Zeitpunkt des Todes?«

»Genaueres werden wir erst wissen, wenn die Rechtsmedizinerin ihre Arbeit getan hat. Wo bleibt die eigentlich?« McGlynn sah ihn anklagend an.

»Ich frage mal nach, ob sie schon unterwegs ist. Gehen Sie davon aus, dass der Torso weiblich ist?«

»Im Moment ja.«

»Wann, glauben Sie, wurde sie getötet?«

»Mein zweiter Vorname lautet nicht Gott, ich habe nicht

die geringste Ahnung. Lassen Sie mich jetzt meine Arbeit machen?«

Kirby nutzte seine Chance und floh an die frische Luft, dicht gefolgt von Lynch. Als sie ihre Maske abnahm, sah sie ganz grün aus im Gesicht. Sie sprach mit einem Beamten am Eingang des Zeltes, während sie die Schutzkleidung ablegte und in eine braune Tüte für Beweismittel stopfte. Kirby ging zu ihr.

»Alles okay?«, fragte er.

»Ja«, blaffte sie. »Jane Dore kommt innerhalb der nächsten Stunde.« Sie schüttelte ihr Haar, als ob sie jede einzelne Strähne von dem Gestank befreien wollte, der daran haftete. »Was zum Teufel ist das da drin, Kirby?«

»Ich bin mir nicht sicher, aber wenn ich jetzt etwas behaupten müsste, dann würde ich sagen, es ist die Leiche eines Kindes.«

SIEBEN

Lottie war nicht besonders erfreut, als sie vor ihrer neuen Superintendentin stand. Sie selbst war für die Beförderung vorgesehen gewesen, nachdem Superintendent Corrigan aus gesundheitlichen Gründen in den Ruhestand gegangen war. Beim letzten Mal hatte man sie zugunsten von David McMahon übergangen, aber diesmal hatte sie sich nicht einmal die Mühe gemacht, eine Bewerbung einzureichen. McMahon hatte sich selbst in die Scheiße geritten und verbrachte seine Suspendierung nun damit, am Strand von Dollymount Kieselsteine ins Wasser zu werfen, während die Dienstaufsichtsbehörde allen Dreck, der er verursacht hatte, zusammensuchte. Soweit Lottie gehört hatte, gab es davon genug, um mindestens zwei Schubkarren zu füllen. Karma, dachte sie. Und doch war er bis zu einer umfassenden Anhörung in bezahlten Urlaub geschickt worden.

Bislang hatte sie nur wenig mit Deborah Farrell zu tun gehabt, die ziemlich schnell die Karriereleiter nach oben geklettert war. Lottie freute sich, dass eine Frau den Job bekommen hatte, aber sie war sich nicht sicher, ob sie unter dieser Frau arbeiten wollte. Es gab kaum Gerüchte, auf die man sich stützen konnte, sodass sie sich auf offizielle Quellen verlassen musste – und die sagten nicht viel aus.

Deborah Farrell war vor zwei Monaten mit einem einwandfreien Leumund in Ragmullin eingetroffen. Mit ihren fünfundvierzig Jahren war sie genauso alt wie Lottie, aber Lottie war fast zehn Zentimeter größer als sie. Das war immerhin etwas, sagte sie sich. Allerdings war das in einem Gespräch, in dem man saß, auch nicht unbedingt hilfreich. Farrells Augen waren dunkelgrau, und ihr langweilig braunes Haar war am Hinterkopf zu einem festen Dutt zusammengesteckt. Keine einzige Strähne war lose. Nicht einmal ihr Haar widersetzte sich ihr. Aber die weiße Bluse ihrer Uniform musste gebügelt werden, eine Schulterklappe hatte sich gelöst und ihre Krawatte lag verknotet auf dem Schreibtisch.

Sie fuhr sich mit einem unberingten Finger am offenen Kragen entlang. »Detective Inspector Parker.« Eine Feststellung, keine Frage.

»Das bin ich, Superintendentin Farrell.« Lottie setzte sich aufrecht hin.

»Wir können auf die Formalitäten verzichten. Ist es in Ordnung, wenn ich Sie Lottie nenne?«

»Sicher.«

»Draußen in der Öffentlichkeit bin ich Superintendentin Farrell, aber hier unter uns bin ich Deborah.«

»Von mir aus.« Lottie hatte keine Ahnung, worauf das hinauslief, und sie wusste nicht, ob sie erfreut oder misstrauisch sein sollte, weil die Superintendentin so freundlich war.

»Detective Sergeant Boyd ist krankgeschrieben, aber ich habe hier einen Antrag auf Rückkehr zur Arbeit auf Teilzeitbasis vorliegen.«

»Wirklich?« Lottie beugte sich vor. Das war ihr neu.

»Ich würde gern Ihre Meinung zu diesem Thema hören. Soweit ich weiß, stehen Sie und Boyd sich … näher?«

Lottie durchfuhr es glühend heiß und sie errötete. Wie

sollte sie damit umgehen? Am besten wohl mit der Wahrheit herausrücken, dachte sie.

»Wir sind verlobt und wollen heiraten, Superin... Deborah.« Mensch, es fühlte sich unangenehm an, ihre Chefin mit dem Vornamen anzusprechen. »Ich trage keinen Verlobungsring. Als Witwe erscheint mir das nicht angemessen, wissen Sie.« Warum rechtfertigte sie sich? »Bei Boyd wurde letzten Dezember Leukämie diagnostiziert. Die Behandlung hat ihm viel abverlangt, aber die letzten Ergebnisse zeigen eine Verbesserung.«

»Was meinen Sie damit?« Farrell fuhr sich in einer fast männlichen Geste mit der Hand über das Kinn.

»Er hat gut auf die Behandlung angesprochen. Seinem Onkologen zufolge so gut, wie man es sich in diesem Stadium erhoffen kann.«

»Ich habe gehört, dass seine Mutter vor Kurzem gestorben ist.« Farrell beugte den Kopf zu Lottie vor, ließ die Hand von ihrem Kinn sinken und stützte beide Ellbogen auf den Schreibtisch.

»Ja«, bestätigte Lottie. »Sie wurde gestern beerdigt.«

»Wie hat sich das auf ihn ausgewirkt?«

Lottie fummelte am Saum ihres zerschlissenen T-Shirts herum und dachte über all diese Fragen nach. Farrells Stimme wirkte sanft und beruhigend. So sprach man, um Informationen aus Zeugen und Verdächtigen herauszukitzeln. In welche Kategorie fiel Lottie? Warum war sie überhaupt hier und beantwortete Fragen über Boyd? Farrell konnte ihn herzitieren und ihn selbst verhören, wenn sie das Bedürfnis danach hatte.

»Es geht ihm gut.« Sie rutschte unruhig hin und her.

»Glauben Sie, dass er in der Lage ist, wieder zu arbeiten?«, beharrte Farrell.

Verdammt, dachte Lottie. Jetzt befand sie sich in einer Zwickmühle. Boyd hatte beiläufig erwähnt, dass er mit seinem Arzt darüber gesprochen hatte, dass er wieder in Teilzeit arbeiten wollte, aber sie hatte ihm nicht wirklich zugehört. Sie dachte, dass es ihm mental und emotional guttun würde, wieder etwas Sinnvolles zu tun, aber war er dem auch körperlich gewachsen? Wie würde sich das auf ihr Team auswirken? Maria Lynch war aus dem Mutterschaftsurlaub zurück, und Sam McKeown war noch nicht wieder zurück nach Athlone versetzt worden. Sie wollte das Gleichgewicht nicht stören. Und sie wollte auch nicht dabei zusehen, wie Boyd sich quälte. Die Chemotherapie hatte einige Nebenwirkungen mit sich gebracht. Wie kann ich das diplomatisch lösen?, fragte sie sich.

»Ich glaube, das ist eine Sache, die seine Ärzte entscheiden sollten«, sagte sie schließlich und bohrte mit dem Finger ein Loch in ihren dünnen Baumwollärmel. Farrells Augen erinnerten sie an ein Paar Kugeln, die gleich auf sie niederprasseln würden.

»Hm. Ich war an Ihrer Meinung als seine Vertraute interessiert, aber ich kann nachvollziehen, dass Sie da emotional zu tief drinstecken. Das verstehe ich, und ...«

»Nein, das ist es ganz und gar nicht«, platzte Lottie heraus. »Persönliche Gedanken möchte ich ja gerade außer Acht lassen und die Sache rein professionell betrachten.«

»Ich fange an, das zu bezweifeln.« Farrells freundliche Miene verblasste und sie presste die Lippen aufeinander.

»Wie bitte?«, fragte Lottie nach.

»Ich glaube, das wird nicht funktionieren.«

»Was wird nicht funktionieren?« Sie geriet ins Schwimmen, hatte die Hände fast flehend auf den Schreibtisch gelegt, denn sie wusste genau, was Farrell als Nächstes sagen würde.

»Dass Sie weiter mit Detective Sergeant Boyd zusammenarbeiten. Ich versuche, Ihnen hier einen Ausweg zu bieten, aber Sie begreifen es wohl nicht.«

Lottie schüttelte den Kopf. Hatte sie in dem Gespräch etwas verpasst?

»Ich weiß nicht, ob ich Ihnen folgen kann, Superintendentin«, sagte sie und ließ den Deborah-Unsinn wieder bleiben.

»Ich dachte, Sie wären cleverer. Sie enttäuschen mich.«

»Erklären Sie mir lieber mal, wovon Sie sprechen«, gab Lottie trotzig zurück.

Farrell nahm die Krawatte vom Schreibtisch und schob sie unter ihren Hemdkragen. Mit geschickten Fingern hatte sie sie in vier Sekunden entwirrt, gebunden und in Position gebracht, sodass ihr Hals kleiner wirkte. »Sie könnten mir sagen, dass Boyd noch nicht dazu bereit ist, wieder zu arbeiten, auch nicht in Teilzeit; wenn Sie das nicht machen, müssen entweder Sie oder er in einen anderen Bezirk versetzt werden. Emotionen haben in diesem Job nichts zu suchen. Was darf es also sein?«

Lottie widerstand der Versuchung, Farrell darauf hinzuweisen, dass ihre Schulterklappe offen war, stand auf und schob den Stuhl unter den Schreibtisch. In diese Falle würde sie nicht tappen. »Ich glaube, das müssen Sie selbst entscheiden.« Sie legte ihre Hände auf die gepolsterte Lehne, versuchte, ihre zitternden Finger stillzuhalten, und fügte hinzu: »Ist das alles?«

»Das ist alles.«

Sie floh aus der Tür. Im Flur lehnte sie sich an die Wand, schloss die Augen und wartete, bis sich ihre Atmung wieder normalisierte.

»Alles in Ordnung, Chefin?« Kirby watschelte auf sie zu.

»Was machen Sie denn hier oben?«, fragte sie.

»Die Superintendentin wollte den Bericht über die Drohnenleiche sehen.«

»Was ist eine Drohnenleiche?«

»Scheiße, tut mir leid. Ich habe vergessen, dass Sie das noch gar nicht wissen. Soll ich Sie besser aufklären, bevor ich mit ...?« Er nickte in Richtung Tür.

Lottie packte ihn am Ellbogen und lenkte ihn zurück in den Korridor.

»Ja, und ob Sie mich besser zuerst aufklären sollten!«

ACHT

Kevin O'Keeffes erste selbst auferlegte Aufgabe des Tages war es, die Recyclingbehälter und den Müll aus dem Hauswirtschaftsraum zu holen und nach draußen zu den Mülltonnen zu tragen. Diese tägliche Aufgabe erledigte er mit großem Eifer.

Mit seinen in Einweghandschuhe gehüllten Händen hob er den Deckel des ersten Behälters an und zog den transparenten Plastikbeutel heraus. Er schlug leicht gegen die Seite des Beutels und drehte ihn in der Hand, während er durch das Plastik den Inhalt begutachtete. Sah in Ordnung aus. Essensreste, etwas unordentlich in Zeitungspapier eingewickelt. Das Müllentsorgungsunternehmen stellte immer noch keine braune Tonne für Lebensmittelabfälle zur Verfügung, und so sehr es ihn auch schmerzte, das tun zu müssen, ging er zur Hintertür hinaus und warf die Tüte in die schwarze Tonne. Als er den Deckel anhob, roch er das Bleichmittel. Er hielt seine Mülltonnen sauber, indem er sie nach jedem Entleeren gründlich von innen und außen putzte.

Als Nächstes öffnete er die kleine Recyclingtonne im Haus. Sie war leer. Das war merkwürdig. Da sollten doch eigentlich Pappe, Lebensmittelkartons und die Plastikverpackungen von

Gemüseschalen drin sein. Was hatte Marianne denn jetzt schon wieder gemacht?

Zurück in der Morgensonne draußen, öffnete er den Deckel der blauen Tonne und roch erneut das Bleichmittel. Auf dem Boden lag der Beutel, den er darin erwartet hatte. Als er ihn mit zurück ins Haus nahm, bemerkte er, dass etwas auslief und eine braune Flüssigkeit hinter ihm eine Spur auf dem Boden hinterließ. Er kippte den Beutel aus und schüttete den Inhalt auf den Küchenboden. Unter geschreddertem Papier und plattgedrückten Kartons fand er den Stein des Anstoßes. Eine nicht ganz leere Coladose, die aber immerhin zerdrückt worden war.

»Marianne!«, brüllte er.

»Ich bin hier drin.« Ihre Stimme kam aus dem Wohnzimmer, wo sie sich ein kleines Büro eingerichtet hatte.

»Was hat das zu bedeuten?« Er hielt die Dose hoch.

Sie saß an ihrem Schreibtisch und blickte über ihre Schulter. Die Sonne, die durch das Fenster schien, brachte ihr braunes Haar zur Geltung. Es sah glänzender aus als sonst. Er fragte sich, ob sie es gefärbt hatte, ohne ihn vorher zu fragen.

»Ich habe keine Ahnung, wovon du sprichst.« Sie schenkte ihm dieses halbe Lächeln, bei dem er nie wusste, ob sie sich über ihn lustig machte oder ihn anhimmelte.

Er knallte die Dose auf das Blatt Papier, das sie gerade beschrieb, drehte ihren Stuhl, sodass er hinter ihr stand, und legte seine behandschuhte Hand in ihren Nacken. Es war nur eine ganz leichte Berührung, aber er spürte, wie sie zurückwich und den Kopf duckte, um aus seiner Reichweite zu entkommen. Er kniff jetzt in ihre Haut und riss dabei an den kurzen Haaren an ihrem Hals.

»Ich kümmere mich um das Recycling, nicht du, und genau das hier ist der Grund dafür.« Er stupste die tropfende Dose an.

»Kevin, mach dich nicht lächerlich. Der Beutel war voll, also habe ich ihn rausgebracht.«

Er spürte, wie Hitze in seinem Nacken aufstieg und an

seinen Ohren wie ein Sonnenbrand aufflammte. Er ballte die Hände zu Fäusten, seine Haut schwitzte unter den synthetischen Handschuhen. Ihre Stimme ging ihm auf die Nerven. Sie klang wie ein verstimmtes Klavier. Schrill. Unnatürlich. Quengelig.

»Ist da etwas drin, das du vor mir verstecken wolltest?«, fragte er. »Etwas, das du aufgeschrieben hast und von dem du nicht willst, dass ich es lese? Ist das der Grund, warum du immer alles schredderst?«

»Natürlich nicht. Du bist völlig irrational.«

Er kannte die Zeichen so gut. Sie versuchte, herrisch zu wirken, aber gleichzeitig kauerte sie sich zusammen. Er grinste und packte ihren Nacken fester, schob seine Finger tiefer in ihr Haar und drehte ihren Kopf so, dass sie ihn ansehen musste.

»Du weißt doch, dass ich *nie* irrational bin, mein Schatz.«

»Bitte, Kevin. Du tust mir weh.«

Er lächelte. Er wusste, dass er ihr nicht wehtat, aber dass er es könnte, wenn er wollte.

Er beugte sich vor und zeigte auf die Seite, an der sie geschrieben hatte. »Worum geht es hier?«

»Du weißt, dass ich gerade mitten im Schreibprozess stecke. Deshalb muss ich die Seiten schreddern. Ich möchte nicht, dass jemand das in einem unfertigen Zustand liest.«

»Schreibst du über mich?« Er würde es ihr durchaus zutrauen, unerhörte Unwahrheiten zu erfinden.

»Ich schreibe fiktive Geschichten, das weißt du doch.«

»Das würde dich nicht davon abhalten, mich als eine Art Ungeheuer darzustellen, oder?« Er lachte nervös. Sie sollte ihn wirklich nicht so quälen mit ihrem Geschreibsel.

»Du weißt, dass ich das niemals tun würde. Hör auf, Kevin. Du tust mir jetzt wirklich weh.«

Er zog seine Hand zurück. Ihr Kopf senkte sich und sie griff sich an den Hals. Lange Finger mit rot lackierten Nägeln.

Er trat einen Schritt vor und ergriff ihre Hand. »Für wen sind denn die?«

»Wovon um Himmels willen redest du – aua!«

Er hatte sie geohrfeigt, ohne es zu merken. Daran war sie selbst schuld.

»Mach das Zeug von deinen Nägeln ab.« Er entfernte sich von ihr, ohne sich zu entschuldigen. Als es ihm gelang, wieder normal zu atmen und nicht mehr zu schreien, sagte er: »In Zukunft leerst du die Dosen und Kartons aus und spülst sie, bevor du sie zerdrückst. Ich bin für den Müll und das Recycling zuständig.«

»Ich habe nicht darüber nachgedacht ...«

»Das tust du nie, oder? Es sei denn, es geht darum, dir den dämlichen Plot für ein Buch auszudenken, das nie veröffentlicht werden wird. Gib es endlich auf.« Er ging zur Tür, drehte sich noch einmal um und starrte sie so lange an, bis sie den Blick hob. »Ich meine es ernst, Marianne. Es wird Zeit, dass du den Laptop bei eBay reinstellst und deine dummen Ideen vergisst. Du wirst nie eine Schriftstellerin sein.«

Er kehrte in den Hauswirtschaftsraum zurück, um seine morgendliche Pflicht zu beenden. Er war sehr zufrieden mit sich selbst. Eine tropfende Getränkedose, und er hatte sie in ihre Schranken gewiesen. Hoffentlich war das ein gutes Omen für den Rest des Tages.

NEUN

Nachdem Jim McGlynn die Untersuchung an der zerstückelten Leiche beendet und die Rechtsmedizinerin Jane Dore vor Ort einen Blick darauf geworfen hatte, wurde der Torso in die Leichenhalle des Tullamore Hospital gebracht. Die Rechtsmedizinerin hatte erklärt, dass sie warten müsse, bis er in der Leichenhalle unter sterilen Bedingungen vollständig aufgetaut sei. Kirby informierte Lottie über die Vorkommnisse des frühen Morgens und überließ ihr die Aussagen der beiden Jungen.

Im Gemeinschaftsbüro öffnete er sich einen Energydrink und sagte: »Wir werden angerufen, wenn die Rechtsmedizinerin mit der Obduktion anfangen kann.«

»Und wo sind die beiden Zeugen?«, fragte Lynch, ließ sich auf ihren Stuhl plumpsen und kickte ihre Schuhe unter den Schreibtisch.

»Die beiden haben ihre Aussagen gemacht und ihre Mütter haben sie nach Hause gebracht. Das Bildmaterial der Drohne ist als Beweismittel beschlagnahmt.«

»Die armen Kinder.«

»So arm auch wieder nicht. Immerhin haben sie eine Drohne. Ganz schön teures Spielzeug.«

»Du weißt, was ich meine.« Lynch verschränkte die Arme.

»Das hier stimmt dich vielleicht ein bisschen milder.« Kirby hämmerte mit seinen Stummelfingern auf die Tastatur. »Ich habe die Techniker gebeten, die SD-Karte der Drohne per USB anzuschließen. Wir können uns das Material jetzt anschauen.«

»Hast du das nicht selbst hingekriegt?«

»Du weißt doch: Ich und Technik. Willst du es dir nun ansehen oder nicht?«

»Klar.« Sie rollte ihren Stuhl heran und schob die Beine unter seinen Schreibtisch.

Kirby wurde sich plötzlich seines Körpergeruchs bewusst und wünschte sich, er wäre kurz in die Umkleide gegangen und hätte sich mit Deodorant eingesprüht. Aber es hatte keinen Sinn, sich jetzt darüber Gedanken zu machen, dachte er und öffnete die Datei auf seinem Computer.

»Du musst auf Play drücken«, sagte Lynch.

»Wenn du mir die Chance geben würdest …«

»Du klingst ja wie McGlynn.«

»Und du bist wieder voll und ganz im Dienst angekommen«, lachte Kirby.

Die Bilder waren erstaunlich scharf. Kirby verfolgte den Verlauf der Gleise von oben und stellte sich vor, wie die Jungen hinter der Drohne hergelaufen waren und sich das Videomaterial auf dem Handydisplay angesehen hatten, ohne zu ahnen, welches Grauen sie gleich entdecken würden.

»Halt es mal an.« Lynch zeigte auf den Bildschirm, und Kirby bedauerte, dass er sie nicht an den Computer gelassen hatte. Doch er fand die richtige Taste und pausierte das Video.

»Das ist etwa hundert Meter von der Stelle entfernt, an der die Leiche entdeckt wurde«, sagte er.

»Ich weiß, und ich versuche gerade, ein Gefühl für das Gelände zu bekommen. Wie konnte jemand eine Leiche, eine gefrorene Leiche, so weit da runterbringen? Es gibt keine Straße. Es ist praktisch nur eine Bahnstrecke mitten durch die Felder.«

»Der Kanal liegt aus dieser Perspektive auf der linken Seite, und daneben verläuft der Treidelpfad für Wanderer. Vielleicht wurde die Leiche über den Pfad oder mit einem Boot transportiert?«

»Ein Boot ist durchaus eine Möglichkeit«, sagte Lynch. »Auf diese Weise würden keine Spuren zurückbleiben. Und was, wenn die Leiche von einem fahrenden Zug abgeworfen wurde?«

»Ist das ein Babyhirn, das du da drin hast?«

»Ich nehme Anstoß an dieser Bemerkung.«

»Oh, Entschuldigung.« Scheiße, hatte er etwas politisch Unkorrektes gesagt?

Maria Lynch lachte und band sich das Haar mit einem Haargummi zusammen. »Das war ein Scherz. Aber du hast recht, es ist unmöglich, dass jemand eine gefrorene Leiche in einem Zug versteckt, bevor er sie aus dem Fenster wirft.«

»Sie ist klein. Mein Gott, Lynch, ich bin mir sicher, dass das ein Kind ist.«

»Ich frage mich, wie lange sie dort gelegen hat«, überlegte sie, während ein Beamter Akten auf den Schreibtischen der Ermittler verteilte. »Heute Morgen sind zwei Züge gefahren, bevor die Jungs ihre Entdeckung gemacht haben. Ich habe veranlasst, dass die Zugführer befragt werden, um herauszufinden, ob sie etwas auf den Gleisen bemerkt haben. Wir werden auch mit den Fahrgästen sprechen müssen.«

Kirby blätterte in der Akte, die gerade auf seinen Schreibtisch gelegt worden war. Sie sah so aus, als wäre sie hastig von einem der neuen Büroangestellten abgetippt worden. Die Dinge änderten sich hier gerade so schnell, wie ihre neue Superintendentin sie abzeichnen konnte.

»Die beiden Jungen haben erzählt, dass sie heute zum

ersten Mal mit der Drohne über die Bahngleise und nicht über den Kanal geflogen sind. Könnte die Leiche schon eine Weile dort gelegen haben?«

»Ich bezweifle es.« Lynch schüttelte den Kopf. »Ich bin sicher, ein Zugführer hätte einen Torso in einem großen Eisblock bemerkt.«

»Stimmt, das ist es. Wenn sie länger dort gelegen hätte, wäre mehr Eis geschmolzen. Die Rechtsmedizinerin sollte in der Lage sein, uns anhand der Zeit, die ein gefrorener Körper bei diesem Wetter zum Schmelzen braucht, eine gute Vorstellung davon zu geben, wann er entsorgt worden ist. Lass uns mit dem Video weitermachen und sehen, ob uns noch was auffällt.«

Er drückte eine Taste und beobachtete aufmerksam die Aufnahmen, während die Drohne über die einspurige Strecke flog.

»Schade, dass sie nicht näher am Boden fliegt«, sagte er. »Wir könnten ein paar Hinweise entdecken.«

Lynch sagte nichts. Das beunruhigte ihn. Er versuchte, sich auf den Bildschirm zu konzentrieren, aber sein Bauch grummelte und hinter seinen Augen begannen Kopfschmerzen zu pochen.

»Ich weiß nicht, wie junge Leute den ganzen Tag vor dem Bildschirm verbringen können. Ich sitze noch keine fünf Minuten davor und schon ...«

»Stopp«, sagte Lynch.

»Ich wollte doch nur ...«

»Den Film. Das Video. Stopp. Anhalten. Zurückspulen. So. Siehst du das?«

Kirby beugte sich näher an das Bild heran. »Was?«

»Die Steine zwischen den Schwellen sehen alle gleich aus, findest du nicht auch?«

Kirby zuckte mit den Schultern. Er hatte keine Ahnung, wovon Lynch eigentlich sprach.

»Du musste es doch sehen! Zoom mal ran.«

»Wie mache ich das?«

»Verarschst du mich?« Sie starrte ihn an.

Er klickte ein paarmal mit der Maus. Das Bild wurde immer unschärfer, aber schließlich sah auch er, was seine Kollegin meinte.

»Das ist kein Stein«, sagte er. »Was ist es dann?«

»Ich bin mir nicht sicher, aber es könnte ...« Lynch lehnte sich stirnrunzelnd in ihrem Stuhl zurück.

»Lynch?«

»Wir müssen zurück zur Bahnstrecke. Sofort.«

»Was ist es?«, wiederholte er.

Sie beugte sich wieder vor und blinzelte. »Verdammte Scheiße, Kirby, das ist eine Hand.«

ZEHN

Das Versicherungsgeschäft war nicht das, was Kevin O'Keeffe sich selbst ausgesucht hätte, aber das Leben verlief nicht immer so, wie man es plante. A2Z Insurance befand sich in einer Einkaufsstraße; dahinter war ein Verschrottungsunternehmen. Es war laut, sowohl im Inneren des Gebäudes mit dem Großraumbüro als auch draußen, wo die Maschinen knirschten.

»Sie sind zu spät!«

»Tut mir leid.« Kevin warf seine Laptoptasche unter den Schreibtisch und nahm sein Headset in die Hand. »Ich hatte wieder ein kleines Problem mit Marianne.« Er hob die Hand zum Mund und macht eine Geste, als ob er trinken würde. Seine übliche Ausrede. Alle im Büro glaubten, dass seine Frau eine hoffnungslose Alkoholikerin war, und das brachte ihm das Mitgefühl seiner Kollegen ein, obwohl er sich fragte, ob Shane Courtney, sein Vorgesetzter, die Lüge nicht vielleicht doch durchschaute. Courtney war jünger als er. Um die dreißig, und seine chronisch schlechte Laune ließ sich an seinem angespannten Kiefer und seinen eisigen Augen ablesen. Kevin spürte, wie eine leise Wut in ihm aufflammte, als sein Chef sich durch das Labyrinth der Schreibtische auf ihn zubewegte.

»Jemand muss sie sich mal ansehen. Das wirkt sich auf Ihre Leistung aus, Kevin. Glauben Sie, dass sie vielleicht einen Entzug machen sollte?«

Kevin biss sich von innen in die Wange, um nicht loszubrüllen, und nickte. »Wahrscheinlich haben Sie recht, aber wissen Sie, wie teuer diese Einrichtungen sind? Selbst mit Ihrem Gehalt würde ich mir das nicht leisten können.«

»Sie haben keine Ahnung, wie hoch mein Gehalt ist, und außerdem bin nicht ich es, der trocken werden muss. Sie waren diesen Monat schon fünfmal zu spät. Das ist inakzeptabel. Bringen Sie Ihr Familienleben in Ordnung, sonst bekommen Sie gar kein Gehalt mehr.«

»Okay, okay ... Entschuldigung.«

Auf dem Weg zurück in sein Büro fügte Courtney über seine Schulter hinweg hinzu: »Und Sie sind meilenweit davon entfernt, Ihre Zielvorgabe für diesen Monat zu erreichen. Legen Sie endlich los.«

Als er erleichtert aufatmete, bemerkte Kevin die Stille um ihn herum. Er spürte, wie seine Wangen brannten. Dieser Scheiß-Courtney. Warum musste er ihn vor den Augen der anderen so zurechtweisen? Er schüttelte den Kopf und gab sein Computerpasswort ein.

»Alles in Ordnung, Kevin?«

Er blickte über die Trennwand hinweg zu Karen Tierney. Sie war Mitte zwanzig und auf eine leicht wieder zu vergessende Art hübsch, ihr blondes Haar war unordentlich auf dem Kopf zusammengebunden. Die Kombination aus blauer Jeans, roter Bluse und hellem Make-up ließ sie wie die amerikanische Flagge aussehen. Und manchmal, heute etwa, konnte sie eine ganz schön neugierige Kuh sein.

»Mir geht es gut«, murmelte er. »Ich muss loslegen.« Er klopfte auf die Tastatur und hoffte, dass sie den Wink verstand.

»Ich habe Marianne am Wochenende im Supermarkt gesehen. Sie sieht gar nicht gut aus. Du solltest wirklich machen, was Mr Courtney sagt.«

»Karen?«

»Was?«

»Kümmer dich um deinen eigenen Kram.«

Ihr Kopf verschwand hinter der Trennwand, und Kevin machte sich an die Arbeit, wobei er sich wünschte, er wäre irgendwo anders als in diesem klatschsüchtigen Dreckloch. Sobald er seinen Computer hochgefahren hatte, setzte er sich das Headset auf und rief seine Nachrichten-App auf. Die lieferte ihm normalerweise etwas Material für Small Talk, wenn er einen schwierigen Kunden am Telefon hatte. Der Ticker mit den aktuellen Nachrichten erregte seine Aufmerksamkeit und er tippte darauf.

»Ach du Scheiße«, entfuhr es ihm.

»Was ist los?« Karen steckte ihren Kopf wieder über die Trennwand und hielt sich an der blauen Kante fest, ihre Nägel waren mit Diamanten besetzt, die genauso unecht waren wie ihre Wimpern.

Er verscheuchte sie mit einer Handbewegung und las weiter. Ein Torso war auf den Eisenbahnschienen gefunden worden. Sein Headset piepte, als ein Anruf einging. Er leitete ihn an Karen weiter. Es war das Beste, sie zu beschäftigen, während er die Nachrichten las.

Im The Bank, einem der neueren Cafés von Ragmullin, war es ziemlich ruhig. Faye setzte sich in eine Ecke, während Jeff ihre Getränke bestellte. Er kam mit zwei Kaffees und getoasteten Croissants, gefüllt mit Käse und Schinken, zurück. Ihr verdrehte sich der Magen.

»Ich kann doch jetzt nichts essen.«

»Du musst etwas essen, um den Schock zu überwinden.«

Jeff riss mehrere Zuckertütchen auf und leerte sie in ihren dampfenden Becher. »Trink das aus.«

»Ehrlich, ich kann nicht.« Faye lehnte sich in dem Sessel zurück, der zu weich und zu niedrig war. Ihre Knie waren höher als ihr Bauchnabel; am liebsten würde sie sich übergeben.

»Was hast du damit gemacht?«

»Womit?«

Sie beobachtete, wie er sich ein Stück Croissant in den Mund schob, wobei geschmolzener Käse an seiner Unterlippe kleben blieb.

»Mit dem Schädel«, flüsterte sie.

Er pustete auf seinen Kaffee, bevor er einen Schluck nahm.

»Er könnte zu einer Leiche gehören. Wo ist der Rest davon?«

»Bitte, Faye, vergiss das Ding doch einfach.«

Sie beugte sich vor und hob ihre eigene Tasse an. Ihr Magen drehte sich erneut um, als ihr der Duft des heißen Kaffees in die Nase stieg. Sie stand auf. »Ich gehe aufs Klo.«

Am Rande ihres Blickfelds tanzten schwarze Flecken und sie spürte, wie Jeffs Hand nach ihr griff, um sie zu stützen. Sie schlug sie weg und ging in die schwach beleuchtete Damentoilette.

Über das Keramikbecken gebeugt atmete sie tief ein. Als sie sich im Spiegel betrachtete, schreckte sie vor ihrem Aussehen zurück. Schweißperlen bedeckten ihr viel zu weißes Gesicht. Ihr blondes Haar war verknotet und voller Staub, selbst ihre Hände waren noch mit einer dünnen Schicht feiner Gipspartikel bedeckt. Ein Gespenst, dachte sie, ich sehe aus wie ein Gespenst.

Während das Wasser aus dem Hahn lief, drückte sie hastig Seife aus einem widerwilligen Spender und wusch sich die Hände, dann schüttelte sie den Staub aus ihrem Haar. Sie hielt ein Papiertuch unter den gurgelnden Wasserstrahl und tupfte sich mit dem getränkten Tuch über Stirn und Wangen.

Nachdem sie gepinkelt und sich noch mal die Hände gewaschen hatte, fühlte sie sich immer noch nicht besser. Das Schmetterlingsflattern in ihrem Magen hielt an, und sie fragte sich, wie sie mit einem lebenden kleinen Menschen in ihrem Leben zurechtkommen sollte, wo sie doch gerade wahrscheinlich einen toten in dem Haus gefunden hatte, das sie zu einem Zuhause machen wollte.

Einen toten kleinen Menschen.

»Im Ernst?«, fragte sie ihr Spiegelbild. *Vergiss das Ding doch einfach*, hatte Jeff gesagt, aber Faye war keine Person, die Dinge einfach vergaß, nur weil jemand es ihr befahl. Auf keinen Fall. Sie drehte den tropfenden Wasserhahn zu und straffte die Schultern. Sie würde herausfinden, ob der Schädel echt war oder nicht. Aber zuerst musste sie herausfinden, wo Jeff ihn hingetan hatte.

Als sie die Tür der Damentoilette öffnete, fiel ein Schatten auf sie. Sie sah auf.

»Jeff?«

»Du hast so lange gebraucht. Ich habe mir Sorgen gemacht. Geht es dir gut? Ist was mit dem Baby?«

»Hör auf, dir ständig Sorgen um mich zu machen, als wäre ich ein kranker Welpe. Ich stand unter Schock, jetzt geht es mir wieder gut. Du musst zurück zur Arbeit. Lass mich einfach am Haus raus. Die Tapete wird sich nicht von selbst abkratzen.«

ELF

Lottie erreichte die Stelle, die Lynch auf dem Drohnenvideo entdeckt hatte. In ihrem Overall hockte sie sich neben die Eisenbahnschwellen.

Kirby schnaufte und keuchte neben ihr. »Wir sind etwa hundert Meter von der Stelle entfernt, an der die Leiche gefunden wurde.«

Sie beobachtete die Aktivitäten in der Ferne. Eine kleine Armee von Leuten der Spurensicherung, die wie weiße Ameisen aussahen, durchsuchte den Bereich, an dem die Leiche gelegen hatte. Sie schaute sich um. Ein dichter Brombeerstrauch ragte aus der nahen Hecke heraus. Auf der gegenüberliegenden Seite der Gleise befand sich ein hölzerner Zaunstritt, der zum breiten Ufer des Kanals hinüberführte. Wahrscheinlich zu einem Angelplatz, dachte sie.

»Vielleicht wurde die Leiche über den Kanal hergeschafft«, sagte Kirby, »und derjenige, der sie transportiert hat, ist hier auf die Gleise umgestiegen. Vielleicht hat er die Hand auf dem Weg zum Hauptablegeplatz fallen lassen.«

Lottie sah sich den Ort genauer an. Kirby hatte wahrscheinlich recht. Aber wo waren die restlichen Leichenteile?

»Es ist definitiv eine Hand«, sagte sie und inspizierte das gefrorene Fleisch, ohne es zu berühren. »Die gesamte Bahnstrecke muss aufs Gründlichste abgesucht werden.«

»Die *gesamte* Strecke?«, fragte Kirby. »Von Sligo bis nach Dublin?«

»Nein, ich meine von der Stadt bis zu der Stelle, an der der Torso gefunden wurde, und dann noch ein Stückchen weiter.«

»Dafür brauchen wir immer noch eine Menge Einsatzkräfte.« Er kratzte sich am Kopf. »Wir könnten einfach eine Drohne über die Strecke fliegen lassen.«

Lottie lächelte hinter ihrem Mundschutz. »Kirby, das ist das Vernünftigste, was ich seit Langem von Ihnen gehört habe.«

»Ist das ein Kompliment, Chefin?«

»Sie können es gern als solches betrachten. Aber vielleicht wäre es besser, die Luftunterstützung hinzuzuziehen, und wir brauchen trotzdem immer noch Leute am Boden. Organisieren Sie das.«

Sie stand auf und warf einen Blick auf die Hecken, in deren Ästen sich Papier- und Plastikfetzen verfangen hatten. Die Böschung entlang der Gleise war übersät mit Müll. Wahrscheinlich galt das auch für den Treidelpfad entlang des Kanals.

»Ich möchte, dass auch die Umgebung durchsucht wird. Mir scheint, dass derjenige, der diese Leiche entsorgt hat, unvorsichtig war; außer natürlich das war Absicht.« Sie dachte über ihre eigenen Gedankengänge nach. »Vielleicht hat er etwas weggeworfen, das uns helfen könnte, ihn zu belasten. Wo ist Lynch?«

»Ich bin hier.«

Lottie sah zu, wie Maria Lynch mit dem Reißverschluss ihres Schutzoveralls kämpfte.

»Er klemmt. Und sagen Sie nichts über Babyspeck, denn ich habe keinen.«

»Sie sehen toll aus, Maria, und lassen Sie sich von

niemandem etwas anderes einreden. Das kann man von Kirby hingegen nicht gerade behaupten. Was ist mit ihm los?« Sie beobachtete, wie der korpulente Detective zur Seite schlich und an seinem Handy herumfummelte.

»Was ist *nicht* mit ihm los?« Endlich schloss sich Lynchs Reißverschluss.

»Gute Arbeit, dass Sie die Hand entdeckt haben. Wenn Sie sie nicht gesehen hätten, hätten die wilden Tiere ein Festmahl gehabt.« Lottie bemerkte zwei Mitglieder der Spurensicherung, die sich auf sie zubewegten.

Lynch beugte sich über die Hand und sah sie sich an. »Sie sieht aus, als wäre sie in Plastik eingewickelt gewesen. Glauben Sie, sie gehört zum Torso?«

»Ich hoffe es, sonst haben wir es mit zwei Leichen zu tun.« Lottie kniete sich neben Lynch. »Wir haben den Torso und eine Hand. Ich würde gern wissen, wo der Rest der Leiche steckt.«

»Wenn hier eine Hand rumliegt, sollte die andere auch irgendwo sein. Wer, der bei Verstand ist, würde einfach eine einzelne Hand fallen lassen?«, fragte Lynch mit ernster Miene.

»Sie könnte aus Versehen fallen gelassen worden sein. Und wir haben es nicht mit jemandem zu tun, der bei Verstand ist«, gab Lottie zu bedenken.

McGlynn kam bei ihnen an. »Sie mischen sich wie immer in meine Tatorte ein, Detective Inspector Parker.«

»Nur gucken, nichts anfassen. Ich lerne dazu«, sagte Lottie.

»Gut«, entgegnete er widerwillig. »Wie geht es dem jungen Herrn Boyd?«

»Boyd geht es gut, danke.« Lottie grinste den älteren Mann mit den durchdringenden grünen Augen an. Er war wie ein Dornbusch; und zwischen den Dornen musste es auch irgendwo Rosen geben, obwohl sie die bisher noch nicht hatte finden können.

»Lieber Gott, jetzt sind Sie beide hier schon wieder auf meinen Spuren herumgetrampelt. Herr im Himmel, schenke mir Geduld. Und jetzt gehen Sie mir aus dem Weg, während ich nachsehe, mit was wir es hier zu tun haben.«

»Werde ich Fingerabdrücke von der Hand nehmen können?«, fragte Lottie.

»Sie nicht, aber ich vielleicht. Ich lasse es Sie wissen, sobald ich es einschätzen kann.«

»Jim, ist die Leiche wirklich die eines Kindes?«

»Ich glaube schon.«

Sie überließ die Spurensicherung ihrer forensischen Arbeit und ging mit Lynch zu Kirby hinüber.

»Wir müssen all unsere Vermisstenakten genau überprüfen«, sagte sie. »Auch wenn wir nur Teile einer Leiche haben, war dies mal ein Mensch, ein Kind, und da draußen vermisst vielleicht jemand eine geliebte Person.«

ZWÖLF

Faye beobachtete, wie Jeff wegfuhr. Sie ließ den muffigen Vorhang fallen und sah sich um. Er hatte sich erneut geweigert, ihr zu sagen, wo er den Schädel hingetan hatte, und nur gemeint, sie solle sich nicht den Kopf darüber zerbrechen. Der Wortwitz war ihm wohl entgangen, dachte sie bitter.

Er musste irgendwo im Haus sein.

In der Küche schaute sie in den Mülleimer. Sie durchsuchte alle Schränke, verscheuchte Fliegen und Spinnen. Ängstlich war sie nicht, aber dennoch die ganze Zeit über sehr vorsichtig. Wenn sie nur ein Fitzelchen Mäusedreck finden würde, wäre sie auf der Stelle weg.

Irgendwann würden sie das Geschirr ausrangieren müssen, überlegte sie, während sie Tassen und Teller hin- und herräumte, und das fleckige Besteck musste auch weg. All die verschimmelten Lebensmittel waren schon vor Jahren weggeschmissen worden, damit keine Nagetiere angelockt wurden. Faye schüttelte sich. Sie fürchtete sich nicht vor vielen Dingen, aber in die Nähe von Nagern bekamen sie keine zehn Pferde.

Der brusthohe Kühlschrank brummte, als sie die Tür öffnete. Das Licht drang in die Küche und beleuchtete die

Schranktüren aus Laminat. Kristalle und Klumpen aus Eis klebten am Boden des Eisfachs, und die Schublade sah aus, als sei sie festgefroren. Sie zerrte daran, aber sie rührte sich keinen Millimeter, also war es nur logisch anzunehmen, dass Jeff den Schädel dort nicht hineingelegt hatte. Warum war der Kühlschrank überhaupt die ganze Zeit angewesen? Das würde sie ihn fragen müssen. Sie schaute sich in der Küche um und konnte es kaum erwarten, sie rauszureißen. Die grellen Farben, der Schmutz und Dreck. Wenn sie erst einmal richtig anfingen, würden sie noch einen weiteren Müllcontainer brauchen. Aufregung machte sich in ihr breit, als sie sich vorstellte, wie das Haus aussehen würde, wenn es erst einmal renoviert war.

Jeff hatte den Schädel nicht dabeigehabt, als sie zum Kaffeetrinken gefahren waren, wo konnte er ihn also abgelegt haben? Ihr fiel ein, dass er auf der Toilette gewesen war. Sie stieg langsam die Treppe hinauf. Dies war der Teil des Hauses, den sie am meisten hasste. Jedes Mal, wenn sie hier heraufkam, lief ihr ein Schauer den Rücken hinunter. Auf dem Treppenabsatz hielt sie inne und lauschte. Ihr Herz hämmerte in ihrer Brust und das Baby flatterte unschuldig in ihrem Bauch vor sich hin. Alle vier Türen waren leicht angelehnt. Drei Schlafzimmer und ein Bad. Sie streckte einen Finger aus und drückte gegen die Badezimmertür.

In der Badewanne tropfte ein Wasserhahn und hinterließ eine braune Kupferspur, die bis zum Abfluss reichte. Die Eisenbeschläge waren korrodiert, und an einem Wasserhahn war noch ein gerissener Gummischlauch befestigt. Der Duschvorhang hing schlaff herab, und Schimmel wucherte daran empor. Die Toilette stank, als ob sie seit Jahren nicht mehr gespült worden war. Aber Jeff hatte sie doch benutzt, oder nicht?

Mit einem geöffneten und einem geschlossenen Auge spähte Faye in die Toilettenschüssel. Das Wasser war klar. Sie spülte trotzdem. Das war ein Fehler. Die Rohre auf dem Dachboden ächzten und gurgelten, als das Wasser geräuschvoll vom

Tank in den Spülkasten floss. Es fühlte sich so an, als ob der ganze Raum genauso zitterte wie sie selbst. Sie wich zurück und zog die Tür zu.

Sie hatten sich darauf geeinigt, dass sie den Abstellraum in ein Zimmer für das Baby umbauen würden und dass sie selbst das größte Zimmer benutzen würden, weil es auf die Straße an der Vorderseite des Hauses hinausging. Vom dritten Zimmer aus blickte man auf den überwucherten Garten an der Rückseite des Hauses, für den sie vorläufig kein Budget hatten.

Als sie gerade das vordere Zimmer betreten wollte, glaubte sie, ein Geräusch aus dem Abstellraum zu hören. Sie blieb stehen und hielt den Atem an. Ihr Herz klopfte. Nein, das waren bestimmt nur die Rohre auf dem Dachboden. Sie ging einen weiteren Schritt und hörte es wieder. Eine Hand flog zu ihrem Mund und die andere zu ihrem Bauch. Säure stieg ihr in die Kehle, und die schwarzen Flecken kehrten an den Rand ihres Blickfelds zurück.

»Ist da jemand?«, fragte sie, als sie ihre Stimme wiedergefunden hatte.

Stille.

Was hatte sie gehört? War es das dumpfe Geräusch eines Schrittes gewesen? *Sei nicht albern.*

»Hallo?«, fragte sie zaghaft.

Sollte sie weglaufen oder bleiben? Sie streckte eine Hand aus und stieß die Tür zum Abstellraum auf. Es konnte niemand hier sein. Soweit sie wusste, hatten nur sie und Jeff Schlüssel, und sie waren in den letzten Monaten fast jeden Tag ein und aus gegangen.

Sie ging einen Schritt hinein und schrie.

Ein Tier stürzte sich kreischend auf sie und zerkratzte ihr mit einem bösartigen Hieb das Gesicht. Seine Krallen verfingen sich in ihren Haaren, und sie schlug nach ihm, um es abzuschütteln. Dann, so plötzlich wie es aufgetaucht war, floh es, und sie rutschte an der Wand hinab. Ihr Körper bebte. Wie war eine Katze hier oben hineingekommen? Der Raum war leer, bis auf einen alten Spanholzschrank, der in einer Ecke stand. Sie hatte noch mit Jeff gescherzt, dass sie, wenn sie ihn auf die Seite legten, nichts anderes mehr in den Raum bekommen würden. Jetzt schien er sie bedrohlich anzustarren, denn eine der Flügeltüren war nur leicht angelehnt. War die Katze da drin gewesen? Vielleicht hatte sie junge Kätzchen und wollte sie nur beschützen. Könnte das der Grund sein, warum sie sie angegriffen hatte?

Sie wollte wirklich nicht länger allein in diesem Haus bleiben. Aber irgendetwas in ihr kribbelte noch, sodass sich die Härchen auf ihren Armen aufstellten. Und sie wollte diesen Schädel finden.

Immer noch an die Wand gekauert, wartete sie und lauschte.

Nur das Gluckern der Rohre über ihr und das Tropfen des Wasserhahns im Badezimmer waren zu hören. Sonst nichts, außer ihrem eigenen Atmen.

Sie stand auf und ging auf den Schrank zu, dessen halb geöffnete Tür sie dazu aufforderte, hineinzuschauen. Sie zog sie schnell auf, zu schnell. Der Griff löste sich, und der Nagel, der ihn gehalten hatte, spießte sich in ihre Hand.

»Scheiße!« Sie betrachtete das Blut, das aus ihrer Hand sickerte. Jetzt würde sie bestimmt eine Tetanusspritze brauchen. Gerade wollte sie sich abwenden, um wieder die Treppe hinunter und an die frische Luft zu gehen, als ihr Blick auf das Schrankfach in Augenhöhe fiel.

Der kleine Schädel.

Die augenlosen Augenhöhlen starrten sie an.

Sie drehte sich um und rannte weg.

DREIZEHN

»O Mann, ich hasse die Schule echt. Du?« Sean Parker lehnte sich an die Ufermauer des Kanals und trat gegen seinen Rucksack. Der Kanal führte um Ragmullin herum, und er mochte diesen Abschnitt, denn er lag versteckt von der Schule, die sich gleich um die Ecke befand.

Durch seinen viel zu langen Pony beäugte er seine Freundin Ruby O'Keeffe. Sie hatte eine Zigarette im Mund und ein Feuerzeug in der Hand und versuchte, cool auszusehen, was in ihrer Schuluniform recht schwierig war. Ihr dunkles Haar war zu einem kurzen Bob geschnitten, und ihre Wangen zierten ein paar Aknekrater, aber Sean fand sie hübsch. Er mochte sie, aber nicht *so*. Sie spielten beide gern Computerspiele und waren gute Freunde geworden, als seine Schule letztes Jahr gemischtgeschlechtlich geworden war.

»Willst du eine?«, fragte sie und hielt ihm das Päckchen hin.

Er schüttelte den Kopf, als er auf sie herabblickte. Ruby war groß, aber bei Weitem nicht so groß wie Sean. Er war über eins achtzig. Und im April sechzehn geworden, aber seine Mutter behandelte ihn immer noch wie ein Kind.

»Du weißt, dass ich die Dinger hasse. Mein Vater ist an Krebs gestorben und jetzt hat ein Freund meiner Mutter, also ihr Freund, Leukämie.« Sean schaute hinab auf das Gras zu seinen Füßen, um Rubys aufmerksamem Blick zu entgehen.

»Hat dein Vater geraucht?« Sie zog sich ihre leichte Jacke enger um die Taille. Sean wusste, dass sie wegen ihres Gewichts verunsichert war, aber für seine Begriffe sah sie gut aus.

»Nein.«

»Wenn es nicht die Kippen waren, die ihn umgebracht haben, dann chill mal.« Sie zündete sich die Zigarette an.

Sean beobachtete, wie sie den Rauch auf der anderen Seite ihres Mundes ausblies, weg von ihm. »Boyd raucht. Das ist der Freund von meiner Mutter.«

»Raucht er immer noch, obwohl er Krebs hat?«

»Er hat eine E-Zigarette, aber ich habe ihn auch schon ein paarmal heimlich eine richtige rauchen sehen.«

»Magst du ihn?«

»Ja.«

»Glaubst du ... dass er versucht, du weißt schon ... deinen Vater zu ersetzen oder so?«

Sean konnte nicht genau sagen, warum, aber diese Bemerkung ärgerte ihn noch mehr als die Tatsache, dass Ruby rauchte.

»Niemand könnte jemals meinen Vater ersetzen. Boyd weiß das. Er ist ein cooler Typ. Er ist nett zu meiner Mutter und zu mir. Er sieht mich. Verstehst du?«

»Ja, das verstehe ich. Das ist gut; ist bestimmt nicht einfach, in einem Haus voller Frauen zu leben.« Sie grinste.

»Du sagst es.« Sean nahm einen Atemzug frischer Luft, wobei er trotzdem ein bisschen von Rubys Zigarettenrauch einatmete. Seine beiden älteren Schwestern drängten ihn geradezu aus dem Haus. Selbst sein kleiner Neffe Louis war manchmal eine Nervensäge, jetzt, da er laufen konnte und alles aus den Schränken holte.

»Irgendwann zieht er zu uns«, sagte er.

»Wer?«

»Boyd.«

»Habt ihr ein Zimmer für ihn?«

Sean hatte lange darüber nachgedacht und war sich nicht sicher, ob er es gut fand, antwortete aber: »Er wird sich wahrscheinlich das Zimmer mit meiner Mutter teilen.«

»Das ist ja ekelhaft. Das ist wie ... Respektlosigkeit gegenüber deinem Vater oder so.«

Jetzt ging Ruby ihm richtig auf die Nerven, denn genau dieser Gedanke hatte ihn in den letzten Monaten geplagt. Trotzdem hatte er das Gefühl, sich für Boyd einsetzen zu müssen.

»Es ist fünf Jahre her, dass mein Vater gestorben ist. Ich finde, Mam hat ein Recht darauf, ein bisschen glücklich zu sein«, sagte er abwehrend. »Aber wie auch immer, das Haus, in dem wir mit Dad gelebt haben, ist ja abgebrannt und wir wohnen jetzt in einem Mietshaus. All unsere Sachen sind in Flammen aufgegangen, Dads Zeug und ...«

»Hey! Das hab ich doch nur so gesagt.«

»Ja, und alle anderen werden das auch nur so sagen. Aber mir egal. Ich mag Boyd.«

»Aber ... wird er euch auch wegsterben?« Ruby warf die Kippe auf den Boden und zertrat sie mit ihrem Schuh.

»Halt einfach die Klappe. Komm, sonst kommen wir zu spät zur Schule.«

»Wir sind schon zu spät«, sagte sie. »Wir hätten im Pizzaland bleiben sollen.«

»Die Pizza war eklig. Außerdem habe ich jetzt Informatik, und das will ich nicht verpassen.« Sean hob seinen Rucksack auf und hing ihn sich über die Schulter. Rubys Worte geisterten in seinem Kopf herum und schienen gegen die Innenseite seines Schädels zu prallen. Sie hatte die eine Frage gestellt, vor deren Antwort er unheimlich viel Angst hatte.

Die nach dem Tod.
Wann würde er wieder an seine Tür klopfen?

Marianne O'Keeffe klappte ihren Laptop zu. Zweitausend Wörter waren nicht schlecht, auch wenn alles Müll war. Erste Entwürfe waren immer schrecklich. Das hatte sie zumindest gehört. Und ihre waren es jedenfalls. Vielleicht war das der Grund, aus dem sie noch kein Buch veröffentlicht hatte.

Er würde jeden Moment hier sein. Der Termin war schon vor Wochen vereinbart worden, aber sie musste sicher sein, dass Kevin wirklich bei der Arbeit sein würde, darum hatte sie vor einer halben Stunde bei ihm im Büro angerufen, um sich bestätigen zu lassen, dass er dort war.

Sie sprühte sich einen Spritzer ihres besten Parfüms hinter die Ohren. Lady Million. *Nicht, dass du jemals Millionen verdienen wirst*, hatte Kevin an Weihnachten gesagt, als er ihr das teure Parfüm als Teil eines Sets geschenkt hatte. »Das werde ich sehr wohl, wenn es nach mir geht«, murmelte sie, während sie ihr Haar besprühte und zur Sicherheit auch noch ein paar Sprühstöße auf ihre Beine gab. Sie zog eine Schnute vor dem Spiegel und dachte daran, dass Kevin nicht einmal den vollen Preis für das Parfüm bezahlt hatte. Dieser Geizkragen. Sie hatte den Fünfzig-Prozent-Rabatt-Aufkleber auf der Rückseite der Schachtel gefunden. Sie war sich sicher, dass er ihn absichtlich dort gelassen hatte.

Es klingelte an der Tür und sie überprüfte noch einmal ihr Aussehen. Sie trug eine weiße Baumwollbluse mit einem roten Seidenmieder darunter, eine enge schwarze Lederjeans und ihre schwarzen Stiefeletten mit den fünf Zentimeter hohen Absätzen. In ihrer siebzehnjährigen Ehe hatte Kevin ihr nur selten Komplimente für ihr Aussehen oder ihren Stil gemacht.

Aber ich weiß, dass ich gut aussehe, dachte sie, also scheiß auf ihn.

Sie eilte zur Tür.

»Hallo«, sagte der junge Mann. »Mrs O'Keeffe?«

Marineblauer Anzug und braune Schuhe. Ihre Lieblingshasskombination, aber sie nahm an, dass das der aktuellen Mode geschuldet war.

»Nennen Sie mich Marianne. Kommen Sie herein.«

Sein Namensschild baumelte an einem Schlüsselband um seinen Hals. Aaron Frost. Sie musste zugeben, dass er alles andere als frostig aussah. Eher ziemlich heiß, wenn sie ehrlich war.

»In der Küche können wir uns gemütlich unterhalten«, sagte sie und führte ihn durch den schmalen Flur in den großen, hellen Raum mit den Einbaugeräten. In Wahrheit hatte sie den Verdacht, dass Kevin den Raum, in dem sie normalerweise arbeitete, verwanzt hatte. War sie paranoid? Vielleicht.

»Tee? Kaffee?«

»Ein Glas kaltes Wasser wäre gut. Koffein macht mich zu aufgedreht.« Aaron lachte. Marianne fand, dass er ein bisschen nervös klang.

»Ist Leitungswasser okay?«

»Sicher.«

Sie füllte ein Glas. Kevin erlaubte kein Wasser in Flaschen. *Zu viel Plastik macht die Umwelt kaputt*, sagte er immer. Als ob er alles darüber wüsste. Kevin wusste einen Scheißdreck, aber er tat gern so, als wäre er ein Experte für alles.

»Hier, setzen Sie sich.« Sie führte Aaron zur Frühstückstheke, und er zog ihr einen Hocker heraus. Wie süß.

»Ihr Haus ist wunderschön. Die extragroßen Erkerfenster an der Vorderseite sind sehr stilvoll«, sagte er. »Neubau?«

»Es ist vielleicht achtzehn oder neunzehn Jahre alt. Ich habe den Großteil mit der Hilfe meines Vaters selbst entworfen.« Sie musste ihm ja nicht erzählen, dass es auch mit dem

Geld ihres Vaters gebaut worden war. »Ich habe es letztes Jahr neu streichen und renovieren lassen.«

Er schaute an der Wand hoch. »Wow. Ist das ein Zweiundsechzig-Zoll-Bildschirm?«

Marianne warf einen Blick auf den Flachbildfernseher. »Ich habe keine Ahnung«, lachte sie.

Er fuhr mit der Hand über die Arbeitsplatte. »Granit?«

»Quarz«, sagte sie und wusste, dass er beeindruckt war.

»Ich kann sofort anfangen«, sagte er, lockerte seine Krawatte und öffnete den obersten Knopf seines weißen Hemdes. Machte sie ihn nervös? Sie hoffte nicht.

»Arbeiten Sie schon lange in dem Unternehmen?« Small Talk.

»Äh ... ich bin direkt nach dem Studium eingestiegen, vor Jahren, mit vierundzwanzig.«

Er sah nicht alt genug aus, um die Schule, geschweige denn das College, abgeschlossen zu haben, aber sie vermutete, dass er über dreißig sein musste.

»Macht Ihnen Ihre Arbeit Spaß?«

»Es ist ganz in Ordnung.« Er nahm einen großen Schluck Wasser. »Anständiger Lohn. Aber ich habe Geschichte und Englisch studiert. Irgendwann möchte ich unterrichten.«

»Und warum tun Sie es nicht?«

Er rutschte unbehaglich auf seinem Stuhl hin und her. »Ich habe mich an ein paar Schulen beworben, aber als ich nicht einmal zu einem Vorstellungsgespräch eingeladen worden bin, wusste ich, dass ich meinen Lebensunterhalt irgendwie anders verdienen muss. Und darum bin ich jetzt hier und bewerte Häuser für die Immobilienfirma meines Vaters.«

»Warum haben Sie kein Vorstellungsgespräch für eine Lehrtätigkeit bekommen?«

»Ohne Erfahrung bekommt man keine Lehrerstelle, und ohne einen Job bekommt man keine Erfahrung.«

»Ein Teufelskreis.«

»So ist es.«

Meine Güte, er war einfach zu süß. Marianne beugte sich vor und drückte seine Hand. In seinen Augen blitzte so etwas wie Entsetzen auf. War sie wirklich so alt und sah so furchtbar aus? Sie war doch erst achtunddreißig, verdammt noch mal. Sie zog sich zurück und zeigte auf den Ordner auf dem Tisch.

Aaron stand auf und schob eine Visitenkarte über den Quarztresen. »Ich lasse die für Sie da. Also, wo wollen Sie anfangen?«

Ja, wo denn? Marianne lächelte vor sich hin. Das konnte ja heiter werden.

Sie sah Aaron zwanzig Minuten lang dabei zu, wie er mit einer App auf seinem Handy und einem piepsenden Gerät in der Hand in jedem Zimmer von Wand zu Wand maß. Ihr eigenes Zimmer hob sie sich für den Schluss auf.

Sie führte ihn über den edlen Teppich und sagte: »Und das ist das Hauptschlafzimmer. Lassen Sie sich von der Unordnung nicht stören.«

Es gab keine Unordnung. Es gab nie Unordnung in ihrem luxuriösen Haus. Und ja, es war *ihr* Haus, auch wenn Kevin jedem, der es hören wollte, gern den Eindruck vermittelte, es gehöre ihm. Die Eigentumsurkunde war auf ihren Namen ausgeschrieben. Das war ihr einziger Sieg über ihn. Er mochte glauben, dass er alles in ihrem Leben kontrollierte, und sie musste zugeben, dass er ihr manchmal eine Heidenangst einjagte, aber es kam ihr auch gelegen, ihn glauben zu lassen, sie sei eine Art Fußabtreter.

»Schönes Zimmer. So groß«, sagte Aaron, und seine kleine Maschine piepste wieder. »Ihr Haus ist fantastisch. Es ist eine ganze Menge Geld wert. Das werden Sie sehen, sobald ich den Wert berechnet habe. Aber es wird kein Problem sein, es zu verkaufen, wenn Sie das wollen.«

Unten hatte er seine Anzugsjacke ausgezogen und die Hemdsärmel hochgekrempelt. Als sie von Zimmer zu Zimmer gegangen waren, hatten sie zu einer angenehmen Art von Routine gefunden. Sie hatte angeboten, ihm zu helfen, und er hatte abgelehnt. Sie bemerkte, dass seine Hände mit dem Gerät und dem Handy, in dessen Aufnahmegerät er sprach, zitterten. Er überprüfte immer wieder, ob er alles richtig gemacht hatte. Seine stahlumrandete Designerbrille war ihm ein wenig die Nase hinabgerutscht und Schweißflecken hatten sich unter seinen Achseln ausgebreitet, aber alles, was sie riechen konnte, war sein holziges Parfüm.

»Ich betrachte das Haus gern als eine Art Kunstwerk«, sagte sie. »Wie ich schon sagte, habe ich es selbst entworfen, obwohl mein Mann gern glaubt, dass er auch etwas dazu beigetragen hat. Sehen Sie diesen hässlichen Mahagonischrank?« Aaron nickte. »Er hat darauf bestanden, dass er in unser Zimmer kommt. Er gehörte seiner Mutter. Können Sie sich vorstellen, jeden Morgen aufzuwachen und den alten Kleiderschrank Ihrer Schwiegermutter zu sehen?«

»Ich nehme an, es ist ein bisschen seltsam«, gab er zu.

Sie sah ihn an und bemerkte ein Lächeln in seinen Mundwinkeln.

»Mehr als ein bisschen«, lachte sie.

»Warum behalten Sie ihn, wenn Sie ihn hassen?«

»Ich weiß es nicht.« Aber sie wusste es. Sie behielt ihn, um Kevin glauben zu lassen, er hätte einen Sieg über sie errungen.

»Er ist sehr groß.«

»Er ist recht praktisch für Bettlaken und Extrakissen.« Sie bereute, den Schrank überhaupt erwähnt zu haben. »Es gibt ein angeschlossenes Bad mit vergoldeten Wasserhähnen. Wollen Sie da drin auch Maß nehmen?«

»Äh, ich sehe schnell nach.«

Als er hineinging, glättete Marianne die Falten auf ihrer

Bluse. Ein Blick in den Spiegel verriet ihr, dass die Umrisse ihres roten Spitzenmieders zu sehen waren. Gut.

Sie setzte sich auf das Bett, schlug die Beine übereinander und wartete.

Als er aus dem Bad kam, tätschelte sie das Bett. »Setzen Sie sich einen Moment, Aaron. Ich bin müde von der ganzen Rumrennerei im Haus.«

»Ich gehe jetzt besser, Mrs O'Keeffe. Ich muss zurück ins Büro. Es ist ...«

»Pst. Setzen.«

Sie war überrascht, als er tat, was sie verlangte. Sein Eau de Cologne roch jetzt, da er ihr näher war, noch kräftiger. Sie streckte die Hand aus und nahm seine Hand in ihre. Er sprang auf.

»Ich muss jetzt wirklich gehen. Es tut mir leid, wenn ich einen falschen Eindruck erweckt habe. Ich habe nur meinen Job gemacht und ...«

Sie erhob sich, zog ihn an der Hand zu sich heran und küsste ihn auf die Lippen, um ihn zu unterbrechen.

Er zerrte seine Hand frei. »Sind Sie verrückt geworden?«

Sie erstickte seine Worte mit einem weiteren Kuss, krachte mit ihrem Mund auf seinen und drückte ihn zurück auf das Bett. Hitze durchfuhr ihren Körper und sie warf alle Hemmungen ab. Das war es, was sie wollte. Einen heißen Mann, der sich unter ihr wand.

Plötzlich bewegte er sich nicht mehr. Sie hob ihren Mund von seinem und starrte in seine offenen Augen. War er tot?

Sie fiel nach hinten, als er sie wegstieß, vom Bett aufsprang und aus dem Zimmer rannte. Sie hörte seine Füße auf der Treppe, das Schloss und das leise Geräusch der Tür, als er sie hinter sich zuzog.

»Scheiße.«

Aaron Frost lief meilenweit im Kreis um die Stadt herum, bis zur Dublin Bridge und wieder zurück zur Eisenbahnbrücke. Er war aufgewühlt, allerdings nicht wegen dieser O'Keeffe. Gruseliges Miststück. Für wen hielt sie ihn? Nein, er hatte eine Menge anderer, wichtigerer Dinge im Kopf und wollte nicht ins Büro zurückkehren.

Wie ein Kind kickte er Steine in das trübe grüne Wasser des Kanals und beobachtete, wie sich die Wellen im Schlamm ausbreiteten. Das Schilf raschelte, und er glaubte, eine Ratte die gegenüberliegende Böschung hinaufhuschen zu sehen. Er schüttelte sich und ging weiter.

Er sollte nach Hause gehen und sich umziehen. Dann würde er dahingehen und sagen, dass sie alles vergessen sollten. Sein Handy vibrierte und er las die Nachricht.

HAST DU HEUTE SCHON DIE NACHRICHTEN GESEHEN?

Nein, das hatte er nicht. Er tippte auf die Nachrichten-App, wählte die Kategorie »Regionales« und scrollte nach unten. Ein Torso war auf den Bahngleisen von Ragmullin gefunden worden. Auf den Gleisen, die Richtung Dublin führten. Das entgegengesetzte Ende von der Stelle, an der er sich gerade befand. Trotzdem sah er sich hastig um.

Er steckte das Handy in seine Tasche und ging weiter. Schneller jetzt. Kieselsteine sprangen zur Seite, während er marschierte. Irgendwie hatte der Nachrichtenbericht ihm eine Gänsehaut verursacht. Nein, es konnte nichts mit dem zu tun haben, was er herausgefunden hatte.

Sein Handy vibrierte erneut.

HAST DU SIE GESEHEN?

Alles in Großbuchstaben. Warum? Er schrieb zurück.

Ja. Das hat nichts mit mir zu tun.

BIST DU SICHER?

Ja. Lass mich in Ruhe.

DIE TOTEN SIND GEWECKT WORDEN.

Was war das für ein Scheiß? Er lockerte seine Krawatte, als ob er das schreckliche Gefühl, das ihn überkommen hatte, so davon abhalten könnte, ihn zu Tode zu würgen. Erneut sah er sich um und drehte dabei seinen Kopf hin und her wie ein Idiot. Hier war niemand außer ihm selbst und den Enten und Ratten und Fischen im Wasser. Aber warum hatte er dann das Gefühl, dass ihn jemand beobachtete?
Verdammte Scheiße, dachte er und fing an zu rennen.

VIERZEHN

Lottie vermisste Boyd im Büro; seine Anwesenheit hatte normalerweise eine beruhigende Wirkung auf sie alle. Auch seine organisatorischen Fähigkeiten könnten sie jetzt gut gebrauchen, dachte sie, als sie das Durcheinander auf Kirbys Schreibtisch betrachtete.

»Solange wir also keine Nachricht aus der Rechtsmedizin erhalten, wissen wir nicht, womit wir es zu tun haben. Da die Leiche zerstückelt und eingefroren worden ist, handelt es sich aber um einen verdächtigen Todesfall.«

McKeown kam mit einem Wassereis in der Hand hereinspaziert.

»Sie hätten ruhig allen eins mitbringen können«, stöhnte Kirby.

»Halten Sie die Klappe.« McKeown ließ sich an Boyds Schreibtisch nieder, nachdem Lynch ihren eigenen wieder in Besitz genommen hatte.

»Können wir unsere Besprechung in den Einsatzraum verlegen, wo wir ernsthaft arbeiten können?«, fragte Lynch.

»Das werden wir«, sagte Lottie, »sobald wir mehr Details haben. Was gibt es Neues?«

»Die von Irish Rail haben sich gemeldet«, so Lynch. »Die wollen wissen, wann die Züge wieder verkehren können.«

»Erst wenn wir sicher sind, dass keine weiteren Leichenteile auf den Gleisen liegen. Wurden die Lokführer schon befragt?«

»Heute Morgen fuhren zwei Züge. Einer um fünf nach sechs und einer um fünf vor acht. Keiner der beiden Lokführer hat etwas auf den Gleisen bemerkt, aber der Führerstand ist auch ziemlich hoch oben und der Torso lag ja zwischen zwei Schwellen, das hilft uns also nicht wirklich weiter.« Lynch überprüfte ihre Notizen. »Ich habe auch mit den Zugführern von gestern gesprochen. Keiner hat etwas gesehen.«

»Wann ging der letzte Zug gestern Abend?«

»Ankunft in Ragmullin Richtung Sligo um zwanzig nach acht. Der Lokführer wurde befragt. Er sagt, dass auch er nichts gesehen hat.«

»Ich habe die Luftunterstützung angefordert«, sagte Kirby. »Keine Drohnen, aber der Hubschrauber sollte bereits in der Luft sein.«

»Gut. Wir müssen herausfinden, wie und wann die Leiche auf die Gleise gelegt oder fallen gelassen wurde. Sagen Sie dem Piloten, er soll auch den Kanal absuchen.« Lottie kratzte sich an der Stirn und versuchte, schnell und rational zu denken. Doch sie spürte noch immer, wie die Emotionen von der Beerdigung am Wochenende auf ihr lasteten. »Wer hat die beiden Jungen befragt? Wie lauten ihre Namen?«

Kirby blätterte in seinem Notizbuch, aber McKeown hatte die Antwort nach einem kurzen Tippen auf seinem Tablet bereits parat.

»Jack Sheridan und Gavin Robinson. Sie haben beide Aussagen gemacht. Alle Einzelheiten finden Sie hier.«

Lottie stöhnte. Sie spürte die Feindseligkeit, die in der Luft lag, als wäre sie greifbar. Zwischen diesen beiden Detectives würde es noch Ärger geben.

»Drucken Sie sie für mich aus.« Papier war ihr lieber. »Ich rufe die Jungs später mal an.« Als sie sich gegen die Wand lehnte, hörte sie ein Knacken und hoffte, dass es nicht ihre Knie waren. »Und ich will regelmäßige Updates von der Luftunterstützung.«

McKeowns iPad meldete sich. »Das ging schnell«, sagte er.

»Was ging schnell?«

»Die Hubschrauberbesatzung hat etwas im Wasser entdeckt. Zweihundert Meter kanalabwärts von der Stelle, an der der Torso gefunden worden ist.«

»Wer ruft Irish Rail an?«, fragte Lynch.

»Sie machen das. Der Zugverkehr wird vorerst nicht wieder aufgenommen. Los geht's.«

Lottie nahm ihre Tasche und steckte ihr Handy in die Tasche ihrer Jeans. Sie wusste, dass es abgedroschen klang, aber sie konnte nicht anders, als an die Formulierung zu denken, dass der Fall gerade eine »weitere grausame Wendung« genommen hatte.

Lottie lief so schnell am Ufer entlang, wie es das Unterholz zuließ, und warf einen Blick über die Schulter, um sich zu vergewissern, dass Kirby mit ihr Schritt hielt.

»Was glauben Sie, was hier los ist?«, fragte sie.

»Ich verstehe einfach nicht, warum der Torso auf den Gleisen abgelegt wurde, wo man ihn so leicht finden konnte.«

»Wenn er nachts entsorgt wurde, hat der Täter vielleicht gedacht, schon weiter von der Stadt entfernt zu sein.«

»Wer auch immer das gemacht hat, hat nicht mit zwei Kindern und einer Drohne gerechnet, oder?«

Lottie erreichte die Stelle und schaute zu dem Hubschrauber hinauf, der über ihnen schwebte und dessen Rotoren das Schilf hin- und herwogen ließen. McKeown war bereits vor Ort und gab der Besatzung über Funk den Auftrag, die Suche fortzusetzen. Mit einer letzten Runde am Himmel drehte der Hubschrauber ab und flog weiter am Kanal entlang

Sie schaute zu dem verhedderten Knäuel in der Mitte des Kanals. »Ist das ein Bein?«

»Sieht so aus«, sagte McKeown. »Es war in irgendetwas eingewickelt, das sich aufgelöst hat. Die Haut ist vom Wasser gebleicht. Es ist schwer zu sagen, wie lange es dort schon treibt.«

»Wo ist McGlynn?«

»Immer noch an der Fundstelle des Torsos.«

»Ich dachte, den haben sie schon in die Leichenhalle gebracht?«

»Ja, aber er sucht die Gegend nach Beweisstücken ab.«

»Wir werden Taucher brauchen, um dieses Körperteil zu bergen«, sagte Lottie.

»Ich kann auch reingehen.« McKeown klang wie ein übereifriger Schuljunge, der seiner Lehrerin gefallen wollte. »Aber wir brauchen trotzdem Taucher, um weiter zu suchen, für den Fall, dass es dort noch mehr Überreste gibt. Es ist ziemlich dunkel und dreckig.«

»Sie gehen da nicht rein«, mischte sich Lynch ein. »Warten Sie auf die Taucher mit der richtigen Ausrüstung. Sonst fangen Sie sich noch die Weil-Krankheit ein.«

Lottie beobachtete Lynch und McKeown und fragte sich, wie so schnell eine Verbindung zwischen den beiden hatte entstehen können.

»Lassen Sie sofort eine Absperrung errichten, sonst schnüffelt diese verdammte Cynthia Rhodes noch hier rum.« Sie warf einen Blick über ihre Schulter, als ob schon die bloße Erwähnung der Reporterin dazu führen könnte, dass sie plötzlich auftauchte. Aber sie wusste, dass das nicht sein konnte. Nach einem ganz schönen Knüller vor einiger Zeit hatte sich Cynthia einen Platz im Primetime-Fernsehen gesichert, eine Steigerung gegenüber ihren zweiminütigen Berichten in den Nachrichten. Aber zweifellos würde in Kürze ein neuer Rumschnüffler nach Ragmullin geschickt werden.

»Alles klar«, sagte McKeown. Er begann, eine Rolle Polizeiabsperrband abzuwickeln. Während Lynch ihm dabei half, stand Lottie bei Kirby und starrte auf das Stück Bein, das aus dem stehenden Wasser ragte.

»Es sieht aus, als wäre es von einem Kind«, sagte sie leise und stieß einen gequälten Atemzug aus.

»Ja, das tut es.« Kirby setzte sich auf die Bank und zog seine Schuhe und Socken aus. »Sie können da nicht reingehen. Wie Lynch schon sagte, es ist …«

»Wir können es da nicht länger drin lassen. Jemand muss es rausholen.« Er zog die Arme aus der Jacke und krempelte seine Hose bis zu den Knien hoch.

»Es ist zu tief. Warten Sie auf die Taucher«, warnte ihn Lottie, obwohl sie nachvollziehen konnte, warum Kirby das tat. Es war nicht richtig, einen Teil eines Kindes einfach so in einem solchen Morast liegen zu lassen.

»Ich gehe rein.«

Sie beobachtete, wie Kirby in das trübe Wasser watete. Das Schilf raschelte, als er sich bewegte, und ein dunkler Schatten schwamm von dem Körperteil weg zum anderen Ufer. Etwas kratzte an ihren Knöchel. Sie schaute schnell nach unten. Aber es war nur das scharfe Schilf, das in der leichten Brise um ihre Füße strich.

Sie ging einen Schritt zurück. »McKeown, die Spurensicherung soll sich mit der Plane beeilen.«

»Hätte ich Handschuhe anziehen sollen?«, rief Kirby.

»Das ist jetzt auch egal. Holen Sie es einfach da raus. Beeilen Sie sich. Sie holen sich noch eine Erkältung … oder sonst was.«

Sie hielt den Atem an, als das Wasser Kirbys Brust erreichte. Er blieb stehen, hob das Körperteil vorsichtig an und watete zurück zum Ufer. Entschlossen wies sie die eintreffende Spurensicherung an, wo die Plastikfolie ausgelegt werden sollte, und sah ratlos zu, wie jemand von der Rechtsmedizin das Bein in die Hand nahm und es ehrfürchtig auf die Plastikfolie legte. Ein Kloß bildete sich in ihrer Kehle. Verdammt noch mal, dachte sie. Seit Boyds Diagnose fiel es ihr schwer, ihre Gefühle zu kontrollieren. Sie schüttelte sich, um wieder in den professionellen Modus zu wechseln.

»Kann bitte jemand ein Handtuch für Kirby holen?«

»Ist mir kalt, verdammt noch mal«, sagte er.

McKeown zuckte mit den Schultern. »Daran hätten Sie denken sollen, bevor Sie sich dafür entschieden haben, hier den Helden zu spielen.«

Lynch grinste.

»Danke, Kirby«, sagte Lottie.

Der Mitarbeiter der Spurensicherung öffnete einen großen Stahlkoffer und reichte Kirby ein schwarzes Handtuch und einen forensischen Schutzoverall, den er anziehen konnte.

»Ich habe einen Satz Kleidung im Auto, danke.«

Lottie starrte das Bein an. Es war am Knie abgetrennt worden, die Zehennägel des kleinen Fußes waren geschwärzt und zerschrammt. Um den Knöchel waren die Fäden einer Socke übrig geblieben, mit einem ausgefransten rosa Nylonband, das einmal zu einer hübschen Schleife gebunden gewesen sein könnte.

Sie spürte, wie sich ihr Herz zusammenzog und sich ihr die Kehle zuschnürte. Der Anblick der Sockenreste des Kindes bereitete ihr mehr Herzschmerz und Übelkeit als der Verwesungsgeruch und der Abdruck der Nagerzähne auf dem verhärteten Fleisch.

»Es gehört einem kleinen Mädchen«, sagte sie.

Sie rannte hinüber zu den Büschen und nahm sich zusammen, um sich nicht zu übergeben. Sie atmete durch die Nase ein und wieder aus und kniff die Augen ein paarmal fest zusammen. Durch das Gebüsch hindurch konnte sie die Eisenbahnschienen sehen, die parallel zum Kanal verliefen. Die Wasserstraße führte in eine Richtung nach Dublin und in die andere nach Sligo. Sie wusste wenig darüber, aber ihr war bewusst, dass der Kanal entlang der Strecke unterschiedlich tief war.

»Glauben Sie, dass es in der Nähe Schleusentore gibt?«, fragte sie, als sie zu der kleinen, schweigenden Menge zurückkehrte.

»Fünf Meilen in diese Richtung gibt es eins«, sagte der Kriminaltechniker und deutete nach Osten.

»Was denken Sie?«, fragte Kirby, während er ein durchnässtes Hosenbein wieder nach unten krempelte.

»Dass die Leichenteile vielleicht in einer Schleusenkammer deponiert wurden und beim Öffnen der Schleuse freigesetzt worden sind.«

»Das erklärt immer noch nicht, wie der Torso und die Hand auf die Gleise gekommen sind«, erwiderte McKeown.

»Ich weiß. So weit habe ich noch nicht gedacht.« Typisch McKeown, dachte sie. Er erstickte ihren Versuch, ein unlogisches Szenario mit Logik zu versehen, sofort im Keim. »Funken Sie die Luftunterstützung an. Sie sollen über die Schleusen fliegen, um sie zu überprüfen.«

Als McKeown der Aufforderung nachkam, bemerkte Lottie, dass Lynch sich über den Rand der Plastikfolie beugte und das kleine Bein und den Fuß anstarrte.

»Alles okay, Lynch?«

Lynch schüttelte den Kopf. »Nicht wirklich. Wer würde einem armen kleinen Kind so etwas antun?«

Endlich konnte Lottie wieder normal atmen. »Wer auch immer es war, ich habe vor, ihn zu finden, bevor er noch einem anderen Kind etwas antun kann.«

FÜNFZEHN

Jack Sheridan füllte sich ein Glas Wasser aus dem Wasserhahn und nippte daran, aber seine Brust bebte immer noch. Das Ding, das er und Gavin gefunden hatten, hatte ihnen einen Tag schulfrei eingebracht, aber das war den Schock, der seinen Magen noch immer vor sich hin rumoren ließ, nicht wert. Er trank noch einen Schluck und versuchte, das grässliche Aufstoßen zu unterdrücken.

»Jack? Warum in Gottes Namen hast du die Schule geschwänzt?«

Der Klang der Stimme seines Vaters überraschte ihn. Er ließ das Glas in die Spüle fallen und das Wasser spritzte zu allen Seiten. Sein Vater war krankgeschrieben, aber Jack wusste nicht genau, was mit ihm los war. Normalerweise war es seine Mutter, die die Strafen bestimmte, besonders wenn sie von einer langen Schicht im Krankenhaus gestresst war.

Seine kleine Schwester Maggie kroch zwischen seine Beine und ließ sich unter dem Tisch nieder, wo sie Krümel in ihren Mund schaufelte. Sein neunjähriger Bruder Tyrone saß mit gesenktem Kopf auf einem Stuhl. Nachdem Jack auf der Garda-Wache seine Aussage gemacht hatte, hatte seine Mutter beschlossen, Tyrone von der Schule abzuholen und sie beide nach Hause zu bringen.

»Ich habe nicht geschwänzt«, sagte Jack. »Ich und Gavin haben die Drohne doch vor der Schule fliegen lassen.«

»Aber du bist nicht in der Schule, richtig?«

»Ich musste auf die Garda-Wache. Die Polizei wollte mir Fragen stellen.«

»Ach, so ist das«, sagte sein Vater und seine Stimme wurde weicher. »Geht es dir gut?«

»Nein, nicht wirklich.«

»Das wird schon wieder, aber ich wusste, dass die Drohne Probleme machen würde. Du bist zu jung dafür. Wo hast du sie hingetan?« Sein Vater begann, seinen Schulrucksack zu durchwühlen und warf Bücher und Stifte auf den Boden. »Es ist mir egal, wie viel sie gekostet hat; sie kommt in den Müll.«

»Die ist da nicht, Dad. Die Detectives haben sie behalten. Sie haben gesagt, dass sie jetzt ein Beweisstück ist oder so.« Jack wollte weinen, weglaufen, kotzen, aber gleichzeitig wollte er nicht, dass sein Vater ihn für einen Schwächling hielt.

»Lass ihn in Ruhe, Charlie. Er hat einen furchtbaren Schock erlitten. Geh hoch in dein Zimmer, Jack. Ich bringe dir gleich eine Tasse heißen Tee.« Jacks Mutter kam gerade vom Wäscheaufhängen herein und schob den Wäschekorb unter den Tisch. Maggie kreischte auf. »Oh, tut mir leid, Mags. Habe ich dich erschreckt? Was machst du denn da unten?« Sie hob die Zweijährige auf und zupfte ihr klebrige Krümel aus dem Haar.

»Ich will keinen Tee«, sagte Jack.

»Natürlich willst du Tee. Mit Zucker, gegen den Schock.«

Jack wusste, dass das völliger Blödsinn war. Der zuckerhaltige Tee sollte nur dafür sorgen, dass er auf andere Gedanken kam. Er stopfte seine Bücher zurück in den Rucksack und ging in Richtung Küchentür. Keiner hörte ihm mehr zu. Nur Gavin.

Er war sich sicher, dass Gavins Mutter ihn nicht dazu zwang, zuckerhaltigen Tee zu trinken, den er nicht wollte.

»Hör auf, deinen Rucksack so hinter dir herzuziehen«, sagte sein Vater. »Du machst Kratzer in den Holzboden. Ich habe zwei Wochen gebraucht, um ihn so zum Glänzen zu bringen.«

Manchmal glaubte Jack, dass seinem Vater der Boden wichtiger war als er.

Als sie sich auf den abgesperrten Bereich in der Nähe der Brücke zubewegten, wo das Auto geparkt war, zeigte Lottie auf ein Haus auf der anderen Seite der Felder. »Wurden alle Hausbesitzer in dieser Gegend befragt?«

Kirby schaute in die Richtung, in die ihre Hand zeigte, während seine Füße in seinen Schuhen quietschten. »Die Befragungen sind noch im Gange. Da wohnt Jack Sheridan. Einer der Jungen, die den Torso gefunden haben. Ich habe ihn heute Morgen auf der Wache zusammen mit seiner Mutter befragt.«

»Wurde ihnen ein Opferschutzbeamter zugeteilt?«

»Die Mutter meinte, es wäre alles in Ordnung, sie bräuchten niemanden. Wir sind dünn besetzt, darum habe ich nicht widersprochen.«

»Ich hoffe, das wird uns nicht noch zum Verhängnis. Das wäre ein gefundenes Fressen für Superintendentin Farrell.« Lottie fragte sich, wie Farrell mit dem ganzen Medienrummel zurechtkommen würde. Wahrscheinlich besser als sie selbst. »Lassen Sie uns mal da vorbeischauen.«

»Sie werden wohl kaum durch den Kanal waten wollen, oder?«

»Ich gebe zu, ich habe ein bisschen was von einer Draufgängerin, Kirby, aber so schlimm steht es noch nicht um mich. Wir holen das Auto und fahren dann zu dem Haus hoch. In Ordnung?«

»Ich muss erst diese Klamotten ausziehen.«

Als sie am Auto ankamen, war Kirby ganz außer Atem. Er setzte sich auf den Rücksitz, riss sich die stinkenden Kleider vom Leib und zog sich eine schlabberige Jeans und ein weißes Hemd an. Im Kofferraum fand er ein Paar Turnschuhe und frische Socken, dann setzte er sich auf den Fahrersitz und nahm seine Zigarre vom Armaturenbrett.

»Denken Sie nicht einmal daran«, sagte Lottie.

Er fuhr mit dem Auto aus dem abgesperrten Bereich heraus und bog schließlich in eine schmale Straße ein, die entlang des Kanals verlief und in der Mitte mit Gras bewachsen war.

»Wissen Sie, wo wir hinmüssen?«

»Ich habe die Adresse.« Er zeigte auf Google Maps auf seinem Handy. »Wir hätten einen der Streifenwagen mit eingebautem Navi nehmen sollen«, sagte Lottie und betrachtete das zerbrochene Display des Handys. Ihr war heiß und sie schwitzte, und deshalb fühlte sie sich ziemlich gereizt. Wenn Boyd gefahren wäre, hätte er etwas Kluges gesagt und sie hätte versucht, nicht zu lächeln, oder sie hätte in Richtung des Fensters gelächelt, damit er sie nicht sehen konnte. Ja, sie vermisste seine Klugscheißerkommentare. Trotz der Hitze fröstelte sie. Die Sorge um seine Gesundheit kroch ihr leise wie ein Gespenst in die Knochen.

Kirby bog vom Kanal ab und fuhr eine noch schmalere Gasse entlang. »Hier irgendwo müsste es sein.«

Es gab keine Tore, nur überwucherte Hecken und wilde Sträucher, die an den Seiten des Wagens kratzten. Vielleicht war es ja doch gut, dass sie in diesem verbeulten Fahrzeug saßen und nicht in einem der neueren.

Das Haus war ein altes graues Bauernhaus mit zwei Stockwerken, weißen PVC-Fensterrahmen, die vom Wetter vergilbt waren, und einer Tür, die schon zu viele schlechte Winter gesehen hatte. An den Fenstern hingen Gardinen, die zur Seite gezogen waren.

Lottie stieg aus dem Auto, und ihre weichen Schuhsohlen knirschten auf dem scharfen Kies. Sie drückte mit dem Finger auf die alte Klingel und schaute sich um, während sie darauf wartete, dass die Tür geöffnet wurde. Es war schon lange her, dass hier Landwirtschaft betrieben worden war. Die Böschung, die das Haus umgab, war ungepflegt, und überall wuchs wildes Gestrüpp. Neben dem Haus stand eine Reihe verfallener Scheunen und Schuppen, deren verzinkte Dächer kaputt waren und drohten, einzustürzen.

»Die können sich eine Drohne leisten, aber keinen Rasenmäher«, sagte Kirby etwas zu laut in genau dem Moment, als die Tür geöffnet wurde.

Der Mann, der dort stand, war groß und drahtig, seine Gesichtshaut war leicht gräulich. Sein dunkles Haar fiel ihm bis zu den Schultern und er war unrasiert. Lottie schätzte ihn auf Ende dreißig. Seine Kleidung war leger. Jeans und ein T-Shirt mit einem Bild des irischen Sängers Hozier.

»Ich nehme an, Sie sind die Detectives, die meinen Sohn verhört haben«, sagte er, während er sie in das Haus führte.

»Detective Kirby hier hat ihn befragt. Ich bin Detective Inspector Lottie Parker. Und Sie sind ...?«

»Charlie Sheridan. Und das ist meine Frau, Lisa.«

Er zeigte auf die Frau, die am Tisch saß und sich an einer Tasse Tee festhielt. Ein kleines Mädchen hockte auf ihren Knien. Die Küche war modern, aber unfertig, als ob ihnen das Geld ausgegangen wäre. Shabby Chic, so würde Lottie die Einrichtung wohl nennen, obwohl sie definitiv eher schäbig als schick war.

»Hallo, Lisa«, sagte sie. »Wie geht es Jack?«

Die Frau sah sie aus dunklen Augen an, die im Sonnenschein, der durch das Fenster fiel, haselnussbraun schimmerten. Ihr helles Haar hing ihr schlaff auf die Schultern, als hätte sie keine Zeit gehabt, es zu waschen. Sie trug einen weißen Kittel und marineblaue Hosen.

»Es geht ihm gut. Er steht allerdings noch ziemlich unter Schock. Er ist nicht zur Schule gegangen, nachdem ... danach.«

Charlie zog einen Stuhl hervor. »Entschuldigen Sie meine Manieren. Nehmen Sie Platz, bitte.«

»Danke.« Lottie setzte sich an den Tisch. »Wo ist Jack?«

»Er ist in seinem Zimmer«, sagte Charlie und ging zum Küchentisch. »Möchte jemand Tee? Das Wasser hat gerade gekocht.«

»Nein, danke.« Lottie fragte sich, warum Charlie nicht bei der Arbeit war. »Haben Sie sich beide freigenommen, um heute auf Jack aufzupassen?«

»Ich bin seit ein paar Wochen krankgeschrieben«, erklärte Charlie. »Es ging mir nicht gut. Lisa ist Krankenschwester. Sie arbeitet im Krankenhaus.«

Lisa wickelte die Locken ihrer Tochter geistesabwesend um ihren Finger. »Als ich den Anruf von den Gardaí bekommen habe, habe ich natürlich sofort meine Schicht getauscht.«

»Wie können wir Ihnen helfen?«, fragte Charlie und lehnte sich mit dem Rücken gegen die Terrassentür, die mit winzigen Handabdrücken übersät war.

Die Küche war unaufgeräumt. Auf den meisten Oberflächen lagen Kleidungsstücke. Einige gefaltet, andere auf den Stuhllehnen verstreut. Im Flur, den sie gerade durchschritten hatten, standen Stiefel und Schuhe an der einen Wand, während auf der anderen Seite Mäntel und Jacken an Haken hingen.

»Wir gehen nur weiter unseren Ermittlungen nach. Ich würde gern mit Jack sprechen, aber ich möchte Ihnen beiden auch ein paar Fragen stellen, wenn das in Ordnung ist?«

»Sicher«, sagte Lisa. Sie hielt das kleine Mädchen weiter im Arm, das unaufhörlich Saft aus einem Becher schlürfte. »Setzen Sie sich doch auch«, sagte sie zu Kirby.

Lottie hob ein Kleiderbündel hoch und legte es auf den Tisch, und Kirby setzte sich neben sie. Ihr fiel auf, dass Charlie stehen geblieben war, die Hände in die Hosentaschen gesteckt. Er sah erschöpft aus.

»Wie Sie wissen«, begann Lottie, »haben Jack und sein Freund heute Morgen Leichenteile auf den Bahngleisen gefunden, als sie seine Drohne geflogen haben.«

»Er hat nichts angestellt«, sagte Charlie und verschränkte die Arme.

»Natürlich nicht. Ihr Haus liegt gegenüber dem Kanal und der Eisenbahn. Ich frage mich, ob einer von Ihnen in letzter Zeit etwas Ungewöhnliches bemerkt hat. Lichter in der Nacht? Boote auf dem Wasser?« Sie sah in die ausdruckslosen Gesichter der beiden und versuchte, sie zu lesen.

»Es fahren noch keine Boote. Dafür ist es noch zu früh«, sagte Lisa. »Um ehrlich zu sein, sehen wir den ganzen Sommer über kaum mehr als fünf oder sechs.«

»Genauso ist es«, bestätigte Charlie. »Nur ein paar den ganzen Sommer über, und man bemerkt sie nur tagsüber. Ich habe in der ganzen Zeit, in der ich jetzt nicht arbeite, noch kein einziges Boot gesehen.«

Lottie sah ihn nachdenklich an. »Kann man nachts die Lichter von Booten sehen?«

»Ja, das schon, aber ich habe dieses Jahr noch keine gesehen.«

Sie wandte sich an seine Frau. »Lisa, haben Sie etwas Ungewöhnliches bemerkt?«

»Ich arbeite eigentlich immer. Ich muss auch heute Abend wieder zur Arbeit, nachdem ich heute Morgen meine Schicht getauscht habe. Charlie hat auf Maggie aufgepasst.«

»Sie haben also nichts gesehen?«

»Nein, gar nichts.« Lisa starrte auf ihren Tee, auf dem sich ein Fettfilm gebildet hatte. Die Küchentür öffnete sich und ein kleiner Junge, dem Tränen über das Gesicht liefen, stürmte herein. »Jack hat mich gehauen. Ich wollte mir nur einen von seinen Controllern ausleihen und er wollte ihn mir nicht geben. Mam! Sag ihm, dass er ihn mir geben soll.«

»Tyrone! Wir haben Besuch«, mahnte Charlie. »Geh wieder auf dein Zimmer.«

Der Junge rannte hinaus, und als in der Küche wieder Stille eingekehrt war, sagte Lisa: »Ich bin zur Schule gefahren, um Jack abzusetzen, aber er war immer noch ganz grün im Gesicht, darum habe ich einfach Tyrone abgeholt und beide nach Hause gebracht. So musste ich nicht noch einmal wegen ihm zurückfahren.«

Mit dieser Familie stimmte etwas nicht. Lottie konnte spüren, wie sich seltsame Schwingungen in der Küche wie Mikrowellen ausbreiteten. War das der Schock darüber, dass ihr Sohn einen Torso auf den Schienen gefunden hatte? Oder etwas anderes?

»Ist alles in Ordnung?«, fragte sie.

Charlie ging von der Terrassentür weg und stellte sich hinter seine Frau. Er legte ihr eine Hand auf die Schulter. »Wir stehen alle unter Schock. Der arme Jack ist in einem schrecklichen Zustand. Er hat Ihnen in seiner Aussage alles gesagt, was er weiß. Was wollen Sie noch von uns?«

»Und ich bin ihm dafür sehr dankbar. Es ist nur so, dass wir seit heute Morgen weitere Entdeckungen gemacht haben, und ich gehe allem nach, was uns helfen könnte, herauszufinden, wer die Leichenteile in den Kanal geworfen hat.«

»Leichenteile?«, fragte Lisa. Ihr Gesicht wurde zusehends blasser, und sie warf Charlie einen Blick zu, bevor sie sich wieder Lottie zuwandte. »Gott, das ist ja furchtbar. Und wir müssen hier leben! Was haben Sie noch gefunden?«

»Ich bin nicht befugt, Ihnen das zu sagen, aber ich muss alle Bewohner entlang dieser Strecke befragen.«

»In dieser Richtung gibt es meilenweit kein anderes Haus

mehr«, sagte Charlie. »Das nächste ist unten bei den Schleusen. Aber da wohnt schon seit einer Ewigkeit niemand mehr.«

Lottie nickte. »Okay, danke. Kann ich jetzt kurz mit Jack sprechen?«

»Das könnte ihn noch mehr traumatisieren«, sagte Lisa.

»Es würde uns wirklich helfen«, sagte Kirby.

»Vielleicht wäre es gut, wenn er noch mal mit jemandem sprechen würde, Lisa«, sagte Charlie, beugte seinen drahtigen Körper zu seiner Frau hinunter und drückte sanft ihre Schulter.

Lisa zuckte zusammen, und als ob sie das Unbehagen ihrer Mutter spürte, ließ das kleine Mädchen seinen Becher fallen und begann zu weinen. Der Orangensaft spritzte auf Charlie. Lottie beobachtete ihn genau, um seine Reaktion mitzubekommen, aber er lächelte nur, nahm Lisa das Kind aus den Armen und drückte es an seine Brust. Väterlich, dachte sie.

Draußen im Flur gab es einen Knall, und die Tür krachte gegen die Wand. Ein Junge, von dem sie annahm, dass es Jack war, stürzte mit seinem Bruder herein und zog ihm dabei an den Haaren. Beide kreischten. Er wirkte ziemlich groß für elf Jahre, und sein Haar war so blond wie das seiner Mutter. Sein Schulhemd war aufgeknöpft, und sein Bruder zerrte am Saum.

»Das ist meiner. Gib ihn mir zurück, du kleiner Wichser«, brüllte Jack.

»Du bist gemein«, schrie Tyrone und versuchte, sich loszureißen.

»Jungs! Hört sofort auf!« Charlie gab Maggie an Lisa zurück, um seine streitenden Söhne zu trennen. »Es reicht. Das da sind Detectives und die sperren euch ein, wenn ihr euch nicht benehmt.«

Das wirkte. Jack ließ seinen Bruder los und starrte Kirby mit entsetzten Augen an.

»Ich habe nichts angestellt. Es war nur die Drohne. Es ist nicht meine Schuld. Gavin wollte das, nicht ich. Ich schwöre, Dad. Ich habe nichts angestellt.«

»Das behauptet auch niemand, Jack«, beruhigte ihn Lisa. »Bitte hör auf, dich mit deinem Bruder zu streiten. Wie sollen bloß die Sommerferien werden, wenn ihr beide in ein paar Wochen die ganze Zeit zu Hause seid?« Tränen schlichen sich in ihre Augenwinkel und sie umklammerte ihre Tasse fester.

»Hören Sie, das ist heute ganz schön viel für Sie«, sagte Lottie und hoffte, dass sie nicht zu schnell aufgab. »Hier ist meine Karte. Bitte rufen Sie mich an, wenn Sie sich an etwas erinnern, das uns helfen könnte. Egal, wie unbedeutend es Ihnen erscheint.«

»Klar.« Charlie packte Tyrone am Arm und schob ihn zur Tür. »Ihr beide geht nach oben, und ich werde gleich mit euch über die Controller sprechen.« Er wandte sich an Lottie und Kirby. »Ich begleite Sie hinaus.«

Lottie legte ihre Karte auf den Tisch und schob sie Lisa zu. »Ich meine es ernst, Lisa. Wenn Sie etwas bedrückt, rufen Sie mich an.«

Die Frau starrte weiter in die Tasse mit dem kalten Tee.

SECHZEHN

Kirby fuhr langsam die Straße hinunter. Lottie drehte den Rückspiegel zu sich hin, sodass sie das Haus hinter ihnen verschwinden sehen konnte.

Charlie stand an der offenen Tür, hielt seine Tochter im Arm und sah zu, wie sie davonfuhren.

»Was halten Sie von dem allen?«, fragte Kirby. Er nahm seine Zigarre, überlegte es sich dann anders und steckte sie in das bereits prall gefüllte Türfach.

Lottie schwieg, bis der Wagen die breitere Straße erreicht hatte und das Haus aus ihrem Blickfeld verschwunden war.

»Ich weiß noch nicht, was ich davon halten soll. Ich muss kurz darüber nachdenken.«

»Seltsame Menschen, wenn Sie mich fragen.«

»Ich habe Sie aber nicht gefragt. Ich habe gesagt, dass ich nachdenke.«

Sie näherten sich der Brücke.

»Sie sahen aus, als ob sie etwas verbrochen hätten«, sagte Kirby und ließ den Motor im Leerlauf laufen.

»Ich glaube nicht, dass es das ist.«

»Dann hatten sie Angst.«

Lottie dachte einen Moment lang nach. »Ihr Sohn hat heute Morgen einen Torso auf dem Bahngleis gefunden; das muss für jede Familie eine ziemlich gruselige Erfahrung sein.«

»Vielleicht mögen sie es einfach nicht, wenn Detectives an ihre Tür klopfen«, versuchte es Kirby.

»Ich glaube, es ist nur der Schock. Lassen Sie uns bei dem anderen Jungen vorbeifahren.«

»Gavin Robinson wohnt auf der anderen Seite der Brücke«, sagte Kirby und rümpfte die Nase. »Ich muss wirklich bald mal duschen. Ich stinke.«

»Das ist nichts Neues.« Lottie scherzte nur halb. Sie musste selbst dringend duschen.

Gavin Robinson wohnte in der Canal Lane, einem neuen Wohngebiet etwa hundert Meter hinter der Brücke. Kirby fuhr in die Hufeisensiedlung hinein, vorbei an einem Bereich, der von einem Bauzaun umgeben war, und einigen unfertigen Häusern, die das Bauunternehmen wohl zur Zeit der Wirtschaftskrise aufgegeben hatte. Gavin wohnte in einem Block mit dreistöckigen Häusern. Einzimmerwohnungen im Erdgeschoss und größere im ersten und zweiten Stock.

»Welches ist es?«, fragte Lottie.

Kirby sah in seinem Notizbuch nach und zeigte auf eines der Häuser.

Sie stieg die Treppe in den ersten Stock hinauf und klopfte laut an die Tür. Nach einem zweiten Klopfen wurde geöffnet.

»Ist deine Mami oder dein Papi hier?«, fragte sie den Jungen, der nun vor ihr stand.

»Mein Dad ist tot, aber ja, Mam ist in ihrem ... äh ... Arbeitszimmer. Oben.«

»Hallo, Gavin«, sagte Kirby. »Kannst du sie bitten, runterzukommen?«

Lottie spähte hinein. Der Flur war eng und vollgestopft.

Auf der rechten Seite befand sich eine geschlossene Tür, und geradeaus stand eine weitere offen. Gavin machte Platz, um sie eintreten zu lassen. Er stand auf der untersten Stufe der Treppe. Obwohl er genauso alt war wie Jack Sheridan, war er viel kleiner und dünner.

»Sie macht eine Story, also ein Video, und hat gesagt, dass ich sie nicht stören soll. Sie hat gesagt, dass ich sie heute schon genug gestört habe.« Er verzog schmollend den Mund.

»Es ist wichtig. Ich muss mit dir reden, und du musst einen Erziehungsberechtigten dabeihaben. Kannst du sie bitten, nach unten zu kommen?«

Während Gavin die Holztreppe ohne Teppich hinaufstapfte, drückte Lottie die Klinke der Tür neben sich herunter und trat ein. Es war das Wohnzimmer, aber alles, worauf man sitzen konnte, war mit Kisten und Tüten vollgestapelt. »Was ist das für ein Zeug?«

Eine junge Frau sauste die Treppe hinunter. »Hey! Wer hat Ihnen erlaubt, da reinzugehen?«, fragte sie scharf, um ihren Ton dann sofort zu mäßigen. »Es tut mir leid, aber da drin herrscht so ein Chaos. Warum gehen wir nicht in die Küche? Übrigens, ich bin Tamara Robinson. Gavins Mutter.«

Lottie ließ ihren Blick noch mal durch den Raum schweifen. Er war vollgestopft mit Kisten voller Kosmetika und Haarprodukten. Tamara wartete, bis sie alle auf dem Flur waren, bevor sie Lottie und Kirby zu der anderen Tür geleitete.

Als sie an der jungen blonden Frau vorbeiging, fiel Lottie auf, wie groß sie war. Sie war angezogen, als wollte sie bei einer dieser *Next Top Model*-Shows vorsprechen. Sie trug eine hellblaue Chiffonbluse, die in der Taille geschnürt war, und eine enge weiße Jeans. Sie sah ganz anders aus als Lisa Sheridan, die in ihrem Schwesternkittel blass und müde gewirkt hatte.

Die Küche war hell und modern, wie die eines Musterhauses. Das erinnerte Lottie daran, dass sie und Boyd am Samstag einen Besichtigungstermin hatten, und sie drückte sich selbst schnell die Daumen, dass ihr Halbbruder Leo das Geld für Farranstown House möglichst bald auftreiben würde.

»Eine schöne Wohnung haben Sie«, sagte sie.

»Ich habe sie mir hart erarbeitet.« Tamara scheuchte Gavin hinter Lottie und Kirby in die Küche, und der Raum fühlte sich plötzlich zu klein für sie alle an. Daran würde sie denken müssen, wenn sie Häuser besichtigten. Ihre Familie war groß – und außer Sean und Louis waren sie nur Erwachsene, und Sean war größer als sie alle. Und jetzt musste sie sich auch noch Gedanken um Boyds Schwester Grace machen. Mein Gott, sie würden wie die Waltons enden.

»Was arbeiten Sie denn, Tamara?«, fragte sie.

»Ich bin Influencerin.«

»Was bedeutet das?«, fragte Kirby.

»Instagram.« Tamara verdrehte die Augen. »Das verstehen Sie nicht, und es würde zu lange dauern, es zu erklären.«

»Sie haben gerade ein Video gedreht, oder?«, fragte Kirby.

»Für meine Story, und jetzt muss ich es noch mal komplett neu drehen. Dir« – sie zeigte auf Gavin – »habe ich doch gesagt, dass du mich nicht unterbrechen sollst. Ich habe dir gesagt, du sollst dich auf dein Bett legen und dich ausruhen.«

»Wir müssen mit Ihnen und Gavin sprechen, Mrs Robinson.«

»Sie können mich Tamara nennen. Das machen alle«, sagte sie, als wäre das etwas, auf das man stolz sein konnte. Lottie fragte sich, ob das überhaupt ihr richtiger Name war. Wenn sie sich das glänzende blonde Haar, das perfekt geschminkte Gesicht und die zu langen Wimpern so ansah, vermutete sie jedoch, dass sie wirklich auf diesen Namen getauft worden war und ihr Leben damit verbracht hatte, dafür zu sorgen, dass jeder ihn kannte.

»Okay. Gavin hat bereits eine Aussage gemacht«, sagte Lottie, »aber ich würde ihm gern noch ein paar Fragen stellen.«

»Ich bin mir nicht sicher, ob er noch mehr darüber reden sollte. Dann kann er heute Nacht nicht schlafen.«

»Nun, in gewisser Weise bin ich froh, dass Sie nicht wollen, dass er darüber spricht. Es handelt sich ja um laufende Ermittlungen. Wir müssen den Informationsfluss kontrollieren, bis wir einen Verdächtigen festgenommen haben.«

»Es war also Mord!« Tamara schlug die Hände vor den Mund.

»Wir wissen noch nicht, womit wir es zu tun haben.« Natürlich war es Mord, dachte Lottie, was denn sonst? Sie wandte sich von dem Puppengesicht ab und richtete ihre Aufmerksamkeit auf Gavin. »Fliegen du und Jack die Drohne jeden Morgen?«

»Nur manchmal. Nicht jeden Tag.« Gavin schien sich für seine Mutter zu schämen und richtete den Blick auf einen Punkt draußen vor dem Küchenfenster. Sein Haar war auf einer Seite abrasiert, auf der anderen länger. Er trug ein Fußballtrikot und eine Trainingshose.

»Was ist dein Lieblingsverein?«, fragte Kirby.

Lottie musste lachen, als der Junge, ganz wie seine Mutter, die Augen verdrehte und auf das Wappen auf seinem Trikot zeigte. »Man U.«

»Die sind gut, oder?«

Lottie mischte sich ein, bevor Kirby sich völlig lächerlich machte. »Hattet ihr heute Morgen keine Angst, dass ein Zug kommen könnte?«

»Ich kenne doch die Fahrpläne. Ich habe eine App auf meinem Handy. Die sagt mir, wann der nächste Zug kommt. Ich interessiere mich für solche Sachen.«

»Du hättest direkt zur Schule gehen sollen. Und vielleicht solltest du dich für eine Weile von Jack fernhalten.« Tamara wandte sich an Lottie. »Die beiden hängen wirklich ständig aufeinander. Keine Ahnung, was die alles anstellen.«

»Aber er ist mein Freund«, jammerte Gavin. »Mein einziger Freund.«

»Du hast doch mich, oder?«

»Mam! Das ist eklig.«

»Vielleicht hätte ich dich doch in die Schule bringen sollen, nachdem du deine Aussage gemacht hast. Aber du hast zu mir gesagt, dass du zu sehr unter Schock stehst und nicht gehen kannst.«

Ihren Mangel an Empathie konnte man fast körperlich spüren. Tamara war anscheinend nur mit sich selbst beschäftigt. Lottie wollte dem Jungen sagen, dass es in Ordnung war, nach so einem Erlebnis schlecht drauf zu sein. Stattdessen sagte sie: »Gavin, als ihr zu den Gleisen hinuntergestiegen seid, was habt ihr da genau gemacht?«

Er zupfte an dem Wappen auf seinem Trikot. »Das war alles Jacks Idee. Ich wollte nicht auf die Gleise gehen, aber es ist seine Drohne, darum bin ich ihm gefolgt.« Er war nicht in der Lage, Lotties Blick standzuhalten, und sie fragte sich, ob er vielleicht log.

»Wie oft habe ich dir schon gesagt, dass du dich von den Gleisen fernhalten sollst?«, tadelte ihn Tamara. »Und hör auf, an deinem Trikot rumzufummeln, du machst es noch kaputt, das hat fast hundert Euro gekostet.«

»Nein, hat es nicht«, schmollte Gavin. »Du hast es umsonst gekriegt, weil du mich in deiner Instagram-Storys gezeigt hast.«

»Hören Sie mal, Tamara«, warf Lottie ein, »ich will nur wissen, was die Jungs heute Morgen gemacht haben. Sie können ihn später zurechtweisen, okay?«

»Klar, aber ich habe keine Zeit.«

Sie schluckte eine Erwiderung hinunter. »Gavin, wusstest du, dass du heute Morgen etwas auf den Gleisen finden würdest?«

»Was ist denn das für eine Frage?« Tamaras Augen wurden

größer als ihre mit Botox gefüllten Lippen. Sie war nicht blöd, das musste Lottie ihr lassen.

»Ich versuche nur herauszufinden, was passiert ist.«

»Sie versuchen, meinem Sohn etwas in die Schuhe zu schieben.«

»Schon gut, Mam.« Gavin drehte sich zu Lottie um, seine Wangen waren feuerrot. »Ich habe das Ding zuerst gesehen. Auf dem Display von dem Handy, das mit Jedi verbunden war. So nennen wir die Drohne. Ich habe diesen Klumpen auf den Schienen gesehen. Es sah aus wie ein Sack Kohle, aber ganz anders. Es war gruselig, so richtig gruselig. Jack hat sich komplett vollgekotzt.«

»Was habt ihr dann gemacht?« Lottie hatte den Bericht gelesen und wusste, dass es Gavin war, der gekotzt hatte.

»Es sah aus wie ein Zombie ohne Kopf. Wir sind zurück zur Brücke gerannt und ich habe die Polizei gerufen. Das war's. Wir haben auf die Gardaí gewartet und dann haben die uns auf die Wache gebracht, bis unsere Mütter gekommen sind und wir unsere Aussagen gemacht haben.«

Lottie sah, dass Tamara unter ihrem Make-up blass geworden war.

»Warum muss er das noch mal durchleben?«, fragte Tamara.

»Nicht schlimm.« Gavin zog seine Hand von der seiner Mutter weg.

»Fliegen du und Jack die Drohne jeden Morgen?« Lottie wiederholte ihre Frage von vorhin.

»Meistens.«

»Und abends?«

»Nicht wirklich. Nur manchmal.«

»Habt ihr heute Morgen oder vielleicht gestern noch jemanden in der Nähe gesehen?«, fragte Lottie. »Glaubst du, dass ihr vielleicht jemanden bei etwas gestört haben könntet?«

Der Junge errötete. »Sie meinen, wir könnten den Mörder gesehen haben? Oder dass er uns hätte umbringen können?«

»Auf keinen Fall. Ich versuche nur, den zeitlichen Ablauf der Ereignisse von heute Morgen und der Tage davor zu rekonstruieren.«

»Ich habe niemanden gesehen. Vielleicht sieht man noch jemanden auf den Aufnahmen von der Kamera von Jedi. Die haben Sie ja. Schauen Sie da mal nach.«

»Das werden wir«, versicherte ihm Kirby.

»Das hier ist eine ruhige Gegend«, sagte Tamara. »Man würde es nicht vermuten, aber die meisten Leute hier arbeiten in Dublin. Sie gehen früh morgens aus dem Haus, kommen erst spät abends zurück und sind dann die ganze Nacht zu Hause. Sehr ruhig.«

»Hier ist meine Nummer«, sagte Lottie und reichte der Frau ihre Karte. »Wenn Gavin sich noch an irgendetwas erinnert, rufen Sie mich bitte an.«

»Klar doch.« Tamara umklammerte die Karte mit ihren langen roten Krallen.

Gavin fragte: »Geht es Jack gut?«

»Er steht noch ziemlich unter Schock, genau wie du«, sagte Lottie.

Tamara folgte ihnen zur Tür. »Es tut mir leid. Wegen vorhin. Dass ich so eine Zicke war und so. Ich bin etwas empfindlich, wenn es um Gavin geht. Sein Vater ist gestorben, als er noch ein Baby war. Herzinfarkt. Er hat doch nur mich.«

»Das tut mir leid«, sagte Lottie, die wusste, wie schwer es war, Kinder allein großzuziehen.

»Passen Sie gut auf ihn auf«, sagte Kirby.

»Glauben Sie, dass er in Gefahr ist? Wegen dem, was er gefunden hat?«

»Das glaube ich nicht«, sagte Lottie, »aber es kann nicht schaden, wachsamer zu sein als sonst. Und rufen Sie mich an, wenn Ihnen etwas Ungewöhnliches auffällt oder wenn er sich an etwas anderes erinnert.«

»Natürlich. Und das Zeug da drinnen ...« Tamara nickte in Richtung Wohnzimmer, »das bekomme ich alles geschenkt. Nur für den Fall, dass Sie glauben, ich hätte es gestohlen.«

»Ach was«, sagte Kirby, und Lottie schob ihn vor sich her zur Tür hinaus.

SIEBZEHN

Zurück auf der Wache kam Lottie gar nicht erst dazu, sich mit ihrem Papierkram zu beschäftigen. Jane Dore rief an, um mitzuteilen, dass sie ihre vorläufige Untersuchung des Torsos abgeschlossen hatte. Lottie holte ihr Auto und raste über die Autobahn zum Tullamore Hospital, wo sich die Leichenhalle befand.

Sie parkte auf dem letzten freien Platz, den sie finden konnte, und musste an Boyd denken. In diesem Krankenhaus verbrachter er mehrere Stunden in der Woche zur Behandlung. Als sie das Auto abschloss, schmerzte ihr das Herz. Sie war sich zwar nicht mehr sicher, ob sie an einen Gott glaubte, aber sie betete im Stillen, dass er Boyd wieder gesund werden ließ. Bei Adam waren ihre Gebete unbeantwortet geblieben.

»Du schuldest mir was«, flüsterte sie dem Himmel zu.

Die Leichenhalle befand sich am Ende eines gewundenen Korridors. Der Gestank wurde stärker, je weiter sie den Gang entlangging. Eigentlich müsste sie ihn ja inzwischen gewohnt sein, aber er kratzte immer noch an ihrer Kehle, darum nahm sie sich einen Mundschutz aus dem Modulschrank. Das Totenhaus trug seinen Spitznamen zu Recht, auch wenn es vor zehn Jahren modernisiert worden war.

Lottie stand neben Jane in deren Büro, während die Rechtsmedizinerin ihre Notizen durchging.

»Der Torso von den Gleisen ist eindeutig weiblich.«

»Das habe ich mir schon gedacht«, sagte Lottie ungeduldig.

»Ich tue Ihnen hier einen Gefallen«, sagte Jane. »Da brauchen Sie gar nicht so schnippisch zu sein.«

»Tut mir leid.« Es war sinnlos, sich mit der Rechtsmedizinerin anzulegen. »Es ist einfach schon spät und ich muss noch kontrollieren, ob Sean seine Hausaufgaben gemacht hat. Er hat bald Prüfungen und ich bin mir sicher, dass er mit dem Lernen gerade ziemlich hinterherhängt.« Sie schwafelte vor sich hin, weil sie nicht an das abgeschlachtete Mädchen denken wollte, das auf dem Tisch im Sezierraum lag.

»Wie geht es Sean denn?«, fragte Jane.

»Er hat seine depressiven Phasen, aber wenn man bedenkt, was in den letzten Jahren alles passiert ist, schlägt er sich tapfer.«

»Und Detective Sergeant Boyd? Schlägt seine Behandlung an?«

»Ich hoffe es. Er würde das Ganze am liebsten mit einem Fingerschnipsen erledigen, aber Sie und ich wissen, dass das nicht so einfach ist. Er ist so ungeduldig, dass es schon fast nervt.«

Jane lächelte.

»Was?« Lottie hob fragend eine Augenbraue.

»Sie und Boyd«, sagte Jane. »Sie sind sich so ähnlich. Wann liefern Sie mir endlich einen guten Grund, um mir einen schicken Hut kaufen zu gehen?«

»Ich kann Sie mir nur mit der Kapuze eines forensischen Overalls vorstellen.«

»Dann kennen Sie mich aber schlecht«, lachte Jane und

schaute wieder auf ihre Notizen. »Wir müssen dieses Kaffeedate endlich mal hinkriegen, nicht wahr?«

»Ja, aber dann sollten wir auch anfangen, uns zu duzen. Und noch ein paar Jahre auf Kaffee zu warten, ist für mich auch in Ordnung.«

Seufzend dachte Lottie daran, dass sie keine richtigen Freunde mehr hatte. Zwischen dem Versuch, sich um ihre Kinder zu kümmern, und bei der Arbeit auf dem Laufenden zu bleiben, schien einfach nie Zeit für jemand anderen übrig zu bleiben. Abgesehen von Boyd. Oder war Boyd auf ihrer Prioritätenliste auch schon weiter nach unten gerutscht? Jetzt war nicht der richtige Zeitpunkt, um darüber nachzudenken.

»Sehr gerne. Wie wäre es mit Samstag?«, fragte sie in der Hoffnung, Jane würde Nein sagen.

»Am Samstag kann ich nicht. Da habe ich ein Date.«

»Schon wieder mit diesem Typ?«

»Hast du jemals erlebt, dass ich zweimal mit demselben Typ ausgegangen bin?«

Lottie war sich nicht sicher, was sie antworten sollte, denn eigentlich wusste sie kaum etwas über das Privatleben der Rechtsmedizinerin.

»Lass uns mit dem Bericht weitermachen, ja?«, sagte Jane.

»Natürlich.«

»Wie ich bereits sagte, ist das Opfer ein Mädchen. Ich schätze, dass sie zwischen sieben und zwölf Jahre alt war.«

Lottie spürte, wie sich ihr Magen zusammenzog. Sie konnte den Gedanken einfach nicht ertragen, dass ein Kind auf so barbarische Art und Weise verstümmelt worden war. »Oh, die arme kleine Maus. Das ist so schrecklich.«

»Der Torso war dank des ungewöhnlich heißen Wetters schon fast aufgetaut, als er hier ankam. Ich habe Proben an das Labor geschickt.«

»Wie ist sie gestorben?« Lottie war sich nicht sicher, ob sie die Antwort hören wollte. Sie spürte, wie ihr das Blut aus dem Gesicht wich.

»Das ist nicht leicht. Das ist bei Kindern immer so«, sagte Jane. »Versuch, dich davon zu distanzieren.«

»Das geht nicht.« Lottie schluckte, ihre Stimme war zittrig. »Jemand hat dieses kleine Mädchen getötet, zerstückelt und dann seine Leiche weggeworfen. Einen Teil seiner Leiche.«

»Die anderen Leichenteile sind auf dem Weg zu mir, ich werde mehr wissen, wenn ich sie habe. Der Kopf wurde ja immer noch nicht gefunden, aber der Schaden an den Knochen im Nacken lässt mich vermuten, dass sie erst erwürgt und dann enthauptet wurde.«

»Das kannst du erkennen, obwohl der Kopf abgesägt wurde?«

»Er wurde nicht abgesägt, aber ja, das kann ich. Es ist noch genug vom Zungenbein vorhanden, um zu beweisen, dass sie erwürgt wurde.«

»Wenn er nicht abgesägt wurde, wie ist es dann passiert?«

»Ein einzelner Hieb mit einer Axt oder einer ähnlich scharfen Klinge.«

Lotties Magen zog sich noch mehr zusammen. »Bitte sag mir, dass sie da schon tot war!«

Jane nickte, ohne zu antworten.

»Wie lange ist sie schon tot?«

»Die kurze Antwort lautet: Ich weiß es nicht.« Jane sah in ihren Notizen nach. »Im Moment ist alles nur vorläufig. Ich muss noch eine Vielzahl von Tests durchführen, also dräng mich nicht zu sehr, sonst stelle ich dir eine falsche Diagnose.«

»Man kann doch bei einer toten Person keine Diagnose stellen.«

Jane lachte. »Du bist ja doch wach.«

»Entschuldige.« Lottie war sich bewusst, dass die Rechtsmedizinerin sie beim Gähnen beobachtet hatte. »Langes, hartes Wochenende.«

»Aber Boyd muss es doch besser gehen, oder?« Jane runzelte die Stirn.

»Seine Mutter ist gestorben. Ich war drüben im Westen bei der Beerdigung. Bin gestern Abend spät zurückgekommen.« Gerade würde sie über alles reden, um bloß nicht an das tote Kind denken zu müssen.

»Richte Boyd mein Beileid aus. Das wusste ich nicht.«

»Ist schon in Ordnung. Sie ist plötzlich gestorben. Herzinfarkt. Das bringt Boyd allerdings in eine missliche Lage wegen seiner Schwester.«

»Warum? Ist die nicht schon Anfang dreißig?«

»Doch, aber das ist eine lange Geschichte. Die erzähle ich dir beim Kaffee«, sagte Lottie und fragte sich, ob sie jemals die Zeit dafür finden würden. »Kannst du mir sonst noch etwas über die Leiche sagen?«

»Ich habe den Mageninhalt zur Analyse geschickt. Es war nicht viel. Die Leiche wurde kurz nach ihrer Ermordung zerstückelt und sofort eingefroren. Es fehlt ein Stück Haut am unteren Rücken. Wahrscheinlich ist das noch in der Gefriertruhe, in der sie aufbewahrt wurde.«

»Warum? Ich kann dir nicht folgen.«

»Du besitzt eine Gefriertruhe nehme ich an?«

Lottie nickte.

»Wenn man rohes Fleisch einfriert und es über Monate oder sogar Jahre dort drin lässt, bleibt es an der Oberfläche der Gefriertruhe haften. Wenn man versucht, es herauszunehmen, kann ein Teil der äußeren Schicht zurückbleiben.«

»Glaubst du, dass sie jahrelang eingefroren war?«

»Ja.« Jane nahm eine kleine Plastiktüte von einem Tablett und reichte sie ihr.

»Was ist das?« Lottie drehte die Tüte in ihrer Hand um. Darin befand sich ein Streifen Papier mit unleserlichen Farbflecken.

»Eines von diesen Datumsetiketten, die man auf Gefrierdosen oder -beutel klebt. Ich vermute, dass die Leiche unten in der Gefriertruhe lag und die Behälter oben draufgestellt wurden. Die wurden wahrscheinlich nie angefasst, bis die Leiche herausgenommen wurde. Daran kann man erkennen, wie lange sie sich in einer bestimmten Gefriertruhe befunden hat, aber sie könnte auch vorher bereits in einer anderen gelegen haben. Das ist aber natürlich alles reine Spekulation.«

Lottie fand Janes Logik nachvollziehbar. »Ich kann es nicht entziffern.«

»Ich habe es unter das Mikroskop gelegt. Es wurde mit einem schwarzen Stift beschriftet, wahrscheinlich mit einem Kugelschreiber. Ich werde es analysieren lassen, aber ich kann für nichts garantieren.«

»Wird uns das ein Datum verraten?«

»Ich konnte das Datum unter dem Mikroskop lesen.«

»Und?«

»12. Juni 1997.«

»Herrgott, wenn das stimmt, ist sie ja schon seit über zwanzig Jahren tot.«

Jane schüttelte den Kopf. »Alles, was das aussagt, ist, dass etwas in eine Gefriertruhe gelegt wurde, das mit diesem Datum beschriftet war. Die Leiche wurde entweder davor oder danach in die Gefriertruhe gelegt.«

»Wo hast du das Etikett gefunden?«

»Direkt über ihrem Gesäß.«

Lottie starrte angestrengt auf das Stück Papier. »Es ist also möglich, dass das hier nichts mit dem Todeszeitpunkt des Kindes zu tun hat.«

»Ja, aber bisher ist das alles, was wir haben. Ich habe ein paar Fasern gefunden, die ich ins Labor geschickt habe. Es könnte sich um Kleidung handeln, die sie zum Zeitpunkt des Mordes trug.«

»Oder sie könnten von ihrem Mörder stammen.«

»Oder es könnten Teppichfasern sein. Lass uns für den

Moment nicht spekulieren. Ich habe auch einen Abstrich für DNA-Abgleiche gemacht. Und da wäre noch eine interessante Sache ...«

»Ja?«

»Da waren einige Spuren auf dem Torso und auf den Eisenbahnschwellen. McGlynn hat gute Arbeit geleistet.«

»Echt?« Lottie war neugierig. »Was machen Farbspritzer auf einer Leiche, die vor zwanzig Jahren eingefroren worden sein könnte? Die müssen von etwas auf den Gleisen stammen.«

»Das glaube ich nicht«, entgegnete Jane. »Es sind winzige blaue Sprenkel. Insgesamt drei. Einer auf der Leiche, zwei auf den Schwellen.«

Lottie biss nachdenklich auf die Innenseite ihrer Wange. »Irgendeine Idee, was das sein könnte?«

»Nein. Aber ich habe alles zur Analyse geschickt. Okay?«

»Natürlich. Sag mir Bescheid, sobald du die Ergebnisse hast.«

Die Rechtsmedizinern blätterte ihren Bericht durch, und Lottie war dankbar für McGlynns Akribie und Janes Professionalität. Sie wusste nicht, ob sie es aushalten könnte, die Leiche eines Kindes sezieren zu müssen. Wieder fragte sie sich, was für ein Mensch ein Kind töten und zerstückeln würde. Es war einfach zu schrecklich, um auch nur darüber nachzudenken. Sie gab Jane die Tüte mit dem Beweismittel zurück und wandte sich zum Gehen.

»Wenn wir den Kopf hätten, würde das bei der Identifizierung helfen«, sagte Jane. »Und da ist noch eine letzte Sache ...«

Lottie hielt an der Tür inne und hoffte, dass die Rechtsmedizinerin gute Nachrichten hatte.

»Das wird dir nicht gefallen.«

»Okay ...«

»Die Hand, die ihr mir gebracht habt, gehört nicht zu dem Torso. Sie gehört einem erwachsenen Mann.«

ACHTZEHN

Nach dem Aufeinandertreffen mit der Katze und einem Besuch in der Notaufnahme wollte Faye nur noch nach Hause und sich hinlegen. Ihre Hand und ihr Gesicht pochten, und die Schmerzen waren noch schlimmer geworden, nachdem sie geduscht und die Wunden sorgfältig desinfiziert hatte. Jeff stand in der Schlafzimmertür und beobachtete sie.

»Ich verstehe einfach nicht, warum du ihn dort einfach so reingelegt hast«, sagte sie, während sie die Kissen auf dem Bett in ihrer Einzimmerwohnung aufschüttelte.

»Du bist total ausgeflippt. Ich musste ihn doch irgendwo hintun, während ich überlegt habe, was ich damit machen soll. Es fühlt sich einfach komisch an, so was im Haus meiner Tante zu finden.« Er setzte sich auf das Bett.

»Du hast zu mir gesagt, dass du ihn weggetan hast. Ich dachte, du meintest in einen Mülleimer.«

»Was hätte ich denn sonst sagen sollen? Mein Gott, Faye. Ich wünschte, du hättest ihn nie gefunden.«

»Ich auch. Aber wenn er echt ist, von wem ist er dann? Und warum war er dort?«

»Ich weiß es nicht. Vielleicht ist er künstlich, vielleicht auch nicht, aber die Vorstellung ist zu gruselig, um auch nur darüber nachzudenken.« Er hielt inne. »Wie fühlst du dich?« Er hob ihre Hand an seine Lippen, aber sie zog sie schnell wieder weg.

»Mir geht es gut. Die Spritze war das Schlimmste.«

Als er endlich von ihr abließ, fragte Faye: »Im Ernst jetzt, was glaubst du, warum dieser Schädel hinter die Wand im Haus deiner Tante gelegt worden ist?«

»Bitte, Faye. Hör auf, darüber zu reden.« Er stand vom Bett auf. »Ich hatte einen anstrengenden Tag, und du hattest einen richtig furchtbaren Tag. Trink einfach deinen Tee und schlaf ein bisschen.«

»Ich glaube, wir sollten es den Gardaí sagen.«

»Nein. Wir können doch deren Zeit nicht vergeuden.« Er wandte sich zur Tür.

»Wohin gehst du?«

»Ich muss noch was für meinen Chef erledigen. Einmal nach Dublin und zurück. Um die Zeit aufzuholen, die ich heute Morgen verloren habe. Gegen Mitternacht sollte ich wieder zu Hause sein.«

»Ich will nicht allein hierbleiben. Die Katze hat mich zu Tode erschreckt.«

»Ich dachte, der Schädel hat dir mehr Angst gemacht?«

»Ja, aber du hast gesagt, ich soll nicht mehr darüber reden.«

»Hör mal, Schatz, ich muss arbeiten. Versuch einfach, ein paar Stunden zu schlafen. Okay?« Er lächelte, beugte sich vor und küsste sie zärtlich auf die Stirn. Sie wollte ihn zu sich herunterziehen, aber er war verschwunden, bevor sie auch nur ihre Arme um ihn legen konnte.

Der Tee schmeckte nach nichts. Sie hätte einen richtigen Drink gebrauchen können, aber er hatte ihr keinen angeboten, und außerdem war sie ja schwanger. Als sie an ihr Baby dachte, streichelte sie ihren Bauch mit der unverletzten Hand und versuchte, an etwas Schönes zu denken. Zum Beispiel daran, dass sie das Kinderzimmer gelb streichen wollten, weil sie nicht wussten, ob es ein Junge oder ein Mädchen werden würde.

Doch jetzt war der Gedanke an die Einrichtung des Babyzimmers durch das Bild getrübt, das sich in ihrem Kopf eingeprägt hatte, als die bösartige Katze herausgesprungen war und sie angegriffen hatte. Sie glaubte nicht, dass sie diese Erinnerung jemals wieder würde auslöschen können. Wie zur Bestätigung brannte ihre Wange und ihre Hand pochte. Sie musste etwas tun. Und ausnahmsweise würde sie sich Jeff widersetzen.

Sie nahm ihr Handy zur Hand und googelte die Nummer der Polizeiwache von Ragmullin. Bevor sie den Anruf tätigte, scrollte sie auf Twitter durch die neuesten Nachrichten. Was sie dort las, ließ sie aus dem Bett aufspringen. Sie schlüpfte in das nächstbeste Kleidungsstück, ein leichtes Baumwollkleid, zog eine lange Strickjacke darüber und steckte ihre Füße in ein Paar Turnschuhe. Sie schaute erneut auf ihr Handy. Überall diese Meldung über den Fund eines Torsos. Wieso hatte sie die nicht schon vorher gesehen? Ihr Magen kribbelte und ihr Baby flatterte wie wild gegen die Wand ihrer Gebärmutter.

Ein kopfloser Torso war auf den Bahngleisen gefunden worden.

Sie hatte einen Schädel gefunden.

Die Puzzleteile begannen, sich zusammenzufügen.

Sie nahm ihre Tasche, ließ ihr Handy hineingleiten und machte sich auf den Weg, ohne Jeff anzurufen oder ihm eine Nachricht zu schreiben. Ihm würde das zwar nicht gefallen, aber sie musste es einfach der Polizei sagen.

NEUNZEHN

Auf dem Rückweg vom Leichenschauhaus rief Lottie Boyd an.

»Ich mache mich später auf den Weg nach Ragmullin«, sagte er knapp.

Sie überlegte, wie sich der Schock angesichts des Todes seiner Mutter in Kombination mit seiner Behandlung auf ihn auswirken musste.

»Ich wollte nur kurz deine Stimme hören«, sagte sie.

»Du klingst aufgebracht. Was ist passiert? Geht es den Kindern gut? Ist der kleine Louis durchs Haus gestürmt und hat alles aus den Schränken gerissen?«

Sie hörte einen Motor im Hintergrund und war sich nicht sicher, ob es nur ihr eigenes Auto war oder ob Boyd auch gerade fuhr. Sie konnte kaum durch die Windschutzscheibe sehen, weil ihre Tränen sie blendeten.

»Meinen geht es gut. Es geht um ein kleines Mädchen, Boyd.«

»Wer ist es?«

»Ein neuer Fall.«

»O Scheiße.« Seine Stimme stockte, bevor er fortfuhr: »Geht es um einen Mord oder um Missbrauch?«

»Um eine gefrorene Leiche. Zerstückelt. Wurde heute Morgen im Kanal gefunden. Nein, falsch. Der Torso wurde auf den Bahngleisen gefunden und ein Bein im Kanal. Taucher suchen nach dem Rest der Leiche. Sie war so klein. Was für ein Ungeheuer tut einem wehrlosen kleinen Mädchen so etwas an?«

»Ungeheuer ist das richtige Wort. Habt ihr schon die Vermisstendatenbank überprüft?«

Sie schniefte und wischte sich die Nase mit dem Ärmel ab, während sie auf die Autobahnauffahrt fuhr. »Jane glaubt, dass die Leiche schon seit einiger Zeit eingefroren war.«

»Ich dachte, Jane handelt mit Fakten, nicht mit Hypothesen.«

Lottie lächelte. Sie konnte immer darauf bauen, dass Boyd Realist war. Es hatte keinen Sinn, sich das Hirn zu zermartern. Emotionen würden ihre Ermittlungen nur behindern. »Sie hat ein Stück Papier gefunden, ein Etikett, das an der Haut geklebt hat. Es war auf Juni 1997 datiert.«

»Oh«, sagte Boyd. Lottie wusste, dass er die Tragweite dieses Falls sofort verstand. Er fuhr fort: »Das klingt nach einem Altfall. Das wird eine Menge Arbeit bedeuten, wenn ihr alte Akten durchgehen müsst.«

»Vielleicht finden wir die in PULSE. Die alten Akten wurden in das System übertragen, glaube ich.«

»Ihr solltet auch die lokalen und nationalen Zeitungsberichte aus dem Jahr durchgehen; vielleicht habt ihr ja Glück und es geht schneller als gedacht. Ja, versucht es mit den Lokalzeitungen, wenn ihr über PULSE nichts findet.«

»Danke, Boyd. Ich wusste, dass du helfen kannst.«

»Ich komme heute Abend zurück nach Ragmullin. Pass auf dich auf. Bis später«, sagte er.

Lottie war etwas gefasster, als sie die Wache erreichte, obwohl ihr Herz immer noch laut pochte und sie vermutlich jedem, der sie schief ansah, einen Einlauf geben würde, oder sie würde einfach vor seinen Augen in Tränen ausbrechen.

Die Hitze auf der Wache war drückend, als sie durch den Haupteingang trat, und als sie in ihrem Büro saß, hatte sie das Gefühl, ihr T-Shirt wechseln zu müssen. Dieses verdammte Gebäude. So viel zu dem Vermögen, das in die Renovierung gesteckt worden war. Im Sommer war es ein Hochofen und im Winter ein Eisschrank. Dieser Gedanke brachte sie zurück in die Gegenwart. Sie trommelte ihr Team im Einsatzraum zusammen und gab die Informationen weiter, die sie in der Leichenhalle erhalten hatte.

»Die Rechtsmedizinerin weist natürlich darauf hin, dass diese Informationen alle noch vorläufig sind. Es müssen noch jede Menge Tests und Analysen durchgeführt werden.« Sie schaute auf die Notizen, die sie auf die Falltafel gekritzelt hatte.

<u>Opfer – Torso</u>
Weiblich
Sieben bis zwölf Jahre alt
Erwürgt
Zur Zerstückelung wurde möglicherweise eine Axt verwendet
Fasern – Analyse
DNA – Abgleich
Etikett – 12/6/1997
Blaue Farbspritzer – einer auf der Leiche, zwei auf der Eisenbahnschwelle

<u>Bein – noch nicht untersucht</u>
Fäden und ein rosa Band, möglicherweise Teil einer Socke

<u>Opfer – Hand</u>
Männlicher Erwachsener

Rechte Hand
Kein Ring

»Wir haben also zwei Opfer. Könnte das Bein zu einem dritten gehören?«, überlegte Kirby.

»Ich hoffe nicht.« Daran hatte Lottie noch gar nicht gedacht. »Es muss erst noch untersucht werden, aber es muss einfach zu demselben Kind gehören.« Sie setzte sich. »Sind die Taucher noch vor Ort?«

»Ja. Sie haben noch nichts anderes gefunden. Sie machen über Nacht eine Pause und kommen bei Tagesanbruch zurück«, sagte Lynch.

»Und Irish Canals? Wurden die kontaktiert?«

»Ich habe da angerufen.« Lynch sah in ihrem Notizbuch nach. »Sie haben alle registrierten Bootseigentümer angewiesen, sich bei ihnen zu melden, und die Anweisung erteilt, die Nutzung des Kanals auf absehbare Zeit einzustellen. Aber sie haben keine wirkliche Kontrolle darüber. Anscheinend kann jeder jederzeit mit einem Boot da rausfahren.«

»Okay. Überprüfen Sie die Hausbesitzer entlang der Strecke. Und finden Sie heraus, ob es Überwachungskameras gibt«, sagte Lottie.

»Wird gemacht.«

»Starten Sie einen Aufruf an alle, die in den letzten Tagen den Kanalweg entlanggelaufen oder -geradelt sind. Vielleicht ist jemandem etwas aufgefallen. Haben Sie die Schleusen schon überprüft?«

»Ein Team von Tauchern hat vorhin eine Inspektion durchgeführt. Nichts zu berichten.« Lynch klappte ihr Notizbuch zu. »Die Bahnstrecke ist schon den ganzen Tag gesperrt. Was glauben Sie, wann sie wieder geöffnet werden kann?«

»Ich weiß es nicht. Aktualisieren Sie den Aufruf. Fragen Sie, ob jemand, der in den letzten Tagen mit dem Zug gefahren ist, etwas Ungewöhnliches entlang dieser Strecke beobachtet hat. Leute, die sich verdächtig verhalten haben, so was in der Art. Die Strecke kann wieder geöffnet werden, wenn sie umfassend untersucht worden ist. Aber besprechen Sie das erst mit Superintendentin Farrell. Sie ist es, die sich um die Konsequenzen kümmern muss.«

»Okay.«

Lynch schien nicht besonders erfreut über ihre Aufgabe zu sein, aber das war nicht Lotties Problem. Sie rieb sich die Augen und unterdrückte ein Gähnen. Ihr war klar, dass ihre Müdigkeit eine Reaktion auf den Schock angesichts des Fundes der Kinderleiche war, und sie fragte sich, wie Jack und Gavin, die ja selbst noch Kinder waren, damit zurechtkamen.

»Wir müssen alle Vermisstenakten ab Juni 1997 durchgehen. Suchen Sie nach Kindern in der entsprechenden Altersgruppe. Ich bezweifle, dass wir DNA-Informationen in den Akten finden werden, aber wenn Sie auf etwas stoßen, das uns zu einem möglichen Täter führen könnte, lassen Sie es mich wissen. McKeown und Kirby, das ist Ihr Job.«

Ihre beiden Detectives nickten gleichzeitig. Es kam nicht oft vor, dass die beiden einer Meinung waren.

»Lynch, ich möchte, dass Sie die Beamten beaufsichtigen, die den Müll durchsuchen, der am Kanalufer und an den Bahngleisen gesammelt wurde. Es könnte etwas weggeworfen worden sein, das für die Ermittlungen von Bedeutung ist, etwas, das denjenigen identifizieren könnte, der die Leichen entsorgt hat.«

»Was für ein Scheißjob«, zischte Lynch, und ihre Augen funkelten vor Wut. »Kann das nicht jemand anders machen?«

»Ich bitte Sie doch nur darum, die Sache zu überwachen; Sie müssen sich nicht die Hände schmutzig machen. Sie haben ein gutes Auge dafür, was relevant ist und was nicht.« Lottie hasste es, Egos zu streicheln, aber Lynch war ihr schon seit Jahren ein Dorn im Auge, und sie wusste, wie sie mit ihr umzugehen hatte. »Aber warten Sie damit bis morgen früh. Ich weiß ja nicht, wie es Ihnen allen geht, aber ich persönlich bin hundemüde.«

Als sich das Meeting aufgelöst hatte, hängte Lottie die grausigen Fotos auf. Zuerst den Torso, in situ auf den Schienen. Dann die Hand und schließlich das Bein mit dem rosa Band, das an dem winzigen Knöchel hing. Sie betete, dass es zu demselben Menschen wie der Torso gehörte, denn sie konnte den grausamen Gedanken nicht ertragen, dass sie es mit zwei ermordeten kleinen Mädchen zu tun haben könnten.

ZWANZIG

In dem Moment, in dem er den Fuß über die Schwelle setzte, wusste Kevin O'Keeffe dass ein Fremder im Haus gewesen sein musste. Er roch Eau de Cologne. Und es war nicht seins.

»Wer war hier?«, rief er. »Marianne? Wo bist du?«

Dieses verdammte Weib! Sie stellte sich gern immer dann taub, wenn es ihr gerade passte. Er spürte, wie sich die Wut wie eine Rolle Stacheldraht um sein Inneres schlang. Das hatte ihm gerade noch gefehlt! Er hatte einen beschissenen Tag hinter sich und brauchte jetzt sein Abendessen und einen Whiskey. Einen doppelten. Nein, lieber einen dreifachen, dachte er, als er ins Wohnzimmer ging und seine Mahagonibar öffnete. Er atmete tief ein. Auch hier hing der Geruch des stechenden Eau de Cologne in der Luft.

Er goss sich eine ordentliche Menge in ein Waterford-Kristallglas ein und ließ den Blick über und unter ihren antiken Schreibtisch schweifen. Der Abfalleimer war leer. Er öffnete eine Schublade und kramte in den Stiften und dem Papier herum. Nichts Interessantes. Marianne war für ihn wie ein offenes Buch. Und ein langweiliges Buch noch dazu. Ein Buch, das niemals enden würde, immer halbfertig war. Sie war ihm lästig. Nervig war sie, und sie raubte ihm alle Lebensenergie, aber er war zu stolz, um sie zu verlassen. Und zu pleite. Er musste es irgendwie schaffen, das Haus auf seinen Namen eintragen zu lassen. Das Einzige, was er besaß, war der Kleiderschrank seiner Mutter. Ein überaus hässliches Monster, aber diese Schlacht hatte er gewonnen. Er hatte ihn auf dem Autodach quer durch die Stadt gekarrt, nur um Marianne zu zeigen, wer der Herr im Haus war, auch wenn es ihr Haus war. Scheißweib.

»Marianne?«, brüllte er, diesmal lauter und vom Alkohol angeheizt. Er füllte sein Glas nach und machte sich auf den Weg in die Küche. »Ich will wissen, wer hier war, während ich weg war.«

»Dad, wovon sprichst du?«

Seine Tochter Ruby saß mit einem Freund am Tisch im Essbereich. Der Sohn der lieben Frau Detective. Wie war sein Name noch gleich? Parker? Der Junge hielt den Blick gesenkt und starrte auf den Playstation-Controller in seiner Hand. Ruby hielt ebenfalls einen in der Hand. Sie hatten die Playstation mit dem Fernseher verbunden. Eine Vielzahl von bunten Kabeln bedeckte den Tisch.

»Solltest du nicht Hausaufgaben machen?«, fragte Kevin.

»Sean geht bald nach Hause«, antwortete Ruby. »Dann fange ich damit an.«

»Ich suche deine Mutter.«

»Hab sie nirgends gesehen.«

»Das hier ist doch kein Palast.« Aber er wusste, dass es beinahe einer war.

»Vielleicht ist sie im Schlafzimmer«, sagte Ruby. »Ich war noch nicht oben, beziehungsweise nur um die Playstation zu holen.«

»Spielt das Spiel noch zu Ende, dann holt ihr eure Bücher.« Kevin drehte sich auf dem Absatz um und hörte die Teenager stöhnen.

Oben ging er ins Badezimmer, stellte das Glas auf dem Waschbecken ab, drehte sich zur Toilette und pinkelte. Als er fertig war, wusch und trocknete er sich die Hände, leerte das Glas mit dem restlichen Whiskey ins Waschbecken und ließ es dort stehen. Das konnte *sie* nach unten bringen.

Im Schlafzimmer blieb er in der Tür stehen. Irgendetwas war anders. Er suchte den Raum mit den Augen ab, und dann fiel es ihm auf. Die Laken. Warum hatte sie sie gewechselt? Einmal in der Woche reichte, hatte er ihr gesagt. Samstagmorgens. Er sah keinen Grund, Wasser und Strom zu verschwenden, indem sie die Waschmaschine jeden zweiten Tag laufen ließ. Warum also hatte sie sich ihm widersetzt und heute schon gewaschen? Er spähte durch das Fenster. Auf der Wäscheleine am Ende des weitläufigen Gartens wogten Laken und Kissenbezüge in der Abendluft. Aber warum? Und wo war seine Frau?

Er warf einen Blick ins angeschlossene Bad. Der Spiegel war noch ganz leicht beschlagen. Eine Nachmittagsdusche? Und dann fiel ihm der Geruch wieder ein, den er beim Betreten des Hauses wahrgenommen hatte. Es war noch jemand anderes als seine Tochter und dieser Parker heute hier gewesen.

»Marianne!«, schrie er und rannte die Treppe wieder hinunter.

Diese dreckige Schlampe.

Er musste hier raus.

EINUNDZWANZIG

Bevor sie sich auf den Heimweg machen konnte, erhielt Lottie einen Anruf vom Empfang.

Sie legte auf und wandte sich an Kirby: »Da ist eine junge Frau im Verhörraum. Der Kollege vom Empfang meinte, dass sie in dem Moment gekommen ist, als wir gerade mit der Teambesprechung angefangen haben, und dass er sie gebeten hat, zu warten.«

»Worum geht es?«

»Sie behauptet, im Haus ihres Freundes einen Schädel gefunden zu haben. Zuerst dachte sie, er wäre nicht echt, aber dann hat sie die Nachrichten über den Torso gesehen und jetzt glaubt sie, dass die beiden Dinge zusammenhängen könnten.«

»Das kann kein Zufall sein«, sagte Kirby.

»Das ist alles ein bisschen zu makaber.«

Sie war schon fast aus der Tür, als ihr die Vernehmungsvorschriften einfielen. »Sie kommen auch mit. Bringen Sie ein Notizbuch und einen Stift mit. Ich habe keine Ahnung, wo meine Sachen sind.«

Wie üblich war der Vernehmungsraum Eins stickig, und der Geruch des letzten Besuchers hing noch in der Luft, so als ob ein Ständer mit feuchter Wäsche zu lange neben der Heizung gestanden hätte.

»Sie müssen Faye sein.« Lottie reichte der dünnen jungen Frau, die am Tisch saß, die Hand.

Faye stand halb auf. Sie hatte ein Pflaster auf der Hand und eine hässliche Schramme zierte ihr müdes Gesicht. Das Haar war zu einem Pferdeschwanz zusammengebunden.

»Ich bin Detective Inspector Lottie Parker, und das ist Detective Larry Kirby. Wie können wir Ihnen helfen?«

Sie setzten sich. Kirby schlug mit viel Aufhebens sein Notizbuch auf und nahm die Kappe von seinem Kugelschreiber.

»Bitte, ich will nicht, dass das hier aufgezeichnet wird. Ich möchte nur die Information weitergeben.«

»Okay«, sagte Lottie. Sie war zu müde, um zu widersprechen. »Legen Sie los.«

»Ich mache mich wahrscheinlich gerade ziemlich zum Narren. Jeff würde mich umbringen, wenn er wüsste, dass ich hier bin.« Fayes Hand zitterte, als sie eine lose Haarsträhne um ihren Finger wickelte. Lottie bemerkte, wie der Frau die Röte in die Wangenknochen stieg. »Ich meine, er wäre zwar wütend, aber er würde mich natürlich nicht wirklich umbringen. Das war die falsche Wortwahl für diesen Ort hier. Tut mir leid.«

»Machen Sie sich keine Gedanken. Sagen Sie mir einfach, was Sie gefunden haben. Wo und wann.«

»Es war heute Morgen. Jeff hat mich vor dem Haus abgesetzt, bevor er zur Arbeit gefahren ist.«

»Wie heißt Jeff mit Nachnamen?«

»Cole.«

»An welchem Haus hat er Sie abgesetzt?«

»Am Haus seiner Tante. Also eigentlich ist es jetzt sein Haus. Seine Tante ist gestorben, wissen Sie. Verzeihung. Ich bin so nervös. Ich war noch nie auf einer Garda-Wache. Also, war ich schon um meinen Passantrag unterschreiben zu lassen, aber nicht so ... Entschuldigung.«

Die junge Frau stand sichtlich unter Schock und wrang die Hände. Die drei Heftpflasterstreifen in ihrem Gesicht hatten sich leicht gelöst, und ein klein wenig Blut sickerte heraus. Lottie wollte fragen, wie sie sich verletzt hatte, aber zuerst musste sie etwas über diesen Schädel erfahren.

»Sie müssen nicht nervös sein. Wo befindet sich dieses Haus?«

»Es ist das zweite.« Sie hatte aufgehört, ihre Finger zu kneten und fuhr sich nun wieder damit durchs Haar.

Lottie wollte ihr am liebsten sagen, dass sie aufhören sollte, so unruhig zu sein, aber stattdessen fragte sie: »Wie lautet die Adresse?«

Faye ließ die Hände sinken und faltete sie fest in ihrem Schoß. »Church View zwei. Kennen Sie die Straße?«

»In der alten Siedlung hinter Tesco?«

»Ja, genau da.«

»Jeff hat Sie also abgesetzt. Was haben Sie dort gemacht?«

»Es muss noch viel getan werden, bevor wir einziehen können. Jeffs Tante war alt. Das Haus ist in einem erbärmlichen Zustand. Ich wollte erst, dass wir es verkaufen, aber Jeff hat Nein gesagt. Davon war er nicht abzubringen. Wir können es uns nicht leisten, jemanden zu bezahlen, der es renoviert, also machen wir es jetzt selbst.«

»Was mussten Sie denn heute Morgen machen?«

»Ich wollte die Tapete abkratzen. Die sollten Sie mal sehen. Einfach scheußlich. Das habe ich dann auch gerade gemacht, als ich ihn gefunden habe.«

»Den Schädel?« Lottie war erschöpft, aber sie brauchte Geduld, denn es war wichtig, dass Faye ihr alles in ihren eigenen Worten erzählte.

»Ja.« Faye zitterte und ihre Lippen bebten. »Es war schrecklich. Ich habe geschrien und Jeff angerufen, damit er kommt, und ...«

»Faye, wo genau haben Sie ihn gefunden?« Lottie wollte sich über den Tisch beugen und die Antworten aus der Frau herausschütteln, aber sie wusste, dass das ihrem Ruf nicht besonders guttun würde.

»Also, ich habe ja die Tapete von der Wand abgekratzt. Dabei ist mir aufgefallen, dass der Putz an der einen Seite des Kamins anders aussah als überall sonst. Mir ist eingefallen, dass Jeff mal erzählt hat, dass dort früher ein Küchenherd gestanden hat ... Sie wissen schon, so ein Ding, auf dem man kochen kann.«

»Ich weiß, was ein Küchenherd ist.«

»Nun, darum dachte ich, dass sich hinter dem Putz vielleicht eine schöne Nische versteckt, in die wir ein Regal stellen könnten. Ich habe einen Hammer genommen und auf den Putz geschlagen. Dahinter war ein Hohlraum, es ging also recht leicht, und dann rollte das Ding auf einmal auf den Boden. O mein Gott, das war so schlimm.«

»Damit ich das richtig verstehe: Sie haben die Wand durchbrochen und dahinter befand sich ein Schädel. Ist das korrekt?«

Faye nickte wie wild.

»Dann haben Sie Jeff angerufen. Und dann?«

»Derry Walsh, sein Chef, ist ein guter Chef und hat ihn kurz gehen lassen. Zehn Minuten nachdem ich ihn angerufen hatte, war Jeff schon da.«

»Was hat er gesagt, als er den Schädel gesehen hat?«

»Er hat gesagt, dass er bestimmt unecht ist, und dann hat er ihn genommen und gesagt, dass er ihn entsorgen würde.«

»War er unecht?«

»Für mich sah er ziemlich echt aus.«

»Was haben Sie dann gemacht?«

»Jeff ist mit mir in die Stadt gefahren, um einen Kaffee

trinken zu gehen, weil ich so unter Schock stand, aber danach bin ich wieder zu dem Haus zurück. Obwohl ich den Anblick des Schädels nicht ertragen konnte, musste ich ihn noch einmal sehen. Ich dachte, er hätte ihn in den Mülleimer geworfen, aber da war er nicht.«

»Haben Sie ihn gefunden?«

»Ja. Und dabei hat die Katze mir das hier angetan.« Faye deutete auf die entzündeten Kratzer in ihrem Gesicht.

»Die Katze?«

»Sie ist mir ins Gesicht gesprungen, als ich ins Babyzimmer gegangen bin.«

Lotte fühlte sich, als müsste sie ein Logikrätsel lösen, nur dass sie die Logik nicht erkennen konnte. »Welches Baby?«

»Ich bin schwanger.«

»Herzlichen Glückwunsch.« Sie konnte noch nicht sehr weit sein, dachte Lottie. Ihr war kein Babybauch aufgefallen, bevor Faye sich gesetzt hatte.

»Danke.« Faye hielt inne. »Ich spreche von dem Zimmer, das einmal das Babyzimmer werden soll. Ich bin mir nicht sicher, ob ich jetzt noch will, dass mein Baby da drin schläft.«

»Wenn es erst einmal richtig eingerichtet ist, wird das bestimmt kein Problem mehr sein. Haben Sie den Schädel im ... äh ... Babyzimmer gefunden?«

»Ja. Er war im Schrank.«

»Hat Jeff ihn dort hineingelegt?«

»Ja.«

»Warum hat er das getan?«

Faye zuckte mit den Schultern. »Das habe ich ihn auch gefragt, und er hat gesagt, dass er ihn noch nicht wegwerfen wollte. Und dass er ein komisches Gefühl hatte, weil es doch das Haus seiner Tante ist, aber er wollte mich angeblich nicht beunruhigen. Hallo? Als ob ich nicht sowieso schon komplett außer mir gewesen wäre. Er hätte ihn dort abgelegt, während er überlegen wollte, was er damit machen soll.« Der Blick aus den braunen Augen der jungen Frau bohrte sich in Lottie. »Er hat die ganze Zeit gesagt, dass er unecht ist, aber ich bin mir sicher, dass das nicht stimmt. Dann habe ich von der Leiche gelesen, die an der Bahnstrecke gefunden worden ist. Und jetzt weiß ich nicht mehr, was ich glauben soll. Das klingt alles so weit hergeholt und verrückt.«

»Glauben Sie, dass die beiden Vorfälle miteinander zusammenhängen könnten?«, fragte Lottie.

»Es ist schon möglich, oder?«

»Ist der Schädel noch in dem Haus?«

»Ich nehme es an. Ich habe ihn nicht mitgenommen und ich bezweifle, dass Jeff ihn geholt hat.«

»Warum haben Sie sich erst jetzt bei uns gemeldet?«

Faye zuckte mit den Schultern. »Ich wollte es schon heute Morgen melden, aber Jeff meinte, ich würde mich lächerlich machen. Aber jetzt bin ja ich hier. Wissen Sie, Jeff musste beruflich nach Dublin, und ich war ganz allein zu Hause und in meinem Kopf hat sich alles gedreht. Ich musste es einfach jemandem erzählen, der mir zuhören würde.«

»Es war richtig, dass Sie gekommen sind. Haben Sie einen Schlüssel zu dem Haus?« Lottie kam Fayes Aufrichtigkeit authentisch vor und ihre Unruhe hatte sie angesteckt. Sie hatte das Gefühl, dass es noch eine Weile dauern würde, bis sie heute Abend nach Hause kommen würden.

Die junge Frau öffnete ihre Tasche, nahm einen einzelnen Schlüssel heraus und legte ihn auf den Tisch.

»Wollen Sie uns zu dem Haus begleiten?«, fragte Lottie und nahm ihn an sich.

»Ich bin wirklich müde. Und ich muss morgen früh arbeiten. Ich bin Änderungsschneiderin und war heute schon nicht da und ... Sorry. Ich rede nur Müll.«

»Ich bringe Sie im Nullkommanix wieder nach Hause«, versprach Lottie. »Ich fahre schnell.«

Auf Fayes zerkratztem Gesicht zeigte sich zum ersten Mal, seit Lottie den Raum betreten hatte, ein Lächeln.

»Dann lassen Sie uns gehen«, sagte sie.

Die Geräusche aus der Küche unten gaben Aaron Frost das Gefühl, als würde jemand einen Bohrer durch seinen Schädel treiben. Der Schmerz war echt, das wusste er. Es war der Stress. Wie der Klang einer verstimmten Gitarre. Schrill. Wahnsinnig. Verdammte Scheiße.

Er kam zu dem Schluss, dass Marianne O'Keeffe komplett durchgeknallt war. Anzeigen sollte er sie, wegen sexueller Nötigung. Aber damit würde er nur Aufmerksamkeit auf sich ziehen, und gerade wollte er lieber unsichtbar bleiben. Wer hätte gedacht, dass Immobilienmakler so ein so komplizierter Job sein kann?

Er lief in seinem Schlafzimmer im Kreis herum. Verglichen mit der Opulenz des Hauses der O'Keeffes kam es ihm geradezu winzig vor.

Er öffnete seinen Laptop. Die Nachrichten waren voll davon.

Sein Handy vibrierte: eine neue Nachricht.

Nein, er hatte nicht vor, sie zu lesen. Er hatte nichts mehr damit zu tun. Auf keinen Fall würde er noch etwas anderes tun.

Aber die Nachricht war eindeutig. Eine weitere Drohung.

BESORG DIE SCHLÜSSEL.

Welche Schlüssel?, antwortete er.

Als er eine Nachricht mit der Adresse bekam, verstand er immer noch nicht, worum es eigentlich ging, obwohl er die Adresse kannte. Mit widersprüchlichen Gefühlen schickte er eine weitere Nachricht zurück.

Das ist das letzte Mal.

Es kam keine Antwort.

Er steckte sein Handy ein und ging langsam die Treppe hinunter.

Das war definitiv das letzte Mal.

ZWEIUNDZWANZIG

Das Haus in der Church View Nummer zwei war unscheinbar und stand in einer Reihe mit anderen ähnlich unscheinbaren Einfamilienhäusern aus den Fünfzigerjahren. Das kleine Eisentor knarrte. Es hing zwischen zwei Pfosten, die mit Kieselrauputz verputzt waren. Das Gras war im Lauf der Jahre durch Vernachlässigung zu einer kleinen Wildnis verkommen, doch Lottie fiel eine flache Stelle hinter der Mauer auf, an der ein Holzpfosten zwischen dem Unkraut lag.

Kirby nahm Lottie den Schlüssel aus der Hand. Er öffnete die Tür und trat zur Seite, damit die beiden Frauen vor ihm eintreten konnten. Sie hatten die Spurensicherung nicht hinzugezogen. Lottie musste erst wissen, womit sie es zu tun hatten. Der Schädel war ja ohnehin schon angefasst und von seinem ursprünglichen Fundort entfernt und an einen anderen Ort bewegt worden.

Sie bemerkte den Geruch schon, als sie erst einen Fuß in den Flur gesetzt hatte. Katzenpisse, wie ihre Mutter gesagt hätte. Von mehr als einer Katze.

»Hatte Jeffs Tante Katzen?«

»Ich weiß es nicht, aber wahrscheinlich.« Faye führte sie ins Wohnzimmer.

Während sie der jungen Frau folgte, sah Lottie, dass in dem Licht, das durch das schmutzige Fenster fiel, ein Staubschleier in der Form eines umgekehrten V hing. Sie besah den Durchbruch, den Faye geschaffen hatte. Daneben hingen noch an zwei Wänden Tapetenfetzen, während die anderen bereits von der vergilbten Tapete befreit worden waren und die Reste zahlloser weiterer Farb- und Tapetenschichten erkennen ließen. Sie ging näher an das Loch heran. Der Putz war rissig und aufgebrochen, Putzstücke lagen überall auf dem Boden herum, die Nische war nur halb freigelegt.

»Da ist er herausgefallen?«, fragte Lottie und steckte ihre Nase in den dunklen Spalt.

»Ich habe gehämmert wie eine Besessene. Wenn ich mir etwas in den Kopf gesetzt habe, dann bleibe ich dran, bis ich es geschafft habe. Er ist auf den Boden gefallen. Ich weiß nicht, warum er dabei nicht zerbrochen ist.«

»Wissen Sie, warum er rausgefallen ist?« Lottie wich von dem Loch zurück.

»Vielleicht wegen der Vibrationen des Hammers?« Faye zuckte mit den Schultern wie ein kleines Mädchen. »Ich weiß nur, dass er mich zu Tode erschreckt hat. Diese Augenhöhlen ... es war furchtbar. Entschuldigung.«

»Sie brauchen sich nicht zu entschuldigen«, sagte Lottie, und sie wusste auch gar nicht, wofür genau Faye sich entschuldigte. »Wo ist Jeff damit hingegangen, nachdem er ihn aufgehoben hat?«

»In die Küche.«

Lottie betrat die kleine Küche. Sie konnte den Schimmel riechen. Die Ecken des Raums waren ganz schwarz, die Wände sepiafarben, wahrscheinlich von Zigarettenrauch. Sie öffnete einige Schranktüren, fand aber nichts Interessantes darin.

»Ich werde jetzt einen Blick ins Obergeschoss werfen,

wenn das in Ordnung ist.« Sie sprach ganz sanft mit Faye, denn die Angst der jungen Frau war regelrecht greifbar, Lottie hatte das Gefühl, sie könnte sie berühren.

»Gehen Sie allein hinauf?«, fragte Faye mit leiser, zitternder Stimme und hob die Hand zu ihrem schmerzenden Gesicht wie ein Kind, dem man gesagt hatte, sich dort nicht anzufassen, damit der Schmerz nicht noch schlimmer wird. »Ich will dieser Katze nicht noch einmal begegnen. Ich will dieses Zimmer nie wieder betreten, und ich kann mir nicht vorstellen, mein Baby je in dieses schreckliche Haus zu bringen.« Sie schaute Lottie ernst in die Augen. »Können Sie es fühlen, Inspector?«

Sie blieb auf der untersten Stufe stehen und fragte verwirrt: »Was fühlen?«

»Ich bin nicht abergläubisch oder so, aber ich habe das Gefühl, dass ... ich weiß nicht ... dass etwas Bedrohliches von diesen Wände ausgeht.« Wie um ihren Worten Nachdruck zu verleihen, erschauderte Faye heftig.

»Kirby, bringen Sie sie zurück ins Wohnzimmer und setzen Sie sich mit ihr hin. Es wird nicht lange dauern.«

Lottie ging die Treppe hinauf, der Katzenuringeruch wurde auf dem Treppenabsatz noch stechender. Sie warf einen Blick in das Badezimmer, aber dort war nichts zu sehen. Dann betrat sie das kleinste der Zimmer. Der Teppich war schmutzig braun und mit großen Flecken übersät, das winzige Fenster war fest verschlossen. Als sie in Richtung des Schranks sah, überkam eine Welle des Unbehagens ihren Körper.

Die Türen standen offen; der Griff einer der Türen lag auf dem Boden. Und als sie näher kam, wusste sie zweifelsfrei, dass der Schädel echt war.

Sie vergewisserte sich, dass sie ihre Einweghandschuhe richtig angezogen hatte. Sie sollte auf die Spurensicherung warten, aber Jeff hatte den Schädel bereits bewegt und die

Katze hatte ihn wahrscheinlich auch berührt. Mit beiden Händen nahm sie ihn aus dem Schrank.

Er war klein. Der Kopf eines Kindes oder eines jungen Erwachsenen, dachte sie. Und sie dachte an das abgetrennte Bein mit dem rosa Band um den Knöchel und erschauderte. Vorsichtig drehte sie den Schädel in ihren Händen und untersuchte ihn mit den Augen. Ein Riss zog sich darüber. Ihr erfahrenes Auge sagte ihr, dass dies ein postmortaler Schaden war. Aber die Mitte der Stirn erzählte noch eine andere Geschichte.

Da war ein Loch.

Zu groß für ein Einschussloch, vermutete sie, aber sie war sich sicher, dass es mit einem spitzen Gegenstand verursacht worden war. Jemand hatte das Opfer damit in der Mitte der Stirn getroffen. Der Tod könnte sofort eingetreten sein, oder auch nicht. Er könnte schmerzhaft gewesen sein, oder auch nicht. Die Rechtsmedizin und die Forensik würden die Knochenstruktur untersuchen und ihr die Wahrheit darüber sagen können, was geschehen war. Dann würde sie sich auf die Suche nach demjenigen machen, der für diesen grausamen Tod verantwortlich war.

»Kirby«, rief sie die Treppe hinunter. »Rufen Sie die Spurensicherung und lassen Sie das Haus absperren.«

Traurig und einsam lag der kleine Schädel in ihren Händen.

»Mach dir keine Sorgen«, flüsterte Lottie ihm zu, »ich werde für die Gerechtigkeit sorgen, die dir all die Jahre verwehrt geblieben ist.«

Als das Haus abgesperrt war, brachten sie Faye zurück auf die Wache. Die Spurensicherung würde mit der Untersuchung vor Ort nicht vor dem nächsten Morgen beginnen. McGlynn war ziemlich genervt an dem Haus angekommen, hatte den Schädel untersucht und die Erlaubnis erteilt, ihn nach dem Fotografieren an die Rechtsmedizin zu schicken.

Lottie beaufsichtigte die Aufnahme von Fayes offizieller Aussage. Die junge Frau stimmte einem DNA-Abstrich zu, und ihre Fingerabdrücke wurden genommen, um sie am Tatort ausschließen zu können. Gleich morgen früh würden sie mit Jeff Cole sprechen. Faye wollte nicht, dass jemand sie nach Hause begleitete, und so sah Lottie zu, wie sie die Wache verließ, den Kopf so tief zwischen die Schultern gezogen, dass sie eher wie eine zusammengeschrumpfte alte Frau aussah als wie ein junger Mensch, der sein Leben noch vor sich hatte. Ihr Kleid war schmuddelig und ihre Strickjacke schien ein paar Nummern zu groß zu sein. Sie sah so einsam und erbärmlich aus, dass Lottie sie fast zurückgerufen hätte. Stattdessen sagte sie Kirby, dass er Feierabend machen solle.

Sie klebte ein Foto des Schädels an die Tafel und betrachtete es, wobei sie ihr Kinn auf ihre Hand stützte. Müdigkeit breitete sich in ihr aus, und sie war zu erschöpft, um sich einen Reim auf all das zu machen, was geschehen war. Sie musste nach Hause. Etwas essen. Ihre Kinder umarmen und mit ihrem Enkel kuscheln. Hoffentlich würde sie sich dadurch in dieser unmenschlichen Welt wieder etwas menschlicher fühlen.

Als sie das Licht ausschaltete, sehnte sie sich danach, einen Arm um ihre Schultern zu spüren, eine Hand, die ihre drückte; danach, dass jemand sie fragte, ob es ihr gut ging, jemand, der wusste, dass es nicht so war. Sie wollte bei Boyd sein.

Als sie die Garda-Wache von Ragmullin verließ, dachte Faye darüber nach, Jeff anzurufen. Sie musste ihm alles erzählen, bevor die Detectives mit ihm sprachen. Er würde nicht erfreut sein, das Haus mit Tatortband abgesperrt zu sehen, aber sie hatte getan, was sie für richtig hielt.

Eine Glocke läutete laut in der Abendluft. Sie schreckte auf, ließ ihr Handy in ihre Umhängetasche fallen, ohne den Anruf getätigt zu haben, und blickte über die Straße auf die imposante Kathedrale. Sie lag im Schatten, ihre Silhouette hob sich gegen die untergehende Sonne ab. Der Himmel war von grauen Wolken bedeckt, aber ein rosafarbener Streifen zog sich darunter über den baumgesäumten Horizont. Diese beruhigende Szene stand im Gegensatz zu dem Chaos, das in ihrer Brust tobte. Sie fühlte sich schmutzig und stinkend und wollte nichts lieber tun, als ein langes heißes Bad zu nehmen. Dann fiel ihr ein, dass es in ihrer Wohnung gar keine Badewanne gab, sondern nur eine Dusche, und die tropfte ständig. Besser als nichts, dachte sie, und ihr Baby flatterte zustimmend. Sie lächelte vor sich hin und legte ihre Hand auf die kleine Wölbung ihres Bauches.

Sie bog nach rechts ab, lief vorbei an den Cafés der schmalen Straße und gelangte so auf die Main Street. Es war ruhig. Ragmullin schlief gerade ein. Ein Auto mit ziemlich dunkel getönten Scheiben und einer Schramme an der Tür hielt neben dem Taxistand, und sie lächelte, als sie es erkannte. Es war ihr Auto. Ihres und Jeffs. Er hatte wohl doch schon früher Feierabend gemacht. Sie winkte, öffnete die Beifahrertür, schlüpfte hinein und zog die Tür hinter sich zu.

»Bin ich kaputt. Was für ein Tag«, stöhnte sie und schnallte sich an. Die Türen verriegelten sich mit einem Klicken. Als sie ihre Tasche bewegte, fiel ihr Handy heraus und sie beugte sich vor, um es aufzuheben. »Ich habe gerade überlegt, dass ich nur noch schnell unter die Dusche springe und dann gleich ins Bett gehe.«

Das Auto fuhr los und bog plötzlich in die Gaol Street ab, um die Ampel zu umgehen, die von Orange auf Rot umgesprungen war. Und da stutzte sie.

»Woher wusstet du eigentlich, wo ich bin?«

Als sie sich zur Seite drehte, um den Fahrer anzusehen,

strich ihr ein Schauer wie ein Finger über die Schultern und setzte sich in ihrem Nacken fest. Sie tastete nach dem Türgriff, aber ein Schlag traf sie seitlich im Gesicht und ihre Hand ließ den Griff wieder los.

Sie rutschte auf dem Sitz hinunter, drückte sich ihre Tasche an die Brust, wobei der Sicherheitsgurt ihre Bewegungen einschränkte, und betete zu dem Gott, von dem sie hoffte, dass er in einem der Zwillingstürme der Kathedrale wohnte, dass er ihr und ihrem ungeborenen Baby helfen möge.

DREIUNDZWANZIG

Wie immer herrschte im Haus Chaos, aber Lottie betrachtete es gern als organisiertes Chaos. Ihr Halbbruder Leo hatte sich seit einiger Zeit nicht mehr gemeldet, aber in seiner letzten E-Mail vor sechs Wochen hatte er mitgeteilt, dass die rechtlichen Unterlagen für das alte Familienanwesen, Farranstown House, fast fertig waren. Lottie hatte Leo ihren Anteil an der Erbschaft überschrieben, nachdem er zugestimmt hatte, sie im Voraus zu bezahlen, noch bevor er das Haus auf den Markt brachte. Es war ein großzügiges Angebot, und obwohl sie ihm nicht komplett vertraute, war sie der Meinung, dass sie nichts zu verlieren hatte. Aber er ließ sich mit der Überweisung des Geldes Zeit.

Das Haus, in dem sie mit ihrer Familie lebte, war ein Mietshaus. Nachdem ihr eigenes abgebrannt war, konnte sie es sich nur dank der Großzügigkeit des Wohnungsbauunternehmers Tom Rickard leisten, des Großvaters von Baby Louis. Je eher sie Leos Geld hatte, desto eher konnten sie und Boyd ernsthaft mit der Häusersuche beginnen. Bei der Besichtigung am nächsten Samstag wollte sie ein Gefühl dafür bekommen, was sie suchte. Einen Moment lang erfüllte sie der Gedanke mit Vorfreude, dann krempelte sie die Ärmel hoch und begann, die Spülmaschine mit dem Geschirr vom Mittagessen zu bestücken.

Es klingelte an der Tür. Sie hörte Katies Stimme im Flur, bevor Rose Fitzpatrick mit einem großen Topf in den Händen in die Küche marschierte.

»Hallo, Mutter«, sagte Lottie.

»Ich will das nicht zur Gewohnheit werden lassen, aber ich hatte ein ganzes Huhn im Kühlschrank, dessen Mindesthaltbarkeitsdatum bald abläuft, darum habe ich einen Eintopf gemacht.«

»Du musst aber auch was essen«, sagte Lottie und atmete den köstlichen Duft ein.

»Ich habe schon ein bisschen was für mich zur Seite getan. Der Rest ist für dich und deine hungernden Kinder.«

Lottie ging über die Bemerkung hinweg. »Danke.«

»Wo ist denn dein hübscher junger Mann heute Abend? Ist er nicht mit dir zusammen aus dem Westen zurückgekommen?«

»Er musste noch klären, was mit Grace passiert, aber er ist jetzt auf dem Rückweg.«

»Die Arme. Ohne ihre Mutter wird sie ganz schön verloren sein.«

»Er bringt sie mit nach Ragmullin. Irgendwann bald.«

»Er ist ein guter Kerl, dieser Boyd. Das habe ich dir immer schon gesagt.«

Lottie drehte sich um und starrte ihre Mutter an. »Du freust dich doch darüber, dass wir heiraten wollen, oder etwa nicht?« Sie hatte ihre Entscheidung nicht besonders ausführlich mit Rose besprochen, und ihre Mutter hielt sich diesbezüglich ausnahmsweise ungewöhnlich bedeckt.

Rose zog einen Stuhl heran, setzte sich an den Tisch und begann, die Wäsche aus dem Korb auf dem Boden zu falten. Vielleicht hätte sie besser kein Gespräch darüber anfangen sollen, dachte Lottie müde, als ihre Mutter sich räusperte.

»Ich finde, dass er dir richtig gut tut, Lottie, aber du musst ihn sein lassen, wer er sein möchte. Erstick ihn nicht. Er hat schon genug um die Ohren mit dieser schrecklichen Krebsbehandlung.«

»Das ist mir klar. Die letzten Monate waren hart, aber ich glaube wirklich, dass er jetzt auf dem Weg der Besserung ist.«

»Du trägst Scheuklappen, Lottie.«

»Wie meinst du das?«

»Die Behandlung zielt darauf ab, die Krankheit zu kontrollieren, nicht sie zu heilen. Vielleicht braucht er trotz allem eine Knochenmarktransplantation.«

Na, vielen Dank, dachte Lottie, aber sie presste nur die Lippen aufeinander. Sie hatte wirklich keine Lust, sich Dinge anhören zu müssen, die sie selbst wusste, aber für den Moment verdrängen wollte. Weder ihre Mutter noch sonst jemand hatte das Recht, ihr vorzuschreiben, wie sie leben sollte.

»Du hast mit Adams Krankheit so viel durchgemacht damals, und nach seinem Tod ... na ja, du weißt das ja alles selbst, und ...«

»Worauf willst du hinaus?« Lottie versuchte krampfhaft, nicht auszuflippen, hob den Deckel vom Topf und begann, eine Schüssel mit Essen zu füllen.

»Ich will darauf hinaus«, antwortete Rose scharf, »dass du dich nicht wieder in eine solche Situation hineinziehen lassen solltest.«

Lottie knallte den Deckel auf den Topf und drehte sich zu ihr um.

»Was soll ich denn machen? Boyd verlassen, weil er Krebs hat?«

»Das habe ich nicht gesagt.« Rose legte die Kleidung ab und verschränkte die Arme.

»Du hast es angedeutet. Ich liebe Boyd und er liebt mich. Ich finde, ich habe ein Recht auf ein kleines bisschen Glück, oder nicht?«

»Natürlich, und das meine ich auch gar nicht. Warum musst du mir meine Worte immer im Mund umdrehen?«

»Das tue ich nicht.« Lottie seufzte, denn sie wusste, dass sie das sehr wohl manchmal tat. »Dann erklär mir bitte, was du meinst.«

»Als Mutter war es einfach schwer mitanzusehen, was du mit Adam durchmachen musstest. Es hat dich fast zerbrochen, und ich möchte nicht, dass du wieder in den Sog der Trauer gerätst. Das war so schlimm: das Trinken und die Pillen, und du hast deinen Kindern geschadet und ...«

»Meinen Kindern geschadet! Wie kannst du es wagen! Alles, was ich tue, tue ich für sie.« Sie hielt inne, um Luft zu holen, und wandte ihren Blick von Roses schmerzerfüllten Augen ab. »Ich gebe zu, dass wir schlechte Zeiten durchgemacht haben. Ich gebe zu, dass ich eine Zeit lang nicht klargekommen bin. Und ja, ich gebe auch zu, dass ich meine Kinder durch meinen Job in Gefahr gebracht habe. Aber zu behaupten, dass ich ihnen geschadet habe, das ist ja wohl die Höhe! Es geht ihnen sehr gut, danke.«

»Was versteckst du, Lottie?«

»Bitte?«

»Was versteckst du da in deinem Herzen? Was macht dich so wütend?«

Lottie ließ sich auf einen Stuhl fallen, das Essen war vergessen, jegliches Hungergefühl hatte sich verflüchtigt, nur noch Wut brodelte in ihr. Die Worte drohten, aus ihr hervorzusprudeln. Sie wollte sagen, dass sie wütend auf Adam war, weil er gestorben war und sie mit drei Teenagern zurückgelassen hatte, die gerade die prägendsten und schwierigsten Jahre ihres Lebens durchlebten. Außerdem wollte sie sagen, dass sie wütend auf Boyd war, weil er krank geworden war, als sie gerade am Beginn eines neuen gemeinsamen Lebens standen. Und sie wollte sagen, dass sie brennend wütend auf Rose selbst war, wegen all der Lügen und Geheimnisse, auf denen Lotties Leben aufgebaut war.

Es gab so viel, worüber sie wütend war, aber sie wollte es trotzdem nicht an Rose auslassen. Sie liebte ihre Mutter trotz allem, was geschehen war. Und sie liebte Boyd, obwohl sie wusste, dass er Adam niemals in ihrem Herzen ersetzen konnte. Boyd war ein Teil ihrer Gegenwart. Sie wollte ihre Zeit nicht damit verschwenden, darüber nachzudenken, wie lange oder wie kurz diese Gegenwart sein könnte. Und sie wollte auf keinen Fall, dass Rose ihr vorschrieb, was sie zu fühlen hatte.

»Antworte mir.« Rose legte eine Hand auf ihre geballte Faust. Lottie zwang sich, sie nicht zurückzuziehen. Rose wurde jeden Tag älter, und es war nicht fair, wütend auf sie zu sein.

»Ich verstecke nichts. Ja, ich bin wütend. Wütend über alles, was das Schicksal mir angetan hat. Aber ich bin auch stark. Ich kann das alles hinter mir lassen. Das habe ich bewiesen.«

»Aber können deine Kinder es auch hinter sich lassen?«

»Wie meinst du das?«

»Sie haben ihren Vater in so kurzer Zeit verloren. Sie sind erst seit Kurzem in der Lage, das aufzuarbeiten. Wie wird es ihnen gehen, wenn ... du weißt schon ... wenn Boyd seine Krankheit nicht überlebt?«

Das war's. Lottie stand auf, stürmte durch die Küche und öffnete die Tür. »Danke für das Essen, aber ich möchte, dass du gehst. Ich kann dich gerade nicht ertragen. Bitte geh.«

»Da habe ich wohl einen Nerv getroffen, nicht wahr?«

Erst wollte sie Rose eine Wichtigtuerin nennen, die sich ständig einmischte, aber insgeheim musste sie ihr zustimmen. Der Gedanke daran, wie ihre Beziehung zu Boyd sich auf ihre Kinder auswirken würde, beschäftigte sie wirklich sehr. War sie eine schlechte Mutter, weil sie ihre eigenen Gefühle nur dieses eine Mal über die der Kinder stellte? Sie hatte gedacht, dass sie das Richtige tat, aber nun, da Rose sie in die Mangel genommen hatte, war sie sich nicht mehr so sicher.

Als sie beobachtete, wie ihre Mutter langsam zu ihrem Auto ging, spürte sie, wie ihr die Tränen in die Augen stiegen und sie blinzeln musste. Sie würde nicht weinen. Sie würde nicht zulassen, dass Rose sie zum Weinen brachte.

»Nana. Nana.«

Nachdem sie die Tür geschlossen hatte, nahm sie ihren Enkel in die Arme. Sie bedeckte sein Haar mit Küssen und sagte: »Ich hab dich so lieb, Louis.«

»Auch lieb, Nana.«

»Hast du Hunger?«

»Käse?«

»Du kannst ein bisschen Käse haben, aber sag es nicht deiner Mummy.« Lottie lächelte, vergaß ihre Tränen und suchte nach einem Snack für ihren Enkel. Aber ihr Herz war so schwer wie der kleine Junge in ihren Armen.

VIERUNDZWANZIG

Die Wohnung war zu klein für sie alle. Auf der Heimfahrt aus dem Westen hatte Boyd Kirby angerufen, um es ihm zu sagen. Als Boyd und Grace um kurz nach elf Uhr ankamen, standen Kirbys Habseligkeiten schon zusammengepackt in einer Ecke und er war nicht in der Wohnung.

Boyd ließ seine Schwester auf der Couch sitzen, während er saubere Laken holte. Am liebsten hätte er sich voll bekleidet auf das Bett fallen lassen und acht Stunden durchgeschlafen. Er war sich nicht sicher, ob es die Medikamente in seinem Körper waren oder der Stress und der Kummer der letzten Woche, aber er hatte einfach keine Energie mehr.

Als es klingelte und Grace die Tür öffnete, spähte er ins Wohnzimmer hinaus. Seine Wohnung war klein und überschaubar. Ein Wohnzimmer und eine Küchenzeile, ein Schlafzimmer und ein Bad. Alles in dunklen Farben gehalten. Nur selten zog er die Holzjalousien an den Fenstern hoch. Seine Welt, sein Zuhause. Ein Zuhause, das er in den letzten fünf Monaten mit Kirby geteilt hatte. Die meiste Zeit war er jedoch entweder in Galway, bei Lottie oder im Krankenhaus gewesen. Jetzt musste Kirby eine andere Bleibe finden.

»Hallo, Krieger«, begrüßte ihn Kirby. »Mein Beileid. Hast du dich anständig von deiner Mutter verabschieden können? Tut mir leid, dass ich nicht kommen konnte. Die Arbeit. Diese neue Superintendentin hört nicht auf, mit der Peitsche zu knallen.«

Boyd sah in Kirbys müde Augen. »Langer Tag?«

»Ich will dich nicht damit langweilen. Du hast schon genug um die Ohren.«

»Bitte, Kirby. Du brauchst mich nicht auch noch wie einen zum Tode Verurteilten zu behandeln. Es reicht schon, wenn das alle Frauen in meinem Leben tun.«

Kirby lächelte schwach. »Tut mir leid, Kumpel. Ich bin heute Abend zu müde zum Reden.«

»Wegen ...«, begann Boyd und nickte in Richtung Grace, die sich auf der Couch zusammengerollt und die Augen geschlossen hatte.

»Kein Ding. Ich packe nur schnell meine Sachen hinten in mein Auto und dann bin ich weg.«

»Hast du schon eine Bleibe?«

»Ja, ja. Natürlich.« Er log.

»Sag mir, wo du bist, falls ich dich brauche«, drängte Boyd.

»Im Joyce Hotel. Ich habe mir da ein Zimmer für heute Nacht gebucht.« Kirby sah verlegen aus. »Ich kümmere mich morgen um alles Weitere.«

»Lass deine Sachen erst mal hier.« Boyd setzte sich auf die Armlehne der Couch, er konnte nicht länger aufrecht stehen.

»Aber jetzt mal im Ernst, du siehst gar nicht gut aus«, sagte Kirby.

»Die Behandlung schlägt an. Ich bin fast durch damit. Es ist nur die Beerdigung ... Ich bin einfach müde. Und Grace auch.«

»Es tut mir leid, dass ich euch so spät störe. Ich weiß es zu schätzen, dass du mich in den letzten Monaten beherbergt hast. Ich weiß, ich hätte mich schon früher darum kümmern sollen, aber es war einfacher, nicht daran denken zu müssen.«

»Ich war froh über die Gesellschaft, wenn ich ehrlich bin. Es hat einen großen Unterschied gemacht, dich hier zu haben.«

Und das stimmte, dachte Boyd. Auf gewisse Weise war Kirby eine Art Lebensretter gewesen, wenn auch ein unordentlicher, der ihm mehr als einmal so richtig auf die Nerven gegangen war. Aber jemanden um sich zu haben, der die Leere in seinem Zuhause gefüllt hatte, war schön gewesen. Das hatte ihn davon abgehalten, sich ständig mit seiner Krankheit zu beschäftigen.

»Trotzdem danke.« Kirby nahm eine Tesco-Tüte in die Hand.

»Ich kann dir einen Koffer leihen, wenn du ...«

»Nein, brauche ich nicht. Ich habe hier ein Ersatzhemd, Unterwäsche und Waschzeug drin. Im Auto sind auch noch Sachen und den Rest hole ich ein anderes Mal ab, okay?«

»Sicher.«

»Geh schlafen. Du siehst beschissen aus«, sagte Kirby, unverblümt wie immer.

Boyd lächelte. »Ruf mich morgen mal an, dann können wir über deine Pläne sprechen.«

»Welche Pläne?«

»Wo du wohnen wirst.«

»Oh, ach so. Richtig.« Kirby verzog den Mund und senkte den Blick.

Boyd zwang sich, aufzustehen, da ihm bewusst geworden war, dass Grace sich während des gesamten Gesprächs mit Kirby nicht gerührt hatte. An der Tür sagte er noch: »Ich möchte wieder arbeiten, weißt du.«

»Ich würde dir raten, dass du dir Zeit nimmst. Kümmer dich zuerst um dich selbst.« Kirby legte ihm eine Hand auf den Arm und Boyd spürte den Druck auf seinen Knochen.

»Nur Schreibtischarbeit, was anderes will ich ja gar nicht. Sonst werde ich noch verrückt. Ich brauche etwas, worauf ich mich konzentrieren kann, etwas anderes als mich selbst.« Er wollte Kirby unbedingt nach dem Fall fragen, den Lottie am Telefon erwähnt hatte, aber er wollte seinen Freund auch nicht in eine unangenehme Situation bringen.

»Du musst dich jetzt erst mal um Grace kümmern.« Kirby klang fast ein wenig nach Lottie, während er die Tüte in seine Armbeuge hievte.

»Ich brauche niemanden, der sich um mich kümmert«, sagte Grace von der Couch aus.

»Siehst du?«, meinte Boyd.

Nachdem Kirby gegangen war, machte Boyd das Bett mit Graces Hilfe fertig.

»Ich will dir nicht dein Bett wegnehmen«, sagte sie.

»Doch«, sagte Boyd. »Keine Widerrede.«

»Aber du bist doch ...«

»Sag nicht, dass ich krank bin, Grace. Bitte! Okay?«

»In Ordnung. Ich gehe dann jetzt ins Bett. Du kannst auf der Couch schlafen. Gute Nacht.«

Später, als er auf der unbequemen Couch lag, immer noch in seinen Kleidern, lächelte Boyd. Grace war direkt. Ungefiltert, hatte seine Mutter immer gesagt. Da in letzter Zeit so viele Leute wie auf rohen Eiern um ihn herumschlichen, freute er sich über ein paar direkte Worte. Seine Mutter war auch direkt gewesen. Und obwohl er sie in den letzten Jahren nicht oft gesehen hatte, vermisste er sie. Und dann dachte er, warum auch immer, an seine Ex-Frau Jackie. Warum zum Teufel musste er gerade jetzt an sie denken? Er hoffte, dass das kein Unheil ankündigte. Jackie verhieß nie etwas Gutes. Diese verfluchte Frau!

Er wollte nur ganz kurz die Augen schließen, um ihre betrügerische Visage auszublenden. Dann würde er sich eine Decke holen.

Bevor er den Gedanken zu Ende gedacht hatte, schnarchte er.

Zehn Minuten später weckte ihn das Klingeln seines Handys wieder auf.

———

»Ich hoffe, ich habe dich nicht geweckt«, sagte Lottie, als sie in Boyds Stimme ein Gähnen hören konnte.

»Nein, ich mache mich gerade fertig fürs Bett.«

»Lügner. Du weißt selbst, dass du heute nicht mehr aus Galway hättest zurückfahren sollen.«

»Jetzt ist es zu spät.« Sie hörte das Grinsen in seinen Worten.

»Deine Versicherung wird nicht zahlen, wenn du einen Unfall baust.«

»Ich bin ein guter Fahrer.«

»Du machst gerade eine Chemotherapie. Schau mal in deine Police.«

»Ich bin mir sicher, dass du das bereits für mich getan hast, Frau Besserwisserin.«

»Ganz recht. Du solltest nicht mehr fahren, Boyd. Dein Gehirn ist durch die ganzen Gifte, die du nehmen musst, aus dem Gleichgewicht geraten. Chemobrain nennt man das. Wenn du irgendwo hinmusst, frag mich.«

»Ja, Chefin.«

»Kein Grund, so schlau daherzureden.«

Plötzlich musste er lachen. »Mach dir keine Sorgen, Lottie. Mir geht es gut. Ich bin mir sicher, dass die Behandlung diese Woche die letzte sein wird. Meine Werte waren super beim letzten Mal. Mein Arzt sagt, dass die Chemo wirkt. Mach dir also wirklich keine Sorgen um mich. Ich werde dir schon nicht so bald vor der Nase wegsterben.«

»Das hoffe ich.« Sie unterdrückte ein Schluchzen.

»O Scheiße«, sagte Boyd. »Es tut mir so leid, Lottie, das war gedankenlos. Du kennst mich, ich würde nie …«

»Nein, ist schon gut. Das ist es nicht.« In ihrem Ärmel fand sie ein Taschentuch, um sich die Nase zu schnäuzen. »Es ist wegen des kleinen Mädchens. Es bricht mir das Herz. Ich brauche einen Drink.« Sie hatte seit Monaten keinen Alkohol mehr getrunken, und tief in sich wusste sie, dass sie nicht mehr würde aufhören können, wenn sie einmal wieder damit anfing.

»Ich komme zu dir rüber.«

»Wenn ich dich brauche, dann komme ich bei dir vorbei. Okay?« Sie war zu kaputt, um noch zu denken, geschweige denn zu reden. »Ich glaube, ich habe nicht mal eine Flasche Cola im Haus, und mit einer Flasche Wein kann ich erst recht nicht dienen.«

»Bist du dir sicher, dass du nicht willst, dass ich vorbeikomme?« Boyds Stimme klang besorgt.

»Ja, ich bin mir sicher. Wir reden morgen.«

»Lottie, ich muss dir etwas sagen.«

»Was denn?«

»Ich möchte wieder arbeiten. Lass mich bei den Ermittlungen helfen.«

»Auf keinen Fall. Denk nicht einmal daran.«

»Dann schick mir wenigstens die Akte. Ich lese sie mir hier durch. Bitte lass mich irgendetwas tun.«

»Ich überleg's mir«, sagte sie müde.

Ihre Knochen knackten, als sie von der Couch aufstand. Sie schaltete das Licht im Wohnzimmer aus und schloss die Tür, bevor sie auch das Licht im Flur löschte. Sie vergewisserte sich, dass die Haustür zugesperrt war und zog die Sicherheitskette zu. War Chloe zu Hause? Verdammt, sie wusste nicht mehr, ob ihre Tochter heute Abend im Pub arbeitete oder nicht. Sie würde nach oben gehen und nachsehen müssen. Sie hörte Louis im Schlaf weinen.

»Bist du noch dran?«, fragte Boyd.

Erst da merkte Lottie, dass sie immer noch am Telefon war. »Ich ruf dich morgen an.«

»Ich möchte euch wirklich unterstützen.«
»Das weiß ich.«
»Ich liebe dich«, sagte Boyd.
»Das weiß ich.« Sie legte auf und stieg leise die Treppe hinauf.

FÜNFUNDZWANZIG

Sie hätte nicht in das Auto einsteigen sollen, ohne sich zu vergewissern, wer am Steuer saß. Aber es war ihr Auto gewesen, da war sie sich sicher. Der kleine FC-Liverpool-Porzellanfußball, den Jeff letztes Jahr bei einem Spiel gekauft hatte, hatte am Rückspiegel gehangen. Aber wie ...? Einer Sache war sie sich sicher: Sie hatte einen großen Fehler gemacht.

Ein heftiger Schmerz durchzuckte ihren Magen, und sie drehte sich um und erbrach gelbe Galle auf den klebrigen Boden. Die Flüssigkeit sickerte unter ihren liegenden Körper, und sie spürte, wie sie ihre Kleidung durchnässte. Der Geruch ließ sie würgen, aber da kam sonst nichts mehr aus ihr heraus. Sie hoffte, dass das, was sie aus der Wasserflasche neben sich getrunken hatte, ihrem Baby nicht geschadet hatte. Bitte flattere wieder, kleiner Schmetterling, forderte sie das Kind in ihrem Bauch auf. Aber sie spürte nichts als die Übelkeit, die in ihren Eingeweiden brannte.

Sie hatte nicht die Kraft, den Kopf zu heben, um sich zu orientieren, aber sie vermutete, dass sie sich in einem kleinen, abgeschlossenen Raum befand. Ihre Füße berührten eine

Wand. Langsam streckte sie die Hände nach vorn, und ihre Finger stießen auf eine weitere Wand. Sie hob sie an, spürte aber nur Luft. Wenigstens drückte die Decke nicht auf sie herab. Sie versuchte, in der Dunkelheit etwas zu sehen, sich mit dem Ellbogen aufzurichten, aber sie konnte sich nicht bewegen. Dann glaubte sie, einen Stern an einem schwarzen Himmel über ihr zu sehen. Halluzinierte sie etwa?

Die Angst packte ihr Inneres wie eine Hand, die einen Stressball zusammendrückt, und wieder überkam sie ein Brechreiz. Sie versuchte zu schreien, aber sie hörte nur das Echo eines erstickten Schreis, der klang wie das Geräusch, das die Katze im Haus von Jeffs Tante von sich gegeben hatte. Wo befand sie sich?

Langsam drehte sie sich zur Seite, wobei sich die Galle weiter unter ihr ausbreitete. Es herrschte absolute Dunkelheit. Die Finsternis war so intensiv, dass sie sie spüren konnte, als wäre sie eine feste Masse. Wer hatte sie entführt? Sie hatte angenommen, Jeff sei der Fahrer, es war ja schließlich ihr Auto gewesen, darum hatte sie auch nicht gezögert, einzusteigen, als sich die Tür geöffnet hatte. Aber kurz nachdem die Zentralverriegelung eingerastet war, war ihr plötzlich klar geworden, dass es nicht Jeff war.

So dumm.

Der Fahrer war ihr irgendwie bekannt vorgekommen. Aber wer war er und warum hatte er ihr Auto? Und wo war Jeff? Sie hoffte, dass es ihm gut ging. Ein verrückter Gedanke schoss ihr durch den Kopf. Hatte Jeff das alles arrangiert? Weil sie wegen des Schädels zu den Gardaí gegangen war? Dieser verdammte Schädel. Sie wünschte, sie hätte den Hammer nie in die Hand genommen und gegen die Wand gehauen. Jetzt waren sie und ihr ungeborenes Baby in diesem sargähnlichen, dunklen Loch mit einem imaginären Stern über ihr gefangen.

Ihr Atem kam in kurzen, schnellen Stößen, als sie in Panik

geriet. Sie musste sich beruhigen. Sie musste hier raus. Aber sie wusste nicht, wo sie war. Ihre Atmung beschleunigte sich in beängstigendem Tempo, und ihr Herz schlug so schnell, dass sie sicher war, ihr Brustkorb würde bald explodieren.

Und dann füllte sich der Raum mit Licht.

»So, Fräulein.«

War das dieselbe Person, die sie im Auto mitgenommen hatte? Sie war sich nicht sicher.

»Was wollen Sie?«

»Ich will alles wissen, was du weißt.«

»Ich weiß nicht, was Sie meinen.« Ihre Kehle fühlte sich rau an, als wäre es nicht ihre eigene.

»Sag mir, woher du wusstest, dass sich der Schädel an diesem Ort befindet.«

»Das wusste ich nicht. Es war ein Versehen. Keine Ahnung.« Sie hielt den Atem an. »Woher hätte ich das denn wissen sollen?«

»Denkst du, ich nehme dir diesen Schwachsinn ab? Leg dich nicht mit mir an. Woher wusstest du, dass er dort war, und was hast du sonst noch gefunden? Was weißt du über mich?«

»Ich ... Ich weiß nicht, was Sie meinen. Ich habe nichts gefunden. Nur einen ... Schädel.« Es fiel ihr immer schwerer, zu atmen und sich auf die Worte zu konzentrieren. Ihr Verstand war wie Brei, die Worte verschwammen ...

Sie versuchte nachzuvollziehen, woher die Stimme kam. Das Gesicht konnte sie nicht erkennen, und Angst schoss so schnell durch ihren Körper, dass ihr die Galle aus dem Mund schäumte, bevor sie überhaupt würgen musste.

»Ich ... brauche ein Handtuch. Irgendwas. Bitte.« Eine weitere Welle überrollte sie, und sie schrie auf. Der Schmerz schien ihren Unterleib in zwei Hälften zu spalten, und sie dachte, sie sei erstochen worden. Aber das Gefühl kam von innen. Tief aus ihrer Gebärmutter. Ihr Baby wehrte sich gegen die rasenden Emotionen, die seine einst so ruhige, wässrige Umgebung erschütterten.

Eine Hand kam auf sie zu. Sie spürte sie wie einen kalten Windhauch, bevor sie zuschlug. Der Schlag riss die Wunde in ihrem Gesicht auf.

Sie schrie wieder auf. Schmeckte das Blut, das ihr in den Mund floss. »Mein Baby. Ich bin schwanger. Bitte tun Sie meinem Baby nicht weh ...«

»Dann solltest du mir besser sagen, was du weißt.«

Ausdruckslos. So würde sie die Stimme beschreiben, wenn diese große, erschöpft aussehende Ermittlerin sie danach fragen würde. Eine ausdruckslose Stimme, die nichts enthielt. Und die ihr das Blut in den Adern gefrieren ließ. Was sie auch sagte, sie würde nicht lebend aus dieser Sache herauskommen. Sie dachte an all das, was sie für sich und Jeff geplant hatte. Die Liebe und das Glück in ihrer Zukunft, ihr Baby, ihr Leben. All das war vergebens gewesen. Es sollte in der Dunkelheit des Unbekannten, des Unsichtbaren enden.

Sie hatte keine Antworten auf die geschrienen Fragen. Und dann schwieg er.

Vor Verzweiflung fielen ihr die Augenlider zu. Der kalte Stahl stach in ihren Rücken, und sie hörte, dass eine ihrer Rippen brach. Der Schmerz mochte schlimmer sein als bei einer Geburt, aber die Intensität dieses Wunders würde sie nun nie erfahren. Niemals würde sie die Freude spüren, ein neues Lebewesen in ihren Armen zu halten.

Das Messer wurde herausgezogen und ihr Körper verkrampfte sich, aber ihre Schreie galten nicht ihr selbst. Sie weinte um das kleine Lebewesen, das niemals das Tageslicht erblicken würde. Sie starb. Das wusste sie. Als das Messer wieder in ihren Körper eindrang, ignorierte sie die Schmerzen, die sie verschlangen, und konzentrierte all ihre Aufmerksamkeit auf das letzte leise Flattern in ihrer Gebärmutter, bevor es dort ganz still wurde.

Dann endlich ergab Faye sich ihrem Schmerz, dem Horror und dem Entsetzen und entschwand mit einem letzten Gedanken lautlos in eine ewige Welt.

Endlich würde sie ihr Baby sehen.

SECHSUNDZWANZIG

Der Mond tauchte den Himmel in ein surreales Licht, schien auf den Kanal und ließ das Wasser wie in einem Disneyfilm glänzen. Jack Sheridan hatte von seinem Zimmerfenster aus beobachtet, wie das forensische Team der Garda und die Taucher im und am Kanal gearbeitet hatten. Jetzt waren sie dabei, für die Nacht aufzuräumen, und ein paar Beamte standen herum und bewachten das Gelände.

Etwas anderes war da draußen heute Abend nicht. Nicht, dass da an anderen Abenden etwas gewesen wäre. Außer ... Nein, darüber wollte er nicht nachdenken. Er wollte seinen Eltern nicht noch mehr Schwierigkeiten bereiten.

Er sprang von seinem Bett auf und kramte in der untersten Schublade der Kommode nach seinem Fernglas. Mam hatte es ihm zu seinem neunten Geburtstag gekauft, als er ihr erzählt hatte, dass er sich für Vögel interessierte. *Na, besser als für Miezen,* hatte sein Vater damals gescherzt. Damals, als er noch öfter gelacht hatte, dachte Jack. Nicht so wie jetzt. Jetzt fühlte sich sein Daddy ... Jack suchte nach dem richtigen Wort. Vielleicht ... unwohl? Krank? Er schüttelte den Kopf.

Er nahm das Fernglas in die Hand, hielt es vor seine Augen

und stellte es scharf. Es taugte nicht wirklich etwas. Vielleicht würde er sich zum nächsten Geburtstag ein Nachtsichtgerät wünschen. Aber als er letztes Jahr die Drohne bekommen hatte, hatten sie ihm schon gesagt, dass es ab jetzt keine teuren Geschenke mehr geben würde. Dass sie sich das nicht mehr leisten konnten. Sie konnten es sich ja nicht einmal leisten, Mams Traumküche fertigzustellen.

Er beobachtete das Geschehen aufmerksam. Die Taucher entledigten sich ihrer Anzüge und arbeiteten zügig unter dem Licht der Scheinwerfer, die am frühen Abend aufgebaut worden waren. Er würde nur zu gern wissen, was in dem Zelt mit dem blauen Dach und den weißen Wänden vor sich ging. Was hatten sie im Wasser gefunden? Noch mehr Leichenteile? Er zitterte und ließ das Fernglas los, das daraufhin gegen seine Brust prallte.

Er wollte vergessen, was er und Gavin auf den Gleisen gefunden hatten. Aber er konnte nicht aufhören, daran zu denken, und ihm wurde ganz schlecht. Er hoffte, dass es niemand war, den er kannte. Und er hoffte, dass derjenige, der das Ding dort abgelegt hatte, nicht wusste, dass er derjenige war, der es gefunden hatte.

Er faltete den Riemen seines Fernglases zusammen und schob es zurück in seine Hülle. Dann zog er das Rollo am Fenster herunter und ließ sich auf sein Bett fallen. Er schob die Hand unter das Kissen und tastete nach dem kleinen USB-Stick. Er hatte die Bilder von letzter Nacht darauf gespeichert. Er war sich nicht sicher, was auf ihnen drauf war, aber irgendwie hatte er das Gefühl, dass sie wichtig sein könnten. Doch er hatte keine Ahnung, was er mit dem USB-Stick machen sollte. Er wusste nur, dass er ihn an einem sicheren Ort aufbewahren musste, bis er mehr herausgefunden hatte.

Er umklammerte den winzigen Stick mit den Fingern und hielt ihn lange Zeit so fest, während er sich fragte, wie es Gavin wohl gerade ging.

Der Bettbezug war klatschnass von ihren Tränen. Ruby O'Keeffe war das egal. Der Bildschirm mit dem Playstation-Spiel flimmerte und ihr Handy vibrierte mit Benachrichtigungen, aber sie ignorierte sie alle.

Sie starrte es an. Angespannt. Das Foto in dem silbernen Rahmen auf ihrem Nachttisch verhöhnte sie. Damals musste sie etwa sechs oder sieben Jahre alt gewesen sein, schon immer etwas burschikos. Dad stand neben ihr. Sie hielten Angeln in den Händen. Ein kränklich aussehender Fisch baumelte an seinem Haken. Glückliche Zeiten. Wirklich? Oder war alles nur Täuschung gewesen? Ein Deckmantel, um zu verbergen, was in seinem Leben wirklich vor sich ging? Ruby wollte um sich schlagen und das Foto auf den Boden schleudern. Sie wollte aus dem Bett aufstehen und es in winzige Stücke zerschmettern.

Aber sie tat nichts von alledem. Sie lag einfach nur da und starrte auf das Lächeln im Gesicht ihres Vaters.

Je länger sie sich das Foto ansah, desto mehr fiel ihr auf, dass sein Lächeln nicht besonders freundlich aussah.

Je später es wurde, desto härter wurde ihr Herz.

Im Morgengrauen war Ruby O'Keeffe überzeugt davon, dass sie ihren Vater hasste.

Zwanzig Jahre zuvor

Sie waren alle tot. Meine Mutter und meine Schwestern. Ich hatte das Blut gesehen. Ich musste fliehen.

Ich kletterte aus dem Fenster und rannte, so schnell ich konnte. Ich rannte, als wäre ich dem Wind auf den Fersen. Ich rannte, als ob der Teufel hinter mir her wäre. Ich hörte seine Schritte, als er über die Wiese hinter mir herlief.

Meine Füße waren nackt und aufgeschürft. Blut befleckte meine Hände und wahrscheinlich auch mein Gesicht, aber das war mir egal. Ich musste weiterrennen.

Ich bog vom Kanal nach rechts ab und folgte einem natürlichen Pfad über das Gelände. Obwohl es dunkel war, konnte ich die verrosteten Stangen und die Gruben sehen. Ich umging sie, ohne mein Tempo zu drosseln. Ich wusste, dass ich mich inmitten der alten Kläranlage befand. Wir hatten hier gespielt, meine Schwestern und ich, in diesem verbotenen Abenteuerlabyrinth. Jetzt war es eine lebensgefährliche Falle geworden, und meine Füße würden mich jeden Moment im Stich lassen. Aber ich durfte nicht langsamer laufen. Ich wollte mir nicht ausmalen, was passieren würde, wenn er mich erwischte.

Vor mir durchschnitt die Straße das Land wie eine lange graue Schlange. Dahinter lag der Friedhof. Der würde mir vielleicht Schutz bieten. Ein Ort, an dem sich die Toten versteckten; ein Ort, an dem niemand nach einem lebenden Wesen suchen würde. Aber wie sollte ich die Straße ungesehen überqueren?

Er war irgendwo hinter mir. Ich lauschte angestrengt, versuchte, neben dem lautstarken Klopfen meines Herzens etwas zu hören. Die Vögel in den Bäumen schwiegen, aber ich vernahm das Rascheln von Blättern und das huschende Geräusch kleiner Tierchen im Gras zu meinen Füßen.

Ich hatte keinen Plan. Keinen Verstand. Keine Erfahrung.
Ich war vierzehn Jahre alt.
Ich musste fliehen.

Mit einem gehetzten Blick die Straße hinauf und hinunter flog ich über den Teer, als hätte ich Flügel an meinen blutenden Fersen.

Nein! Zu spät bemerkte ich, dass an dem hohen Friedhofstor eine dicke Kette mit einem verrosteten Vorhängeschloss hing.

Ich rannte an der Mauer entlang und hoffte, einen anderen Eingang zu finden. Bäume ragten wie Ungeheuer auf die dunkle Straße hinaus, ihre Schatten wie wütende Klauen, die mich in ihre Mitte reißen wollten.

Ich spürte eine Hand auf meiner Schulter. Eine menschliche Hand. Und da wusste ich, dass es nur einen einzigen Weg gab, auf dem ich jemals entkommen konnte.

SIEBENUNDZWANZIG

DIENSTAG

Lottie klopfte an Chloes Tür und betrat das Zimmer ihrer Tochter.

Chloe schreckte auf. »Was ist los? Brennt das Haus?«

»Diesmal nicht.« Lottie setzte sich auf die Bettkante. »Ich möchte mit dir über Instagram reden.«

»Mam! Es ist höchstens fünf Uhr morgens.« Chloe zog sich das Kissen über ihren Kopf.

»Es ist halb sieben.«

»Also quasi noch mitten in der Nacht. Ich habe bis zwölf gearbeitet. Lass mich schlafen.«

»Mach ich. Aber erst musst du mir Instagram erklären.«

»Bist du verrückt geworden?«

»Nein.«

»Du gibst nicht auf, oder?«

»Nein.«

Chloe setzte sich auf und holte ihr Handy mit dem Ladekabel unter dem anderen Kissen hervor.

»Sag bloß nichts«, sagte sie, als sie Lotties entsetzten Blick bemerkte. Sie tippte auf das Display. »Das sind Storys von Leuten.«

»Wie kann man da etwas geschenkt bekommen?«, fragte Lottie.

»Wenn du kostenlos Werbung machst, schickt dir ein Unternehmen Produkte. Ich weiß nicht, aber Insta ist irgendwie viel cooler als Facebook.«

»Kannst du nachsehen, ob du Tamara Robinson findest?«

»Tamara? Die ist ... ein Star.«

»Wirklich? Ich habe bis gestern noch nie von ihr gehört.«

»Sie ist eine bekannte Beauty-Influencerin. Ich habe den Lohn einer ganzen Woche auf ihre Empfehlungen hin ausgegeben.«

»Das hast du nicht.«

»Doch, habe ich.« Chloe tippte auf das Handy und drehte es wieder zu Lottie. »Siehst du? So sehen die Storys aus.« Sie tippte auf einen der Kreise. »Die ist von Tamara.«

Lottie nahm das Handy und sah zu, wie Tamara Robinson vorführte, wie man Lidschatten aufträgt, wobei sie die ganze Zeit die Marke der Lidschattenpalette in die Kamera hielt. Die junge Frau sah gut aus mit dem Lidschatten. »Wird sie dafür bezahlt?«

»Ich weiß nicht, ob sie so etwas wie ein Gehalt bekommt, aber sie bekommt die Produkte umsonst.«

»Vielleicht könntest du das auch machen, Chloe. Dann müsstest du nicht dein ganzes Gehalt für Make-up ausgeben.«

»Und woher soll ich fünfzigtausend Follower bekommen?«

»Mein Gott. Hat Tamara so viele? Ist das überhaupt möglich?«

»Ja, klar.«

»Oje.«

»Du hast so was von keine Ahnung, Mutter.«

»Kannst du mir Instagram einrichten?«, fragte Lottie.

»Natürlich musst du einen falschen Namen für das Konto benutzen. Ich will nicht, dass die Leute wissen, dass ich es bin. Okay?«

»Jetzt? Es ist fünf Uhr morgens.«
»Jetzt ist es zwanzig vor sieben.«
Chloe stöhnte auf. »Du lässt mich sowieso nicht wieder einschlafen, oder? Gib mir dein Handy.«

Ein schriller Schrei weckte Boyd um Viertel vor sieben.

Hastig setzte er sich auf, seine Knochen protestierten fast hörbar. Er hatte keine Ahnung, wo er war. Als er merkte, dass er auf seiner eigenen Couch lag, streckte er die Beine aus und versuchte, sie wieder zum Leben zu erwecken. Seine eingeschlafenen Waden kribbelten, als er auf das Schlafzimmer zuging.

Grace lag inmitten des Lakens, das sich gelöst hatte, die Decke war auf dem Boden gelandet. Soweit er erkennen konnte, schlief sie noch, weinte aber leise, während sie einen Bilderrahmen in der Hand hielt. Er hob die Bettdecke auf und legte sie sanft über ihren zitternden Körper. Seine Schwester reagierte so empfindlich auf alles, dass er Angst hatte, sie zu wecken. Sie rührte sich, drehte sich aber um und setzte ihren unruhigen Schlaf fort.

Er wollte ihr die Tränen wegwischen, entschied sich aber, sie nicht zu stören. Sie beide wussten noch nicht, wie sie mit dem Schmerz über den Tod ihrer Mutter umgehen sollten, und sie würden gemeinsam einen Weg finden müssen. In Graces Leben existierten nur Schwarz und Weiß. Richtig und Falsch. Gut und Böse. Boyd hatte noch nie erlebt, dass für sie irgendetwas grau war, und er hatte keine Ahnung, wie sie ohne die Logik und die Ratschläge ihrer Mutter zurechtkommen würde. Er würde Mams Platz einnehmen müssen, und er konnte sich nicht vorstellen, wie das funktionieren sollte.

Er schaltete den Wasserkocher in der kleinen Küche ein und löffelte Kaffee in eine Tasse. Er brauchte eine lange, heiße

Dusche, aber das Bad befand sich neben dem Schlafzimmer und er hatte Angst, seine schlafende Schwester zu wecken. Nachdem er sich einen Kaffee gemacht hatte, kehrte er auf die Couch zurück. In seinen verschwitzten Kleidern saß er da und fragte sich, was er mit Grace machen sollte.

Sein Handy piepte mit einer Nachricht. Lottie.

Anstatt ihr zurückzuschreiben, rief er sie an.

»Guten Morgen, meine Schöne«, sagte er.

»Konntest du schlafen?«

»Ein wenig.«

»Ich habe dir gerade eine Nachricht geschickt, um zu sehen, wie es dir geht. Geht es Grace gut?«

»Sie schläft noch. Ich muss mich bald entscheiden, was ich machen soll.«

»Was meinst du?«

»Ich muss das tun, was das Beste für sie ist, und ich glaube nicht, dass es ihr auf Dauer hilft, in meinem Bett zu schlafen, während ich auf der Couch schlafe.«

»Komm heute Abend bei mir vorbei, wenn du darüber reden willst. Und bring Grace mit.«

»Ich schaue mal, wie es ihr geht. Was machst du gerade?«

»Ich mache mich für die Arbeit fertig.«

»Ich wünschte, das würde ich jetzt auch gerade tun.«

»Fang nicht wieder davon an, Boyd. Lass dir Zeit. Glaub mir, die neue Superintendentin willst du erst kennenlernen, wenn es unbedingt sein muss.«

»Ist sie so schlimm?«

»Ich weiß noch nicht genug über sie, aber ich mache vorerst lieber einen weiten Bogen um sie.«

»Handel dir keinen Ärger ein.«

»Oh, du kennst mich doch. Ärger ist ...«

»Dein zweiter Vorname«, ergänzte er.

Lachend legte sie auf, und der Klang wärmte ihn innerlich. Er stellte seine Tasse ab und zählte seine Tabletten für den Tag ab. Sie erinnerten ihn an eine Reihe von Kugeln auf einem Abakus. Plötzlich hörte er hinter sich eine Stimme.

»Jeder Tag ist ein Gewinn.«

Er drehte sich schnell um und warf dabei ein paar der Pillen auf den Boden. »Mein Gott, Grace«

»Du musst mich nicht mit Gott ansprechen. Grace reicht.«

Sie stand in der Tür, ihr Haar war zerzaust und ihr Nachthemd bis zum Hals zugeknöpft. Einen Moment lang fiel ihm auf, wie sehr sie ihrer Mutter ähnelte.

»Da ist noch heißes Wasser, falls du dir einen Kaffee machen willst.« Seine Hand begann zu zittern.

»Hast du frischen Orangensaft? Von Koffein werde ich immer ganz hibbelig. Deine Hände zittern ja auch schon.« Grace war so direkt, wie ein Mensch nur sein konnte.

»Das sind die Pillen, nicht der Kaffee.«

»Ich glaube, du schwindelst mich an, Mark. Das mag ich gar nicht. Was ist jetzt mit Orangensaft?«

»Ich gehe dir schnell welchen kaufen.« Er wollte nicht einkaufen gehen. Er wollte arbeiten gehen.

»Danke.« Sie kehrte ins Schlafzimmer zurück. »Sag Lottie, dass du jemanden brauchst, der dich heute zu deinem Termin bringt.«

Boyd fragte sich, ob es wohl die schlechteste Idee seines Lebens gewesen war, seine Schwester bei sich wohnen zu lassen. Aber was hatte er denn für eine Wahl? Er glaubte wirklich nicht, dass Grace in der Lage war, allein zu leben.

»Übrigens«, ertönte ihre Stimme aus dem Schlafzimmer, »werde ich nicht für immer hier bleiben. Ich bin durchaus in der Lage, allein in Galway zu leben.«

O Gott, konnte sie Gedanken gelesen? Was sollte er bloß tun?

ACHTUNDZWANZIG

Beim Frühstück herrschte dicke Luft. Jack mochte diesen Ausdruck. Er hatte ihn irgendwo gelesen. Wahrscheinlich hatte er irgendwas mit dem Wetter zu tun. Heute Morgen fühlte es sich so an, als würden seine Eltern auf zwei Gewitterwolken sitzen, und jedes Mal, wenn sie zusammenstießen, blitzte es. Er versuchte, die Stille zu ignorieren, die nur hin und wieder von einem Schnauben oder einer einsilbigen Antwort auf eine geflüsterte Frage unterbrochen wurde. Er musste sich ziemlich zusammenreißen, um nicht zu würgen, während er sich seine Cornflakes in den Mund schaufelte. Er strengte sich unglaublich an, sich normal zu verhalten, obwohl er eigentlich am liebsten weglaufen und sich verstecken wollte. Es war alles seine Schuld, diese dicke Luft. Er hatte sie über seine Familie gebracht, weil er die Leiche gefunden hatte.

Sein Bruder grinste ihn von der anderen Seite des Tisches her an, und Jack blickte an sich hinunter, um den Grund für diese Heiterkeit zu finden. Milch war in einem langen Streifen auf sein Uniformhemd getropft, und es sah so aus, als hätte er sich übergeben. Angesichts der Erinnerung an das, was er gestern gefunden hatte und was er in der Nacht davor zu sehen geglaubt hatte, war ihm das aber ziemlich egal. Zu dem Zeitpunkt hatte er sich nicht viel dabei gedacht. Aber vielleicht war das der Grund gewesen, aus dem er gestern Morgen mit Gavin zu den Gleisen hatte gehen wollen, um seine Drohne dort entlang fliegen zu lassen.

Er ließ seinen Löffel in die Schüssel fallen, sodass Milch aufspritzte. Er musste mit Gavin reden.

»Ich gehe zur Schule«, sagte er und sprang vom Tisch auf.

»Jack, bitte sei vorsichtig. Ich bringe dich«, sagte seine Mutter.

»Ich schaff das schon. Ich *schaff das*, ehrlich.«

»Dann warte wenigstens auf deinen Bruder«, sagte seine Mutter, während sie Maggie dabei zusah, wie sie sich Cheerios in den Mund stopfte.

Jack stöhnte auf. Er hatte keine Lust, auf dem Weg zur Schule auf Tyrone aufzupassen. »Er ist noch nicht einmal fertig.«

»Du nimmst ihn mit, keine Widerrede.«

»Warum? Normalerweise setzt du ihn doch ab.«

Sein Vater stand plötzlich auf. Er war so groß, dass er mit dem Kopf fast gegen die Glühbirne stieß. »Jack, wir alle wissen, dass du gestern einen Schock erlitten hast, aber das ist kein Grund, frech zu werden. Tu, was deine Mutter dir sagt.«

Weil Maggie zu quengeln begann, versuchte seine Mutter, die Situation zu beruhigen. »Jack, Schatz, da draußen könnte ein Mörder frei herumlaufen. Ihr Jungs müsst aufeinander aufpassen.«

Ist ja gut, dachte Jack. Er bemerkte, dass seine Mutter immer noch ihren Schlafanzug anhatte. »Gehst du heute zur Arbeit, Mam?«

»Nein.« Sie legte ihr Kinn kurz auf dem Lockenkopf ihrer Tochter ab, bevor sie das Kleinkind auf dem Boden absetzte. »Ich glaube, ich habe mich bei deinem Vater angesteckt. Maggie! Nimm das nicht in den Mund.«

Jack sah zu, wie seine Mutter seine kleine Schwester wieder hochhob.

Er wandte sich an Tyrone. »Ich gehe jetzt, egal ob du so weit bist oder nicht.«

»Ich muss noch fertig frühstücken.«

»Pech gehabt. Ich gehe jetzt.«

»Warte auf deinen Bruder«, befahl seine Mutter.

Er spürte, wie eine Hand gegen seinen Rücken stieß, und sah in die Augen seines Vaters. »Tu, was man dir sagt.«

Mit einem langen, übertriebenen Seufzer setzte sich Jack wieder hin und blickte Tyrone finster an. Der kleine Scheißer lächelte ihn an, sein Mund war voller Milch, Cornflakes klebten an seinen Zähnen. O Mann, in diesem Moment wollte er nichts lieber tun, als seinem Bruder eine reinhauen.

Sie gingen am Kanal entlang und über die Brücke, vorbei an den Beamten, die fast wieder normalen Verkehr zuließen. In der Gegend war sowieso nicht besonders viel los. Als sie bei Gavin ankamen, stapften sie die Treppe hinauf.

»Du hältst besser den Mund«, sagte Jack zu Tyrone.

Tyrone machte mit dem Finger eine Bewegung über seinen Lippen, als ob er einen Reißverschluss schließen würde.

Jack läutete an der Tür und rief: »Gavin? Wir kommen zu spät. Beeil dich.«

Schließlich hörte er, wie die Kette geöffnet wurde und die Tür aufging. Tamara stand in rosafarbenen flauschigen Pantoffeln und einem weißen Morgenmantel aus Seide da. Ihr Haar steckte in einem Handtuch, das zu einem Turban gedreht war, als wäre sie gerade aus der Dusche gekommen. Und als ob sie mit Make-up geduscht hätte. Aber so wie er Gavins Mutter kannte, musste sie sich wahrscheinlich vor dem Duschen schon schminken, und wahrscheinlich hatte sie beim Duschen auch ihr iPhone dabei, um irgendeine Story für ihr Insta zu machen.

»Hallo, Jack. Wie geht's dir?«

»Äh, hi, Tamara. Mir geht's gut. Ist Gavin fertig?«

»Er geht heute nicht zur Schule.«

»Oh. Er hat mir gar keine Nachricht geschickt, um mir das zu sagen.« Jack fand das seltsam. Gavin erzählte ihm normalerweise alles. Zumindest hatte er das gedacht.

»Nun«, sagte Tamara, »er steht nach dem Tag gestern immer noch etwas unter Schock, deshalb behalte ich ihn ein oder zwei Tage zu Hause. Wie fühlst du dich denn, Jack?«

»Ach, ganz gut, glaube ich.« Jack biss sich auf die Lippe und dachte daran, dass es ihm nicht wirklich gut ging und dass seine Mutter ihn vielleicht auch zu Hause hätte behalten sollen.

»Pass auf dich auf, Jack. Mach's gut, Tyrone.« Sie machte die Tür zu, und Jack hörte, wie das Schloss einrastete und die Kette geschlossen wurde.

»Ist Gavin krank?«, fragte Tyrone, als sie die Betonstufen wieder hinunterstapften.

»Halt die Klappe.«

Schweigend ging Jack langsam an dem Absperrband an der Brücke vorbei. Er beobachtete, was dahinter vor sich ging. Es war wesentlich ruhiger geworden als gestern, die ganze Szene erinnerte ihn aber immer noch an einen Film. Dann fragte er sich, ob der Mörder wohl auch zurückgekommen war, um zuzusehen. So etwas passierte in Filmen. Und den Dokumentationen über wahre Verbrechen zufolge, die er mit seinem Vater gesehen hatte, passierte das auch im echten Leben. Ein Anflug von Angst überkam ihn, und sein Schulhemd mit dem Milchfleck klebte ihm an der Haut. Es musste einen Mörder geben. Es war schließlich unmöglich, dass sich die Leiche selbst zerlegt hatte.

Er ergriff Tyrones Hand, das machte er sonst nie. »Los, wir kommen noch zu spät zur Schule.«

Tyrone versuchte, sich zu befreien. »Warum hältst du meine Hand fest, du Perverser?«

»Halt die Klappe und geh schneller.«

Jack hätte es nie im Leben zugegeben, aber er hielt die Hand seines Bruders, um etwas Trost zu finden.

Von dem Fenster ihres Arbeitszimmers in der obersten Etage aus beobachtete Tamara, wie die Sheridan-Brüder das Wohngebiet verließen. Denen würden es schon wieder gut gehen; sie waren zähe Kinder. Bei Gavin war sie sich da jedoch nicht so sicher. Er hatte die ganze Nacht über schreckliche Albträume gehabt. Sie ließ den Blick über die vielen unfertigen Häuser in Richtung Brücke schweifen.

Sie hatte Mühe zu schlucken, richtete ihr Handy dann aber auf die Szene auf der Brücke. Mithilfe des Zooms versuchte sie zu erkennen, was genau dort vor sich ging. Da standen immer noch viele Gardaí und Transporter rum. Auch der Hubschrauber kreiste wieder am Himmel. Hatten sie weitere Leichenteile gefunden? Sie hatte Ewigkeiten auf Twitter verbracht und versucht, so viele Informationen wie möglich zu sammeln, aber als die Tweets zu grausam geworden waren, um noch glaubhaft zu sein, war sie zu Instagram zurückgekehrt. Vielleicht könnte sie Gavins Geschichte öffentlich machen. Ihn zu einer kleinen Berühmtheit machen. Aber dann würde sie ja nicht mehr im Mittelpunkt stehen. Vielleicht könnte sie ein paar Informationen dazufinden und sich selbst zur Heldin machen. Die Mutter eines tapferen Sohnes. Ja, das würde sich gut in den Schlagzeilen machen.

Jetzt war sie Feuer und Flamme. Ja, sie könnte diese Horrorshow zu ihrem Vorteil nutzen. Vielleicht schaffte sie es damit ja zu *Prime Time* oder *True Life Crime*.

Was sollte sie anziehen? Sie sah sich um. Die Kleiderständer hingen voll neuer Kleidung mit Etiketten. Sie standen überall in ihrem Arbeitszimmer, lediglich eine Seite diente als

Kulisse. Der Raum sollte aussehen wie ein Schlafzimmer, mit einem Bett und einem großen Kleiderschrank im Hintergrund. In ihrem Geschäft zählte allein, wie etwas aussah. Das wusste sie besser als jede andere. Aber was Gavin gesehen hatte, das war die brutale Realität.

Sie hörte, wie er unten in der Küche lärmte. Sie musste mit ihm reden. Aber Tamara Robinson, die so gut mit ihrer Familie von Followern im Internet kommunizieren konnte, hatte keine Ahnung, wie sie mit ihrem eigenen Sohn sprechen sollte. Sie scrollte durch ihre Telefonkontakte. Es gab eine Person, die ihr vielleicht helfen konnte. Sie tippte auf das Telefonsymbol und wartete auf das Freizeichen.

NEUNUNDZWANZIG

Seit Boyd nicht mehr da war, hatte sich Unordnung im Büro breitgemacht. In einer Ecke türmte sich ein Stapel leerer Kopierpapierschachteln, und von den Aktenschränken führte eine Spur aus Büroklammern zu Kirbys Schreibtisch. Boyd hätte das alles längst aufgeräumt, die Schachteln für die Papiertonne plattgedrückt und die Büroklammern zusammengefegt, um sie dann zur erneuten Verwendung auf einen Schreibtisch zu legen. Sie fragte sich, wo ihre Detectives heute Morgen waren.

»Kirby? Wo ist McKeown?«

»Keine Ahnung.«

»Er verschwindet ständig.«

»Wahrscheinlich in die Kantine. Ohne hundert Tassen Kaffee am Tag kann der nicht leben.«

»Er sollte an seinem Schreibtisch sitzen«, sagte sie und wusste, dass man ihrer Stimme anhörte, wie gereizt sie war. »Gibt es etwas Neues über den Schädel?«

»Nein.«

»Ist die Spurensicherung in dem Haus in der Church View?«

»Ja.«

»Sie sind heute Morgen aber ganz schön gesprächig.«

»Ich habe nicht gut geschlafen.«

»Wo haben Sie denn geschlafen?«

»Im Joyce.«

»Unbequem?«

»Ich bin mittlerweile so daran gewöhnt, mich auf Boyds Couch zu quetschen, dass ich mich in einem richtigen Bett gar nicht mehr wohlfühle.«

»So, so.« Lottie war nicht in der Stimmung, Mitleid zu zeigen. »Ich habe die Aussage von Faye Baker von gestern Abend gelesen. Wir müssen sie noch einmal befragen, aber zuerst muss ich mit ihrem Freund sprechen. Mit diesem Jeff Cole.«

»Soll ich ihn anrufen?«

»Habe ich schon versucht. Er geht nicht an sein Handy. Ich habe heute Morgen Beamte zu der Wohnung geschickt, um ihn für seine Aussage auf die Wache zu bringen, aber niemand hat die Tür aufgemacht. Faye ist wahrscheinlich auf der Arbeit, und er bestimmt auch. Sie erwähnte, dass sein Chef Derry Walsh heißt. Klingelt da was?«

Kirby starrte sie an.

»Was denn?«, fragte sie.

»Derry Walsh ist Metzger.«

Oben in der Kantine bezahlte Maria Lynch gerade ihr Frühstück. Seit sie das Baby bekommen hatte, fiel es ihr von Tag zu Tag schwerer, zur Arbeit zu gehen. Sie seufzte und sah sich nach einem Sitzplatz um.

»Ist hier noch frei?«, fragte sie, stellte ihr Tablett auf den Tisch und zog sich einen Stuhl gegenüber von Sam McKeown heran. Er trank einen Schluck von seinem Milchkaffee.

»Sie sind herzlich eingeladen, sich zu mir zu setzen«, sagte er und erhob sich in einer höflichen Geste halb aus seinem Stuhl.

Sie setzte sich und riss das Zellophan von ihrem Sandwich ab, bevor sie zu ihm aufblickte. Er sah müde aus. Sich durch Vermisstenakten zu wühlen, ohne zu wissen, nach wem man suchte, musste fast so schlimm sein wie das Durchsuchen von Müllsäcken. Der Gedanke an das, was heute auf sie zukam, ließ sie erschaudern.

»Haben Sie sich wieder gut eingearbeitet?«, fragte McKeown. Small Talk.

»Bitte, fangen Sie nicht damit an. Es ist, als wäre ich nie weg gewesen, wenn Sie es genau wissen wollen.« Sie biss in ihr Sandwich und kaute laut, bevor sie hinzufügte: »Was halten Sie von der neuen Superintendentin?«

»Deborah? Mit der hatte ich vor Ewigkeiten mal in Athlone zu tun. Aber ich habe sie schon seit ein paar Jahren nicht mehr gesehen.«

»Was genau hatten Sie denn mit ihr zu tun?« Lynch schmunzelte.

»Sehr lustig.« Er schenkte ihr ein schiefes Grinsen, aber sein Körper versteifte sich.

Lynch fürchtete, ihre Chance vertan zu haben, ein paar Insiderinformationen zu ergattern. »Ich frage ja nur.«

McKeown fuhr sich mit der Hand über den rasierten Kopf. »Ich kenne Deborah Farrell einfach, okay? Sie ist eine gute Garda. Eine großartige Verwalterin. Das ist ihre Stärke. Sie ist genau die Richtige für den Job der Superintendentin. Sonst gibt's da nichts zu wissen.«

»Mag sie Inspector Parker?«

»Ich weiß nicht, was Sie hören wollen, Lynch.«

»Dann formuliere ich es anders. Was halten *Sie* von unserer Frau Inspector?«

»Ich bin mir immer noch nicht sicher, ob ich weiß, worauf Sie hinauswollen.«

»Ach, kommen Sie, McKeown, tun Sie nicht so unschuldig. Sie sind Detective. Sie wissen genau, worauf ich hinauswill. Sie gibt uns die ganzen Scheißjobs. Das ist nicht fair. Ich finde, die Superintendentin sollte das wissen.«

Er richtete sich auf. »Lottie Parker ist großartig als Detective. Sie geht die Dinge vielleicht nicht immer so an, wie ich es tun würde, aber sie macht ihren Job gut. Wenn Sie mit etwas nicht zufrieden sind, dann lassen Sie mich bitte aus dem Spiel.«

Er nahm seinen Müll und stapfte zu den Abfalleimern hinüber. Lynch blieb sitzen und fragte sich, ob sie sich den falschen Ansprechpartner ausgesucht hatte.

DREISSIG

Die Metzgerei Walsh lag in einem kleinen Einkaufszentrum am Rande von Mooreclon, einer großen Wohnsiedlung am Nordende von Ragmullin. Daneben war ein Spar-Supermarkt, der gleichzeitig als Tankstelle fungierte, deren Zapfsäulen sich auf dem Vorplatz befanden. Vor den automatischen Schiebetüren des Ladens stand ein Rollwagen mit Briketts und Säcken mit Anmachholz. Bei dem Wetter sind die wohl nicht sehr gefragt, dachte Lottie und hielt auf der doppelten gelben Linie im Parkverbot. Hinter dem Vorplatz war noch ein Parkplatz frei, aber der war für Menschen mit Behinderung reserviert, und so weit reichte ihre Missachtung der Parkvorschriften dann doch nicht. Noch nicht.

Sie krempelte sich die Ärmel in der schon warmen Morgensonne hoch und betrat die kühle Metzgerei. Neben Fleisch wurden auch Gemüse und Soßen angeboten; alles, was man für eine vollständige Mahlzeit brauchte. Wenn sie es einem doch bloß auch gleich noch zubereiten würden, dachte sie, als sie an der Theke stand.

»Was kann ich heute Morgen für Sie tun? Hähnchenfilets sind im Sonderangebot. Vier für einen Fünfer. Billiger gibt's die nirgends.« Der untersetzte Mann lächelte freundlich. Sein Namensschild verriet ihr, dass es sich um Derry Walsh handelte. Er war Mitte fünfzig, vielleicht auch schon sechzig, schätzte sie.

»Könnte ich vielleicht mit Jeff Cole sprechen?«

»Oh, tut mir leid, da kann ich Ihnen nicht weiterhelfen.«

»Warum nicht?«

»Er ist heute Morgen nicht zur Arbeit erschienen.«

»Wirklich? Hat er sich gemeldet und gesagt, warum?«

Walsh trat einen Schritt zurück und wischte sich die Hände an seiner weißen Schürze ab. »Und wer will das wissen, wenn es Ihnen nichts ausmacht, mir das zu verraten?«

Sie stellte sich vor und fügte hinzu: »Ich muss mit Jeff sprechen. Haben Sie eine Ahnung, wo ich ihn finden kann?«

»Ich bin nicht sein Vater, nur sein Arbeitgeber, und er entwickelt sich zu einem ausgezeichneten Metzger. Ich habe ihm alles beigebracht, was er kann. Er hat vom Besten gelernt, das kann ich Ihnen sagen.« Seine Brust schwoll vor Stolz an, was Lottie zum Lächeln brachte. »Jeff ist nicht zu Hause, und jetzt muss ich feststellen, dass er auch nicht zur Arbeit gekommen ist. Haben Sie wirklich keine Ahnung, wo er sein könnte?«

»Leider nein.«

»Aber er arbeitet doch jeden Tag mit Ihnen zusammen. Hat er in letzter Zeit etwas auf dem Herzen gehabt?«

Walsh lehnte sich an die Glastheke und strich sich mit der Hand über das stoppelige Kinn. »Er wirkte in den letzten Monaten manchmal ein wenig zerstreut. Ich nehme mal an wegen des Hauses. Er hat nämlich das Haus seiner Tante Patsy Cole geerbt. Sie war eine richtig anstrengende Frau. Ich habe ihr jede Woche Fleisch geliefert, und in neun von zehn Fällen hat sie behauptet, es wäre nicht das, was sie bestellt hat. Sie war immer darauf aus, noch weniger zu bezahlen. Damit hat sie mir wirklich den letzten Nerv geraubt.«

»Warum sollte er wegen des Hauses zerstreut sein?«, fragte sie, obwohl sie dank Farranstown House eigentlich selbst ganz gut nachvollziehen konnte, warum Jeff mit dem Kopf vielleicht manchmal woanders war.

»Zunächst einmal wollte Faye, dass er es verkauft. Sie hat ihm sogar eingeredet, dass er selbst das so will. Frauen halt! Nichts für ungut. Sie hat es mal schätzen lassen. Und man sollte meinen, auf dem heutigen Immobilienmarkt würde man ein Vermögen dafür bekommen, aber nein. Alle Interessenten meinten, man müsste zu viel Arbeit reinstecken, um es auf Vordermann zu bringen. Jeff hat dann beschlossen, das Haus wieder vom Markt zu nehmen und es selbst zu renovieren. Ich habe ihn gewarnt, dass das sehr lange dauern würde. Aber er meinte, es wäre ja nicht so, dass sie auf der Straße säßen und dort schnellstmöglich einziehen müssten. Aber trotzdem werfen sie Geld für die Miete aus dem Fenster. Sie wohnen nämlich in einer Mietwohnung, wissen Sie, und ...«

»Mr Walsh, Faye hat gesagt, dass Jeff gestern spät noch arbeiten musste. Ist er für Sie noch irgendwo hingefahren?« Lottie hatte den Eindruck, dass Derry den ganzen Tag lang plappern würde, wenn sie ihn nur ließ.

»Ja. Er musste nach Dublin, um eine Bestellung abzuholen. Er ist mit meinem Lieferwagen gefahren. Hat ihn zusammen mit dem Fleisch wieder hier abgestellt, muss so gegen neun gewesen sein, aber ich würde es nicht auf die Bibel schwören, falls Sie das verlangen. Keine Ahnung, was er danach gemacht hat.«

»Wissen Sie sonst noch irgendetwas über Jeffs Familie oder das Haus?«

»Ich bin kein Klatschmaul.« Er nahm ein Messer in die Hand und begann, es mit einem Wetzstahl zu schleifen, der an seiner Hüfte in einer Lederscheide gehangen hatte. »Fragen Sie Jeff.«

»Das werde ich, sobald ich ihn finde. Sie haben also gar keine Ahnung, wo er heute Morgen sein könnte?«

»Habe ich Ihnen das nicht schon beantwortet?«

»Doch, ich glaube schon«, sagte Lottie mit einem schwachen Lächeln, das sofort wieder verschwand, als das Bild des gefrorenen Torsos vor ihrem inneren Auge auftauchte. »Haben Sie hier vor Ort Gefriertruhen?«

»Natürlich. Bei diesem Wetter wäre das Fleisch sonst schon gekocht, bevor ich es überhaupt in die Auslage legen könnte.«

»Kann ich die mal sehen?«

»Tut mir leid. Sicherheit und Gesundheitsschutz. Ich darf Sie nicht hinter diese Theke lassen.«

»Und wenn ich einen Durchsuchungsbefehl hätte?«

»Das wäre natürlich was anderes«, sagte Walsh und senkte den Blick, sein Gesicht war plötzlich finster. »Aber ich weiß nicht, warum Sie meine Kühltruhen sehen wollen.« Mit dem Saum seiner Schürze wischte er einen imaginären Fleck von der Glastheke.

Sie konnte seinen Gesichtsausdruck nicht lesen, aber was er da gerade tat, verstieß bestimmt gegen eine seiner Hygienevorschriften. »Nur so ein verrückter Gedanke. Dazu neige ich von Zeit zu Zeit.«

»Nach allem, was ich über Sie gehört habe, sind Sie gar nicht so verrückt«, sagte er. »Sie haben einen guten Ruf, was die Aufklärung von Verbrechen hier in Ragmullin angeht. Gerade haben Sie sicher mit der Untersuchung der zerstückelten Leiche zu tun.« Er blinzelte. »Detective Inspector Parker, ich kann Ihnen versichern, dass sich in meinen Gefriertruhen nur Fleisch tierischen Ursprungs befindet. Kein menschliches.«

»Ich komme wieder. Mit einem Durchsuchungsbefehl.«

»Machen Sie das. Wollen Sie sich einen für jeden Metzger in der Stadt besorgen? Der Richter wird Sie dafür lieben«, grinste er.

Darüber musste sie erst mal nachdenken. Warum behelligte sie diesen freundlichen Metzger? Dann fiel ihr der Grund wieder ein. Jeff Cole arbeitete hier, und in seinem Haus war ein Schädel mit einem Loch in der Stirn gefunden worden. In dem Haus, das seiner Tante gehört hatte. Einem Haus, das womöglich ein Geheimnis beherbergte, wenn es stimmte, was Derry Walsh über die Vorbesitzerin und den gescheiterten Verkaufsversuch gesagt hatte. Sie musste zurück auf die Wache und sich einen Durchsuchungsbefehl besorgen, um das Haus weiter zu untersuchen. Und sie musste Jeff ausfindig machen und noch einmal mit Faye sprechen.

An der Tür drehte sie sich um. »Danke für Ihre Hilfe.«

»Sind Sie sicher, dass Sie nicht ein halbes Pfund Speck und Würstchen mitnehmen möchten? Aufs Haus natürlich.«

»Dieses Mal nicht, aber ich komme ja wieder.«

»Davon gehe ich aus. Und wenn Sie Jeff ausfindig machen, sagen Sie ihm, dass er nur noch diese eine Chance hat.«

EINUNDDREISSIG

Karen Tierney hatte sich auf ihren freien Tag gefreut. Einmal nicht im Büro sein zu müssen. Der Job bei A2Z Insurance war selbst an guten Tagen eine Zumutung, aber in letzter Zeit verhielt sich Kevin O'Keeffe auch noch wie ein totales Arschloch. Irgendwann würde ihr der Kragen platzen. Sie wollte den Ein-Uhr-Zug nehmen, um sich am Nachmittag mit ihrer Freundin Maxine in Dublin zu treffen, aber als sie am Bahnhof ankam, stellte sie fest, dass die verdammten Züge nicht fuhren, weil man eine Leiche auf den Gleisen gefunden hatte. So ein Pech, und mit dem Bus würde sie ewig brauchen. Wenn sie das gewusst hätte, hätte sie einen früheren Bus nehmen können.

Während sie mit anderen genervten Passagieren in der Warteschlange für den Bus stand, kaute sie auf ihrem Nicorette-Kaugummi herum und zupfte ein loses Strasssteinchen von einem ihrer Gelnägel. Scheiße. Jetzt musste sie sich die Nägel neu machen lassen. Sie drehte ihr Handy in der Hand und öffnete Instagram, um sich die neusten Storys anzusehen. In diesem Moment tauchte der Bus auf der Kuppe des Hügels auf und die Schlange verdichtete sich, als alle gleichzeitig nach vorn drängten. Jemand rempelte sie an der Schulter an, sodass ihr das Handy auf den Asphalt fiel.

»Verdammt noch mal!«, rief sie. »Immer mit der Ruhe.«

Sie sank auf die Knie und sammelte das Handy samt Kopfhörern wieder auf. Das Display war zerbrochen. Verdammt, sie würde sich ein neues Handy kaufen müssen. Als sie dort kniete und den Schaden begutachtete, bemerkte sie etwas Seltsames auf der gegenüberliegenden Straßenseite in der ersten Reihe der geparkten Fahrzeuge. Aus dem Kofferraum eines der Autos tropf, tropf, tropfte es. War eine Flasche in einer Einkaufstasche zerbrochen? Sie hoffte, dass sich darin nichts Wertvolles befunden hatte, denn das wäre jetzt bestimmt hinüber. Sie dachte an ihren Job und fragte sich, ob eine Kfz-Versicherung für beschädigte Gegenstände aufkam, die der Besitzer im Auto zurückgelassen hatte.

Als der Bus anhielt, drängelten die Leute noch mehr. Sie schob ihr zertrümmertes Handy in ihre gefälschte Michael-Kors-Tasche und kramte ihre Fahrkarte hervor. Der Fahrer stempelte sie ab, und sie setzte sich direkt hinter ihn. Sie versuchte, durch das schmutzige Fenster hinauszuschauen. Das Auto fiel ihr schon wieder auf. Wenn sie jetzt etwas unternahm, ließ sich ein Versicherungsfall vielleicht noch abwenden.

Der Bus füllte sich, und die Bremsen zischten, als der Fahrer den Gang einlegte und losfuhr.

Karen sprang auf. »Entschuldigung! Hey! Können Sie kurz anhalten? Ich habe etwas vergessen.«

»Wenn Sie jetzt aussteigen, warte ich aber nicht auf Sie.«

»Alles klar.« Was tat sie da gerade bloß? War sie wahnsinnig geworden?

Die Tür öffnete sich quietschend, und sie trat wieder ins Freie. Sie wartete, bis der Bus den Hügel zur Brücke hinaufgefahren war, bevor sie sich auf den Weg zu dem Auto machte. Als sie sich dem Heck des dunkelgrünen Honda Civic näherte, fühlte sie sich tatsächlich ein wenig wie eine Wahnsinnige. Sie prüfte, ob jemand sie beobachtete, klemmte sich dann ihre Tasche unter den Arm, ging in die Hocke und schaute sich die kleine Lache auf dem Boden an. Sie tauchte einen Finger hinein und hoffte inständig, dass es sich nicht um Öl handelte, sonst würde sie sich die Nägel auf alle Fälle neu machen lassen müssen.

Sie hob den Finger an ihr Gesicht, um die Flüssigkeit besser sehen zu können.

Es war kein Öl.

Es war Blut.

ZWEIUNDDREISSIG

Lottie rief Kirby an, um den Namen des Ladens zu erfahren, in dem Faye arbeitete. Er befand sich in der Main Street, aber bevor sie sich auf den Weg dorthin machen konnte, rief McGlynn an und verlangte ihre Anwesenheit in der Church View.

Sie parkte in der Nähe des Hauses und näherte sich dem Eingangstor. Erneut bemerkte sie den Pfosten im Gras, aber als sie ihn gerade in Augenschein nehmen wollte, erschien McGlynn in der Haustür.

»Sie haben sich ja ganz schön Zeit gelassen. Los, kommen Sie. Ziehen Sie sich um.«

»Ist das nötig? Ich bin sowieso gestern schon ohne Schutzkleidung durch das ganze Haus gelaufen. Meine DNA und meine Fingerabdrücke sind für Vergleichszwecke gespeichert.«

»Ziehen Sie sich trotzdem um. Wir können Sie später ausschließen.« McGlynn wandte sich von der Tür ab und verschwand in dem engen, dunklen Flur.

Um ihn zu beschwichtigen, zog sie sich schnell um, trug sich in seine Liste ein und machte sich auf die Suche nach ihm.

»Hier herein«, rief er, wobei seine Stimme hinter seiner Maske gedämpft klang.

Der Katzenuringestank schien heute noch ausgeprägter zu sein, dabei war sie sich sicher, dass keine Katze mehr im Haus gewesen war, als es letzte Nacht verschlossen und versiegelt worden war.

»Was machen Sie da?«, fragte sie.

McGlynn vergrößerte auf Knien das Loch, aus dem der Schädel angeblich gefallen war.

»Ah, da sind Sie ja.« Er stand auf und ging an ihr vorbei zur Treppe. »Folgen Sie mir.«

Lottie schüttelte den Kopf und lief hinter ihm her. »Was ist hier los?«

»Wenn Sie mir die Chance geben würden, dann zeige ich es Ihnen.«

Er blieb vor der Badezimmertür stehen. Drinnen kniete ein Techniker und fuhr mit einer kurzstieligen Bürste vorsichtig über eine Fußbodenleiste.

»Lassen Sie uns einen Moment allein«, bat McGlynn ihn.

Der Techniker nickte Lottie zu, als er auf dem Weg nach draußen an ihr vorbeiging.

»Achtung, ich mache jetzt das Licht aus. Kommen Sie schon rein. Schließen Sie die Tür.«

Lottie seufzte hinter ihrer Maske. Sie tat, wie ihr geheißen. Vor dem Fenster hing eine kriminaltechnische Plane, die das Tageslicht abschirmte.

»Ist das Luminol?«, fragte sie, obwohl sie genau wusste, was McGlynn da gerade verwendete.

Er nickte. »Jetzt sehen Sie sich das mal an.«

Sie spürte, wie ihr die Kinnlade hinunterfiel.

»Ganz genau«, bestätigte McGlynn ihr Erstaunen. »Alles wurde gründlich mit Bleichmittel geschrubbt, aber es sind immer noch einige Rückstände vorhanden. Mit bloßem Auge natürlich nicht zu sehen.«

»Großer Gott. Was ist hier passiert?«

»Ein Blutbad?«, stellte McGlynn in den Raum. »Jemand wurde genau hier zu Tode gehackt.«

»Also keine Zerstückelung erst nach dem Tod?«

»Basierend auf dem, was noch zu erkennen ist, würde ich sagen, dass dafür viel zu viel Blut gespritzt ist. Ich habe meinen forensischen Himmel hinter diesen Fußleisten gefunden.«

»Scheiße.«

»Es gibt auch Spuren im Wohnzimmer und in der Küche. Nur damit Sie es wissen. Zum Rest bin ich noch nicht gekommen.«

»Ist das erst vor Kurzem passiert?«

»Das habe ich noch nicht detailliert untersucht, bezweifle es aber. Es hat wahrscheinlich mit dem Schädel zu tun, möglicherweise auch mit dem Torso.«

Lottie spürte, wie sie blass wurde, und war dankbar für ihre Maske. »Jemand hat also weiter in diesem Haus gelebt, nachdem dieses Blutbad passiert ist. Das ist viel zu barbarisch, als dass man darüber nachdenken möchte.« Während sie diese Worte aussprach, dachte sie wieder an Jeffs Job und an Derry Walshs Widerwillen, sie in seine Kühltruhen schauen zu lassen.

»Der Typ, der das Haus geerbt hat, ist Metzger.«

»Es wäre vielleicht schlau, mit ihm zu reden.«

»Dafür muss ich ihn zuerst ausfindig machen.« Lottie öffnete die Tür und trat auf den Treppenabsatz hinaus. Ihr kam in den Sinn, dass Jeff zu jung war, um etwas mit dem Torso zu tun zu haben, falls das hier damit zusammenhing. Er wäre 1997 erst etwa neun Jahre alt gewesen. »Danke, Jim. Halten Sie mich auf dem Laufenden, falls Sie noch etwas finden.«

»Sicher.«

Sie versuchte, sich an die Details des Berichts über den Torso zu erinnern. Blaue Farbe. Fasern. »Jim, nehmen Sie Proben von allen Teppichen im Haus und allen anderen Stoffen. Wir müssen sie mit den Fasern vergleichen, die auf dem Torso gefunden wurden. Und sehen Sie nach, ob es irgendwo blaue Farbe gibt.«

»Wird gemacht.«

»Hat jemand irgendwo Gefriertruhen gefunden?«

»Bis jetzt noch nicht, aber wir waren auch noch nicht im Garten und im Schuppen.«

»Darf ich nachsehen gehen?«

»Nur wenn Sie jemanden aus meinem Team mitnehmen und nichts anfassen.«

Der Garten hinter dem Haus war noch stärker überwuchert als der Vorgarten. Lottie schritt zögernd über die grün bemoosten Platten zum Schuppen. Er war nicht verschlossen.

Sie zog die Tür auf und drückte auf den schmutzigen Schalter an der Wand. Eine Glühbirne flackerte auf und warf ihren gelben Schein ins Innere, wo es nicht viel zu sehen gab. Das enttäuschte sie ein wenig. Eine frei stehende Holzkonstruktion, die als Schrank und Werkbank diente. Ein paar langstielige Werkzeuge, unter anderem eine Harke und eine Schaufel. Ein alter Rasenmäher, der seit Jahren nicht mehr benutzt worden war, so wie der Garten aussah.

Die Wände waren nackt. Drei Eimer mit Farbe, deren Ton an Magnolien erinnerte, standen direkt neben der Tür. Sie öffnete den Schrank. Weitere Farbeimer und Pinsel, an deren Borsten noch Farbe klebte. Sie bewegte die Eimer mit der Fingerspitze hin und her. Sie waren leer. Dahinter war auch nichts.

»Keine Bügelsägen oder Äxte?« McGlynn tauchte hinter ihr in der Tür auf.

»Nein.«

»Keine Sorge. Wir werden alles gründlich untersuchen«, sagte er.

Als sie sich gerade zum Gehen wandte, berührte sie mit dem Kopf die Glühbirne und brachte sie so zum Schwanken. Der Lichtkegel erfasste eine Ecke der Decke.

Sie blieb stehen. »Haben Sie eine Taschenlampe?«

McGlynn reichte ihr seine. »Was sehen Sie da?«

»Wenn Sie mir die Chance geben würden ...«, sagte sie und wiederholte damit sein Mantra. »Ich glaube, ich habe da oben was entdeckt.«

Sie suchte die Umgebung mit der Lampe ab, Spinnen flohen vor dem Licht. Während sie die Spinnweben wegwischte, trat sie näher heran.

»Das ist eine Klinge«, sagte sie, und ihr Herz begann zu rasen. »Scheiße. Das ist eine Axt.«

»Es ist nicht ungewöhnlich, in einem Schuppen eine Axt zu finden«, sagte McGlynn.

»Aber warum ist sie da oben versteckt?« Lottie machte Platz, damit der Techniker Fotos machen konnte.

Die Kamera blitzte auf und da wusste sie, warum die Axt versteckt worden war. »Auf der Klinge sind Blutflecken.«

DREIUNDDREISSIG

Lottie überließ es McGlynn und seinem Team, sich Gedanken darüber zu machen, die Axt aus ihrem Versteck zu holen, ohne dabei Beweise zu zerstören. Sie wusste nicht, ob sie noch etwas anderes finden würden, das als Waffe benutzt worden sein könnte, aber sie hatte eine furchtbare Gänsehaut und entschied, die Forensiker allein weitermachen zu lassen.

Während sie zurück in die Stadt fuhr, dachte sie über dieses seltsame stinkende Haus nach. Es musste etwas mit den Leichenteilen zu tun haben. Es war definitiv ein Tatort, aber welches Verbrechen war dort begangen worden? Hoffentlich konnte Jane den Schädel dem Torso zuordnen und so zumindest die Opferzahl reduzieren.

Da niemand Jeff Cole ausfindig machen konnte, rief sie in der Änderungsschneiderei Sewn an, in der Faye arbeitete. Die Vorgesetzte informierte sie, dass Faye nicht da sei. Sie versuchte es erneut auf dem Handy der jungen Frau. Nichts. Es klingelte nicht einmal. Dann versuchte sie es noch mal bei Jeff. Sein Handy klingelte zwar, es hob aber niemand ab. Ein Gefühl der Vorahnung überkam sie und breitete sich über ihren Nacken aus. Das gefiel ihr ganz und gar nicht.

Sie fuhr die Main Street entlang und bog dann links ab, wobei die Kathedrale ihren Schatten auf die Motorhaube ihres Wagens warf. Noch bevor sie die Wache erreichte, meldete sich das Funkgerät und ein Streifenwagen raste an ihr vorbei.

»Scheiße.«

Sie raste um den mickrigen Kreisverkehr an der Kathedrale und zurück über die Straße, die sie gerade noch in die andere Richtung entlanggefahren war, um dem Streifenwagen zu folgen.

Er war auf dem Weg zum Bahnhof.

———

Sam McKeown sah mit müden Augen von der Vermisstenliste auf, die er gerade durcharbeitete. Er sah schon doppelt. Und er hatte immer noch nichts gefunden. Niemanden, den er mit den Leichenteilen an der Bahnlinie und im Kanal in Verbindung bringen konnte.

»Die Mutter oder der Vater muss doch dieses Kind als vermisst gemeldet haben«, sagte er.

Lynch hob den Kopf und senkte ihn dann wieder, ohne etwas zu erwidern.

»Was denken Sie?« Er forderte eine Reaktion.

»Vielleicht wurde das Kind nicht vermisst. Vielleicht hat die Mutter oder der Vater es getötet. Dann würden sie es nicht als vermisst melden, oder?«

»Da könnten Sie recht haben«, sagte McKeown. Er begann, die Berge von Akten auf seinem Schreibtisch zu durchforsten.

»Habe ich etwas Intelligentes gesagt?«

»Das haben Sie vielleicht wirklich.« Er nahm ein Blatt Papier in die Hand und ging damit hinüber zu Lynchs Schreibtisch. »Hier, das habe ich vorhin gefunden.«

»Was ist das?« Lynch verschränkte die Arme.

»Hören Sie, es tut mir leid wegen heute Morgen, aber ich

bin ja noch nicht so lange hier auf der Wache, und ich will keinen Ärger machen.«

»Machen Sie doch, was Sie wollen.«

»Das werde ich. Sehen Sie das?«

»Ich bin nicht blind.«

»Meine Güte.« Er riss die Seite wieder an sich.

»Warten Sie doch. Was ist das?«

»Der Ausdruck einer Seite aus der Lokalzeitung. Parker wollte ja, dass ich die lokalen Zeitungen aus dem Zeitraum um das Datum herum überprüfe, das am Torso gefunden wurde. Ich hatte ein paar Artikel ausgedruckt und sie dann wieder vergessen. Bis jetzt.«

»Okay. Und warum jetzt die Aufregung?«

»Der Artikel ist von April 1997 und handelt von einer Mutter und ihren beiden Töchtern, die in ihrem Haus in Ragmullin brutal ermordet wurden. Hier steht, dass es als Familienmord eingestuft wurde.«

»Das war vor meiner Zeit bei der Polizei«, sagte Lynch. »Sie könnten sich die Mordakte ansehen, aber wenn die Familie tot ist, was hat sie dann mit der Leiche zu tun?«

»Der Vater und ein drittes Kind wurden nie gefunden. Laut diesem Artikel glaubte man damals, dass der Vater seine Familie ermordet hat und dann mit seinem Sohn verschwunden ist. Was, wenn er den Sohn dann getötet und zerstückelt hat?«

Lynch hob die Hände und gähnte. »Unser Torso ist weiblich. Sie sollten besser weiter die Vermisstenakten durchforsten, McKeown.«

Er faltete den Artikel und ging zurück an seinen Schreibtisch. »Und für einen Moment dachte ich, ich hätte die Antwort auf alles gefunden.«

VIERUNDDREISSIG

Eine Gruppe junger Frauen drängte sich an der Bushaltestelle zusammen.

»Wer von Ihnen ist Karen Tierney?«, fragte Lottie beim Näherkommen.

Strassbesetzte Nägel funkelten im Sonnenlicht, als sich eine Hand zaghaft hob. »Ich.«

»Kann ich kurz mit Ihnen sprechen?«

Sie führte die junge Frau von den anderen weg, die sie zu beruhigen schienen, und stellte sich so hin, dass die Frau mit dem Rücken zu den Polizisten stand, die eilig Tatortband um den grünen Honda spannten.

»Erzählen Sie mir alles. Von Anfang an.«

»Ich kann mich nicht an alles erinnern.«

»Versuchen Sie es.«

»Ähm ... Ich wollte den Zug nehmen, aber der fährt heute nicht. Nachdem gestern diese Leiche gefunden worden ist, Sie wissen schon. Natürlich wissen Sie das. Entschuldigung.« Sie wischte sich über die Augen und hielt mit erhobener Hand inne, als ob ihr das getrocknete Blut an ihren Fingern gerade erst wieder eingefallen wäre. »Also musste ich den Bus nehmen ...« Erneut stockte sie.

»Erzählen Sie weiter, Karen.«

»Es ist furchtbar. Ich kann gar nicht aufhören zu zittern.«

»Das ist der Schock. Wir wissen noch nicht, was Sie gefunden haben. Vielleicht ist es ja gar nichts.« Aber Lottie wusste, dass es nicht nichts war. Die Polizisten hatten das Nummernschild überprüft. Sie wusste, wem das Auto gehörte.

Karen sprach weiter: »Mir ist mein Handy kaputt gegangen. Als ich auf den Bus gewartet habe. Jemand hat mich angerempelt, und dann ist es auf den Boden ...«

»Okay, Karen, erzählen Sie mir einfach die Details, so schnell Sie können.«

Karen biss sich auf die Lippe, und Lottie fürchtete, sie würde gleich ganz verstummen, aber die junge Frau senkte ihre Stimme und sagte: »Ich habe gesehen, wie Flüssigkeit aus dem Kofferraum getropft ist. Ich dachte, es wäre vielleicht Cola oder eine andere Flasche, die ausläuft. Ich musste an den Versicherungsanspruch denken. Ich arbeite bei einer Versicherung, wissen Sie. A2Z. Solche Sachen fallen mir auf. Das ist manchmal fast ein bisschen nervig, wenn ich ehrlich sein soll. Ich kann nicht mal in einen Club gehen, ohne die Leute darauf hinzuweisen, dass sie aufpassen sollen, nicht auf verschütteten Getränken auszurutschen.«

»Das ist eine gute Eigenschaft.« Lottie war dankbar, dass die junge Frau so aufmerksam war. Sie kannte die A2Z Insurance. Ihr Sohn war mit Ruby befreundet, und deren Vater arbeitete dort.

»Ich bin in den Bus gestiegen, aber es hat mich gestört, dass da was aus dem Kofferraum tropfte, also habe ich den Fahrer gebeten, anzuhalten, und bin ausgestiegen, obwohl ich wusste, dass meine Fahrkarte dann verfällt. Ich bin zu dem Auto hin, habe mich hingekniet und den Finger in das ... Ich wusste, dass es Blut war.«

»Haben Sie sofort die Polizei gerufen?«

»Nicht sofort. Das ging nicht, mir war ja gerade mein Handy kaputtgegangen, also bin ich zum Bahnhofsbüro gerannt. Der Griesgram hinter dem Schalter wollte mich nicht telefonieren lassen. Ich wusste nicht, was ich machen soll, darum bin ich wieder rausgegangen. Und dann hat die Frau da drüben, die den nächsten Bus nehmen wollte, mich ihr Handy benutzen lassen. Ich weiß nicht einmal, wie sie heißt.«

»Danke, Karen. Sie waren mir eine große Hilfe. Wenn es Ihnen nichts ausmacht, möchte ich, dass Sie mit Garda Brennan auf die Wache fahren, damit wir Ihre Aussage aufnehmen können.«

»Ich will nach Hause.« Tränen sammelten sich im Kleber von Karens falschen Wimpern, und Lottie spürte eine Welle des Mitgefühls für die junge Frau.

»Sie können nach Hause gehen, sobald Sie Ihre Aussage gemacht haben.«

Lottie beobachtete Karen, die den Kopf senkte, als sie sich in den Streifenwagen setzte. Sie wartete, bis dieser die Brücke erreicht hatte, bevor sie sich dem abgesperrten Fahrzeug zuwandte.

»Kann jemand den Kofferraum öffnen?«

»Die Schlüssel lagen auf dem Vordersitz«, sagte einer der beiden Gardaí, die beim Auto standen.

»Wurde das Innere bereits fotografiert?«

»Habe ich mit meinem Handy gemacht.«

Lottie zog sich Handschuhe an. Ohne den Schlüssel in die Hand zu nehmen, drückte sie auf das Kofferraumsymbol. Sie hörte den Kofferraum klicken. Fast erwartete sie, dass er aufspringen würde, aber er blieb fest verschlossen. Das Hupen der Autos von der Brücke, das Quietschen der Bremsen eines unaufmerksamen Fahrers, als die Ampel zu schnell umsprang, das Geplapper von Kindern in einem Garten drüben bei den Wohnungen und das Klirren von Metall auf dem Hof des Autoverwerters hinter ihr erfüllten die Luft, und dann klang plötzlich alles gedämpft, als sie ihre Hand auf das Schloss legte.

Sie drückte und hob den Deckel an.

Der Geruch von Verwesung schlug ihr brutal entgegen.

Sie wich zurück und wandte den Blick ab, aber der Geruch verriet ihr, was sie bereits wusste.

Schließlich sah sie doch hin.

Eine Leiche lag zusammengerollt auf der Seite, eingewickelt in eine durchsichtige Plastikfolie. Sie sah, wo sich das Blut angesammelt hatte und durch ein großes Loch in der Folie sickerte. Sie schluckte und atmete schnell etwas frische Luft ein, bevor sie sagte: »Funken Sie die Spurensicherung an und rufen Sie die Rechtsmedizin.«

Sie wusste nicht einmal, wer da neben ihr stand, um den Befehl entgegenzunehmen, aber sie spürte den Luftzug, als die Person sich entfernte und ein Vakuum hinterließ. Sie richtete sich auf, straffte die Schultern und schluckte ihr Entsetzen hinunter.

Das tiefrote Blut verhöhnte sie. Sie streckte eine Hand aus, hielt aber über dem Leichnam inne. Sie konnte ihn einfach nicht berühren, nicht umdrehen. Denn sie wusste, wer es war.

Der Wagen war auf Jeff Cole zugelassen.

Sie war auf der Suche nach Jeff Cole gewesen.

Stattdessen hatte sie Faye Baker gefunden.

Es dauerte eine weitere Stunde, bis Jane Dore aus Tullamore eintraf. In der Zwischenzeit beauftragte Lottie Polizisten damit, die Gruppe von Frauen zu befragen, die mit Karen gewartet hatte. Sie sorgte dafür, dass der Tatort und der Bahnhof abgeriegelt wurden. Irish Rail war nicht begeistert. Sie schickte andere Polizisten zu Fayes Wohnung, um diese abzuriegeln, bis sie Zeit hatte, dort hinzufahren.

Der Griesgram, den Karen erwähnt hatte, hieß Pete Reilly. Er saß in einem Büro hinter einem abgeschirmten Schalter mit einer Heizung zu seinen Füßen unter seinem Schreibtisch. Er hielt sich ein Taschentuch vor die Nase, nieste und hustete. Seine Augen und Nase waren von einer Erkältung gerötet. Die Luft war stickig.

»Es war so, wie sie gesagt hat.«

»Erzählen Sie es mir selbst.« Lottie krempelte die Ärmel hoch und vertrieb eine Fliege von ihrem Hals. Ein halb aufgegessenes Frühstücksbrötchen lag im Mülleimer, der Raum stank.

»Sie hat gegen die Trennscheibe geklopft. Wollte das Telefon benutzen. Ich habe ihr gesagt, dass das nicht geht.«

»Gibt es hier irgendwo eine Telefonzelle?«

»Die ist so oft vandalisiert worden, dass die da oben sie entfernt haben.«

»Waren Sie so beschäftigt, dass Sie sie nicht telefonieren lassen konnten?« Lottie konnte ihre Abneigung gegen diesen Mann kaum verbergen.

Er schnaubte und hustete laut. »Ich weiß, dass die Züge nicht fahren, aber die Busse fahren schon. Es ist viel los, und ich muss ja trotzdem meine Schicht schieben. Wenn Sie eine Person das Telefon benutzen lassen, wollen alle anderen es auch benutzen.«

»Das war aber ein Notfall«, schnauzte sie ihn an.

»Das hat sie mir nicht gesagt.«

»Wirkte sie verzweifelt?«

»Natürlich wirkte sie verzweifelt Aber heutzutage wirkt doch *jeder* verzweifelt.« Er grinste.

Langsam wurde Lottie gereizt. »Ich brauche das gesamte Videomaterial der Überwachungskameras. Auch das vom Parkplatz. Von gestern Nachmittag an. Sagen wir von sechzehn Uhr bis jetzt.«

»Da müssen Sie mit meiner Chefin sprechen.«

»Und wo ist Ihre Chefin?« Ihre Geduld war langsam so erschöpft, dass sie ihm am liebsten eine Ohrfeige gegeben hätte.

»Die hat die Grippe und ist zu Hause. Sie kann zu Hause bleiben, aber ich muss herkommen. Das sagt eine Menge darüber aus, wer hier was zählt und wer nicht.«

Lottie konnte seiner Logik nicht folgen und es war ihr auch egal. »Zwingen Sie mich nicht dazu, einen Durchsuchungsbeschluss zu erwirken. Allein der Papierkram würde bedeuten, dass Sie hier eine Woche lang auf Ihrem Arsch sitzen und Kreuzchen machen.«

»Tja! Der Parkplatz wird von einer anderen Firma betrieben. Ich weiß nicht, ob ich Ihnen da helfen kann.«

»Verdammt noch mal, Mr Reilly. Kopieren Sie das verdammte Material einfach auf einen USB-Stick oder eine DVD und lassen Sie mich aus diesem virenverseuchten Loch raus.«

»Ist ja gut. Kein Grund, hier so einen Stress zu machen.«

Er rückte mit seinem Stuhl über den Boden und öffnete eine Tür, die Lottie für einen Schrank gehalten hatte, die aber in Wirklichkeit ein weiteres kleines Büro war.

»Hey, Mickey, die Polizei ist da. Die wollen unsre Überwachungsvideos.« Er rief die Informationen zum entsprechenden Zeitraum in das Zimmer.

Mickey antwortete: »Das dauert ein paar Minuten.«

»Wollen Sie warten?«, fragte Reilly über seine Schulter.

»Ich schicke jemanden vorbei, der es als Beweismittel aufnimmt«, sagte Lottie. »Und Mr Reilly, wenn das nächste Mal jemand verzweifelt aussieht und das Telefon benutzen möchte, dann lassen Sie ihn.«

Er krümmte sich erneut vor Husten, und sie überließ ihn seinen Keimen.

―

Jane stand neben dem Auto, beugte sich über die Leiche und untersuchte sie.

»Was meinst du?«, fragte Lottie.

»Sie ist erstochen worden. Zwei Wunden kann ich sehen, ohne sie zu bewegen. Es sieht so aus, als hätte sie sich bereits in oder auf der Plastikplane befunden, als es passiert ist. Das Blut hat sich darin gesammelt. Die Plane wurde dann um sie gewickelt, und danach wurde sie bewegt. Im Moment sind das nur Vermutungen, aber bald weiß ich mehr.«

»Todeszeitpunkt?«

Jane schüttelte den Kopf. »Ohne zu wissen, wo sie getötet wurde oder wie lange sie im Kofferraum des Wagens eingeschlossen war, möchte ich angesichts der Hitze nicht spekulieren.«

»Versuchs. Für mich?«, bat Lottie und schnappte nach frischer Luft.

Jane zog ihre forensischen Handschuhe aus und warf sie in eine braune Papiertüte. »Ich würde schätzen, dass es irgendwann in den letzten zwölf Stunden passiert ist. Ich sage dir Bescheid, wenn ich mit der Obduktion loslege.«

»Das ist die Frau, die den Schädel gefunden hat«, sagte Lottie, die den Blick nicht von Fayes Leiche in dem blutgetränkten Kleid abwenden konnte.

Jane sah sich inmitten des geschäftigen Treibens um, während die Spurensicherung ihre Arbeit aufnahm. Sie fasste Lottie am Ellbogen, so wie Boyd es tun würde, und schob sie zur Seite. »Ich habe heute Morgen einen kurzen Blick darauf geworfen. Es ist der Schädel eines Kindes, Lottie.«

»O Scheiße. Scheiße.«

»Ich werde weitere Tests durchführen und dich so schnell wie möglich wissen lassen, ob er mit den anderen Körperteilen in Verbindung steht.«

»Ja. Danke.«

»Was das Bein betrifft, so kann ich aufgrund der Art und

Weise, wie der Knochen abgetrennt wurde, sagen, dass es mit demselben Werkzeug abgesägt wurde wie der Torso. Ich muss aber auch hier noch ein paar Analysen machen. Behalte diese Information also bitte noch für dich. Ich erzähle dir das nur, weil du aussiehst, als ob du etwas brauchst, das dich bei Verstand hält.«

»Danke, Jane. Und die Hand. Du bist ganz sicher, dass sie einem erwachsenen Mann gehört?«

»Ziemlich sicher.«

»Einschließlich des Schädels könnten wir es also mit drei Leichen zu tun haben?«

»Ja, aber ich muss den Schädel, wie gesagt, erst noch vollständig untersuchen.«

Lottie sah zu, wie Jane in ihr Auto stieg. Der Garda, der sie fuhr, schloss die Tür und ging auf die andere Seite. So schlimm ihr eigener Job manchmal auch sein mochte, wenn sie die Folgen von Gewalteinflüssen von außen sah, so ungern wäre sie Jane, die kleine Kinder aufschneiden musste, um herauszufinden, was in ihrem Inneren geschehen war.

FÜNFUNDDREISSIG

In der Metzgerei Walsh war gerade nichts los, als Jeff durch die Tür stürmte.

»Wo zum Teufel hast du gesteckt?«, rief Derry, der sich gerade schnaufend eine Rinderhälfte über die Schulter warf, bevor er sie auf den Edelstahltisch knallte.

»Mir ist was dazwischengekommen. Jetzt bin ich ja da.«

»Hast du was getan, was du nicht hättest tun sollen?«

»Wie meinst du das?«

»Vorhin war die Polizei hier, die haben nach dir gesucht.«

»Nach mir? Die Polizei?«

»Ich habe mich auch gewundert. Aber du siehst verdammt schuldbewusst aus.«

»Ich habe nichts getan.« Jeff spürte, wie sein Kiefer nervös zuckte, aber er konnte nichts dagegen tun.

»Wo ist Faye?«, fragte Derry.

»Faye? Warum fragst du mich nach ihr?«

»Ich habe nur zwei und zwei zusammengezählt. Hast du sie verprügelt?«

»Nein, verdammt, ich habe sie nicht verprügelt. Was ist denn los?«

»Das würde ich gern von dir wissen.«

»Sie war gestern Abend nicht zu Hause, als ich aus Dublin zurückgekommen bin. Ich weiß nicht, wo sie ist. Wir hatten eine ... Meinungsverschiedenheit wegen dem Haus. Das ist alles.« Jeff schob sich an seinem Chef vorbei und holte seine weiße Schürze. Derry folgte ihm ins Hinterzimmer.

»Was ist denn wirklich los?«

»Ich weiß es ehrlich gesagt nicht.«

»Mach dich am besten an die Arbeit. Geh nach vorn und füll die Theke auf. Ich arbeite schon den ganzen Morgen auf Hochtouren. Und Mrs Stokes ist fast auf mich losgegangen. Du hast die Knochen für ihren Hund vergessen. Schon wieder. Wenn du noch einen Fehler machst, dann war's das. Hast du mich verstanden?«

»Ja, ja.«

Als er hinter dem Ladentisch stand, seufzte Jeff. Mrs Stokes und ihre Hundeknochen waren wirklich sein geringstes Problem. Er ordnete die Speckscheiben neu an, damit es so aussah, als hätte er das Tablett wieder aufgefüllt, und ging dann hinüber, um das Gleiche mit dem Hackfleisch zu machen. Es war nur noch halb voll. Er schob das Hackfleisch mit einem großen Löffel hin und her. Es war unmöglich, den Behälter voll aussehen zu lassen. Er würde den Fleischwolf anschmeißen müssen. Ihm war nicht nach Arbeit zumute, aber er musste wenigstens so tun. Er musste versuchen, seine Nerven zu beruhigen, bevor er nach Hause ging.

»Und da ist noch etwas ...«, begann Derry, der im Türrahmen stand und ein Fleischbeil in der Hand hielt. Der Anblick der zehn Zentimeter breiten Klinge ließ Jeff gegen die Wand zurückweichen. In dem Moment schwang die Ladentür nach innen auf.

»Josepha. Guten Morgen«, rief Jeff und löste seinen Blick von dem Hackbeil. »Wie kann ich Ihnen behilflich sein?«

»Sie sehen aus, als hätten Sie ein Gespenst gesehen«, lachte die Frau und schob einen Kinderwagen hinein.

»Tut mir leid«, sagte Jeff. »Was darf's denn sein?«

»Ein Babysitter wäre ein guter Anfang.« Josepha nahm einen Lutscher aus dem Glas auf der Theke und reichte ihn dem Kind im Kinderwagen.

»Damit kann ich leider nicht dienen. Gibt es etwas in der Fleischtheke, das Ihnen stattdessen zusagen würde?« Er war dankbar dafür, die unvermeidliche Auseinandersetzung mit seinem Chef noch etwas hinauszögern zu können.

»Vier Scheiben Speck und ein Pfund Hackfleisch.«

Jetzt würde er wirklich den Fleischwolf anstellen müssen. Er zählte die Speckscheiben ab und wog das Fleisch. »Ich brauche eine Minute, um mehr zu holen. Es sei denn, Sie möchten stattdessen etwas anderes?«

»Ich brauche das Hackfleisch für Bolognese.«

»Es macht Ihnen hoffentlich nichts aus, zu warten, oder?«

»Solange Joey seinen Lutscher hat, kann ich einen Moment der Ruhe genießen.«

Im hinteren Teil des Ladens hatte Derry sein Gehacke wieder aufgenommen. Jeff fütterte den Fleischwolf.

»Was ist da in diesem Haus von dir los?«, fragte Derry.

»Was meinst du?«

»Habe es gerade im Radio gehört. Die Gardaí haben alles abgeriegelt. Es gibt Gerüchte, dass man Leichen unter den Dielen gefunden hat.« Er schlug das Hackbeil in das Rindfleisch. Das Geräusch der Klinge, die auf dem Stahltisch aufschlug, klingelte in Jeffs Ohren wie eine Alarmglocke.

»Leichen?«

»Ja. Lass Josepha nicht warten. Der kleine Scheißer in dem Buggy frisst sonst die ganzen Lutscher auf.«

Das Glas mit den Lutschern war bereits halb leer. Jeff kippte das fertige Hackfleisch in den Edelstahlbehälter, wog ein Pfund ab, verpackte es und schob die Kassenschublade zu. Erst da wurde ihm klar, dass er mit der Bedienung der Kundin fertig war.

Er machte die Augen zu und hörte, wie die Tür erneut geöffnet und geschlossen wurde. Als er sie wieder aufmachte, stand eine große Frau mit wütenden grünen Augen vor ihm. Und er wusste, dass er in Schwierigkeiten steckte.

―――――

Lottie wartete, während Jeff seine Schürze abnahm und seine Jacke anzog, obwohl es dafür eigentlich zu warm war. Sie spürte noch immer die Nachwirkungen ihres Aufenthalts in dem stickigen Büro von Pete Reilly. Jeffs Gesicht war aschfahl, und seine Augen huschten in alle Richtungen, nur nicht zu ihr.

Auf der Fahrt zur Wache sagte er nichts, und auch sie schwieg.

Im Verhörraum äußerte sich seine Angst in Form von säuerlichem Schweiß, der ihm in Strömen an seiner glatten Haut hinablief. Sie ließ ihn mit seinen Gedanken allein und machte sich auf den Weg, um jemanden zu suchen, der bei dem Gespräch mitanwesend sein konnte.

Als sie das Büro erreichte, stellte sich ihr Superintendentin Deborah Farrell in den Weg.

»Was hat es mit dieser Leiche im Kofferraum auf sich?« Farrell spuckte förmlich Feuer. »Warum erfahre ich so etwas nicht aus erster Hand? Wissen Sie, Parker, Sie gefallen mir überhaupt nicht.«

Nicht mein Problem, dachte Lottie. »Ich habe es selbst erst im Auto gehört, als ich gerade auf dem Weg zurück auf die Wache war, und bin dorthingerast, um sofort am Tatort zu sein. Ich hatte keine Zeit, um vorbeizukommen und es Ihnen persönlich zu sagen.«

»Gehorsamsverweigerung zieht sich durch Ihre Akte, und langsam verstehe ich, warum.«

»Wenn Sie meinen.« Lottie schob sich an ihrer Vorgesetzten vorbei. Sie wollte Jeff Cole nicht zu lange allein lassen, sonst würde er anfangen, nach einem Anwalt zu schreien.

»Wer ist das Opfer?«

»Faye Baker. Fünfundzwanzig Jahre alt. Schwanger.« Sie spürte, wie sich ein Kloß in ihrem Hals bildete, als die Gefühle sie zu überwältigen drohten. Warum war Faye getötet worden? Das ergab keinen Sinn. Aber das tat Mord nie.

»Häusliche Gewalt, die eskaliert ist?«, erkundigte sich Farrell.

Lottie schüttelte sich ihre Gefühle von den Schultern. »Wir wissen es noch nicht. Zwei Stichwunden. In Plastik eingewickelt, in den Kofferraum des Autos ihres Partners gesteckt und am Bahnhof stehen gelassen.«

»Hat der Partner es getan und ist dann mit dem Zug abgehauen?« Farrell verschränkte die Arme und lehnte sich mit zufriedenem Blick gegen den Türrahmen. Das machte Lottie noch wütender.

»Die Züge verkehren nicht, weil die Spurensicherung immer noch wegen des Torsos auf den Gleisen ermittelt, also nein, er ist nicht mit einem Zug abgehauen.«

Farrell krallte die Finger zusammen, bevor sie die Fäuste ballte. Lottie vermutete, dass sie Klugscheißerinnen nicht leiden konnte.

»Was ist mit dem Bus? Einem anderen Auto? Irgendwohin muss er ja geflohen sein.«

»Das bezweifle ich«, sagte Lottie.

»Warum sind Sie da so sicher?« Farrell kam ihr viel zu nahe. Doch Lottie zuckte nicht mit der Wimper.

»Weil ich weiß, wo Jeff Cole gerade ist.«

»Und wo bitte schön?«

»Er sitzt in Verhörraum Eins, ich habe ihn gerade von seiner Arbeitsstelle abgeholt.« Sie wollte ihrer Chefin nicht verraten, dass Jeff Metzger war und dass man in seinem Haus eine blutige Axt und Blutflecken hinter den Fußleisten im Badezimmer gefunden hatte. Noch nicht.

Farrells Wangen erröteten. »Was machen Sie dann hier oben? Sie sollten da unten sein und ihn befragen.«

»Das werde ich. Wenn Sie mich vorbeilassen. Ich muss Kirby oder McKeown oder Lynch oder irgendwen anders dazuholen, um das Verhör zu führen. Entschuldigen Sie mich.« Sie machte einen Bogen um ihre Vorgesetzte und ging in ihr Büro. Sie zählte bis fünf, während Farrell im Korridor verschwand.

Aufgeregt und mit rotem Gesicht kam Kirby zur Tür herein.

»Das arme junge Ding«, sagte er. »Sie wirkte so eingeschüchtert und verängstigt gestern Abend. Warum wurde sie ermordet?«

Lottie entfuhr ein langes, trauriges Stöhnen. »Vielleicht war es ihr Freund. Ist durchgedreht, weil sie uns von dem Schädel erzählt hat. Aber vielleicht war er es auch nicht. Wir brauchen einen Durchsuchungsbefehl für Walshs Metzgerei. Ich weiß nur, dass eine unschuldige junge Frau und ihr ungeborenes Baby gewaltsam ums Leben gekommen sind. So eine Scheiße, Kirby. So eine verdammte Scheiße.« Sie holte ein paarmal tief Luft und atmete dann lange aus. Der Gedanke an die junge Frau, die sie erst gestern kennengelernt hatte, traf sie tief. »Manchmal hasse ich diesen Job.«

»Es ist schon eine ziemliche Sauerei, das Ganze.« Kirby drehte sich um.

»Nicht weggehen. Ich brauche Sie im Verhörraum.«

SECHSUNDDREISSIG

Jeff hatte seine Jacke ausgezogen, und Lottie sah die dunklen Flecken unter seinen Achseln, als er die Arme ausstreckte. Flehte er um Antworten? Nun, sie wollte auch ein paar Antworten.

»Worum geht es? Warum bin ich hier?« Er spielte nervös mit den Fingern, während Kirby das Aufnahmegerät bereit machte.

»Wann haben Sie Faye Baker zuletzt gesehen?« Lottie trommelte mit den Fingern beiläufig auf den Tisch.

»Faye?«

»Ihre schwangere Partnerin.«

»Sie ist meine Freundin. Partnerin klingt, als ob sie uralt wäre. Und sie ist erst ...«

»Ich weiß, wie alt sie ist. Wenn ich noch einmal eine Frage stelle, dann erwarte ich eine Antwort. Okay?«

»Okay.«

Lottie empfand plötzlich Mitleid für den jungen Mann. Woher kam das denn? Soweit sie wusste, hatte er womöglich sein eigenes Baby und dessen Mutter abgeschlachtet.

»Wann haben Sie Faye zuletzt gesehen?«, wiederholte sie. Die Luft im Raum war abgestanden.

»Gestern. Am späten Nachmittag. Sie war in einem schlimmen Zustand. Wissen Sie, sie hat ... sie hat einen künstlichen Schädel in einer Wand im Haus meiner Tante gefunden. Na ja, eigentlich ist es jetzt mein Haus, aber für mich ist es immer noch das Haus meiner Tante. Ich habe es schon immer so genannt ...«

»Fahren Sie fort.«

»Sie wollte Ihnen, also der Polizei, davon erzählen, aber ich habe es ihr ausgeredet. Ich wollte nicht, dass sie Ihre kostbare Zeit vergeudet.«

»Haben Sie sich gestritten?«

»Nicht direkt. Wir haben darüber gesprochen, und dann musste ich nach Dublin, um für meinen Chef Waren von einem Lieferanten abzuholen.«

»Wo haben Sie mit Faye gesprochen?«

»In unserer Wohnung.«

»Um wie viel Uhr sind Sie aus Dublin zurück nach Hause gekommen?«

»Ich weiß nicht genau, aber ich glaube vor Mitternacht. Ich habe den Lieferwagen am Laden abgestellt und bin nach Hause gelaufen. Es war kein Licht an. Ich habe gedacht, dass sie wahrscheinlich tief und fest schläft. Aber sie war nicht da.«

»Was dachten Sie, wo sie ist?«

»Ich dachte, dass sie bestimmt zu ihrer Mutter gefahren ist. Das Auto war nicht da. Ich war todmüde, darum bin ich ins Bett gegangen, ohne sie anzurufen.«

»Fährt sie oft zu ihrer Mutter?«

Er schüttelte energisch den Kopf. »Nein, überhaupt nicht. Aber sie war so aufgebracht. Wegen des Schädels. Ich wollte mir das alles nicht anhören. Ich hatte keinen Bock auf Stress. Auf der Arbeit ist es im Moment ganz schön anstrengend.

Derry ist ein guter Chef, aber ich strapaziere seine Geduld. Er hat mir gestern schon extra freigegeben, als ich Faye beruhigen musste.«

»Als sie dann heute Morgen immer noch nicht zu Hause war, haben sie da versucht, sie zu finden?«

»Ich bin gegen sechs aufgewacht und habe sie angerufen. Sie ging nicht ran. Vielmehr war ihr Handy aus, wenn ich so drüber nachdenke. Hey, warum stellen Sie mir eigentlich diese ganzen Fragen? Sie hat es doch gemeldet, oder?«

»Was gemeldet?«

»Den Schädel. Derry hat gesagt, dass es schon im Radio kam. Er meinte, das Haus in der Church View wäre abgesperrt worden und so weiter.« Er wurde blass, und als ihm eine Erkenntnis dämmerte, verschwand die Farbe vollends aus seinem Gesicht. »O nein.«

»Was?«

»Sie ist tot, nicht wahr? In diesem Haus. Deshalb ist es abgesperrt. O Gott, Faye. Nein, nein.«

Seine Schreie hallte von den Wänden wider und machten Lottie fast taub. Seine Emotionen wirkten authentisch. Jeff litt gerade wirklich, auch wenn sie ihm Fayes Tod noch nicht einmal bestätigt hatte. Oder spielte er nur Theater?

Als seine Schreie zu einem welpenhaften Wimmern verkamen, sagte sie: »Sie haben die ganze Nacht allein geschlafen, sind aufgestanden, haben versucht, sie anzurufen, und sind dann zur Arbeit gegangen. Ist das richtig?«

»Ja«, flüsterte er.

»Haben Sie bei ihrem Arbeitsplatz angerufen? Bei Ihrer Chefin? Haben Sie nicht daran gedacht, dass sie vielleicht dort sein könnte?«

»Ich konnte nicht mehr klar denken. Ich bin so müde. Und ich musste zur Arbeit. Ich kann es mir nicht leisten, diesen Job zu verlieren. Nicht jetzt, da das Baby unterwegs ist und wir all diese Kosten für die Renovierung des Hauses haben. Alles kostet Geld, Geld, Geld, und wir müssen dafür arbeiten.«

»Warum wollten Sie nicht, dass Faye uns von dem Schädel in der Wand erzählt?«

»Das habe ich Ihnen doch schon gesagt.«

»Nicht wirklich.«

»Ich dachte, dass er unecht ist.«

Sie war entschlossen, so viele Informationen wie möglich zu sammeln, bevor sie ihm bestätigte, dass Faye ermordet worden war. Sie konnte sich kaum noch vorstellen, dass er etwas mit dem Tod seiner Freundin zu tun hatte, aber sie war sich nicht hundertprozentig sicher. Vielleicht war er auch einfach ein sehr guter Schauspieler. Schnell fuhr sie mit der Befragung fort, denn wenn sie jetzt aufhörte, würde sie das Bild der jungen Frau vor ihrem inneren Auge sehen, wie sie einfach so, einer Rinderhälfte gleich, im Kofferraum des Wagens abgelegt worden war. Was war sie wütend! So wütend. Sie biss sich auf die Lippe, grub die Nägel in ihre Handflächen und versuchte, ihre Wut zu nutzen, um herauszufinden, was mit Faye geschehen war und warum.

Jeff kratzte an einer imaginären Ritze im Tisch herum, als würde er seine Nägel feilen, die bereits abgekaut waren, wie ihr auffiel.

Kirby fragte: »Wissen Sie, wo sich Ihr Auto befindet?«

»Es steht nicht vor der Wohnung, darum nehme ich mal an, dass Faye es hat.«

Lottie fragte: »Wissen Sie, was mit Faye passiert ist?«

»Ich warte darauf, dass Sie es mir endlich sagen.« Sein Kopf hing so tief herab, dass sein Kinn auf seiner Brust lag und Tränen sein T-Shirt benetzten.

»Heute Morgen wurde Fayes Leiche im Kofferraum Ihres Autos gefunden, das vor dem Bahnhof von Ragmullin abgestellt war. Leider muss ich Ihnen mitteilen, dass sowohl sie als auch das Baby tot sind.«

Jeff schüttelte wild den Kopf hin und her und formte mit dem Mund Worte, die er nicht aussprechen konnte. Er presste die Lippen aufeinander, und Tränen strömten wie ein Wasserfall aus seinen Augen. Und immer noch schüttelte er den Kopf.

Lottie ließ die Stille so lange andauern, bis Kirby sie mit dem Ellbogen anstupste und sie sich fühlte, als wäre sie aus einem unruhigen Schlaf erwacht.

Endlich ergriff Jeff das Wort. »Ich weiß, was Sie denken, aber ich habe sie nicht angerührt. Das würde ich niemals tun. Ich liebe sie.«

»Können Sie beweisen, wo Sie gestern Abend waren?« Lottie wartete noch auf die Bestätigung des Todeszeitpunkts, aber das konnte eine Weile dauern. Die Leiche musste erst in die Leichenhalle gebracht werden, und McGlynn hatte einen Wutanfall bekommen, weil er schon wieder an einen neuen Ort gerufen worden war. Sie spielte mit dem Gedanken, sich Unterstützung von jemand anderem zu holen, aber Jim war der Beste und sie wollte ihn.

»Wo ich war, habe ich Ihnen doch schon gesagt. Ich bin nach Dublin gefahren. Habe die Ware abgeholt und bin zurückgekommen. Habe den Lieferwagen vor Derrys Laden abgestellt und bin nach Hause gelaufen. Sie können mich bestimmt auf den Überwachungskameras auf der Autobahn entdecken, und im Lagerhaus gibt es auch Kameras. Hier, nehmen Sie mein Handy. Es hat GPS«, sagte er, zog das Handy aus seiner Jeanstasche und warf es auf den Tisch.

»Die Sache ist die, Jeff, wir wissen nicht, um wie viel Uhr sie getötet worden ist. Es könnte passiert sein, nachdem Sie nach Hause gekommen sind. Derry hat uns gesagt, dass Sie um neun zurückgekommen sind. Und Sie sagen, es war um Mitternacht. Faye wurde erst heute Morgen gefunden, und ich weiß, dass sie gestern Abend um halb neun noch am Leben war. Um die Zeit hat sie nämlich die Wache verlassen.«

»Ich ... ich war noch im Pub. Ich musste über einiges nachdenken.«

»Es fällt mir schwer, Ihnen zu glauben. Zweimal haben Sie jetzt gesagt, dass Sie direkt nach Hause gegangen sind, nachdem Sie die Ware abgeliefert haben. Warum haben Sie mir nicht gleich vom Pub erzählt?«

»Ich dachte nicht, dass das eine Rolle spielt.«

»Bei einer Mordermittlung spielt jede Sekunde Ihres Tages eine Rolle, Jeff.«

»Okay. Aber Faye ... Ich verstehe das alles nicht.«

Lottie ignorierte sein Schluchzen. »In welchem Pub waren Sie?«

»Cafferty's.«

»Wir werden das überprüfen.«

»Es waren viele Leute dort. Ich habe mit niemandem direkt gesprochen.«

»Wenn Sie dort waren, werde ich einen Weg finden, mir das bestätigen zu lassen. Um wie viel Uhr sind Sie gegangen?«

»Weiß nicht. Ich habe ein paar Bier getrunken und bin nach Hause gegangen.«

»Sagen Sie uns dieses Mal die Wahrheit?« In Kirbys Stimme lagen Zweifel.

»Ja.«

Lottie überlegte, was sie als Nächstes fragen sollte. In dem Haus in der Church View war etwas Schreckliches passiert, und sie brauchte mehr Beweise, bevor sie sich auf den Fall stürzen konnte. Sie dachte an die Blutflecken, die McGlynn entdeckt hatte. Und an den Schädel.

»Jeff, wissen Sie etwas darüber, was im Haus Ihrer Tante passiert sein könnte?«

Er sah sie verwundert an. »Ich dachte, Sie hätten gesagt, dass Faye im Kofferraum des Autos war.«

»Ich spreche von dem Schädel.«

»Der ist doch unecht.«

»Nein. Ist er nicht.«

»Wirklich? Scheiße. Ich weiß nichts darüber. Sie müssen mir glauben.«

»Wir haben im Badezimmer getrocknete Blutflecken gefunden. Und ich weiß, dass wir noch mehr finden werden.« Lottie sah den jungen Mann an. Die Verwirrung stand ihm ins Gesicht geschrieben.

»Was sagen Sie denn da?«

»Ich frage Sie, ob Sie etwas darüber wissen, was in der Church View Nummer zwei passiert sein könnte, das zu einem Mord geführt hat.« Sie lehnte sich weit aus dem Fenster, aber warum auch nicht?

»Ich ... ich ...« Seine Gesichtszüge erschlafften, und seine Mundwinkel hingen herab. »Ich habe keinen Schimmer. Das müssen Sie mir glauben. Kann ich Faye sehen?«

»Wir müssen Ihre Fingerabdrücke und eine DNA-Probe nehmen«, sagte Lottie. Er hatte nicht um einen Anwalt gebeten. Aber das allein bedeutete noch nicht, dass er unschuldig war, auch wenn er schockiert aussah und unkontrolliert zitterte.

»Warum?«

»Wir führen eine kriminaltechnische Untersuchung im Haus Ihrer Tante durch. Sie werden dort Spuren hinterlassen haben, deshalb brauchen wir Ihre Probe zum Vergleich und zur Eliminierung.«

»Sie können alles haben, was Sie wollen. Ich habe Faye kein einziges Haar gekrümmt.«

»Das vielleicht nicht, aber haben Sie sie erstochen?«

»O Gott, nein, nein, nein ...« Er sackte in seinem Stuhl zusammen, stützte den Kopf in die Hände und schluchzte wieder.

Vor Lottie saß ein geschlagener Mann, das war eindeutig, aber sagte er auch die Wahrheit? Das würde sie noch herausfinden müssen.

Sie brachten Jeff in eine Zelle, nachdem sie seine DNA-

Probe zur Analyse entnommen hatten. Sie fragte, ob er einen Anwalt wolle.

Er wollte keinen Anwalt. Er wollte, dass ihn alle verdammt noch mal in Ruhe ließen.

Diesen Wunsch erfüllten sie ihm.

SIEBENUNDDREISSIG

Lottie schritt vor der Falltafel auf und ab und betrachtete die Tatortfotos.

»Wie hängt das alles zusammen?«

Bevor jemand antworten konnte, vibrierte das Handy in ihrer Tasche. Sie schaute darauf.

»Tut mir leid, Leute. Ich muss mir ein paar Stunden Auszeit nehmen. Ich bin am Nachmittag wieder da.« Sie sammelte ihre Akten und ihre Tasche ein und ging zur Tür. »McKeown, überprüfen Sie die Videoüberwachung in der Umgebung von Fayes und Jeffs Wohnung. Wir müssen wissen, wo das Auto wann war.«

»Stimmt irgendwas nicht, Chefin?«, fragte Kirby.

»Können wir Ihnen irgendwie helfen?«, fügte Lynch neugierig hinzu.

»Es ist was Persönliches. Kirby, Sie übernehmen hier. Ich komme später wieder. Stellen Sie sicher, dass jemand die Überwachungskameras des Bahnhofs überprüft und alle Aktivitäten rund um das Auto dokumentiert. Wenn Sie jemanden sehen, verfolgen Sie ihn über die Verkehrskameras. Sie wissen ja, wie Sie Ihren Job zu machen haben.«

Lottie war während der gesamten Fahrt zur onkologischen Abteilung in Tullamore wütend. Es war nicht Boyds Schuld. Es war ihre eigene Schuld, dass sie vergessen hatte, dass heute sein Behandlungstag war.

»Fahr nicht so schnell. Wir sind doch gar nicht spät dran«, sagte Grace.

»Ich weiß, aber wenn dein Bruder mich daran erinnert hätte, wäre ich organisierter und vielleicht ein bisschen entspannter.« Boyd saß auf dem Rücksitz. Der Gurt hielt ihn aufrecht, aber sein Kopf war zur Seite gesunken, während er zu schlafen schien. Sie fügte hinzu: »Ich fürchte, dass er heute vielleicht gar keine Behandlung bekommt.«

»Warum nicht?«, fragte Grace.

»Seine Thrombozytenzahl könnte durch den ganzen Stress zu niedrig sein. Ein Todesfall in der Familie ist für einen Menschen sehr belastend. Aber er wollte ja nicht kürzertreten. Hat auf niemanden gehört. Er ist schlimmer als ein Teenager.« Lottie wusste, dass sie mit Grace nicht darüber sprechen sollte, aber sie musste es einfach loswerden.

»Ich glaube nicht, dass Mark jemals ein Teenager war. Er musste schnell erwachsen werden in unserem Haus. Es tut mir leid.«

»Was tut dir leid, Grace?«

»Dass ich meiner Familie so viel Arbeit gemacht habe.«

»Sag doch so was nicht. Deine Mutter hat dich geliebt und geschätzt. Und ab jetzt werden Boyd und ich uns um dich kümmern und dich lieb haben.«

»Pah!«

»Was?« Hatte sie etwas gesagt, das die junge Frau gekränkt hatte?

Grace verschränkte die Arme über dem Sicherheitsgurt und schob trotzig die Unterlippe vor. »Ich brauche niemanden, der sich um mich kümmert. Ich kann auf mich selbst aufpassen.«

»Ich weiß, dass du das kannst. Aber du trauerst um deine Mutter und brauchst jede Unterstützung, die du bekommen kannst.«

»Unterstützung? Wenn mein Bruder sich nicht mal um seine eigene Gesundheit kümmern kann ... Zu Hause wäre ich deutlich besser dran, auch wenn ich da am Berg nur Ziegen und Schafe als Gesellschaft habe. Lottie, ich will zurück nach Galway.«

»Ich bin mir nicht sicher, ob das im Moment klug wäre.« Lottie fragte sich, ob Boyd die Situation mit seiner Schwester besprochen hatte. »Hat er mit dir über seine Pläne gesprochen?«

»Über welche Pläne?«, hakte Grace nach.

»Ja, über welche Pläne?«, murmelte Boyd.

Lottie warf einen Blick in den Rückspiegel und sah, dass er den Kopf wieder aufgerichtet hatte. »Du hast also nicht geschlafen?«

»Nur gedöst.«

»Fühlst du dich besser?«

»Ich habe mich gut gefühlt, bis du angefangen hast, wie eine Verrückte zu fahren.«

»Mark«, begann Grace, »was hast du für Pläne mit mir?«

»Ich weiß nicht, was du meinst.«

»Stell dich nicht dümmer, als du bist. Willst du Mams Haus heimlich verkaufen? Lottie meinte, du hast Pläne.«

»Das habe ich so nicht gesagt.« Lottie fragte sich, wie sie aus der Nummer wieder herauskommen sollte.

»Doch, hast du. Du hast gefragt, ob Mark mit mir über seine Pläne gesprochen hat.« Grace breitete die Arme aus und schlug triumphierend auf das Armaturenbrett.

Lottie stöhnte.

Boyd sagte: »Wir können reden, Grace. Nach meiner

Behandlung. Und Lottie, ganz ehrlich, es wäre nicht nötig gewesen, dass du mich fährst.«

»Ach ja? Ein Bußgeld wegen Fahrens ohne Versicherung wäre für deinen Antrag auf Rückkehr an den Arbeitsplatz nicht gerade hilfreich.«

Grace fiel die Kinnlade herunter. »Du hast mir gar nicht erzählt, dass du schon wieder arbeiten gehen willst.«

»Ich habe nur einen Antrag gestellt. Hör zu, Grace, wir haben viel zu besprechen, und jetzt ist nicht der richtige Zeitpunkt dafür.«

»Wann ist der richtige Zeitpunkt?«

»Später.«

»Immer sagst du später, und dann ist es nie, bis ich es selbst herausfinde. Mach doch, was du willst.«

Boyd verdrehte die Augen, und Lottie zwinkerte ihm im Spiegel zu.

»Und zu eurer Information: Ich bitte meinen Facharzt heute um eine Bescheinigung, dass ich fahrtüchtig bin. Damit wäre das auch erledigt.«

Es wäre eine Untertreibung gewesen, zu behaupten, dass in der Onkologie viel los war. Boyd wartete in einer Schlange und konnte sich schließlich anmelden. Sie mussten in dem langen, schmalen Korridor warten, bis endlich Plätze im Wartezimmer frei wurden. Zuerst bekam Boyd Blut abgenommen; die Ergebnisse würden darüber entscheiden, ob er seine Chemotherapie bekam oder nicht. Lottie hatte vor, zurück zur Arbeit zu fahren, sobald die Infusion lief, und ihn dann abzuholen, wenn die Chemo beendet war. Sie schaute auf ihre Uhr, als sie drei Plätze nebeneinander bekamen.

»Du kannst gehen«, sagte Boyd.

»Du weißt doch, wie es läuft«, sagte sie zu ihm.

»Wie was läuft?«, fragte Grace.

»Ich warte, bis die Infusion gelegt ist.«

»Ach so«, sagte Grace. »Aber ich bin ja heute hier, also kannst du jetzt schon gehen, Lottie.«

»Mark Boyd?«, rief ihn eine Krankenschwester auf, und er folgte ihr in eine Kabine.

Grace stand auf, aber Lottie hielt sie mit einer Hand am Arm zurück. »Er ist in ein paar Minuten wieder da.«

»Dauert es lange, bis seine Blutergebnisse vorliegen?«

»Vielleicht eine Viertelstunde, aber heute ist viel los, darum kann ich es nicht abschätzen.«

»Darf ich dich was fragen?«

»Schieß los.« Lottie setzte sich auf dem harten Stuhl so hin, dass sie ihren Kopf gegen die Wand lehnen konnte.

»Glaubst du, dass Mark sterben wird, wie unsere Mutter?«

»Quatsch, Grace. Natürlich nicht. Er bekommt die beste Behandlung, und der Arzt sagt, seine Prognose ist ausgezeichnet.«

»Aber ich habe es nachgeguckt. Es gibt ganz viele Arten von Leukämie. Vielleicht braucht er eine Knochenmarktransplantation.«

»Ich glaube, er hat gut auf die Behandlung angesprochen, darum sollte das nicht nötig sein. Und wenn doch, werden die Ärzte es uns schon sagen.«

»Ich bin seine einzige lebende Verwandte. Und ich weiß nicht, ob ich das könnte.«

»Ob du was könntest?«

»Mein Knochenmark spenden.«

»Zerbrich dir nicht den Kopf darüber. Dafür sind erst mal jede Menge Tests nötig, und außerdem wird es so weit sowieso nicht kommen.«

»Woher willst du das wissen? Du bist doch keine Ärztin.«

»Und du auch nicht. Und Google erst recht nicht. Hör auf, dir Sorgen zu machen.«

Boyd gesellte sich wieder zu ihnen, sein Gesicht sah gelber aus als zuvor.

Lottie hasste es, mit kranken Menschen in einem Wartezimmer zu sitzen. Es erinnerte sie an die Zeit, in der sie immer an Adams Seite gewartet hatte, während seine Blutwerte überprüft worden waren. An den Tag, an dem man ihm gesagt hatte, die Chemotherapie würde nicht mehr funktionieren. An den Tag, an dem man ihnen gesagt hatte, sie sollten ihre Angelegenheiten regeln. An den Tag, an dem sie erfahren hatten, dass er sterben würde.

Sie spürte, wie sich ihre Augen mit Tränen füllten und hoffte, dass sie nicht würde weinen müssen. Nicht in Gegenwart von Boyd. Sie konnte es nicht ertragen, wie er sie dann womöglich ansehen würde.

Die Tür öffnete sich und ein Mann kam herein, groß und drahtig. Seine Schultern hingen schlaff herab, als er in der Tür automatisch den Kopf duckte. Er suchte sich einen leeren Stuhl und setzte sich schwerfällig hin, wobei er seine langen Beine in dem überfüllten Raum vor sich ausstreckte. Es war Charlie Sheridan, der Vater des Jungen, der den Torso gefunden hatte.

»Mark Boyd?« Eine andere Krankenschwester stand nun in der Tür. Sie hielt ein Klemmbrett in der Hand und eine dicke Akte unter dem Arm.

»Das bin ich.«

»Kann ich Sie kurz sprechen?«

Boyd folgte ihr und ließ Lottie und Grace mit der Überlegung zurück, welche Neuigkeiten er wohl zu erwarten hatte.

»Soll ich mit ihm gehen?«, fragte Grace.

»Nein. Er wird schon zurückkommen, wenn er uns braucht«, sagte Lottie.

Charlie Sheridan hob den Kopf, als er ihre Stimme hörte. Die beiden sahen sich in dem stickigen Wartezimmer in die Augen. Keiner von beiden rührte sich. Dann nickte er, stand auf und ging zur Tür hinaus.

Lottie stand ebenfalls auf, aber Grace hielt ihr eine Hand hin und stoppte sie.

»Was auch immer es ist, Lottie, du bist wegen Mark hier.«

Lottie setzte sich wieder hin und war hin- und hergerissen. Grace hatte recht, sagte sie sich dann. Boyd war ihre Priorität, solange sie hier war.

———

Auf dem Heimweg vom Krankenhaus fuhr sie langsamer. Diesmal saß Boyd vorn und Grace auf dem Rücksitz.

»Alles in Ordnung?« Lottie sah ihn von der Seite an.

»Es muss daran liegen, dass letzte Woche so viel los war«, sagte er. »Laut der Krankenschwester ist das nur ein kurzfristiger Wert.«

»Ich habe versucht, dir das zu sagen. Du wolltest es nicht hören.«

»Ich werde es ab jetzt ruhig angehen lassen.«

»Mach das. Bitte. Nur so kann deine Blutplättchenzahl wieder in einen akzeptablen Bereich gebracht werden, damit deine Behandlung weitergehen kann.«

»Ich glaube nicht, dass das ein gutes Zeichen ist.«

»Hör auf. Du musst positiv denken.«

»Du hast ja recht. Danke.«

»Wofür?«

»Dafür, dass du bei mir bist. Ich wollte das allein machen, aber ich habe gemerkt, dass ich dich an meiner Seite brauche, um das zu schaffen.«

»Hast du mir deshalb einen Antrag gemacht?«

»Red keinen Müll, Lottie. Ich habe dir einen Antrag gemacht, lange bevor ich wusste, dass ich Krebs habe.«

»Dieses Wort weckt so schreckliche Erinnerungen. Lass uns das Thema wechseln.«

»Okay. Wer war jetzt der Mann, den du erwähnt hast, der aus dem Wartezimmer gestürmt ist?«

»Er hat mit dem Fall zu tun, an dem ich arbeite. Sein elfjähriger Sohn hat den Torso auf den Gleisen gefunden.«

»Seltsam, ihn ausgerechnet dort zu treffen.«

»Kleine Städte, kleines Land.«

»Habt ihr ihn wegen irgendwas im Verdacht?«

»Nein, überhaupt nicht. Aber er und seine Frau sahen gestern ziemlich verängstigt aus, als Kirby und ich im Haus waren.«

»Vielleicht hatte er Angst vor seinem Termin, oder vielleicht hatte es auch einfach mit dem Fund seines Sohns zu tun. Zieh keine voreiligen Schlüsse.«

»Aber warum ist er abgehauen, als er mich im Wartezimmer gesehen hat?«

»Das weiß ich auch nicht«, gab Boyd zu.

»Tja, ich auch nicht.«

Sie fuhr von der Autobahn ab und Grace schaute aus dem Fenster. Sie alle waren in ihre eigenen Gedanken vertieft, bis sie Ragmullin erreichten und eine Instagram-Benachrichtigung auf ihrem Handy aufpoppte. Sie tippte darauf und rief Kirby an.

ACHTUNDDREISSIG

Kirby fuhr mit Lottie zu der Wohnung. Tamara öffnete schnell die Tür.

»Oh, Sie sind es schon wieder«, sagte sie. Ihr Make-up war dicker aufgetragen als am Tag zuvor und wirkte in der grellen Sonne fast wie Zement.

»Können wir reinkommen?«, fragte Lottie.

»Warum?«

»Wir müssen mit Ihnen reden.« Lottie trat näher, Kirby folgte.

»Dann kommen Sie halt rein.« Tamara schloss die Tür hinter ihnen.

»Warum haben Sie Gavin ins Internet gestellt?«, fragte Lottie, lehnte sich gegen die Anrichte und verschränkte die Arme, um nicht die Beherrschung zu verlieren.

»Ins Internet? Wovon sprechen Sie?«

»Auf Instagram«, sagte Lottie.

»Ach so! Das ist doch nur eine Story. Ich habe sie auch auf YouTube gepostet. Schon tausend Aufrufe. Das ist ziemlich gut. Und die vom Fernsehen haben sich auch schon bei mir gemeldet. Sie wollen Gavin für die Nachrichten interviewen. Und zwei große Zeitungen auch. Hammer, oder?«

»Ich rate Ihnen, das nicht zuzulassen«, sagte Lottie.

»Ich bitte Sie aber nicht um Erlaubnis.« Tamara spiegelte Lotties Pose und verschränkte ebenfalls die Arme.

»Sie bringen Ihren Sohn in Gefahr.«

»Er erzählt doch nur, dass er und sein Freund die Leiche gefunden haben. Sie sind Helden, Inspector.«

»Es wird auch erwähnt, dass sie die Drohne eine ganze Woche lang über dieses Gebiet haben fliegen lassen. Was hat es damit auf sich?«

»Keine Ahnung. Gavin gehört die Drohne nicht einmal. Sie gehört Jack.«

»Und haben Jacks Eltern Ihnen die Erlaubnis gegeben, ihren Sohn da mit reinzuziehen, bevor Sie es veröffentlicht haben?«

»Wir haben Jack nicht beim Namen genannt.«

»Nein, aber jeder kann herausfinden, wer Gavins Freund ist.«

Tamara zuckte mit den Achseln. »Nun, jetzt ist es sowieso zu spät.«

»Löschen Sie es.«

»Das kann ich nicht.«

»Können Sie nicht oder wollen Sie nicht?«

»Ich will nicht, und Sie können mich nicht dazu zwingen.«

Mein Gott, dachte Lottie, Tamara sah aus wie eine Teenagerin, der man sagte, sie solle auf ihr Zimmer gehen. Sie nahm an, dass es tatsächlich bereits zu spät war, aber der Gedanke an eine Mutter, die ihren Sohn auf diese Weise ausnutzte, machte sie wütend.

»Wie viel haben die Ihnen geboten? Die Zeitungen?«

»Das geht Sie nichts an.«

Lottie löste ihre verschränkten Arme und ging auf die Frau zu. »Wenn Jack oder Gavin etwas zustößt, mache ich Sie persönlich dafür verantwortlich. Denken Sie daran, wenn Sie Ihr Geld zur Bank bringen.«

»Ich möchte, dass Sie beide jetzt gehen.« Tamara wies auf die Tür.

»Behalten Sie Ihren Sohn gut im Auge. Ich werde den Sheridans erzählen müssen, was Sie getan haben und dass Sie auch ihren Sohn damit einem Mörder ausliefern.«

Lottie freute sich, dass sie die gewünschte Reaktion bekam.

»Nein, bitte sagen Sie nichts zu Lisa.«

»Lisa? Und was ist mit Charlie? Ist er nicht um die Sicherheit seines Sohnes besorgt?«

»Doch, das ist er. Bitte, sagen Sie es ihnen nicht. Ich werde es löschen.«

———

»Du bist aber früh zurück.« Lisa hängte gerade Wäsche auf die Leine.

»Wo sind die Kinder?«, fragte Charlie.

»Maggie macht Mittagsschlaf. Die Jungs sind noch in der Schule. Was hat der Arzt gesagt?«

»Ich habe nicht mit ihm gesprochen. Das Wartezimmer war voll, und ich habe Panik gekriegt. Ich musste da wieder raus.«

»Ach, Charlie. Du darfst dich nicht von deinen Ängsten überwältigen lassen. Ich hätte mit dir mitkommen sollen.«

»Du musstest auf Maggie aufpassen. Ein Krankenhaus ist kein Ort für eine Zweijährige.«

»Du wirst Wochen auf einen neuen Termin warten müssen.«

»Das werde ich nicht. Ich sage denen einfach, dass ich im Sterben liege oder so. Dann bekomme ich ganz schnell einen neuen Termin.«

Er beobachtete, wie Lisa Maggies kleines weißes Kleid an die Leine hängte. Sie nahm den Korb hoch, und als sie auf ihn zukam, wollte er auf einmal nur noch weg von ihr. Er ging in die Küche und holte sich eine Dose Bier aus dem Kühlschrank.

»Mein Gott, Charlie, du kannst doch um diese Uhrzeit noch nichts trinken.«

»Ich brauche es aber.«

»Aber das ist nicht gut für dich. Lass dir auf jeden Fall sofort einen neuen Termin geben. Du musst wissen, was los ist. Diese Ungewissheit macht mich wahnsinnig.«

»Uns beide«, sagte er und stellte das Getränk auf die Anrichte.

Sie ging auf die offene Terrassentür zu.

»Lisa, bitte wende dich nicht von mir ab.«

»Du bist einfach nicht du selbst.« Sie stand wieder an der Leine und schob Wäscheklammern hin und her. »Diese Angst vor dem Arztbesuch, und jetzt auch noch die Sache mit unserem armen kleinen Jack, das tut dir einfach alles nicht gut.«

»Willst du damit sagen, dass ich nicht weiß, was mir guttut?« Er spürte, wie die Angst seiner Wut wich. Sie schlängelte sich durch seine Adern wie eine hungrige Schlange.

»Manchmal muss jemand anders einen daran erinnern.« Sie schob Maggies Kleid an der Leine entlang und steckte eine weitere Wäscheklammer an den Saum. Die Sonne glitzerte durch die dünne weiße Baumwolle. Einen Moment lang wurde Charlie geblendet.

»Das kann schon sein. Aber du hast mir gar nichts zu sagen. Ist das klar? Ich habe genug von deinen Lügen.«

Angesichts seiner Worte stockte sie, und er fragte sich, ob er endlich den Schutzschild durchdrungen hatte, den sie so gekonnt errichtete, wann immer sie ihn brauchte.

Doch sie sagte: »Ich lüge dich nie an.«

»Du hast mich jahrelang angelogen. Wie konntest du nur, Lisa?«

»Ich habe dir schon tausendmal gesagt, dass es mir leidtut.«

»Warum sollte ich dir das glauben?« Er holte sein Bier,

nahm einen großen Schluck und kehrte zu seinem Platz an der Tür zurück. »Einfach nur zu sagen, dass es einem leidtut, ändert gar nichts. Das sind nur Worte.«

Er beobachtete, wie sie Jacks Fußballtrikot hochhielt. Noch immer stand sie mit dem Rücken zu ihm.

»Ich weiß nicht, wie ich das wieder in Ordnung bringen soll«, sagte sie.

Da wusste er, dass sie weinte.

»Gar nicht.« Er trank sein Bier aus, zerdrückte die Dose und warf sie so weit in den Garten, wie er konnte. Dann holte er sich ein neues. »Haben die Jungs nicht bald Schule aus?«

»Ich gehe sie abholen, wenn du für mich auf Maggie aufpasst.«

»Pass du auf sie auf. Ich hole sie ab.«

»Du hast getrunken, du solltest nicht mehr ...«

»Lisa! Kannst du bitte ausnahmsweise mal die Klappe halten?«

Er schnappte sich seine Schlüssel und schloss leise die Tür, weil er wusste, dass sie erwartete, dass er sie zuschlug, und er wollte sie wütend machen. Richtig wütend sollte sie sein. Sein Tag war schon beschissen genug gewesen.

»Fick dich, Lisa«, rief er, als er den schmalen Weg hinunterfuhr.

―――

Das Klopfen an der Tür war eindringlich. Karen Tierney zog die Decke von ihren Beinen, erhob sich von der Couch und machte auf.

»Kevin! Was machst du denn hier?« Sie war überrascht, ihren Kollegen zu sehen. »Willst du reinkommen?«

»Ja. Danke.«

Sie führte ihn in ihre winzige Einzimmerwohnung und

deutete auf die Couch. Er setzte sich, und sie zog sich selbst einen Hocker heran.

»Geht es dir gut?«, fragte er. »Im Büro reden sie von nichts anderem und ich habe im Internet davon gelesen. Du musst ja einen schrecklichen Schock erlitten haben.«

»Es war furchtbar. Ich habe mich noch immer nicht ganz davon erholt.«

»Brauchst du irgendwas?« Er wrang seine Hände, fast als ob er sie waschen würde.

»Ich muss mich nur etwas ausruhen. Das haben die Gardaí auch gesagt.« Sie hatte Kevin noch nie so nervös erlebt. So verhielt er sich nicht einmal, wenn er vom Chef mal wieder so einen richtigen Anschiss bekam.

»Haben die sonst noch irgendwas gesagt? Also die von der Polizei.«

»Was meinst du?«

»Was mit der ... Frau im Kofferraum passiert ist.«

»Nein, sie haben nur meine Aussage aufgenommen. Zweimal. Ich musste mit auf die Wache. Die waren eigentlich ganz nett. Haben mir Tee und ein Kit Kat angeboten.«

»Haben sie schon einen Verdächtigen?«

»Kevin, was ist los?«

»Nichts.«

»Warum bist du hier?«

»Ähm ... der Chef, also Shane, hat mich geschickt, um zu gucken, ob es dir gut geht.«

Karen stand von ihrem Hocker auf und setzte sich neben ihn. »Wir wissen beide, dass Shane sich einen Dreck um mich schert. Aber ich bin froh, dass das bei dir anscheinend anders ist.«

Sie zuckte zusammen, als er von ihr wegrückte. »So ist das nicht gemeint, Karen. Wirklich nicht.«

»Wie jetzt? Ich bin dir also auch scheißegal?«

»Du drehst mir die Worte im Mund um.«

Sie starrte ihn an und bemerkte das blanken Entsetzen, das in seinen Augen stand. »Ich werde mich sicher nicht so auf dich stürzen, wie du dich letztes Jahr bei der Konferenz auf mich gestürzt hast. Hast du Marianne eigentlich jemals davon erzählt?«

»Es tut mir leid, Karen.« Er hatte Mühe, sich von der niedrigen Couch zu erheben. Als er es geschafft hatte, sah er von oben auf sie herab. »Erzähl mir, was die Polizei von dieser Leiche hält.«

»Jetzt mal im Ernst: Was willst du?«

»Informationen. Es könnte ein Versicherungsfall vorliegen. Sie wurde in einem Auto gefunden, das bei uns versichert ist. Ich habe es geprüft, und Shane macht sich Sorgen.«

»Als ob!« Sie folgte Kevin zur Tür und ihr fiel auf, wie der Schweiß sein weißes Hemd orange färbte.

»Wenn dir irgendwas verdächtig vorkommt oder du dich an irgendwas erinnerst, was die Gardaí vielleicht erwähnt haben, sag es mir zuerst. Ich muss auf jede Forderung vorbereitet sein, die auf meinem Schreibtisch landet.«

Bevor sie etwas erwidern konnte, war er schon aus der Tür verschwunden und fuhr mit quietschenden Reifen und rauchendem Auspuff davon. Sie fragte sich, ob er vergessen hatte, die Handbremse zu lösen.

Sie ließ das konfuse Gespräch in ihrem Kopf Revue passieren. Eine Sache, die Kevin gesagt hatte, kam ihr seltsam vor.

Die Polizei hatte sie angewiesen, mit niemandem darüber zu sprechen, was sie gefunden hatte. Allen Anwesenden war gesagt worden, es sei wichtig, Stillschweigen zu bewahren, um die Ermittlungen nicht zu behindern. Und nirgendwo im Internet oder in den Nachrichten war bekannt gegeben worden, dass es sich bei der Leiche um die einer Frau handelte. Woher wusste Kevin das also?

In ihrer Handtasche fand sie die Karte von Inspector Parker. Sie empfand Kevin gegenüber eine gewisse Loyalität, denn sie mochte ihn und sie hatten schließlich miteinander geschlafen, wenn auch nur ein einziges Mal, aber wann hatte er ihr jemals Loyalität entgegengebracht? Sie sollte Inspector Parker anrufen und ihr von Kevins Besuch erzählen, oder? Dann fiel ihr ein, dass ihr Handy ja kaputt war. Sie würde es reparieren lassen oder sich ein neues kaufen müssen. Später.

Sie legte sich wieder auf die Couch und zog sich die weiche Decke bis unter ihr Kinn. Der Raum fühlte sich plötzlich eiskalt an.

NEUNUNDDREISSIG

In der Stadt herrschte Verkehrschaos. Die Busse konnten nicht mehr auf den Bahnhofsparkplatz fahren, und da es keine andere Möglichkeit gab, reihten sie sich entlang der Grünfläche des Einkaufszentrums auf und verursachten so einen Stau. Lotties Laune war immer noch nicht besser geworden, als sie im Büro ankam. Sie war wütend auf Kirby, weil er sich in den Raucherbereich verzogen hatte, um ein paar Züge von seiner Zigarre zu nehmen. Sie war wütend auf Boyd, weil er sich nicht richtig ausruhte. Sie war wütend auf Tamara, weil sie ihre eigenen Interessen über die Sicherheit ihres Sohnes und seines Freundes stellte. Sie war einfach unfassbar wütend.

Sie forderte Lynch und McKeown auf, ihr zu folgen und alle Beamten mitzubringen, die mit dem Fall befasst waren. In der Einsatzzentrale versuchte sie, sich gedanklich wieder an einen Punkt vor ihrem Ausflug ins Krankenhaus zu versetzen.

»Wurde die Videoüberwachung des Bahnhofs schon überprüft?«

»Ja«, sagte McKeown. »Ich habe das übernommen, als Kirby mit Ihnen zusammen los ist. Man sieht, wie das Auto gegen elf Uhr abends auf den Parkplatz fährt. Das Bild ist körnig und wir versuchen noch, die Qualität zu verbessern.« Er reichte ihr einen Ausdruck. »Ein Mann steigt aus dem Auto. Er wirft die Schlüssel auf den Sitz und schließt die Tür. Dann geht er weg. Die Überwachungskameras an der Eisenbahnbrücke zeigen ihn nicht, darum vermuten wir, dass er in die andere Richtung gegangen ist, runter in Richtung Industriegebiet. Die Hill Point Apartments sind da unten. Vielleicht hat da jemand auf ihn gewartet. Gott weiß, wohin er verschwunden ist.«

»Es ist mir völlig egal, ob Gott das weiß oder nicht; *ich* will es wissen.« Lottie warf noch mal einen Blick auf das körnige Bild. Es war nutzlos. »Es könnte ein Mann sein. Es könnte aber auch eine Frau sein. Verdammt noch mal, das könnte genauso gut ein Außerirdischer sein.«

»Ich glaube nicht, dass es ein Außerirdischer ist«, sagte Lynch trocken.

McKeown schaltete sich wieder ein. »Wir gehen unser eigenes Videomaterial durch, und ich habe die Läden in der Umgebung kontaktiert. Wir sammeln jetzt gerade auch deren Videos. In der Nähe von Fayes Wohnung gibt es keine Überwachungskameras, sodass wir nicht nachverfolgen können, wann das Auto von dort wegbewegt wurde. Und viele Überwachungskameras in der Stadt funktionieren entweder nicht oder sind nur Attrappen.«

»Erzählen Sie mir was Neues«, stöhnte Lottie.

Lynch ergänzte: »Wir klappern alle Wohnungen in Fayes Wohnblock ab, um herauszufinden, ob jemand gestern Abend um diese Zeit etwas beobachtet hat.«

»Haben Sie eine Ahnung, wo sie aufgegriffen und wohin sie gebracht wurde? Wir wissen, dass sie nicht im Auto getötet worden ist.«

»Ihre Wohnung ist durchsucht worden. Die ist sauber. Keine Spur von ihrem Handy oder ihrer Handtasche. Keine Anzeichen eines Kampfes.«

»Jeff Cole sagt, dass er im Cafferty's war. Hat jemand überprüft, ob das stimmt?«

»Ich kümmere mich sofort darum«, sagte Lynch und stand auf.

»Bleiben Sie sitzen, bis wir fertig sind«, schnauzte Lottie sie an und atmete dann tief durch. »Tut mir leid. Schlechter Tag.«

»Kein Problem.«

»Wir wissen, dass sie gestern Abend um halb neun von hier weggegangen ist. Wohin ist sie gegangen, wenn sie nicht zurück in die Wohnung ist? Sie war zu Fuß unterwegs. Wo ist sie hingegangen?«

»Ich werde das überprüfen«, sagte McKeown.

»Sagen Sie mir so bald wie möglich Bescheid.« Sie hielt inne, um ihre Gedanken zu ordnen. »Hat die Spurensicherung etwas über das Auto herausgefunden?«

Kirby kam hereingestürmt, und mit ihm ein Schwall von Tabakgeruch. »Die Tasche und das Handy lagen unter der Leiche.«

»Sehen Sie nach, ob auf dem Handy etwas zu finden ist. Anrufe oder Nachrichten, die uns helfen könnten, herauszufinden, wie sie zu Tode gekommen ist. Sie muss von der Straße aufgelesen worden sein. Hat sie Freunde, bei denen wir nachfragen können?«

»Ich werde Jeff fragen«, sagte Kirby. »Wir haben ihn noch hier.«

»Wir haben nicht wirklich etwas gegen ihn in der Hand, oder?«, fragte Lottie.

»Er hat noch nicht darum gebeten, gehen zu dürfen.«

»Wenn er etwas weiß, dann fühlt er sich hier vielleicht sicherer.« Sie runzelte die Stirn und machte sich Gedanken über den jungen Mann und das Haus, das er geerbt hatte. Sie würde in Kürze noch mal mit ihm sprechen müssen.

»Ich würde mich bei der Stimmung, die hier heute herrscht, auch hier nicht sicher fühlen«, flüsterte Lynch.

»Haben Sie ein Problem, Detective Lynch?«, fragte Lottie.

»Nö.« Lynch blätterte unbeeindruckt in einer Akte, offensichtlich tat ihr der Kommentar kein Bisschen leid.

»Gibt es sonst noch etwas aus der Church View zu berichten?«, fragte Lottie.

»Der Schädel muss irgendwie mit den Leichenteilen in Verbindung stehen, die im Kanal und auf den Gleisen gefunden wurden«, sagte McKeown. »Könnte es sich um eine Art satanistisches Ritual handeln?«

»Wir wissen gar nichts, bevor wir nicht die Ergebnisse aus dem Labor haben, also spekulieren Sie nicht, schon gar nicht außerhalb dieser vier Wände. Die Presse drängelt sich draußen schon.«

»›Satanistisches Ritual in Ragmullin‹. Ich sehe die Schlagzeilen schon vor mir«, sagte Lynch.

Lottie ignorierte sie. »Ich werde bei der Rechtsmedizin nachfragen, ob sie den Schädel mit dem Torso in Verbindung bringen konnten. Sonst noch was?«

»Die Axt ist zur Analyse geschickt worden«, sagte McKeown. »Mit Luminol ließen sich weitere Blutrückstände erkennen. Die könnten von einem Tier stammen, aber wahrscheinlicher ist, dass sie menschlich sind. Ich gebe Ihnen Bescheid, sobald die Ergebnisse vorliegen.«

Lynch schaute über McKeowns Schulter auf dessen iPad. »Gibt es in der Church View Tiefkühltruhen?«

»Nein«, sagte er.

»Und haben wir schon den Durchsuchungsbefehl für Walshs Metzgerei?«, fragte Lottie.

»Ich bin dran«, sagte Kirby.

Lottie drehte sich zu den Fotos an der Tafel um. »Im Garten liegt ein Holzpfosten im Gras. Hat jemand zufällig einen Blick darauf geworfen?«

»Das ist ein ›Zu verkaufen‹-Schild. Von der Immobilienagentur Ferris and Frost«, sagte McKeown.

Lottie überlegte. »Faye und Jeff wollten das Haus verkaufen, und dann hat Jeff seine Meinung geändert. Was haben wir sonst noch?«

Lynch blätterte erneut in der Akte und zog einen kleinen Beweismittelbeutel hervor. »Sie hatten mich gebeten, die Durchsuchung des Mülls in dem Bereich, in dem der Torso gefunden wurde, zu überwachen. Nun, wir haben etwas gefunden.«

»Fahren Sie fort.« Lottie hoffte, dass es ein Hinweis auf etwas war, denn bis jetzt hatten sie rein gar nichts.

»Es ist alles dokumentiert, wo was aufgelesen wurde und so weiter. Es war ziemlich viel. Die Anti-Müll-Kampagnen scheinen wohl dort noch nicht angekommen sein.«

»Was haben Sie gefunden?«

»Vielleicht hat es gar nichts damit zu tun«, sagte Lynch mit einem Flackern in den Augen.

»Um Himmels willen, spucken Sie es endlich aus«, entfuhr es Kirby.

»Es ist ein Zettel von einem Arzt. Sie wissen schon, so einer, auf dem das Datum für den nächsten Termin steht.«

»Und?« Lottie bohrte sich die Fingernägel in die Handflächen.

»Der Zettel ist von einem Facharzt namens Mr Saka aus dem Tullamore Hospital.« Lynch reichte ihr den Zettel in seinem Beweismittelbeutel.

»Da steht kein Patientenname drauf, und ein Datum oder die Uhrzeit eines Termins auch nicht.«

»Ich weiß. Aber wenn der Mörder den Zettel fallen gelassen hat oder die Person, die die Leiche transportiert hat, könnte er brauchbar sein.«

Lottie dachte an Charlie Sheridan und seinen hastigen Abgang aus dem Wartezimmer vorhin. Sie schielte auf den Zettel. »Der könnte aber auch jemandem gehören, der in der Nähe wohnt. Überprüfen Sie das Fachgebiet von Mr Saka.

Wenn er Gynäkologe ist, könnte es eine Verbindung zu Faye geben, aber sie hätte eigentlich keinen Grund gehabt, sich in dieser Gegend am Kanal aufzuhalten. Ich werde Jeff danach fragen. Und ich habe heute Charlie Sheridan im Tullamore Hospital gesehen. Auch mit ihm werde ich noch mal reden. Er wohnt in der Nähe des Kanals.«

»Jacks Vater?«, fragte Kirby.

»Ja. Und Lynch, stellen Sie ein paar Nachforschungen zu Tamara Robinson an, wenn Sie schon dabei sind.« Sie griff nach dem sprichwörtlichen Strohhalm, als sie hinzufügte: »Die Vermisstenakten! Haben Sie schon etwas gefunden, McKeown?«

»Vom ganzen Rumgesuche in PULSE kann ich kaum noch geradeaus schauen. Ich habe die potenziellen Fälle mit den physischen Akten abgeglichen. Und dabei habe ich festgestellt, dass nicht alles in die Datenbank übertragen worden ist, als sie eingerichtet wurde. Daher bin noch immer dran. Ich lasse Sie wissen, wenn ich etwas finde.«

Sie würden Jeff Cole gehen lassen müssen. Der Barmann aus dem Cafferty's konnte sich an ihn erinnern. Er sagte aus, dass er gegangen sei, kurz nachdem die Bar zugemacht hatte. Sie hatten Beweise dafür, dass er in seiner eigenen Wohnung geschlafen hatte. Nichts deutete darauf hin, dass er Faye aufgelesen und irgendwo ermordet hatte. Sie mussten zwar noch weitere Überwachungsvideos sichten und noch mehr Leute befragen, aber für den Moment hatte Lottie nichts in der Hand, um ihn weiter festzuhalten.

Sie öffnete die Zellentür. Er saß im Schneidersitz auf der Bank, das Gesicht zur Wand gekehrt.

»Sie können jetzt gehen, Jeff. Wir haben Ihre Wohnung durchsucht, und es ist alles in Ordnung. Aber Sie dürfen nicht in die Nähe des Hauses Ihrer Tante.«

»Es ist aber mein Haus.«

»Es ist ein Tatort.«

Sie beobachtete, wie er sich langsam umdrehte und seine Beine ausstreckte. Er umklammerte die Kante der Bank und ließ den Kopf hängen.

»Wurde Faye dort umgebracht?«

»Nein.«

»Warum sind Sie sich da so sicher?«

»Weil es bereits versiegelt war. Faye wurde zuletzt gesehen, als sie die Wache verlassen hat, nachdem sie ihre DNA-Probe und Fingerabdrücke hier abgegeben hat.«

Jeff sagte nichts.

Lottie lehnte sich gegen die Wand. Sie sollte ihn wirklich noch einmal in den Verhörraum bringen und dort mit ihm sprechen. Aber wenn sie das tat, könnte die Formalität der Situation womöglich dazu führen, dass er gar nichts mehr sagte.

»Ich will Ihnen helfen, Jeff.«

»Wenn Sie Faye nicht von den Toten auferstehen lassen können, dann können Sie mir nicht helfen.«

»Hatte Faye einen Facharzt im Tullamore Hospital? Einen Mr Saka?«

»Nein, sie hatte ihren Hausarzt und jemanden im Ragmullin Hospital.«

»Okay. Was glauben Sie, wohin sie letzte Nacht gegangen sein könnte, wenn Sie nicht zurück in Ihre Wohnung gegangen ist? Hatte sie irgendwelche Freunde oder Bekannte, von denen Sie wissen?«

»Nur die jungen Frauen, mit denen sie arbeitet. Mit denen hat sie sich aber nie außerhalb der Arbeit getroffen.«

»Falls sie wütend auf Sie war, mit wem hätte sie dann gesprochen?«

»Sie war nicht wütend auf mich«, knurrte er.

»Aber Sie haben sich gestritten, als sie den Fund des Schädels melden wollte.«

»Das war eine Meinungsverschiedenheit. Mehr nicht.«

»Warum wollten Sie nicht, dass sie es meldet?«

Jeff schniefte und schluckte. Er hob den Kopf und starrte Lottie an. »Warum ist das Haus versiegelt?«

»Der Schädel wurde dort gefunden, und wie ich schon sagte, haben wir auch Blutspritzer gefunden.«

»Sie haben noch etwas gefunden, oder?« Seine Augen sahen aus wie tot. Jetzt oder nie, dachte Lottie, aber sie sollte das, was nun kam, wirklich auf Band haben.

»Würden Sie mit mir kommen, um dieses Gespräch zu formalisieren?«

»Nein. Und ich weiß, dass Sie mich nicht zwingen können. Ich kann mir einen Anwalt holen, der mich genau über meine Rechte informiert.«

Das war zwar ganz und gar nicht das richtige Vorgehen, aber nachdem sie sich vergewissert hatte, dass die Tür offenstehen blieb, ging sie zu ihm und setzte sich neben ihn.

»In diesem Haus ist etwas Schlimmes passiert, Jeff. Ich muss wissen, was.«

»Ehrlich, ich weiß gar nichts.«

»Kommen Sie schon. Sie haben doch eine Vermutung.«

Er seufzte, lehnte seinen Kopf zurück an die Wand und starrte an die Decke. »Ich hatte immer ein komisches Gefühl, wenn ich dort war. Es ist schwer zu erklären. Sie werden das nicht mal ansatzweise verstehen.«

Doch das tat sie. In ihrem Job hatte sie das Böse schon häufig gespürt, und im Hause Cole hatte sie definitiv etwas abgrundtief Böses gespürt. Sie glaubte, dass Jeff genau das meinte. »Versuchen Sie, es mir zu erklären.«

»Ich kann nicht. Als ich noch ganz klein war, war ich andauernd dort drüben und habe mit meiner Cousine Polly gespielt. Sie war ein Einzelkind. Sie war oft krank und wurde zu Hause unterrichtet. Eines Tages, als ich acht oder neun

Jahre war, wurde mir gesagt, dass ich nicht mehr dorthin gehen darf.«

»Wo ist Ihre Cousine jetzt?«

»Ich habe keine Ahnung. Ich war jahrelang nicht mehr in diesem Haus. Selbst nach dem Tod meiner Mutter und meines Vaters habe ich sie nie besucht. Dann hat Tante Patsy mich aus heiterem Himmel angerufen und erzählt, dass sie nicht mehr lange zu leben hätte und ich sie besuchen soll, um ihr zu helfen. Das habe ich dann auch getan. Ich habe nach Polly gefragt, und meine Tante meinte, dass sie mit Onkel Noel nach England gezogen wäre. Ich dachte, dass Patsy vielleicht nicht in der Lage gewesen war, sich um sie zu kümmern, wegen der ganzen Drogen und dem Alkohol damals in den Neunzigern. Jedenfalls war mir schnell klar, dass jede Erwähnung von Pollys Namen schmerzhaft für sie zu sein schien.«

»Haben Sie irgendwelche Fotos von Polly?«

»Nein. Kein einziges.«

»Wie alt war sie, als Sie sie zuletzt gesehen haben?«

»Sie war ungefähr in meinem Alter. Neun, glaube ich. Meine Mutter hat mir damals erzählt, dass irgendwelche Freunde bei Patsy eingezogen wären und ich deshalb nicht mehr zu ihr durfte. Ich bin mir nicht sicher, ob das stimmte oder nicht.«

»Was ist mit Ihrer Mutter passiert?« Lottie spürte ein Kribbeln am unteren Ende ihrer Wirbelsäule. War Polly wirklich weggezogen? Könnten die zerstückelten Überreste, die sie gefunden hatten, von ihr sein?

»Meine Mutter ist vor fünf Jahren an einem Herzinfarkt gestorben. Und mein Dad war zu diesem Zeitpunkt schon lange tot.«

Sie spürte, wie sich ihre Härchen aufstellten. Einerseits war sie aufgeregt, weil sie vielleicht einen Namen zum Torso des Kindes hatten, andererseits war sie enttäuscht, weil jeder, der ihr hätte sagen können, was passiert war, schon tot war. Sie sollte seine Aussage wirklich aufnehmen, aber sie konnte ihn jetzt nicht unterbrechen.

»Haben Sie jemals von irgendwelchen Vorfällen in dem Haus gehört?«, fragte sie.

»Nein. Aber wie ich schon gesagt habe, von einem Tag auf den anderen war ich dort nicht mehr willkommen.«

»Sind Sie sich ganz sicher?«

»Ich bin mir ganz sicher, dass Faye und unser Baby tot sind. Nur dessen bin ich mir sicher.«

»Es tut mir leid, Jeff.«

»Warum wurde sie getötet?«

Lottie stand auf und ging zur Tür. »Ich weiß es nicht.«

»Es gibt eine ganze Menge, das Sie nicht wissen.«

»Ja, aber ich habe vor, es herauszufinden. Sie können jetzt gehen. Kommen Sie mit mir, ich werde die Formalitäten für Sie erledigen.«

Der junge Mann zögerte.

»Wollen Sie nicht gehen?«, fragte sie.

»Ich weiß nicht, wo ich hinsoll.«

»Sie können zurück in Ihre Wohnung.«

»Aber ist es dort sicher?«

»Sie sind also um Ihre Sicherheit besorgt, weil das mit Faye passiert ist. Das ist verständlich. Können Sie sich jemanden vorstellen, der ihr etwas antun wollte?«

Er schüttelte energisch den Kopf. »Faye war so ein guter Mensch. Sie hätte niemals jemandem etwas zuleide getan, und ich kann mir nicht vorstellen, warum ihr jemand etwas antun sollte. Mein Leben wird jetzt so leer sein.«

Sie ließ ihn an sich vorbei.

»Wo bewahren Sie normalerweise die Schlüssel für Ihr Auto auf?«

»In der Wohnung; außer natürlich ich oder Faye haben sie gerade.«

»Hat jemand Ersatzschlüssel oder Zugang zu Ihrer Wohnung?«

»Nein ... beziehungsweise doch. Die Immobilienagentur, von der wir die Wohnung mieten, hat vielleicht einen extra Satz.«

Lottie fragte sich, ob das etwas zu bedeuten haben könnte. In diesem Stadium der Ermittlungen musste sie alles und jeden in Betracht ziehen. »Wie heißt die Agentur?«

»Die sind hier aus der Stadt. Ferris and Frost. Wir hatten mit Aaron Frost zu tun.«

Lynch begegnete McKeown auf dem Hof hinter der Wache.

»Ich hätte nicht gedacht, dass Sie rauchen«, sagte sie.

»Tu ich auch nicht. Aber heutzutage rauchen so wenige Leute, dass man hier ganz gut ungestört nachdenken kann.«

»Aber hier stinkt es.«

McKeown ging einen Schritt zurück, bevor er sich ihr wieder zuwandte. »Wollen Sie irgendwas von mir?«

»Ich glaube, Parker ist gerade nicht gut in Form.«

»Ist mir nicht aufgefallen.«

»Hören Sie auf, sich für sie einzusetzen. Sie wissen genauso gut wie ich, dass sie durch Boyds Krankheit abgelenkt ist. Ich meine, sie ist einfach aufgesprungen, um ihn zu einem Termin ins Krankenhaus zu fahren, obwohl wir gerade die Leiche einer jungen Frau gefunden haben. Das ist unprofessionell.«

»Ich verstehe, was Sie meinen.« McKeown rieb sich den rasierten Kopf.

»Sie macht, was sie will«, sagte Lynch. »Und das nicht immer nach Vorschrift.«

»Haben Sie dafür Beweise?«

»Sie hat gerade Jeff Cole unten in der Zelle befragt, allein und ohne das Gespräch aufzuzeichnen.«

McKeown holte tief Luft. »Okay, das ist schon etwas zweifelhaft. Was wollen Sie deswegen unternehmen?«

»Sie kennen die Superintendentin doch aus Athlone. Könnten Sie nicht mal mit ihr sprechen? Sagen Sie ihr, was los ist.«

»Ich glaube, Superintendentin Farrell ist durchaus in der Lage, zu erkennen, was vor ihrer eigenen Nase vor sich geht. Warum sollte ich mich in ihre Schusslinie begeben?«

»Wenn Lottie suspendiert wird, können wir alle um einen Grad aufsteigen. Boyds Posten als Sergeant ist auch zu haben, wenn er nicht zurückkommt.«

»Wollen Sie nur petzen oder gleich einen Mord begehen?«

»Weder noch. Ich mag Boyd.«

»Aber Sie mögen Inspector Parker nicht. Warum?«

Lynch seufzte. Es gefiel ihr nicht, dass McKeown nach ihren Motiven forschte. Die sollten besser verborgen bleiben. »Es ist nichts Persönliches«, log sie. »Ich finde nur, dass sie ihre Arbeit nicht gut macht.«

»Das können Sie jemand anderem weismachen.« McKeown richtete sich auf und streckte sich. »Ich sage Ihnen was. Ich werde meine Augen und Ohren offenhalten, und wenn ich irgendwas Unangemessenes oder Unprofessionelles sehe, werde ich entscheiden, wie ich vorgehen will.«

»Ich nehme an, das ist alles, worum ich Sie bitten kann.«

Sie sah zu, wie er davonschlenderte, und fragte sich erneut, ob sie sich bei dem Versuch, einen Verbündeten zu finden, versehentlich einen weiteren Feind geschaffen hatte.

VIERZIG

Lottie gingen Jeffs Worte über seine Cousine nicht mehr aus dem Kopf. Sie beauftragte McKeown damit, zu überprüfen, ob jemals ein Reisepass für eine Polly oder Pauline Cole ausgestellt worden war, und rief dann die Rechtsmedizinerin an.

»Jane, ich störe Sie nur ungern, aber haben Sie schon Neuigkeiten für mich?«

»Ich habe mir den Schädel angeschaut. Das Loch stammt nicht von einer Kugel. Es gibt eine leichte Einkerbung daneben, es wurde also durch etwas mit zwei Zacken verursacht, einer kürzer als der andere. Möglicherweise durch einen Schürhaken.«

»Das habe ich mir schon gedacht. Ist er wirklich von einem Kind?«

»Ja.«

»Und gehört er zum Torso?«

»Ich habe weder Hinweise dafür noch dagegen.«

»Aber es ist wahrscheinlich, meinen Sie nicht auch?«

»Lottie, ich arbeite mit Fakten und wissenschaftlichen Analysen. Inoffiziell: Es ist möglich. Die Tests werden gerade in diesem Moment durchgeführt.«

»Wenn alles vom selben Körper stammt, dann verstehe ich nicht, warum der Kopf nicht wie der Rest der Überreste eingefroren wurde.«

»Vielleicht wäre die Person zu leicht zu identifizieren, wenn alles zusammen gefunden worden wäre. Das ist ein Rätsel, das ihr lösen müsst.«

Warum nur wurden die Leichenteile jetzt, Jahre nach dem Mord, entsorgt?, fragte sich Lottie. Das ergab alles keinen Sinn.

»Wir haben eine DNA-Probe von Jeff Cole genommen, dem Freund von Faye Baker. Ich möchte, dass Sie sie mit ...«

»Lottie, ich weiß, wie ich meinen Job zu machen habe. Ich werde alles mit jeglichen Spuren an Fayes Körper abgleichen.«

»Das weiß ich doch, aber ich möchte auch, dass Sie die Probe mit dem Torso und dem Schädel abgleichen, wenn das geht.«

»Warum? Glauben Sie, dass er der Mörder ist?«

»Ich möchte ihn ausschließen können, aber ich möchte auch wissen, ob er mit dem toten Kind verwandt sein könnte.«

»In Ordnung. Ich kann's versuchen. Aber erwarten Sie keine schnellen Ergebnisse.«

»Tun Sie einfach Ihr Bestes. Danke, Jane. Das ist alles so rätselhaft, dass ich mir wortwörtlich die Haare raufe. Ich brauche dringend ein paar Hinweise, denn bis jetzt habe ich rein gar nichts.«

»Ich habe Ihnen die Analyse der blauen Farbe geschickt. Haben Sie die bekommen?«

»Ich habe meine E-Mails noch nicht gecheckt. Was ist dabei herausgekommen?«

»Dass es sich um winzige Plastikpartikel handelt. Eines der Produkte, in denen es verwendet wird, sind Recyclingtonnen.«

»Oh, das ist interessant. Ein mögliches Transportmittel, um die Leichenteile zur Eisenbahn und zum Kanal zu bringen.«

Lottie dachte über diese Information nach. War sie überhaupt relevant? Vielleicht waren die blauen Plastikteilchen die ganze Zeit über auf den Gleisen gewesen und hatten sich nur auf dem Torso festgesetzt.

»Haben Sie sich schon die Leiche von Faye Baker angesehen?«, fragte sie.

»Die steht als Nächstes auf meiner Liste.«

»Werden Sie sie auf Anzeichen für einen sexuellen Übergriff untersuchen?«

»Wie ich schon sagte, ich weiß, was ich tue.«

»Tut mir leid. Sagen Sie mir bitte Bescheid, sobald Sie mit der Obduktion beginnen können, dann versuche ich, dazuzukommen.«

Sie wollte gerade auflegen, als Jane sagte: »Die männliche Hand. Danach haben Sie nicht gefragt. Das steht auch in der E-Mail, die ich Ihnen geschickt habe.«

»Ich weiß gar nicht mehr, wo mir der Kopf steht. Schießen Sie los.«

»Ich habe am Handgelenk einen Hauch von etwas gefunden, das möglicherweise zu einer Tätowierung gehört. Es könnte das Ende eines Armtattoos sein. Es ist nicht klar erkennbar, aber es könnte bei der Suche nach dem Vermissten helfen. Ich habe Ihnen ein Foto geschickt, jetzt wo die ganze Hand aufgetaut ist.«

Lottie legte auf und kontrollierte ihre E-Mails. Sie las sich Janes Bericht durch und studierte das Bild der Tätowierung auf der Hand. Die Rechtsmedizinerin hatte recht: Man konnte nicht wirklich etwas erkennen. Und auch die Information mit der blauen Recyclingtonne war unbrauchbar. Im ganzen Bezirk gab es Tausende dieser Tonnen. Sie hatte einfach kein Glück. Was sollte sie als Nächstes tun? Jeff hatte erwähnt, dass die Agentur vielleicht Schlüssel zu seiner Wohnung hatte. Sie beschloss, dem nachzugehen.

―――

Die Immobilienagentur Ferris and Frost befand sich in einem kleinen Büro in der Friar's Street. Während Lottie zügig durch die Stadt ging, bemerkte sie die Stille auf den Straßen und stellte fest, dass es fast schon halb sechs war. Der Tag war an ihr vorbeigerast.

Das Büro war klein, aber modern. Sie war sich sicher, dass es einmal ein Fish-and-Chips-Imbiss gewesen war, und ganz schwach roch es immer noch nach Essig. Hinter einem niedrigen Schreibtisch unter dem beschlagenen Fenster saß ein junger Mann. Sie zeigte ihm ihren Ausweis.

»Ich würde gern mit Aaron Frost sprechen.«

»Tut mir leid, der ist im Moment nicht da. Kann ich Ihnen helfen?«

»War er heute bei der Arbeit?«

»Er war immer mal wieder hier und dann wieder unterwegs. Hatte viel zu tun. Es hat keinen Sinn, dass er heute noch zurückkommt. Ich sperre gleich zu, darum nehme ich mal an, dass er schon Feierabend gemacht hat.«

»Ist Mr Frost Ihr Chef?«

»Nein, Mr Ferris.« Der junge Mann deutete auf ein Foto an der Wand, das zwei ältere Herren zeigte.

»Wer ist der andere Mann?«

»Das ist Aarons Vater, Richard Frost. Er ist nicht mehr im Geschäft.«

Lottie nahm an, dass es sich bei dem jüngeren Mann auf dem Foto daneben um Aaron Frost handelte. Er trug eine Brille, die sein attraktives Gesicht betonte.

»Kann ich mit Mr Ferris sprechen?«

»Der ist seit letzter Woche im Urlaub. Er kommt erst in zwei Wochen zurück.«

»Oh. Und wer hat jetzt gerade das Sagen?«

»Aaron, aber wie ich schon sagte ...«

»Und wer sind Sie?«

»Dave. Dave Murphy. Ich arbeite erst seit einem halben Jahr hier.«

»Verstehe«, sagte Lottie. »Hat Mr Frost gestern gearbeitet?«

»Ja, aber er war den ganzen Tag nicht im Büro.«

»Kann ich seinen Terminkalender sehen?«

»Ich fürchte nicht. Der ist auf seinem Computer und mit dem Kalender seines Handys verknüpft.«

»Können Sie ihn für mich ausdrucken?«

Zum ersten Mal schien der junge Mann sich etwas unwohl zu fühlen, als er mit dem Finger über das glänzende Display seines iPhones glitt. Sein weißes Hemd war zu eng und sein schulterlanges Haar zu glatt. Als ob er Lotties Blick gespürt hätte, rollte er einen Haargummi von seinem Handgelenk und band sein Haar zurück.

»Ich bin mir nicht sicher, ob ich das darf. Ich bräuchte seine Erlaubnis oder einen Durchsuchungsbefehl oder so. Steckt Aaron in Schwierigkeiten?«

»Ich leite eine laufende Ermittlung. Entsprechend kann ich keine sensiblen Informationen preisgeben.« Scheißkerl, dachte Lottie und unterdrückte den übermächtigen Drang, an seinem Pferdeschwanz zu ziehen. »Können Sie mir seine Telefonnummer und Adresse geben?«

»Ich glaube nicht, dass ich seine Privatadresse herausgeben darf, aber hier haben Sie seine Visitenkarte. Darauf steht seine Handynummer.«

Lottie nahm die Karte. Sie konnte seine Adresse leicht herausfinden, aber dieser Murphy ging ihr gewaltig auf die Nerven.

»Bewahren Sie hier Ersatzschlüssel für die Immobilien auf, die Sie vermieten?«

»Ja.«

»Kann ich überprüfen, ob es für die Immobilie, die Gegenstand meiner Ermittlung ist, einen Satz gibt?«

»Nein, das geht nicht. Ich könnte mir vorstellen, dass Sie dafür einen Durchsuchungsbefehl brauchen.«

»Das könnten Sie sich also vorstellen, ja?« Meine Güte, war der Typ ein kleines Arschloch. »Wenn ich Ihnen eine Adresse nenne, können Sie dann nachsehen, ob die Schlüssel da sind oder nicht?«

»Nein. Tut mir leid.«

Ihr Geduldsfaden stand ganz kurz davor zu reißen. »Können Sie mir sagen, was Sie gestern Abend ab etwa acht Uhr gemacht haben?«

»Ich war mit meiner Freundin beim Chinesen essen. Sie hatte Geburtstag. Danach bin ich mit zu ihr. Das können Sie überprüfen.«

»Das werde ich. Arbeitet Mr Frost auch außerhalb der Bürozeiten?«

»Wie meinen Sie das?«

War er wirklich so dumm, oder spielte er ihr nur etwas vor? Was auch immer es war, es brachte Lottie noch mehr in Rage.

»Macht er auch abends noch Gutachten und Hausbesichtigungen?«

»Ach so, ja. Für Leute, die tagsüber arbeiten.«

»Aber Sie sagten doch gerade, dass er Feierabend gemacht hat.«

»Ich meinte, dass er für den Rest des Abends nicht mehr im Büro sein wird. Aber es kann sein, dass er noch Termine hat.«

»Hatte er gestern Abend Termine?«

»Tut mir leid, aber ...«

»Das können Sie mir nicht sagen.«

»Nein, kann ich nicht.« Er schüttelte den Kopf, ein leichtes Grinsen umspielte seine Lippen. Sie hätte es ihm am liebsten aus dem Gesicht geschlagen, blieb aber äußerlich ruhig.

»Können Sie mir etwas über Aaron erzählen? Wie ist es, für ihn zu arbeiten?«

»Oh, er ist ganz in Ordnung. Mr Ferris ist hier der Tyrann.«

Murphy schlug sich die Hand vor den Mund. »Das hätte ich nicht sagen sollen. Seinen Arbeitgeber schlecht zu machen, ist nicht die feine englische Art. Ich nehme es zurück.«

Lottie hatte den Eindruck, dass sie einer Performance beiwohnte. Einer schlechten noch dazu. Sie konnte seine Unverschämtheit förmlich riechen, und sie wusste, dass sie hier nicht mehr weiterkommen würde. Sie musste mit Aaron Frost sprechen, nicht mit diesem Wichtigtuer.

»Na dann«, seufzte sie. »Hier ist meine Karte. Falls Sie Ihr Gehirn wieder eingeschaltet bekommen und Ihnen doch etwas Wichtiges einfällt. Ich komme wieder, um mir den Terminkalender zu holen. Ich wäre Ihnen dankbar, wenn Sie ihn mir sofort ausdrucken oder per E-Mail schicken könnten, sobald ich ihn mit einem Durchsuchungsbefehl anfordere.«

»Das sollte kein Problem sein.«

»Dafür machen Sie aber gerade ein ganz schönes Problem daraus.«

Sie drehte sich auf dem Absatz um und ging, ohne seine selbstgefällige Antwort abzuwarten.

EINUNDVIERZIG

Lottie irrte fünf Minuten lang auf dem Parkplatz hinter dem Büro von Ferris and Frost umher und suchte ihr Auto, bevor ihr einfiel, dass sie ja dorthin gelaufen war. Es war definitiv Zeit, nach Hause zu gehen. Sie musste etwas essen. Sie musste mit normalen Menschen sprechen, wenn sie ihre Kinder als normal bezeichnen konnte. Der Gedanke an das Chaos, das sie jeden Abend zu Hause begrüßte, brachte sie zum Lächeln, und sie wusste, dass sie es um nichts in der Welt ändern wollen würde. Na ja, vielleicht ein bisschen, wenn sie und Boyd alles geregelt hatten. Wenn er wieder gesund war.

Ihr wurde plötzlich kalt, obwohl die Abendluft warm war. Als sie die Friar's Street hinunterging, vibrierte ihr Handy. Sie zog es aus der Tasche ihrer Jeans und sah eine ihr unbekannte Nummer auf dem Display. Sie nahm den Anruf entgegen. Es war Karen Tierney. Sie hörte ihr zu, und nachdem sie auflegte hatte, überquerte sie die Straße und ging den Weg zurück, den sie gekommen war.

An der Tür von A2Z Insurance hing ein Schild mit der Aufschrift *Geschlossen*, aber sie läutete trotzdem. Ein Mann öffnete die Tür auf seinem Weg nach draußen. Lottie trat ein.

»Hey, wir haben schon geschlossen«, sagte er und deutete auf den leeren Eingangsbereich. »Ich brauche nur eine Minute. Wo finde ich Kevin O'Keeffe?«

Er schien lieber nach Hause gehen zu wollen, als lange zu diskutieren. »Die Treppe hoch. Tür auf der rechten Seite. Großraumbüro. Ich bin sicher, er ist noch da.« Sie folgte seinen Anweisungen, was nicht schwer war, denn es gab nur eine schmale Treppe mit zwei Türen am oberen Ende. Auf der linken Tür stand *Toilette*. Sie stieß die Tür zu ihrer Rechten auf und zählte sechzehn Schreibtische, die in Vierergruppen aufgestellt waren, die durch blaue und graue Trennwände voneinander getrennt waren. Nur noch fünf waren besetzt. Es gab eine Tür am Ende, von der sie annahm, dass dahinter der Vorgesetzte saß.

Sie hielt ihren Ausweis hoch und sagte: »Ich suche Mr O'Keeffe. Ist er hier?« Als er den Kopf hob, lächelte sie. »Hallo, Kevin.«

»Lottie, was machen Sie denn hier? Alles in Ordnung mit Ruby?«

»Ganz bestimmt. Es geht leider um was Geschäftliches. Können wir unter vier Augen reden?« Sie deutete in Richtung der übrigen Mitarbeiter, die die Köpfe senkten und vergeblich versuchten, zu verbergen, dass sie mithören wollten.

»Mein Vorgesetzter ist schon weg. Wir können sein Büro benutzen.« Er führte sie durch die Tür am Ende des Raumes.

»Wie lange arbeiten Sie schon hier?«

»Ziemlich lange. Das Geschäft ändert sich ständig. Alles dreht sich jetzt um Provisionen. Es ist nicht mehr so wie früher.« Er war Mitte vierzig, etwa so alt wie sie. »Worum geht es?« Er setzte sich auf den Stuhl seines Vorgesetzten.

Lottie schloss die Tür und lehnte sich dagegen. Es war spät, und nach diesem langen Tag beschloss sie, direkt zu sein.

»Woher wussten Sie, dass wir heute Morgen die Leiche einer Frau gefunden haben?«

»Was? Ich kann nicht folgen.« Er begann, an dem ordentlichen Stapel mit Formularen auf dem Schreibtisch herumzufummeln.

»Das ist eine ganz einfache Frage.« Sie verschränkte ihre Arme und stützte sich mit einem Fuß an der Tür ab.

»Ich habe wirklich keine Ahnung, was Sie meinen.«

»Wirklich nicht?«

»Ja. Nun, ich meine, ich habe im Internet von der Leiche am Bahnhof gelesen. Die im Kofferraum eines Autos gefunden wurde.«

»Ja, und woher wussten Sie, dass es eine Frau war?«

»Das wusste ich nicht.«

»Sie haben zu Karen gesagt, dass es eine Frau war.«

»Karen? Was hat die damit zu tun?«

»Sie haben sie besucht. Bevor wir offiziell bekannt gegeben haben, dass es sich um eine weibliche Leiche handelt.«

»Na und? Ich habe es wahrscheinlich auf Twitter gelesen. Das war doch kein Geheimnis. Es gab sogar ein Video von Ihnen und den Polizisten am Bahnhof, wie Sie das Absperrband anbringen.«

So ein Mist! Man konnte Social Media einfach nicht kontrollieren. Jetzt, da sie darüber nachdachte, war es möglich, dass die Informationen schon vor der offiziellen Bekanntgabe an die Öffentlichkeit gelangt waren. Trotzdem wollte sie ihn noch ein wenig ausfragen. Er schwitzte, aber das tat sie selbst in dem kleinen, fensterlosen Büro auch.

»Warum haben Sie Karen aufgesucht?«

»Sie ist meine Arbeitskollegin. Ich habe vorbeigeschaut, um zu sehen, wie es ihr geht.«

»Und um Informationen von ihr zu erhalten, nachdem Sie die Videos im Internet gesehen hatten, richtig?«

»Ja, vielleicht.«

»Warum sind Sie daran interessiert?«

»Reine Neugierde.« Er blinzelte ein paarmal schnell hintereinander, lockerte seine Krawatte und öffnete den obersten Knopf. »Ich wollte sichergehen, dass es Karen gut geht.«

»Woher wussten Sie, dass Karen involviert war?«

»Äh ... Ich bin mir nicht sicher. Sie hatte den Tag frei, vielleicht habe ich es online gesehen. Oder vielleicht hat der Chef es erwähnt. Ich kann mich nicht erinnern.«

»Versuchen Sie es.«

»Ich habe nichts Falsches getan. Warum verhören Sie mich?«

Sie lachte. »Mein Gott, Kevin, Sie wollen nicht erleben, wie ich ein wirkliches Verhör führe. Das hier ist wie eine Streicheleinheit im Vergleich zu dem, was ich in einem Verhörraum mache.«

Er schien ihr zu glauben, doch der Schweiß glitzerte ihm sichtbar auf der Stirn. Kevin O'Keeffe musste etwas verheimlichen. Er fühlte sich sichtlich unwohl.

»Haben Sie vor irgendetwas Angst, Kevin?«

»Wie kommen Sie darauf?«

»Unsere Kinder sind befreundet. Wir kennen uns dadurch jetzt schon seit einem Jahr.« Lottie dachte nach. Sie wusste nicht wirklich viel über die O'Keeffes, eigentlich nur, dass Ruby von Zeit zu Zeit bei ihr zu Hause war und Sean bei Ruby. Zum Playstationspielen. »Sagen Sie es mir. Warum haben Sie Karen wirklich besucht?«

»Ich habe mir Sorgen um sie gemacht. Und mein Vorgesetzter, Shane Courtney, war besorgt wegen eines Schadensfalls. Wir haben das Auto versichert.«

»Das glaube ich Ihnen nicht.«

»Es ist die Wahrheit.«

»Woher wussten Sie, dass es die Leiche einer Frau war?«

Lottie löste die Verschränkung ihrer Arme und bewegte sich so schnell durch den Raum, dass Kevin fast nach hinten umfiel, als sie hart auf den Tisch schlug und die Rollen seines Stuhls in den Teppichfliesen hängen blieben.

»Sehen Sie mal, Lottie, es war so«, sagte er. »Ich habe einen Tweet mit einem Bild gesehen. Es zeigte Karen in einer Gruppe von Menschen. Die Gardaí kamen gerade an, um abzusperren. Ich glaube, in einem Kommentar unter dem Tweet stand, dass es die Leiche einer Frau war. Das ist die Wahrheit.«

»Ich glaube Ihnen nicht.« Wie oft hatte sie das jetzt schon gesagt? Er log nach Strich und Faden. »Ich kann Twitter überprüfen lassen.«

»Das können Sie, aber es könnte schon entfernt worden sein.«

»Wie praktisch.«

»Nicht wirklich, denn wenn es nicht mehr da ist, kann ich meine Geschichte nicht mehr belegen.«

»Eine schöne Geschichte.«

»Ich habe keinen Grund, zu lügen.«

»Sie müssen einen Grund haben, denn Sie tun es ja. Lügen.« Sie trat einen Schritt zurück und öffnete die Tür. »Unsere Kinder mögen befreundet sein, Kevin, aber das bedeutet nicht, dass wir es auch sein müssen. Ich komme wieder.«

Aaron Frost konnte seinen Herzschlag vor lauter Angst nicht beruhigen. Er war zurück zum Büro gegangen, hatte durch die Scheibe aber eine Frau gesehen, die mit Dave sprach. Er konnte gerade nicht mit einer Kundin sprechen. Nicht jetzt. Nicht heute. Darum war er nach Hause zu seiner Mutter gegangen, doch der Geruch von Speck und Kohl auf dem Herd hatte ihm Übelkeit bereitet. Er wollte wieder weg, trotz ihrer Proteste. Spazieren gehen oder joggen, ganz egal, Hauptsache er musste nicht länger hier sitzen und seiner Mutter zuhören, die sich darüber beklagte, dass es höchste Zeit war, dass er endlich eine Frau in seinem Leben hatte.

Er stützte sich mit den Ellbogen auf dem Geländer der Kanalbrücke ab, die sich nicht an dem Ende der Stadt befand, an dem die Leichenteile gefunden worden waren, und starrte auf das still daliegende Wasser unter ihm. Er glaubte, eine Hand auf seiner Schulter zu spüren. Seine Fantasie spielte ihm wahrscheinlich nur einen Streich, aber er drehte sich trotzdem um, um nachzusehen.

Da lag wirklich eine Hand auf seiner Schulter.

Und jemand stand so dicht vor ihm, dass er sich nicht bewegen konnte.

Er hörte, wie der Verkehr lauter und schneller wurde, als die Ampel auf der Brücke auf Grün schaltete.

»Wir müssen reden.«

Er wusste, dass er keine Wahl hatte. Das Zittern in seiner Stimme verriet seine Angst. »Okay. Dann rede.«

»Nicht hier, du verdammter Idiot. Komm mit. Mein Auto steht da unten. Vor dem indischen Restaurant.«

»Wir reden entweder hier oder nirgendwo«, sagte Aaron und gab sich alle Mühe, tapfer zu klingen.

»Du bist nicht in der Position, Forderungen zu stellen. Jetzt komm.«

Er folgte ihm. Was sollte er auch sonst tun? Er hatte alles getan, worum man ihn gebeten hatte. Hatte er einen Fehler gemacht, für den er nun büßen musste? Er hoffte nur, dass er nicht zerstückelt und wie Aas auf die Bahngleise geschmissen, in einem Sack mit Steinen in den Kanal geworfen oder gar erstochen und dann im Kofferraum eines Autos irgendwo abgesetzt werden würde. Er zitterte unkontrolliert, als er in das Fahrzeug stieg.

Als der Motor lief und der Blinker eingeschaltet war, legte Aaron seine Hand auf den Türgriff. »Wir müssen nirgendwo hinfahren. Ich glaube nicht, dass wir im absoluten Halteverbot stehen, und um die Zeit werden sowieso keine Strafzettel mehr verteilt. Wir können hier reden. Ich habe keine Ahnung, was ...«

»Wir brauchen ein wenig Ruhe und Frieden. Ich kenne den perfekten Ort dafür. Halt die Klappe, ich muss mich konzentrieren.« Er fuhr los und auf die Brücke zu. »Du kannst die Hand von dem Griff nehmen. Die Tür ist abgeschlossen.«

Aaron schnallte sich schweigend an. Er starrte geradeaus und beobachtete die untergehende Sonne. Er hoffte, der Fahrer würde schweigen, aber diese Hoffnung wurde enttäuscht.

»Sag mir, wer noch davon weiß.«

»Ich habe niemandem davon erzählt. Ich schwöre bei Gott.«

»Du lügst.«

Er sah, wie sich der Kiefer des Fahrers anspannte. Wie sich seine Augen verengten. Er war wütend. Die Ampel schaltete von Grün auf Rot, aber der Wagen raste weiter.

»Ich lüge nicht. Ich habe es keiner Menschenseele erzählt.« Er verschränkte die Finger ineinander. Sie waren so verschwitzt, dass er sie nicht mehr voneinander lösen konnte.

»Wir werden ja sehen, wie lange du an dieser Lüge festhältst, wenn ich erst loslege.«

Obwohl er fünfunddreißig Jahre alt war, begann Aaron Frost zu weinen.

ZWEIUNDVIERZIG

Anstatt nach Hause zu gehen, kehrte Lottie ins Büro zurück und legte ihre Füße auf einen Aktenordner, der seit Monaten unter ihrem Schreibtisch lag. Sie konnte nicht beweisen, dass Kevin O'Keeffe gelogen hatte. Genauso wenig konnte sie den Tweet finden, auf den er sich bezogen hatte, und seinen Chef, Shane Courtney, hatte sie auch nicht erreicht. Schaltete eigentlich jeder außer ihr sein Handy aus, sobald er sein Büro verließ? Sie würde der Sache morgen nachgehen müssen. Auch auf Aaron Frosts Handy hatte sie niemanden erreicht. Und in dem Haus, in dem er mit seiner Mutter lebte, hatten die Beamten, die sie beauftragt hatte, ihn ebenfalls nicht ans Telefon bekommen. Sie würde sich später oder morgen früh mit ihm in Verbindung setzen müssen.

Sie blickte auf und sah Kirby in ihrer Tür stehen.

»Sie müssen nach Hause gehen«, sagte er.

»Wir müssen ihn finden.«

»Wen?«

»Aaron Frost.« Sie erläuterte die Situation und sagte dann: »Dave Murphy ist zwar nur ein Handlanger im Büro, aber überprüfen Sie ihn vorsichtshalber trotzdem. Mr Ferris ist im

Urlaub, entsprechend ist Aaron der einzige, von dem wir bisher wissen, dass er Zugang zu den Schlüsseln zu Fayes und Jeffs Wohnung hatte. Zumindest möchte ich ihn ausschließen können, bevor wir weitermachen.«

»Okay. Soll ich ihn zur Fahndung ausschreiben?«

»Ja, machen Sie das. Danke, Kirby.«

Nun steckte McKeown seinen Kopf durch die Tür. »Es gibt keine Aufzeichnungen darüber, dass für eine Polly oder Pauline Cole in der entsprechenden Altersgruppe ein Reisepass ausgestellt worden ist. Vielleicht hat sie ihren Namen geändert oder ist ohne Pass fortgezogen.«

»Danke, McKeown. Ich glaube nicht, dass sie jemals die Chance bekommen hat, fortzuziehen. Irgendetwas ist mit ihr in diesem Haus passiert. Wir brauchen zwar noch die Bestätigung von Jane, aber ich glaube, die Leiche ist ziemlich sicher die der kleinen Polly. Tun Sie in der Zwischenzeit alles, um herauszufinden, ob sie nicht doch noch am Leben ist oder ob jemand weiß, was mit ihr passiert ist. Vorerst gilt Polly Cole als verschwunden.«

Ihr Handy klingelte und rutschte durch die Vibration über den ganzen Schreibtisch. Es war ihr Halbbruder, der aus New York anrief. Mit einer Geste entließ sie McKeown und Kirby aus dem Büro und nahm den Anruf entgegen.

»Hallo, Leo.«

»Lottie, schön, deine Stimme zu hören. Wie geht es den Mädchen und Sean?«

»Es geht ihnen gut.«

»Und dem kleinen Mann?«

Sie spürte, dass er wegen etwas ganz Bestimmtem anrief, und ihr Magen krampfte sich zusammen und warnte sie, dass es keine guten Nachrichten sein würden. »Louis geht es gut. Alles in Ordnung bei dir?«

»Ja, gut, gut. Ich habe mich mit Tom Rickard getroffen, als deine Mädchen über Weihnachten hier waren.«

Lottie schloss die Augen und verzog den Mund. Sie wusste, was jetzt kommen würde. Tom Rickard, ganz der Bauunternehmer, hatte Leo den Deal mit ihr bezüglich Farranstown House ausgeredet.

»Was ist los, Leo?«

»Wir haben uns seitdem ein paarmal getroffen, und er hat mir gesagt, dass ich niemals eine Baugenehmigung für das Grundstück um das Haus herum bekommen werde. Es liegt direkt am Lough Cullion, aus dem das Trinkwasser der Stadt kommt. Das war mir nicht bewusst, und es macht das Land faktisch wertlos.«

»Ich verstehe.«

»Ja? Ich dachte, es wäre als Bauland bis zu zehn Millionen Dollar wert. Deshalb habe ich dir ein so großzügiges Angebot gemacht.«

Sie hätte Tom Rickard am liebsten erwürgt. Und wenn er nicht Louis' Großvater gewesen wäre, dann hätte sie das vielleicht auch getan. »Es ist in Ordnung, wenn du einen Rückzieher machen willst. Ich habe wirklich nicht die Energie, mit dir zu streiten. Jedenfalls nicht im Moment.«

»Ich werde dich nicht im Regen stehen lassen. Ich bin nicht wie meine Mutter. Alexis war rücksichtslos, aber du bist die nächste lebende Verwandte, die ich noch habe. Ich möchte dir helfen.«

Sie wollte ihm sagen, dass er sich verpissen solle. Aber sie schwieg.

»Ich kann dir nicht zahlen, was ich versprochen habe, aber ich bin bereit, dir das Haus und das Grundstück zu überschreiben. Ich habe mehr als genug aus dem Nachlass meiner Mutter und durch mein NYPD-Gehalt. Du kannst Farranstown House haben. Wer weiß? Vielleicht ist es ja irgendwann viel mehr wert als jetzt.«

»Bist du gestürzt und hast dir den Kopf gestoßen, Leo?«

»Soll ich es dir überschreiben oder nicht?«

Lottie fand sein Angebot großzügig, aber es hatte auch viele Nachteile. Sie hätte lieber das Geld bekommen, so wie er es versprochen hatte. »Allein die Grundsteuer wird höher sein als mein Gehalt.«

»Warum sprichst du nicht mit Tom?«

»Weil Tom ein Arschloch ist.«

»Das ist kein Grund, so drecksstur zu sein. Siehst du, ich habe mir schon deinen Ton angeeignet. Aber im Ernst, Tom würde gern mit dir reden.«

»Ich aber nicht mit ihm.«

»Ich glaube, er hat eine Schwäche für dich«, lachte Leo.

»Ich muss los.« Sie legte auf.

DREIUNDVIERZIG

Noch bevor die Haustür geöffnet wurde, wusste Marianne, dass Kevin verdammt schlechte Laune hatte. Das Klimpern der Schlüssel in seiner Hand. Das Geräusch, als er erst den falschen Schlüssel ins Schloss steckte. Der dumpfe Aufprall des Schlüsselbundes, der auf den Boden fiel. Die Schimpftirade, die folgte. All das war laut genug, um durch das Glas und das Holz der Tür zu dringen.

Sie klappte ihren Laptop schnell zu und verstaute ihn in der Schreibtischschublade, schloss sie aber nicht ab. Nichts brachte ihren Mann mehr auf die Palme als eine verschlossene Schublade. Sie würde ihn später in den Kasten unter ihrem Bett legen.

Sie eilte in die Küche, verschränkte die Arme und lehnte sich aufrecht an den kalten Tresen. Sie würde sich nicht von ihm einschüchtern lassen. Nicht schon wieder.

»Was glotzt du denn so?«, fragte er, als er die Tür endlich aufbekam und fast hineinstolperte, weil er so aufgebracht war.

»Das Essen ist fertig.« Schon seit Ewigkeiten, fügte sie in Gedanken hinzu und drehte sich um, um auf die Digitalanzeige der Mikrowelle zu tippen.

Nachdem er sich seiner Anzugsjacke entledigt hatte, krempelte er die Hemdsärmel hoch und nahm eine Flasche Wein aus dem Kühlschrank. Als er die Tür wieder zuschlug, hörte Marianne, wie im Inneren etwas klapperte und umfiel.

Ihr Blick wanderte zu der riesengroßen Uhr, die über dem Esstisch hing. Aber sie schluckte die Worte herunter, die ihr aus dem Mund zu sprudeln drohten. Wenn er pünktlich nach Hause gekommen wäre, dann müsste sie sein Essen jetzt nicht erst wieder aufwärmen. Sie wartete geduldig auf das Klingeln der Mikrowelle und stellte dann den Teller vor ihn hin. Sie wusste, dass er gleich losschimpfen würde, aber sie wurde von Ruby gerettet, die gerade mit Sean durch die Hintertür hereinkam.

»Wo warst du?«, fragte Kevin und spießte mit seiner Gabel eine Scheibe Schinkenspeck auf.

»Ich war mit Sean unterwegs.«

Kevin ließ die Gabel fallen und hielt seine Tochter am Arm fest, bevor sie entkommen konnte. »Du hast geraucht!«

Keine Frage. Eine Anschuldigung.

Marianne stöhnte leise auf und bemerkte, wie Sean versuchte, sich unsichtbar zu machen. »Du kennst die Regeln, Ruby«, sagte sie und versuchte, den Streit zu entschärfen, der nun folgen würde. »Sean, ich glaube, du solltest jetzt nach Hause gehen.«

»Ruby?«, fragte Sean.

Sie befreite sich aus dem Griff ihres Vaters, nahm sich die Kopfhörer aus den Ohren und drehte sie in ihrer Hand umher. »Ich glaube, das ist das Beste. Wir reden später.«

Sean verschwand. Marianne dachte, damit wäre die Sache erledigt, aber Ruby war noch nicht fertig. Sie wandte sich ihrem Vater zu.

»Ich habe nicht geraucht. Ein paar der anderen schon. Der Geruch bleibt einfach an den Klamotten hängen, weißt du.«

»Nein, weiß ich nicht. Ist das so?«, spottete Kevin.

»Dein Essen wird kalt«, mischte sich Marianne ein.

»Es ist sowieso schon kalt«, sagte Kevin. »Und ekelhaft noch dazu.«

»Ich gehe auf mein Zimmer. Ich habe schon mit meinen Freunden gegessen.« Ruby floh in Richtung Tür, aber Kevin streckte einen Fuß aus, sodass seine Tochter stolperte.

»Nicht so schnell. Welche Freunde? Ich will nicht, dass du mit rauchenden Schwachköpfen rumhängst. Auch nicht mit diesem Parker. Der macht nur Ärger. Seine Mutter macht Ärger. Hast du mich verstanden?«

»Ich habe gehört, was du gesagt hast, ja. Kann ich jetzt gehen?«

»Nein, das kannst du nicht, verdammt. Setz dich hin. Ich will mit dir reden.«

»Ich muss Hausaufgaben machen. Ein Projekt. Das dauert ewig.«

»Ich dachte, ihr habt Ende der Woche Ferien.«

Kevin brodelte bereits, und Marianne warnte Ruby mit ihren Augen, aber ihre Tochter ignorierte sie. Das sah sie an der Haltung ihrer Schultern.

»Na und? Bis dahin muss ich trotzdem noch zur Schule gehen. Ich muss trotzdem noch meine Scheißhausaufgaben machen.«

Kevins Hand griff wieder nach Rubys Arm und verdrehte ihn hinter ihrem Rücken. »Werd nicht frech!«

»Kevin!«, schrie Marianne und packte seine Hand. Sie stieß ihre Tochter in den Flur und hörte, wie sie die Treppe hinaufpolterte. Mit ihr selbst konnte Kevin zu Hause machen, was er wollte, aber sie würde nicht zulassen, dass er Ruby wehtat. Sie drehte sich zu ihm um. Sein Grinsen war grotesk. In seiner Hand hielt er den Teller.

»Ich muss später noch mal zur Arbeit. Das Essen ist eiskalt. Wärm es mir noch mal auf.«

Die Worte, die sie herausschreien wollte, blieben ihr im

Halse stecken, und sie nahm stumm den Teller und stellte ihn zurück in die Mikrowelle.

Nun, sie würde auch noch mal rausgehen.

Wie eine brave Ehefrau, dachte sie.

Wenn er wüsste.

Ihre Fingerknöchel wurden weiß.

Wenn er nur wüsste.

Lisa sah mit an, wie Charlie Jack wütend umkreiste. Er sah aus wie ihr verstorbener Vater, der Sergeant Major in der Armee gewesen war.

»Lass ihn in Ruhe, Charlie.«

»Ich habe ihm eine Frage gestellt. Ich will eine Antwort. Das ist alles, was ich will. Komm schon, Jack. Bitte! Sag es mir.«

»Ich weiß nicht, was du meinst.« Jacks Augen huschten zu Lisa, er presste seine Hände mit aller Kraft ineinander.

»Hast du die Instagram-Story von Tamara Robinson gesehen?«, fragte Charlie.

»Nein.«

»Aber deine Mutter und ich haben sie gesehen. Tamara sagt, du und Gavin habt über eine Woche lang den Kanal und die Gleise gefilmt. Stimmt das?«

»Das reicht«, sagte Lisa.

Charlie drehte sich um und blickte sie an, dann stampfte er weiter im Kreis. »Sag es mir, Jack.«

»Ich ... ich weiß nicht, wie Gavin auf die Idee gekommen ist. Er hat ja nicht mal eine Drohne.«

»Ja, aber du hast eine.«

»Was genau willst du eigentlich wissen, Charlie?«, fragte Lisa.

»Ich will wissen, was Jack getrieben hat«, antwortete er leise. »Was, wenn derjenige, der die Leiche entsorgt hat, ihn gesehen hat? Was, wenn sie hinter ihm her sind? Hinter Tyrone oder Maggie? Ich versuche, diese Familie, so gut es geht, zu beschützen. Darum muss ich wissen, was genau er gemacht hat.«

»Lass ihn in Ruhe. Vielleicht kann ich es herausfinden«, sagte Lisa, als sie Maggie an den Tisch neben Tyrone setzte und ihr eine Schale Coco Pops vorsetzte, um sie bei Laune zu halten.

»Nein, ich kümmere mich darum«, sagte Charlie mit einem scharfen Unterton in der Stimme.

Sie wich zurück. Die Distanz zwischen ihnen wurde von Tag zu Tag größer.

Charlie drückte mit der Hand auf Jacks Schulter. »Sieh mich an, Jack, und erzähl mir, was du mit der Drohne angestellt hast.«

»Dad!«, quiekte Jack. »Du tust mir weh.«

»Um Himmels willen, Charlie, hör sofort auf damit!«

Maggie ließ die Schale mit den Coco Pops auf den Boden fallen und kreischte laut.

»Das ist das reinste Irrenhaus hier«, sagte Charlie und gab Jack einen kräftigen Stoß, bevor er aus der Küche stürmte.

Lisa stürzte zu ihrem Sohn und umarmte ihn, ohne auf Maggie zu achten, die heulte, weil sie aus ihrem Stuhl aufstehen wollte.

»Was ist mit Dad los?«, fragte Jack und seine Unterlippe zitterte.

»Ich weiß es nicht.«

»Er ist die ganze Zeit so wütend. Warum?«

»Sein Gesundheitszustand ist nicht gut. Er kann im Moment nicht arbeiten, und weil er den ganzen Tag im Haus ist, bekommt er einen kleinen Lagerkoller. Lass ihn am besten einfach in Ruhe.«

»Warum kannst du mir nicht sagen, was wirklich mit ihm los ist?«

Sie wollte es ihm sagen, wirklich, aber Charlie hatte darauf bestanden, dass die Jungs es erst erfahren sollten, wenn es nicht mehr anders ging. »Alles, was ich dir sagen kann, ist, dass er im Krankenhaus eine Menge Bluttests machen lässt. Mehr können wir nicht sagen, bis wir sicher wissen, was los ist. Wir wollen nicht, dass ihr euch unnötig Sorgen macht.«

Jack wimmerte, und Lisa unterdrückte ein Schluchzen, als sie die Tränen in den Augen ihres Sohnes glänzen sah, bevor er sie wegwischte.

Maggie aß die Coco Pops vom Boden. Tyrone saß grinsend am Tisch.

Lisa hatte das Gefühl, dass ihr Leben den Bach runterging.

VIERUNDVIERZIG

Tamara hatte Gavin vor einer halben Stunde in die Metzgerei geschickt, um Hackfleisch für das Abendessen zu holen. Hin und zurück waren es eigentlich nur zehn Minuten. Warum brauchte er so lange?

Sie begutachtete ihre Wimpern und bemerkte, dass der Kleber sichtbar war. Darum setzte sie sich vor den Spiegel, um sie zu richten. Als sie damit fertig war, zog sie ihren Bademantel aus und warf einen Blick in den Spiegel, um zu sehen, wie es um ihren Teint bestellt war. Sie wollte nicht orange wirken, aber sie wusste, dass das Licht im Fernsehen einen immer blass aussehen ließ, darum hatte sie es ein wenig übertrieben.

Sie schaute noch mal auf die Uhr auf ihrem Handy. Wo zum Teufel blieb er nur? Sie dachte an all die Dinge, die sie noch vorbereiten musste. Morgen früh würde sie in einem Fernsehstudio in Dublin sein und ein ausführliches Interview über Gavins Fund auf den Bahngleisen geben. Das könnte eine Menge Follower auf ihren Insta-Account locken. Die wiederum bedeuteten mehr Werbegeschenke. Sie hielt inne und griff nach dem Handschuh, um ihren Selbstbräuner noch mal aufzufrischen. Sie könnte Gavin umbringen.

Sie rief ihn erneut an. Keine Antwort. Sie schrieb ihm eine Nachricht, denn sie kannte ihn. Nie ging er an sein verdammtes Handy. Vielleicht war er bei Jack. Sie sollte dort anrufen, um nachzufragen, aber sie wollte die Sheridans nicht an ihrem Ruhm teilhaben lassen.

Sie ging die Treppe hinunter. In dem Raum voller Kartons schaute sie aus dem Fenster hinaus in den schönen, ruhigen Abend. Die Sonne ging gerade schräg hinter den Wohnungen gegenüber unter und ließ die Dächer rosa leuchten. Die Ruhe vor dem Sturm? Sie hoffte es nicht. Sie hasste es, bei Wind und Regen auf der Autobahn zu fahren. Sie tippte auf ihr Handy und rief die Wetter-App auf. Morgen sollte es bewölkt sein. Aber kein Regen. Das war gut. Wenn sie sich heute Abend die Haare machte, sollten sie für morgen in Ordnung sein.

Ein lautes Klopfen an der Tür ließ sie zusammenzucken und sich an die Brust fassen. Sie hatte niemanden die Treppe hinaufkommen sehen; aber sie hatte ja auch gerade über die Dächer hinweg in die Sonne geschaut. Gavin hatte wahrscheinlich seinen Schlüssel vergessen.

Sie öffnete und wurde gegen die Wand geschleudert, als die Tür kraftvoll nach innen aufgedrückt wurde.

Es war nicht Gavin.

»Tamara, ich muss mit dir reden.«

Sie war sich nicht sicher, ob sie vor Wut oder vor Angst zitterte, als sie ihrem Besuch zurück in die Wohnung folgte.

Gavin schlug sich mit dem kleinen Plastikbeutel beim Gehen gegen den Oberschenkel. Er hasste Hackfleisch. Wenn seine Mutter es aus dem Beutel holte, roch die ganze Küche immer sofort nach Metzgerei. Kein noch so intensives Blumenaroma aus der Duftlampe oder von einer Duftkerze konnte diesen Geruch wieder vertreiben.

Er nickte dem Polizisten zu, der auf der Eisenbahnbrücke Dienst schob. Er wollte hinübergehen und einen Blick erhaschen, aber er war am Tag zuvor ganz nah dran gewesen. Das hatte gereicht.

Er bog links in die gewundene Straße ein, die zu seiner Wohnung führte. Als er an dem mit Brettern vernagelten, baufälligen Haus vorbeikam, bemerkte er, dass das Schloss des Bauzauns geöffnet war. Er hatte mal gehört, wie Erwachsene gesagt hatten, man hätte das Haus abreißen sollen, als die neuen Wohnungen gebaut worden waren, aber jemand anderes hatte gesagt, es sei in ein Nachlassverfahren verwickelt oder irgendwie so etwas. Gavin konnte sich nicht erinnern und eigentlich war es ihm auch egal.

Er ging andauernd an dem Haus vorbei und es fiel ihm überhaupt nicht mehr auf. Keinem fiel es auf. Aber jetzt stand das Schloss offen. Warum?

Als er vor dem kaputten Zaun stand, der das Haus umgab, fiel ihm auf, wie leicht es wäre, hineinzugelangen. In diesem Moment glaubte er, einen Schrei zu hören. Wie das Kreischen eines Vogels hoch oben in den Bäumen. Er schaute auf, konnte aber nichts sehen. War das Geräusch aus dem Haus gekommen? Vielleicht sollte er mal nachsehen gehen. Vielleicht sollte er aber auch wegrennen, so schnell er konnte. Doch er blieb stehen. Lauschte. Kniff die Augen zusammen.

Da hörte er es wieder. Es kam eindeutig aus dem Haus. Er schob die beiden Holzlatten, die als Tor dienten, auseinander und betrat das Grundstück. Als er auf dem vertrockneten braunen Gras stand, schaute er auf das Haus, dessen Dach eingestürzt war. Jetzt, da er darüber nachdachte, wäre es vielleicht eine bessere Idee, wenn Jack seine Drohne durch eines der zertrümmerten Fenster hineinfliegen lassen würde, damit sie sehen konnten, was sich darin befand. Ja, das wäre cool.

Von dieser Seite des Zauns aus sah es plötzlich viel unheimlicher aus. Die Eingangstür war beschädigt, als wäre sie eingetreten worden, aber jemand hatte ein provisorisches Schloss angebracht, das ebenfalls offen zu sein schien. Er ging den ehemaligen Weg hinauf, der mittlerweile rissig und von Moos überwuchert war, und schlug den Beutel mit dem Fleisch dabei noch immer gegen sein Bein.

An der Tür hielt er inne und blickte zum Himmel hinauf. Es wurde immer dunkler und er sollte wirklich besser mit Jack wiederkommen. Er könnte ihm eine Nachricht schicken, aber Jacks Vater war im Moment ein richtiges Arschloch und tat so, als ob der Teufel höchstpersönlich hinter Jack her wäre. Ein weiteres Geräusch aus dem Haus ließ ihn erschaudern, und der Beutel fiel ihm aus der Hand. Eine Wurzel, die aus dem gesprungenen Betonweg ragte, bohrte sich in das Plastik.

»Scheiße«, rief Gavin, und seine Stimme hallte von den Wänden wider. Er bückte sich, um den Beutel aufzuheben. Der Geruch des Fleischs ließ ihn würgen. Dann spähte er durch einen Spalt in der Tür, an dem das Holz eine Lücke freigab. Er konnte sehen, wie das Abendlicht durch das eingestürzte Dach herabschien und einen Bereich in der Mitte des Flurs erhellte. War da wirklich jemand drin? Es sah leer aus. Er lauschte erneut auf das Geräusch. Das müssen Vögel sein, dachte er.

Etwas huschte um seine Knöchel, und der Beutel mit dem Hackfleisch wackelte, als eine schwarze Ratte mit einem langen Schwanz daran zerrte. Gavin sprang zurück. »Verdammte Scheiße!«

Er hörte wieder das Geräusch aus dem Inneren des Hauses. Sein schnell pochendes Herz blieb fast stehen und er hielt den Atem an. Er wandte seine Aufmerksamkeit von dem Scharren zu seinen Füßen ab und schaute wieder durch den Türspalt. Er sollte wirklich weglaufen.

Ein Schatten huschte hinter dem erhellten Bereich an einer offenen Tür vorbei.

Er blinzelte und schaute noch einmal. Da drinnen war jemand.

Aus den Tiefen des Hauses drang ein tiefer, kehliger Schrei. Das Geräusch brachte Gavins Herz wieder zum Klopfen. Es klang in seinen Ohren nach, wie ein Zug, der beim Verlassen des Bahnhofs zischend beschleunigte.

Scheiße, dachte er. Er musste von hier verschwinden. Als er sich umdrehte, spürte er, wie eine Hand seinen Nacken ergriff. Er öffnete den Mund, um zu schreien, doch eine weitere Hand presste sich darauf.

Ohnmächtig spürte er, wie er gegen die grobe Kleidung eines Erwachsenen gezogen wurde – zumindest war es jemand, der größer war als er. Scheiße, Scheiße, Scheiße. Seine Füße baumelten in der Luft, als er vom Boden hochgehoben und die Tür mit dem Ellbogen nach innen aufgestoßen wurde.

Er versuchte zu schreien, aber der Ton wurde durch die Hand über seinem Mund gedämpft. Er fing an zu weinen, Rotz tropfte ihm aus der Nase und über die Hand.

Er musste etwas tun.

Dieser Gedanke gab ihm Kraft. Er wehrte sich, drehte und wand sich heftig, aber es war vergeblich. Der Griff war zu fest. Immer wieder trat er um sich und spürte, wie sein Fuß auf einen Knochen traf. Ein Aufschrei entwich seinem Angreifer, aber der Griff lockerte sich nicht.

Als er in das Haus getragen wurde, wimmerte er leise. Er wollte nach seiner Mutter rufen, aber ihm kam kein Wort über die Lippen.

Drinnen war es dunkel, trotz des klaffenden Lochs an der Stelle, an der einst das Dach gewesen war. Die Dachsparren hingen bedrohlich herunter und Stromkabel baumelten gefährlich nahe über seinem Kopf. Sein Angreifer schien sich davor nicht zu fürchten. Sie erreichten einen Raum, von dem Gavin vermutete, dass er einmal eine Küche gewesen war. Drei Tiefkühltruhen säumten eine Wand. Der Atem stockte ihm und er glaubte zu ersticken. Er trat erneut um sich, diesmal vor Schreck und nicht aus dem Bedürfnis heraus, seinen Angreifer zu verletzen. Dann spürte er etwas Warmes an seinem Bein: Er pinkelte sich in die Hose.

Ein Stuhl wurde über den Boden geschleudert und er wurde darauf geschmissen. Er versuchte, seine Atmung zu beruhigen, um vielleicht entwischen zu können, aber er weinte zu heftig und seine Nase war so verstopft, dass er kaum mehr atmen konnte.

Als sein Angreifer ihn losließ, war er zu verängstigt, um sich zu bewegen. Er saß einfach nur da, zusammengesackt wie eine nasse Jacke, die jemand über die Rückenlehne einer Couch geworfen hatte. Sterne tanzten wild vor seinen Augen herum und er dachte, er würde wohl ohnmächtig werden. Ein Schlag gegen seinen Kiefer ließ ihn aufschrecken, und er hörte auf zu weinen.

Sein Angreifer stand nun vor ihm, ein Messer baumelte locker in einer Hand, als ob er sich gerade überlegte, wie er es einsetzen sollte.

Gavin sah hinüber zu den Kühltruhen an der Wand. Kleine grüne Lichter leuchteten. Sie waren angeschlossen.

Er dachte an die Leichenteile auf den Gleisen und im Kanal.

Das Grauen fuhr ihm in die Knochen und er begann, am ganzen Leib zu zittern. Mit geschlossenen Augen betete er, dass ihm schnell jemand zu Hilfe kommen möge.

Eine Wolke zog über das nicht vorhandene Dach hinweg, und im Gebälk flatterte ein Vogel mit den Flügeln. Gavin Robinson saß auf dem Stuhl und weinte und weinte, bis er von tiefer Dunkelheit verschlungen wurde.

FÜNFUNDVIERZIG

Sean warf den Controller zu Boden. Das Spiel war scheiße. Er hatte verloren, und jetzt hatte er keine Lust mehr, noch mal neu anzufangen. Er legte sich auf sein Bett und starrte an die Decke. Das Flackern des Bildschirms nervte ihn, aber er war zu faul, um aufzustehen und die Playstation auszuschalten.

Er gähnte und schaute auf sein Handy. Ruby war online.
Was geht?, tippte er.
Ich bringe meinen Dad um, antwortete Ruby.

Dann muss meine Mutter dich vielleicht verhaften.

Er fügte ein paar grinsende Emojis hinzu. Rubys Mutter, Marianne, war ein bisschen verrückt, und Kevin ging gar nicht. Er tippte:

Wenigstens hast du einen Vater.

Im Ernst, Sean. Er hat mir gerade fast den Arm gebrochen. Dann ist er aus dem Haus gestürmt. Am liebsten hätte ich ein Messer genommen und auf ihn eingestochen.

Du musst mit deiner Mutter darüber sprechen.

Das geht nicht. Sie ist ein Wrack. Und er ist ein Arschloch. Denkt, ihm gehört die Versicherung. Ein Scheiß gehört ihm. Er nimmt nur die Anrufe entgegen.

Rauch eine. Das beruhigt dich.

Ich bin in meinem Zimmer und rauche aus dem Fenster :-)

Sean hielt inne, bevor er weitertippte. Er kannte Ruby schon lange. Sie blieb immer ruhig. Sie war ein Nerd. Sie wurde nie wütend. Nicht so wie jetzt.

Möchtest du, dass ich vorbeikomme?

Nein. Wenn er zurückkommt, würde er dich wahrscheinlich umbringen.

Drama-Queen.

Ich meine es ernst. Er hat mir noch nie wehgetan. Ich hatte richtig Angst.

Sean setzte sich in seinem Bett auf.

Ich bin in fünf Minuten bei dir.

Nein. Ich lasse nur Dampf ab. Er ist halt ein Arschloch.

Wenn du willst, dass ich komme, sag es mir einfach.

Ruby schickte noch ein paar traurige Emojis und ging offline.

Seans Zimmertür öffnete sich. Es war seine Mutter. Sie sah müde und traurig aus.

»Was ist los, Mam?«

»Alles Mögliche. Bei dir alles in Ordnung?«

»Ja, mir geht es gut, aber ...«

»Was aber?«

»Ach, es ist wegen Ruby. Sie sagt, dass ihr Vater ein Arschloch ist.«

Er rutschte zur Seite, als Lottie sich auf seinem Bett neben ihn setzte. Sie sah aus, als sollte sie sich einfach nur hinlegen und sehr lange schlafen.

»Ich habe heute Abend mit Kevin gesprochen«, sagte sie.

»Wirklich? Kannst du ihn verhaften?«

»Man kann einen Menschen nicht dafür verhaften, dass er ein Arschloch ist, auch wenn ich das schon oft gern getan hätte.« Sie lachte, aber es klang erschöpft und gezwungen.

»Geht es dir gut, Mam?«

»Ich bin nur müde. Ich gehe für eine Stunde rüber zu Boyd.«

»Okay.«

Sie stand auf und streckte sich. »Was hat Kevin denn getan, um Ruby so zu verärgern?«

»Er hat ihr am Arm wehgetan. Ich habe sie noch nie so außer sich erlebt.«

»Soll ich mal mit ihr reden?«

»Nein, auf keinen Fall. Du würdest es nur noch schlimmer machen.«

»Ach, Sean, so schlimm bin ich auch wieder nicht.«

»Du bist eine Tyrannin.« Wenn er das gerade nicht gesagt,

sondern als Nachricht geschrieben hätte, würde er lachende Emojis hinzufügen.

»Es ist vielleicht besser, wenn du dich eine Weile von den O'Keeffes fernhältst. Es hat keinen Sinn, in einen Familienstreit verwickelt zu werden, und außerdem ist Kevin in meine Ermittlungen verstrickt, auch wenn ich noch nicht weiß, wie.«

»Ich komme schon klar.«

»Pass auf dich auf. Wir sehen uns später. Zock nicht die halbe Nacht auf der Playstation.«

»Keine Sorge.«

Sie schloss die Tür leise hinter sich, und plötzlich fühlte Sean sich sehr einsam.

———

»Hast du schon dein Testament geschrieben?«, fragte Grace, nahm sich eine Erdbeere von ihrem Teller und tauchte sie in einen Klecks Sahne.

Boyd sah ihr beim Essen zu. »Ich sterbe ja nicht«, sagte er.

»Wir sterben alle, Mark. Jeden Tag stirbt ein kleiner Teil von uns. Du musst vorbereitet sein. Du hast doch gesehen, wie schnell Mam gestorben ist. Ohne Vorwarnung.«

»Warum fragst du das?«

Grace stopfte sich noch eine dicke Erdbeere in den Mund. Langsam kauend schloss sie genüsslich die Augen. Nachdem sie geschluckt hatte, neigte sie den Kopf zur Seite und musterte ihn.

»Du bist zu dünn. Du trinkst zu viel. Du rauchst, obwohl man dir gesagt hat, dass du damit aufhören sollst. Du hast Krebs. Soll ich weitermachen?«

»Na, du bist mir ja ein feines Elixier.«

»Was meinst du damit? Ich bin doch kein Elixier, ich bin ein Mensch.«

Boyd lachte müde. »Du solltest ins Bett gehen.«

»Mark. Mam ist tot. Und du bist nicht meine Mutter. Sag mir nicht, was ich zu tun habe.«

»Okay. Aber ich lege mich jetzt trotzdem hin und ruhe mich aus.« Er seufzte bei dem Gedanken daran, seine langen Beine eine weitere schlaflose Nacht lang über die Couchlehne baumeln zu lassen. Mit Grace konnte man nicht reden. Sie befand sich auf einer anderen Wellenlänge als alle anderen.

»Ich bin nicht dumm, also behandle mich nicht so.« Sie tauchte eine weitere Erdbeere in die Sahne. »Ich will nach Hause.«

»Grace, das müssen wir erst besprechen. Aber nicht heute Abend. Ich bin zu müde.«

»Ich bin nicht müde.«

»Wir reden morgen darüber«, sagte er und ging zur Couch, um sie zum Schlafen herzurichten. »Das heißt, wenn wir morgen nach deiner Weltuntergangsrede überhaupt noch leben.«

»Ich werde bestimmt noch am Leben sein. Bei dir bin ich mir da hingegen nicht so sicher. Du siehst sehr gelb aus.« Sie stampfte ins Schlafzimmer und schloss die Tür.

Boyd schüttelte sein Kissen auf. Er musste lächeln. Immerhin konnte er sich darauf verlassen, dass seine Schwester eine Prise Realismus in sein Leben brachte. Solange es sein Leben noch gab zumindest.

Es klingelte an der Tür. So viel zum Ausruhen. Er hoffte, Grace würde aufmachen gehen, aber sie tat es nicht. Er seufzte und ging selbst.

Lottie stand mit bleichem Gesicht vor ihm, ihr Haar könnte mal wieder gewaschen werden und auch ihren Kleidern würde eine Runde in der Waschmaschine nicht schaden, aber er fand sie trotzdem wunderschön. Er schlang seine Arme um sie und hielt sie fest. So standen sie einige Augenblicke auf der Türschwelle, bevor sie sich von ihm löste und ihm einen sanften Kuss auf die Wange drückte.

»Darf ich reinkommen? Wenn es dir lieber ist, setze ich mich aber auch auf die Treppe und du bringst mir eine Tasse Tee.«

Er ergriff ihre Hand und führte sie hinein.

»Ich weiß, was mir lieber wäre«, sagte er und fuhr mit dem Finger über ihre Handfläche.

»Du bist ein wandelndes Klischee«, lachte sie. »Schläft Grace schon?«

»Sie ist im Schlafzimmer«, sagte er, senkte die Stimme und schaltete den Wasserkocher ein. »Ich weiß, sie ist meine Schwester, aber sie treibt mich in den Wahnsinn.«

Er öffnete den Schrank mit den Tassen und bewunderte, wie Grace sie alle der Größe nach geordnet hatte. Sie beide waren sich so ähnlich, hatte ihre Mutter immer gesagt. Ein intensives Gefühl des Verlustes überkam ihn und er schüttelte sich.

Lotties Arme legten sich um seine Taille und ihr Kopf schmiegte sich zwischen seine Schulterblätter.

»Ich bin da, Boyd. Wein nur, wenn dir danach ist.«

»Mir geht es gut«, sagte er und dachte darüber nach, wie sehr sie die Gefühle des jeweils anderen nachempfinden konnten. »Schlechter Tag im Büro?«

»Beweg dich nicht. Sag einfach gar nichts. Ich möchte noch einen Augenblick so stehen bleiben und einfach nur dein Herz hören.«

»Wer ist jetzt das Klischee?«

Mit den Tassen in der Hand hielt er inne, und Lottie lehnte sich gegen ihn wie ein Kind, das sich an einen Freund klammert und versucht, ihn am Weggehen zu hindern. Und er fragte sich, wie sie wohl klarkommen würde, wenn er die Chemo nicht überlebte. Vielleicht hatte Grace recht. Vielleicht sollte er ein Testament schreiben. Er stellte die Tassen ab, drehte sich um, legte einen Finger unter ihr Kinn und küsste sie sanft auf die Lippen. Sein Körper, der ihn in letzter Zeit wegen der Chemo im Stich gelassen hatte, reagierte auf die Berührung, als Lottie sich an ihn drückte.

»Gott, Lottie, ich wünschte, wir wären jetzt in meinem Schlafzimmer.« Er vergrub seine Finger in ihrem Haar und küsste sie noch einmal.

Er wehrte sich nicht, als sie ihn gegen die Anrichte drückte und ihre Finger um seinen Hosenbund legte. Sie küssten sich weiter und sie begann, seinen Gürtel zu öffnen.

»Wer ist denn da, Mark?« Grace kam ins Wohnzimmer geschlendert, ihr langes Nachthemd, das wie immer bis zum Hals zugeknöpft war, flatterte ihr um die Knöchel.

Boyd schnappte nach Luft und Lottie wich zurück. »Hallo, Grace. Ich bin nur kurz auf ein Schwätzchen und eine Tasse Tee vorbeigekommen.«

»Wie schön. Ich nehme auch eine.« Grace setzte sich auf die Couch. Sie faltete Boyds Decke und legte sie zusammen mit seinem Kissen vorsichtig auf den Boden.

Lottie unterdrückte ein Lachen und Boyd schüttelte den Kopf.

»Wir brauchen endlich ein eigenes Haus«, flüsterte er und hing Teebeutel in drei Tassen.

»Darüber wollte ich mit dir reden. Leo hat angerufen. Er will aus dem Deal aussteigen.«

»Was? Warum?«

»Er hat mit Tom Rickard gesprochen. Und der hat Leo gesagt, dass das Land um Farranstown House nicht bebaut werden darf, was ich ihm unterschlagen habe. Um ehrlich zu sein, bin ich erleichtert. Es hat sich nicht gut angefühlt, ihn so zu täuschen.«

»Du bist ihm nichts schuldig. Es ist ja nicht so, dass er die letzten fünfundvierzig Jahre Teil deines Lebens gewesen wäre.« Boyd goss kochendes Wasser in die Tassen. »Was hat er denn genau gesagt?«

Lottie holte Milch aus dem Kühlschrank. »Dass er weiß,

dass er das Land nicht bebauen kann und dass es deshalb im Grunde wertlos ist. Aber er hat gesagt, er würde mir das Haus überschreiben.«

»Das ist doch gut.« Er stellte die Tassen auf ein Tablett und sah Lottie in die Augen. Gott, er wollte so gern mit ihr ins Bett. »Oder?«

»Ein altes, verfallenes Haus? Komm schon, Boyd. Allein die Steuern werden mich ein Vermögen kosten, ganz zu schweigen von den Renovierungskosten, um es wieder bewohnbar zu machen.«

»Was ist mit Tom Rickard?«

»Was soll mit ihm sein?«

»Er ist Bauunternehmer. Vielleicht kauft er es dir ab.«

»Willst du mich verarschen? Wie auch immer, ich hatte noch keine Zeit, das zu verdauen. Lass uns unseren Tee trinken und darüber reden.«

Als er das Tablett nahm, um hinüber zum Tisch zu gehen, bemerkte er, dass Grace mit angezogenen Beinen auf der Couch eingeschlafen war. Er zwinkerte ihr zu. »Oder wir könnten uns für zehn Minuten ins Schlafzimmer zurückziehen.«

Lottie sagte nur trocken: »Tee, Boyd. Ich brauche Tee, und dann gehe ich nach Hause.«

SECHSUNDVIERZIG

Kevin O'Keeffe war um elf Uhr nach Hause zurückgekommen und hatte festgestellt, dass Marianne nicht da war. Während er auf sie gewartet hatte, hatte er die Whiskeyflasche geleert, und als er endlich hörte, wie die Haustür aufging, war er ziemlich betrunken. Ein schneller, verschwommener Blick auf sein Handy verriet ihm, dass es zehn nach zwölf war.

Er hörte das Klirren von Kleiderbügeln, als sie ihren Mantel in den Schrank unter der Treppe hängte. Die unterste Stufe knarrte. Sie versuchte, sich ins Bett zu schleichen. Trotz seiner Trunkenheit gelang es ihm, sie zu schlagen und ins Wohnzimmer zu zerren, bevor sie auch nur schreien oder irgendein Wort sagen konnte.

»Wo warst du?« Er starrte sie mit trüben Augen an. Seine eigene Wut schockierte ihn, und er war überrascht davon, sie zu seinen Füßen auf dem Boden liegen zu sehen. »Antworte mir.«

Sie lag da wie ein erbärmliches Tier. Er streckte einen Zeh aus und stupste sie an. Sie stöhnte wie eine halb erwürgte Katze. Wenigstens hatte er sie nicht umgebracht. Jedenfalls noch nicht. Er musste sich erst das Haus unter den Nagel reißen, bevor er das angehen konnte, und selbst dann würde er vorsichtig vorgehen müssen. Seine Gedanken schockierten ihn ebenfalls. War das der Alkohol? Oder seine tief sitzende Eifersucht?

Als sie sich rührte und aus ihrer Fötusstellung löste, atmete er tief ein und setzte sich auf den nächstgelegenen Stuhl, während er ihr dabei zusah, wie sie über den flauschigen Teppich krabbelte.

»Was ist los mit dir?«, stöhnte sie.

»Mit mir ist alles in Ordnung. Es liegt an dir. Immer an dir.«

»Ich habe nichts getan.« Sie setzte sich mühsam auf und lehnte sich gegen die Tür.

»Ha! Du ekelst mich an. Weißt du das? Du hast mich angelogen.«

»Das Gleiche könnte ich von dir behaupten.«

Er sprang von seinem Stuhl auf, holte weit aus und schlug ihr auf die Wange. Er beobachtete, wie sich ihre Haut langsam rot färbte.

Sie lachte, was ihn noch wütender machte. Er schlug sie noch einmal, diesmal in den Magen, und so hart, dass sie hinfiel und mit dem Hinterkopf gegen die Ecke des kleinen Tisches prallte. Aber sie lachte weiter. Ihre hysterische Kakophonie schallte durch seinen Kopf, als würde eine Blaskapelle durch sein Hirn marschieren, bis er nur noch schwarze und weiße Punkte vor sich sah.

»Dad! Dad! Was machst du denn da? Hör auf damit, bitte ... Dad!«

Ruby kniete sich schützend vor ihre Mutter, um einen weiteren Schlag abzuschirmen. Kevin schaute auf seine Hände hinab und war überrascht, Blut an seinen Knöcheln zu sehen.

»Dad, was ist in dich gefahren?« Ruby hielt den Körper ihrer Mutter im Arm, auf deren weißem T-Shirt rote Flecken waren.

Kevin versuchte angestrengt, irgendetwas mit den Augen zu fokussieren, aber alles verschwamm. Er schüttelte den Kopf und versuchte krampfhaft, den Nebel zu durchdringen, der sich in ihm ausbreitete.

Seine Tochter hatte alles mitangesehen.

Plötzlich sah er wieder klar und deutlich. Er sah das, was Ruby sah. Und es passt ihm gar nicht. Er hatte so lange damit verbracht, sich als das Oberhaupt dieser Familie zu etablieren; er würde nicht zulassen, dass sich das in Luft auflöste, nur weil seine Frau irgendwohin ging, ohne ihn darüber zu informieren.

»Ich werde mich um deine Mutter kümmern«, sagte er. »Geh wieder ins Bett.« Die Autorität in seiner Stimme war zurückgekehrt.

Ruby sah ihn zweifelnd an. »Ich weiß nicht, Dad. Warum hast du sie geschlagen?«

»Das ist eine Sache zwischen deiner Mutter und mir. Geh jetzt wieder ins Bett. Mit ihr ist alles in Ordnung.«

Als seine Tochter sich nicht rührte, stand Kevin auf und fuchtelte mit der Faust vor ihrem Gesicht herum. »Geh! Und zwar sofort. Ich bringe hier alles wieder in Ordnung.«

Die Angst stand ihr ins Gesicht geschrieben. Schließlich ließ sie ihre Mutter los und verließ den Raum.

Marianne atmete. Tief und schwer. Das war gut. Kevin zog sich aus und stopfte seine blutbefleckte Kleidung in die Waschmaschine, dann schaltete er sie ein. Er füllte eine Schüssel mit heißem Wasser, holte einen Lappen und kehrte ins Wohnzimmer zurück, wo seine Frau schluchzend auf dem Boden lag. Endlich war ihr das Lachen vergangen.

Nackt begann er, den Teppich zu reinigen. Marianne konnte warten. Immerhin hatte sie ihn auch warten lassen, ohne ein Wort darüber zu verlieren, wo sie gewesen war. Sie hatte es verdient, eine Weile in ihrem eigenen Blut dazuliegen.

Lisa saß in der dunklen Küche. Nur der Mond, der draußen am Himmel stand, spendete Licht.

Von oben ertönte ein Schrei.

Sie zuckte zusammen. War das eines der Kinder gewesen? Oder Charlie?

In den letzten Wochen hatte er unter schrecklichen Albträumen gelitten und war häufig schweißgebadet aufgewacht, doch der Blick in seinen Augen hatte sie davon abgehalten, Fragen zu stellen.

Die Küchentür ging auf. Ein Kopf tauchte in der Tür auf.

»Ich hatte einen Albtraum.« Jack stand in seiner Pyjamahose da, die kleine Brust frei, und sein Haar klebte nass an seinem Kopf, als wäre er gerade aus der Dusche gekommen. Gerade sah er so viel jünger aus als elf. »Dad schreit auch im Schlaf. Was ist denn los?«

»Komm und setz dich her zu mir.« Lisa ging vom Tisch zu der Couch, die zur Terrassentür ausgerichtet war. Sie tätschelte das Kissen. »Komm schon, Jack.«

»Ich habe Angst, Mam.«

»Vor mir?«

»Nein. Ich habe Angst vor der Person, die die Leiche auf die Gleise gelegt hat. Ich habe Angst, auch um Gavin. Ich glaube nicht, dass wir sicher sind.«

»Mach dir keine Sorgen. Ich beschütze dich. Ich bin wie Catwoman oder eine andere dieser Superheldinnen, die du so magst.«

Sie hatte gehofft, ihren Sohn damit zum Lachen zu bringen, aber ihm liefen die Tränen aus den Augen, über die Wangen und auf seine Hände, die er in seinem Schoß umklammert hielt. Sie berührte sein Kinn und drehte sein Gesicht zu sich. Ihr Herz zerbrach in viele kleine Stücke, als sie die Panik in seinen Augen sah. Sie beschloss, ihm nicht zu sagen, dass Tamara gegen halb zehn angerufen und gefragt hatte, ob Gavin bei ihm sei.

»Du siehst nicht einmal wie Catwoman aus«, sagte er schließlich.

Sie lachte sanft, und der Klang lockerte die Atmosphäre ein bisschen auf, als ob ein schwerer Schleier gelüftet worden wäre.

»Das stimmt wohl. Seit ich Maggie bekommen habe, sehe ich eher aus wie Buzz Lightyear. Vielleicht muss ich wieder mehr spazieren gehen. Ich könnte mit dir und Gavin spazieren gehen, wenn du deine Drohne zurückbekommst. Wie wäre das?«

»Das wäre ein bisschen peinlich, Mam, wenn ich ehrlich bin.« Endlich hörte er auf zu weinen.

»Ich wette, wenn Tamara mit euch spazieren gehen würde, hättest du nichts dagegen.«

Jack lächelte. »Du bist mir tausendmal lieber.«

»Hast du ihre Instagram-Story gesehen?«

»Ja.«

»Deinem Vater hast du aber was anderes erzählt.«

»Ich wollte nicht, dass er mich noch mehr ausfragt.«

»Morgen ist er bestimmt wieder besser gelaunt. Er macht sich nur Sorgen um dich, das ist alles.«

Jack wand sich unbehaglich. »Ich glaube nicht, dass er sich Sorgen um mich macht. Ich glaube, da ist noch was anderes.«

Lisa spürte, wie sich ein großer Stein in ihrer Brust festsetzte. »Was meinst du damit?«

»Was du vorhin gesagt hast. Über Bluttests und so. Dass er vielleicht Krebs hat. Dad wird sterben, oder?«

»Nein, aber nein ...«

»Lüg mich nicht an, Mam. Ich bin nicht dumm. Er war seit Wochen nicht mehr bei der Arbeit. Er hat abgenommen. Er ist schlimm krank, oder?«

Lisa seufzte. Sie konnte ihren Sohn nicht länger anlügen. Nicht bezüglich dieser Sache.

»Jack, dein Vater *ist* krank, aber wir wissen noch nicht, wie krank. Er war schon bei vielen Ärzten, aber dann gab es ein Problem mit seiner Krankenversicherung. Aber das ist jetzt geklärt, und er wird sich behandeln lassen. Er wird schon wieder.« Sie war sich nicht sicher, ob es Charlie wirklich wieder gut gehen würde. Im Moment gab es zu viele Unsicherheiten in seinem Leben.

»Warum ist er die ganze Zeit so wütend?«, fragte Jack.

»Es ist einfach ... das Leben im Allgemeinen. Er fühlt sich schlecht behandelt.«

»Warum? Er hat doch uns.«

»Ich weiß. Du bist zu jung, um das zu verstehen.«

»Ich will es aber verstehen.«

»Ich bin müde, Jack, und du hast morgen Schule. Du musst schlafen.«

»Gavin geht morgen nicht zur Schule.«

»Warum nicht?«

»Er ist morgen früh mit seiner Mutter im Fernsehen.«

»Verdammte Scheiße ... tut mir leid, Jack. Das hast du nicht gehört.«

Er lachte, und seine Augen funkelten. »Als ob ich dich und Dad noch nie fluchen gehört hätte.«

»Woher weißt du von dem Fernsehauftritt?«

»Instagram natürlich. Gavin hat es mir nicht mal selbst erzählt. Deswegen bin ich auch ziemlich sauer auf ihn. Ich spreche nie wieder mit ihm.«

Lisa lächelte. Vor zwei Minuten hatte er sich noch Sorgen um Gavin gemacht, und jetzt war er sauer auf ihn. Dann fiel ihr Tamaras Anruf wieder ein. Sie hatte nicht noch einmal angerufen, also musste Gavin wohl inzwischen im Bett liegen und schlafen.

»Geh jetzt ins Bett.« Sie umarmte ihren Sohn fest und hauchte ihm einen Kuss auf den Kopf. »Und morgen früh duschst du. Dein Haar klebt ja richtig an deinem Kopf.«

»Okay, gute Nacht.«

Sie sah ihm nach. »Jack, mach dir keine Sorgen. Alles wird gut.«

An der Tür blieb er stehen. »Ich hoffe es.«

Sie saß noch lange auf der kleinen Couch, beobachtete den Mond am Himmel und die funkelnden Sterne und lauschte den wilden Tieren draußen. Wie lange noch?, fragte sie sich. Wie lange können wir noch so weitermachen?

Sie bewegte sich erst, als sie Maggie in ihrem Bettchen weinen hörte.

Zwanzig Jahre zuvor

Er nahm mich mit, zurück über die Wiese. Wortlos.

Ich weinte, natürlich weinte ich. Ich war ja schließlich erst vierzehn.

Das Haus, in das er mich brachte, sah nicht so aus wie unseres. Vor dem Blut. Vor jener Nacht ...

Ich zitterte. Ich spürte Hände auf meinen Schultern. Kalte Hände. Nicht warm und weich wie die meiner Mutter. Vor jener Nacht ...

»Das Kind kann in der Abstellkammer schlafen. Und du auf der Couch.« Ihre Stimme war schroff. Nicht warm oder mütterlich.

Ich wollte es ihr sagen. Dieser Frau, die meiner Mutter überhaupt nicht ähnlich sah. Ich wollte ihr die Wahrheit sagen. Bevor ich sie vergaß. Bevor sie genauso matschig wurde wie die anderen Erinnerungen. Es gab etwas Wichtiges, das ich ihr sagen musste. Aber ich schaffte es nicht, die Worte aus meiner Kehle auf meine Zunge und aus meinem Mund zu bekommen.

»Das Kind bleibt bei mir«, sagte er. »Wirf uns ein paar Decken runter.«

»Sagst du mir, was passiert ist?«

»Nein.«

»Warum bist du voller Blut?« Dann sah sie meine Füße. »Großer Gott! Was ist mit dir passiert, Kind? Ich hole eine Schüssel mit Wasser, dann kannst du deine Füße waschen.«

Endlich. Ein wenig Wärme. Nicht, dass ich in meinem Leben an viel Wärme gewohnt gewesen wäre, aber da sich in letzter Zeit überhaupt niemand mehr um mich gekümmert hatte, empfand ich ihre Worte bereits als Wärme.

»Bring die Schüssel, ich werde sie ihm waschen.« Er behielt seine Hand auf meiner Schulter. Meine Knochen schmerzten unter dem intensiven Druck seiner Finger.

Er ließ mich nie aus den Augen. Hatte er Angst davor, was ich erzählen würde? Was ich über das sagen würde, was heute Nacht in unserem Haus passiert war? Oder war es letzte Nacht gewesen? Oder in einer ganz anderen Nacht? Ich hatte jegliches Gefühl für Zeit und Raum verloren. Ich spürte, wie ich abdriftete. Ich schwebte auf einem Nagelbett. Ich schüttelte mich, um die Bilder in meinem Kopf loszuwerden. Sie waren zu blutig. Zu laut. Die Schreie. Ich musste an die Schreie meiner Schwestern denken, als sie versucht hatten zu fliehen. Aber es hatte für sie kein Entkommen aus diesem Haus gegeben.

Ich blickte auf meine nackten Füße hinunter und sah die Blasen, die zwischen Blut und Dreck pulsierten. Wie lange war ich gerannt? Wie lange konnte ich noch vor der Wahrheit wegrennen?

Als sie die Schüssel mit lauwarmem Wasser vor uns stellte und ein schmutziges Geschirrtuch danebenlegte, flüsterte sie ihm etwas ins Ohr, woraufhin er nickte und seine Hand noch fester auf meine Schulter drückte.

Dann ging sie zur Tür hinaus und wir waren allein.

»Ich werde für dich tun, was ich kann«, sagte er, »aber du darfst niemals jemandem erzählen, was passiert ist. Wir werden eine Weile hierbleiben müssen, bis ich mir überlegt habe, was wir als Nächstes machen. Verstanden?«

Ich verstand es nicht.

»Antworte mir.«

Ich hatte nicht das Wort gesagt, von dem ich dachte, dass ich es gesagt hatte. Ich versuchte es noch einmal, aber ich war stumm. Er schlug mir hart auf die Wange. Dann noch einmal. Härter. Aber seine Gewalt verstärkte mein Schweigen nur. Ich konnte nicht sprechen.

»Du kannst dich so dumm stellen, wie du willst, vielleicht hilft uns das ja. Aber wenn mir zu Ohren kommt, dass du mit irgendjemandem darüber geredet hast, dann bringe ich dich um. Verstanden?«

Weil ich nicht glaubte, dass ich die Worte würde hervorbringen können, nickte ich. Mit Nachdruck. Ich wusste, dass das die Antwort war, die er hören wollte, und ich wusste, dass mich das am Leben erhalten würde. Wie lange, das war ungewiss.

SIEBENUNDVIERZIG

MITTWOCH

Das frühmorgendliche Sonnenlicht glitzerte auf den Scherben von Glas und Spiegeln, die funkelnde Sterne an die Seiten der offenen Betongrube warfen.

Lottie stand oberhalb der Grube mit Recyclingmüll und starrte auf den kleinen Körper hinab, der mit verrenkten Gliedern dalag. Ihre Augen füllten sich mit Tränen, und sie musste sich hinknien, um wieder klar denken zu können. Von hier oben aus war es schwer zu sagen, wie er gestorben war. Aber sie wusste, dass er tot war, und sie würde auf die Spurensicherung warten, bevor sie in den Abfall hinunterkletterte, um ihn sich genauer anzuschauen.

Sie wandte sich an Kirby und sagte: »Das ist furchtbar. Was zum Teufel ist hier los?«

Kirby schluckte und schüttelte langsam den Kopf. »Ach du Scheiße, das ist ja Gavin Robinson. Versucht hier jemand, Zeugen aus dem Weg zu räumen?«

»Zeugen? Es gibt keine Zeugen für die Verbrechen. Der gefrorene Torso und der Schädel sind doch viele Jahre alt. Schon vergessen.«

»Unsere beiden neuen Opfer haben die Überreste der alten

Verbrechen gefunden. Das ist die einzige Verbindung, die ich auf Anhieb sehe.«

»Ja, das sehe ich auch so. Aber ich habe keine Ahnung, warum sie deshalb sterben mussten.«

»Ich auch nicht«, gab Kirby zu und schritt in einem kleinen Kreis umher, während er seine von den Zigarren braun gefärbte Hemdtasche abtastete, als wollte er sich selbst bestätigen, dass er bald zum Rauchen entkommen konnte.

»Wo ist der Mann, der ihn gefunden hat? Wie heißt er noch mal?«

»Brandon Carthy. Er ist im Büro und bekommt eine Tasse gezuckerten Tee.«

»Ist er der Leiter des Recyclinghofs?«

»Es ist seine Aufgabe, jeden Morgen aufzusperren, außer samstags. Und sonntags ist geschlossen.«

»Wer war zu der Zeit noch hier?«

»Nur Carthy. Der Rest des Personals fängt nicht vor acht an. Sie sind jetzt alle im Büro versammelt.«

»Wie viele sind es?«

»Drei.«

»Wer führt die Befragungen durch?«

»Lynch und McKeown.«

»Okay. Und wo zum Teufel ist McGlynn?«

»Wahrscheinlich hat er an den Orten, an denen wir den Schädel und die gefrorene Leiche gefunden haben, immer noch alle Hände voll zu tun.«

»Nun, dieser Körper hier ist nicht gefroren. Scheiße, Kirby, er verwest doch vor unseren Augen in dieser Hitze.« Sie zwickte sich fest durch die Jeans in ihren Oberschenkel, um die emotionale Distanz zu wahren.

»Soll ich ihn noch mal anrufen?«, fragte Kirby.

»Ja, machen Sie das.«

Der Drang, in den Müll hinabzuklettern, um Gavins kleinen Körper in den Arm zu nehmen, war so überwältigend, dass Lottie sich abwenden musste. Sie sollte nicht riskieren, jetzt etwas durcheinanderzubringen, was ihnen später vielleicht helfen könnte. In der Morgenhitze krempelte sie ihre Ärmel hoch. Sie hatte gedacht, ihr langärmeliges T-Shirt würde ihr heute im Büro helfen, dass ihr nicht ganz so heiß wurde. Aber sie hatte kaum fünf Minuten an ihrem Schreibtisch gesessen, als der Anruf wegen der Leiche eingegangen war. Da hatte sie erfahren, dass die Nachtschicht mit dem Verschwinden von Gavin Robinson beschäftigt gewesen war, aber niemand hatte es für nötig gehalten, sie am Abend vorher davon in Kenntnis zu setzen, als seine Mutter ihn als vermisst gemeldet hatte.

Sie konnte ihre Wut kaum kontrollieren, als sie an der Oberkante der Grube entlangging und ihre Umgebung in Augenschein nahm. Die Mauer, den Zaun, die Absperrungen. Sie ließ die Beamten das Gelände nach Hinweisen absuchen. Nach irgendetwas, das ihnen helfen würde, denjenigen zu identifizieren, der Gavins Leiche in der Grube entsorgt hatte.

Das Geräusch eines Motors und quietschender Bremsen ließ sie aufhorchen.

»Glauben Sie eigentlich, ich habe sonst nichts zu tun?« Jim McGlynn stampfte um sein Auto herum und öffnete den Kofferraum. Er zog seine forensische Schutzkleidung an und holte einen schweren Gerätekoffer heraus.

»Danke, dass Sie so schnell gekommen sind«, sagte Lottie.

»Ich hatte ja nicht wirklich eine Wahl, oder? Ein Kind, ja? Wo ist die Leiche?«

»Da unten«, sagte Lottie und deutete in die Grube mit dem Glas und den Spiegeln.

Während die Beamten eilig ein Zelt über der Grube errichteten, stiegen zwei Mitarbeiter der Spurensicherung eine Leiter hinunter. McGlynn kletterte vorsichtig hinter ihnen her.

»Oh, wie ich das hasse«, brummte er, während sein Assistent die Leiter hielt.

»Was hassen Sie?«, fragte Lottie. Sie hatte sich ebenfalls Schutzkleidung angezogen, das Material haftete wie Klebeband an ihren Armen und ihrem Hals.

»Leichen an unzugänglichen Orten. Aaah! Scheiße.« Er war auf eine Glasscherbe getreten, aber sein Gummistiefel schienen nicht durchbohrt worden zu sein. »Das wird ein Albtraum, diesen Tatort so zu erhalten.«

»Irgendwelche Anzeichen von Blut?« Sie machte sich bereit, um die Leiter nach McGlynn hinunterzusteigen.

»Wenn Sie mir die Chance geben würden ...« Er knirschte mit den Zähnen.

Sie wünschte sich, Boyd wäre da, um ihr eine Hand auf den Arm zu legen und sie zu zwingen, ihren Mund zu halten, damit sie und McGlynn sich nicht anschrien. Und um sie vom Weinen abzuhalten.

»Kommen Sie noch nicht runter. Ich muss mir erst alles ansehen«, sagte er.

Sie trat zur Seite, während er seinem Team Befehle erteilte. Es dauerte eine weitere Viertelstunde, bis er ihr erlaubte, zu ihm zu kommen.

»Okay, was haben wir hier?«, fragte sie.

»Kennen Sie den Toten?«

»Das ist Gavin Robinson. Einer der Jungen, die den Torso entdeckt haben.«

»Stimmt. Ja, genau. Keine Anzeichen von Blut, er wurde also erst getötet und dann hier abgeladen.«

»Sollte da Blut sein?« Lottie starrte den Jungen an, der sein rotes Manchester-United-Fußballtrikot und eine schwarze Jeans trug. Seine Füße steckten in weißen Nike-Sneakers. Er trug keine Socken. War das Absicht, oder hatte er sich schnell angezogen? Sie wünschte, jemand aus der Nachtschicht hätte sie angerufen und ihr mehr Informationen gegeben. So hatte sie das Gefühl, in einem Meer aus Fragen zu ertrinken.

»Sehen Sie sich das an.« McGlynn bewegte den Kopf des Opfers vorsichtig zur Seite und zog den Kragen des Trikots herunter.

»Oh, Scheiße«, sagte Lottie.

»Ein Messerstich in den oberen Rücken«, sagte McGlynn. »Ziemlich tief. Das hat stark geblutet.« Er suchte die Umgebung der Leiche ab. »Aber nicht hier. Wie ich bereits sagte: Er ist an einem anderen Ort getötet worden.«

»Könnte das Blut nicht zwischen all dem Glas versickert sein?«

»Könnte es, ist es aber nicht«, erwiderte McGlynn genervt. Er mochte es nicht, wenn jemand seine Schlussfolgerungen infrage stellte, wie Lottie schon bei mehr als einer Gelegenheit feststellen musste. Er fügte hinzu: »Haben Sie der Rechtsmedizinerin schon Bescheid gesagt?«

»Ja.« Sie zog sich unter der Kapuze an den Haaren, wobei ihre behandschuhten Finger sich in den zerzausten Strähnen verhedderten und ihre Kopfhaut brennen ließen. Sie hatte die Rechtsmedizinerin sofort angerufen, als sie den Jungen in seinem Glasbett hatte liegen sehen, obwohl sie da noch gebetet hatte, dass es ein Unfall gewesen sein möge. Nun trieb McGlynns Bestätigung ihren sowieso schon hohen Stresspegel noch weiter in die Höhe. Sie wischte sich über die Stirn, und ihre behandschuhten Finger blieben fast an ihrem Kopf kleben.

McGlynn war jetzt voll in Aktion. »Gerry, lassen Sie die Kamera laufen. Passen Sie auf, dass Sie nichts übersehen. Bob, Video. Ist es an? Mein Gott, Mann, Sie wissen doch, was Sie zu tun haben.«

Lottie ignorierte seine Anweisungen und steckte ihre Hände vorsichtig in die Vordertaschen der Hose des Jungen. Nichts. Nicht einmal Kleingeld. Sie tastete sich zu den Gesäßtaschen vor. In der ersten war nichts. Aus der zweiten zog sie einen Schülerausweis heraus.

»Hinten rechts in der Tasche«, sagte sie für die Videoaufzeichnung. »Der bestätigt, dass es sich um Gavin Robinson handelt.«

»Armer kleiner Scheißer«, sagte McGlynn. »Sie sollten besser nach dem anderen Jungen sehen, der den Torso mit ihm gefunden hat.«

»Das sollte ich allerdings.« Jemand hielt ihr einen Beutel für Beweismittel hin, in den sie den Ausweis steckte, bevor sie ihn versiegelte.

»Sind Sie hier fertig?«, sagte McGlynn. »Ich muss mit meiner Arbeit weitermachen. Ich kann Sie hier nicht brauchen.«

Lottie ging vorsichtig zurück zur Leiter. »Wenn die Rechtsmedizinerin festgestellt hat, wann er gestorben ist, soll sie mir Bescheid geben.«

McGlynn antwortete nicht. Er war zu sehr damit beschäftigt, seinem Team Befehle zuzurufen.

Mit einem Fuß auf der untersten Sprosse drehte sie sich noch einmal um. »Wie ist er hier reingekommen?«

»Er ist weder gelaufen noch gesprungen, so viel steht fest.«

Kopfschüttelnd erklomm Lottie die Leiter und nahm McGlynns Worte achselzuckend zur Kenntnis. Er konnte also auch sarkastisch sein.

ACHTUNDVIERZIG

Marianne öffnete die Augen und war überrascht, Kevin auf der Bettkante sitzen zu sehen. Er tippte auf ihrem Laptop herum.
»Das ist meiner«, sagte sie. Er hatte ihr Passwort herausgefunden. So war Kevin, heimtückisch.
Ihr Mund fühlte sich an, als wäre er voller Watte, und ihr Hinterkopf pochte dort, wo sie auf den Tisch aufgeschlagen war. Sie fragte sich, ob die Schläge Spuren seiner Knöchel auf ihrer Haut hinterlassen hatten. Ihr Gesicht fühlte sich an wie ein Nadelkissen, dessen Nadeln sich bis in ihre Knochen bohrten. Sie hoffte, dass es Ruby gut ging. O Gott, ihre Tochter hatte die Brutalität ihres eigenen Vaters miterleben müssen. Wie sollte sie darüber jemals hinwegkommen?
»Halt dein Maul«, sagte er.
»Gib ihn mir.«
»Ich habe gesagt, du sollst das Maul halten.« Seine Stimme hob sich um eine Oktave, aber ihr war mittlerweile alles egal. Das Schlimmste, was er jetzt noch tun konnte, war, sie zu töten, und sie glaubte nicht, dass er das tun würde. Nicht, solange Ruby im Haus war. Dann wiederum ... in der Nacht war er kurz davor gewesen.

»Da ist nichts drauf, was dich interessieren könnte«, sagte sie, »Das ist nur mein Roman. Und der ist privat.«

»In diesem Haus ist nichts privat.« Er beugte sich über sie, sein Atem stank nach Alkohol. »Du hast mich geheiratet. Ich habe ein Recht darauf, zu wissen, was du schreibst, was du tust und wo du warst.« Er klappte den Laptop zu, offenbar hatte er wirklich nichts gefunden, was ihn interessierte. »Ich habe das Recht, diesen Laptop einfach zu zerstören, so wie ich dich eines Tages zerstören werde.«

»Das hast du letzte Nacht schon ziemlich gut hinbekommen.« Sie versuchte, sich aufzusetzen, aber die Kissen waren in der Nacht heruntergefallen und ihr Rücken fühlte sich an, als wäre eine Dampfwalze darübergerollt.

Er schlug mit seiner Faust auf das Bett und packte ihre Hand. »Wo warst du?«

»Was meinst du?«

Er verdrehte ihr die Finger. »Du weißt, was ich meine.«

Das tat sie. Doch aus reinem Trotz wollte sie ihm nicht die Wahrheit sagen. Darum sagte sie: »Ich war mit einer Freundin unterwegs.«

»Lügnerin. Du triffst dich mit jemand anderem.«

Sie stöhnte vor Schmerz auf, als er ihre Hand fallen ließ. »Das tue ich nicht.«

»Und die Bettwäsche?«, fragte er, stand vom Bett auf und schlug eine Ecke der Bettdecke um.

»Die Bettwäsche?« War er jetzt völlig verrückt geworden? Sie hatte keine Ahnung, wovon er sprach.

»Du hast gestern die Bettwäsche gewechselt, und ich darf dich daran erinnern, dass gestern nicht Samstag war.« Er öffnete den Kleiderschrank und nahm ein weißes Hemd heraus. Er prüfte, ob es gebügelt war, bevor er es anzog.

Da dämmerte es ihr. Die leise Erinnerung ließ ihre Wangen erröten. Nicht, dass etwas passiert wäre, aber Kevin entging nichts.

»Ich habe etwas Tee verschüttet und dachte, das könnte dich stören, darum habe ich das Bett abgezogen und die Bettwäsche gewechselt.«

»Lügnerin.« Er wandte sich ihr zu und knöpfte sein Hemd zu. Sie schreckte zurück angesichts des nackten Hasses, der ihr aus seinen zusammengekniffenen Augen entgegenschlug. »Jemand war hier. Sag mir die Wahrheit.«

»Warum sollte ich dich anzulügen? Du bist der Lügner in dieser Familie.« Sie kannte die Strafe, mit der er normalerweise auf Anspielungen dieser Art reagierte, warum provozierte sie ihn also? Doch sie konnte nicht aufhören. »Ich kenne deine Geheimnisse, Kevin, vergiss das nicht.«

»Pass besser auf, was du sagst.«

Jetzt wurde sie mutiger und fragte: »Darf ich dich etwas fragen?«

»Ich komme zu spät zur Arbeit.«

Sie sprach weiter. »Hast du mich jemals wirklich geliebt?«

Er blieb stehen und neigte den Kopf zur Seite, in seinen Augen lag etwas Bedrohliches. »Willst du die Wahrheit hören?«

»Ja«, antwortete sie mit bebender Stimme. Sie glaubte, die Antwort bereits zu kennen, aber sie wollte sie aus seinem Mund hören. Das würde ihr die Entscheidung erleichtern.

»Ich weiß nicht, ob ich dich jemals geliebt habe.« Er schlang seine Krawatte um seinen Hals. »Ich habe deinen Reichtum bewundert. Den Reichtum deiner Eltern, besser gesagt.«

»Und warum bleibst du bei mir?«

»Wegen des Erbes deines Vaters.« Er lachte, dann fügte er hinzu: »Und wegen Ruby. Wenn du jemals auf die Idee kommst, mich rauszuschmeißen, werde ich meine Tochter mitnehmen.«

»Sie ist unsere Tochter! Und sie würde niemals freiwillig mit dir mitgehen.«

»Wer hat was von freiwillig gesagt?«

Er beugte sich über sie, und sie zog sich die Bettdecke bis unter das Kinn und versuchte, nicht vor Schmerz aufzuschreien. Er strich ihr mit den Fingern über das Gesicht und den Hals und schob einen zwischen ihre Lippen. Sie fühlte sich missbraucht, mehr noch, als wenn er sie geschlagen hätte. Er lachte noch einmal und zog die Hand zurück. Dann nahm er sein Jackett vom Bügel und steckte seine Hände durch die Ärmel. An der Tür drehte er sich mit einem letzten grausamen Lächeln um und zog sie dann hinter sich zu.

NEUNUNDVIERZIG

Lottie musste mit Tamara Robinson sprechen, bevor die Medien Wind von der Sache bekamen. Ein paar Journalisten der lokalen Presse lungerten schon vor dem Tor des Recyclinghofs herum. Sie wollte zwar mit dem Mann sprechen, der die Leiche gefunden hatte, aber sie wollte auf gar keinen Fall, dass Tamara über Instagram oder Twitter erfuhr, dass ihr Sohn ermordet worden war.

Sie überließ es Kirby und McKeown, Beweise zu sammeln und die Mitarbeiter des Recyclinghofs zu befragen. Die widerwillige Lynch schleppte sie mit sich.

Als sie die Stufen zu Tamaras Wohnung hinaufstiegen, fragte Lynch: »Warum wurde den beiden eigentlich kein Opferschutzbeamter zugeteilt?«

»Nicht jetzt, Lynch.« Auch wenn die Familien beider Jungen das Angebot abgelehnt hatten, wusste Lottie, dass sie in der Hölle schmoren würde, weil sie ihnen keine Opferschutzbeamten zugewiesen hatte. Sie würde sich zu einem späteren Zeitpunkt damit auseinandersetzen müssen.

»Okay, aber es wird zur Sprache kommen. Diese neue

Superintendentin ist nicht wie Corrigan oder McMahon, was das betrifft. Sie ist geradlinig.«

»Worauf wollen Sie hinaus?«, fragte Lottie kurz angebunden.

»Vergessen Sie es.« Lynch klingelte an der Tür und steckte die Hände in die Taschen ihrer marineblauen Hose. Lottie hoffte, dass sie darin stark schwitzte.

Die Tür wurde von Garda Martina Brennan geöffnet, die Lottie bereits zu Tamara geschickt hatte, um sich um sie zu kümmern beziehungsweise um die Medien so lange fernzuhalten, bis sie die Frau informieren konnte.

»Wie geht es ihr?«

»Sie geht die Wände hoch.«

Das Haus roch anders als das letzte Mal, als Lottie hier gewesen war. Der Duft von Parfüm und Duftkerzen war durch den deutlichen Geruch von Verlust ersetzt worden. Sie kannte diesen Geruch. Sie roch ihn jedes Mal, wenn sie es mit einem Mord zu tun hatte, erst recht, wenn es um ein Kind ging.

Tamara saß in der kleinen weißen Küche und trug ein schwarzes Sweatshirt über ihren Leggings. Ihr Haar war achtlos zusammengebunden, verknotet und fettig. Sie hielt den Kopf gesenkt und klammerte sich an eine glimmende Zigarette. Der Raum war erfüllt von Rauch. Lottie öffnete das Fenster ein wenig, bevor sie sich neben die verzweifelte junge Frau setzte. Die falschen Wimpern waren verschwunden, und ihre Wimperntusche rann ihr wie ein Flussdelta über die Wangen. Lottie kämpfte gegen den Drang an, sie auf den Arm zu nehmen, aus der Küche zu tragen und in die Badewanne zu stecken. Tamara sah aus wie ein Kind – wie eine zerbrochene Porzellanpuppe, die kein noch so geschickter Puppendoktor jemals wieder würde reparieren können. Und dabei hatte man ihr die herzzerreißende Nachricht noch gar nicht mitgeteilt.

»Tamara? Schauen Sie mich mal kurz an. Ich habe ...«

»Haben Sie ihn gefunden?«

»Es tut mir leid, aber ...«

»Er ist tot, nicht wahr?«

Lottie beobachtete, wie sich die Hand mit der Zigarette langsam öffnete und den Stummel auf dem Tisch neben der Untertasse löschte, die als Aschenbecher diente. Tamara war keine Raucherin gewesen, schloss sie, aber jetzt war sie es.

»Es tut mir so leid«, sagte sie.

»Können Sie mir noch eine anzünden?«, fragte Tamara.

Lottie nahm das Päckchen, zog eine Zigarette heraus und zündete sie der trauernden Mutter an, obwohl sie selbst den Zigaretten schon vor Monaten abgeschworen hatte.

»Tamara. Sie müssen mit mir reden.«

»Was auch immer mit meinem Gavin passiert ist, es ist alles meine Schuld.« Ihre Tränen waren wie Schlammspuren auf ihrem Gesicht getrocknet, und ihre Augen waren mit noch ungeweinten Tränen gefüllt.

»Sagen Sie doch so was nicht.« Lottie sah sich hilfesuchend nach Lynch um, aber sie war im Flur und unterhielt sich mit Garda Brennan.

»Wo ist mein Sohn?«, fragte Tamara, ihre Stimme klang monoton, wie tot. »Ich will ihn sehen.«

»Das geht noch nicht. Aber bald. Ich werde das für Sie arrangieren.«

»Wo haben Sie ihn gefunden?«

Es gab keinen einfachen Weg, ihr das zu sagen. Darum beschloss Lottie, direkt zu sein. »Wir haben Gavins Leiche auf dem öffentlichen Recyclinghof gefunden. Am anderen Ende der Stadt.«

»Ich weiß, wo der ist«, schnauzte Tamara sie an. »Was hat er da gemacht? Ich habe ihn doch nur zur Metzgerei die Straße runter geschickt, um Fleisch für das Abendessen zu holen.«

»Wann haben Sie ihn zuletzt gesehen?«

»Ich ... ich war gerade dabei, mich zu bräunen. Deshalb habe ich ihn geschickt. So konnte ich ja nicht in den Laden gehen. Gavin meinte, dass ich aussehe wie ein Donald Trump.«

Lottie lächelte traurig.

Tamara atmete tief ein und hustete, bevor sie die Zigarette auf die Untertasse legte. »Wir sollten heute Morgen im Fernsehen sein. Gavin und ich. Jemand hat ihn entführt. Jemand wollte nicht, dass er erzählt, was ...« Dann kamen die Tränen. Große, dicke, hässliche Tropfen, die durch die von Mascara verklumpten Wimpern kullerten.

»Dass er was erzählt?«, fragte Lottie sanft nach.

»Nichts eigentlich. Nur, dass er und Jack die Leiche gefunden haben. Das muss so schlimm für sie gewesen sein. Ich habe nicht darüber nachgedacht, wie es für Gavin gewesen sein muss. Ich habe nur an mich gedacht. Ich bin so egoistisch. Das ist mir jetzt klar geworden. Wann kann ich ihn sehen?«

»Bald.«

»Wie ist er gestorben?«

»Das wissen wir noch nicht genau.«

Tamara schlang die Arme um ihren Körper und schlug mit dem Kopf auf den Tisch. Bumm. Bumm. Bumm.

Lottie nahm sie bei den Schultern und drückte die Frau an ihre Brust. »Hören Sie auf, Tamara. Bitte! Sie tun sich noch weh.«

»Ist doch egal. Musste er leiden? Wenn er leiden musste, dann werde auch ich dafür leiden müssen.«

»Ich glaube es nicht. Nach der Obduktion werden wir mehr wissen.« Sie hielt Tamara im Arm, als wäre sie eine ihrer Töchter. »Gibt es jemanden, den ich für Sie anrufen kann?«

»Nein, es gibt niemanden. Gavins Vater ist gestorben, als er noch klein war. Und jetzt ist Gavin ...«

»Wann haben Sie angefangen, sich Sorgen zu machen, dass er noch nicht nach Hause gekommen ist?«

Tamara zuckte mit den Schultern. »Zuerst habe ich gedacht, dass er vielleicht vergessen hat, das Fleisch zu kaufen, oder dass er keine Lust dazu hatte, weil er es sowieso nicht essen wollte, und dass er vielleicht zu Jack rübergegangen oder mit ihm irgendwo hingegangen ist, um Fußball zu spielen. Ich habe mir keine Sorgen gemacht. Jedenfalls noch nicht. Ich habe mich fertig eingecremt und die ganze Zeit geschimpft und gesagt, dass ich ihn umbringen würde, wenn er nach Hause kommt.« Sie heulte auf. »O Gott, wie konnte ich das nur sagen?«

»Schon gut. Erzählen Sie weiter.«

»Dann war es plötzlich acht Uhr, und noch immer keine Spur von ihm.«

»Sie haben sich gestern Abend erst um elf Uhr auf der Wache gemeldet. Warum so spät?«

»Ich dachte wirklich, er wäre bei Jack.«

»Aber haben Sie probiert, ihn anzurufen?«

»Er ist nicht drangegangen. Jack auch nicht, also habe ich angenommen, dass sie Fußball spielen oder diese dämliche Drohne fliegen.«

»Die Drohne befindet sich immer noch auf der Wache.«

»Ich habe nicht richtig nachgedacht. Dann habe ich Lisa, Jacks Mutter, angerufen. Das muss so gegen neun oder halb zehn gewesen sein. Sie meinte, Jack wäre im Bett und hätte Gavin den ganzen Tag nicht gesehen. Gavin war ja gestern nicht in der Schule.«

»Was haben Sie nach dem Gespräch mit Lisa getan?«

»Ich bin durch unser Viertel gelaufen und runter zur Brücke. Da habe ich die Polizisten gefragt, ob sie ihn gesehen haben, und einer von ihnen meinte, er hätte ihn gesehen, war sich aber nicht ganz sicher.«

»Ich werde das abklären. Fahren Sie fort. Was haben Sie dann gemacht?«

»Nichts. Der Polizist, mit dem ich gesprochen habe, meinte, ich soll ihn als vermisst melden, obwohl er wohl glaubte, dass er wahrscheinlich gerade irgendwo hinter einem Schuppen eine

Kippe raucht. Aber mein Gavin raucht doch nicht.« Sie starrte ausdruckslos auf die Zigarette, die auf der Untertasse verglühte. »Und ich auch nicht.«

»Sie haben ihn um elf Uhr als vermisst gemeldet. Das war über eine Stunde später.«

»Ich wusste nicht, was ich machen soll. Ich bin hier ganz allein. Seit dem Tod seines Vaters gibt es nur noch mich und Gavin. Ich tue mein Bestes. Ich versuche es. Wirklich.«

»Um wie viel Uhr haben Sie Gavin zuletzt gesehen?«

»Das war um kurz vor sechs, als ich ihn in den Laden geschickt habe. Könnte auch Viertel vor gewesen sein. Ich bin mir nicht sicher.«

»Und Sie hatten danach keinen Kontakt mehr zu Gavin?«

»Nein.«

»Sind Sie in den Laden gegangen, um nachzufragen, ob er da gewesen war?«

»Der war schon zu, als ich mit dem Selbstbräuner fertig war.«

»Sind Sie zu einem Ihrer Nachbarn gegangen?«

»Ich kenne hier niemanden.«

»Hat sich jemand bei Ihnen gemeldet?«

Tamara zögerte, warf einen Blick zur Tür und sah dann wieder auf den Tisch. »Nein.«

»Sagen Sie mir die Wahrheit, Tamara. Ihr Sohn ist tot. Auch wenn es etwas ist, das Sie für unbedeutend halten, ich muss es wissen. Ich muss alles wissen, wenn ich herausfinden soll, was mit Ihrem Sohn das geschehen ist.«

»Wurde er ... Sie wissen schon ... missbraucht?«

Lottie stieß inmitten der verrauchten Luft einen Seufzer aus. Das würde sie erst wissen, wenn die Ergebnisse der Obduktion vorlagen. »Ich weiß es nicht, aber ich bezweifle es. Was hatte er an?«

Tamara starrte auf den Tisch. »Ich ... ich glaube, er hatte sein Fußballtrikot an, und seine schwarze Jeans.«

»Und an den Füßen?«

»Seine neuen Nikes, obwohl ich wollte, dass er sie wegen des Fernsehauftritts noch nicht anzieht. Aber er hat gesagt, dass er sie einlaufen muss.«

»Hatte er Socken an?« Wenn Tamara jetzt Ja sagte, dachte Lottie, dann war der Junge aus- und wieder angezogen worden. Sie betete stumm.

»Ich weiß es nicht.«

»Okay. Tamara, ich muss wissen, wer gestern Abend hier bei Ihnen war.«

»Warum?«

»Weil Ihr Sohn tot ist und ich einfach alles wissen muss. Was Sie getan haben und mit wem Sie gesprochen haben.«

Tamara sackte wieder in sich zusammen und schluchzte. »Es war nur eine Freundin. Sie kam ganz schön verzweifelt hier an, sehr wütend und aufgebracht. Sie hatte sich mit ihrem Mann gestritten und musste wohl ein bisschen aus dem Haus. Sie hat mich eine Zeit lang von meinen eigenen Sorgen abgelenkt, während ich versucht habe, sie zur Vernunft zu bringen und dazu zu bewegen, wieder nach Hause zu ihrem Mann zu gehen. Sie ist älter als ich, wir haben uns über Instagram kennengelernt, und als wir gemerkt haben, dass wir in derselben Stadt leben, sind wir gute Freundinnen geworden.«

»Wie heißt Ihre Freundin?«

»Marianne O'Keeffe.«

FÜNFZIG

Lottie wies Maria Lynch und Garda Brennan an, bei Tamara zu bleiben. Sie sollten überwachen, dass sie keinen Kontakt zu Marianne O'Keeffe aufnahm, bis sie selbst mit ihr gesprochen hatte. Dann schickte sie einen Polizisten los, um in der Metzgerei am Ende der Straße vorbeizuschauen, und stellte erleichtert fest, dass es sich nicht um die Metzgerei handelte, in der Jeff Cole arbeitete. Sie erfuhr, dass Gavin kurz vor Ladenschluss um sechs Uhr dort gewesen war. Der Metzger erinnerte sich noch daran, denn er war schon dabei gewesen, die Tür abzuschließen.

Sie besorgte sich die Nummer des Beamten, der am Abend zuvor an der Brücke gewesen war, und rief ihn an. Er konnte sich genau daran erinnern, dass der Junge die Brücke überquert hatte, denn er war gerade erst zum Dienst gekommen. Das war um kurz nach sechs gewesen. Er hatte jedoch keine Ahnung, wohin der Junge gegangen war. Sie organisierte ein Team, das die Gegend von der Brücke bis zu Gavins Haus durchkämmen sollte. Ein weiteres Team sollte von Haus zu Haus gehen und alle verfügbaren Aufnahmen von Dashcams und Überwachungskameras sammeln.

Sie stieg in ihr Auto und fuhr schnell aus dem Wohngebiet heraus. Als sie am Ende der Straße anhielt, blickte sie sich um. Vor ihr blühte ein weißer Spierstrauch, und links von ihr führte eine schmale Straße zur Hauptstraße nach Dublin. Sie schüttelte sich und sah nach rechts. Die Straßensperre auf der Brücke war abgebaut worden, und der Verkehr wurde wieder durchgelassen. Sie hörte, wie sich ein Zug aus dem Bahnhof von Ragmullin in Richtung Dublin bewegte, obwohl es wahrscheinlich noch Tage dauern würde, bis der Fahrplan wieder vollständig aufgenommen werden konnte.

Während sie den mit Gras bewachsenen Weg entlangfuhr, forderte sie Kirby über Funk auf, zu ihr zu kommen.

An der Tür zog sie ihre Strickjacke enger um sich, als der Wind, der vom Kanal kam, frischer und kräftiger wurde.

Das Bein des Kindes war in einem Bereich ein gutes Stück weiter links von ihr gefunden worden. Sie brauchte endlich die Ergebnisse von Jeffs DNA-Analyse, um feststellen zu können, ob der Torso von seiner Cousine stammte oder nicht. Polly Cole hatte keinen Reisepass, es war also wahrscheinlich, dass sie das Land nicht verlassen hatte. Wenn sich herausstellte, dass der Mensch, zu dem der Torso gehörte, mit Jeff verwandt war, was war dann vor all den Jahren im Haus seiner Tante, in der Church View Nummer zwei, vorgefallen? Wie konnte es sein, dass eine Mutter ihre Tochter nicht als vermisst oder tot meldete? Das war unvorstellbar. Es sei denn, sie hatte sie selbst umgebracht. Lottie verstand das alles nicht. Vielleicht konnte sie Jane um den Gefallen bitten, die DNA-Analyse zu beschleunigen. McKeown sollte in der Lage sein, etwas über den Verbleib des Mädchens herauszufinden, falls sie noch lebte. Aber jetzt war ein weiteres Kind tot.

Hecken und Bäume mit ausladenden Wipfeln versperrten ihr die Sicht auf den Kanal. Sie fröstelte in der zunehmend kälter werdenden Brise. Während sie darauf wartete, dass die Tür geöffnet wurde, blickte sie hinauf zu den Wolken, die sich am Himmel zusammenballten. Sie hatte das ungute Gefühl, dass die Dinge gerade Fahrt aufnahmen. Wie durch einen biblischen Fluch änderte sich das Wetter oft plötzlich, wenn ein Fall eine Wendung nahm. Um was für eine Wendung es sich handelte, wusste sie jedoch nicht. Nichts ergab einen Sinn. Sie wusste nur, dass Gavins Tod und der Tod von Faye Baker damit zusammenhingen, dass sie beide jahrzehntealte Leichenteile gefunden hatten. Jack Sheridan musste beschützt werden. Sie hatte bereits eine Gardaí-Einheit organisiert, die die Familie und ihr Haus überwachen sollte.

Als sie sich wieder umdrehte, stand Lisa Sheridan auf der Türschwelle vor ihr. Sie sah verwahrlost aus. Ihr leichtes geblümtes Kleid war an der Hüfte, auf der das kleine Mädchen saß, hochgerutscht, sodass ihre weißen Beine zum Vorschein kamen. Ihre Haut wirkte hauchdünn, und unter ihren Augen befanden sich tiefe, dunkle Ringe. Vermutlich schlief sie schlecht. Und sie hatte sich noch immer nicht die Haare gewaschen.

»Ich habe von Gavin gehört. Kommen Sie rein.«

In der Küche herrschte ein heilloses Durcheinander. Der kleine Metalleimer neben der Hintertür quoll über, und der Geruch von schmutzigen Windeln, der in der Luft hing, hatte sich nicht durch den Zitronenraumspray vertreiben lassen, von dem sie vermutete, dass Lisa ihn eilig umhergesprüht hatte, bevor sie zur Tür gekommen war.

»Lisa, gibt es etwas, das Sie mir sagen wollen?« Sie fegte Krümel von einem Stuhl, bevor sie sich an den Tisch setzte.

»Nein. Nichts.« Lisa fummelte am Kragen ihres Baumwollkleides herum. Die Knöpfe waren über der Brust nicht richtig geschlossen, und ihr verwaschener weißer BH stützte ihre schlaffen Brüste nicht ausreichend.

»Setzen Sie sich doch bitte.« Lottie deutete auf den Stuhl neben sich. Lisa blieb jedoch mit dem stummen Kind in ihren

Armen stehen und starrte sie an, als wäre sie eine Schlange, die sich gleich auf sie stürzen wollte. »Ich muss mit Jack sprechen.«

»Er ist in der Schule. Wir wussten vorhin noch nichts von Gavin. Glauben Sie, ich sollte ihn abholen?«

»Können Sie in der Schule anrufen und sich bestätigen lassen, dass es ihm gut geht?«

»Natürlich.« Lisa rief an und bestätigte, dass Jack sicher in der Schule war. »Das ist alles so furchtbar.«

»Ich weiß, aber ich bin mir sicher, dass er dort gut aufgehoben ist. Sie oder Charlie sollten ihn aber auf jeden Fall von der Schule abholen gehen.«

»Okay.« Lisa klammerte sich an ihre Tochter und sah selbst wie ein kleines Mädchen aus. »Ich kann das alles nicht fassen. Jemand hat diese Leichen zerstückelt. Das arme Kind. Und was ist mit Gavin passiert? O Gott, wer wird meinen Sohn beschützen, Inspector? Wer?«

»Draußen hält ein Garda Wache, und Sie sollten unser Angebot eines Opferschutzbeamten annehmen.«

»Okay. Ja.«

Lottie spürte eine Welle der Erleichterung. »Ich werde jemanden für Sie organisieren. Vor Ihrem Haus wird zudem durchgängig jemand Wache halten. Jetzt muss ich Sie aber noch ein paar Dinge fragen. Hat Tamara Sie wegen Gavin angerufen?«

»Ja. Sie hat gestern Abend gegen halb zehn angerufen und nach ihm gefragt. Sie dachte, dass er mit Jack hier wäre. Aber Jack war schon im Bett, und ich habe ihr gesagt, dass wir Gavin gestern überhaupt nicht gesehen haben. Sie hat einfach aufgelegt. Ganz schön frech, finde ich. Tut mir leid. Das hätte ich nicht sagen sollen. Nicht jetzt.«

»Schon in Ordnung.« Lottie schaute sich in der Küche um. »Wo ist Ihr Mann heute?«

»Er ist irgendwo in der Gegend.« Lisa setzte Maggie auf

den Boden, lehnte sich gegen das Waschbecken und sah aus dem Fenster. »Vielleicht am Kanal. Er angelt dort gern.«

»Ein großer Teil des Kanals in dieser Gegend ist abgesperrt, bis wir unsere Untersuchungen abgeschlossen haben.«

»Ich bin nicht blind. Ich kann die Lichter nachts sehen. Sie rauben uns den Schlaf.«

»Nicht mehr lange. Kommen Sie und setzen Sie sich.«

Lisa entfernte sich vom Fenster und setzte sich.

Lottie sagte: »Erzählen Sie mir, wie es Jack geht.«

»Er ist sehr unruhig, wie Sie sich vorstellen können. Kann weder schlafen noch essen. Ich wünschte, wir könnten einfach wieder zur Normalität zurückkehren.«

»Lisa, nur wenige Meter von Ihrem Haus entfernt wurde die zerstückelte Leiche eines Kindes gefunden, und ...«

»Ich weiß!«, rief Lisa. »Ich weiß, was mein Sohn gefunden hat. Ich sehe, was in den Nachrichten kommt. Es ist entsetzlich. Ein Albtraum, aus dem ich nicht mehr aufwache. Es ist so ungerecht.«

»Die Dinge werden sich irgendwann wieder beruhigen.«

»Wie können Sie das sagen? Jetzt, da Gavin ... O Gott. Was ist nur los mit dieser Welt?«

Gute Frage, dachte Lottie. Was sollte sie dieser armen Frau und ihrer Familie sagen? Wie konnte sie ihnen helfen, sich sicher zu fühlen?

Lisa fummelte an einem der offenen Knöpfe am Ausschnitt ihres Kleides herum. Gleich würde sie ihn abreißen, dachte Lottie.

»Lisa, Sie müssen keine Angst haben. Wir besorgen Ihnen einen Opferschutzbeamten, und Sie können Jack für eine Weile zu Hause behalten. Also versuchen Sie bitte, sich zu beruhigen.«

Lisa sprang auf, drehte sich auf einem Fuß wie eine betrunkene Ballerina und fuchtelte mit der Faust. »Ist das Ihr Ernst? Mich beruhigen? Unser Leben ist inzwischen ein Albtraum, und Sie sagen mir, ich soll mich beruhigen! Sie können sich verpissen.« Sie drehte sich so schnell wieder um, dass sie mit den Knien gegen die offene Schranktür unter der Spüle stieß. Sie schrie auf, und Maggie kam kreischend herbeigerannt, um ihre kleinen Arme um die Knie ihrer Mutter zu schlingen.

»Setzen Sie sich wieder, Lisa«, sagte Lottie. »Ich will mit Ihnen reden.«

Lisa nahm ihre Tochter in den Arm und gab ihr einen Kuss auf den Scheitel. Das beruhigte das kleine Mädchen, das sofort aufhörte zu weinen. Schließlich setzte sich Lisa gegenüber von Lottie hin. Mit einem Fingernagel kratzte sie an einer Kerbe im Holz des Tisches herum.

»Ich habe Ihnen nichts zu sagen.«

Lottie entschied sich für Small Talk, damit Lisa sich ein wenig öffnete. »Sie haben so ein schönes Haus. Wann haben Sie es gekauft?«

»Keine Ahnung. Das ist Jahre her. Charlie weiß das, der merkt sich solche Dinge.«

»Ich habe ihn neulich gesehen. Im Tullamore Hospital. Ist er krank?«

Lisa biss sich auf die Lippen und bemühte sich, nicht zu weinen. »Seit ein paar Jahren. Er hat sich untersuchen lassen. Wir warten auf eine Diagnose. Gestern sollte er die Ergebnisse seiner Biopsie erhalten, aber er ... er meinte, sie wären noch nicht da.«

»Ich kann nachfühlen, was Sie durchmachen«, sagte Lottie. »Ein Freund von mir unterzieht sich gerade einer Chemotherapie. Hat Charlie Krebs?«

»Ich weiß es nicht. Ich bin Krankenschwester, keine Ärztin.«

»Heißt der Arzt, der ihn behandelt, Mr Saka?«

»Ich weiß es nicht. Tut mir leid. Aber ich kann es herausfinden.«

»Okay. Wo arbeitet Charlie?«

»Er war jahrelang in der Versicherungsbranche tätig, und vor zwei Jahren, kurz bevor er krank wurde, hat er bei Irish Canals angefangen, wo er hauptsächlich Wartungsarbeiten durchgeführt hat. Es gab nicht viel Geld, und mit drei Kindern ist es manchmal schwer, obwohl ich Vollzeit arbeite.«

»Ich weiß. Ich habe selbst drei Kinder, von denen zwei jetzt erwachsen sind. Und ich habe einen Enkel.«

»Sie sehen ganz schön jung aus für eine Oma.«

»Danke«, sagte Lottie, aufrichtig erfreut. »Kennen Sie Kevin O'Keeffe?«

Lisa senkte den Kopf. »Wen?«

»Sie meinten doch, dass Charlie früher in der Versicherungsbranche gearbeitet hat. Ich habe mich gefragt, ob er mit Kevin O'Keeffe zusammengearbeitet hat. Der ist bei A2Z Insurance hier in der Stadt angestellt.«

»Äh, ja. Da hat Charlie tatsächlich gearbeitet.«

»Und kennen Sie Kevin?« Es fühlte sich an, als würde sie mit einem traumatisierten Kind sprechen.

»Ich glaube schon, ja.«

»Aber Sie sind keine engen Freunde?«

»Gott, nein.«

»Tamara ist mit Kevins Frau, Marianne, befreundet.«

Lisa hob den Kopf und starrte sie an, in ihren Augen loderte ein Feuer. »Diese Tamara würde doch ihre eigene Großmutter verkaufen, also benutzt sie sie wahrscheinlich. Nicht, dass sie mir jemals erzählt hätte, dass sie sie kennt.«

»Waren die O'Keeffes jemals hier bei Ihnen? Vielleicht zum Essen oder auf ein paar Drinks?«

»Warum fragen Sie mich nach den O'Keeffes?«

»Ich versuche nur, all die Leute etwas besser zu verstehen, die bei unseren Ermittlungen eine Rolle spielen.«

»Und Kevin spielt dabei eine Rolle?«, fragte Lisa.

Lottie war verwirrt. Eben noch hatte Lisa behauptet, nichts über die O'Keeffes zu wissen, jetzt schien sie plötzlich doch eine ganze Menge zu wissen. Sie musste mit den O'Keeffes reden. Sie dachte an das, was Karen Tierney ihr erzählt hatte, und an die Tatsache, dass Tamara mit Marianne befreundet war. Da könnte es eine Verbindung geben. Wahrscheinlich war es irrelevant, aber sie würde sich damit auseinandersetzen müssen.

»Tamara ist eine Blutsaugerin«, sagte Lisa plötzlich. »Sie klammert sich an einen und saugt das Leben aus einem heraus, bis man nichts mehr zu geben hat. Trotzdem würde ich ihr das, was passiert, nicht einen Augenblick lang wünschen.«

»Ich weiß. Danke, Lisa.« Lottie empfand Mitleid mit der jungen Frau, die ihr gegenübersaß. »Ist alles in Ordnung mit Ihnen?«

»Alles gut. Alles in Ordnung. Belästigen Sie bitte Charlie nicht, Inspector. Ich bitte Sie. Er würde vor Sorge umkommen. Und wie soll ich dann zurechtkommen?«

Lisa stand auf, setzte die Zweijährige erneut auf den Boden und gab ihr ein Puzzle zum Spielen. »Ich bringe Sie noch zur Tür.«

EINUNDFÜNFZIG

Der Wind hatte die Richtung gewechselt und blies Lottie scharf ins Gesicht. Kaum dass sie aus der Tür getreten war, schloss Lisa diese auch schon hinter ihr. Ein Streifenwagen kam gerade an, als sie auf ihr eigenes Auto zuging. McKeown stieg aus, und der Wagen wendete und raste davon.

»Was ist los?«

»Kirby hat gesagt, Sie brauchen Unterstützung, und da er auf dem Recyclinghof Zeugenaussagen aufnimmt, bin ich stattdessen gekommen.«

»Es ist alles in Ordnung. Ich habe Lynch bei Tamara Robinson gelassen und wollte eigentlich nur, dass jemand bei mir ist, während ich mit der Familie Sheridan rede. Aber jetzt bin ich schon fertig.«

»Großartig. Kann ich mitfahren? Der Suchtrupp will, dass Sie sich ein altes, mit Brettern vernageltes Haus ansehen.«

»Was ist das für ein Haus?«

»In der Nähe des Wohngebiets, in dem Tamara wohnt.«

»Steigen Sie ein. Ist bei den Befragungen irgendwas rausgekommen, von dem ich wissen sollte?«

»Niemand hat irgendwas gesehen. Die übliche Scheiße.«

Auf der Brücke beugte sich McKeown zur Windschutzscheibe vor, das Licht spiegelte sich auf seinem kahl rasierten Kopf. »Das ist es. Da drüben.«

Sie parkte und stellte den Motor ab. McKeown stieg aus, um mit den beiden Polizisten zu sprechen, die vor der Umzäunung standen. Lottie gesellte sich zu ihnen.

»Wurde das Haus schon überprüft?«, fragte sie.

»Wir haben auf Sie gewartet«, sagte der Polizist. »Die Tür scheint aufgebrochen worden zu sein.«

»Wissen Sie was?«, meinte McKeown. »Ich bin nicht aus Ragmullin und kenne die Gegend hier nicht, aber ich bin mir sicher, dass ich das Haus vor Kurzem irgendwo gesehen habe.«

»Wirklich? Wo?«

»Kann mich nicht erinnern.«

»Es sieht aus, als wäre es schon seit Jahren zugenagelt«, sagte Lottie. »Aber lassen Sie uns mal reinschauen.«

Sie folgte McKeown zu dem hölzernen Tor in der Umzäunung. »Der Beamte auf der Brücke hat ausgesagt, dass er Gavin gegen sechs Uhr gesehen hat, als der auf dem Heimweg war, aber er ist nie zu Hause angekommen«, sagte sie. »Vielleicht hat irgendetwas hier seine Neugierde geweckt, oder er wurde vorsätzlich hineingelockt. Eines ist ja sicher: Er wurde nicht dort getötet, wo man seine Leiche gefunden hat.«

Sie schob sich durch das Tor und hielt ein Brett zur Seite, damit McKeown ihr folgen konnte.

»Es sieht ein bisschen unheimlich aus«, sagte er.

Sie betrachtete das baufällige zweistöckige Haus, das einst gelb gestrichen war, jetzt aber ausgebleicht und verwittert aussah. Das Dach war an einigen Stellen eingestürzt, und ein Fenster im Obergeschoss war eingeschlagen. Aus einem der Schornsteine wuchs ein kleiner Baum.

Sie gingen den holprigen Weg zur Tür hinauf. Ein säuerlicher Geruch schlug ihr entgegen.

»Riechen Sie das?«

»Ja.« McKeown starrte auf den Boden.

Links neben der Tür auf dem Boden entdeckten sie die kleine weiße Plastiktüte mit Fleisch. Sie bewegte sich, als ob sie lebendig wäre. Fliegen schwirrten um die Tüte herum.

»Scheiße«, sagte McKeown.

»Das könnte das Fleisch sein, das Gavin gekauft hat. Man hat das Haus letzte Nacht nicht durchsucht.« Lottie fuhr sich durch das Haar. »Wenn er hier drin war und noch gelebt hat, als seine Mutter ihn als vermisst gemeldet hat, dann wird man uns die Hölle heiß machen.«

»Ich weiß. Aber der Junge wurde gestern Abend um kurz nach sechs das letzte Mal gesehen, und sie hat ihn erst um elf Uhr als vermisst gemeldet. Glauben Sie, dass sie etwas damit zu tun hat?«

»Alles ist möglich. Rufen Sie Lynch an und sagen Sie ihr, sie soll Tamara genau im Auge behalten.«

»Wird gemacht.«

»Und wenn Sie schon dabei sind, lassen Sie jemanden unsere internen Berichte daraufhin überprüfen, ob dieser Ort im Zusammenhang mit den Leichenteilen, die im Kanal und auf den Gleisen gefunden wurden, irgendwie aufgetaucht ist.«

»Warum?«

»Alle unsere Bemühungen haben sich darauf konzentriert, die Leichenteile zu bergen, aber wir haben noch nicht herausgefunden, wo sie gelagert wurden. McKeown, warum kommt Ihnen dieser Ort bekannt vor?«

»Ich versuche ja, mich zu erinnern«, sagte er und wandte sich ab, um die Anrufe zu tätigen.

Lottie begutachtete die Tür und hatte ein mulmiges Gefühl im Bauch. Der Geruch des verfaulenden Fleischs in der Tüte verstärkte die Übelkeit. Gavin war hier gewesen, da war sie sich sicher.

Sie lief zurück zum Auto und zog sich forensische Schutzkleidung an.

Dann betrat sie das alte Haus.

———

Kirby öffnete die Bürotür des Recyclinghofs und wurde von einer Welle abgestandener Luft begrüßt. Zu viele Menschen befanden sich in dem kleinen, fensterlosen Raum. In der Hoffnung, dass es noch einen anderen Ort gab, an den sie gehen konnten, warf er einen Blick über seine Schulter. Aber es gab nur dieses eine Büro.

Nachdem er sich vorgestellt hatte, bat er alle außer Brandon Carthy, draußen zu warten.

Während sich die Angestellten nach draußen begaben, wurde die schale Luft langsam erträglicher. Kirby ließ die Tür offen und setzte sich auf einen Stuhl, nachdem er sich vergewissert hatte, dass ein Polizist draußen vor der Tür stand. Der junge Mann, der ihm gegenüber saß, schwitzte heftig. Sein Haar klebte ihm an der Kopfhaut und sein Hemd war komplett durchnässt. Er hatte sich seiner Warnweste entledigt und hielt sie zerknüllt in den Fäusten. Aus wässrigen Augen starrte er Kirby an.

»Ich weiß, dass Sie etwas Traumatisches erlebt haben, Brandon, erzählen Sie mir also doch zunächst einmal ein bisschen etwas über Ihren Job.« Kirby musste ihn dazu bringen, sich zu beruhigen. Er musste sich sicher fühlen, damit er etwas klarer erzählen konnte, wie er die Leiche gefunden hatte.

»Über meinen Job? Den hier, meinen Sie?«

»Ja. Es sei denn, Sie haben noch einen anderen.«

»Na ja, am Wochenende arbeite ich ab und zu als Türsteher im Nachtclub Last Hurdle. Aber das hier ist mein richtiger Job.« Er hielt inne, und ein wenig Farbe kehrte auf seine aschfahlen Wangen zurück. »Was wollen Sie wissen?«

»Welche Funktion hat dieser Hof und welche Aufgabe haben Sie hier?«

»Ich arbeite hier seit anderthalb Jahren. Ein ziemlich beschissener Job, wenn Sie es genau wissen wollen, aber ich will mich nicht beschweren.«

»Wie genau kann ich mir Ihren Job vorstellen?«

»Ich schließe auf. Schaue mich um. Überprüfe, ob jemand in der Nacht illegal was über den Zaun gekippt hat. Solche Sachen.«

»Kommt das denn öfter vor?« Kirby war aufgefallen, dass der Hof auf drei Seiten von einem knapp zwei Meter hohen Metallzaun umgeben war; auf der vierten Seite befand sich der Eingang mit einem etwas niedrigeren Schiebetor.

»Nicht wirklich, aber es passiert von Zeit zu Zeit. Meistens sind es Matratzen oder Farbeimer. Manchmal stellen die Leute sie auch einfach vor dem Tor ab, aber wir haben Videoüberwachung. Das schreckt ab.«

Bei dieser Information wurden Kirbys Augen groß. Vielleicht hatten sie Glück und fanden Aufnahmen von demjenigen, der die Leiche des kleinen Gavin entsorgt hatte, demjenigen, der ihn über den Zaun gehievt hatte.

»Haben Sie die Aufzeichnungen von letzter Nacht und von heute Morgen überprüft?«, fragte er.

»Nein, noch nicht. Ich hatte noch keine Zeit dazu. Es ist so unwirklich, das alles.«

»Ich brauche diese Aufzeichnungen. Erzählen Sie mir genau, was Sie heute Morgen gemacht haben.«

Brandon rieb sich energisch das Kinn, als hätte er eine Stelle gefunden, die er beim Rasieren übersehen hatte. »Ich bin um halb acht angekommen, wie immer. Ich komme nie zu spät. Ich habe das Tor hinter mir geschlossen, weil wir erst um acht Uhr offiziell aufmachen. Dann habe ich den Computer eingeschaltet und die Schlüssel für die Waage geholt. Und dann habe ich alle Container und Gruben überprüft, um zu sehen, welche geleert werden müssen. Wenn sie voll sind, kommt ein Lastwagen aus Athlone, um sie zu leeren. Ich kann die Strecke mit Ihnen abgehen, wenn Sie möchten.«

»Später«, sagte Kirby. »Wie lange hat es gedauert, bis Sie die Leiche gefunden haben?«

Brandon blickte auf sein Handy auf dem Schreibtisch, als ob es ihm die Antwort geben würde. »Ich glaube, es war fast acht. Diese Grube ist die letzte auf meinem Weg. Sie wird für Glas und Spiegel verwendet. Die Sonne stand schon recht hoch, und ich habe geschwitzt wie ein Schwein, als ich da angekommen bin. Ich habe reinguckt, wie auf Autopilot. Erst als ich schon zwei Schritte weitergegangen war, habe ich gesehen, dass da unten noch was anderes lag außer Glas und Spiegeln ...«

»Möchten Sie ein Glas Wasser?«

»Wenn ich ehrlich bin, könnte ich eher einen Wodka Red Bull vertragen.« Carthy zupfte an dem runden Halsausschnitt seines T-Shirts.

Kirby hätte selbst nichts gegen einen starken Drink gehabt. »Dann sind Sie noch mal zurückgegangen, oder?«

Der junge Mann nickte. »Jetzt bereue ich das. Ich hätte weitergehen sollen. Jemand anderen ihn finden lassen.« Mit traurigen Augen sah er auf. »Es ist nicht wie im Film, oder?«

»Nein, das ist es nicht. Was haben Sie dann gemacht?«

»Ich konnte nicht glauben, was ich da sah. Er hat sich überall in der Grube gespiegelt. Wie in so einem Spiegelkabinett auf dem Rummel. Ehrlich gesagt war es verdammt gruselig. Die Sonne auf dem Glas hat mich geblendet, und ich wusste nicht mehr, was ich eigentlich sah. Ich bin also losgerannt, um einen der anderen zu holen und es mir bestätigen zu lassen.«

Kirby warf einen Blick auf McKeowns Notizen. »Einige Ihrer Kollegen waren zu diesem Zeitpunkt bereits eingetroffen, ist das richtig?«

»Ja. Ich habe Tommy gerufen. Der hat sich ganz toll angestellt. Hat erst mal sein Frühstück wieder ausgekotzt.«

»Was haben Sie getan, als Sie sich sicher waren, dass eine Leiche in der Grube liegt?«

»Tommy und ich sind ins Büro gerannt, und ich habe die Polizei angerufen.«

»Ist Ihnen etwas Ungewöhnliches aufgefallen, als Sie heute Morgen angekommen sind?«

Brandon dachte einen Moment lang nach und schüttelte dann den Kopf, wobei Schweißtropfen auf den Schreibtisch fielen. »Nein, nichts Ungewöhnliches. Kein Müll am Tor oder am Zaun. Keine Anzeichen für einen Einbruch oder so. Das Büro war verschlossen. Meinen Sie, er ist vielleicht reingefallen und hat sich eine Arterie verletzt oder so? Am Glas?«

»Wir werden die Todesursache erst kennen, wenn die Rechtsmedizin ihre Arbeit abgeschlossen hat und die Obduktion durchgeführt worden ist.«

»Das ist so ein Albtraum. Ich gucke auf Netflix immer True-Crime-Serien. Die geben da immer demjenigen die Schuld, der die Leiche findet. Aber ich habe nichts getan. Ich habe nur meinen Job gemacht. Ich schwöre.«

»Dann haben Sie keinen Grund zur Sorge«, sagte Kirby. »Wirklich nicht, aber ich muss Ihnen trotzdem ein paar Routinefragen stellen. Können Sie mir sagen, wo Sie letzte Nacht waren?«

»Zu Hause bei Mam and Dad. Ich habe nichts damit zu tun.« Carthys Stimme zitterte, und Kirby tat es leid, dass er in diesen Albtraum hineingezogen worden war.

»Das ist gut. Sie müssen eine formale Aussage machen. Am besten auf der Wache. Ich werde Sie dorthin begleiten, sobald wir hier fertig sind.«

»Wenn's sein muss ...«

»Das ist auch Routine, Brandon.« Kirby sah sich in dem spärlich eingerichteten, stickigen Büro um. »Jetzt hätte ich gern das Videomaterial der letzten vierundzwanzig Stunden.«

»Sicher. Ich kümmere mich darum. Es wird ein paar

Minuten dauern.«

»Ein Garda muss Sie begleiten. Sie wissen schon, zur Beweissicherung.«

Carthy zog eine Grimasse, aber Kirby wusste, dass er es einsah. Er und seine Kollegen waren alle verdächtig, bis sie herausgefunden hatten, womit sie es hier zu tun hatten.

Kirby hatte Gavin Robinson am ersten Tag befragt. Er fühlte sich dem Jungen gegenüber verpflichtet, herauszufinden, wer ihn getötet hatte. Er vermutete, dass Brandon Carthy kein Mörder war, aber Carthys heftig blinzelnde Augen sagten ihm, dass der junge Mann etwas verbarg.

Sean liebte Stille. Er liebte es, mit seinen Gedanken allein zu sein, in seiner eigenen Welt, besonders wenn er zu Hause war und seine Schwestern sich gerade mal wieder stritten oder seine Mutter herumschrie. Sein Neffe war der Einzige, mit dem er es aushalten konnte. Louis würde im Oktober zwei Jahre alt werden, und Sean fürchtete sich schon davor. Er hatte gehört, wie seine Granny Rose mit Katie über das Trotzalter gesprochen hatte. Aber Granny Rose wusste nicht, dass Katie vorhatte, mit Louis nach New York auszuwandern. Und seine Mutter wusste es auch nicht.

»Scheiße«, sagte Sean.

Ruby antwortete nicht. Sie wirkte abwesend an diesem Morgen. Auf der Mauer vor der Schule aßen sie ihr Pausenbrot. Nur das Zwitschern der Vögel in den Bäumen unten am Kanal und das Dröhnen des Verkehrs auf der Umgehungsstraße störten die Stille.

»Willst du es wissen oder nicht?« Sean stupste Ruby am Knöchel an.

»Was?«

»Was meine Schwester vorhat.«

»Nicht wirklich.«

»Mam wird einen Anfall bekommen, wenn sie das rausfindet. Sie liebt Louis doch so. Manchmal glaube ich, er ist der Einzige, den sie in unserem Haus wirklich liebt. Abgesehen von Boyd, aber der wohnt ja nicht bei uns. Jedenfalls noch nicht.«

»Ich dachte, der stirbt«, sagte Ruby, die jetzt aufmerksamer wirkte.

»Nein, das tut er nicht. Du hörst auch nie zu, oder?«

»Ich glaube, wenn man zuhört, hört man manchmal Dinge, die man eigentlich gar nicht hören sollte.«

»Worauf spielst du an?«

»Hm?«

»Unser Haus ist halt klein, nicht so groß und schick wie eures. Die Wände sind total dünn, ich kann nichts dafür, wenn ich Dinge höre, die ich nicht hören soll.«

»Ist es doch gar nicht.«

»Was ist was nicht?«

»Unser Haus. Es ist nicht groß und schick. Ja, okay, du musst gar nicht so die Augen verdrehen. Mir ist schon klar, dass es das ist, aber es ist auch nicht anders als in anderen Häusern. Geschrei. Stress. Streit. Ich höre das auch alles.«

»Scheiße, Ruby. Deine Mam und dein Dad?«

»Ja.«

»Ich dachte immer, du hättest die perfekte Familie.«

»Träum weiter.«

Sean sah zu, wie Ruby ihr unangetastetes Sandwich zurück in ihren Rucksack stopfte. »Gab es gestern Abend einen großen Streit?«

»Das kann man so sagen.«

»Wegen dem Rauchen? Dein Vater hat sich ja anscheinend ziemlich darüber aufgeregt.« Tränen liefen nun über Rubys Gesicht. Sean wusste nicht, wo er hinschauen sollte. »So schlimm kann es doch nicht gewesen sein.«

Er wollte ihre Hand halten, aber sie stand auf.

»Doch.« Sie hievte sich ihren Rucksack auf den Rücken. »Komm, wir gehen besser wieder rein.«

Sean legte seine Hand auf Rubys Arm und drückte sie sanft zurück auf die Mauer. »Es ist besser, wenn du darüber redest. Das sagt meine Therapeutin auch immer.«

»Gehst du da immer noch hin?«

Sean lächelte. »Meine Mam glaubt das, aber ich spare das Geld. Um irgendwann abzuhauen.«

»Die bringt dich um, wenn sie das rausfindet.«

»Wer sagt, dass sie es rausfindet?« Sean zog eine Grimasse und Ruby lachte. Na, endlich.

»Was, wenn die Therapeutin es ihr sagt? Muss sie deiner Mutter keinen Bericht geben oder so?«

»Alles vertraulich.« Aber Rubys Worte hatten Zweifel in ihm aufkeimen lassen.

»Er hat sie getreten«, sagte Ruby.

»Was?«

»Mein Vater. Er hat meine Mutter gestern Abend geschlagen und getreten.«

»Das ist ja furchtbar. Und du hast das gesehen?«

»Ich habe gehört, wie sie sich gestritten haben. Er war betrunken. Sie war unterwegs gewesen. Er mag es nicht, wenn sie etwas tut, ohne ihm Bescheid zu sagen.«

»Ist er ein Kontrollfreak?«

»Ja.« Sie schwieg einen Moment lang und ließ den Kopf hängen. »Sean, es war schlimm. So was habe ich noch nie gesehen. Es war richtig unheimlich. Schlimmer als alles in unseren Spielen. Es war echt. Echtes Blut.«

»Was hast du gemacht?«

Sie schniefte und wischte sich eine Träne weg. »Gar nichts. Ich war ein nutzloses Stück Scheiße. Ich konnte meiner Mutter nicht helfen. Das macht mir mehr Angst als mein Vater. Ich bin zurück ins Bett, als er mich angeschrien hat. Ich hätte mich für sie einsetzen müssen. Hätte irgendetwas tun sollen.«

Sean wusste nicht, was er sagen sollte.

»Siehst du, sogar du hältst mich für verrückt.«

»Du bist nicht verrückt. Es klingt, als wäre es eine schlimme Situation gewesen. Wirklich schlimm, und wenn du dich eingemischt hättest, hätte er dir vielleicht auch wehgetan.«

»Vielleicht.« Sie zog eine einzelne krumme Zigarette aus ihrer Hosentasche und suchte nach einem Feuerzeug.

»Geht es ihr gut? Deiner Mutter?« Sean konnte sich zwar nicht vorstellen, dass es ihr gut ging, aber er wusste nicht, was er sonst fragen sollte. Vielleicht sollte er seiner Mutter davon erzählen. Dann fiel ihm ein, dass sie ihm gestern Abend gesagt hatte, er solle sich von den O'Keeffes fernhalten.

Ruby sagte: »Ich hatte heute Morgen Angst davor, in ihr Zimmer zu gehen. Ich habe mir nur schnell mein Pausenbrot gemacht und bin abgehauen.« Sie zündete die Zigarette an, und Rauch quoll aus einem der Knicke.

»Hast du deinen Vater heute Morgen gesehen?«

»Ich will ihn nie wiedersehen.« Ruby trat die nutzlose Zigarette mit ihrem Schuh aus und ging weg.

Sean sah zu, wie sie den Weg zur Schule hinaufeilte. Er konnte ihre Bemerkung nicht nachvollziehen. Wie konnte sie so etwas nur über ihren Vater sagen? Er würde seinen Vater so gern wiedersehen, wenn auch nur für einen Moment. Er dachte daran, wie sein Vater ihn auf dem Rücken die Treppe hinaufgetragen und zu den Mädchen gesagt hatte: »Na, ihr Mäuse, seht mal, was ich für einen dicken Kater gefunden habe.« Sean war damals fünf oder sechs Jahre alt gewesen. Er erinnerte sich noch ganz genau daran – wie er und sein Vater am oberen Ende der Treppe hingefallen waren und sich dann lachend auf dem Boden herumgewälzt hatten.

Er vermisste seinen Vater so sehr.

Plötzlich sangen die Vögel in den Bäumen unten am Kanal zu laut. Viel zu laut.

ZWEIUNDFÜNFZIG

In dem verfallenen Haus war es kalt. Das kaputte Dach gab den Blick auf ein Stück Himmel frei. Vögel krächzten in den Dachsparren und Lottie nahm an, dass einige der Böden oben ebenfalls eingestürzt waren.

Sie befand sich da, wo einmal der Flur gewesen sein musste. Die Fliesen unter ihren Füßen waren vielleicht einmal schwarz-weiße Rauten gewesen. Jetzt waren sie moosig und schimmelgrün, und inmitten des hier und da sprießenden Unkrauts wuchsen wilde Pilze. Die Tapeten lösten sich oder waren heruntergerissen worden. Sie konnte keine Möbel sehen. Keine Türen in den leeren Rahmen. Löcher in den Wänden deuteten darauf hin, dass es einmal Heizkörper gegeben hatte. Seltsamerweise waren keine Graffitis an die Wände gesprüht worden, und es gab keine Anzeichen von Dosen oder anderem Müll. Irgendjemand sah nach diesem Haus.

Sie warf einen Blick in die Räume zu ihrer Rechten und Linken. Beide waren leer, in einem der beiden wuchs ein Strauch aus dem offenen Kamin. Sie ging in das Zimmer im hinteren Teil des Hauses und schaute bei jedem zweiten Schritt nach oben, um sicherzugehen, dass der Rest des Daches nicht über ihr einbrach. Ein paar Kabel hingen drohend wie Eiszapfen über ihrem Kopf. Als sie durch die Tür trat, sah sie sofort, was da an der gegenüberliegenden Wand aufgereiht stand.

Sie öffnete den Mund, um nach McKeown zu rufen, war aber so fassungslos, dass kein Ton herauskam. Ihr Atem hing in der kühlen Luft. Sie starrte die drei Gefriertruhen an. Das Geräusch, das sie machte, als sie ihr Entsetzen hinunterschluckte, hallte in der Leere wider. Sie wandte ihren Blick von den Truhen ab und sah sich um. Was sie sah, ließ ihr das Blut in den Adern gefrieren.

In der Mitte des Raums stand ein einzelner Holzstuhl, an dessen Beinen Reste von Hanfseil hingen. Der Boden neben und unter dem Stuhl war an einigen Stellen nass und an anderen Stellen trocken und fleckig.

Sie hielt ihren Schock mit einer Hand vor dem Mund unter Kontrolle.

Blut. So viel Blut.

Sie zuckte zusammen, als die Luft hinter ihr sich bewegte. »McKeown, Sie haben mich zu Tode erschreckt.«

»Ach du Scheiße«, sagte er.

»Ja.«

»Wir brauchen die Spurensicherung.«

»Rufen Sie sie an.« Sie konnte sich nicht bewegen. Als er nach vorn gehen wollte, legte sie ihm eine Hand auf den Arm und hielt ihn auf. »Nicht weitergehen, McKeown. Das hier ist ein Tatort.«

Der große Detective mit dem rasierten Kopf und den muskulösen Armen zitterte am ganzen Körper. »Ich wette, hier wurde der kleine Gavin umgebracht.«

»Und Faye. Vergessen Sie nicht Faye und ihr ungeborenes Baby. Scheiße, McKeown, dafür kann doch nur ein Monster verantwortlich sein, oder?« Die Frage war rhetorisch.

McKeown sagte nichts. Er fummelte nach seinem Handy. Als er es endlich in der Hand hielt, stand er wie erstarrt da.

»Spurensicherung«, erinnerte sie ihn.

Er nickte und zeigte auf etwas. »Das sind Gefriertruhen.«

»Ja. Und sehen Sie? Bei allen brennt ein grünes Licht.« Sie blickte an der Wand entlang. Drei Stecker in Steckdosen und ein behelfsmäßiger Sicherungskasten mit verschiedenen Schaltern. »Dieses Haus wirkt zwar verlassen, aber offensichtlich gibt es hier Strom. Zumindest in diesen Raum. Wir müssen herausfinden, wer dafür bezahlt und wem dieses verdammte Grundstück gehört.«

»Vielleicht wissen die Eigentümer nicht, wofür es benutzt wird.«

»Das kann ich mir nicht vorstellen. Warum sollte man die Stromrechnung für drei Gefriertruhen in einem verlassenen Haus bezahlen, wenn man nicht derjenige ist, der sie nutzt?«

»Stimmt auch wieder.«

»McKeown, können Sie sich inzwischen erinnern, warum Ihnen dieses Haus bekannt vorkommt?«

Er kniff die Augen zusammen und dachte nach. »Es muss mit irgendetwas zu tun haben, das ich gelesen habe, als ich die Vermisstenakten durchgegangen bin.« Er öffnete die Augen wieder. »Ich werde sofort nachsehen, wenn ich wieder im Büro bin.«

»Bringen Sie Ihr Gedächtnis schnell auf Vordermann. Ich muss das unbedingt wissen.«

»Ja, Chefin.«

»Bleiben Sie hier, bis die Spurensicherung eintrifft. Und lassen Sie die Kollegen das Grundstück gründlich absperren.«

»Das werde ich. Wollen Sie einen Blick in die Kühltruhen werfen?«

»Ja, obwohl ich bezweifle, dass da noch etwas drin ist. Es wurde alles auf die Bahngleise und in den Kanal gekippt. Jemand wollte sie schnell leeren.«

Sie schaute sich noch einmal in dem Raum mit dem fleckigen Betonboden, dem einsamen Stuhl und den drei bedrohlich aussehenden Kühltruhen um. Eine Welle tiefer Traurigkeit und Hoffnungslosigkeit überkam sie. »Fragen Sie nach, ob es Jack Sheridan gut geht. Lisa hat in der Schule angerufen, aber wir müssen das noch einmal überprüfen. Ich glaube nicht, dass ich diesen Job weiter machen kann, wenn ich noch ein totes Kind finde.«

Vorsichtig ging sie zu den Kühltruhen, wobei sie die Pfützen und Flecken auf dem Boden mied.

»Wollten Sie nicht auf die Spurensicherung warten, Chefin?«, fragte McKeown aus dem Türrahmen.

»Ich muss jetzt sehen, was da drin ist.«

»Sie haben doch gesagt, dass sie leer sind.«

»Ich bin nicht Gott. Ich kann nicht von außen hineinsehen.« Sie ignorierte das Gefühl, dass sie besser warten sollte, und hob den Deckel der ersten Gefriertruhe an.

»Leer«, sagte sie und seufzte erleichtert.

Sie ging zur nächsten. Hob den Deckel an.

»Scheiße!«

»Was?«

»Bleiben Sie da, McKeown, Sie haben keinen Overall an.«

»Was ist da drin?«

Lottie blickte in das Gesicht eines Mannes, den sie bisher nur auf einem Foto gesehen hatte. Eisklümpchen klebten ihm wie frisch aufgeblühte Schneeglöckchen an den Augenbrauen und im Haar. Sein Mund war in dem Schrei erstarrt, mit dem er gestorben war. Er war in einer seltsamen Position dort hineingelegt worden, seine Augen starrten zu ihr hinauf. Sie betete, dass er nicht zerstückelt worden war, wie die vorherigen Bewohner der Kühltruhen. Eine Brille mit gesprungenen Gläsern war neben seinem Ohr eingeklemmt.

»Chefin? Geht es Ihnen gut?«

»Ja, ja.«

»Ist es eine Leiche?«

Sie blickte zu ihm hinüber. McKeown stand auf Zehenspitzen und versuchte, aus der Distanz in die Gefriertruhe zu spähen.

»Ich glaube, der arme kleine Gavin hat unseren Mörder gestört, und deshalb wurde er auch ermordet«, sagte sie.

»Scheiße. Wer ist denn da drin?«

»Ich bin mir nicht sicher, aber ich glaube, es ist Aaron Frost. Ich habe gestern versucht, ihn zu erreichen. Sein Name ist aufgetaucht, als ich mit Jeff Cole gesprochen habe. Er ist Immobilienmakler und hätte Zugang zum Haus von Faye Baker gehabt.«

»Inzwischen ist ihm wohl ganz schön frostig geworden.«

McKeowns makabrem Sinn für Humor konnte sie gerade gar nichts abgewinnen. Sie ließ den Deckel fallen und schaute in die dritte Gefriertruhe. Darin befanden sich Fleischstücke. Tierfleisch, soweit sie erkennen konnte.

Sie marschierte durch das Zimmer und schob sich an dem Detective vorbei.

»Bleiben Sie hier und warten Sie auf die Spurensicherung. Sagen Sie McGlynn oder wem auch immer er schickt, dass ich innerhalb einer Stunde Beweise auf meinem Schreibtisch haben will, die uns zu dem Mörder führen. Und behandeln Sie die Sache vertraulich. Wenn das rauskommt, bevor wir es richtig in den Griff bekommen haben, sind wir am Arsch, McKeown. Am Arsch.«

DREIUNDFÜNFZIG

Während Lynch in Tamara Robinsons Wohnung war und McKeown auf die Ankunft der Spurensicherung wartete, forderte Lottie über Funk Informationen über das verlassene Haus an.

Auf dem Weg zur Wache dachte sie über all das nach, was an diesem Morgen schon passiert war, von Gavins Leiche bis zum Fund von Aaron Frost in der Gefriertruhe. Sie würde mit seinen nächsten Angehörigen sprechen müssen. Warum war er ermordet worden? Faye und Gavin standen mit dem Schädel und dem Torso in Verbindung. Aber Frost? Was hatte er damit zu tun? Okay, er hatte vielleicht Zugang zu Jeffs und Fayes Wohnung gehabt, aber war er in ihren Mord verwickelt gewesen? Und wenn ja, warum war er dann jetzt selbst tot?

Ihr Gehirn fühlte sich bereits an wie Matsch, als ihr wieder einfiel, dass Tamara Marianne O'Keeffe erwähnt hatte. Warum hatte Tamara ihren Sohn erst mit fast fünf Stunden Verspätung als vermisst gemeldet? Während sich der Mittagsverkehr im Schneckentempo die Straße hinaufschob, hoffte Lottie inständig, dass die Frau nichts mit dem Tod ihres eigenen Sohnes zu tun hatte. Sie rief auf der Wache an. Kirby war wieder da, und sie wies ihn an, Aarons nächste Angehörige ausfindig zu machen und dann zu warten, bis sie da war, um ihn zu begleiten.

Am Kreisverkehr wendete sie und fuhr zum Haus der O'Keeffes.

Lottie beobachtete, wie Marianne O'Keeffe sich in ihrem geräumigen Wohnzimmer vorsichtig auf einen Sessel setzte. Der tiefe Sessel schien sie zu verschlucken, und der ängstliche Blick, der in ihren Augen erschienen war, als sie die Tür geöffnet hatte, war immer noch da. Er hatte sich sogar verstärkt.

»Ihr Haus ist wunderschön. So ordentlich.« Lottie vermutete, dass ihr nach der Stunde in dem heruntergekommenen Haus wohl alles ordentlich vorgekommen wäre, aber das Haus der O'Keeffes war wirklich äußerst gepflegt. Sie genoss den Geruch von Zitronen und Bleichmittel, der in der Luft lag, und hoffte, dass er den Gestank von Blut und Verwesung überdeckte, der an ihrer eigenen Haut und Kleidung haftete.

»Vielen Dank. Kevin ist da sehr eigen«, sagte Marianne ohne weitere Erklärung.

»Schreiben Sie hier?« Lottie zeigte auf den großen antiken Schreibtisch in dem Erkerfenster. Ihr war Mariannes verzweifelter Versuch aufgefallen, die blauen Flecken in ihrem Gesicht mit viel Make-up zu verbergen. Sie kannte alle Tricks, und sie konnte einer Frau ihr Leid auf den ersten Blick ansehen.

»Ich werde es damit nie zu etwas bringen, aber es gibt mir wenigstens etwas zu tun.« Marianne starrte auf das Fenster hinter dem Schreibtisch, als könnte es ihr als Fluchtweg dienen, falls sie je einen brauchen sollte. »Es ist schön, Sie zu sehen, Lottie, aber stimmt etwas nicht? Kommen Sie wegen Ruby? War sie bei Ihnen zu Hause und hat Sie gestört? Sie kann schon mal ein bisschen unhöflich sein. Eigentlich ist sie das meistens, wenn ich ehrlich bin.« Sie versuchte sich an einem Lächeln, aber es gelang ihr nicht. Stattdessen entwich ihren Lippen ein erstickter Seufzer. »Ich glaube, Sean war gestern hier bei ihr.«

Man hatte ihr weder Tee noch Wasser angeboten, und Lottie spürte, wie ihr der Mund vor Durst trocken wurde.

»Nein, ich komme nicht wegen Ruby.« Sie legte ihre Tasche auf ihrem Schoß ab. »Ich möchte mit Ihnen über Tamara Robinson sprechen.«

»Über wen?« Marianne riss vor Überraschung die Augen auf.

Sie war schnell, das musste Lottie ihr lassen. Sie war wohl eine geübte Lügnerin. »Tamara Robinson. Sie hat mir erzählt, dass Sie beide befreundet sind.«

»Ach, *die* Tamara.« Marianne senkte den Kopf und betrachtete ihre Hände.

»Ja.« Wie viele Frauen in der Stadt trugen wohl diesen eher ungewöhnlichen Namen? »Wann haben Sie sie zuletzt gesehen?«

Marianne sah Lottie unter ihren dick gepuderten Augenlidern an. »Darf ich fragen, worum es hier geht?«

Lottie stellte ihre Tasche auf den Boden und lehnte sich nach vorn, die Ellbogen auf den Knien. »Tamaras Sohn wurde heute Morgen gefunden ...«

»Oh, das ist eine große Erleichterung. Tamara hat sich solche Sorgen um ihn gemacht.«

Lottie seufzte. *Jetzt* auf einmal kannte Marianne Tamara also doch ganz gut. »Er wurde tot gefunden. Jemand hat ihn ermordet.«

Marianne erblasste augenblicklich, und ihre Hände zitterten, als sie sie an ihren Mund hob.

»Soll ich Ihnen etwas Wasser holen?«, fragte Lottie.

»Nein. Geben Sie mir einen Moment. Das ist so ein Schock. O Gott. Die arme Tamara.« Sie wollte aufstehen, ließ sich aber wieder in den Sessel sinken. »Ich sollte bei ihr vorbeifahren.«

»Waren Sie gestern Abend mit ihr zusammen?«

Marianne schluckte geräuschvoll und nickte, denn sie hatte wohl verstanden, dass es zwecklos war, zu lügen. »Ja. Wir haben uns über Instagram kennengelernt. Ich liebe ihre Make-up-Tutorials, und sie wollte ein Buch darüber schreiben. Ich wollte ihr dabei helfen, weil ich ja gern schreibe. Jedenfalls bin ich gestern zu ihr rübergefahren, um mich über Kevin auszulassen, weil er sich wie ein Arschloch benommen hat, aber sie war außer sich wegen Gavin. Tamara kann etwas melodramatisch sein, aber sie ist eine gute Mutter, egal was die Leute sagen. Sie hat ihren Sohn geliebt.«

»Um wie viel Uhr sind Sie dort angekommen?«

»Ich weiß es nicht mehr genau. Vielleicht gegen kurz vor sieben. Ich bin einfach mit all meinen Problemen bei ihr aufgeschlagen. Ich glaube, ich habe sie ein bisschen erschreckt.«

»Wie besorgt war sie um Gavin?«

»Anfangs war sie nicht übermäßig besorgt. Sie hat eher ... über ihn geschimpft, weil sie auf das Fleisch gewartet hat, um Abendessen zu kochen. Sie war am Verhungern. Ich habe ihr ein Sandwich gemacht, das hat sie etwas besänftigt.«

»Hat sie herumtelefoniert, um herauszufinden, ob Gavin bei einem Freund ist?«, fragte Lottie weiter.

»Sie hat bei den Sheridans angerufen, aber die hatten ihn überhaupt nicht gesehen. Sie hatte ihn gestern nicht in die Schule geschickt, und er war den ganzen Tag im Haus eingesperrt, deshalb hatte sie ihn losgeschickt. Damit er sie mal eine Weile nicht nervt.«

»Hat sie irgendwelche Anstrengungen unternommen, um herauszufinden, wo er war, während Sie dort waren?«

»Sie wurde mit der Zeit immer verzweifelter. Ich war aber nicht allzu besorgt. Ich weiß, wie Kinder sein können. Ihr Sean und meine Ruby. Sean ist so ein Lieber.«

Lottie dachte daran, dass Gavin erst elf Jahre alt war, nicht sechzehn wie Sean. Sie würde die Wände hochgehen, wenn Sean einfach weg wäre. Sie erschauderte bei dem Gedanken an die Ängste, die der kleine Gavin durchlitten haben musste. Da bemerkte sie, dass Marianne schwermütig aus dem Fenster starrte und sich den Ellbogen hielt, als hätte sie Schmerzen.

»Ist alles in Ordnung?«

»Warum fragen Sie?« Marianne wirkte plötzlich ziemlich gereizt.

»Sind Sie verletzt? Sie haben gerade so das Gesicht verzogen, als Sie Ihren Ellbogen auf die Armlehne gestützt haben.«

»Mir geht es gut, danke.«

Marianne würde nichts zugeben, also kam Lottie wieder auf das eigentliche Thema zurück. »Wie lange haben Sie sich in Tamaras Wohnung aufgehalten?«

»Wir saßen am Tisch und haben uns unterhalten, dann hat sie eine Flasche Wein aufgemacht, um ihre Nerven zu beruhigen. Es muss etwa elf gewesen sein, als ich gegangen bin.«

»War sie überhaupt nicht besorgt um Gavin?«

»Hin und wieder hat sie auf die Uhr geschaut und gesagt, dass sie ihn umbringen würde. Nicht wirklich natürlich.«

»Waren Sie die ganze Zeit zusammen?«

»Ja, sie ist nur einmal kurz durch die Nachbarschaft gelaufen, um nach ihm zu suchen, aber nach etwa fünfzehn Minuten war sie wieder zurück.«

»Ist sie noch mal rausgegangen, nachdem Sie weg waren?«

»Das weiß ich doch nicht. Sie meinte, sie würde die Polizei anrufen, wenn er innerhalb der nächsten zehn Minuten nicht auftauchen würde. Das ist das letzte, was sie gesagt hat, bevor ich nach Hause bin.«

»Haben Sie eine Ahnung, warum jemand Gavin töten würde?«

Marianne schüttelte den Kopf. »Er ist doch nur ein kleiner Junge, um Himmels willen. Der Gedanke, dass er tot ist, ist einfach zu ungeheuerlich. Wie wurde er umgebracht? Nein, ich will es gar nicht wissen. Davon würde ich nur Albträume bekommen.«

Lottie zuckte mit den Schultern. Sie hätte es ihr sowieso nicht gesagt. Die Erinnerung an den Stuhl und an das Blut auf dem Boden in dem alten Haus ließ sie einen Moment lang erschaudern. Sie grub sich die Finger in die Handflächen, um sich zu beruhigen. »Ich auch.«

Marianne sah sie unverwandt an. »Glauben Sie, es hat damit zu tun, dass er und Jack die Leichenteile gefunden haben?«

»Glauben Sie das?«

»Ich weiß es nicht.«

Lottie fragte sich, warum sie hier mit dieser offensichtlich fix und fertigen Frau herumsaß, wo es doch so viele andere Menschen gab, mit denen sie sprechen musste; so viele andere Verbindungen, die sie finden musste. War es ein Bauchgefühl? Oder wollte sie nur alle Punkte von ihrer Liste abhaken? Dazu kam, dass ihr die Frage nicht aus dem Kopf ging, warum Kevin O'Keeffe Karen Tierney aufgesucht und schon von dem Mord gewusst hatte, bevor genauere Informationen öffentlich bekannt geworden waren. Okay, er hatte vielleicht online davon gelesen, aber woher war das Bedürfnis gekommen, unbedingt mit Karen zu sprechen? Sie konnte sich einfach keinen Reim darauf machen.

Als sie aufstand, um zu gehen, sagte sie noch: »Ich habe gestern mit Kevin gesprochen.«

»Mit Kevin?« Mariannes Augen flackerten, als ob hinter Lotties Schulter ein Geist aufgetaucht wäre. »Worüber?«

»Über einen anderen Fall.«

»Hat er was angestellt?«

Lottie hielt sich an der Tür fest und beobachtete, wie Marianne sich mit dem Arm über der Brust aus dem Sessel erhob. »War er gestern Abend zu Hause?«

»Ich bin erst nach elf wiedergekommen. Es könnte auch

gegen Mitternacht gewesen sein, denn ich bin noch ein bisschen rumgefahren. Er war hier, als ich nach Hause kam.« Sie zuckte zusammen.

Lottie brauchte keine Karte und keinen Kompass, um sich vorzustellen, was dann geschehen war. »Wie gut kennt Kevin Karen Tierney?«

»Sie sind Kollegen. Das ist alles.«

Der Zusatz ›das ist alles‹ brachte Lottie auf den Gedanken, dass hinter dieser Beziehung vielleicht mehr steckte. Sie würde Kevin noch weiter befragen müssen. Vielleicht war das Einzige, dessen er schuldig war, die Untreue. »Sind Sie sich sicher?«

»Ich bin mir sicher.«

»Okay. Kennen Sie eine Faye Baker?«

»Nein.«

»Wissen Sie irgendetwas über die Church View Nummer zwei?«

»Ich habe davon in den Nachrichten gehört.«

»Faye Baker hat dort vor ein paar Tagen einen Schädel gefunden, und gestern Morgen haben wir dann ihre Leiche im Kofferraum eines Autos entdeckt.«

»Mein Gott! Glauben Sie etwa, dass Kevin etwas damit zu tun hat?«

»Glauben Sie das?«

Marianne biss sich auf die Unterlippe, und ihre Miene wurde undurchdringlich. Durch zusammengepresste Lippen sagte sie schließlich: »Ich weiß es wirklich nicht.«

VIERUNDFÜNFZIG

Kirby erzählte Lottie von seinem Gespräch mit Brandon Carthy im Recyclinghof.

»Haben Sie die Aufzeichnungen der Überwachungskamera bekommen?« Lottie versuchte, sich auf seine Worte zu konzentrieren.

»Ja. Ich habe den Jungs gesagt, sie sollen der Sache Vorrang geben.«

Sie erzählte ihm von ihren Gesprächen mit Lisa, Tamara und Marianne. »Ich warte noch darauf, dass jemand herausfindet, wem das verlassene Haus gehört. Es ist ein furchtbarer Tatort.«

»Sind Sie sicher, dass die Leiche in der Gefriertruhe Aaron Frost ist?«

»Ja.«

»Scheiße.«

»Und Gavin ist höchstwahrscheinlich auch dort zu Tode gekommen.« Sie musste alle Beweise neu bewerten, um nachzuvollziehen, wer womit in Verbindung stand. Bis jetzt schien nichts zusammenzupassen. Faye war definitiv nicht im Kofferraum des Autos ermordet worden, in dem sie gefunden worden war, also war es möglich, dass auch sie in diesem Haus umgebracht worden war. Warum hatte Kevin O'Keeffe so schnell bei Karen Tierney vorbeigeschaut und nach der Leiche gefragt? »Ich möchte, dass O'Keeffe für eine Befragung hierhergebracht wird. Wir müssen wissen, wo er letzte Nacht war.«

»In der Tat.«

»Und finden Sie heraus, wem das alte Haus gehört, und sagen Sie mir Bescheid. Wie sind Sie mit dem Durchsuchungsbefehl für die Metzgerei von Derry Walsh vorangekommen?«

»Ich habe ihn bekommen«, sagte Kirby. »Der Laden wurde heute früh durchsucht. Keine Auffälligkeiten.«

»Das ist gut. Aber Sie müssen noch einen weiteren für Ferris and Frost besorgen. Ich will Aarons Terminkalender sehen.«

»Chefin, Sie geben mir eine ganze Menge zu tun«, stöhnte Kirby, fuhr sich mit einem Stift durch sein buschiges Haar und kratzte sich damit am Kopf.

»Lernen Sie, zu delegieren, Kirby. Außerdem müssen wir Aaron Frosts Mutter informieren. Sie wird die Leiche identifizieren müssen.«

Diesen schwierigen Besuch hatte sie bisher hinausgezögert. Sie stand da und schaute in ihr kleines Büro, in dem sich der Papierkram stapelte. Sie hatte das Gefühl, dass sie nie wieder würde aufstehen können, wenn sie sich erst einmal hingesetzt hatte. Ihr Kopf fühlte sich benebelt und müde an. Sie nieste und knöpfte ihre Strickjacke zu. Hoffentlich hatte sie sich nicht erkältet. Falls doch, würde sie sich von Boyd fernhalten müssen. Sie wollte sein Immunsystem nicht gefährden und seinen Behandlungserfolg weiter verzögern.

Boyd. Sie wollte seine Stimme hören. Er allein konnte ihr helfen, ihre Angst zu überwinden.

Sie rief ihn an.

»Hallo, meine Schöne«, sagte er.

»Hast du getrunken?« Der Klang seiner Stimme ließ einen Teil der morgendlichen Anspannung von ihr abfallen.

»Nein, aber ich habe morgen wieder einen Termin im Krankenhaus bekommen. Sie wollen noch mal meine Blutwerte checken. Ich habe zwei Donuts gegessen«, sagte er lachend, »um meine Blutplättchenzahl zu erhöhen.«

»So funktioniert das nicht.« Wie sollte sie sich nur freinehmen, um ihn zu begleiten? Sie konnte das nicht endlos ausreizen, und sie musste sich Superintendentin Farrell vom Hals halten.

»Du musst nicht mitkommen«, sagte er.

Sie grinste. Er hatte die Angewohnheit, ihre Gedanken zu lesen. Sie ging in ihrem beengten Büro auf und ab und sagte: »Ich will aber. Keine Widerrede.«

Das Handy immer noch am Ohr, schob sie mit dem Fuß einen Aktenordner aus dem Weg, bog um die Ecke und blieb plötzlich stehen.

Da stand Boyd, das Handy ebenfalls am Ohr, und lehnte an der Wand vor ihrem Büro. Ihr Herz schlug einen doppelten Salto. Er sah so gut aus. So nach Boyd. Sie hatte den wahnsinnigen Drang, auf ihn zuzurennen und ihn zu küssen. Wie eine Teenagerin. O Gott!

»Warst du die ganze Zeit hier?«, fragte sie.

Er nickte. »Ich bin gerade den Korridor entlanggegangen, als du angerufen hast. Hast du Lust auf einen Kaffee? Ich möchte etwas mit dir besprechen.«

Seine Wangen wirkten noch hohler als gestern Abend. Er sah so müde aus.

Sie wollte ihm gerade sagen, dass sie zu beschäftigt war, überlegte es sich dann aber anders. Ja, sie hatte alle Hände voll zu tun mit Mordermittlungen, einschließlich der des kleinen Gavin, und Mrs Frost musste sie sagen, dass ihr Sohn tot war, aber gleichzeitig wurde ihr klar, dass sie sich auch Zeit für die Lebenden nehmen musste.

»Komm rein und setz dich.«

Sie schob ein Bündel Akten beiseite und beobachtete, wie er in den Stuhl sank, ein Bein übers andere schlug und versuchte, entspannt zu wirken. Sie wusste, dass er die Arbeit schrecklich vermisste, aber bis jetzt war er ihr ferngeblieben. Vielleicht war er gerade bei der Superintendentin gewesen.

Als sie sich am Schreibtisch niedergelassen hatte, fragte sie: »Geht es dir gut, Boyd?«

»Es geht um Grace. Sie war heute Morgen nicht sie selbst. Ich mache mir Sorgen um sie und weiß nicht, was ich tun soll.«

»Es war eine traumatische Zeit für euch beide. Sie wird eine ganze Weile brauchen, um sich an das Leben ohne eure Mutter zu gewöhnen.«

»Ich habe Mams Tod noch gar nicht wirklich begriffen, aber Grace hat es ziemlich hart getroffen. Ich kann sie nicht allein in Galway leben lassen. Sie will für sich selbst sorgen, aber wir wissen beide, dass das nicht funktionieren wird.«

»Es muss doch einen Nachbarn geben, der ein Auge auf sie haben kann.«

»Einen Nachbarn? Du hast doch gesehen, wie abgelegen unser Haus dort liegt.« Er betrachtete das Chaos in ihrem Büro. »Ich glaube, ich muss ihre Einwände ignorieren und sie nach Ragmullin holen, damit sie dauerhaft bei mir lebt.«

Sie hatte damit zwar gerechnet, aber als sie ihn die Worte laut aussprechen hörte, war sie trotzdem einen Moment lang fassungslos. Was war mit ihren Plänen zu heiraten? Mit seiner Behandlung? Plötzlich fühlte sie sich egoistisch und besitzergreifend gegenüber Boyd. Abwehrend verschränkte sie die Arme. Als ihr wieder einfiel, dass er sie wie ein Buch lesen konnte, löste sie sie wieder. »Was genau willst du jetzt tun?«

»Ich brauche deinen Rat und deine weise Meinung.«

»Ich bin kein bisschen weise. Jedenfalls nicht, wenn es um dich geht.« Sie lächelte.

Die Sorge stand ihm ins Gesicht geschrieben. »Wir können

später darüber reden«, sagte er. »Komm vorbei. Und du brauchst mich morgen wirklich nicht zu fahren. Die Superintendentin würde dir das übel nehmen.«

»Ich bestehe aber wirklich darauf.«

»Und ich bestehe darauf, dass du es nicht tust. Du hast viel zu tun. Laut Kirby habt ihr es mit zwei, wenn nicht sogar drei ungeklärten alten Fällen zu tun, mit einer jungen schwangeren Frau, die ermordet wurde, und mit zwei neuen Morden, die heute dazugekommen sind. Hängen die alle zusammen?«

Sie wusste, dass er sie nur vom Thema ablenken wollte. Aber vielleicht konnte er ihr helfen. Wider besseres Wissen ertappte sie sich dabei, dass sie ihm die Entwicklungen des Vormittags erläuterte.

»Das ist eine ganze Menge«, sagte er, als sie fertig war.

»Aber hallo!«

»Es muss eine Verbindung zwischen den gefrorenen Körperteilen geben. Sie wurden am selben Tag auf demselben Gleisabschnitt gefunden. Aber eine Leiche war männlich und eine weiblich, ja? Zwei Opfer also. Gibt es sonst noch irgendwelche Spuren, die sie miteinander verbinden?«

»Bis jetzt nicht. Wir warten noch auf die Laborergebnisse.« Sie erinnerte ihn an das Etikett, das am Torso des Kindes gefunden worden war. »Ich lasse das Team alte Vermisstenmeldungen durchgehen.«

»Hast du dich mit der Frage beschäftigt, wie sie auf die Gleise gelangt sind?«

»Das verlassene Haus, das wir vorhin durchsucht haben, war überwuchert und mit Brettern vernagelt. Es scheint schon fast Teil der Landschaft geworden zu sein, es fällt wohl niemandem mehr auf. Ein idealer Ort, um Leichen zu verstecken. Im Inneren standen drei angeschlossene Gefriertruhen. Die Spurensicherung wird sie inspizieren, aber ich bin sicher, dass die Leichenteile darin aufbewahrt wurden. Wenn sich das bestätigt, ist es möglich, dass jemand sie einfach in eine Mülltonne mit Rädern geworfen hat und damit ganz dreist die Straße entlang und über die Brücke spaziert ist.«

»Glaubst du wirklich, dass ein Mensch so unverfroren sein kann?«

»Ich glaube, der Mensch, mit dem wir es zu tun haben, ist clever und gerissen. Er oder sie hat wahrscheinlich zwei Menschen getötet und zerstückelt, darunter ein Kind, und die Körperteile zwanzig Jahre lang versteckt. Jetzt mordet er oder sie wieder. Dieser Mensch weist alle Merkmale eines Serienmörders auf.«

»Aber zwanzig Jahre lang hat dieser Mensch damit aufgehört. Das ergibt doch keinen Sinn.«

»Wer sagt, dass er oder sie aufgehört hat? Wir haben nur keine weiteren Leichen gefunden.«

»Scheiße, Lottie, du brauchst mich bei den Ermittlungen.«

»Ja, ich weiß.«

»Ich könnte Akten durchgehen, an ein paar Türen klopfen. Ich will helfen.«

»Das kannst du nicht. Außerdem gibt es nicht viele Häuser in der Gegend.«

»Dann muss es bewirtschaftetes Land geben. Jemand sollte bei den Bauern entlang der Strecke nachfragen. Ich meine, dass es zwischen Ragmullin und Enfield viel Moorland gibt. Vielleicht hat einer von denen beim Torfstechen etwas Ungewöhnliches gesehen. Die Gegend könnte mit Moorleichen übersät sein.«

»Hör auf, Boyd. Ich habe schon genug zu tun. Ich muss mehr über Polly Cole herausfinden. Sie ist das tote Kind, davon bin ich überzeugt. Ich warte auf die DNA-Ergebnisse.«

»Wenn sie das Opfer ist, dann muss ihre Mutter sie getötet haben. Warum würde die sonst schweigen?«

»Patsy Cole ist tot, sie kann also nicht diejenige sein, nach der wir jetzt suchen.«

»Irgendjemand weiß etwas«, sagte Boyd.

»Ich werde Superintendentin Farrell bitten, noch einen Aufruf zu starten. Aber du weißt, wie unzuverlässig Augenzeugen sind.«

»Ja. Hat sie schon mit dir gesprochen?«

»Worüber?«

»Über ihre Pläne für die Wache. Ihre Pläne für dich.«

»Wir haben ein Gespräch geführt. Sie hat gesagt, dass du wieder Schreibtischdienst machen willst.«

»Das will ich.«

»Du weißt, dass das nicht geht.«

Er nahm ihre Hand. »Ich werde zu Hause wahnsinnig. Ich weiß, dass ich an meine Behandlung denken muss, und ich bin dankbar, dass sie gut verläuft, aber ich habe zu viel Zeit und lebe zu sehr in meinem eigenen Kopf. Ich muss arbeiten, Lottie. Ich brauche ein Ziel. Ich will mich engagieren, auch wenn ich nur hinter einem Schreibtisch sitze und Vermisstenanzeigen durchforste. Das schaffe ich.«

Sie beugte sich über den Schreibtisch und drückte mitfühlend seine Hand. »Ich werde mit der Superintendentin sprechen. Mal sehen, was sie sagt.« Sie wusste, dass Superintendentin Farrell nicht zulassen würde, dass die beiden zusammenarbeiteten, aber jetzt war nicht der richtige Zeitpunkt, um Boyd das zu sagen.

Er stand auf, ging um den Schreibtisch herum und küsste sie auf die Wange. »Ich liebe dich, das weißt du, Lottie Parker, oder?«

Lächelnd tätschelte sie sein schmales Kinn. »Ich muss zurück an die Arbeit.«

»Okay, ich lasse dich wieder in Ruhe.«

»Ach, und wegen Grace. In deiner Wohnung ist wirklich kein Platz für euch beide.«

»Kirby hat sechs Monate lang mit mir dort gelebt, und wir haben uns nicht gegenseitig umgebracht.«

Sie senkte ihre Stimme zu einem Flüstern und fragte: »Wo wohnt er jetzt eigentlich?«

»Vielleicht bei McKeown.«

»Die beiden?« Lottie unterdrückte ein Lachen. »Die gehen sich doch die ganze Zeit gegenseitig an die Gurgel. Ich kann mir nicht vorstellen, dass die zusammenwohnen könnten.« Sie schaute über Boyds Schulter zu Kirby. Er hatte den Kopf gesenkt und las etwas auf seinem Computerbildschirm. »Er hat erwähnt, dass er eine Nacht im Joyce Hotel verbracht hat. Ich werde später mal mit ihm reden.«

»Gut, Chefin.« Boyd salutierte und schlenderte zur Tür hinaus.

Aber er hatte recht, dachte sie: Sie könnte seine Hilfe wirklich gut gebrauchen.

FÜNFUNDFÜNFZIG

Die Leiche war aus der Gefriertruhe genommen worden, nachdem Jane Dore ihre erste Untersuchung an ihr durchgeführt hatte. Die Informationen, die Lottie erhalten hatte, legten nahe, dass Aaron Frost mindestens zwei Messerstiche in den oberen Rücken erlitten hatte und innerhalb der letzten vierundzwanzig Stunden getötet worden war. Die Brieftasche, die man bei seiner Leiche gefunden hatte, bestätigte seine Identität. Aber die einzige Verbindung zwischen Faye Baker und Jeff Cole und ihm war die Tatsache, dass er ihnen die Wohnung vermietet hatte. Und jetzt war er tot. Und Tote konnten nicht sprechen. Doch sie hoffte, das seine Mutter das vielleicht tun würde.

Während Kirby seine Zigarre ausdrückte und sie zurück in seine Hemdtasche steckte, klingelte Lottie an der Tür des modernen Doppelhauses in der Old Athlone Road. Eine Frau Ende fünfzig, die sich auf eine Krücke stützte, öffnete die Tür. Auf ihrem weißen T-Shirt prangte in goldenen Lettern der Aufdruck *I need my coffee*, dazu trug sie eine ausgeblichene Schlagjeans.

Nachdem sie sich vorgestellt hatten, sagte Lottie:

»Mrs Frost, wir müssen mit Ihnen sprechen. Wir haben leider eine sehr schlechte Nachricht für Sie.«

»Dann kommen Sie besser rein. Geht es um Aaron?«

Lottie und Kirby folgten ihr in ein aufgeräumtes Wohnzimmer. Es gab eine Couch und zwei Sessel aus schwarzem Leder. Der kleine Couchtisch war mit Zeitschriften übersät. Der Raum war L-förmig und führte zu einer offenen Küche mit Flügeltüren, die auf einen Garten hinausgingen. Die Küche war zwar klein, wirkte aber gemütlich.

Mrs Frost lehnte die Krücke an die Lehne eines Sessels und setzte sich vorsichtig hin. Sie biss sich auf die Lippe und zupfte an den Enden ihres kurz geschnittenen Haars. »Meine Hüfte. Ich bin vor einem Jahr operiert worden, und jetzt ist es schlimmer als vorher. In was ist Aaron denn reingeraten?«

Lottie musste ihr klopfendes Herz beruhigen. Hinterbliebene über den Tod eines geliebten Menschen zu informieren, war für sie nach wie vor einer der schwierigsten Teile ihrer Arbeit. Sie hätte auch jemand anderen schicken können, aber die ersten Reaktionen der Menschen, die einem Mordopfer am nächsten standen, konnten eine Menge aussagen. Sie spürte, wie Kirby neben ihr auf der Couch unruhig hin- und herrutschte, und wusste, dass sie etwas sagen musste.

»Mrs Frost ...«

»Nennen Sie mich Josie.«

Lottie lächelte. Ein wenig Vertrautheit trug in der Regel dazu bei, die Dinge zu entspannen. Sie richtete sich auf und spürte, wie ihr Po dabei tiefer in die bequeme Couch sank. Um wieder aufzustehen, würde sie vermutlich Josies Krücke brauchen.

»Ich bedaure, Ihnen mitteilen zu müssen, dass wir heute Morgen die Leiche eines Mannes gefunden haben und ...«

»Oh, das kann nicht mein Aaron sein. Der ist doch gerade bei der Arbeit.«

Das wird nicht einfach werden, dachte Lottie. »Leider

handelt es sich nicht um einen Irrtum. Es ist die Leiche Ihres Sohnes. Mein tiefstes Beileid. Sie werden zur offiziellen Identifizierung geladen, sobald die Rechtsmedizin grünes Licht gibt.«

Mrs Frosts Finger griffen nach einer Haarsträhne an ihrem Ohr. »Mein Aaron? Nein. Nein. Sie irren sich.«

Lottie schüttelte langsam den Kopf und hoffte, Kirby würde etwas sagen. Er blieb stumm.

Mrs Frost senkte den Blick. »Aber Aaron ist doch ein guter Junge. Er trinkt schon mal zu viel und benimmt sich dann daneben, aber im Grunde ist er ein Guter.« Sie blickte auf und ein Hoffnungsschimmer erschien in ihren Augen. »Vielleicht ist er es doch nicht?«

»Ich fürchte, daran besteht kein Zweifel. Ich weiß, es ist schwer, das alles auf einmal zu verarbeiten, aber ich muss Ihnen wirklich ein paar Fragen stellen, wenn Sie nichts dagegen haben.«

Mrs Frost wischte sich eine Träne weg und beugte sich auf dem Sessel nach vorn, während Lottie an ihr vorbei in den Garten blickte. Der Rasen musste definitiv gemäht werden und die Sträucher konnten einen Rückschnitt vertragen. Sie richtete ihre Aufmerksamkeit wieder auf die trauernde Frau.

»Josie, wir glauben, dass Aaron ermordet worden ist.«

»O mein Gott!« Josie sackte in ihrem Sessel zusammen. Einen Moment später sagte sie: »Ich wusste wohl, dass etwas nicht stimmt, denn gestern hat die Polizei angerufen und nach ihm gesucht, und jetzt stehen zwei Detectives vor meiner Tür. Ich bin ja nicht blöd. Aber hören Sie, Aaron hat noch nie in Schwierigkeiten gesteckt. Wie gesagt, er trinkt manchmal zu viel. Und er kriegt keine Frau dazu, lange genug mit ihm zusammenzubleiben, um sie seine Freundin nennen zu können. Aber irgendwann wird das schon werden, und dann ...« Sie hielt inne, vermutlich wurde ihr bewusst, dass ihre Hoffnungen für die Zukunft ihres Sohnes nun irrelevant waren. »Entschuldigung. Ermordet, sagten Sie? Und wie? Warum?«

»Sie müssen uns alles erzählen, was Aaron in den letzten Tagen und Nächten getan hat. Glauben Sie, dass Sie das können?«

»Aaron macht sein eigenes Ding. Er ist erwachsen.« Josie stand auf, humpelte ins andere Zimmer und lehnte ihren Kopf gegen die Glastür. Lottie beobachtete sie schweigend. Die Frau hatte eine durchschnittliche Figur. Sie war auch durchschnittlich groß, etwa eins fünfundsechzig, und ihr Haar hatte einen grauen Ansatz. Vielleicht war sie auch etwas älter als Ende fünfzig; es war schwer zu sagen.

»Kann ich Ihnen irgendwas bringen?«, fragte Lottie, denn sie befürchtete, dass Josie gerade in eine Art Trance verfiel. »Einen Schluck Wasser vielleicht? Ich kann Ihnen auch eine Tasse Tee machen, wenn Sie wollen.«

Josie schüttelte den Kopf. »Das hier ist mein Haus und ich mache mir selbst einen Tee, wenn ich einen brauche.«

Sie stand immer noch mit dem Rücken zu ihnen. Lottie überlegte, wie sie ihre Frage von vorhin umformulieren konnte.

»Können Sie uns irgendwas über Aaron sagen, das uns helfen könnte, die Ereignisse, die zu seinem Tod geführt haben, aufzudecken?« Sie stellte sich neben die Frau an die Tür.

»Ich habe nichts weiter über Aaron zu sagen.«

»Wir wissen, dass er gestern nicht im Büro war. Was meinen Sie, wo er gewesen sein könnte?«

»Er hat mir nichts über sein Privatleben erzählt. Er hat dieses Haus wie eine Frühstückspension genutzt. Ich habe sogar seine Wäsche gewaschen und für ihn gebügelt. Ich habe ihn verwöhnt.«

»Ist sein Vater da?«

Josie antwortete nicht.

»Möchten Sie, dass ich Ihren Mann anrufe?«

»Ich habe Richard seit ein paar Jahren nicht mehr gesehen. Er ist rausgegangen, um eine Packung Zigaretten zu holen, und nie wieder zurückgekommen.« Sie drehte sich zu Lottie. »Er hat Aaron hier mit vielen unbeantworteten Fragen zurückgelassen, was eine Zeit lang zu einer schweren Depression geführt hat. Aber ich dachte, er hätte einen Weg da rausgefunden.«

Lottie hatte selbst ihre Erfahrungen damit und wusste, wie schwer es war, allein einen Weg aus einer Depression zu finden. Sie bemerkte, dass Josie keine Tränen mehr in den Augen hatte. Nur noch eine dunkle Wut, die ihre braune Iris in ein tiefes Rot zu färben schien.

»Haben Sie das Verschwinden Ihres Mannes damals gemeldet?«

»Warum sollte ich? Das wäre Zeitverschwendung gewesen. Er war neunundfünfzig Jahre alt. Ein erwachsener Mann. Ich habe mich bei seinen Freunden umgehört, aber niemand schien etwas zu wissen oder sich dafür zu interessieren. Er war einfach von einem Tag auf den anderen Tag weg. Wahrscheinlich ist er mit einer anderen Frau durchgebrannt. Wäre ja nicht das erste Mal gewesen.«

Lottie dachte darüber nach und notierte sich, dass sie alle zugänglichen Informationen über Richard Frost würde herausfinden müssen. »Ich werde versuchen, ihn zu finden. Er muss über den Tod Ihres Sohnes informiert werden.«

»Tun Sie, was Sie tun müssen.«

»Josie, ich muss wissen, wo sich Aaron wann aufgehalten hat. Sie gingen davon aus, dass er heute bei der Arbeit ist; hat er sehr früh gefrühstückt, bevor er heute Morgen gegangen ist?« Sie wusste, dass das unmöglich war, da Aaron schon seit einigen Stunden tot war.

»Er ist gestern Abend nicht nach Hause gekommen, darum weiß ich nicht, ob er gefrühstückt hat oder nicht.« Die Frau zuckte ostentativ mit den Schultern, ihr Körper spannte sich an und sie hielt sich die Hüfte. Sie sah sich um, und Lottie hob die Krücke auf und reichte sie ihr.

»Ich schicke jemanden vorbei, der Sie ins Leichenschauhaus bringt, sobald seine Leiche identifiziert werden kann. Ist das in Ordnung?«

»Ja, okay.«

»Josie, ich wäre Ihnen dankbar, wenn Sie mir irgendetwas über Aarons Leben erzählen könnten. Wer waren seine Freunde? Was hat er in seiner Freizeit gemacht? Solche Sachen.«

»Ich weiß wenig darüber, was er in den letzten Jahren so gemacht hat, geschweige denn in den letzten Tagen. Er hat sich ruhig verhalten, außer wenn er in der Stadt unterwegs war. Dann kam er hier einfach irgendwann reingeplatzt und hat einen Höllenlärm veranstaltet. Aber ich habe ihn machen lassen.«

»Kennen Sie Namen von Freunden?«

»Nein.«

»Sie kennen niemanden, dem er nahestand?«

»Ich weiß nichts über Aarons Freunde. Er hat nie jemanden mit hierhergebracht.«

»Aber er hat doch bei Ihnen gelebt; Sie müssen uns doch irgendetwas sagen können?«

Josie war in sich zusammengesackt, die Hände hielt sie fest um ihre Krücke geklammert. Sie sah aus, als ob sie um zehn Jahre gealtert wäre.

»Ich kann Ihnen nichts sagen. Ich hätte nie gedacht, dass mein Junge gewaltsam sterben würde. Es war gewaltsam, nehme ich an.«

»Ja, das war es.« Lottie fiel wieder ein, warum sie ursprünglich nach Aaron gesucht hatte. »Kennen Sie eine junge Frau namens Faye Baker?«

»War das nicht die Frau, die im Kofferraum eines Autos gefunden worden ist? Nie von ihr gehört, bevor das in den Nachrichten erwähnt wurde.«

»Was ist mit Jeff Cole?«

»Sagt mir nichts.«

Es war sinnlos, sie zu fragen, ob Aaron sie gekannt hatte, aber Lottie versuchte es trotzdem. »Glauben Sie, Aaron könnte mit ihnen befreundet gewesen sein?«

»Woher soll ich das wissen?«

»Wir haben einen Schädel in der Church View Nummer zwei gefunden. Das Haus gehörte früher einer gewissen Patsy Cole. Ob Aaron sie wohl kannte oder jemals in diesem Haus war?« Lottie dachte an das ›Zu Verkaufen‹-Schild von Ferris and Frost im Garten.

»Schreckliche Sache. Davon habe ich auch in den Nachrichten gehört. Sie glauben doch nicht, dass mein Aaron etwas damit zu tun hatte, oder?«

Lottie war sich bewusst, dass Josie ihre Frage mit einer anderen beantwortet hatte. Darum blieb sie hartnäckig. »Ich muss wissen, ob es irgendeine Verbindung zwischen Ihrer Familie und Faye Baker oder Jeff Cole gibt.«

»Da kann ich Ihnen nicht helfen. Die Namen sagen mir nichts. Ich wäre jetzt gern allein.«

»Gibt es jemanden, den ich anrufen kann, damit er zu Ihnen kommt?«, fragte Kirby.

»Ich komme gut allein zurecht. Ich bin es gewohnt.«

»Aber einen solchen Schock sind Sie nicht gewohnt«, entgegnete er.

»Ich komme schon zurecht. Bitte lassen Sie mich wissen, wann ich Aarons Leiche sehen kann.«

Lottie ging auf die Tür zu. »Hätten Sie etwas dagegen, wenn wir kurz einen Blick in Aarons Zimmer werfen?«

Josie seufzte. »Die Treppe hinauf. Die Tür direkt gegenüber.« Sie schob Kirby mit ihrer Krücke aus dem Weg und kehrte zu ihrer Position an der Terrassentür zurück.

In Aarons Zimmer befanden sich ein ungemachtes Doppelbett, ein eingebauter Kleiderschrank und ein Nachttisch. Kleidung war über einen Stuhl in der Ecke geworfen worden, und dreckige Socken und Unterwäsche lagen unter dem Bett.

»Ganz schönes Chaos«, stellte Lottie fest.

»Drei Anzüge und ein paar Jeans, Pullover und Hemden«, sagte Kirby, der die im Schrank hängenden Kleidungsstücke begutachtete.

Auf den Regalbrettern im Schrank lagen verschiedene T-Shirts, alle ordentlich gefaltet und gebügelt. Zwei Paar Schuhe und drei Paar Laufschuhe waren neben dem Bett aufgereiht.

Lottie öffnete die Schubladen des Nachttischs. »Kabel und Handyladegeräte.«

Kirby zog die Bettdecke zurück. »Sein Laptop.«

»Nimm ihn mit.«

»Ja. Hoffentlich sind da irgendwelche E-Mails oder Dokumente drauf, die uns weiterhelfen können.«

»So, wie die letzten Tage verlaufen sind, bezweifle ich das stark«, gab Lottie zu bedenken.

»Hier hängen gar keine Fotos.« Kirby sah sich im Raum um.

»Hängen Männer Fotos auf?« Sie wusste, dass Boyd es nicht tat.

»Ich hatte immer Fotos von Hunden an der Wand, als ich meine Wohnung noch hatte.«

»Sie hatten nie einen Hund, Kirby.«

»Ich weiß, aber ich habe mir die Fotos gern angesehen. Billiger und ruhiger als Kinder.« Er lachte.

»Sie nehmen mich auf den Arm«, sagte sie.

»Stimmt. Aber es ist trotzdem wirklich ziemlich karg hier drin. Glauben Sie, er wohnte vielleicht noch irgendwo anders?«

Als Kirby den Raum mit dem Laptop unter dem Arm verlassen hatte, sah sich Lottie ein letztes Mal um. Sie zog die Gardine zurück und überprüfte die Fensterbank. Nicht ein einziges Staubkorn. Offenbar hatte seine Mutter zwar geputzt, aber seine schmutzige Unterwäsche nicht aufgesammelt. Sie warf einen Blick auf die Oberseite des Kleiderschranks. Nichts.

Sie hatte Aaron nicht kennenlernen können, als er noch lebte, und jetzt gab ihr der tote Mann nicht einmal den leisesten Hinweis darauf, warum er getötet worden sein könnte. Sie betete, dass die Spurensicherung in dem alten Haus etwas gefunden hatte.

Josie Frost beobachtete vom Fenster aus, wie die beiden Detectives wegfuhren. Dann ging sie mit der Krücke in der Hand zurück in die Küche. Sie nahm ihr Handy von der Anrichte und scrollte durch ihre Kontakte.

Als der Anruf entgegengenommen wurde, sagte sie: »Aaron ist tot. Was zum Teufel hast du getan?«

SECHSUNDFÜNFZIG

Als Lottie zurückkam, befand sich das Team gerade im Einsatzraum. Sie schaltete den Standventilator in der Ecke ein, nur um festzustellen, dass er kaum Wirkung zeigte.

Sie beobachtete, wie McKeown ein Foto von Gavins Leiche in der Grube des Recyclinghofs neben ein Foto von Aarons Leiche in der Gefriertruhe an die Tafel heftete. Die Fotos daneben zeigten die am ersten Tag gefundenen Leichen. Den gefrorenen Torso und die gefrorene Hand sowie das Kinderbein aus dem Kanal. Links davon hing ein einzelnes Foto des Schädels, den Faye Baker entdeckt hatte. Und schließlich das Foto von Faye selbst, zusammengerollt im Kofferraum des Autos.

Ihr wurde übel, als sie die grausigen Bilder betrachtete. Wenn Boyd jetzt hier wäre, würde er das Grauen etwas lindern können. Aber er war nicht hier. Sie sollte besser weitermachen.

»Die Spurensicherung und ein Team von Beamten sind noch in dem heruntergekommenen Haus, in dem wir Aaron Frost gefunden haben«, sagte McKeown. »Die Forensiker sind sich sicher, dass es sich bei der Flüssigkeit auf dem Boden unter dem Stuhl um menschliches Blut handelt. Sie schicken Proben ins Labor, um sie mit den Proben von Aaron, Gavin und Faye abgleichen zu lassen.«

»Sonst noch was?«

»Die Leiche von Aaron Frost wurde ins Leichenschauhaus gebracht. Die Spurensicherung nimmt Proben aus dem Eis in allen drei Gefriertruhen und sendet die Geräte dann an das forensische Labor in Dublin.«

»Ich möchte, dass Aarons Fingerabdrücke mit den Abdrücken aus dem Auto von Jeff und Faye abgeglichen werden.«

»Wird gemacht.«

»Und wir brauchen sein Bewegungsprofil der letzten paar Tage. Kirby, setzen Sie sich mit Dave Murphy von der Immobilienagentur in Verbindung. Finden Sie heraus, ob Aaron noch einen anderen Wohnort hatte. Und wir müssen ihre Bücher einsehen. Hat jemand Murphys Alibi überprüft?«

Kirby sagte: »Ich habe mit ihm telefoniert. Er war beim Chinesen und dann die ganze Nacht bei seiner Freundin. Ihre Eltern haben das bestätigt.«

»Okay«, sagte Lottie. »Überprüfen Sie Aarons Laptop. Ich will wissen, ob da was drauf ist. Und sein Handy? Wo ist das?«

»Es lag zerbrochen unter der Leiche«, sagte McKeown. »Die Techniker haben es, aber ich würde mir keine allzu großen Hoffnungen machen, dass noch was drauf zu finden ist.«

»Okay. Wer ist bei Tamara?«

Lynch sagte: »Garda Brennan und ihr Kollege. Tamara fragt immer wieder, wann sie Gavin sehen kann.«

»Erst wenn die Rechtsmedizinerin fertig ist«, sagte Lottie und fügte hinzu: »Ich setze Sie als Opferschutzbeamtin bei den Sheridans ein. Ich möchte, dass Sie sofort zu ihnen fahren. Ich habe die Bestätigung erhalten, dass Jack sicher in der Schule ist. Also seien Sie vor Ort, wenn er von dort abgeholt wird.«

Lynch sah aus, als wollte sie widersprechen, schwieg aber.

»Lassen Sie uns weitermachen. Hat jemand Kevin O'Keeffe kontaktiert?«

Kirby antwortete: »Ich habe ein paar Beamte zu ihm ins Büro geschickt. Ich glaube nicht, dass das gut ankommen wird.«

Lottie zuckte die Schultern. »Er ist eine Person von Interesse, denn anscheinend wusste er von Fayes Leiche, bevor Details bekannt gegeben wurden. Ich möchte wissen, wo er gestern Abend war und in der Nacht, in der Faye ermordet wurde.«

Lynch sagte: »Ich frage mich, warum die Leiche des kleinen Jungen zum Recyclinghof gebracht wurde. Hat das irgendeine Bedeutung?«

»Ja, und hat jemand eine Ahnung, *warum* er ermordet wurde?«, fragte Lottie. Leere Gesichter starrten sie an.

Schließlich brach McKeown das Schweigen. »Ich glaube, Gavin hat irgendwas bemerkt, als er an dem verfallenen Haus vorbeigekommen ist. Und dann hat er den Mörder mit Aaron Frost gestört.«

»Und warum bitte schön wurde er dann nicht auch in eine der Gefriertruhen gestopft?«, fragte Kirby.

»Das kann uns nur der Mörder beantworten«, sagte Lottie und versuchte, die wachsende Feindseligkeit zwischen ihren Ermittlern zu entschärfen. »Wurde Tamaras Geschichte schon bestätigt?«

»Sie war den ganzen Abend bis etwa elf Uhr mit ihrer Freundin in ihrer Wohnung«, sagte Lynch. »Und gleich danach hat sie ihren Sohn als vermisst gemeldet.«

»Wie haben Sie sicher festgestellt, dass Marianne dort war?«, erkundigte sich Lottie.

»Ein Nachbar hat ihr Auto erkannt, und ein anderer hat gesehen, wie sie wie wild davongefahren ist. Er wollte sie sogar wegen Trunkenheit am Steuer anzeigen, hat es sich dann aber doch anders überlegt. Etwa zehn Minuten später kam dann der Streifenwagen an.«

»Okay. Haben wir schon Berichte aus dem Labor?«

»Die E-Mail hier kam vor nicht einmal fünf Minuten rein.« McKeown tippte wichtigtuerisch auf seinem iPad herum.

»Was steht drin?«, fragte Lottie und ärgerte sich, dass sie ihre eigenen E-Mails vor dem Meeting nicht gecheckt hatte.

»Die DNA-Ergebnisse vom Torso und vom Bein des Kindes. Sie stimmen teilweise mit Jeff Cole überein.«

»Dann müssen sie von Jeffs Cousine Polly sein.« Lottie schaute auf die Tafel und spürte, wie sich ihr Magen umdrehte. »Die Spuren am Schädel deuten auf stumpfe Gewalteinwirkung mit einer Art Schürhaken hin. Danach wurde das kleine Mädchen zerstückelt, möglicherweise in der Badewanne seines eigenen Hauses. Wenn das der Fall war, hat die Mutter, Jeffs Tante Patsy Cole, das nie gemeldet. Und warum nicht? Hat Patsy ihre eigene Tochter umgebracht? Ich weiß, dass sich die Dinge in dieser Woche sehr schnell entwickelt haben, aber wir müssen alles über die Familie herausfinden, die in der Church View Nummer zwei gewohnt hat.«

»Ich werde sehen, was sich machen lässt«, sagte McKeown.

»Haben wir die Ergebnisse aus dem Badezimmer?«

»Die Badezimmerproben enthalten DNA von zwei verschiedenen Personen. Eine stimmt mit dem Torso überein und die andere mit der männlichen Hand. Aber die beiden Opfer sind nicht miteinander verwandt.«

»Was für ein Gruselhaus«, sagte Lynch.

»Stellen Sie sicher, dass die DNA in allen vorhandenen Datenbanken überprüft wird, genauso wie die Fingerabdrücke, die von der Hand genommen wurden.« Lottie sah sich noch einmal die Fotos an. »Dann gibt es ja noch den Teil der Tätowierung auf der Hand. Mal sehen, ob die in einer Vermisstenmeldung auftaucht. Ich werde noch mal mit Jeff Cole sprechen.«

»Ist er jetzt ein Verdächtiger?«, fragte Kirby.

»Wenn dieses Verbrechen vor über zwanzig Jahren begangen wurde, wäre er damals maximal neun Jahre alt gewesen. Ich bezweifle, dass er eine Leiche hätte zerstückeln können, aber es sind schon seltsamere Dinge passiert. Er wird beobachtet, richtig?«

»Ja«, sagte Kirby. »Zwei Beamte in einem Auto behalten ihn im Auge.«

Als Nächstes ging Lottie die Details von Gavins letzten bekannten Aufenthaltsorten durch. »Er wurde in derselben Kleidung gefunden, die er trug, als er das Haus verlassen hat. Hoffentlich finden wir daran DNA-Spuren. Die Überwachungsaufnahmen vom Recyclinghof, gibt es da schon was Neues?«

McKeown sagte: »Ich habe zwei Techniker damit beauftragt, sie zu überprüfen.«

»Ich will sofort wissen, wenn etwas gefunden wird. Irgendwas muss da doch sein.«

»Die Techniker überprüfen auch, ob das Material manipuliert wurde.«

»Dafür wäre wahrscheinlich kaum Zeit gewesen. Die Leiche wurde heute Morgen noch vor acht Uhr entdeckt. Die ersten Einsatzkräfte waren fünf Minuten später vor Ort. Der Todeszeitpunkt muss zwischen sechs und elf Uhr liegen, und er wurde wahrscheinlich auch innerhalb dieser Zeitspanne entsorgt. Nachdem Tamara sein Verschwinden gemeldet hat, haben unsere Leute in der ganzen Umgebung nach ihm gesucht.« Sie hielt kurz inne und ärgerte sich darüber, dass sie nicht an der richtigen Stelle gesucht hatten. »In der Gegend war dann vielleicht zu viel los, als dass sich ein Mörder mit einer Leiche im Auto noch frei hätte bewegen können. Das könnte der Grund dafür sein, dass Aarons Leiche in dem verfallenen Haus zurückgelassen wurde. Wem gehört das Haus?« Sie hatte das Gefühl, dass sie sich wiederholte, aber bis sie Antworten bekam, blieb ihr keine andere Wahl.

Das Geräusch von Superintendentin Deborah Farrells Polizeischuhen ertönte im Korridor, und Lottie stöhnte innerlich auf. Auf ihre Einmischung konnte sie verzichten, zumal sie die Frau nicht gut genug kannte, um zu verstehen, welche Art von Unterstützung sie ihnen anbieten würde.

»Ich wäre gern über diese Besprechung informiert worden.« Farrell marschierte auf den ersten Tisch zu.

»Entschuldigen Sie, Superintendentin«, sagte Lottie und versuchte, nicht allzu unterwürfig zu klingen, obwohl sie sich fühlte, als wäre sie mit dem Ellbogen aus dem Weg geschubst worden. »Wir fassen nur alles zusammen, was wir bis jetzt wissen.«

»Es gibt noch weitere Leichen, habe ich gehört.«

»Ja. Einmal den elfjährigen Gavin Robinson. Er war einer der Jungen, die den gefrorenen Torso auf den Gleisen gefunden haben. Ich habe Lynch zur Opferschutzbeamtin für seinen Freund Jack Sheridan ernannt. Sie ist qualifiziert.«

»Warum noch gleich ist das nicht zu Beginn bereits geschehen?«

»Wir haben es beiden Familien direkt nach dem Fund der Leichenteile angeboten, aber sie haben abgelehnt.«

»Und Sie haben eine Leiche in einer Gefriertruhe gefunden?«

»Die von Aaron Frost. Einem Immobilienmakler hier aus der Stadt. Die einzige Verbindung zu den aktuellen Fällen, die wir bisher herstellen konnten, besteht darin, dass er Schlüssel zu Faye Bakers Wohnung hatte, was ihm die Möglichkeit gegeben hätte, das Auto zu nehmen und Faye zu entführen. Es ist aber noch unklar, warum er das hätte tun sollen.«

»Haben Sie Beweise dafür?«

»Erst wenn wir seine Fingerabdrücke mit denen aus dem Auto verglichen haben.«

»Inspector Parker, Sie sind die leitende Ermittlerin in diesem Fall. Ich erwarte Ergebnisse. Und zwar lieber früher als später. Ich bin diejenige, die von den Medien unter Druck gesetzt wird. Ich muss Antworten liefern. Und die Öffentlichkeit braucht Gewissheit, nicht noch mehr Leichen.«

Lottie spielte mit dem Gedanken, Farrell von ihrem Verdacht zu erzählen, dass es sich bei dem kleinen Mädchen von den Eisenbahnschienen um Polly Cole handelte, entschied sich dann aber dagegen. Sie musste erst noch mal mit Jeff sprechen. »Vielleicht habe ich nachher was für Sie. Ich muss mir nur erst noch ein paar Dinge bestätigen lassen.«

Farrell trat auf sie zu. »Ich muss über alle Entwicklungen auf dem Laufenden gehalten werden. Haben Sie die Reporter und Fernsehteams draußen gesehen? Wie bei einem Rugbyspiel. In einer halben Stunde gebe ich eine Pressekonferenz, in zehn Minuten will ich alles auf meinem Schreibtisch haben.«

Sie drehte sich um und verließ den Raum, ihre sich entfernenden Schritte hallten auf dem Korridor wider. Ein kollektiver Seufzer ging durch den Raum.

Garda Brennan steckte ihren Kopf durch die Tür. »Wir haben Kevin O'Keeffe am Empfang.«

»Bringen Sie ihn in einen Verhörraum. Ich dachte, Sie wären bei Tamara Robinson.«

»Zwei meiner Kollegen haben das übernommen. Sie hat sich ziemlich aufgeregt, ist richtig hysterisch geworden, darum habe ich einen Arzt für sie gerufen.«

»Das ist gut. Ich danke Ihnen. Ich bin gleich unten.«

Lottie blickte auf die Tafel voller Opfer, aber ohne echte Verdächtige. »Besorgen Sie ein Foto von Kevin O'Keeffe und hängen Sie es dort neben dem von Aaron Frost auf. Und benachrichtigen Sie mich, sobald irgendwelche DNA-Ergebnisse oder irgendwelche Ergebnisse der Überwachungsvideos vorliegen. Kirby, Sie kommen mit mir.«

Bevor sie in den Verhörraum hinunterging, eilte sie in ihr Büro und überprüfte ihre E-Mails. Da war die vom Labor, die McKeown vorgelesen hatte; die andere war von Jane Dore. Sie hatte die vorläufige Obduktion von Gavin Robinson abgeschlossen. Tod durch Blutverlust infolge einer Stichwunde im oberen Rücken. Todeszeitpunkt gestern Abend zwischen halb sieben und halb neun. Der kleine Junge hatte sich in das Versteck eines Mörders verirrt und war tot in einer Grube aus Glas und Spiegeln gelandet. Lottie spürte, wie ihr Herz zum wiederholten Male brach.

SIEBENUNDFÜNFZIG

Kevin O'Keeffe sah stinksauer aus. Er beugte sich über den Tisch, schlug mit den Händen darauf, faselte von seiner Privatsphäre und seinen Rechten und allem möglichen anderen Zeug. Lottie blendete all das in dem Moment aus, als sie das Pflaster auf seinen Knöcheln erblickte.

»Wenn Sie fertig sind, würde ich gern anfangen«, sagte sie.

Kirby sagte die Einführung für das Band auf.

»Können Sie uns sagen, wo Sie sich von gestern Abend, etwa halb sechs, bis heute Morgen aufgehalten haben?«

»Ich war zu Hause.«

»Die ganze Zeit?«

»Nein. Ich bin um sechs Uhr von der Arbeit nach Hause gekommen. Später bin ich noch mal weggefahren und war um halb elf wieder zu Hause. Worum geht es hier?«

Er ging ihr langsam auf die Nerven. »Wo sind Sie hingefahren, als Sie noch mal weg sind?«

»Ich bin nur ein bisschen rumgefahren.«

»Kann das jemand bestätigen?«

»Nein. Ich war allein.«

»Wie geht es Ihrer Frau?«

»Marianne? Der geht es gut. Warum fragen Sie?«

»Wo war sie während dieser Zeit?«

»Woher soll ich das wissen? Ich habe Ihnen doch gesagt, dass ich nicht zu Hause war.«

»Wussten Sie, dass Marianne ebenfalls nicht zu Hause war?«

Schweiß trat auf seine Oberlippe und er begann, auf dem Stuhl umherzurutschen. »Sie war nicht zu Hause, als ich zurückgekommen bin. Sie war gegen Mitternacht zurück.«

»Haben Sie sie gefragt, wo sie gewesen ist?« Lottie spürte, dass Kirby sie ansah. Er hatte keine Ahnung, was sie vorhatte, aber sie war sich über die Richtung im Klaren, die sie einschlug.

»Äh, das hat sie mir nicht gesagt«, antwortete Kevin.

»Kennen Sie Tamara und Gavin Robinson?«

»Tamara ist eine Freundin von Marianne.«

»Wann haben Sie die Robinsons das letzte Mal gesehen?«

»Geht es um den Jungen? Gavin? Ich habe gelesen, dass er tot aufgefunden wurde. Schreckliche Sache.«

»Ja, es ist schrecklich. Wann haben Sie ihn zuletzt gesehen?«

O'Keeffe rutschte noch immer hin und her, seine maßgeschneiderte Hose raschelte. »Ich ... ich weiß nicht. Er ist viel jünger als Ruby, die beiden sind nicht in denselben Kreisen unterwegs, nicht einmal auf derselben Schule. Ruby ist doch mit Ihrem Sohn befreundet ...«

»Mr O'Keeffe, ich spreche nicht von Ruby oder meinem Sohn. Ich frage, wann Sie Gavin Robinson zum letzten Mal gesehen haben.«

»Ich ... ich habe keine Ahnung.«

»Vor einem Monat? Gestern?«

»Nein, nicht gestern. Definitiv nicht gestern.«

Lottie warf Kirby einen Blick zu. Hatte O'Keeffe das gerade zu heftig abgestritten? »Wenn nicht gestern, wann dann?«

»Ich weiß es nicht.«

»Wussten Sie, dass Marianne gestern Abend bei Tamara war?«

»Das hat sie mir nicht gesagt.«

»Wo waren Sie?«

»Das habe ich Ihnen doch schon gesagt. Ich war unterwegs. Wir hatten uns gestritten. Ich bin stundenlang rumgefahren. Ich war vor ihr wieder zu Hause. Ich wusste nicht, dass sie bei Tamara war. Das hätte sie mir sagen müssen.«

»Oh, und wenn sie es Ihnen gesagt hätte, hätten Sie sie dann etwa nicht grün und blau geschlagen, oder wie?«

»Wovon reden Sie?« Er schaute sie an.

»Passt Ihnen Mariannes Freundschaft mit Tamara nicht?«

»Sehen Sie, Marianne bewundert Tamara, weil sie so jung und schön ist. Aber wenn sie durch sie davon abgehalten wird, Zeug zu schreiben, das sowieso nie jemand lesen wird, stört mich diese Freundschaft nicht im Geringsten.«

»Wenn Sie nicht wussten, dass Marianne bei Tamara war, bei wem haben Sie geglaubt, dass sie dann war?«

»Ich hatte einen Verdacht.«

»Spucken Sie's bitte einfach aus.«

»Sie versucht schon seit einer Weile, heimlich das Haus zu verkaufen. Ich weiß, dass sie abhauen will, aber dem Familienrecht nach ist es auch mein Haus, und ich werde nicht zulassen, dass sie damit durchkommt.«

»Was hat das mit Ihren Verdächtigungen zu tun? Glauben Sie, sie hat eine Affäre?«

»Ich habe keine Beweise, aber ich weiß, dass jemand im Haus war. Ich habe eine Visitenkarte gefunden. Verdammt, der Wichser muss zehn Jahre jünger sein als sie.«

»Wer?«

»Dieser Immobilienmakler. Aaron Frost.«

Lottie spürte, wie Kirby sie mit dem Ellbogen anstupste. »Wann haben Sie Aaron Frost zuletzt gesehen?«

»Ich habe ihn noch nie in meinem Leben gesehen. Ich kenne ihn nicht. Ich hatte nur seine Karte. Ich bin rumgefahren und habe überlegt, was ich tun soll.«

»Und was haben Sie getan?«

»Nichts.«

»Ich werde Ihnen sagen, was Sie getan haben, Kevin. Sie haben erst Marianne verprügelt und dann Aaron Frost aufgesucht.«

»Ich habe nichts dergleichen getan.«

»Wollen Sie mir sagen, dass Sie Marianne nicht geschlagen haben oder dass Sie Frost nicht aufgesucht haben? Was von beidem meinen Sie?«

»Beides.«

»Ich war bei ihr, Kevin. Ich habe die blauen Flecken unter ihrem Make-up gesehen. Ich habe gesehen, wie sie sich vor Schmerzen gekrümmt hat.«

»Sie reden Müll.«

»Tue ich das?«

O'Keeffe biss sich auf die Innenseite seiner Wange. Lottie konnte sehen, dass es unter seiner lässigen Fassade heftig brodelte. Sie würde alles tun, um die Wahrheit aus ihm herauszubekommen. »Wann haben Sie Gavin Robinson zuletzt gesehen?«

»Ich weiß es nicht.«

»Wann haben Sie Aaron Frost zuletzt gesehen?«

»Ich kenne ihn nicht.«

»Haben Sie Gavin Robinson getötet?«

»Was? Ach, halten Sie doch die Fresse. Sie können mich nicht einfach des Mordes an diesem Jungen beschuldigen. Ich will meinen Anwalt.«

Lottie ignorierte ihn. »Haben Sie Aaron Frost getötet?«

»Ich wusste nicht einmal, dass er tot ist.«

»Das ist er. Kennen Sie Faye Baker?«

»Wen?«

»Sie kennen sie sehr wohl. Ich habe mit Ihnen über sie gesprochen. Nachdem Sie bei Karen Tierney zu Hause waren, als sie die Leiche gefunden hatte. Sagen Sie mir, woher Sie Faye kennen.«

»Ich kenne sie nicht.«

»Warum haben Sie Karen dann nach ihr gefragt?«

O'Keeffe starrte an die Decke und wog zweifellos seine Optionen ab. Lottie spürte, wie Kirby neben ihr nervös wurde. Sie wussten beide, was als Nächstes kommen würde.

»Ich will meinen Anwalt, und die Antwort auf alles, was Sie mich sonst noch fragen wollen, lautet: Kein Kommentar.«

Vor dem Verhörraum wandte Lottie sich an Kirby. »Wir haben nichts, womit wir ihn belasten können. Wir müssen zusehen, dass wir Beweise finden, die ihn mit einem der Morde in Verbindung bringen.«

»Puh, das wird nicht leicht, oder?« Kirby schob einen Aktenordner unter seinen Arm.

»Wir müssen irgendwas beweisen. Vielleicht können wir Marianne dazu bringen, Anzeige gegen ihn zu erstatten. Dann könnten wir ihn wenigstens für ein paar Stunden festhalten.«

»Dann wünsche ich Ihnen viel Glück.« Er tastete in seiner Hemdtasche nach seiner Zigarre. »Ich werde mal schauen, wie die Spurensicherung vorankommt.«

»Und ich gehe nach Hause«, sagte Lottie. »Ich fühle mich, als hätte ich einen Betonblock im Kopf. Ich brauche eine Dusche, und ich will noch mal bei den Sheridans vorbeischauen, um herauszufinden, ob Jack mir etwas über Gavin erzählen kann. Ich komme später wieder.«

»Fahren Sie nur, Chefin. Ich sage Ihnen Bescheid, falls wir Sie brauchen.«

»Haben Sie eigentlich kein Zuhause, Kirby?«
»Ehrlich gesagt nicht.«

Während Ruby vier Scheiben Toast mit Butter bestrich, sah sich Sean in der Küche um.

»Da sind überall Krümel«, sagte er.

»Ich mache sie gleich weg.« Sie platzierte zwei Scheiben vor ihm, legte dann ihre eigenen aufeinander und nahm einen großen Bissen.

»Ich habe gar keinen Hunger«, sagte Sean. »Hier, nimm meine auch noch.«

Rubys Augen weiteten sich und starrten auf eine Stelle hinter Seans Schulter. Er drehte sich auf dem Stuhl herum und erblickte Mrs O'Keeffe, die sie beide anstarrte. Als er zu schnell aufstand, stieß er seinen Rucksack von dem Stuhl neben sich. Seine Bücher rutschten heraus und fielen auf den glänzenden Boden.

»Hallo, Mrs O'Keeffe. Ich wollte gerade gehen.« Er begann, seine Sachen zurück in die Tasche zu stopfen.

»Setz dich, Sean. Ich möchte dir eine Frage stellen.«

Er setzte sich. Ein Teil seiner Bücher lag immer noch unter dem Tisch.

»Du warst gestern und vorgestern Abend hier, stimmt's?«

Sean blickte fragend zu Ruby hinüber. Was war die richtige Antwort?

Ruby kam ihm zuvor: »Ja, er war hier. Wir kommen immer nach der Schule hierher.«

»Manchmal sieht man Dinge in den Häusern anderer Leute, über die man besser nicht sprechen sollte.«

Sean fragte sich, wie schnell er seine Bücher wieder in seine Tasche packen und aus der Tür verschwinden könnte. Aber bevor er auch nur ein weiteres Buch in die Hand nehmen konnte, zog Mrs O'Keeffe einen Stuhl hervor und setzte sich neben ihn. Sie verschränkte die Arme und sah ihn an.

»Erzählst du deiner Mutter von uns, wenn du nach Hause gehst?«

»Nein, ehrlich nicht. Ich sehe meine Mutter zurzeit sowieso kaum. Sie ist mit einem Fall beschäftigt.«

»Was redest du da, Mum?«, fragte Ruby. Sean konnte sehen, dass sie den Tränen nahe war. Er dachte an ihr Gespräch von heute Morgen über ihren Vater. Sollte er etwas sagen? Mrs O'Keeffe sah nicht aus, als wäre sie verletzt, aber sie verhielt sich ganz schön seltsam.

Jetzt legte sie beide Hände um sein Kinn und drehte sein Gesicht zu ihrem. Er versuchte, sich nicht abzuwenden. Doch ihre Berührung fühlte sich irgendwie unangemessen an.

»Du bist ein guter Junge, Sean Parker. Aber ich glaube, du schnüffelst gern in den Häusern anderer Leute herum und erzählst deiner Mutter dann, was du so siehst und hörst.«

»Was?« Er wollte den Kopf schütteln, aber sie hielt sein Gesicht zu fest. »Das würde ich nie tun.«

»Komm nie wieder in mein Haus, wenn ich nicht da bin«, sagte sie leise. »Und erzähl keine Geschichten über uns. Ist das klar?«

»Sicher.«

Sean war völlig verwirrt. Wenn er zu Hause war, sprach er eigentlich kaum, und Geschichten erzählte er schon mal gar nicht. Er sah hinüber zu Ruby, die an der Anrichte stand und nervös mit den Krümeln herumspielte. Die Situation war ihr sichtlich unangenehm. Und ihm ging es genauso. Dann wurde ihm klar, dass es nicht nur Scham war. Ruby kochte vor Wut.

»Kann ich jetzt gehen?«, fragte er.

»Denk daran, was ich gesagt habe. Kein Getratsche.« Hastig verließ Mrs O'Keeffe die Küche.

»Getratsche?«, fragte Sean entgeistert.

»Ignorier sie.« Ruby half Sean, seine Bücher aufzuheben. »Sie ist betrunken.«

Aber Sean wusste, wie sich Betrunkene verhielten. Das hatte er im Lauf der Jahre zur Genüge bei sich zu Hause miterlebt. Rubys Mutter war stocknüchtern. Was also war ihr Problem?

ACHTUNDFÜNFZIG

McKeown schickte Garda Brennan los, um Kaffee zu holen, während er sich die Überwachungsaufnahmen des Recyclinghofs ansah, nachdem ihn seine Kollegen dazugerufen hatten.

Er starrte auf das Bild auf dem Bildschirm, das am Vorabend um fünf Minuten vor halb neun aufgenommen worden war. Es war körnig und schemenhaft, aber es war eindeutig ein Auto, das rückwärts vor der Glasrecyclinggrube stand. Man sah es von der Seite. Der Kofferraum war offen und verdeckte die Person, die sich darüber beugte. Er konnte nicht sehen, was herausgenommen oder hineingelegt wurde, aber es dauerte zwei Minuten, bis der Kofferraum wieder geschlossen wurde. Der Kopf blieb verdeckt, sodass er nicht erkennen konnte, ob es sich um einen Mann oder eine Frau handelte. Das Kennzeichen des Wagens war ebenfalls nicht zu erkennen. Er spulte das Band bis zum Tor zurück. Die Person streckte die Hand durch das Autofenster und tippte den Code ein. Fick dich doch, Brandon Carthy, dachte McKeown. Er musste den Code an jemanden weitergegeben haben. Oder hatte eine andere Person, die dort arbeitete, ihn weitergegeben? Wie auch immer, er musste Carthy erreichen und ihm ein paar unangenehme Fragen stellen.

Als Garda Brennan mit dem Kaffee zurückkam, spielte McKeown das Video noch einmal ab, und beide kamen zu demselben Schluss. Sie sahen das schemenhafte Bild der Person, die die Leiche entsorgte und die möglicherweise den kleinen Jungen ermordet hatte.

»Lust auf eine kleine Spritztour?«, fragte McKeown.

Garda Brennan wurde rot.

»Oh, tut mir leid. Das klang irgendwie seltsam.« McKeown prustete in seinen Kaffee. Als er aufstand, stieß er sich den Kopf an der niedrigen Decke. »Zum Recyclinghof meine ich natürlich.«

Sie warf den Kopf zurück und lachte. »Ich würde alles tun, um aus diesem Kämmerchen rauszukommen.«

»Alles?«, fragte er.

»Beherrschen Sie sich, Detective McKeown.«

Garda Brennans blumiges Parfüm erfüllte seinen Wagen. Es roch nicht schlecht, dennoch wurde ihm ein bisschen flau und er war froh, als er wieder an die frische Luft kam.

»Niemand hier, nur die Spurensicherung«, teilte ihnen der Garda am Tor mit.

»Ich möchte mit Brandon Carthy sprechen.«

»Es ist niemand hier, nur ...«

»Nur die Spurensicherung. Schon verstanden. Sagen Sie denen, sie sollen Fingerabdrücke von der Codetastatur da nehmen.« Er deutete auf das Gerät an der Wand neben dem Tor. Vielleicht war ein Abdruck dabei, der nicht zu jemandem vom Personal gehörte.

Als er zum Auto zurückging, sagte er: »Ich habe Carthys Adresse. Vielleicht erwischen wir ihn zu Hause.«

»Da wird er nicht sein«, rief der Garda. »Er und seine

Kollegen haben erwähnt, dass sie zu Danny's Bar wollten. Um ein paar Whiskeys zu trinken und den Schock zu verdauen.«

»Ich werde denen schon helfen, ihren Schock zu verdauen.« McKeown setzte sich ins Auto und warf beim Rückwärtsfahren einen Blick in den Spiegel. »Danny's Bar. Ist die auf der Main Street?«

»Wie lange sind Sie noch mal in Ragmullin stationiert? Kein Problem. Ich sage Ihnen, wo's langgeht.«

»Das kann ich mir vorstellen.«

In Danny's Bar herrschte zum Feierabend reges Treiben. McKeown senkte den Kopf, als er hinter Martina Brennan den Pub betrat.

»Ich sehe ihn nicht. Sie?«, fragte er.

»Ich weiß doch nicht einmal, wie er aussieht.«

»Na, Sie sind mir ja eine tolle Hilfe.«

»Sie finden mich toll?« Martina stieß ihn scherzhaft mit dem Ellbogen an.

»Ähm ...« Er grinste.

Sie lächelte ihn an. Ein schönes Lächeln, das musste er ihr lassen. Und in dem gedämpften Licht der Bar sah er, wie ihre Augen aufleuchteten. Ihre klobige Warnweste strahlte im orangefarbenen Schein der Lampen. Sie war mit Funkgerät und Handschellen ausgestattet, falls ein Streit ausbrechen sollte. Er lächelte zurück und bahnte sich seinen Weg durch die Menge aus jungen Leuten, die in Gruppen mit Getränken in der Hand herumstanden und von haufenweise Taschen auf dem Boden umgeben waren.

»Hier geht es ja zu wie an Heiligabend«, sagte er, als er von einem jungen Mann grob angerempelt wurde, der ihm nur bis zur Schulter reichte.

»Sommerparty«, rief Martina über den Lärm hinweg.

Als er weiterging, sah er eine vertraute Gestalt an der Bar sitzen. Boyd.

»Was machen Sie denn hier?«, fragte McKeown.

»Wonach sieht es denn aus?«

McKeown sagte Boyd, nach wem sie suchten.

»Den kenne ich nicht«, sagte Boyd, »aber vor etwa einer Stunde kamen drei oder vier Männer rein, die Warnwesten anhatten. Die sind in Richtung Biergarten gegangen.«

»Das heißt Sie sind schon seit einer Stunde hier?«

»Sind Sie meine Mutter, McKeown?« Es sah fast aus, als ob Boyds Augen sich mit Tränen füllten.

Schnell fügte McKeown hinzu: »Das mit Ihrer Mutter tut mir leid. Harte Zeiten?«

»Ja. Hart ist genau das richtige Wort. Wie kommen Sie mit der neuen Superintendentin zurecht?«

»Am Anfang war sie eher zurückhaltend. Aber inzwischen fegt sie wie ein Tornado durchs Büro.«

»Haben Sie Lust, mir mehr zu erzählen?«, fragte Boyd. »Ich lade Sie beide zu einem Drink ein.«

»Wir sind noch im Dienst«, sagte McKeown.

Martina Brennan schaute auf ihre Uhr. »Ich nicht. Offiziell hatte ich vor fünf Minuten Feierabend.« Sie nahm ihre Mütze ab und ließ sich auf den Stuhl neben Boyd fallen. »Captain Morgan's, da Sie ja zahlen.«

»Sie betrügt mich direkt vor meinen Augen«, sagte McKeown mit gespieltem Entsetzen. »Ich sollte besser diesen Brandon Carthy finden. Er muss mir ein paar Fragen beantworten.«

»Ihrer Chefin würde es gar nicht gefallen, dass Sie Verdächtige in einer Kneipe verhören«, sagte Boyd.

»Carthy ist kein Verdächtiger. Und ich verhöre ihn auch nicht. Wir müssen nur was klären.« Er klopft Martina auf den Arm. »Ich bin gleich wieder da.«

»Ich gehe nirgendwohin, nicht wahr, Sergeant Boyd?«

McKeown schüttelte den Kopf, als er sich durch die Menge aus Körpern schob. Schweiß und Parfüm mischten sich. Ein Kellner trug ein Tablett mit Fingerfood zu einer Gruppe in der hinteren Ecke, und McKeown widerstand dem Drang, sich ein paar Hähnchenflügel davon zu schnappen.

Im Biergarten war es noch voller als drinnen. Eine Plexiglasüberdachung, die mit Plastikweinreben und bunten Schirmen dekoriert war, diente als provisorisches Dach. Eine Band mit schrill klingendem Sänger sorgte für zusätzlichen Lärm. McKeown hatte das Gefühl, dass er ziemlich schief sang, aber er hatte keine Ahnung von Musik. Vielleicht gehörte das auch so.

Er entdeckte Carthy mit seinen Leuten auf einer langen Bank. Sie hielten sich an ihren Gläser fest und starrten mit ausdruckslosen Gesichtern schweigend vor sich hin.

»Brandon? Kann ich Sie kurz sprechen?« McKeown beugte sich zu dem jüngeren Mann hinunter.

»Ich habe Ihnen alles gesagt, was ich weiß; ich hätte jetzt gern ein wenig Ruhe und Frieden.«

McKeown lachte. »Dafür sind Sie hier aber nicht am richtigen Ort.« Er legte Carthy eine Hand auf die Schulter. »Kommen Sie für zwei Minuten mit mir mit. Dann können Sie sich wieder Ihrem Versuch widmen, das Ganze zu vergessen.«

»Ich gehe nirgendwo mit Ihnen hin.«

»Gut, wenn Sie wollen, kann ich Sie auch gern wegen Behinderung der Ermittlungen verhaften.«

Carthy stand auf und reichte einem seiner Kollegen sein Bier. »Bin gleich wieder da.«

Als sie den Biergarten verlassen hatten, blinzelte McKeown in der hellen Abendsonne. Er zog ein gefaltetes DIN-A4-Blatt aus der Hosentasche, strich es in seiner großen Hand glatt und zeigte es Carthy. »Wer ist das?«

»Woher soll ich das wissen?«

»Sehen Sie noch mal hin. Woher hatte diese Person den Code für das Tor?«

»Das weiß ich nicht.«

»Wer ist das, Brandon?«

»Ich habe doch gesagt, dass ich es nicht weiß.«

Bevor ihm bewusst wurde, was er tat, hatte McKeown den Mann gegen die Steinmauer gedrückt und presste ihm den Arm auf den Hals. Erst als er bemerkte, dass Carthys Gesicht rot anlief, löste er seinen Griff.

»Das ist polizeiliche Belästigung.« Carthy hustete und spuckte auf den Boden.

»Ich will eine klare Antwort.«

Carthy duckte sich unter McKeowns Arm weg und wich an den Rand des Fußwegs zurück.

»Ich weiß nicht, wer das ist. Ich habe ein paar ... Kunden, die mir ab und zu im Austausch für den Code was zustecken.«

»Wie viel verdienen Sie sich da nebenbei?«

»Nicht viel. Zwanzig Euro hier und da.«

»Ich will die Namen von allen, die Sie bestochen haben.«

»Das ist keine Bestechung. Ey, es geht doch nur um Recycling.«

»Nur um Recycling? Die Leiche eines elfjährigen Jungen wurde dort entsorgt, und Sie behaupten, es geht nur um Recycling?«

»Mein Lohn liegt nur knapp über dem Mindestlohn, nicht dass Sie bei dem Geld, das Sie bekommen, irgendwas davon verstehen würden. Es wurde mir angeboten, was hätte ich denn machen sollen?«

»Denen sagen, dass sie sich verpissen und zu den Öffnungszeiten wiederkommen sollen vielleicht?«

»Tja, das habe ich aber nicht gemacht. Ich habe mitgespielt. Ich habe ihr Geld angenommen. Es waren nur zwei oder drei Typen. Mehr nicht. Es ist ja nicht so, als ob die irgendwas klauen würden, oder?«

McKeown ging um Carthy herum und steckte sich sicherheitshalber die Hände in die Taschen, um nicht auf den jungen Mann einzuprügeln. »Sehen Sie sich das Bild noch einmal an. Sagen Sie mir, wer das ist.«

»Ich weiß nicht, wer das ist. Können Sie nicht einfach das Kennzeichen überprüfen?«

»Die Überwachungskameras scheinen keine Kennzeichen aufgezeichnet zu haben. Wir haben kein einziges Nummernschild auf dem Material gefunden, das wir durchsucht haben.«

»Das Überwachungssystem ist eben nicht besonders gut. Kann ich jetzt zurück zu meinem Bier?«

»Ich will die Namen von den Typen, die Sie bestochen haben. Und zwar jetzt sofort. Denken Sie mal gut darüber nach, sonst sind Sie nämlich Ihren Job los. Wenn Sie sich das Hirn zermartert haben, falls Sie denn eins haben, will ich ein paar Antworten. Okay?«

»Bleiben Sie ruhig, Alter. Ich muss erst nachgucken. Geben Sie mir Ihre Nummer, dann schicke ich Ihnen die Namen.«

McKeown stopfte seine Karte in Carthys Faust, folgte ihm zurück in den Pub und gesellte sich zu Boyd und Martina. Er stellte sich hinter sie und bestellte einen doppelten Whiskey on the rocks.

Als er ins Büro zurückkam, brummte McKeowns Kopf und sein Magen gluckste vom Whiskey. Er sackte an seinem Schreibtisch zusammen und blickte Kirby an, der grinste.

»Halt die Klappe, Kirby. Hast du irgendwas von dem Kerl aus der Immobilienagentur rausgefunden?«

Kirby zuckte mit den Schultern. »Er will unbedingt einen Durchsuchungsbefehl sehen, bevor er irgendwelche Informationen rausrückt. Der kann von Glück reden, dass ich ihm nicht den Arsch versohlt habe.«

»Sie? Sie schaffen es doch nicht mal, Ihren eigenen Arsch zwei Nächte hintereinander ins selbe Bett zu bewegen.«

»Was zum ...«

»Sorry. Das hätte ich nicht sagen sollen.« McKeown hob zur Entschuldigung die Hand und begann dann, die Akten auf seinem Schreibtisch zu sortieren. Er überprüfte sein Handy, aber da war immer noch keine Nachricht von Carthy. So ein kleiner Scheißer. Er schob einen Stapel zwanzig Jahre alter Vermisstenakten zur Seite. Darin war nichts zu finden gewesen. Das waren die Akten, die noch nicht in PULSE übertragen worden waren. Als er den nächsten Stapel anhob, bemerkte er die zusammengehefteten Zeitungsausschnitte. Er legte die Akten auf den Boden und blätterte die Artikel erneut durch.

»O mein Gott! Deshalb kam mir das Haus bekannt vor.«

»Das verlassene Haus?«, fragte Kirby und hob den Kopf, seine blutunterlaufenen Augen funkelten ihn wütend an.

»Ja, sehen Sie sich das an. Das Foto unter der Schlagzeile.« McKeown sprang auf, ging zu Kirbys Schreibtisch und wedelte mit der Seite umher. »Das ist es doch, oder?«

»Lassen Sie mich mal lesen.«

»Ich muss mit der Chefin reden. Wo ist sie?«

»Sie ist nach Hause gefahren, um zu duschen. Sie hat erwähnt, dass sie bei den Sheridans vorbeischauen wollte, um mit Jack über Gavin zu sprechen. Aber sie meinte, ich soll sie kontaktieren, falls es irgendwelche Entwicklungen gibt.«

»Ich schreibe ihr.«

»Machen Sie das mal besser«, sagte Kirby und las den Artikel. »Familienmord?«

»Ziemlich furchtbar.« McKeown nahm die Seite zurück. »Hier steht, dass es auf Seite drei noch mehr Informationen gibt. Ich habe aber nur die erste Seite.«

»Holen Sie die Mordakte. Da sollten alle Informationen drinstehen. Nein, warten Sie. Sie schreiben der Chefin, ich hole die Akte.«

»Kirby, sehen Sie sich das an«, sagte McKeown. »Schauen Sie mal, wer der Detective Sergeant in diesem Fall war.«

Kirby warf einen Blick auf den Namen. »Rufen Sie die Chefin besser gleich an.«

McKeown tastete mit einer Hand nach seinem Handy und öffnete mit der anderen den Knopf an seinem Hemdkragen. Es würde eine lange Nacht werden.

NEUNUNDFÜNFZIG

Lottie hätte eigentlich zuerst nach Hause fahren und duschen sollen, aber nachdem Lynch dafür gesorgt hatte, dass Jack sicher von der Schule nach Hause gekommen war, hatte sie um Zeit gebeten, um sich schnell um ihre eigene Familie zu kümmern, bevor sie ihren Dienst als Opferschutzbeamtin bei den Sheridans begann. Lottie hatte zugestimmt und sich selbst auf den Weg gemacht.

Sie hielt vor dem Haus an und nickte dem Garda zu, der dort Wache hielt. Die Luft war kühl, und sie warf einen Blick auf den dunklen Kanal. Die Spurensicherung hatte ihre Arbeit beendet, nur die Taucher waren noch einen weiteren Tag lang im Einsatz, bevor sie ebenfalls aufhören würden. Sie hoffte, dass sie weitere Leichenteile finden würden, um die Identifizierung zu erleichtern. Und auch der Vollständigkeit halber. Nicht, dass irgendjemand darauf wartete, die Leichenteile abzuholen. Ein kleines Mädchen, nach dem niemand gesucht hatte und das niemanden gehabt hatte, der seine Schreie erhört hatte. Obwohl sie noch immer keine eindeutige Bestätigung erhalten hatte, war sie weiterhin überzeugt, dass der Torso und das Bein von Polly Cole stammten.

»Mach dir keine Sorgen, kleine Polly, ich werde dir weiter zuhören. Erzähl mir, was passiert ist.« Sie redete mal wieder mit sich selbst. Sie wusste, dass ihr Team sein Bestes tat, aber bisher hatten sie noch gar nichts herausgefunden.

Sie ging um das Haus herum und zog den Reißverschluss ihres Kapuzenpullis zu. Ab morgen würde es wieder kalt und nass werden. Als falschen Sommer hatte ihre Mutter das Wetter der letzten Tage beschrieben. Rose hatte immer recht, selbst wenn sie nicht recht hatte.

Im Schuppen standen zwei Rennräder, und darüber hingen Angelruten ordentlich an Haken, die in die Holzwand geschlagen waren. In der Mitte befand sich ein Ruderboot aus Fiberglas, die Ruder hingen an verrosteten Ketten vom Dach des Schuppens. Es sah aus, als wäre es schon lange nicht mehr im Wasser gewesen. Farbeimer stapelten sich in einer Ecke neben den Mülltonnen, in einer anderen stand eine alte Waschmaschine, die wohl niemand mehr benutzte. Sie wandte sich ab und ging auf die Rückseite des Hauses zu.

Licht fiel aus dem Küchenfenster. Sie trat einen Schritt zurück und betrachtete die Familienszene. Lisa stand am Herd und rührte in einem Topf. Charlie las am Tisch Zeitung. Maggie saß auf dem Boden und spielte zufrieden mit Bauklötzen. Die beiden Jungen saßen mit Büchern vor sich an einer Seite des Tisches. Hausaufgaben, dachte Lottie. Wann hatte sie Sean zuletzt beim Hausaufgabenmachen beobachtet? Sie spürte einen Stich in ihrem Herzen angesichts all der Dinge, die sie verpasste. Sie würde sich mit ihrer Familie zusammensetzen und reden. Herausfinden, wovor ihre Kinder sich fürchteten und auf was sie sich freuten. Sie war so sehr mit Boyd und seiner Krankheit beschäftigt gewesen, und sie wusste, dass sie ihre Kinder wieder einmal vernachlässigt hatte. Sie fuhr sich mit dem Ärmel über die Nase und wischte sich die Tränen des Selbstmitleids weg.

Als sie weiter in die Küche schaute, sah sie, wie Charlie die

Zeitung hinwarf. Es schien, als würde er die Jungs anschreien. Er ging zum Kühlschrank, holte sich eine Flasche Bier und trank in gierigen Zügen, bevor er sie auf den Tisch knallte. Lottie zuckte zusammen, obwohl sie nichts hören konnte. Die Jungen steckten ihre Köpfe noch tiefer in ihre Bücher. Sie fragte sich, ob Jacks Herz wegen seines toten Freundes wohl in tausend kleine Stücke zerbrochen war. Falls ja, dann gab es dafür keine sichtbaren Anzeichen.

Lisa rührte weiter in ihrem großen Topf – was auch immer sich darin befand. Zerstörte die Belastung durch Jacks Leichenfund und Gavins Tod diese kleine Familie? Vielleicht war es auch das Gespenst von Charlies Krankheit, das seine Schatten auf sie warf.

Sie machte sich auf den Weg zur Haustür. In ihrer Tasche vibrierte ihr Handy, und sie schaute darauf, bevor sie leise anklopfte. Als sie McKeowns Nachricht las, nahm sie ihre Hand wieder von der Tür weg.

Jack zuckte zusammen, als sein Vater die Flasche auf den Tisch knallte. Er versuchte, den Stift ganz fest in der Hand zu halten, obwohl er am liebsten auf sein Zimmer gerannt wäre.

»Ich bin mit meinen Hausaufgaben fertig. Kann ich vor dem Abendessen noch duschen?«

»Das Abendessen ist in fünf Minuten fertig«, sagte seine Mutter.

»Bleib, wo du bist, Jack«, fügte sein Vater hinzu.

Tyrone kicherte, traute sich aber nicht, laut zu lachen.

»Bitte, ich stinke«, flehte Jack.

»Na gut, du hast zwei Minuten.« Sein Vater nahm einen Schluck aus seiner fast leeren Flasche.

»Du solltest wirklich nicht trinken«, sagte Lisa. »Das hat der Arzt auch gesagt.«

»Aber ich habe Durst.« Er leerte die Flasche und ging zum Kühlschrank, um sich eine neue zu holen.

Jack stopfte seine Bücher in seinen Rucksack, eilte aus der Küche und schloss die Tür leise hinter sich. Im Flur glaubte er, eine Gestalt hinter dem Glas der Eingangstür zu sehen. Sein erster Gedanke war, dass Gavin gekommen war, um mit ihm Computer zu spielen. Und dann fiel es ihm wieder ein. Gavin würde nie wieder vorbeikommen und mit ihm spielen.

Die Gestalt schien klingeln zu wollen, entfernte sich dann aber. Er schlich sich zur Tür und öffnete sie.

Es war die Detective-Frau.

Sie drehte sich um und lächelte. »Hi, Jack.«

»Hi.«

»Ich bin vorbeigekommen, um zu fragen, wie es dir geht.«

Er ging hinaus. »Ist alles ziemlich komisch.«

»Das ist es ganz bestimmt.« Sie legte ihm eine Hand auf die Schulter. Er empfand das irgendwie als tröstlich, und die Tränen, die er den ganzen Tag über zurückgehalten hatte, brachen mit lauten Schluchzern aus ihm heraus.

»Ich kann nicht glauben, dass Gavin tot ist. Er war mein bester Freund.«

»Ich weiß. Es ist schwer, das zu begreifen.« Sie umarmte ihn, bevor sie ihn auf Armeslänge hielt und seine Tränen mit dem Finger abwischte. Auch das fühlte sich sanft und tröstlich an, sodass er fast wieder angefangen hätte zu weinen.

»Danke.« Er schniefte und löste sich von ihr. »Wer hat ihn umgebracht?«

»Ich weiß es noch nicht, aber ich werde es herausfinden, versprochen.«

»Wenn Sie es wissen, sagen Sie mir dann, wer es war?«

»Ich werde dich persönlich anrufen und es dir sagen.« Sie lehnte sich an ihr Auto. »Waren du und Gavin jemals auf dem Recyclinghof im Industriegebiet?«

Er zuckte mit den Schultern. »Manchmal fahre ich mit

meinem Dad dahin, wenn er einen Anhänger voll mit Sachen zum Recyceln hat. Er sagt, dass das billiger ist. Aber ich glaube nicht, dass Gavin da mal mitgekommen ist. Es macht echt keinen Spaß.«

»Das glaube ich dir. Hast du Gavin gestern überhaupt gesehen?«

»Nein. Er war nicht in der Schule. Ich habe ihm nicht mal geschrieben, weil ich sauer auf ihn war. Er sollte doch im Fernsehen auftreten und ich nicht. Dabei war es meine Drohne, nicht seine, die ... die Leiche gefunden hat.«

»Mach dir keine Sorgen, das ist nicht deine Schuld. Seine Mutter kann ein bisschen aufdringlich sein.«

Jack sah zu ihr auf. »Ja, das stimmt.«

»Jack, kennst du das alte Haus auf der anderen Straßenseite? Am Ende von Gavins Wohngebiet, das mit dem Zaun drumherum?«

»Das ist immer zugenagelt und abgeschlossen. Ich bin da nie reingegangen.«

»Und Gavin? Glaubst du, er könnte sich gelegentlich dort hineingeschlichen haben?«

»Auf keinen Fall. Er war voll der Angsthase. Außerdem hat mein Vater gesagt, dass wir da nicht reingehen dürfen, weil die Junkies da immer einbrechen und Nadeln und so rumliegen lassen.«

»Habt ihr jemals mit deiner Drohne nachgeschaut, was hinter den Brettern sein könnte?«

»Nein«, sagte er mit großen, ungläubig dreinblickenden Augen. »Noch nie!«

»Okay, Jack. Du gehst besser wieder rein, bevor deine Eltern dich noch suchen.«

Er rührte sich nicht vom Fleck. »Detective?«

»Du kannst mich Lottie nennen.«

»Das ist ein komischer Name.«

»Ja, irgendwie schon.«

Sie hatte ein nettes Lächeln, dachte Jack.

»Was wolltest du sagen?«, fragte sie.

»Wann kriege ich meine Drohne zurück?«

»Ich kümmere mich darum, dass sie morgen zurückgebracht wird. Wir haben ja die SD-Karte mit dem Filmmaterial, es gibt also keinen Grund, sie noch länger aufzubewahren.«

»Wegen der SD-Karte ...«

»Was ist damit? Ich kann dir eine neue besorgen, wenn unsere Jungs sie behalten wollen.«

»Nein, ich habe ganz viele. Und, äh ... darum geht's auch.«

»Worum geht's?«

»Ach, nichts. Vergessen Sie es. Ich gehe besser wieder rein.«

Er wollte ihr sagen, dass er die Drohne manchmal auch nachts fliegen ließ. Dass er Aufnahmen auf einem USB-Stick hatte, die in der Nacht vor dem Fund der Leiche am Bahngleis entstanden waren. Aber es waren nur unscharfe Bilder. Es könnten auch Füchse oder Dachse gewesen sein. Vielleicht war es also das Beste, wenn er nichts sagte.

Er schaute zu der großen Frau mit dem etwas unordentlichen Haar auf. Sie sah verwirrt aus, bevor sich ein Lächeln auf ihrem Gesicht ausbreitete. »Gibt es etwas, das du mir sagen willst, Jack?«

»Nein. Ich vermisse Gavin, das ist alles.«

Er drehte sich zur Tür um und stieß dort mit seinem Vater zusammen.

»Was machen Sie hier?«, fragte Charlie Lottie über seinen Kopf hinweg.

»Ich bin vorbeigekommen, um mich zu vergewissern, dass mit Jack angesichts von Gavins Tod alles in Ordnung ist. Detective Maria Lynch, die Opferschutzbeamtin, wird bald hier sein, aber Sie haben Schutz.« Sie deutete auf den Garda, der neben dem Haus stand. »Ich habe eine dringende Nachricht bekommen und muss zurück auf die Wache.« Sie fuchtelte mit ihrem Handy in der Luft herum. »Ich kann später wiederkommen.«

»Wir brauchen keine Opferschutzbeamtin. Ich kann meine Familie selbst schützen.«

Jack spürte, wie die Hand seines Vaters seine Schulter fest umklammerte. Er drehte sich weg. »Wir haben nur über Gavin geredet.«

»Es ist besser, wenn Sie jetzt gehen«, sagte Charlie. »Wir sind alle bestürzt darüber, was mit Gavin passiert ist. Wir brauchen Zeit für uns allein als Familie.«

»Ich gehe jetzt auch, aber ich muss noch mal zurückkommen und mit Ihnen und Ihrer Familie sprechen. Gute Nacht.«

Jack rannte zurück ins Haus und die Treppe hinauf in sein Zimmer. Er hörte, wie sein Vater die Haustür schloss. Er stellte sich ans Fenster. Die Polizistin sah zu ihm hoch, bevor ein Auto vorfuhr und eine andere Frau ausstieg. Die beiden unterhielten sich kurz, bevor die Frau namens Lottie in ihr eigenes Auto stieg.

Er beobachtete, wie die Rücklichter in einer Staubwolke auf der Straße verschwanden.

Marianne hatte das Start-up auf Instagram gefunden. Tamara hatte ihr davon erzählt, und sie hatte die Chance ergriffen, um nicht mehr jeden Abend kochen zu müssen. Jetzt wurden ihr zweimal pro Woche gesunde Fertiggerichte nach Hause geliefert. Bis jetzt hatte Kevin ihr Geheimnis noch nicht entdeckt.

»Es tut mir leid wegen gestern Abend, Ruby«, sagte sie und leerte die Reste auf ihrem Teller in den Mülleimer.

»Ist schon in Ordnung.«

»Ist es nicht. Du solltest so etwas nicht miterleben müssen.«

»Aber Dad hat doch dich geschlagen. Du brauchst dich nicht zu entschuldigen. Er sollte das tun.«

»Ich bezweifle, dass das passieren wird.«

»Ich auch.« Ruby senkte den Kopf, aber Marianne sah gerade noch, wie ein finsteres Lächeln über das Gesicht ihrer Tochter huschte.

»Alles in Ordnung?«, fragte sie.

»Du hättest eben nicht so mit Sean reden sollen. Er ist der einzige Freund, den ich habe, und wenn er nichts mehr mit mir zu tun haben will, dann ist es deine Schuld. Das würde ich dir nie verzeihen.«

»Seans Mutter war hier und hat unangenehme Fragen gestellt. Ich dachte, er hätte ihr vielleicht irgendwas erzählt, was er nicht hätte erzählen sollen.«

Marianne spülte die Teller unter dem Wasserhahn ab, bevor sie sie ordentlich in die Spülmaschine einräumte. Sie wollte Kevin keinen Grund geben, noch wütender zu sein. Sie warf einen Blick auf die Uhr. Er war immer noch nicht von der Arbeit nach Hause gekommen. Hoffentlich war er nicht wieder unterwegs und betrank sich. Noch einen Abend, an dem er so mit ihr umsprang, würde sie auf keinen Fall durchstehen. Dann dachte sie an Tamara. Sie sollte wirklich bei ihr vorbeischauen. Sie hatte den ganzen Tag Zeit dazu gehabt, hatte aber nicht mal den Mut aufgebracht, vor die eigene Haustür zu gehen. Nicht einmal angerufen hatte sie sie. Eine tolle Freundin war sie.

»Mum?« Ruby stand in der Tür und verschränkte eine Hand in der anderen.

»Ja?«

»Wegen gestern Abend. Dad hat dich geschlagen ...«

»Bitte, Ruby, vergiss einfach, dass das passiert ist.«

»Das kann ich nicht. Es war so schlimm. Ich habe mich so nutzlos gefühlt. Das ist nicht richtig.«

Nein, dachte Marianne, das war alles andere als richtig, und sie durfte nicht zulassen, dass es je wieder geschah. Aber zuerst musste sie noch ein paar Dinge klären, dann würde Kevin O'Keeffe für immer aus ihrem Leben verschwinden.

»Geh nach oben und mach deine Hausaufgaben.«

»Wir haben nichts auf.«

»Dann ... mach halt irgendwas anderes. Spiel Playstation oder so.« Hauptsache, sie stellte keine Fragen mehr.

Mit der Mülltüte mit der Pappe und dem Zellophan der Fertiggerichte ging sie zur Außentonne. Sie drückte die Tüte ganz nach unten, damit Kevin sie nicht sehen konnte. Sorgen hatte sie nämlich genug, auch ohne dass er wegen ein paar Verpackungen von Essen, das er für frisch gekocht hielt, die Beherrschung verlor.

Als sie wieder hereinkam, hörte sie, wie sich ein Schlüssel in der Haustür drehte. Ihre Knie gaben nach und sie musste sich an der Tischkante festhalten. Das muss aufhören, dachte sie. Noch mehr Angst kann ich nicht ertragen.

SECHZIG

Lottie hatte ihren pensionierten ehemaligen Superintendenten seit Monaten nicht mehr besucht. Es tat ihr zu sehr weh, zu sehen, wie der einst große und stämmige Mann mit dem roten Gesicht zu einem gekrümmten, grauhäutigen Zwerg schrumpfte. Aber McKeowns Nachricht hatte sie zu ihm geführt. Zuerst war sie schnell auf der Wache vorbeigefahren, um den Artikel mitzunehmen, den er dort für sie bereitgelegt hatte.

Myles Corrigan führte sie in den Gesellschaftsraum, den sie als Wohnzimmer bezeichnet hätte. Er hatte sich ein paar Umgangsformen bewahrt, obwohl er wirklich ziemlich krank war.

»Sagen Sie mir bitte nicht, dass ich gut aussehe, Parker. Wir beide wissen, dass ich einer lebenden Leiche ähnle.«

»Es ist schön, Sie wiederzusehen.«

Sie setzte sich hin und wartete, bis er sich langsam in einen mit vielen geblümten Kissen gepolsterten Sessel niedergelassen hatte. Das Auge, das er durch einen Tumor verloren hatte, war mit einer schwarzen Augenklappe bedeckt, und seine Hände waren mit pulsierenden wunden Stellen bedeckt. Sie hatte gehört, dass der Krebs ihn bei lebendigem Leibe auffraß.

»Ich dachte schon, Sie wollten damit warten, mich zu besuchen, bis ich im Sarg liege.« Er versuchte zu lachen, aber es klang eher wie ein stotternder Motor. »Sie haben mich doch nicht schon mal besucht, oder?«

»Wie bitte?«

»Beachten Sie mich einfach gar nicht.« Er tippte sich an die Seite des Kopfes. »Mein altes Gehirn ist ganz durcheinander. Aber wenn ich tot bin, dann will ich eine richtige gute alte irische Totenwache. Sorgen Sie dafür, dass alle von der Wache kommen. Egal, was sie hinter meinem Rücken über mich sagen, ich will einen schönen Abschied bekommen.«

»Sie haben noch ein paar Meilen vor sich.«

»Myles hat nicht mehr viele Meilen vor sich, auch wenn mein Name danach klingt.« Er schien darauf zu warten, dass sie lachte, und fügte dann hinzu: »Viel zu tun?«

»Sehr viel.«

»Wie geht es der Familie?«

»Gut, allen geht es gut«, sagte sie, während sich Schuldgefühle in ihr Herz bohrten. »Rose hat nach Ihnen gefragt.«

»Rose?«

»Meine Mutter.«

»Ah, richtig. Ihre Mutter ist eine starke Frau. Hören Sie auf sie«, sagte er. »Und Boyd? Ich habe gehört, er hat das große K, so wie ich.«

»Boyd spricht gut auf die Behandlung an. Diese Woche könnte die letzte Chemo sein.« Sie drückte die Daumen und hoffte, dass seine Blutplättchen mitspielten.

»Wenn ihn die verdammten Gifte nicht umbringen.« Er redete Klartext. Wie immer.

»Boyds Mutter ist letzte Woche plötzlich gestorben. Das hat ihn ein bisschen zurückgeworfen, und er muss sich um seine Schwester kümmern. Das ist eine ganze Menge Druck.«

»Hat mir nicht jemand erzählt, dass Sie heiraten? Bekomme ich eine Einladung, bevor ich ins Gras beiße?«

»Wir können leider im Moment nicht mal im Entferntesten daran denken.«

Schweigen erfüllte den Raum, bevor er sagte: »Sie wissen, dass eine Zeit lang gegen mich ermittelt wurde? Man hat versucht, mir alte Bestechungsvorwürfe anzuhängen. Ein Haufen junger Möchtegerns aus Dublin, dumm wie fünf Meter Feldweg. Ich habe sie geradewegs wieder über die Liffey zurück in die Hauptstadt geschickt.« Er sah sie so ernst an, wie es mit einem Auge möglich war. »Was führt Sie denn zu mir?«

Lottie öffnete ihre Tasche und zog die Kopie des Zeitungsartikels hervor, den McKeown gefunden hatte. »Das hier ist ein Fall, an dem Sie gearbeitet haben. Damals waren Sie Detective Sergeant. Es geschah, bevor es PULSE gab, und es sieht so aus, als wäre der Fall nie in die Datenbank übertragen worden.«

»Das überrascht mich nicht. Glauben Sie, es ist einer von den Fällen, die absichtlich ausgelassen wurden?«

»Ich bezweifle, dass sich die Polizei hier eingemischt hat, wenn Sie das meinen. Wahrscheinlich nur ein Versäumnis.«

»Wäre nicht das erste Mal.« Er hustete laut in ein fleckiges Taschentuch und stopfte es in eine Spalte des Sessels.

Sie reichte ihm die kopierte Seite aus dem *Ragmullin Tribune*. »Diese Morde wurden als Familienmord eingestuft. Können Sie sich daran erinnern?« Es war ein ziemlich verzweifelter Versuch, denn sie hatte gehört, dass Corrigan, der noch keine sechzig Jahre alt war, an einer präsenile Demenz litt.

Er sah sich das Foto auf der Titelseite an, ohne den Artikel zu lesen. »Das war vor mehr als zwanzig Jahren. Was interessiert Sie jetzt daran?«

Sie erzählte von den gefrorenen Leichenteilen und den Gefriertruhen in dem alten Haus. »Heute haben wir die Leiche eines Mannes entdeckt, die in eine dieser Gefriertruhen gestopft war.«

»In diesem Haus?« Corrigan zeigte auf das Foto.

»Ja. Es steht jetzt leer. Ich versuche herauszufinden, wem es gehört. Es ist immer noch ans Stromnetz angeschlossen.«

»Sollte nicht allzu schwer sein, das herauszufinden.«

»Das würde man meinen, nicht wahr?«

»Ja, aber ich weiß auch, wie das läuft. Dann verlangt erst mal jemand einen Durchsuchungsbefehl oder schreit nach einem Anwalt in teurem Anzug.«

»Bei uns ist Ersteres der Fall.« Sie war stinksauer auf Dave Murphy von Ferris and Frost. Kirby kümmerte sich um den Papierkram, und sie wartete immer noch darauf, dass er anrief, um zu sagen, dass sie endlich einen unterschriebenen Durchsuchungsbefehl in der Tasche hatten. Wenigstens hatten sie nachverfolgen können, wer die Makler waren.

»Typisch.« Corrigan setzte sich eine Brille auf die Nase und begann zu lesen.

Sie saß da und lauschte dem beunruhigend lauten Rasseln in seiner Brust.

»Ah, ich vergesse viele Dinge«, sagte er, »aber an den Fall hier erinnere ich mich gut. Ich war als Erster nach den Beamten vor Ort. Ein schrecklicher Anblick.«

»Was können Sie mir darüber erzählen?«

Er las den Artikel langsam, als müsse er seine Gedanken auffrischen, und sagte dann: »Es war furchtbar. Zwei junge Mädchen. Erstochen. Für mich sah es so aus, als hätten sie noch versucht, zu fliehen, obwohl sie im ersten Stock waren. Wahrscheinlich hätten sie einen Genickbruch riskiert, aber so weit sind sie gar nicht erst gekommen. Eins der armen Dinger lag am Fenster. Überall Blut, wie Sie sich vorstellen können. Und der Geruch! Hinterher haben wir herausgefunden, dass sie schon seit mindestens sechsunddreißig Stunden tot gewesen waren.« Er rümpfte die Nase, als ob ihm der Geruch direkt vom Blatt dort hineingestiegen wäre. »Die junge Mutter, mein Gott, ihr

Körper war so von Stichwunden übersät, dass ich sie nicht einmal zählen konnte.«

»Eine Beziehungstat? Eifersucht?«

»Schwer zu sagen. Und wissen Sie, woran ich mich noch erinnere? Sie hatte ein Loch in der Mitte der Stirn. Von einem Schürhaken. Die Waffe lag auf dem Rost.«

»O Gott. Der kleine Schädel, den wir gefunden haben, hatte eine ähnliche Wunde.«

»Der Vater hatte sich schon längst aus dem Staub gemacht und den Sohn mitgenommen. Der Junge war der Älteste. Dreizehn oder vierzehn, glaube ich. Wir haben nie eine Spur von einem der beiden gefunden.«

»Vierzehn steht da.«

»Dann wird das wohl stimmen. Der allgemeine Konsens war damals, dass der Vater den Jungen entführt hat und auf der Flucht war. Oder dass der Junge entkommen war und der Vater ihm gefolgt war. Wir haben sie jedenfalls nicht gefunden.«

»Und wir haben keinen Hinweis auf sie in einer Vermisstenakte gefunden. Warum nicht?«

Corrigan fuhr sich mit dem Finger um die Augenhöhle seines noch vorhandenen Auges und dachte nach. »Das liegt wohl daran, dass es sich um eine Mordermittlung handelte, nicht um eine Vermisstenanzeige. Der Vater war ein Mordverdächtiger und der Junge ein Opfer.«

Sie lehnte ihren Kopf zurück. »Haben Sie jemals irgendwas darüber herausgefunden, warum er seine Frau und seine Töchter ermordet haben könnte?«

»Nein, rein gar nichts.« Er schüttelte wütend den Kopf, wobei seine Augenklappe leicht verrutschte. »Ich habe den Fall persönlich übernommen und alle Möglichkeiten ausführlich geprüft, aber ich bin auf nichts gestoßen, außer vielleicht ... Ach, aber da ist nie was bei rausgekommen.«

»Was? Sagen Sie es mir.« Lottie rückte näher an ihren

ehemaligen Chef heran und atmete den Geruch von Mottenkugeln ein.

Er sah sie einige Augenblicke lang ausdruckslos an. »Es gab Gerüchte«, sagte er schließlich. »Doch soweit ich mich erinnern kann, haben sie zu nichts geführt. Mein Gedächtnis ist aber auch nicht mehr das, was es mal war.«

»Gerüchte worüber? Kommen Sie schon, Boss.«

»So bin ich schon lange nicht mehr genannt worden.« Er lächelte warm und rückte seine Augenklappe zurecht.

Sie sagte: »Ich habe keine Ahnung, womit ich es zu tun habe. Ich weiß nur, dass vor Kurzem zwei, vielleicht drei Menschen in diesem Haus ermordet worden sind, und es ist sehr wahrscheinlich, dass zwei Leichen dort mindestens zwanzig Jahre lang in Gefriertruhen aufbewahrt wurden. Bisher verbindet sie außer diesem Haus nichts miteinander. Ich greife hier wirklich nach jedem sprichwörtlichen Strohhalm.«

»Zwei Leichen, die in Gefriertruhen aufbewahrt wurden? Könnten es der Vater und der Sohn sein?«

»Nein, eine von ihnen war ein kleines Mädchen.«

»Oh. Das ist ja fürchterlich.«

»Und der Schädel des Mädchens wurde in einem anderen Haus gefunden. Ich kann mir das alles nicht erklären.«

»Dann habe ich nicht viel Hoffnung, dass ich es mir erklären kann. Aber Sie wissen ja, wie es bei diesen Fällen läuft. Es muss sich nur ein einziges Puzzleteil unerwartet fügen, und plötzlich passt der Rest so schnell zusammen, dass man nicht mehr mithalten kann.«

»Ich würde auf der Stelle auf meine Nachtruhe verzichten, nur um dieses eine Teil zu finden.« Sie unterdrückte ein Gähnen und fühlte sich, als hätte ihr Kopf schon seit Tagen kein Kissen mehr berührt. »Können Sie sich an die Gerüchte erinnern, die Sie erwähnt haben?«

Er dachte eine Weile nach. »Es gab Gerüchte, dass die

Mutter Jahre vor den Morden eine Affäre hatte. Ist es nicht erstaunlich, dass ich mich daran erinnern kann, aber nicht einmal mehr weiß, was ich gemacht habe, bevor Sie gekommen sind?«

»Das kenne ich.«

»Wir haben damals den Mann ausfindig gemacht, mit dem sie angeblich etwas gehabt hatte, aber er war zur Zeit der Morde gar nicht im Land gewesen.« Er fasste sich mit der Hand an die Stirn.

»Wenn es eine Affäre gab, könnte das dem Ehemann ein Motiv für einen Mord gegeben haben. Können Sie sich an den Namen des anderen Mannes erinnern?«

Corrigan schüttelte langsam den Kopf. »Ich fürchte, der fällt mir nicht mehr ein. Aber wenn ich mich daran erinnere, werde ich es Sie wissen lassen.«

»Bitte tun Sie das, und vielen Dank.«

Sie reichte ihm die dritte Seite der Zeitung, die sie aus der Mordakte entnommen hatte. Ein Foto der Familie nahm die obere Hälfte ein.

»Ach ja. Sie sahen so nett aus. Eine Bilderbuchfamilie.«

»Nur dass sie das nicht gewesen sein können«, sagte Lottie. »Es ist leicht, wie eine glückliche Familie auszusehen und dabei die Risse zu verbergen. Das scheint bei Fällen von Familienmorden immer wieder vorzukommen. Sie und ich wissen, was Menschen denjenigen antun können, die sie am meisten lieben.«

Er las die Namen unter dem Foto vor und fuhr mit dem Finger über jedes einzelne Gesicht. »Die Doyle-Mädchen waren noch so jung. Neun und elf«, las er vor. »Angela und Annie. Die Mutter, Sinead, war eine Schönheit. Ihnen nicht unähnlich, Parker.«

»Hören Sie doch auf!«

»Sie sind doch ganz hübsch, wenn Sie nicht gerade so

finster dreinschauen.« Er sah zu ihr auf. »Das darf ich mittlerweile sagen, ohne dass gleich ein Verfahren gegen mich eingeleitet wird.«

»Sie haben im Lauf der Jahre schon viel Schlimmeres gesagt«, lachte sie.

»Das habe ich wohl, das ist wahr.«

»Ruft das Foto noch andere Erinnerungen wach?«, fragte sie.

»Der arme Karl. Er hatte nicht viele Freunde, glaube ich zumindest. Auch mit Sport oder so hatte er nichts am Hut, aber anscheinend war er gut in der Schule. Warum kann ich mich bloß daran erinnern?« Er schüttelte den Kopf, seine Brille rutschte ihm ein wenig von seiner schmalen Nase. »Ich frage mich, wo seine Leiche ist.«

»Falls er denn tot ist.«

»Eine Vermutung war, wie gesagt, dass er dem Gemetzel entkommen ist und der Vater ihn verfolgt hat. Wahrscheinlich hat er ihn eingeholt, ermordet und die Leiche entweder im Sumpf oder im Kanal versenkt.«

»Wurde der Kanal seinerzeit kontrolliert?«

»Halbherzig. Wenn er tot ist, was hätten wir dann tun sollen? Wir sind davon ausgegangen, dass der Vater ihn getötet hat und dann außer Landes geflohen ist.«

»Hatte er Geld?«

»Ich nehme an, dass er Bargeld hatte, denn ich glaube, auf das Bankkonto wurde nicht zugegriffen. Aber prüfen Sie die Akte. Wahrscheinlich hatte er ein Versteck unter einer Matratze.«

»Das würde auf eine geplante Tötung hindeuten.«

»Die meisten Familienmorde sind geplant, nicht wahr?« Er reichte ihr das Blatt zurück.

Lottie starrte das Foto an. »Der Vater, Harry Doyle. Der sah ganz schön grob aus.«

»Aber nicht ein einziger Mensch hat ein schlechtes Wort über ihn verloren. Eine Säule der Gemeinschaft hieß es da, und all dieser Scheiß.«

»Keine sehr stabile Säule anscheinend. Ich frage mich, wohin er geflohen ist.«

»Wahrscheinlich hat er seinen Namen und seine Identität geändert. Vielleicht ist er in Südspanien mit all den anderen Gangstern, wenn er nicht längst tot ist.«

»Aber wenn man diesem Artikel Glauben schenken darf, dann war Harry Doyle kein Gangster. Er war ein Familienmensch, bis er ausgerastet ist und sie alle umgebracht hat. An dem Gerücht über die Affäre seiner Frau muss etwas dran gewesen sein.«

»Hören Sie, Parker, ich glaube, mit diesem Ansatz jagen Sie einem Phantom nach. Finden Sie heraus, wer den Strom für das Haus bezahlt. Das wird Ihre heißeste Spur sein.«

Lottie schwieg einen Moment lang. Früher hätte Corrigan sie angebrüllt, sie solle sich zusammenreißen und den Fall lösen. Aber jetzt war er nur noch ein Schatten des Mannes, mit dem sie gearbeitet hatte.

»Ich habe Ihnen ja erzählt, dass wir vor Kurzem auch einen Kinderschädel gefunden haben.«

»Das kam doch in den Nachrichten, oder?«

»Ja. Und zwar in der Church View Nummer zwei. Das Haus gehörte einer gewissen Patsy Cole, die inzwischen verstorben ist und es ihrem Neffen Jeff Cole vererbt hat. Sagt Ihnen das etwas?«

»Nicht wirklich. Tut mir leid. Ich kann mich nicht daran erinnern, dass irgendwas davon im Fall des Familienmords eine Rolle gespielt hat, falls Sie das meinen. Aber wie gesagt, wenn mir etwas einfällt, werde ich es Sie wissen lassen.«

»Gut.« Lottie stand auf und streckte sich, bevor sie ihre Tasche aufhob. Sie hatte das Gefühl, dass sie ihren alten Chef schon lange genug gestört hatte. »Danke für Ihre Zeit. Ich weiß das wirklich zu schätzen.«

»Lottie«, sagte er. »Sie sind eine von den Guten. Lassen Sie sich von dem Job nicht unterkriegen.«

»Ich glaube, dafür ist es zu spät.«

EINUNDSECHZIG

Lottie saß ganze zehn Minuten lang im Auto vor ihrem Haus und betrachtete im schummrigen Innenlicht des Fahrzeugs das Schwarz-Weiß-Foto. Sie starrte in Sinead Doyles Augen und versuchte herauszufinden, ob sich darin Traurigkeit oder Betrug spiegelten, aber sie sah einfach nur eine glückliche Mutter.

Die Mädchen, die links und rechts von ihr standen, trugen zueinanderpassende Kleider. Sie musste daran denken, dass auch sie Chloe und Katie früher ähnlich angezogen hatte und wie die Mädchen sich noch immer jedes Mal darüber aufregten, wenn sie sich die Familienfotos im Haus ihrer Großmutter ansahen. Ein Moment der Wehmut überkam sie, als sie an all das dachte, was sie bei dem Hausbrand verloren hatten. Dann richtete sie ihre müden Augen wieder auf das Foto. Das hier war der einzige Beweis, den sie bisher hatte, dass diese Familie jemals existiert hatte.

Sie hatte McKeown angerufen und ihn angewiesen, im System nach den Doyles zu recherchieren, aber bisher hatte er sie nicht zurückgerufen. Er wartete immer noch darauf, dass Brandon Carthy sich bei ihm meldete und ihm die Namen der

Leute nannte, die er nach Feierabend in den Recyclinghof gelassen hatte. Leider war es keine Option, dass er es aus Carthy herausprügelte, so sehr sie sich das auch wünschte. Sie rief ihn erneut an und sagte ihm, er solle den Mann zu Hause aufsuchen. Es war eine konkrete Spur, und sie brauchte die Namen.

Ihr Blick wanderte zum Vater, Harry Doyle. Seine Hand ruhte auf der Schulter seiner Frau. Die Geste wirkte besitzergreifend. Als würden sich seine Finger in ihre Knochen graben und sie als sein Eigentum beanspruchen, und zwar als sein alleiniges. Dem Alter der Kinder nach zu urteilen musste das Foto zwei oder drei Jahre vor dem Massaker aufgenommen worden sein. Wusste Doyle damals schon von der angeblichen Untreue seiner Frau? Könnte diese eine Sache dazu geführt haben, dass er sich ein Messer genommen und seine ganze Familie abgeschlachtet hatte? Abgeschlachtet. Ihr Körper verkrampfte sich, als sie an den Torso und das Bein des kleinen Mädchens dachte. Es war einfach zu schrecklich, sich auszumalen, was das Kind durchgemacht haben musste. Sie fragte sich, ob die gefrorenen, verstümmelten Leichen mit der Familie Doyle in Verbindung standen. Und wenn ja, wie? Das Datum auf dem Etikett, das an dem Torso gefunden worden war, lag einige Monate nach der Ermordung der Familie. Könnte das alles wirklich in Verbindung miteinander stehen?

Ihr Blick blieb an dem Jungen haften, der im Schneidersitz zu Füßen seiner Mutter saß. Er wirkte entspannt. Ein träges Lächeln umspielte seinen Mund, aber seine Augen sahen traurig aus. Was ist mit dir passiert, Karl?, fragte sie sich.

Ihre Haustür öffnete sich, und sie erblickte Sean mit Louis auf dem Arm. Der kleine Junge winkte wie wild und versuchte, seinem jungen Onkel zu entkommen. Er sollte längst im Bett sein, dachte Lottie, als sie den Artikel beiseitelegte und aus dem Auto sprang. Wie von Zauberhand verflog ihre Müdigkeit und sie lief zu ihrem Enkel, um ihn in die Arme zu nehmen.

Boyd sah Grace doppelt, als er sich auf seine Couch setzte. Dabei reichte eine Grace ihm schon voll und ganz.

»Ich rufe jetzt Lottie an«, sagte sie.

»Mach das, mir doch egal.«

»Mark, ich kann nicht glauben, dass du mein Bruder sein sollst. Was hast du dir nur dabei gedacht, den ganzen Nachmittag im Pub zu sitzen und dich zu betrinken?«

»Grace, ich bin müde. Ich habe morgen noch mal einen Termin im Krankenhaus. Ich muss schlafen.«

»Du wirst in einem tollen Zustand sein.«

»Das ist mein Problem, nicht deins.«

»Dir ging es doch so gut. Was ist, wenn du keine Behandlung mehr bekommen kannst? Wenn du eine Knochenmarktransplantation brauchst? Hast du mal daran gedacht?«

»Das haben wir schon mal durchgekaut.«

»Ja, und du weißt, dass ich dir nicht helfen kann. Du musst mit Jackie reden.«

»Was hat meine Ex-Frau damit zu tun?«

»Man weiß nie, vielleicht war sie ja schwanger, als du sie vor all den Jahren rausgeschmissen hast. Vielleicht hast du einen Sohn oder eine Tochter. Jemanden, der mit dir kompatibel sein könnte.«

»Ich weiß, dass ich getrunken habe, aber du etwa auch?« Boyd lachte, bis ihm alles wehtat. »Grace, das ist das Absurdeste, was ich seit Langem gehört habe.«

»Mam und ich haben darüber gesprochen, bevor sie gestorben ist. Ich glaube, deine Krankheit war zu viel für sie. Das war eine zu große Belastung für ihr Herz.«

Das Lachen erstarb auf seinen Lippen. »Du gibst mir also auch noch die Schuld an Mams Tod?«

»Ja.«

Boyd war in seinem ganzen Leben noch nie so schnell

wieder nüchtern geworden.«»Grace, du hast mich gerade zutiefst verletzt.«

»Du klingst wie ein Priester.«

»Vielleicht brauche ich ja bald einen Priester. Schließlich werde ich vielleicht auch sterben.«

»Mach dich nicht lächerlich. Mach mir lieber eine Tasse Tee, ja?«

Er stand auf und ging wie auf Autopilot in die Küche. Es war sinnlos, sich mit Grace zu streiten. Sie war einfach so, wie sie war. Nur ihre Mutter hatte wirklich mit ihr umgehen können. Und jetzt oblag es ihm allein. Es wäre schon schwer genug, wenn er gesund wäre, wie also sollte er es jetzt schaffen? Lottie würde ihn schelten, weil er sich selbst bemitleidete, und sie hätte recht damit, aber das machte es auch nicht besser.

Als er den Wasserkocher anschaltete, schoss ihm plötzlich ein schrecklicher Gedanke in den Kopf. Er drehte sich um und sah seine Schwester an.

»Grace? Du hast doch nicht etwa ...?«

»Wovon redest du?«

»O nein, du hast. Wie konntest du mir das antun?«

»Mark Boyd, ich habe absolut keine Ahnung, wovon du sprichst.« Sie schob seine Bettdecke an das Ende der Couch, setzte sich und verschränkte die Arme.

Er hatte noch nie erlebt, dass Grace log, aber jetzt gerade war er sich sicher, dass sie schwindelte.

»Du hast Jackie kontaktiert. Wie konntest du nur?«

»Ach, das meinst du. Nein, habe ich nicht, das war Mam. Ist auch egal, Jackie wollte nichts davon wissen.«

»Das war ja klar.« Er wandte sich von ihr ab und lehnte seine Stirn gegen das kühle Holz des Hängeschranks. Darauf konnte er getrost verzichten. »Mach dir deinen Tee selbst. Ich muss los und mit Lottie sprechen.«

»Du solltest lieber zu Fuß gehen, denn du bist nicht in der Lage, zu fahren.«

»Würdest du einfach die Klappe halten?«

Er schnappte sich seine Jacke und seine Schlüssel und gab sich besonders große Mühe, beim Hinausgehen die Tür laut zuzuschlagen.

ZWEIUNDSECHZIG

Marianne beobachtete Kevin, der sich die Zeitung vors Gesicht hielt. Sie wusste, dass er sie beobachtete.

»Kevin, wir müssen reden.«

»Jetzt willst du reden?«, sagte er und schüttelte die Zeitung.

»Dieser Ton ist vollkommen unnötig.«

»Weißt du überhaupt, wo ich heute Abend zwei Stunden lang war?«

»Ich weiß an keinem Abend, wo du bist«, sagte sie.

Er ließ die Zeitung auf seinen Schoß fallen, faltete sie einmal und warf sie dann, da er die ursprüngliche Falte nicht mehr finden konnte, zusammengeknüllt quer durch den Raum.

»Wo warst du?«

»Ich war auf der Garda-Wache.«

»Was?« Sie spürte, wie ihr Herz einen Schlag aussetzte und dann doppelt so schnell weiterpochte. »Ich habe ihr nichts gesagt, ich schwöre bei Gott.«

»Zu wem hast du nichts gesagt?«

»Zu Lottie Parker. Seans Mutter. Sie war vorhin hier.«

»Was hat sie hier gemacht?«

»Ich weiß es nicht genau. Sie hat sich nach der armen Tamara und nach Gavin erkundigt.«

»Tamara braucht dir nicht leidtun. Sie wird ihren Kummer auf Instagram vermarkten.« Kevin knabberte an einem Stück Haut an seinem Daumen und Marianne spürte, wie sich ihr der Magen umdrehte.

»Warum warst du auf der Garda-Wache?«

»Die haben alles Mögliche über die Morde gefragt. Wusstest du, dass Aaron Frost, der Immobilienmakler, tot ist?«

»Was?«

»Ja. Er ist ermordet worden.«

»Ermordet? Wie? Wann?« Sie hoffte, dass Kevin nicht wusste, dass Aaron diese Woche hier gewesen war. Letztes Jahr hatte er ihr die Hölle heiß gemacht, als sie das Haus hatte verkaufen und umziehen wollen. Er hatte jede Wertermittlung für das Haus unterbunden. Damals hatte sie gedacht, er hätte durchschaut, dass sie das Geld wollte, um mit Ruby abzuhauen.

»Woher soll ich das wissen?«, fragte er. »Ich war's nicht.«

Marianne ließ sich auf ihrem Stuhl zurücksinken. Dieser nette junge Mann, der erst vor ein paar Tagen hier im Haus gewesen war. »Wann wurde er umgebracht?«

»Ich sagte doch, ich weiß es nicht.« Er ging zur Anrichte und schenkte sich einen großen Drink ein. »Die haben mir alle möglichen seltsamen Fragen gestellt.«

»Kevin?«

»Was?« Er trat gegen die Zeitung und setzte sich dann wieder hin.

»Wo warst du letzte Nacht?«

»Wo warst *du*?«

»Ich war bei Tamara. Sie wusste nicht, wo Gavin ist, und ich habe ihr ein paar Stunden Gesellschaft geleistet.«

»Wirklich?«

»Ja, wirklich. Sie ist meine Freundin. Sie sollte heute

Morgen mit Gavin im Fernsehen auftreten. Ich wusste nicht, dass der Junge tot ist, bis Lottie Parker vorbeigekommen ist.«

»Warum ist sie vorbeigekommen?«

»Um mich nach Tamara zu fragen.«

»Aber warum?«

»Woher soll ich das wissen? Wahrscheinlich, weil ich gestern Abend da drüben war.« Sie starrte ihren Mann an, dessen Gesicht immer röter wurde. »Du warst rasend vor Wut, als ich nach Hause gekommen bin. Mir tut immer noch alles weh. Also, wo warst du?«

»Ich war einfach nur unterwegs. Bin rumgefahren. Ich stehe auf der Arbeit unter so viel Druck. Unerreichbare Zielvorgaben und Albtraumkunden. Faule Kollegen und ein Chef, der mir im Nacken sitzt. Du weißt nicht einmal die Hälfte davon. Gott, Marianne, ich bin so müde, aber glaub nur nicht, dass du mir was vormachen kannst. Ich weiß alles über dich.«

»Was glaubst du denn zu wissen?«

»Von dir und deinen Spielgefährten.«

Sie lachte trocken. Sie wollte auch einen Drink, aber er hatte ihr nicht einmal einen angeboten. »Du weißt nichts, Kevin.«

»Ich weiß, dass er am Montag hier im Haus war. Deshalb hast du auch die Laken gewaschen. Ich habe mir deshalb ein wenig Sorgen gemacht, aber das ist vorbei, denn jetzt ist er ja tot. Na, wie schmeckt dir das?«

Der Blick in seinen Augen war düster und dämonisch. Marianne zog die Knie an und senkte den Blick. Sie wollte nicht, dass er sah, wie sie um den jungen Mann weinte, der vor ihr weggelaufen war.

»Ich weiß nicht, wovon du sprichst.«

»Von Aaron Frost. Ich habe seine Karte auf der Anrichte gefunden.«

»Du hast ihn umgebracht«, sagte sie schließlich.

»Habe ich nicht, aber wenn ich gewusst hätte, dass er hier war, Marianne, ja, dann hätte ich ihn getötet.«

»Du bist böse.«

»Ich habe schlimme Dinge getan, das gebe ich zu. Ich kann dir nicht sagen, was genau, aber wenn du so weitermachst, merk dir das, dann bringe ich *dich* um.« Er stellte sein Glas ab und hob die Zeitung hoch. »Ich werfe die mal in den Müll.«

Sie stieß einen erstickten Schluchzer aus, als er den Raum verließ. Als sie aufblickte, stand ihre Tochter in der Tür, ihr Gesicht von tiefem Hass verzerrt.

―――

Nach einem späten Abendessen überraschten Chloe und Katie Lottie, indem sie ihr vorschlugen, dass sie doch im Wohnzimmer fernsehen sollte, während sie aufräumten. Das ließ sie sich nicht zweimal sagen.

Sean sah sich gerade eine alte Folge von der Quizshow *The Chase* an und schrie die Antworten in den Raum.

»Woher weißt du so viel?«, fragte sie, während sie es sich mit Louis im Arm in einem Sessel bequem machte. Ihr Enkel trug seinen bunten Pyjama und war schon bettfertig.

»Das ist das dritte Mal, dass ich die Folge gucke«, sagte Sean.

»Schau dir doch was anderes an. Schalte mal durch die Programme. Es kommt bestimmt was, das du noch nicht gesehen hast.«

»Hier, such du aus. Mir ist das egal.«

Lottie nahm ihrem Sohn die Fernbedienung ab. Er saß zusammengekauert auf dem Sessel, wie ein Haufen Wäsche, der darauf wartete, ordentlich zusammengelegt zu werden.

»Was ist los, Sean?«

»Russland.«

»Was?«

»Die richtige Antwort. Der Trottel hat gerade Kanada genommen.«

Lottie schaltete den Fernseher aus und wartete darauf, dass Sean protestierte, aber er blieb einfach, wo er war, und starrte auf den leeren Bildschirm.

»Peppa. Peppa«, rief Louis.

»Gleich, mein Schatz.«

»Jetzt, Nana.«

Sie schaltete den Fernseher wieder ein und tippte die Zahlenkombination ein, die auf dieser Fernbedienung am häufigsten verwendet wurde. Als das rosa Schweinchen zu quieken begann, schmiegte sich Louis zufrieden an ihre Brust. Sie atmete den frischen Duft seiner Haare ein. Katie kümmerte sich so gut um ihn. Sie fragte sich, ob ihre Tochter auch auf sich selbst so gut achtete. Sie sollte arbeiten oder aufs College gehen, aber sie hatte sich hier ein bequemes Leben angewöhnt, und Lottie war zu sehr mit der Arbeit und Boyds Krankheit beschäftigt, um darüber zu diskutieren. Leben und leben lassen – das war ihr Motto geworden. Aber Sean bereitete ihr Sorgen.

»Was bedrückt dich? Sag es mir, Sean.«

»Kann ich nicht drüber reden.«

»Warum nicht?«

»Ich habe es versprochen.«

»Ich bin deine Mutter. Du kannst mir alles erzählen.«

»Und du erzählst es Boyd, und der erzählt es Kirby, und dann redet ganz Ragmullin über den Bullensohn. Du weißt doch, wie das ist, Mam.«

»Das ist unfair. Boyd tratscht nicht.« Vielleicht sollte sie Boyd darauf ansetzen, herauszufinden, was Sean bedrückte.

»Vergiss es. Mir geht es gut.«

Doch er rührte sich nicht vom Fleck. Sie wusste, dass er in Wirklichkeit mit ihr reden wollte.

»Ist in der Schule alles in Ordnung?«

»Boah. In der Schule ist nie irgendwas in Ordnung.«

»Bald sind Sommerferien.«

»Es geht nicht um die Schule.«

Zwischen Mutter und Sohn herrschte Schweigen, während Louis über die Possen der rosa Zeichentrickfigur kicherte.

»Ich habe heute mit Rubys Mutter gesprochen«, sagte Lottie. »Sie ...«

»Ich wusste es!«, rief Sean. »Ich wusste es einfach.« Er sprang auf, und Louis erschrak. Lottie hielt ihn fest im Arm.

»Mein Gott, Sean, du hast Louis Angst eingejagt.«

»Mein Gott, mein Gott«, plapperte der kleine Junge grinsend nach, da er wusste, dass er etwas sagte, was er vielleicht nicht sagen sollte.

»Schau mal, Louis, Peppa ist in einer Schlammpfütze gelandet«, sagte Lottie.

»Schlammpfütze«, quiekte das Kind.

»Sean. Setz dich.«

Er ließ sich in den Sessel zurücksinken, legte die Füße auf den Couchtisch und kreuzte die Knöchel. Lottie verzog das Gesicht, kommentierte diesen Trotzakt aber nicht.

»Ich will nicht darüber reden. Und du hast offensichtlich schon genug angerichtet«, stöhnte Sean.

»Sean Parker, ich habe keine Ahnung, was in dich gefahren ist. Hast du dich mit Ruby gestritten?«

»Mit ihrer Mutter, um genau zu sein. Was hast du zu ihr gesagt?«

»Ich habe heute dort vorbeigeschaut, aber das hatte mit der Arbeit zu tun. Sie hat erwähnt, dass du gestern bei Ruby warst. Das ist alles.«

»Du musst aber irgendwas gesagt haben, denn sie hat mich praktisch beschuldigt, dir Dinge zu erzählen, die ich nicht weitererzählen sollte, aber ich habe gar keine Ahnung, wovon sie geredet hat.«

Lottie strich Louis übers Haar und versuchte, sich an ihr Gespräch mit Marianne zu erinnern.

»Ich habe nichts über dich gesagt, Sean. Wirklich nicht.«

»Warum warst du dann dort?«

»Wegen einem Fall, an dem ich gerade arbeite. Es hatte absolut nichts mit dir zu tun.«

»Peppa!«, schrie Louis.

Sie bemerkte, dass Werbung kam, darum schaltete sie auf den Wiederholungskanal um. Peppa leuchtete wieder auf dem Bildschirm auf und Louis beruhigte sich.

»Wegen welchem Fall?«, fragte Sean und nahm seine Füße vom Tisch. Sein Interesse war geweckt.

»Ich darf dir nichts darüber erzählen.«

»Aber warum sollte Rubys Mutter dir denn helfen können? Sie ist doch nur Schriftstellerin.«

»Damit hatte es auch nichts zu tun.« Dann dämmerte Lottie etwas. »Was genau hat sie denn zu dir gesagt?«

»Ich war so geschockt, ich weiß es gar nicht genau. Aber es klang, als ob sie glaubt, dass ich dir etwas erzählt hätte, was du nicht wissen sollst.«

»Ich würde dein Vertrauen niemals missbrauchen. Das musst du mir glauben.« Lottie stand mit ihrem Enkel im Arm auf. »Zeit fürs Bett, Louis.«

»Mehr Peppa.«

»Morgen wieder.«

»Mam, was ist das für ein Fall, an dem du arbeitest?«, fragte Sean.

»Ich bearbeite gerade eine ganze Reihe von Fällen.«

»Ich bringe Louis für dich ins Bett, wenn du es mir erzählst.«

Ihre Knochen waren müde von dem langen Tag, und sie musste wieder früh aufstehen. Sie küsste Louis auf den Kopf und übergab ihn an Sean.

»Okay. Bring ihn zum Schlafen und ich erzähle dir was darüber, Abgemacht?«

»Abgemacht.«

Lottie fragte sich, wie viel sie ihm sagen konnte, aber vielleicht konnte er ihr einen Einblick in Rubys Familienleben geben. Sie musste mehr darüber herausfinden. Und zwar schnell.

Zwanzig Jahre zuvor

Als er mir seine Version der Wahrheit erzählte, ging ich auf ihn los. Auf meinen Vater. Der erste Schlag mit dem Hammer streckte ihn vor meinen Füßen nieder. Ich hatte nicht vorgehabt, ihn so hart zu treffen. Ich wollte ihn nur zum Schweigen bringen. Seine Worte waren wie Messer, die in meine Seele schnitten. Er beteuerte, dass er die Wahrheit sage. Aber ich wusste, dass es nur Lügen waren. Mein Leben war auf einem immer größer werdenden Berg von Lügen aufgebaut, und an die ursprüngliche Wahrheit konnte ich mich schon gar nicht mehr erinnern.

Ich musste ihn zum Schweigen bringen.

Dann kamen die anderen in den Raum. Entsetzen machte sich in ihren Gesichtern breit, als sie sahen, was ich getan hatte.

»Du hast ihn ja umgebracht!«, schrie die Frau in ihrem Drogenrausch.

»Das wollte ich nicht«, sagte ich. »Er wollte seine Klappe nicht halten.«

»Was sollen wir jetzt machen?«

Ihr Mann sagte nichts. Wahrscheinlich war er stoned. Er nahm mir den Hammer aus der Hand und schlug ihn mit voller Wucht auf das Gesicht des Mannes, den ich vierzehn Jahre lang meinen Vater genannt hatte. Knochen zersplitterten und Blut spritzte. Jetzt war er wirklich tot.

»Er hat es verdient«, sagte ich. Ich war mir nicht sicher, ob das stimmte oder nicht, aber es war die Wahrheit, an die ich von nun an glauben würde.

»Das Blut kriege ich nie wieder aus den Vorhängen raus«, beschwerte sich die Frau.

»Hol mir mal das schärfste Messer, das du in der Küche hast«, sagte ihr Mann.

»Wozu?«

»Ich muss ihn zerschneiden. Wir können ihn nicht einfach hierlassen.«

»Mein Gott. Er war doch dein Freund«, sagte sie. »Wir müssen die Polizei rufen.«

»Es wird keine Polizei in dieses Haus gerufen. Keine Polizei.« Seine Stimme hatte noch nie so hart geklungen. Fast schon brutal. Ich hatte ihn nie als brutal erlebt, diesen Mann, der mit meinem Vater befreundet gewesen war, aber ich wusste, dass er trank und Drogen nahm. Ich sah die Spuren von Kokain im Badezimmer, wenn ich mir morgens die Zähne putzte. Und da stand er nun, mit einem blutigen Hammer in der Hand, auf der Suche nach einem scharfen Messer. Und mein Vater lag tot zu seinen Füßen.

Das mussten die Drogen sein, dachte ich, als er ihr das Tranchiermesser abnahm und damit den Hals meines Vaters aufschlitzte.

»Der Hammer hat ihn fast enthauptet«, sagte er.

»Was machst du da?«, fragte ich.

»Du hast ihn umgebracht, und ich muss die Leiche loswerden.«

»Ich habe ihn nicht umgebracht. Das warst du.« Aber ich hoffte, dass ich ihn getötet hatte. Er war Teil meines Lebens voller Lügen.

»Das spielt keine Rolle«, sagte der Mann, und ich bemerkte, dass er lallte. »Er ist tot. Leg deine Arme über seine Brust, dann kümmer ich mich um den Hals.«

»Aber dann bin ich doch ganz voll mit Blut«, protestierte ich.

»Das bist du schon, du Idiot. Halt ihn fest.«

Ich tat, was er mir befahl. Während er schnitt, strömte das Blut auf den Boden, und ich fragte mich, ob es jemals wieder rausgehen würde und wohin wir die Leichenteile bringen würden. Also fragte ich ihn.

»Wir werden ihn in kleine Stücke schneiden. Einen Teil

spülen wir das Klo runter und den Rest frieren wir ein, bis wir wissen, was wir mit ihm machen sollen.«

»Das ist barbarisch«, sagte die Frau.

»Dem Kind kann nicht noch mehr Schaden zugefügt werden. Dieser Mann war böse, und nun muss er sich vor einem höheren Gericht für seine Taten verantworten.«

Für einen Mann, der unter Drogen- und Alkoholeinfluss stand, dachte er viel zu klar. Ich dachte nicht klar genug. Ich dachte überhaupt nicht, nicht in diesem Moment. Ich tat, was er mir befahl, und war erleichtert. Schließlich war die einzige Person, die mein Geheimnis kannte, jetzt tot. Ich dachte nicht daran, dass wir drei von nun an ein noch größeres Geheimnis mit uns herumtragen würden.

Es dauerte nicht lange, bis ich wieder zuschlug. Vielleicht einen Monat nach dem Tod meines Vaters.

Ich hatte ihre Tochter nie gemocht. Sie war fünf Jahre jünger als ich, und um ehrlich zu sein, war sie ziemlich zurückgeblieben. Sie fragte bei allem andauernd »Warum ist das so?« und »Was ist das?«. Nie hielt sie die Klappe. Und immer war sie im Haus, nie in der Schule. Sie wird zu Hause unterrichtet, hatte die Frau durch eine Wolke von Cannabisrauch gesagt.

Ich war gerade mit etwas beschäftigt, als ich die Tür hinter mir knarren hörte und sah, wie das Mädchen versuchte, sich ins Zimmer zu schleichen. Mit ihrer krächzenden Stimme erzählte sie mir, dass sie gesehen hatte, wie ich ihn umgebracht hatte. Was blieb mir also übrig? Ich nahm den Schürhaken aus dem Kamin mit den schrecklichen Tigerkacheln und schlug auf sie ein. Ich erwischte sie mitten auf der Stirn und sie fiel vor meinen Füßen auf den Boden. Ich war mir nicht sicher, ob sie tot war, darum kniete ich mich hin und würgte die neun Jahre Leben aus ihr heraus.

Als die Frau uns fand, tat ich den Tod als Unfall ab.

»Wir haben getobt, und sie ist hingefallen«, sagte ich. Sie sah nicht, dass die Spuren meiner Finger wie eine Kette um ihren Hals lagen. Sie sah nur ihre tote Tochter.

»Lieber Gott im Himmel. Mein armes Baby.« Sie wiegte den zerschlagenen Schädel des Mädchens in ihren Armen. »Was hast du getan? Du böses, böses Kind.«

Das war noch etwas, das mich nervte. Wiederholungen. Sie wiederholte sich ständig. Ich führte das auf ihren Mangel an Bildung und ihren entsprechend geringen Wortschatz zurück. Ihr Mann war abgehauen, kurz nachdem er einen Teil des Körpers meines Vaters eingefroren und andere Teile im Klo runtergespült hatte. Ich konnte es nicht ertragen, wie er mich danach ansah. Ich war froh, dass er weg war, aber ich bewunderte die Art und Weise, wie er mit der Leiche umgegangen war. Diese Erfahrung würde mir jetzt bei dem Mädchen helfen, das tot in den Armen der Junkiefrau lag.

»Ich hole ein Messer«, sagte ich.

»Was?«, schrie sie. »Ruf einen Krankenwagen.«

»Ein Krankenwagen nützt ihr jetzt nichts mehr. Sie ist tot. Wir zerschneiden sie einfach und legen sie auch in die Gefriertruhe. Vielleicht musst du noch eine kaufen.«

Ihre Augen loderten und aus ihren Nasenlöchern floss dicker weißer Schleim. Gott, wie ich sie hasste. Ich ignorierte ihre Schreie, ging in die Küche und wählte das längste und schärfste Messer aus dem Messerblock. Dann sah ich durch das Fenster die Axt, die aus einem Stapel Holzscheite im Garten ragte. Perfekt.

Im Wohnzimmer hielt sie noch immer kauernd das tote Kind.

»Keine Angst. Ich habe nicht vor, dir wehzutun. Aber hör mir gut zu. Wenn du nicht den Mund hältst und genau tust, was ich sage, werde ich deinem Neffen den Kopf abschlagen. Ich weiß von Jeff, auch wenn du ihm nicht erlaubt hast, dich zu besuchen, seit wir hier sind. Du willst doch nicht, dass sein Blut *an deinen Händen klebt, oder? Du kannst den Leuten einfach erzählen, dass deine Tochter zu deinem Mann gezogen ist, falls sie nachfragen. Ende der Geschichte.«*

Sie begann zu zittern, und ich kniete mich neben sie und hob ihr Kinn mit der Messerspitze an. »Hast du mich verstanden?«

Sie antwortete nicht. Sie nickte nur und ließ ihr Kind auf den Boden gleiten. Ich nahm mir die Axt und begann mit meiner grausamen Aufgabe.

DREIUNDSECHZIG

DONNERSTAG

Als Lottie aufwachte, war es draußen ganz grau. Kein Licht fiel durch den Spalt zwischen den Vorhängen. Auf ihrem Nachttisch wurde eine Tasse Kaffee kalt, und in der Tür stand Katie.

»Morgen, mein Schatz«, sagte Lottie. »Alles in Ordnung?«

»Ich muss mit dir reden.«

Sie tätschelte das Bett, rutschte in die Mitte und wartete, während Katie sich setzte.

»Das wird schwer zu schlucken sein«, sagte Katie.

»So früh am Morgen ist es mir völlig egal, welchen Kaffee ich trinke.«

»Mach bitte keine Witze. Das hier ist ernst.«

»Ich habe eine starke Konstitution, also schieß los.« Sie nippte an dem Kaffee, wünschte, er wäre heißer, und fürchtete sich vor dem, was ihre Tochter zu sagen hatte.

»Wenn es etwas mit der Scheiße zu tun hat, um die es bei deiner Arbeit ständig geht, bist du stark, aber wenn es um uns geht, um deine Familie, dann bist du ein Weichei.«

Vor Lachen verschüttete Lottie den Kaffee auf das weiße Laken. »Oh, verdammt.«

»Ich werfe es in die Wäsche, wenn du bei der Arbeit bist.«

Sie stellte die Tasse zurück auf den Nachttisch. Das hier war wohl wirklich eine ziemlich ernste Sache. »Was ist los, Katie?«

»Ich will nicht zurück aufs College. Warte einen Moment, bevor du mir widersprichst. Ich weiß, dass du unbedingt willst, dass ich meine Ausbildung fortsetze, aber es ist schon zu lange her, und ich kann mir nicht vorstellen, jemals wieder zu studieren.«

»Du wirst dir einen Job suchen müssen. Bei mir wird das Geld allmählich auch etwas knapp.«

»Genau darum geht es. Ich will hier nicht arbeiten. Es gibt nur Scheißjobs in irgendwelchen Bars, und das will ich nicht machen. Ich bin nicht wie Chloe.«

Katie war ihre Erstgeborene und Adam hatte sie ziemlich verwöhnt. Ihr Anspruchsdenken hatte sich bis ins Erwachsenenalter fortgesetzt. Sie war fast zweiundzwanzig und hatte noch nie irgendwo gearbeitet. Als sie mit neunzehn schwanger wurde, hatte sie ihr Studium abgebrochen und war nach der Geburt von Louis nicht zurück aufs College gegangen. Was wollte sie nun mit ihrem Leben anfangen? Lotties Kiefer verspannte sich und ihr Mund wurde trocken. Sie wusste es.

»Nein, Katie. Ich will nicht, dass du nach Amerika auswanderst. Bitte tu mir das nicht an.«

»Aber Mam, Tom hat mir einen Job in seiner Firma besorgt, eine Wohnung, ein Kindermädchen. Es klingt perfekt.«

»Nein«, wiederholte Lottie. Sie sprang auf der anderen Seite aus dem Bett, zog sich einen Kapuzenpullover über und stellte sich mit dem Rücken zu ihrer Tochter ans Fenster. »Es wird nicht funktionieren. Es ist zu weit weg. Ich werde dich und Louis fast nie sehen. Bitte, geh nicht.« Sie drehte sich um. »Du hast keine Green Card oder wie das heißt.«

»Onkel Leo hat gesagt, dass er uns mit dem Visum helfen wird.«

Lotties Wille, nicht wütend zu werden, war gebrochen. »Er

ist nicht dein Onkel. Du kennst ihn nicht. Ich kenne ihn nicht. Er kommt nach ... nach hundert Jahren plötzlich in unser Leben getanzt und glaubt, er kann die Welt in Ordnung bringen. Aber das kann er nicht.«

Katie stand auf, hob die Tasse auf und ging zur Tür. »Mam, ich muss es doch zumindest versuchen.«

»Und was ist mit uns? Was ist mit Chloe und Sean?«

»Hör zu, Mam, es geht um mein Leben. Ich muss tun, was das Beste für mich und Louis ist. Ragmullin ist ein Loch. Ich will hier nicht mein Leben verbringen. Tom hat mir eine Chance geboten, und ich nehme sie wahr.«

Lottie stürzte auf sie zu und hielt sie an den Ellbogen fest, sodass sich der Kaffee auf den Boden ergoss, als die junge Frau versuchte, die Tasse festzuhalten. Aber ihr war alles egal. Sie wollte weder ihre Tochter noch ihren kleinen Enkelsohn verlieren.

»Katie, ist es wegen Boyd? Weil wir heiraten wollen? Wenn ja, dann werde ich ... dann werde ich mit ihm reden. Wir können es verschieben. Ehrlich. Ich möchte, dass unsere Familie zusammenbleibt. Das hätte auch dein Vater gewollt.«

Katie riss sich los. »Nein, Mam. Es hat nichts mit Boyd zu tun. Dad hätte gewollt, dass du glücklich bist. Er hätte gewollt, dass ich glücklich bin. Und im Moment bin ich hier nicht glücklich.«

»Denk an Sean und Chloe. Deine Granny. Sie alle lieben dich. Ich liebe dich.«

»Mam, ich will das wirklich. Bitte lass mich gehen, ohne mir ein schlechtes Gewissen einzureden.«

Sie marschierte hoch erhobenen Hauptes und mit geradem Rücken aus dem Schlafzimmer, und ihr Haar schimmerte irgendwie im trüben Morgenlicht. Sie war entschlossen und stur, so eigensinnig wie Lottie selbst.

Lottie brach in Tränen aus und sank zu Boden, wobei sie ihre Knie wie ein Kind an ihre Brust drückte. Ihre Tochter hatte so viel durchgemacht. Sie hatte es verdient, sich ein neues Leben für sich und ihren Sohn aufzubauen, aber zu welchem Preis?

»Hör auf, nur an dich zu denken«, ermahnte sie sich selbst, stand auf und wischte ihre Tränen an dem kaffeebefleckten Laken ab. Sie schnappte sich ein Handtuch und ging duschen. Kurz bevor sie das Wasser aufdrehen wollte, klingelte ihr Handy, das auf dem Bett lag.

Sie ließ das Handtuch auf den Boden fallen, nahm das Handy und schaute auf den Namen auf dem Display. Grace Boyd. Mit zitternden Fingern nahm sie den Anruf entgegen.

VIERUNDSECHZIG

Jack hatte keinen Hunger. Er stellte die Schale mit durchweichten Weetabix auf den Tisch, schob die Terrassentür auf und ging an der Rückseite des Hauses nach draußen. Der Himmel war noch nicht ganz erwacht. Er war grau und trüb, und ein paar Regentropfen landeten auf seinen nackten Armen. Amseln kauerten in den Ästen der Bäume, als wüssten sie etwas, das er nicht wusste. Wahrscheinlich drohte ein Sturm am Horizont. Aber ihm war alles völlig egal. Er ging um das Haus herum nach vorn und schaute auf den Kanal hinaus. Er sah die beiden Gardaí, die im Streifenwagen Wache hielten. Er wollte seine Drohne zurück. Dann wurde ihm klar, dass es keinen Gavin mehr gab, mit dem er sie fliegen lassen konnte, und er wurde wieder traurig.

Auf dem feuchten Gras sitzend tastete er in seiner Hosentasche herum. Da war er. Er hätte Detective Lottie gestern Abend davon hätte erzählen sollen. Vielleicht sollte er es dieser Opferschutzfrau sagen, aber die wirkte ziemlich genervt und launisch. Oder vielleicht sollte er ihn einem der Polizisten im Auto geben. Er stand auf und ging auf das Fahrzeug zu.

»Jack? Was machst du denn hier draußen? Dein Frühstück

steht auf dem Tisch. Komm sofort mit rein und iss auf. Du musst gleich los zur Schule.«

Die Stimme seiner Mutter brach seine Entschlossenheit. Er steckte den USB-Stick zurück in seine Hosentasche und folgte ihr ins Haus.

———

Die Atmosphäre beim Frühstück war gereizt, und Ruby war fest entschlossen, diese Scheiße nicht mehr länger zuzulassen. Ihre Mutter war an diesem Morgen ohne Make-up runtergekommen. Die gelben und lila Blutergüsse in ihrem Gesicht ließen sie wie ein Gemälde von Picasso aussehen.

Als die beiden Toastscheiben aus dem Toaster sprangen, zuckte sie zusammen. Sie holte sie sich und machte sich daran, sie geräuschvoll mit Butter zu bestreichen.

»Ich brate dir ein paar Eier«, sagte Marianne. »Du magst Eier doch. Die Proteine sind gut für ein Mädchen im Wachstum.«

»Spiel mir nichts vor, Mum. Das funktioniert sowieso nicht. Ich weiß, was in diesem Haus vor sich geht, und früher oder später musst du ihn rausschmeißen.«

»Pst. Dein Vater ist draußen und sortiert die Mülltonnen. Ich hoffe, du hast nichts Falsches reingeworfen, sonst ist die Hölle los.«

Die Hintertür öffnete und schloss sich. Ruby spürte, wie die große Küche um sie herum zusammenschrumpfte. Kevin stand da und fuchtelte mit zwei leeren Plastikcolaflaschen herum.

»Wie oft muss ich euch noch sagen, dass ihr die Flaschen zerdrücken und die Deckel abnehmen müsst? Das ist doch lächerlich. Hört in diesem Haus denn eigentlich niemand auf mich? Und ich habe dir gesagt, du sollst kein Plastik kaufen, Marianne!«

Ruby kaute auf ihrem Toast herum, und Marianne stand mit der Kaffeekanne in der Hand da und schwieg. Sie wusste, dass das heute Morgen die beste Verteidigung war.

»Und noch was«, schimpfte Kevin weiter, »ich habe euch schon tausendmal gesagt, dass ich für die Mülltonnen zuständig bin. Ich will nicht, dass ihr meine Routine ständig durcheinanderbringt. In Zukunft überlasst ihr das mir. Denn wisst ihr was? Ich bin hier der Einzige, der die Dinge richtig macht.«

»Glaubst du das wirklich?«

Ruby hatte die Worte ausgesprochen, ohne es zu merken. Sie hörte, wie die leeren Flaschen auf den Boden fielen. Bei dem Schlag, der ihre Schulter traf, flog ihr die Scheibe Toast aus der Hand. Sie sprang auf, wobei der Stuhl umkippte, und stellte sich vor ihren Vater. Sie stellte fest, dass sie ein kleines Stück größer war als er, und das gab ihr ein trügerisches Gefühl von Selbstvertrauen.

»Wage es nicht, mich zu schlagen.« Die Stimme klang, als käme sie von jemand anderem, aber nein, es war ihre eigene. Sie hatte all den Abscheu tief aus ihrem Inneren dort hineingelegt. »Mum kannst du vielleicht verprügeln, aber mich schlägst du nicht. Ich habe genug von deinen Schikanen.« Sie zitterte am ganzen Körper, Schweiß pulsierte auf ihrer Haut, selbst ihre Füße fühlten sich nass an in ihren Socken. »Und schlag meine Mutter nie wieder. Nie wieder! Sonst zeige ich dich an.«

Langsam breitete sich ein Grinsen auf dem Gesicht ihres Vaters aus.

»Ach ja?«, sagte er und ging zur Hintertür.

Ruby glaubte, gewonnen zu haben. Ihre Hände begannen vor Freude zu zittern und sie atmete tief aus, aber ihr Vater drehte sich blitzschnell um und legte seinen Arm um ihre Kehle, um sie zu würgen.

Er wollte sie umbringen. Hier in der Küche, vor den Augen ihrer schweigenden Mutter.

»Kevin! Halt!«

Mariannes Stimme war stark und laut. Sie bewirkte, dass ihr Vater seinen Arm fallen ließ, sein Kampfgeist schien ihn verlassen zu haben.

»Es tut mir leid. Ich habe es nicht so gemeint«, sagte er und ließ Ruby los.

Sie fiel auf den Boden und Kevin schob sich an Marianne vorbei, seine Schritte hallten die Treppe hinauf.

Als ihre Mutter sie in die Arme nahm, liefen Ruby die Tränen in dicken Tropfen übers Gesicht. Sie wusste, dass es so nicht weitergehen konnte. Sie würde etwas unternehmen müssen. Etwas Drastisches.

FÜNFUNDSECHZIG

Boyd hatte sich um sechs Uhr morgens angezogen, ohne zu duschen, damit Grace nicht von dem Geräusch des Wassers geweckt wurde. Er hatte sich aus dem Haus geschlichen, bevor sie auch nur ein Auge geöffnet hatte, und war losgefahren. Sie würde wütend sein, aber sie würde darüber hinwegkommen. Und Lottie? Nein, an die wollte er heute Morgen nicht denken.

Zu ihr war er gestern Abend unterwegs gewesen, aber er war nicht weit gekommen. Bis zum Ende der Straße war er gelaufen, als ihm klar geworden war, dass sie auch ohne seine Probleme genug um die Ohren hatte. Darum war er zurück in seine Wohnung gegangen. Er war erleichtert gewesen, dass Grace schon im Bett war und sie die Tür zugemacht hatte. Er hatte sich auf die Couch gelegt und die Bettdecke bis unter sein Kinn hochgezogen. Die Wohnsituation würden sie am nächsten Tag klären, das hatte er sich fest vorgenommen. Nach seinem Termin im Krankenhaus am frühen Morgen. Hoffentlich bekam er heute gute Nachrichten; vielleicht war es ja schon der letzte Tag seiner Behandlung. Dann könnte er zur Arbeit zurückkehren – sobald er seine Energie wiedergefunden und die Müdigkeit überwunden hatte.

Die Krankenschwester hatte ihm Blut abgenommen, um es testen zu lassen. Er saß im Wartezimmer und dachte daran, dass Lottie ausrasten würde, wenn sie wüsste, dass er allein hierhergefahren war. Er nahm eine Zeitung in die Hand, die jemand hatte liegen lassen, und begann darin zu blättern, ohne sie wirklich zu lesen. Hoffentlich war sein Blut in Ordnung.

Die Tür öffnete sich und der große Mann, der beim letzten Mal abgehauen war, kam herein. Ohne sich umzusehen, ging er in die Ecke des Raums und setzte sich auf einen Stuhl mit gerader Rückenlehne vor einen stummen Fernseher, auf dem Werbung lief.

Boyd musterte ihn. Warum war er verschwunden, als er Lottie gesehen hatte? Vielleicht hatte es nichts mit ihr zu tun gehabt. Aber hatte sie nicht gesagt, dass der Sohn des Mannes – Jack, so hieß der Sohn – die Leichenteile an den Gleisen gefunden hatte? Das musste ein Trauma für den Jungen und seine Familie gewesen sein. Vielleicht hatte er auf Nachrichten gewartet, von denen er ahnte, dass sie schlecht sein würden, und in letzter Minute die Nerven verloren.

Der Mann knetete seine Hände; als er Boyds Blick bemerkte, schob er sie in seine Taschen und streckte seine langen Beine vor sich aus.

»Gibt wohl einen Wetterumschwung«, sagte Boyd und faltete die Zeitung zusammen.

»Kann sein.«

An seiner Körpersprache war deutlich zu erkennen, dass er sich nicht unterhalten wollte. Unbeirrt fragte Boyd weiter: »Warten Sie auf eine Behandlung?«

Der Mann zuckte mit einer Schulter.

Boyd sagte: »Ich hoffe, dass heute meine letzte Chemo stattfindet. Vorausgesetzt, meine Blutplättchen verhalten sich entsprechend. Neulich waren es so wenige, dass sie einen Suchtrupp losschicken mussten, um sie zu finden.« Er hatte gedacht, dass seine Bemerkung den Mann vielleicht zum Grinsen bringen würde, aber sein Gesicht blieb starr wie ein Eisblock.

Er fügte hinzu: »Aber ich bin zuversichtlich.«

»Ja.«

»Und Sie? Chemo oder Radium?«

»Ich möchte nicht darüber sprechen.«

»Es tut aber gut, darüber zu sprechen.« Da Boyd den Mann nicht mit den Einzelheiten seiner Krankheit langweilen wollte, beschloss er, zu verallgemeinern. »Ich habe Leukämie. Nicht die schlimmste Form, soweit ich das beurteilen kann, aber trotzdem ist es Krebs.«

Der Mann nickte stumm.

»Und Sie?«, fragte er wieder.

»Ich warte auf die Ergebnisse.«

»Die Wartezeit ist das Schlimmste. Ich dachte, dass ich vielleicht eine Knochenmarktransplantation brauche oder Stammzellen oder wie auch immer man das nennt, aber ich hoffe, dass es so weit nicht kommt. Ich habe niemanden, den ich um eine Spende bitten kann, und die Spenderlisten sind ein Trauerspiel.«

»Wie meinen Sie das?«

»Ach, es melden sich einfach nicht genug Leute. Glaube ich.« In Wahrheit war Boyd sich nicht mal sicher, wie die Spenderlisten überhaupt funktionierten, und er hoffte, dass er es nie würde herausfinden müssen.

Der Mann sagte: »Ich habe mich erkundigt. Nur für den Fall.«

»Und haben Sie einen Verwandten, der für Sie spenden kann, falls Sie es brauchen?«

Der Mann starrte auf die flackernde Leuchtstoffröhre. Eine surrende Fliege hatte sich in dem Gehäuse verfangen. »Es ist kompliziert. Mein Sohn ...« Seine Stimme stockte. »Es ist kompliziert.«

Boyd konnte wütende Blitze in seinen Augen sehen. Offensichtlich wollte der Mann seinem Sohn die Prozedur nicht zumuten. »Hart für einen jungen Mann. Wie alt ist er denn?«

»Wer?«

»Ihr Sohn.«

»Äh ... neun.«

»Sehr jung also. Hoffentlich kommt es nicht so weit.«

Eine Krankenschwester öffnete die Tür: »Charlie Sheridan? Mr Saka wird Sie jetzt empfangen.«

»Schön, Sie kennenzulernen«, sagte Charlie im Vorbeigehen.

Während er seinen Gedanken nachhing, fragte sich Boyd, warum der Mann so gereizt war. Er würde mit Lottie sprechen, sobald er wieder zu Hause war, falls sie noch mit ihm sprach, wenn sie herausfand, dass er allein zum Krankenhaus gefahren war.

SECHSUNDSECHZIG

Der Kaffee war lauwarm. Lottie zog eine Grimasse, als sie die verschiedenen rechtsmedizinischen Berichte, die gerade eingetroffen waren, erneut las. Die Worte verschwammen vor ihren Augen. Sie hatte immer noch das Gespräch mit Katie im Ohr, auf das Graces wütender Anruf gefolgt war, in dem sie berichtet hatte, dass Boyd allein ins Krankenhaus gefahren war. Boyd war ein sturer Idiot. Sie schüttelte ihre Frustration ab und versuchte, sich auf die Berichte zu konzentrieren und sich die wichtigsten Punkte zu notieren.

Die Fingerabdrücke, die auf der Innenseite des Kofferraums von Faye Bakers Auto gefunden worden waren, passten zu Aaron Frost. Scheiße, dachte sie. Frost war tot, den konnte sie also nicht mehr befragen. Offensichtlich. Im Kofferraum war zudem jede Menge andere DNA gefunden worden, die im Dubliner Forensiklabor untersucht worden war. Eine Menge ungeklärter DNA-Spuren. Aber sie hatten Jeffs, Fayes und Aarons DNA identifizieren können, und eine weitere Spur. Lottie runzelte die Stirn. Die DNA war an einem Haar an Fayes Körper gefunden worden. Es gab keine Übereinstimmung mit den Daten in der Datenbank, aber es gab einige

Anhaltspunkte dafür, dass die Person, zu der die DNA gehörte, mit Aaron verwandt war. Interessant. Sie würde Mrs Frost noch einmal befragen müssen.

Im nächsten Bericht wurde ihr mitgeteilt, dass die Fasern des Teppichs aus der Church View Nummer zwei mit denen übereinstimmten, die an dem gefrorenen Torso gefunden worden waren. Und jetzt kam der Clou: Die Fingerabdrücke der Hand stimmten mit nicht identifizierten Fingerabdrücken überein, die mehr als zwanzig Jahre zuvor am Doyle-Tatort genommen worden waren. Waren sie vom Vater, Harry Doyle? Oder von jemand anderem, der die Familie Doyle massakriert hatte? Sie schüttelte den Kopf und versuchte, klar zu denken. Zur Zeit des Doyle-Falls war keine DNA gesichert worden, nur Fingerabdrücke. Und der Fall lag zu weit zurück, damals hatte es in Irland noch keine DNA-Datenbanken gegeben. Harry Doyle war untergetaucht und verschwunden, sodass man damals keine Möglichkeit gehabt hatte, um festzustellen, ob die Fingerabdrücke von ihm stammten oder nicht.

»Das wird alles immer seltsamer«, sagte Lottie, als McKeown in ihr Büro stürmte.

»Da kann ich noch zu beitragen«, sagte er. »Brandon Carthy hat mir endlich die Liste mit den Leuten geschickt, denen er den Code für das Tor gegeben hat.«

»Sind es viele?« Lottie zweifelte, dass sie jemals eine Spur finden würden, wenn die Liste lang war.

»Vier Namen.«

»Und?«

»Einer von ihnen ist Kevin O'Keeffe.«

»Was zum Teu...«

»Genau. Ich habe die Bilder der Überwachungskameras noch mal überprüft, und der Wagen ähnelt der Limousine, die O'Keeffe fährt, obwohl man das Kennzeichen auf dem Bild nicht erkennen kann.«

»Holen Sie O'Keeffe her, und sein Auto auch. Was ist mit den anderen Namen auf der Liste?«

»Keiner der anderen fährt ein ähnliches Auto wie das auf der Überwachungskamera, und sie haben alle überprüfbare Alibis für den betreffenden Zeitraum.«

»Alles klar. Wir müssen mit O'Keeffe sprechen«, sagte Lottie.

Kirby schaute hinter McKeowns großer Gestalt hervor. »Ich habe auch Neuigkeiten. Marianne O'Keeffe war gerade am Telefon. Sie hat nach Ihnen gefragt, aber Sie hatten ja gesagt, dass Sie nicht gestört werden wollen, darum habe ich mit ihr gesprochen.«

»Was hat sie gesagt?«

»Sie will ihren Mann anzeigen. Sie sagt, er hat sie vorletzte Nacht verprügelt. In derselben Nacht, in der Aaron Frost ermordet wurde. Sie meinte, sie hätte was mit Aaron gehabt – also eigentlich war es wohl nichts, weil er ihre Annäherungsversuche abgeblockt hat. Sie glaubt jedoch, dass Kevin das irgendwie herausgefunden hat, Aaron gefolgt ist und ihn getötet hat.«

»Unter normalen Umständen würde ich sagen, dass das eine ziemlich gewagte These ist, aber O'Keeffe konnte uns kein Alibi für diese Nacht geben. Wenn es sein Auto war, in dem Gavin zur Müllhalde gebracht wurde, dann bin ich durchaus geneigt, Mariannes Hypothese Glauben zu schenken. Ist er unser Mörder? Wenn ja, welchen Grund hatte er, einen wehrlosen elfjährigen Jungen zu töten?«

McKeown sagte: »Ich glaube immer noch, dass Gavin einfach den Mord an Aaron gestört hat und deshalb getötet wurde. O'Keeffe ist ein Mistkerl. Ich werde ihn verhaften.«

»Warten Sie einen Moment.« Lottie stand auf, setzte sich aber schnell wieder hin. Das Büro war winzig, und da sie zu dritt darin saßen, war die Luft ziemlich schlecht geworden. »O'Keeffe wird unsere Fragen nicht mehr beantworten, wir müssen uns also ganz sich sein. Ich möchte, dass alle Beweise im Lichte dieser neuen Information untersucht werden. Finden Sie heraus, wo O'Keeffe sich aufhält, und setzen Sie jemanden auf ihn an, damit er nicht fliehen kann. Sehen Sie nach, ob sein Auto in den letzten Tagen auf anderen Überwachungskameras aufgetaucht ist. Wir müssen wissen, wo er war und was er gemacht hat.«

»Alles klar, Chefin«, sagte McKeown.

»Besorgen Sie mir die Beweise, dann können wir ihn verhaften. Wir haben in der Vergangenheit Fehler gemacht und Leute verhaftet, bevor wir hieb- und stichfeste Beweise hatten, und mussten sie wieder freilassen. Sehen Sie sich die Beweise mit einem kritischen Auge an. In der Zwischenzeit bereiten Sie einen Durchsuchungsbefehl vor und lassen ihn sich unterschreiben, damit wir sein Auto prüfen können. Kirby, kommt Marianne her, um ihre Aussage zu machen?«

»Sie wollte unbedingt mit Ihnen sprechen, darum habe ich ihr so halb versprochen, dass Sie heute Morgen bei ihr zu Hause vorbeischauen. Ich hoffe, das war in Ordnung.«

»Nein, war es nicht. Ich habe keine Zeit. Hat sie gesagt, wo ihr Mann ist?«

»Sie meinte, dass er erst die Tochter zur Schule bringt und dann zur Arbeit fährt.«

»Stellen Sie sicher, dass er beobachtet wird.« Lottie sah zu McKeown hinüber. »Wir müssen das alles gut durchdenken. Finden Sie jemanden, der Lynch bei den Sheridans ersetzt.«

»Okay.«

»Ich weiß, dass Sie hier alle gerade doppelte Arbeit leisten müssen, aber ich hatte Sie doch gebeten, alles über den Familienmord an den Doyles herauszufinden. Haben Sie die Akte?«

»Ja. Ich habe sie am Ende in PULSE gefunden. Sie ist falsch angelegt worden, aber darum kümmere ich mich wann anders.«

»Ich muss sie durchgehen. Der rechtsmedizinische Bericht

liegt vor, und die Fingerabdrücke der abgetrennten Hand stimmen fast mit den Abdrücken überein, die vor zwanzig Jahren am ursprünglichen Tatort genommen wurden. Die Abdrücke sind zwar stark beschädigt, aber sie haben genug Marker gefunden, um sicher zu sein. Es ist möglich, dass es sich bei der Hand um die von Harry Doyle handelt, der seine Familie ermordet und sich mit seinem Sohn aus dem Staub gemacht haben soll.«

»Du meine Güte. Ich werde die Akte sofort holen«, sagte McKeown.

Als sie allein war, sah sich Lottie den forensischen Bericht noch einmal genau an. Aus welcher Perspektive sie die Ergebnisse auch betrachtete, sie konnte sich nicht erklären, wie die aktuellen Morde zusammenhingen. Aber sie mussten zusammenhängen. Das sagte ihr auch ihr Bauchgefühl.

SIEBENUNDSECHZIG

Kirby mampfte gerade ein Happy Meal, sein Lieblingsessen, wenn er pleite war. Lottie stand neben ihm.

»Ich dachte, ich hätte Ihnen gesagt, Sie sollen O'Keeffe finden und ihn beobachten lassen«, sagte sie.

»Ich habe einen Streifenwagen zu seinem Büro geschickt. Und ich habe die Akte von dem verlassenen Haus in der Canal Lane von Ferris and Frost bekommen.«

»Ah, gut.« Lottie schnappte sich seinen Kaffee, nahm den Deckel ab und trank einen großen Schluck davon, obwohl er kalt war. »Und bringen Sie Jeff Cole zur Befragung her. Ich möchte noch einmal mit ihm sprechen, jetzt, da wir wissen, dass seine DNA teilweise mit dem Torso übereinstimmt.«

Kirby stopfte sich einen Chicken Nugget in den Mund. Er kaute und schluckte. »Tut mir leid, ich habe mir das auf dem Weg nach hier geholt und hatte keine Zeit, es zu essen.«

»Was haben Sie noch von der Agentur bekommen?«

»Zunächst einmal sagt Dave Murphy, dass Aaron keine andere Wohnung hatte.« Er reichte ihr die Akte. »Aber Ferris and Frost haben einen Hausmeistervertrag für das verlassene

Haus. Aaron Frost ist darin für die Stromrechnungen eingetragen. Die Vereinbarung trat vor zwei Jahren in Kraft. Keine Informationen darüber, wem es vorher gehört hat. Ich werde das überprüfen, sobald ich kann.«

»Ja, tun Sie das. Wir werden noch einmal mit Aarons Mutter sprechen müssen. Haben die Techniker was auf seinem Laptop gefunden?«

»Sie arbeiten noch dran, aber bis jetzt haben sie nicht mal eine Pornoseite gefunden. Sie überlegen schon, das Gerät nach Dublin zu schicken, vielleicht können die Experten dort was finden.«

»Warum ist Aaron tot in einer Gefriertruhe in einem verlassenen Haus gelandet, das vor Jahren Schauplatz schrecklicher Morde war?«

»Fragen unter Fragen.«

»Ich glaube nicht, dass man das so sagt, Kirby.« Sie setzte sich auf die Kante seines Schreibtischs und versuchte, ihre Gedanken zu ordnen. »Aarons Fingerabdrücke waren in Fayes Auto, und er hatte Zugang zu den Schlüsseln, sodass wir daraus schließen können, dass er Faye Baker und ihr ungeborenes Kind beseitigt hat. Hat er sie auch getötet? Hat er Gavin getötet? Und falls er das getan hat, wer hat *ihn* dann getötet? Hier kommt Kevin O'Keeffe ins Spiel. Wie passt er ins Bild? Vor ein paar Minuten hätte ich ihn noch für alle Morde verantwortlich gemacht, aber nichts davon ergibt Sinn.«

Kirby schob sich eine Handvoll Pommes in den Mund. »Was hat O'Keeffe mit Faye Baker zu tun?«

»Ich glaube, er wusste, dass Faye tot ist, bevor die Tatsache an die Medien weitergegeben wurde, obwohl wir wissen, dass das heutzutage einen Scheißdreck bedeutet. Aber die Sache ist die: Wir müssen es zwar noch beweisen, aber es ist wahrscheinlich, dass O'Keeffes Auto benutzt wurde, um Gavins Leiche abzuladen.«

»Wir müssen ihn herbringen!«

»Warten Sie. Wir müssen zuerst sicher sein, dass wir alle Beweise zusammenhaben. McKeown arbeitet an einem Durchsuchungsbefehl für das Auto. Es muss forensisch untersucht werden.«

Kirby zerdrückte die leere Happy-Meal-Schachtel und stopfte sie in seinen bereits überquellenden Mülleimer. »Sie haben doch gesagt, wir sollen uns alle Beweismittel noch mal ansehen. Ich habe über die blauen Farbflecken nachgedacht, die auf dem Torso gefunden worden sind. Laut Labor stammen die von einer Recyclingtonne. McKeown soll den Durchsuchungsbefehl auf die Mülltonnen von O'Keeffe ausweiten lassen, wenn er schon mal dabei ist.«

»Ich bin mir nicht sicher, ob wir genug gegen ihn in der Hand haben, um eine Hausdurchsuchung zu verlangen. Sein Auto können wir hoffentlich mit dem Recyclinghof in Verbindung bringen, aber ihn selbst nicht. Fragen Sie die Techniker, ob das Bildmaterial der Überwachungskameras digital verbessert werden kann. Wir müssen uns ganz sicher sein, damit ich es nicht versaue.«

»Ach, Chefin, als ob Sie es jemals versaut hätten.« Er fuhr sich mit seinen fettigen Händen durch sein widerspenstiges, buschiges Haar, sodass es zu Berge stand.

»Für Sarkasmus ist es noch zu früh am Morgen, Kirby.«

»Ich habe das ernst gemeint.«

Lottie hörte ihr Handy klingeln. Wenn es Boyd war, war jetzt definitiv kein guter Zeitpunkt. Aber es war ihr alter Chef, Corrigan.

»Ich habe gestern Abend die Nachrichten gesehen und es ist mir wieder eingefallen«, sagte er ohne Vorrede.

»Was ist Ihnen wieder eingefallen?«

»Das, worüber wir gestern gesprochen haben. Der Mordfall Doyle vor all den Jahren.«

»Ja, natürlich.«

»Sie müssen es mir nachsehen. Mein Gehirn ist im Eimer. Aber ich habe mich an den Namen des Mannes erinnert, mit dem Sinead Doyle eine Affäre gehabt haben soll. Er hieß Frost.«

Als Lottie auflegte, während ihr alter Chef noch in den Hörer gluckste und sich freute, dass er trotz der Demenz, die sein Gehirn zerfraß, noch für einen aktiven Fall nützlich sein konnte, sah sie, dass sie zwei Nachrichten auf ihrem Handy hatte. Beide von Boyd. Die Ermittlungen nahmen gerade Fahrt auf. Was, wenn er schlechte Nachrichten hatte? Konnte sie damit umgehen? O Gott, dachte sie, nicht jetzt, Boyd.

Sie ignorierte die Nachrichten, schnappte sich ihre Jacke von der Stuhllehne und ihre Tasche vom Boden, und da Lynch noch nicht von den Sheridans zurück war und alle anderen beschäftigt waren, machte sie sich allein auf den Weg.

Stand sie etwa kurz davor, die Verbindung zwischen Aaron Frost und den zerstückelten Leichen aufzudecken?

McKeown besorgte den Durchsuchungsbefehl für O'Keeffes Auto unverzüglich. Als Lynch durch Garda Martina Brennan abgelöst wurde, fuhr er mit ihr in die Stadt. Sie liefen über den kleinen Parkplatz hinter dem Büro, in dem Kevin O'Keeffe arbeitete.

»Ich kann sein Auto hier nirgendwo sehen«, sagte er.

»Das liegt daran, dass es nicht hier ist.« Lynch ging um das Gebäude herum und öffnete vorn die Tür. »Ihnen ist schon klar, dass ich jetzt gerade zu Hause in meinem Bett liegen sollte?«

»Nicht jetzt, Lynch.«

»Ich mein ja nur.«

Er folgte ihr eine Treppe hinauf und in das Großraumbüro.

»Hallo«, sagte eine junge Frau und hob ihren Kopf von dem Computerbildschirm vor ihr. »Kann ich Ihnen helfen?«

McKeown und Lynch stellten sich vor und zeigten ihre Ausweise.

»Wie ist Ihr Name, Miss?«, fragte McKeown und wunderte sich, dass ihre Augenlider das Gewicht ihrer Wimpern halten konnten.

»Karen Tierney.«

»Karen, wir würden gern mit Mr O'Keeffe sprechen.«

»Kevin ist noch nicht da. Manchmal ist er ein bisschen später dran, aber Shane, unser Vorgesetzter, hat es ihm bis jetzt immer durchgehen lassen.«

»Ach ja?« McKeown zeigte sein breitestes Lächeln und Karen wurde rot.

»Unter uns gesagt: Er hat zu Hause eine Menge Probleme. Das ist alles *ihre* Schuld.«

»Wessen Schuld?«

»Die seiner Frau. Marianne. Sie trinkt, sagt Kevin. Er muss ihr jeden Morgen hinterherräumen. Sagt er.«

»Sagt er das?«, wiederholte McKeown und warf Lynch einen wissenden Blick zu. »Hier ist meine Nummer. Wenn Kevin ankommt, sagen Sie ihm bitte nicht, dass wir hier waren. Rufen Sie mich einfach an.«

»Hat er was angestellt?« Karen sah sich hektisch zu ihren Kollegen um. »Müssen wir uns Sorgen machen?«

Lynch mischte sich ein. »Rufen Sie uns einfach an, wenn er kommt.«

»Jetzt haben Sie mir Angst eingejagt. Wissen Sie, ich habe die Leiche des armen Mädchens im Auto am Bahnhof gefunden, und Kevin ist daraufhin ein bisschen durchgedreht.«

»Durchgedreht?« McKeown rückte näher an ihren Schreibtisch heran. »Was soll das heißen?«

»Er ist zu mir in die Wohnung gekommen und hat mir alle

möglichen Fragen gestellt. Ich habe es der anderen Detective erzählt. Ich glaube, sie ist Inspector.«
»Das wäre Detective Inspector Lottie Parker«, sagte er.
»Wussten Sie nichts davon?«, fragte Karen.
»Es ist viel los auf der Wache wegen der vielen Morde. Passen Sie auf sich auf. Und rufen Sie uns an, wenn Kevin kommt.«
McKeown folgte Lynch aus dem Büro, ohne sich noch einmal zu der verängstigten jungen Frau umzudrehen, die sie gerade zurückließen. Es war besser, sie zu warnen, besonders falls sie mit einem Mörder zusammenarbeitete.

Ruby O'Keeffe konnte sich nicht daran erinnern, wann ihr Vater sie das letzte Mal zur Schule gefahren hatte. Aber nach dem Streit am Morgen war er zerknirscht gewesen und hatte sich entschuldigt und gesagt, sein Job mache ihm zu schaffen. Sie hatte sein Angebot, sie mitzunehmen, angenommen, obwohl sie den Drang verspürt hatte, ihm zu sagen, er solle es sich in den Arsch stecken.

Sie hatte sich ins Auto gesetzt, die Ohrstöpsel fest im Ohr, um seine Gesprächsversuche auszublenden. Ihre Mutter hatte sie mit einem besorgten Gesichtsausdruck aus dem Fenster beobachtet.

Aber ihr Vater hatte sie nicht zur Schule gefahren. Stattdessen war er aus der Stadt hinausgefahren, die Straße am See entlang, und nun saßen sie am Ufer des Lough Cullion im Auto. Über eine schmale Straße neben den Bahngleisen waren sie hierhergefahren, und sie fragte sich, was ihr Vater wohl vorhatte. Bisher war das einzige Geräusch die Stimme von Ryan Tubridy gewesen, der sich im Radio die Seele aus dem Leib quasselte.

»Dad, warum sind wir hier?«, fragte sie und nahm sich die Stöpsel aus den Ohren.

»Wir müssen reden.«

»Warum sind wir mit Mams Auto gefahren?«

»Weil der Tank von meinem leer ist.«

»Ich sollte in der Schule sein. Es ist die letzte Woche vor den Ferien, und ja, ich hasse die Schule, aber ich will die letzten paar Tage nicht verpassen. Ich und Sean, wir müssen unser Projekt noch fertigmachen.« Wenn sie ehrlich war, dann war die Aussicht auf die Schule einfach nur weniger furchtbar, als hier mit ihrem Vater zu sitzen.

»Ich scheiß auf Sean«, sagte er.

»Dad?«

»Und auf dich. Und auf deine Mutter. Und auf alle anderen.«

Ruby sagte nichts. Musste sie jetzt für ihren Ausbruch heute Morgen bezahlen? Sie würde ihren Vater am liebsten umbringen, ihm die Fresse einschlagen, aber plötzlich fühlte sie sich nicht imstande, irgendetwas anderes zu tun, als einfach nur hier neben diesem Mann zu sitzen, den sie hasste.

Sie drückte sich gegen das Seitenfenster, ihre Beine waren im Fußraum ausgestreckt, ihre Tasche stand zwischen ihnen. Sie sagte nichts. Das Wasser schwappte gierig über die Steine am Ufer. Eine Schwanenfamilie glitt anmutig über die graue Oberfläche. So friedlich. Ruby wünschte sich ein friedlicheres Leben, ohne ihren Vater. Sie wünschte sich, sie wäre zu Hause in ihrem Zimmer und könnte in die virtuelle Welt ihrer Computerspiele abtauchen.

Stille erfüllte das Auto.

Dann sprach ihr Vater.

»Ich war kein guter Vater für dich. Kein guter Ehemann für deine Mutter. In meinem Leben passieren Dinge, über die ich nicht sprechen kann. Ich habe schlimme Sachen gemacht. Sehr schlimme. Ich habe Dinge getan, weil ich gierig war. Man hat mir angeboten, etwas Geld zu verdienen, und ich habe den Blick für das Wesentliche verloren. Ich glaube, deine Mutter wird mich anzeigen, weil ich sie geschlagen habe. Ich stehe bei der Arbeit unter Druck und auch wegen ... anderen Dingen. Ich habe die Kontrolle verloren, und ich bin ein Mensch, der gern alles und jeden unter Kontrolle hat. Die Polizei hat mich verhört. Und das wird sie wieder tun, und in den nächsten Tagen und Wochen werden viele Dinge ans Licht kommen. Aber ich möchte, dass du mir diese eine Sache glaubst: Ich habe nie etwas getan, um dir absichtlich wehzutun.«

»Du hast Mam wehgetan.«

»Diese Frau hat es sich selbst zuzuschreiben. Ich weiß, du siehst mich als den Bösewicht. Ich weiß. Aber sie ist verdammt noch mal selbst schuld.«

»Dad, es gibt keine Rechtfertigung dafür, einen anderen Menschen zu schlagen. Keine.« Sie war selbst überrascht von der Überzeugung in ihrer Stimme. »Du bist einfach nur ein Mobber. Wie die Kinder in meiner Schule, wenn sie mal nicht bekommen, was sie wollen. Du benutzt deine Fäuste, um deine Überlegenheit zu zeigen und ...«

»Halt deine verdammte Fresse.«

Die Ohrfeige traf sie unvorbereitet. Ein klirrendes Geräusch erklang tief in ihrem Ohr. Sie hatte gedacht, sie würden gerade ein Vater-Tochter-Gespräch führen. Aber sie hatte sich geirrt. Ihr Vater konnte sich wirklich nur mit seinen Fäusten ausdrücken.

Sie wusste, dass sie aus dem Auto rausmusste. Weg von diesem Mann, der sich nicht mehr so verhielt, wie sich ein Vater verhalten sollte. Aber die Tür war abgeschlossen. Sie war mit einem Verrückten gefangen.

»Mach die Tür auf, Dad. Du machst mir Angst.«

»Du wirst hier sitzen bleiben, den Mund halten und dir anhören, was ich dir zu sagen habe.«

Da sie keine Wahl hatte, nickte Ruby. Sie würde den richtigen Augenblick abwarten müssen. Damit würde sie ihren Vater nicht davonkommen lassen. Auf gar keinen Fall.

Und dann begann er zu reden, und ihr wurde klar, wie gefährlich ihre Lage tatsächlich war.

Während Kevin sprach, tippte Ruby mit den Fingern auf das Handy in ihrer Tasche. Sie musste jemandem Bescheid sagen, wo sie war.

ACHTUNDSECHZIG

Lottie wusste, dass Corrigans Information vielleicht irrelevant war. Vielleicht irrte er sich aufgrund seiner Krankheit auch einfach nur, aber sie musste mit Aaron Frosts Mutter sprechen. Außerdem musste sie herausfinden, was genau Aaron mit dem verfallenen Haus zu tun hatte.

Josie Frost öffnete die Haustür, ihr Gesicht war eingefallen. Sie sah aus wie Boyd nach seiner Behandlung. Lottie vermutete, dass ihre Blässe vom Kummer herrührte. Ihre schwarze Bluse war auf links gedreht, der Kragen hochgeschlagen, und sie trug eine zerknitterte schwarze Hose. Sie war ohne Krücke unterwegs und humpelte den schmalen Flur entlang, wobei sie sich mit den Händen an den Wänden abstützte.

»Sie lassen mich die Leiche meines Sohnes nicht zu mir nach Hause holen. Können Sie nicht dafür sorgen?«

»Ich muss warten, bis die Rechtsmedizinerin alle Untersuchungen abgeschlossen hat. Das dauert. Es tut mir leid.«

»Setzen Sie sich. Warum sind Sie hier?« Josies Kummer war schnell in Ungeduld umgeschlagen.

Lottie beschloss, sich zuerst mit dem auseinanderzusetzen,

was Corrigan ihr erzählt hatte. »Ich möchte Sie etwas über Ihren Mann fragen.«

»Richard? Was ist mit ihm?«

»Sie haben gesagt, er wäre vor ein paar Jahren von hier weggegangen. Richtig?«

»Ja. Warum fragen Sie nach ihm?«

»Es gibt ein altes, verlassenes Haus am Kanal, in der Nähe der neuen Wohnungen in der Canal Lane. Seit zwei Jahren steht Aarons Name mit diesem Haus in Verbindung.«

»Wovon sprechen Sie? Aaron wohnte hier. Er hat mir nie etwas von irgendeinem Haus erzählt.«

»Wirklich nicht?«

»Hat es ihm Geld eingebracht? Wenn ja, dann hätte er mir mehr geben sollen.«

»Es ist baufällig, Josie, unbewohnbar, aber es ist an das Stromnetz angeschlossen. Aaron ist als Rechnungsempfänger im Vertrag eingetragen.«

»Er hat die Stromrechnungen bezahlt? Warum in Gottes Namen sollte er das tun?«

»Ich dachte, Sie könnten mir diese Frage vielleicht beantworten.«

»Ich wusste ja nicht einmal davon.« Die Frau verschränkte empört die Arme.

»Dasselbe Haus war vor über zwanzig Jahren Schauplatz brutaler Morde.«

»Mein Gott. Das ist doch makaber. Was sollte Aaron mit so einem Haus wollen?«

Lottie fuhr fort und ignorierte die Frage. »Eine Mutter und ihre beiden Töchter wurden dort getötet. Die Mutter hieß Sinead Doyle. Klingelt da was?«

Josie blinzelte ein paarmal schnell hintereinander, ihre Lippen und ihre Zähne bewegten sich, als ob sie ein imaginäres Stück Essen kauen würde. »Ich erinnere mich an die Morde, jetzt, da Sie den Namen erwähnen. Das stand damals in allen Zeitungen. Haben Sie an dem Fall gearbeitet?«

»Nein, ich war damals noch nicht lange mit der Ausbildung fertig, und ich glaube, ich war noch in Athlone stationiert. Sinead Doyle«, wiederholte Lottie. »Sagt Ihnen der Name was?«

Josie schüttelte den Kopf, aber Lottie hatte genug Erfahrung damit, Verdächtige und Zeugen zu durchschauen, um zu erkennen, dass sie genau wusste, wer Sinead Doyle war.

»Es ist wichtig, Josie. Aaron ist tot. Sie müssen mir sagen, was Sie wissen.«

Nach einem dramatischen Seufzer sagte Josie: »Es gab damals Gerüchte. Gerüchte, die mir das Herz gebrochen haben. Mein Mann, Richard, hat diese Familie nicht umgebracht. Er war in jener Woche in London, um seine Mutter zu besuchen. Ein unverschämter Detective hat ihn belästigt, als er wieder nach Hause kam, aber Richard konnte beweisen, dass er nicht in der Nähe von Ragmullin war, als die Familie getötet wurde.«

»Was waren das für Gerüchte?«

»Sie werden nicht locker lassen, bis ich es Ihnen sage, stimmt's?«

»Ich muss es wissen.«

Josie presste ihre Lippen aufeinander. Sie waren so trocken, dass Lottie glaubte, sie aufplatzen zu hören.

»Kommen Sie schon, Josie. Ich untersuche gerade aktuelle Morde, darunter den an Ihrem eigenen Sohn, einer jungen schwangeren Frau und einem elfjährigen Jungen.« Sie griff nach den pergamentartigen Fingern der Frau. »Bitte. Sie müssen mir helfen.«

Nach einem Moment drückte Josie Lottie die Hand und lehnte sich langsam zurück. Ihre Augen füllten sich mit Tränen.

»Ich dachte, es wäre aus und vorbei. Er hatte sie zugegeben. Die Affäre. Er sagte, es wäre Jahre vor dieser schrecklichen Tat gewesen. Jahre, bevor die Familie getötet wurde. Er hat mir erzählt, dass Harry, Sineads Ehemann, alles darüber wusste und von seiner Eifersucht aufgefressen wurde. Richard glaubte, dass es in jener Nacht vielleicht zu einem Streit gekommen ist und Harry durchgedreht ist. Dass er sie alle erstochen hat und mit dem Jungen außer Landes geflohen ist.«

Lottie schloss die Augen und stellte sich die Szene vor. Sie verstand nicht, warum Harry Doyle ausgerechnet in dieser Nacht seine Familie ermorden sollte, wenn er schon Jahre zuvor von der Affäre erfahren hatte. »Da muss noch etwas anderes gewesen sein.«

»Ja.« Josie nahm sich ein Taschentuch und riss es in Streifen, während sie sprach. »Sinead wurde von der Affäre schwanger. Sie hatte ein Kind mit Richard.«

»Oh!«

»Ja, oh, das kann man wohl sagen. Doch Harry hielt zu ihr, und scheinbar waren sie weiterhin glücklich verheiratet. Niemand verstand, warum er das getan hat. Warum er sie alle getötet hat. So schockierend.«

»Und Sineads Kind ...«, Lottie wusste, dass sie vorsichtig sein musste, »war das Aaron?«

»Guter Gott, nein! Aaron war von mir und Richard.«

Das war es dann wohl mit dieser Theorie, dachte Lottie. »Wissen Sie, welches der Kinder das von Richard war?«

»Das älteste. Der Junge. Nach den Morden haben die Gerüchte in der Stadt die Runde gemacht, und es ist so schlimm geworden, dass Richard mir alles gestanden hat. Ich glaube, es hat ihm das Herz gebrochen, dass Harry sich mit dem Jungen aus dem Staub gemacht und ihn wahrscheinlich auch umgebracht hat. Aber seine Leiche wurde nie gefunden.«

Das waren so viele Informationen, dass Lottie bedauerte, Kirby nicht mitgebracht zu haben, um Notizen zu machen. Sie sah zu Josie hinüber und fragte sich, ob sie irgendetwas mit den aktuellen Morden zu tun hatte und wie in Gottes

Namen sie alle miteinander verbunden waren. Denn sie war sich mittlerweile hundertprozentig sicher, dass sie das sein mussten.

Josie unterbrach die unangenehme Stille. »Damals glaubten die Leute, dass Harry vielleicht auch mit ihm nach Spanien geflohen war und seinen Namen geändert hatte, falls er den Jungen nicht umgebracht hatte.«

»Wann ist Ihr Mann von zu Hause weggegangen?«

»Vor zwei Jahren.«

Lottie gewann wieder den Durchblick. »Vor zwei Jahren ist Ihr Mann also gegangen und Aaron ist Eigentümer des alten Hauses der Doyles geworden.«

»Und?«

»Was ist vor zwei Jahren passiert?«

»Nichts. Überhaupt nichts.« Josie hatte das Taschentuch in tausend Fetzen gerissen, die ihre Hosenbeine nun wie Schneeflocken bedeckten.

»Vielleicht ist der vermisste Doyle-Junge zurückgekommen«, sagte Lottie.

»Vielleicht ist ja auch Harry zurückgekommen«, sagte Josie.

»Nein, ist er nicht.« Sie konnte Josie nicht sagen, woher sie das wusste. Sie glaubte, dass die Fingerabdrücke, die man von der Hand an den Bahngleisen genommen hatte, beweisen würden, dass sie zu Harry Doyle gehörte. Auch wenn sie den Rest seines Körpers nicht hatten, war sie sicher, dass er schon lange tot war. Sie versuchte, sich an den Namen des Doyle-Jungen zu erinnern. Er war in dem Artikel erwähnt worden.

»Josie, kennen Sie jemanden namens Karl Doyle?«

»Nein. Aber wenn er noch am Leben ist, könnte er seinen Namen geändert haben.«

Lottie dachte laut nach: »Aber wenn er lebt und nichts verbrochen hat, warum sollte er sich dann nicht zu erkennen geben?«

»Das kann ich Ihnen nicht beantworten, Inspector.«

»Sind Sie sicher, dass Sie nicht wissen, wo Richard ist? Ich muss unbedingt mit ihm sprechen.«

»Ich habe keine Ahnung. Er hat sich aus dem Staub gemacht und mich und Aaron einfach so verlassen. Ich dachte, die Sache mit den Doyles wäre Schnee von gestern. Aber jetzt bin ich mir da nicht mehr so sicher.«

»Ich mir auch nicht«, sagte Lottie. »Danke für Ihre Hilfe. Ich werde mich mit der Rechtsmedizinerin in Verbindung setzen, um herauszufinden, wann sie Aarons Leiche für Sie freigeben kann.«

»Ich danke Ihnen. Ich will doch einfach nur meinen Sohn nach Hause holen.«

NEUNUNDSECHZIG

Als sie ins Büro zurückkehrte, ging Lottie all das, was sie von Josie Frost erfahren hatte, noch einmal im Kopf durch.

Kirby saß an seinem Schreibtisch und las eine Seite mit unleserlichen Notizen. »Ich habe eine Onlinerecherche durchgeführt und dann das Grundbuchamt angerufen.«

»Und?«

»Der zuvor eingetragene Eigentümer der Immobilie war Harry Doyle. Niemand sonst war registriert, bis es auf Aaron Frost übertragen worden ist.«

»Wir wissen, dass Harry Doyle tot ist, wer also hat es auf ihn übertragen?«

»Das wurde über einen Anwalt abgewickelt. Die Frau am Telefon meinte, die Dokumente scheinen alle in Ordnung zu sein.«

»Wenden Sie sich an den Stromanbieter. Finden Sie heraus, wer vor Aaron für den Strom bezahlt hat. Doyles Haus ist unser Schlüssel.«

»Wird gemacht. Übrigens ist Jeff Cole angekommen, während Sie weg waren. Laut dem Team, das ihn überwacht hat, war er bisher brav. Sie haben gesagt, dass Sie mit ihm sprechen wollen. Er ist in Verhörraum Eins.«

»Gut. Kommen Sie mit.«

Lottie ließ ihre Tasche und Jacke fallen und versuchte mal wieder, ihre Gedanken zu ordnen. Sie musste herausfinden, wie das Haus von Jeffs Tante mit dem Haus der Doyles in Verbindung stand. Die einzige offensichtliche Verbindung war, dass die Leiche des Kindes möglicherweise dort in einer der Gefriertruhen versteckt worden war. Aber warum?

―――

Als Lottie im Verhörraum neben Kirby saß, hatte sie das Gefühl, sie würde jeden Moment in Ohnmacht fallen, denn immer wenn er seine Hände bewegte, stieg ihr der Geruch von Pommes in die Nase. Sie würde mit ihm über seine Körperhygiene sprechen müssen.

Jeff Cole saß ihnen gegenüber zusammengesunken auf einem Metallstuhl. Obwohl die Luft im Verhörraum ziemlich drückend und warm war, hatte er seine Steppjacke nicht abgelegt. Er wirkte abgemagert, und Lottie fragte sich, wann er zuletzt etwas gegessen hatte.

»Ich vermisse Faye so sehr«, platzte es aus ihm heraus. »Es ist krass, wie sehr ich mich bei allem auf sie verlassen habe. Mein Chef, Derry, ist kurz davor, mich zu feuern. So viel zum Thema Sonderurlaub wegen Trauerfall. Wahrscheinlich muss ich auch das Haus meiner Tante verkaufen. Haben Sie den Mörder meiner Faye gefunden?« Die Gedanken des jungen Mannes sprudelten in einem unzusammenhängenden Wortschwall aus ihm heraus.

»Wir machen Fortschritte«, sagte Lottie, ohne konkreter zu werden. »Deshalb habe ich Sie gebeten, herzukommen.«

»Sie glauben wahrscheinlich, ich hätte sie umgebracht.«

»Nein, das glaube ich nicht. Ich möchte nur an das

Gespräch anknüpfen, das wir über Ihre Tante und Ihre Cousine geführt haben. Wir glauben, dass Polly das junge Mädchen ist, dessen Leiche wir gefunden haben.« Sie erwähnte nicht, dass es auch ihr Schädel war, den Faye im Haus seiner Tante gefunden hatte.

»Sie konnten es also beweisen?«

»Ihre DNA-Spuren weisen eine Übereinstimmung auf. Keine direkte Übereinstimmung, aber genug, um zu beweisen, dass Sie zumindest Cousine und Cousin sein könnten.«

»O Gott. Das arme Kind. Warum nur? Wer?«

»Jeff, Sie haben gesagt, dass Sie früher regelmäßig bei Ihrer Tante waren und dann plötzlich nicht mehr. Können Sie sich an irgendeinen Grund dafür erinnern?«

Er schüttelte langsam den Kopf, als würde er es leugnen und gleichzeitig darüber nachdenken.

»Ich war erst neun. Polly und ich waren befreundet. Ich weiß nur, dass ich traurig war, dass ich nicht mehr zu ihr durfte. Meine Mutter hat mir erzählt, dass Tante Patsy eine schwere Zeit durchmachen würde und den Kontakt zu ihrer Familie abgebrochen hätte. Auf ihrem Sterbebett hat sie zugegeben, dass Patsy und Noel ziemliche Drogenprobleme hatten. Als Patsy nach dem Tod meiner Mutter Kontakt zu mir aufgenommen hat, hat sie sich geweigert, über meine Cousine zu sprechen. Polly war angeblich mit ihrem Vater nach England gegangen. Patsy wirkte ziemlich verletzt, und sie hatte immer so einen ängstlichen Blick in den Augen. Vielleicht hätte ich hartnäckiger sein sollen. Aber sie war damals schon abhängig von verschreibungspflichtigen Medikamenten, und sie war sehr labil.«

»Ich möchte, dass Sie versuchen, sich in die Zeit zurückzuversetzen, als Sie neun Jahre alt waren. Können Sie sich an irgendein wichtiges Ereignis erinnern, das dazu geführt haben könnte, dass Sie Ihre Tante und Ihre Cousine nicht mehr sehen durften?«

»Das ist schon so lange her.«

Doch Lottie wollte es nicht so einfach auf sich beruhen lassen. »Etwa zu dieser Zeit wurden eine Frau namens Sinead Doyle und ihre beiden Töchter Annie und Angela hier in Ragmullin ermordet. Ihr Mann Harry und ihr Sohn Karl verschwanden. Sagen Ihnen diese Namen etwas?«

Sie beobachtete Jeff, als er sich diese Informationen durch den Kopf gehen ließ. »Harry Doyle? Bei dem Namen klingelt was bei mir.«

Sie öffnete den Aktenordner, den sie mitgebracht hatte, und schob das Foto der Familie Doyle über den Tisch zu ihm hinüber. »Erkennen Sie jemanden auf diesem Foto?«

Er sah es sich an und schüttelte den Kopf. »Nein. Sollte ich wissen, wer die sind?«

»Sehen Sie sich den Mann an, der da hinten steht.«

»Es tut mir leid. Ich erkenne niemanden.«

»Warum erinnern Sie sich an den Namen Harry Doyle?«

»Ich bin mir nicht sicher, ehrlich gesagt. Ich glaube, mein Onkel Noel, Patsys Ehemann, hat früher vielleicht mit jemandem namens Doyle zusammengearbeitet. Ich war ja noch ein Kind. Warten Sie mal. Ja, genau. Patsy hat sich immer aufgeregt, wenn er nach der Arbeit erst spät nach Hause kam, und er hat dann immer gesagt, dass er nur im Pub war und mit Harry Doyle Dart gespielt hat. Jetzt erinnere ich mich, weil ich nicht verstanden habe, warum sie sich über das Dartspielen so aufgeregt hat. Ich hatte meine eigene Dartscheibe in meinem Zimmer und ich fand, dass es ziemlich viel Spaß gemacht hat. Aber jetzt ... Ich nehme an mal, dass sie sich eigentlich aufgeregt hat, weil er sich nach der Arbeit betrunken hat. Hilft Ihnen das weiter?«

»Ja, das tut es. Danke.«

Sie sah zu Kirby, der nickte. Es gab also eine Verbindung zwischen der ermordeten Familie Doyle und Patsy Coles Haus in der Church View, wo der Schädel gefunden worden war. Aber was hatte das alles mit den aktuellen Morden zu tun?

»Wo ist Ihr Onkel Noel jetzt?«

»Tante Patsy meinte, er wäre schon vor Jahren an einem Schlaganfall gestorben. Rückblickend betrachtet, waren wahrscheinlich die Drogen schuld. Wenn meine Mutter noch leben würde, könnte sie es Ihnen genauer sagen. Tante Patsy übrigens auch, aber sie sind alle tot. Alle, auch meine Faye.« Er wimmerte wie ein Kind.

Lottie vermutete, dass Jeffs Tante sie wohl kaum darüber aufklären würde, was vor zwanzig Jahren in ihrem Haus geschehen war, selbst wenn sie noch leben würde. »Eine letzte Frage, dann können Sie gehen«, sagte sie. »Kennen Sie Kevin O'Keeffe?«

»Den Versicherungstyp? Ja, der hat uns einen Kostenvoranschlag für die Versicherung von Tante Patsys Haus gemacht. Er ist mit uns von Raum zu Raum gegangen und hat nur davon geredet, wie teuer die Versicherung sein würde, weil das Haus so baufällig ist.«

Verdammt, dachte Lottie. Selbst wenn sie eine Verbindung zu ihm nachweisen konnte, hätte Kevin O'Keeffe also eine Ausrede dafür, sollte sich seine DNA in der Church View Nummer zwei befinden. Ein Schritt vorwärts, zehn Schritte zurück. Willkommen in meiner Welt, dachte sie, als sie Jeff die Hand schüttelte und zusah, wie Kirby ihn hinausbrachte.

Lottie beauftragte Garda Brennan mit der Suche nach Aarons Vater Richard Frost. Sie hatten bereits versucht, so viel wie möglich über Jeffs Verwandte, die Familie Cole, herauszufinden, und waren dabei ins Leere gelaufen. Wenn Polly in diesem Haus ermordet worden war, warum hatte es dann niemand gemeldet? Es sah so aus, als ob entweder die Mutter oder der Vater das Kind im Drogenrausch getötet hatte. Nach dem Mord an Faye waren die Nachbarn in der Church View befragt worden, aber niemand konnte Aufschluss darüber geben, warum dort ein Schädel versteckt worden war.

Sie hatte eine weitere E-Mail bekommen. Jane Dore hatte den Todeszeitpunkt von Aaron Frost eingrenzen können.

McKeown kam herein. »Chefin, ich habe eine gute und eine schlechte Nachricht. Welche wollen Sie zuerst hören?«

»Spucken Sie es einfach aus.«

»Wir können Kevin O'Keeffe nicht ausfindig machen. Seine Frau sagt, er wollte die Tochter in ihrem Auto zur Schule bringen und dann zur Arbeit fahren. Er ist nicht im Büro. Wir haben das überprüft. Aber sein eigenes Auto steht vor dem Haus der Familie und die Spurensicherung hat es untersucht. Raten Sie mal!«

»McKeown! Jetzt ist nicht die Zeit für Rätsel.«

»Sie haben den Kofferraum geöffnet, und der Geruch von Bleichmittel hat sie fast umgehauen. Er wurde vor Kurzem erst gereinigt. Das ist doch Grund genug, um ihn zu verhaften.«

»Nein, ist es nicht. Marianne hat gesagt, dass er in der Hinsicht sehr eigen ist. Ihre Worte. Das Haus glänzt förmlich. Das Bleichmittel hat also leider rein gar nichts zu bedeuten.«

»Aber mit den Überwachungsvideos und Carthys Aussage können wir starke Argumente dafür liefern, dass er zumindest die Leiche von Gavin entsorgt hat.«

»Damit können wir ihn höchstens vorläufig festnehmen; es ist nur sein Auto.«

»Vielleicht war es Marianne«, überlegte McKeown ungeduldig.

»Nein, sie war bei Tamara. Aber auch ohne Beweise, dass Kevin die Person im Recyclinghof war, haben wir genug in der Hand, um ihn zumindest als Person von Interesse zur Vernehmung vorzuladen. Finden Sie ihn.«

»Ich werde ihn zur Fahndung ausschreiben.«

McKeown eilte hinaus, und Lottie ging in die Einsatzzentrale und stellte sich vor die Tafel. Sie betrachtete Harry Doyle auf dem Familienfoto. Seine Hand drückte fest auf die Schulter seiner Frau, der Aufschlag seines weißen Hemdes schaute unter dem Ärmel seiner Jacke hervor. Sie schaute sich die Fotos der gefundenen Körperteile an. Das Foto der Hand. Der Rest der Tätowierung am Handgelenk. Sie riss das Foto von der Tafel und hielt es neben das Familienfoto.

Da. Sie konnte es gerade noch so erkennen. Das Stück einer Tätowierung auf Harry Doyles Hand. Wenn sie die Tätowierung zuordnen konnten, würde das zweifelsfrei beweisen, dass Harry Doyle fast genauso lange tot war wie seine Frau und seine Töchter. Aber wer hatte ihn getötet? Und warum wurde sein gefrorener, zerstückelter Körper ausgerechnet jetzt entsorgt? Und wo war der Rest der Leiche?

Fragen unter Fragen, frei nach Kirby.

Aarons DNA befand sich in dem Auto, in dem Fayes Leiche gefunden worden war, es war also möglich, dass er sie getötet hatte. Aber es war unmöglich, dass er Gavin Robinson ermordet hatte. Laut Jane Dore war Aaron nämlich bereits tot, als Gavin ermordet worden war.

Wer war noch involviert? Sie schaute wieder auf die Fotos. Sie hatten Jeff seit dem Mord an Faye im Auge behalten, er konnte es also nicht gewesen sein. Es musste Kevin O'Keeffe gewesen sein. Seine Frau Marianne glaubte, Kevin habe Aaron getötet, weil er vermutete, dass sie eine Affäre mit ihm hatte. Aber warum hatte er die anderen getötet? Was zum Teufel übersahen sie?

SIEBZIG

Ihr Vater redete immer weiter, aber Ruby hörte ihm nicht mehr zu. Sie wollte unbedingt aus diesem Auto raus.

»Weißt du, Ruby, ich war deiner Mutter nicht immer treu. Das hat mich öfter in Schwierigkeiten gebracht, als ich zählen kann.«

Den letzten Teil des Satzes hatte sie gehört. »Du hast mit mehr Frauen geschlafen, als du zählen kannst?«

»Nein, so war das nicht gemeint. Aber immer wenn es ihr gerade passt, nutzt Marianne die Gelegenheit, um mir diese alten Geschichten wieder reinzudrücken.«

»Ich kann es ihr nicht verdenken.« Ruby fragte sich, warum ihre Mutter Kevin nicht schon längst rausgeschmissen hatte.

»Sie ist immer hinter jemandem her, der jünger ist als sie selbst. Ich vermute, dass sie bisexuell ist. Weißt du, was das bedeutet?«

»Ich bin doch nicht dumm.«

»Nein, vermutlich bist du das nicht. Ich bin mir sicher, dass sie es mit dieser Tamara treibt.«

»*Diese* Tamara hat gerade ihren Sohn verloren. Du bist widerlich.«

»Ja, vielleicht bin ich das.« Kevin nahm den Blick nicht von der beschlagenen Windschutzscheibe.

»Wo führt das hier alles hin?« Ruby glaubte, dass ihr Vater sich etwas einbildete. Ihre Mutter war nur gut mit Tamara befreundet. Er war eifersüchtig. Sie hatte ihn nämlich noch nie mit einem Freund gesehen. Erbärmlicher, widerlicher alter Mann.

»Lass mich das auf meine Weise erzählen«, sagte er, »sonst werde ich vielleicht wütend und mache etwas Dummes.«

»Okay, sprich weiter.«

»Deine Mutter hält mir die ganze Zeit vor, dass das Geld für unser Haus von ihrer Familie stammt. Aber ich weiß, dass mir laut Gesetz die Hälfte zusteht, wenn wir uns jemals scheiden lassen sollten, aber das hat mir trotzdem schon immer zu schaffen gemacht. Kein Eigentum. Keine Ersparnisse. Ich brauchte mein eigenes Geld, um einen gewissen Einfluss auf sie ausüben zu können. Dann, vor zwei Jahren, bot sich mir eine Gelegenheit. Es war schlimm, aber ich dachte, ich würde wenigstens gutes Geld verdienen.« Er hielt inne, und Ruby verdrehte die Augen. Er hatte ihr diesen Mist doch eben schon erzählt. Aber sie spürte, wie sich ihr die Nackenhaare aufstellen, als er hinzufügte: »Das wurde mir zumindest versprochen. Aber weißt du, Ruby, es gab kein Geld. Und jetzt sind Menschen getötet worden und ich bin darin verwickelt.«

»Was?«, rief Ruby.

»Ich bin in düstere Machenschaften reingezogen worden. Sehr düstere Machenschaften.« Er verfiel in Schweigen.

Sie drückte sich wieder gegen die verschlossene Tür. Ihr Vater jagte ihr Angst ein. Sie hatte ihr Handy in der Tasche in der Hand. Blindlings verfasste sie eine Nachricht. Sie konnte nicht sehen, was sie tippte, aber sie war geübt genug, um zu wissen, dass es für Sean einen Sinn ergeben würde.

Seans Handy vibrierte an seinem Oberschenkel und er nahm es aus der Hosentasche. Eine Nachricht von Ruby. Die Lehrerin schwafelte gerade von Prüfungsfragen und davon, dass sie sich alte Klassenarbeiten anschauen sollten. Ist klar, dachte Sean.

Rubys Botschaft bestand aus vier Wörtern.

Dad verükt hilf see

Er schaute noch mal auf sein Handy. Sie war nicht in der Schule, und ihr Vater hatte sich die letzten Male, als Sean bei ihnen zu Hause gewesen war, sehr merkwürdig verhalten. Unter dem Tisch las er die Nachricht zum dritten Mal. Ruby steckte in Schwierigkeiten.

»Sean Parker, wenn das dein Handy ist, das du da in der Hand hältst, dann steckst du es besser auf der Stelle weg, sonst landet es in fünf Sekunden mit dir zusammen im Büro des Direktors.«

Sean stöhnte und riss sich zusammen, um nicht zu erwidern, dass allein der Weg dorthin drei Minuten und nicht fünf Sekunden dauerte.

»Entschuldigung, Miss, ich habe mein Handy nicht in der Hand. Ich muss nur auf die Toilette.«

Die junge Lehrerin rümpfte die Nase und deutete auf die Tür. »Beeil dich.«

Sean rutschte von seinem Stuhl und eilte hinaus.

Auf der Toilette guckte er wieder auf sein Handy. Sollte er zurückschreiben? Das könnte die Situation für Ruby noch schlimmer machen. Und von welchem See sprach sie?

Vielleicht sollte er mit seiner Mutter sprechen. Aber die stand so sehr unter Druck wegen der Ermittlungen, die sie leitete. Sie hatte bestimmt keine Zeit für unsinnige Nachrichten. Vielleicht hatte Ruby die Schule geschwänzt und wollte einfach nur, dass Sean sich zu ihr gesellte. Nein, dann wäre sie etwas konkreter gewesen. Er schrieb doch zurück.

Wo bist du?
Er wartete.
Keine Antwort.
Was sollte er nur tun? Dann fiel ihm wieder ein, worüber er gestern Abend mit seiner Mutter gesprochen hatte. Es führte kein Weg daran vorbei. Er musste ihr von Rubys Nachricht erzählen.

Der Polizist am Empfang war jung und desinteressiert.

»Hören Sie, ich musste einen Haufen Lügen erzählen, um die Schule verlassen zu dürfen, und ich muss meine Mutter sprechen.«

Der Polizist lachte. »Was für Lügen?«

»Ich habe dem Direktor gesagt, dass meine Mutter im Sterben liegt.«

»Das hast du nicht.«

»Doch. Und ich muss jetzt mit ihr sprechen. Es ist wirklich dringend.«

»Detective Inspector Parker ist beschäftigt. Du kannst ihr eine Nachricht hinterlassen, ich werde sie weiterleiten.«

»Sie verstehen mich nicht.«

»Ach nein?«

»Alter«, murmelte Sean vor sich hin.

»Deiner Mutter würde aber gar nicht gefallen, dass du mich beschimpfst.«

»Wenn sie hört, was ich ihr zu sagen habe, wird es ihr sch... komplett egal sein, was Sie zu sagen haben.«

Die Tür mit der Codesperre öffnete sich und zwei Beamte traten heraus. Sean nutzte seine Chance und schob sich an ihnen vorbei, um durch die Tür zu schlüpfen, bevor sie sich wieder schloss.

»Hey, du kannst da nicht einfach rein.«

Er huschte die Treppe hinauf und raste den Korridor entlang. Wo genau war noch mal das Büro seiner Mutter?

Eine Frau marschierte auf ihn zu. »Junger Mann, haben Sie sich verlaufen?«

»Ich möchte meine Mutter sprechen.«

»Und wer soll das sein?«

»Lottie Parker.«

Die Frau verzog das Gesicht. »Wurden Sie von der Schule geschmissen?«

»Nein.«

»Dann sollten Sie sich nicht hier oben aufhalten. Kommen Sie mit mir mit. Sie können am Empfang warten. Jemand wird Ihrer Mutter Bescheid sagen.«

»Verdammte Scheiße noch mal«, rief Sean und sprang zur Seite. Er raste durch die Tür des nächstgelegenen Büros und blieb vor einer Tafel mit Fotos stehen. Grausame, düstere Bilder des Todes. Und auf der Tafel daneben: lebende Menschen. In der Mitte all dieser Menschen hing ein Bild von Rubys Vater, Kevin O'Keeffe.

―――

Ruby wollte das alles nicht mehr hören, aber ihr Vater sprach immer weiter.

»Der Junge. Er war so klein. So zerbrechlich. So leicht anzuheben und zu tragen. Es war furchtbar. Bei dem Gedanken daran graut es mir immer noch.«

»Wovon redest du?«

»Der Junge, der gestorben ist. Tamaras Sohn. Gavin.«

»Du ... ich glaube das nicht. Du hast einen kleinen Jungen umgebracht?«

»Nein, Ruby, mach mir bitte keine Vorwürfe, ich will dir nur erzählen, was passiert ist. Man hat mir gedroht, dass mein eigenes Kind sterben muss. Ich musste tun, was von mir verlangt wurde.«

»Ist das dein Ernst? Wer hat das verlangt?«

»Das spielt jetzt keine Rolle.«

»Du hast ein Kind getötet!« Ruby zitterte und merkte, dass ihr Tränen über das Gesicht liefen, aber ihre Angst verwandelte sich schnell in Wut. »Du bist ein Mörder! Ich will nichts mehr hören. Ich will nach Hause. Lass mich raus.« Sie zog an der Klinke, aber die Tür blieb zu.

»Es tut mir leid«, sagte Kevin.

»Ich scheiß auf dich und deine Ausreden. Du bist böse. Ich will nach Hause!«

»Wo ist ein Zuhause? Wo ist irgendwas von Wert? Ich habe alles, was ich liebe, aufgegeben, als ich in diese Dunkelheit gerutscht bin.«

Ruby hatte endgültig genug gehört. Sie stieß ihm ihren Rucksack hart in die Seite, schnappte sich den Schlüssel aus dem Schloss, drückte den Knopf zum Entriegeln der Tür und sprang aus dem Wagen.

Sie rannte, wie sie noch nie zuvor gerannt war, und spürte, wie ihr Bauchspeck hin- und herwackelte und ihre Füße auf die Steine auf dem Boden krachten.

Sie wagte nicht, sich umzuschauen, um zu sehen, ob ihr Vater ihr folgte.

Sie rannte einfach nur weiter und weiter.

Und sie weinte und weinte, ihr Gesicht vor Entsetzen erstarrt.

———

Lottie blickte auf und sah Superintendentin Farrell in der Tür stehen. Sean stand hinter ihr.

»Superintendentin? Sean? Was ist hier los?«

»Dieser junge Mann ist genauso dreist wie Sie. Ich würde

Ihnen raten, ihm ein paar Manieren beizubringen, und dann möchte ich Sie in meinem Büro sprechen.«

»Natürlich.«

Farrell stapfte gereizt davon. Sean rümpfte die Nase, und Lottie hätte ihn am liebsten geschüttelt.

»Was machst du hier? Ist dir in der Schule was passiert?«

»Es ist nichts passiert.«

»Dann sag mir, was los ist.« Sie wusste, dass es wichtig sein musste. Sean war gewissenhaft und befolgte die Gesetze. Meistens jedenfalls.

Er reichte ihr sein Handy. »Nachdem ich die Fotos gesehen habe, glaube ich erst recht, dass die Sache ernst ist.«

»Welche Fotos?«

»Die auf den Tafeln. Im anderen Büro.«

»Da hättest du nicht reingehen dürfen.«

»Guck mal, Mam, die Nachricht ist von Ruby. Ich glaube, sie steckt in Schwierigkeiten.«

Die Worte auf dem Handy ergaben zwar eigentlich keinen Sinn, aber angesichts all dessen, was gerade passierte, taten sie es vielleicht doch.

»Hast du ihr geantwortet?« Sie scrollte nach unten.

»Ja, aber sie hat nicht zurückgeschrieben. Ich habe es nicht noch mal versucht, denn wenn sie in Gefahr ist, dachte ich, dann könnte ich es damit vielleicht noch schlimmer machen. Was soll ich tun?«

Ja, was? Lottie starrte auf die Worte.

Dad verükt hilf see

»Was glaubst du, welchen See sie meint?«

»Ich habe keine Ahnung. Kannst du ihr Handy nicht orten lassen?«

»Das dauert zu lange. Ich rufe Marianne an. Lass dein

Handy bei mir, falls Ruby noch eine Nachricht schickt. Geh zurück in die Schule. Ich kümmere mich darum.«

»Ruby ist eine Freundin von mir.«

»Ich weiß, Sean. Ich werde sie finden. Ich verspreche es dir.«

EINUNDSIEBZIG

Ein finsterer Blick huschte über Mariannes Gesicht, als sie die Tür öffnete.

»Ich hatte nicht erwartet, dass sich mein Haus in einen Tatort verwandeln würde, Lottie. Ich hätte ihn nicht anzeigen sollen. Ich war nur ...«

»Halten Sie die Klappe, Marianne.« Lottie bugsierte die Frau zurück ins Haus, packte sie an den Ellbogen und drehte sie so, dass sie sie ansah. »Wissen Sie, welcher See Kevins Lieblingssee ist?«

»See? Worum geht's?«

»Kevin hat Ruby. Ich glaube, Ihre Tochter ist in Gefahr. Sie sind an einem See. Ich habe keine Ahnung, an welchem. Denken Sie nach, Marianne.«

»Ruby. O Gott. Bitte nicht.« Marianne schwankte und stützte sich an der Wand ab. »Ich ... ich weiß es nicht.«

Lottie sah, dass die Spurensicherung hinter ihnen die Küche durchsuchte.

»Es ist dringend. Rufen Sie mich sofort an, wenn Ihnen etwas einfällt.« Sie hastete wieder hinaus.

»Ich hole meinen Mantel«, sagte Marianne. »Ich komme mit.«

»Wohin?«

»Lough Cullion. Da haben wir immer gepicknickt, als Ruby noch kleiner war.«

»Sie bleiben hier.«

»Nein. Wenn jemand Kevin zur Vernunft bringen kann, dann bin ich es.«

Lottie war sich da zwar nicht so sicher, aber die Zeit spielte gegen sie. Sie lenkte ein und ging zum Auto.

Marianne setzte sich neben sie. »Was hat Kevin getan?«

»Ich glaube nicht, dass Sie die Antwort auf diese Frage wirklich wissen wollen.« Sie schaltete das Blaulicht ein, und als sie mit dem Wagen aus der Einfahrt schossen, forderte sie über Funk Verstärkung zum Lough Cullion an.

Kirby stand da und schaute Gary über die Schulter. Der Technikfritze hatte immer noch Aarons Laptop auf seinem Schreibtisch stehen.

»Ich dachte, Sie wollten den an die Experten in Dublin schicken.«

»Ja, aber ich mag es nicht, wenn jemand mir die Arbeit klaut.«

»Was haben Sie gefunden?«

»Sagen Sie mir erst, dass ich ein Genie bin.« Gary schielte ihn durch seine Brille hindurch an.

»Sie sind ein Genie«, sagte Kirby. »Und jetzt raus mit der Sprache: Was haben Sie gefunden?«

»Seine meistbesuchte Seite ist TraceMyGenes.«

»Und was genau ist das, wenn ich fragen darf?«

»Eine DNA-Seite für Ahnenforschung. Man schickt seine

DNA hin, und dann wird sie mit der von anderen Leuten abgeglichen, die auch ihre DNA eingereicht haben.«

»Und wen hat Aaron gefunden?«

»Die Frage ist eher, wer Aaron gefunden hat.«

»Kommen Sie schon, Gary. Ich stecke bis zu den Knien in Leichen. Sagen Sie es mir.«

»Die Website selbst verrät uns das nicht, aber ich habe seine gelöschten E-Mails erfolgreich wiederhergestellt und für Sie ausgedruckt. Es scheint, dass Aaron sich zuerst auf der Website registriert hat, um einen gewissen Richard Frost zu finden. Aber dann hat jemand anderes mit ihm Kontakt aufgenommen. Der Name steht hier.«

Kirby überflog die Seite. »Ach du Scheiße. Danke, Gary. Sie sind wirklich ein Genie.«

Er rannte die Treppe hinunter und eilte in Lotties Büro. Es war leer. Ein Handy rutschte auf dem Schreibtisch hin und her, auf dem gerade ein Anruf einging. Boyds Name war auf dem Display zu sehen. Er ging ran.

»Hallo, Kumpel«, sagte Kirby. »Ich könnte deine Hilfe gebrauchen.«

»Wo ist Lottie?«

»Ich habe nicht die leiseste Ahnung.«

»Sag ihr, sie soll mich anrufen. Ich muss mit ihr sprechen. Es ist dringend.«

»Mach ich.«

Kirby legte auf und kratzte sich am Kopf. Sein Bauch knurrte, und er wusste nicht, was er als Nächstes tun sollte.

―――――

Die Schranke des Bahnübergangs war unten. Gleich würde ein Zug durchfahren.

Marianne sagte: »Fahren Sie doch einfach durch!«

»Beruhigen Sie sich.« Lottie warf einen Blick in den Rückspiegel. Die Einsatzkräfte saßen hilflos in den Autos hinter ihr. Sie hatte ein schreckliches Déjà-vu-Gefühl. Sie dachte daran, dass sie genau hier mit Boyd gestanden hatte, während sie darüber verzweifelt waren, dass ihr Verdächtiger gerade dabei gewesen war zu entkommen. Sie schüttelte die Erinnerung ab, und ihr fielen die ungelesenen Nachrichten von Boyd von vorhin wieder ein. Sie tastete in ihrer Gesäßtasche nach dem Handy und zog es hervor.

»Verdammt.«

»Was?«

»Ich habe Seans Handy mitgenommen, für den Fall, dass Ruby ihn wieder kontaktiert, aber ich habe meins nicht dabei.«

Als sie das Handy auf das Armaturenbrett legte, bemerkte sie eine Gestalt, die auf der anderen Seite der Gleise die Straße hinauflief. Ein Teenager, leicht übergewichtig, mit kurzen Haaren, bleichem Gesicht und vor Anstrengung verzogenem Gesicht.

Sie sprang aus dem Auto und rannte zur Schranke.

»Ruby!«, kreischte Marianne, die ihr folgte.

Ein Rumpeln kündigte den Zug an, und Lottie streckte eine Hand aus, um die verzweifelte Mutter zurückzuhalten. Der Zug schoss an ihnen vorüber wie ein vorspulender Film. Silbergraue Bilder zogen ineinander verschmolzen an ihnen vorbei. Lotties Fantasie beschwor schreckliche Bilder herauf, wie Ruby von ihrem Verfolger gepackt und vor den rasenden Zug gestoßen wurde, damit ihr Körper wie der Torso endet, den Jack und Gavin gefunden hatten.

Dann war der Zug weg und hinterließ nichts als Stille. Sie fühlte sich wie taub in dieser Stille, und sie konnte das Mädchen immer noch nicht sehen. Ohne darauf zu warten, dass sich die Schranke hob, duckte sie sich darunter hindurch und rannte über die in die Straße eingelassenen Gleise.

»Ruby? Ruby!«, rief Marianne.

Da sah Lottie das Mädchen, das seitlich im hohen Gras lag, sich die Brust hielt und versuchte, zu Atem zu kommen. Sie sah so jung aus in ihrer Schuluniform, und Lottie war dankbar, dass Sean nicht versucht hatte, sie auf eigene Faust zu finden.

»Alles wird gut«, sagte sie zu Marianne.

Die Frau wiegte ihre Tochter in ihren Armen und weinte unaufhörlich.

Lottie kauerte sich neben sie, während Polizisten wie Fliegen um sie herumschwirrten. »Ruby, bist du verletzt?«

Das Mädchen schüttelte den Kopf.

»Wo ist dein Vater? Wo ist Kevin?«

»Lough Cullion. Auto.« Ruby war atemlos, schien aber tatsächlich nicht verletzt zu sein. »Hat ... schreckliche Dinge ... gesagt. Ich glaube, er hat Gavin Robinson umgebracht. O Gott!«

Lottie wies zwei Polizisten an, das Mädchen zur Untersuchung ins Krankenhaus zu bringen, und bat dann die Besatzung des anderen Streifenwagens, ihr zu folgen.

Kevin saß noch immer in dem Auto, das mit Blick aufs Wasser parkte. Sein Kopf lag auf dem Lenkrad. Lottie entsicherte ihre Waffe und näherte sich dem Fahrzeug, wobei sie den anderen befahl, ein gutes Stück zurückzubleiben.

»Kevin O'Keeffe, kommen Sie heraus und legen Sie die Hände auf den Kopf.«

Wenn es zu einer Schießerei käme, würde sie von Farrell einen riesigen Anschiss bekommen, weil sie nicht die bewaffnete Einsatztruppe gerufen hatte. Allerdings wäre sie dann wahrscheinlich auch tot, sodass sie sich darüber keine Gedanken mehr machen müsste.

Ihre Hand zitterte. So mutig war sie auch wieder nicht. Ohne näherzutreten, blieb sie hinter dem Fahrzeug stehen.

»Kevin? Steigen Sie aus dem Auto.«

Sie hielt den Atem an, als sich die Tür langsam öffnete. Ein Fuß erschien. In einem glänzenden schwarzen Schuh. Dann der andere. Eine Hose mit Nadelstreifen und einer ordentlichen Bügelfalte. Und dann stieg er ganz aus dem Auto aus, das Gesicht aschfahl, die Hände in die Luft gestreckt.

»Legen Sie die Hände auf den Kopf und schauen Sie zum Auto.«

Er tat, wie ihm befohlen.

Langsam näherte sie sich, auf der Hut vor plötzlichen Bewegungen. Aber Kevin O'Keeffe war erschöpft.

Sie legte ihm Handschellen an, klärte ihn über seine Rechte auf und verhaftete ihn wegen Entführung seiner Tochter. Und dann, ohne andere Beweise als Rubys abgehackte Worte, warf sie ihm auch noch den Mord an Gavin Robinson vor.

O'Keeffe sagte kein einziges Wort.

Das plötzliche Hochgefühl, eine Beute gefangen zu haben, verflog schnell, nachdem O'Keeffe weggebracht worden war. Der Wagen würde beschlagnahmt werden müssen, obwohl er Marianne gehörte. Lottie ließ ein Team vor Ort, bis das geregelt war.

Sie fuhr zur Wache, ihr Kopf dröhnte und ihr Körper fühlte sich seltsam leer an. Jetzt galt es, Hunderte von Formularen auszufüllen und Tausende von Berichten einzureichen. Das Ausmaß des Abschlusses der Ermittlungen schien so überwältigend, dass sie sich nur noch danach sehnte, nach Hause zu fahren und ins Bett zu gehen.

Kirby tigerte im Büro auf und ab.

»Gute Arbeit, Chefin. Ich habe über Funk von der Verhaftung gehört. Ich habe nach Ihnen gesucht.«

»Nicht jetzt, Kirby. Ich muss meinen Kopf für fünf Minuten auf den Schreibtisch legen. Dann reden wir.«

»Boyd will, dass Sie ihn anrufen. Er sagt, es wäre dringend. Und ich habe neue Informationen.«

Lottie spürte, wie ihr das Blut in den Adern gefror und ihr leicht schwindelig wurde. »O Gott, Kirby. Ich wette, er hat heute Morgen schlechte Nachrichten bekommen. Ich glaube nicht, dass ich das jetzt verkraften kann. Wirklich nicht.«

»Er klang tatsächlich nicht besonders gut.«

Sie betrachtete den Detective mit dem roten, fettigen Gesicht und dem wilden Haar, dessen Hemd wegen all der Happy Meals über seinen Bauch spannte. Ihre Knie drohten nachzugeben. Er streckte eine Hand aus, um sie zu stützen, aber sie scheuchte ihn weg.

»Lassen Sie mich. Mir geht es gut. Ich werde ihn anrufen.«

»Sind Sie sicher? Ich bringe Ihnen einen Kaffee. Einen heißen. Den können Sie jetzt brauchen«

»Nicht jetzt, Kirby.«

»Entschuldigung.«

Sie setzte sich auf den nächstgelegenen Stuhl. Es war Boyds alter Schreibtisch, und ein Gefühl des Verlustes übermannte sie. Sie schob die Tastatur beiseite und legte ihren Kopf auf die kühle Tischplatte.

»Ich bringe Ihnen jetzt einen Kaffee«, sagte Kirby.

Dann fiel ihr ein, was er vor ein paar Augenblicken gesagt hatte. Mit einem mühsamen Seufzer hob sie den Kopf. »Was sind das für neue Informationen?«

»Ich bin mir nicht sicher, was sie bedeuten, aber sie könnten helfen, ein paar unbeantwortete Fragen zu klären.«

»Was für unbeantwortete Fragen? Wir haben Kevin O'Keeffe wegen der Morde. Ich kann es kaum erwarten, ihn zu befragen. Ich muss unbedingt mehr über seine Beziehung zu Polly Cole und Harry Doyle herausfinden.«

»Darum geht es ja ...«

»Worum geht es, Kirby?«

»Ich glaube, da ist noch jemand anderes mit im Spiel.«

»Natürlich, Aaron Frost. Seine Fingerabdrücke wurden in Fayes Auto gefunden.«

»Gary, der Techniker, hat Aarons Laptop entsperrt.«

Ein Schauer lief ihr über den Rücken.

»Das wird mir nicht gefallen, oder?«

ZWEIUNDSIEBZIG

Jack war überrascht, seinen Vater vor der Tür des Büros des Schuldirektors zu sehen. Er war ohne Grund aus dem Unterricht geholt worden. Man hatte ihm nur gesagt, er solle seine Bücher und seine Schultasche mitnehmen.

»Hallo, Dad! Bekomme ich den Tag schulfrei?«

»Komm schon. Wir müssen los.«

Jack folgte der großen, schwerfälligen Gestalt den schmalen Korridor entlang, und schreckliche Gedanken schossen ihm in seinen kindlichen Kopf.

»Dad? Ist was passiert? Ist was mit Maggie? Oder mit Mam?«

»Es geht ihnen allen gut.«

»Ist es wegen Gavin? Er fehlt mir und ich weiß nicht, wie ich mich in der Schule deswegen verhalten soll, und ...«

»Jack, sei still und komm einfach mit mir mit.«

Sie fuhren durch die Stadt und über die Hauptstraße wieder aus der Stadt hinaus, vorbei an der Straße, in der sie wohnten.

»Fahren wir nicht nach Hause?«

»Noch nicht. Das Haus fühlt sich gerade an wie eine

Festung mit all den Polizisten, die es bewachen. Ich brauche etwas Raum zum Nachdenken. Ich möchte dir ein Restaurierungsprojekt zeigen, an dem ich arbeite.«

»Ich dachte, du wärst krankgeschrieben.«

»Irish Canals sind ein guter Arbeitgeber. Wenn ich Lust dazu habe, kann ich jederzeit arbeiten. Und heute habe ich Lust.«

Jack wusste alles über die Schleusentore, an denen Charlie arbeitete. Er und Tyrone halfen ihm manchmal, die Wände zu streichen und den Rasen zu mähen.

Als sie aus dem Auto ausstiegen, betrachtete Jack die Tore. Sie waren frisch gestrichen und geölt.

»Sie funktionieren jetzt«, sagte Charlie. »Ich zeige es dir.«

»Ich weiß, wie sie funktionieren«, sagte Jack. »Ich hab's im Internet gelesen.«

»Aber es gibt doch nichts Besseres, als etwas in echt zu sehen, oder?«

»Kann sein.«

Jack war jetzt schon langweilig. Er wünschte, er hätte seine Drohne dabei. Es wäre cool, damit diesen Abschnitt des Kanals entlangzufliegen. Viel cooler, als sich Schleusentore anzuschauen, die bestimmt schon zweihundert Jahre alt waren.

Als er auf der schmalen Brücke stand, drang das Rauschen des Wassers an Jacks Ohren. Er hörte, wie ein Zug die Gleise entlangfuhr, die parallel zum Kanal verliefen, wegen der Büsche und Bäume konnte er ihn jedoch nicht sehen. Er blickte auf das Wasser hinab. Eine Ratte huschte an der Betonkante der Schleuse entlang und verschwand dann im hohen Gras, nur um mit einem Platschen wieder aufzutauchen, als sie sich durch den grünen Schlamm im Schilf wühlte. Der Schlamm löste sich, das Wasser stank nach Tod und Verwesung.

»Wie tief ist es da?«, fragte Jack.

»Bestimmt sechs Meter.«

»Ein guter Ort, um eine Leiche zu versenken«, sagte er leise.

»Warum sagst du so was?«

»Na, wegen der Leichenteile und überhaupt wegen allem, was passiert ist. Dad, warum hat die jemand einfach so da draußen rumliegen lassen und nicht an einen Ort wie diesen hier gebracht, wo sie nie jemand finden würde?«

»Oh, irgendjemand würde sie finden. Leichen werden immer gefunden. Sogar Moorleichen werden Tausende von Jahren später noch gefunden. Nichts ist für immer verborgen.«

»Trotzdem«, sagte Jack.

Charlie sagte: »Als Junge war ich oft hier. Mein Vater hat mich immer hierher mitgenommen. Bevor ich von der dunkelsten Sache in meinem Leben erfahren habe. Und jetzt muss ich dir von der dunkelsten Sache in deinem Leben erzählen.«

Jack stützte sich auf den schweren Balken vor ihm, um seinen Vater, der an der Winde drehte, besser sehen zu können. Er wusste, wie die Schleuse funktionierte. Charlie war dabei, die Schleusenkammer mit Wasser zu füllen.

»Jack ist in der Schule«, sagte Lisa. Sie trug ihren weißen Schwesternkittel und die marineblaue Hose und schien gerade dabei zu sein, das Haus zu verlassen. Sie sah ein wenig besser aus. Ihr Haar war gewaschen und im Nacken hochgesteckt. Garda Brennan unterhielt sich am Streifenwagen mit dem anderen Garda.

Lottie sagte: »Ich habe in der Schule angerufen. Man hat mir gesagt, dass Jacks Vater ihn abgeholt hat. Wo könnten die beiden hingefahren sein?«

»Charlie?«

»Ja.« Lottie war verzweifelt. Sie hatte die E-Mails auf

Aarons Laptop gesehen. Sie wusste, dass ihnen die Zeit davonlief.

Lisa zog die Tür zu und schloss sie ab. »Ich muss Maggie in die Kita bringen. Charlie hatte heute Morgen einen Termin im Krankenhaus. Gott, ich hoffe, er hat keine schlechten Nachrichten bekommen.«

Lottie musste wieder an Boyds Nachrichten denken. Nicht jetzt, ermahnte sie sich selbst. Der Junge könnte in Gefahr schweben. »Wohin würde Charlie mit Jack fahren?«

»Ich verstehe nicht, was Sie meinen. Er würde nach Hause fahren. Er hatte doch keinen Grund, ihn einfach so aus der Schule abzuholen. Wovon reden Sie eigentlich?« Lisa drängte sich an ihr vorbei, blieb an der Autotür stehen und betrachtete Maggie, die still auf dem Rücksitz saß.

»Wussten Sie, dass Charlie und Aaron Frost verwandt sind?«

Lisa wirbelte herum, Steine knirschten unter ihren Füßen. »Wovon in aller Welt sprechen Sie?«

»Es gibt E-Mails. Charlie dachte, er bräuchte vielleicht eine Knochenmarktransplantation. Er hat sich bei einer Website angemeldet, um Verwandte zu finden. Warum sollte er das tun, wo er doch Söhne hat?«

»Was wollen Sie damit sagen? Charlie braucht keine Knochenmarktransplantation. Er muss sich aus einem anderen Grund dort angemeldet haben.«

»Ich habe seine Korrespondenz mit Aaron gelesen«, sagte Lottie. Ihr Handy klingelte. »Einen Moment bitte.«

Sie ging ein Stück den Weg hinunter und bereitete sich auf die Neuigkeiten vor.

»Boyd. Hier geht's gerade drunter und drüber. Ich hoffe, es geht dir gut, sonst bringe ich dich um.«

»Ich habe heute Morgen diesen Charlie Sheridan im Krankenhaus getroffen.«

»Ist alles in Ordnung?« Lottie zog sich die Jacke fester um den Oberkörper.

»Ich weiß es nicht, aber ich habe versucht, etwas über seine Krankheit aus ihm herauszukitzeln. Wir haben über Knochenmark gesprochen und ich habe ihn gefragt, ob er jemanden hat, der für ihn spenden könnte, falls er es jemals brauchen würde. Er hat gesagt, dass er einen neunjährigen Sohn hat, aber dass es kompliziert wäre. Dann habe ich daran gedacht, dass doch Jack den Torso gefunden hat. Und der ist elf, nicht wahr?«

»Ja.«

»Warum hat Charlie dann nur den Neunjährigen erwähnt?«

»Ich werde es herausfinden. Danke, Boyd. Geht es dir gut?«

»Mir geht es gut. Ich weiß, dass du viel zu tun hast. Ich wollte das nur weitergeben. Ich komme später vorbei.«

Lottie ging zurück zu Lisa Sheridan. »Lisa, Sie müssen mir alles erzählen.«

»Ich muss zur Arbeit. Ich war in letzter Zeit so oft nicht da.«

»Je eher Sie reden, desto eher können Sie gehen. Wo ist Charlie?«

»Ich weiß es nicht.«

»Warum sollte er Jack von der Schule abholen?«

»Ich weiß es nicht. Das müssen Sie mir glauben.« Auf Lisas Stirn bildeten sich Schweißperlen.

»Jack könnte in Gefahr sein.«

»Mein Gott, nein. Glauben Sie, er wird ihm was antun?«

»Ich weiß es nicht«, sagte Lottie ehrlich.

Lisa schluckte und schüttelte den Kopf. Tränen liefen ihr über das Gesicht. »Jack weiß es nicht.«

»Was weiß er nicht?«

»Dass Charlie nicht sein Vater ist.«

»Oh.« Lottie hatte nach Boyds Anruf halb erwartet, diese Erklärung zu hören. »Wie hat Charlie es herausgefunden?«

»Das ist jetzt egal. Wir müssen ihn finden.«

»Das werden wir, aber ich muss erst wissen, womit ich es zu tun habe.«

Lisa zuckte müde mit den Schultern. »Das ist eine lange Geschichte, aber als Charlie angefangen hat, sich krank zu fühlen, hatte er all diese Symptome, und ich habe ihm dummerweise gesagt, dass es Leukämie sein könnte. Er ließ Bluttests machen, und die Ärzte vermuteten zunächst, dass er eine leichte Form der Krankheit haben könnte. Das hat ihn zu einem richtigen Hypochonder gemacht. Er hat darauf bestanden, dass wir uns alle testen lassen, falls er jemals Knochenmark benötigen würde. Er wurde dabei ziemlich irrational, gar obsessiv. Ich konnte ihn nicht zur Vernunft bringen. Ich wollte meine Kinder keinen unnötigen Tests aussetzen, und darum ... darum musste ich es ihm sagen.«

»Wie hat er reagiert?«

Lisa weinte leise. »Er ist komplett durchgedreht. Hat davon geredet, dass sich die Geschichte wiederholt. Er hat mir die Seele aus dem Leib geprügelt. Zu der Zeit war ich mit Maggie schwanger. Das war vor zwei Jahren. Seitdem lebe ich jeden Tag mit seiner Wut und Paranoia.«

»Wie ist er mit Jack umgegangen?«

»Gleichgültig. Unfreundlich. Wütend. Er hat ihn aber nie geschlagen. Er würde ihm nicht wehtun. Ich weiß, dass er das nicht tun würde.«

»Haben Sie Charlie den Namen des Vaters gesagt?«

Lisa nickte. »Das war die einzige Möglichkeit, die Prügel zu beenden.«

»Wer ist es?«

Lottie war sich sicher, dass die Antwort Aaron Frost lauten würde.

Doch sie irrte sich.

Jack sah zu, wie sein Vater die Schleusentore bediente.

»Warum zeigst du mir das, Dad? Ich weiß doch, wie die funktionieren.«

»Ich muss irgendwas machen, sonst bringe ich noch jemanden um.«

»Du machst mir Angst.«

»Gut.«

In diesem Moment dachte Jack daran, wegzulaufen. Er wollte so schnell rennen, wie er nur konnte. Aber Charlie hörte auf, an der Winde zu drehen und kam zu ihm hinüber. Er setzte sich neben Jack auf den Balken und nahm seine Hand. Er starrte sie an, bevor er sie wieder fallen ließ.

»Jack, hör mir zu. Ich habe auf die harte Tour herausgefunden, wer mein Vater war. Das hat meine Seele für eine lange Zeit aufgefressen. Ich war so wütend auf alle. Ich war wahnsinnig, komplett verrückt.« Er hielt inne. Jack wunderte sich über die monotone Stimme seines Vaters.

Charlie fuhr fort. »Es wurde so schlimm, dass ich sie eines Nachts einfach alle umgebracht habe. Es tat mir nicht mal leid. Sie haben hinter meinem Rücken über mich gelacht. Der Bastard, das habe ich sie sagen hören. Meine Mutter hatte nicht einmal den Anstand, mir selbst die Wahrheit zu sagen. Ich habe es bei einem Streit zwischen ihr und diesem beschissenen Ersatzvater mitanhören müssen. Er war nicht mein echter Dad. Den habe ich nie kennengelernt. Der lebt noch irgendwo, und ich werde ihn finden. Das kannst du mir glauben. Und auch er wird leiden.«

»Dad, was redest du denn da? Jetzt machst du mir wirklich Angst.«

»Tja, Jack. Ich bin nicht dein Dad. Deine Mutter hat mit einem anderen geschlafen und dich dann als mein Kind ausgegeben. Ich habe mich so gefreut, als sie schwanger war. Endlich ein eigenes Kind. Nach meinem jahrelangen Exil. Endlich etwas, das mir gehörte. Aber wie alles in meinem Leben war es eine Lüge. Alles war eine Lüge.«

»Ich ... Ich verstehe das nicht, Dad.«

»Nenn mich nicht so. Ich bin nicht dein Vater. Du bist nicht mein Sohn.«

»Natürlich bin ich dein Sohn.«

Jack wurde vom Balken geschleudert, als Charlie ihn schlug. Er landete auf dem Beton und ein scharfer Schmerz schoss durch sein Steißbein. Er schrie auf und biss sich auf die Zunge, als Charlie ihm noch eine Ohrfeige gab, um ihn zum Schweigen zu bringen. Blut füllte seinen Mund.

»Ich weiß, dass du mich in dieser Nacht gesehen hast. Mit deiner Drohne. Ich weiß, dass du die Bilder hast. Wo hast du sie gespeichert? Sag mir nicht, dass sie auf deinem Laptop sind, denn da habe ich nachgeschaut und da sind sie nicht.«

Jack wankte rückwärts und schrie vor Schmerz. »Man kann nur Schatten erkennen.«

»Wo sind sie?«

Er wusste nicht, ob er lügen oder die Wahrheit sagen sollte. Was würde ihm eher helfen? »Ich habe den USB-Stick Detective Lottie Dingsbums gegeben.«

»Wenn du das getan hättest, hätte sie mich schon längst verhaftet. Lüg mich nicht an. Wo ist der Stick?«

»Man kann sowieso nichts erkennen. Wirklich nicht.«

Jack hatte keine Ahnung, woher er den Mut nahm. Während er kroch und sich dabei die Handflächen aufschürfte, tastete er nach dem USB-Stick in seiner Hosentasche und wünschte sich so sehr, er hätte ihn weggeworfen.

Charlie drehte sich um. Sein Gesicht, das normalerweise blass und fahl war, war nun lila vor Wut. In seiner Hand hielt er ein großes Messer. Der Stahl sah zwar unter dem wolkenverhangenen Himmel ganz stumpf aus, aber er schimmerte immer noch hell genug, um Jack einen gehörigen Schreck einzujagen.

Anstatt sich seinen Schmerzen zu ergeben, verdrängte er

die Qualen, richtete sich auf und begann zu rennen. Er rannte, als ob er bei den Olympischen Spielen wäre. Er rannte, als wäre ihm der Teufel persönlich auf den Fersen. Denn er wusste, wenn er Charlie nicht entkam, dann würde er bei den Knochen der anderen Toten enden, die ganz bestimmt auf dem Grund der Schleusenkammer des Kanals lagen.

DREIUNDSIEBZIG

Lottie riss die Tür zur Wache auf, scannte ihren Ausweis und rannte die Treppe hinunter zu den Zellen.

»Aufmachen. Sofort, verdammt noch mal«, schrie sie den Wachmann an.

Drinnen zerrte sie Kevin O'Keeffe von der Bank hoch und drückte ihn gegen die Wand.

»Sie haben eine Chance, mir die Wahrheit zu sagen. Eine einzige verdammte Chance.«

»Okay.«

Sie ließ seine Schulter los und stieß sich von ihm ab, wobei sie schwer atmete und versuchte, ihre Gedanken zu ordnen.

»Charlie Sheridan«, begann sie.

»Was ist mit ihm?«

»Wo würde er Ihren Sohn hinbringen?«

»Meinen Sohn? Ich habe keinen ...«

»Ihren Sohn Jack. Jack Sheridan.«

»Sie wissen von ihm?«

»Ja. Machen Sie den Mund auf. Jack ist in Gefahr. Charlie hat ihn entführt.«

Kevin ließ sich auf die Bank fallen und vergrub den Kopf in

den Händen. »Er ist geistesgestört. Ich habe gesehen, wozu er fähig ist.«

»Sie sollten mir besser sagen, was Sie wissen, wenn Sie Jacks Leben retten wollen.«

»O mein Gott! Also ...«, sagte Kevin. »Charlie hat mich kontaktiert. Vor ungefähr zwei Jahren. Er hat gesagt, dass er von mir und Lisa weiß. Ich war mir nicht sicher, was genau er meinte. Da gab es eigentlich nichts zu wissen. Charlie hat früher mal bei der A2Z Insurance gearbeitet, daher kannte ich die beiden. Wir waren betrunken. Es war nur ein One-Night-Stand. Lisa und er waren zu diesem Zeitpunkt noch nicht lange verheiratet, und ich weiß nicht mehr, wie es überhaupt dazu kam, aber es ist eben passiert. Dann habe ich gehört, dass sie schwanger war, und dann bekam sie Jack. Ich habe angenommen, dass er Charlies Sohn ist. Sie hat es mir nie gesagt. Ich wusste es nicht. Bis Charlie eines Nachts wutentbrannt an meine Tür hämmerte. Er hat gedroht, Ruby vor meinen Augen zu töten. Sie in Stücke zu reißen und dann das Gleiche mit Marianne zu machen.«

»Mein Gott.«

»Ich hätte alles getan, um ihn davon abzuhalten.« Kevin hob den Kopf und starrte in das grelle Neonlicht. »Am Ende habe ich das dann auch getan.«

»Wen haben Sie getötet?« Sie wollte die Worte aus ihm herausschütteln, aber sie konnte sich nicht bewegen. Sie stand einfach nur wie angewurzelt da.

Er schüttelte schnell den Kopf. »O nein, das haben Sie falsch verstanden. Charlie hat sie alle umgebracht. Faye, Aaron und diesen armen unschuldigen Jungen, Gavin Robinson.« Er begann zu weinen. Der smarte Geschäftsmann war ein flennendes Wrack aus Rotz und Tränen. Er sah Lottie an. »Ich gebe zu, ich habe ihm dabei geholfen, die Kühltruhen zu leeren. Eigentlich wollte er die Leichenteile auf den Gleisen liegen lassen, damit die Züge sie überfahren würden. Aber es war wohl zu schwierig, die Mülltonnen auf die Gleise zu schaffen, also hat er sie wahrscheinlich im Kanal entsorgt.«

»Warum wollte er sie loswerden?«

»Es hatte etwas damit zu tun, dass er das baufällige Haus verkaufen musste, weil er dachte, er würde sterben. Ich weiß es nicht genau.«

»Großer Gott, Kevin, wissen Sie überhaupt, was Sie getan haben?«

»Ich habe niemanden umgebracht, das schwöre ich bei Gott.«

»Das sagten Sie bereits. Reden Sie weiter.«

»Ich habe Gavins Leiche für Charlie entsorgt. Er hat mich einfach nicht in Ruhe gelassen. Ich war mir sicher, dass er Ruby vor meinen Augen töten würde. Ich hatte schreckliche Angst. Ich habe getrunken. Ich habe es an Marianne ausgelassen.«

»Wie hat er es geschafft, Ihnen so viel Angst zu machen? Worte allein würden Sie doch sicher nicht dazu bringen, das zu tun, was Sie getan haben.«

Kevin schwieg.

»Verdammt noch mal. Ich habe Ihnen eine Frage gestellt.« Sie schlug mit der Faust gegen die Wand. Er zuckte zusammen.

»Er hat mir von Dingen erzählt, die er getan hat. Schreckliche Verbrechen. Verbrechen, die niemand mit ihm in Verbindung bringen konnte. Er hat mir die Leichen in der Gefriertruhe gezeigt. Ein kleines Mädchen und einen Mann. Er hat gesagt, er hätte sie vor vielen Jahren getötet und die Leichen aufbewahrt, um nicht zu vergessen, wer er wirklich ist. Er war damals erst vierzehn Jahre alt, und er hatte Menschen ermordet und andere in Angst und Schrecken versetzt, damit sie schwiegen. Fragen Sie mich nicht, wie oder warum er das getan hat.«

»Ich verstehe das nicht. Sie wollen mir erzählen, dass Charlie Sheridan vor zwanzig Jahren ein neunjähriges Mädchen getötet hat? Als er gerade mal vierzehn Jahre alt war?«

»Ja. Er hat mir erzählt, dass er auch seine Mutter und seine Schwestern getötet hat. Und dann den Mann, der behauptet hat, sein Vater zu sein.«

»Aber ...« Lottie bewegte sich in kleinen Kreisen durch den Raum. »Die Familie hieß Doyle. Sinead, Annie und Angela. Der Vater war Harry Doyle. Harry hat seine Familie umgebracht und sich mit seinem Sohn Karl aus dem Staub gemacht.«

»Das ist nicht das, was Charlie mir erzählt hat. Er sagt, er hätte sie alle getötet. Er hat mir wirklich Angst gemacht. Er hat es mir beschrieben. Die Messer und das Abstechen.«

»Wollen Sie mir sagen, dass Charlie Sheridan Karl ist?«

»Ja. Er hat sich in Charlie Sheridan umbenannt. Hat sich ein neues Leben aufgebaut, bis er dachte, er würde an Krebs sterben. Dann hat er auch noch diesen Schwachkopf Aaron Frost in seine wahnsinnigen Pläne mit reingezogen.«

»Scheiße.« Lottie blieb stehen und raufte sich die Haare. »Hat er jemals irgendwas gesagt, das uns helfen könnte, ihn jetzt zu finden?«

»Das alte Familienhaus. Das Haus der Doyles. Da hat er Gavin und Aaron umgebracht, und wahrscheinlich auch Faye Baker. Er hat diesen armen Kerl Aaron gezwungen, sie abzuholen, dem Tod auszuliefern und anschließend ihre Leiche zu entsorgen.«

»Aber warum Faye? Woher wusste Charlie, dass Faye den Schädel gefunden hat?«

»Er hat Aaron Frost regelmäßig das Haus kontrollieren lassen, und der hat beobachtet, wie Faye die Wand eingeschlagen hat. Als sie den Schädel gefunden hat, dachte er, sie hätte sein Geheimnis entdeckt. Dass sie wüsste, was er getan hat. So geistesgestört ist er.«

»Scheiße.« Lottie sah Kevin an, einen gebrochenen Mann, der für Jahre im Gefängnis landen würde. In diesem Moment wurde ihr klar, dass sie ihn nicht allein in dieser Zelle befragen sollte. Aber sie musste einen kleinen Jungen finden, und Kevin könnte dabei helfen. »Das Haus der Doyles ist abgeriegelt. Wir haben Leute von der Spurensicherung dort, die sich da durcharbeiten. Dort kann er nicht sein. Wo sonst könnte er sich aufhalten?«

»Ich weiß es ehrlich nicht. Bitte finden Sie Jack.«

»Sie werden eine vollständige Aussage machen müssen. Danke, dass Sie so offen waren.«

Sie wandte sich der Tür zu.

Kevin sagte: »Er hat mal was erwähnt, das Ihnen vielleicht helfen könnte.«

»Fahren Sie fort.«

»Er hat mir erzählt, dass er seine Liebe zum Kanal von Harry Doyle geerbt hätte, von dem Mann, der nicht einmal sein richtiger Vater war. Er hat gesagt, dass Harry und ein Kerl namens Noel für die Kanalbehörde gearbeitet hätten. Heute Irish Canals. Und er hat gesagt, es wäre ja schon komisch, dass er am Ende auch auf den Kanälen arbeitet.«

»Kanäle. Okay.«

Sie rannte die Treppe hinauf in den Einsatzraum. Kirby, McKeown und Lynch sahen sie an. Sie warteten auf Anweisungen.

»Finden Sie heraus, an welchem Teil des Kanals Charlie Sheridan gearbeitet hat. Rufen Sie bei Irish Canals an. Überall. Rufen Sie die Luftunterstützung. Los. Wir müssen ihn finden, sonst wird er Jack töten.«

Lottie ging alle Informationen durch, die sie gesammelt hatten, seit Jack und Gavin den Torso gefunden hatten. Sie las die E-Mails von Aarons Laptop noch einmal durch. Charlie und Aaron waren Halbbrüder. Aarons Vater, Richard Frost, hatte Charlie, alias Karl, mit Sinead Doyle gezeugt. Vor zwei Jahren hatte Richard Ragmullin verlassen, zur selben Zeit hatte Charlie herausgefunden, dass er mit den Frosts verwandt war, weil er sich auf einer DNA-Website für Ahnenforschung registriert hatte.

»Konnte jemand herausfinden, wohin Richard Frost gegangen ist, nachdem er Ragmullin verlassen hat?«

»Ich habe einen Antrag auf Rückverfolgung seines Passes gestellt«, sagte McKeown. »Noch keine Antwort.«

Ein Gedanke kam ihr in den Sinn, und sie rannte zum Technikraum.

»Gary. Haben Sie den Laptop von Aaron Frost noch?«

»Ja, habe ich.«

»Wir haben Ausdrucke von E-Mails zwischen Aaron und Charlie Sheridan. Gibt es noch andere E-Mails?«

»Jede Menge. Aber ich habe nur die ausgedruckt, die mit der DNA-Seite zu tun hatten.« Während er sprach, öffnete er den Laptop und tippte darauf herum.

»Suchen Sie nach Richard Frost.«

»Gefunden. Von dem gibt es ein paar E-Mails. In welcher Reihenfolge wollen Sie sie haben?«

Sie schaute ihm über die Schulter. »Die neuesten zuerst.«

»Die hier wurde noch nicht geöffnet. Da steht eine Telefonnummer unter dem Namen. Sieht aus wie eine britische Nummer.« Gary rückte beiseite und ließ sie lesen.

Lottie tippte die Nummer in ihr Handy und wartete. »Spreche ich mit Richard Frost?«

»Ja.«

Sie stellte sich vor und sagte: »Richard, ich weiß, Sie wollen nicht gefunden werden, aber Aaron hat Sie ja aufgespürt. Und Sie wissen vielleicht – oder vielleicht auch nicht –, dass Aaron ermordet worden ist.«

»Josie hat mich angerufen. Sie gibt mir die Schuld daran, wie immer. Ich bin völlig am Boden zerstört.«

»Das tut mir leid. Sie wusste die ganze Zeit, wo Sie sind?«

»Ja.«

Lottie durfte jetzt nicht an Josie Frosts Lügen denken.

»Richard, ein kleiner Junge schwebt in Lebensgefahr. Erinnern Sie sich an Sinead Doyle?«

»Das ist schon so lange her.«

»Sie hatten einen gemeinsamen Sohn. Charlie Sheridan. Früher hieß er Karl Doyle. Ich muss ihn finden. Gibt es irgendetwas in der Vergangenheit der Doyles, das mir helfen könnte, herauszufinden, wohin er den Jungen gebracht haben könnte?«

»Lassen Sie mich nachdenken.« Nach einer langen Pause sagte er: »Sineads Ehemann Harry hat an den Kanälen gearbeitet. Als seine Familie ermordet wurde, hat er an Schleusentoren neben einem alten Schleusenhaus gearbeitet.«

»Denken Sie, dass Charlie jetzt dort sein könnte? Bei diesem Schleusenhaus?«

»Ich weiß es nicht, aber Sie haben gefragt und das ist alles, was mir einfällt.«

»Wissen Sie, wo es ist?«

Er sagte es ihr.

VIERUNDSIEBZIG

Jack spürte, wie sein Schlüsselbein unter Charlies Hand brach. Der Schmerz schoss seinen Hals hinauf und sein Rückgrat hinunter und in jede Faser seines Körpers.

»Du kleiner Dreckskerl«, knurrte Charlie und zerrte ihn durch das Schilf und die Gräser, wobei Ratten, Sumpfhühner und Enten in alle Richtungen aufschreckten.

»Lass mich los«, schrie Jack. »Ich habe nichts getan.«

»Du bist geboren worden, oder etwa nicht? Und du hast mit deiner Drohne beobachtet, wie ich die gefrorenen Körperteile entsorgt habe.«

»Ich habe dich nicht gesehen. Ich habe dir doch gesagt, es waren nur Schatten. Und ich werde niemandem etwas davon erzählen, ich verspreche es.«

Jack schrie auf, als seine Hose zerriss und seine Beine über Steine und Kies schürften. Blut floss aus den Schnitten, und der Geruch des Kanals verstopfte seine Kehle zusätzlich zu dem Schleim und dem Rotz. Er glaubte, er würde sterben, noch bevor Charlie dazu kam, ihn umzubringen.

Er schluckte, dann schrie er, so laut er konnte. Er hörte, wie die Vögel von den Bäumen aufflogen, und sah, dass der Himmel sich mit schweren Wolken verdunkelte. Der Sommer schien die Erde verlassen zu haben, so wie alle ihn verlassen hatten.

Charlie warf ihn auf den Beton, die Schleusenkammer befand sich neben ihm. Sie war jetzt voll mit Wasser.

»Dad ... ich habe ihn. Den USB-Stick. In meiner Hosenasche.«

Das war der Moment, in dem Charlie begann zu lachen. Dröhnend und brutal. Wie wahnsinnig. Jack und Gavin hätten Angst vor dem Geräusch gehabt, wenn sie es in einem ihrer Computerspiele gehört hätten. Jack vermisste Gavin. Und in genau diesem Moment wurde ihm klar, was sein Vater getan hatte.

»Hast du Gavin umgebracht, weil er mein Freund war?«

»Nein, sondern weil er ein neugieriger kleiner Scheißer war. Er ist mir zufällig über den Weg gelaufen, als ich gerade dabei war ... Also, er hat einen Mann schreien und brüllen gehört und ist an einen Ort gekommen, an den er nicht hätte kommen sollen.«

Jack schluchzte lange und heftig, bis er die Stille um sich herum bemerkte. Er hob den Kopf und versuchte, angesichts des Schmerzes in seiner Schulter nicht aufzuschreien. Ein Auto. Eine Sirene in der Ferne. Charlie hörte es auch. Er stand so still wie eine Statue.

Der Himmel leuchtete blau auf. Hell und blau, dann weiß, dann rot.

Ein Hubschrauber schwebte über ihnen, und irgendwo in der Nähe hielten Autos an. Türen wurden geöffnet und wieder zugeknallt.

Rufe ertönten, die Luft war erfüllt von gebrüllten Befehlen und Anweisungen. Jack rollte sich im Schutz der großen eisernen Winde zusammen und hielt sich die Hände über seinen Kopf.

Er hörte die Stimme der Detective-Frau.

»Charlie Sheridan. Oder sollte ich Karl Doyle sagen? Legen

Sie das Messer weg. Sie sind von bewaffneten Gardaí umgeben. Kommen Sie langsam auf mich zu und legen Sie die Hände auf den Kopf.«

Jack spürte, wie Charlie ihn vom Boden hochzog und gegen seine Brust presste, das Messer war an seiner Kehle. Er stieß Charlie den Ellbogen in den Magen, bevor alles verschwamm.

Als er die Augen schloss, glaubte er zu sehen, wie Gavin ihm von oben eine High Five gab.

———

Lottie sah, wie Jack zu Charlies Füßen zusammensackte, als das Messer ins Wasser fiel. Sie wusste nicht, ob er noch eine andere Waffe bei sich hatte oder nicht.

»Charlie«, schrie sie, »gehen Sie von Jack weg. Kommen Sie langsam auf mich zu.«

»Einen Scheiß werde ich.« Charlie drehte sich um.

Der Junge rührte sich nicht. Sie musste ihn da wegholen. Die bewaffnete Einsatztruppe brachte sich hinter Charlie in Stellung. Sie musste ihn ablenken, ihn zum Reden bringen.

»Warum, Charlie?«

»Warum was?«

»Ihre Mutter. Ihre Schwestern.«

»Ha! Ich war der uneheliche Sohn von Richard Frost. Ich wusste, dass meine Familie hinter meinem Rücken über mich geredet hat. Ich musste sie loswerden, um mein Gehirn von ihrem Gegacker zu befreien. Den alten Mann habe ich schließlich auch drangekriegt.«

»Wie haben Sie das geschafft?« Die Einheit war nur noch wenige Meter entfernt.

»Harry ist an dem Abend nach Hause gekommen und hat das Blutbad gesehen, und bevor ich ihn auch abstechen konnte, hat er Jagd auf mich gemacht. Aber er war kein Mörder. Als er mich erwischt hat, wusste er nicht, was er mit mir machen sollte. Die Polizei war hinter ihm her, nicht hinter mir. Er dachte, man würde ihm die Morde anhängen. Niemand hätte geglaubt, dass ein Vierzehnjähriger seine Mutter und seine Schwestern abschlachten könnte. Also hat er mich in das Haus von einem Arbeitskollegen gebracht.« Charlies Lippen verzogen sich zu einem boshaften Grinsen.

»Welchem Arbeitskollegen?«

»Noel Cole. Die beiden haben zusammen an dem Scheißschleusenhaus da drüben gearbeitet. Harry konnte mich nicht ausliefern, weil ich ihm gedroht habe, dass ich der Polizei sagen würde, dass er es war. Ich wurde also wieder einer Familie überlassen, die mich nicht wollte, während er versucht hat, in alldem einen Sinn zu finden. Und wieder war da ein Mädchen, das mich nicht mochte und mich mit ihrem kranken Kopf ausgelacht hat. Das habe ich bald unterbunden, nachdem ich erst Harry aus dem Weg geräumt habe.«

»Aber die Coles haben nie jemandem davon erzählt. Warum?«

»Die waren beide Junkies. Immer high und leicht einzuschüchtern. Wenn man droht, ein Familienmitglied umzubringen, kann man jeden einschüchtern. Ich habe dieser Patsy gesagt, dass ich ihren Neffen ausnehmen würde wie ein Tier, wenn sie den Mund aufmacht, und dass auch sie dann sein Blut an ihren Händen hätte. Sie hat einfach jahrelang mit den zerstückelten Überresten ihrer Tochter in der Gefriertruhe in ihrer Küche gelebt.« Charlie begann zu lachen, und das Geräusch ließ Lottie das Blut in den Adern gefrieren.

»Ich verstehe, Charlie«, sagte Lottie, die ihm am liebsten auf der Stelle den Hals umgedreht hätte. Aber sie musste ihn weiter zum Reden bringen. »Aber dieses kleine Mädchen, Polly. Warum?«

»Warum nicht? Sie hat mich an meine Schwestern erinnert. Sie hatte immer so ein dämliches Grinsen im Gesicht. Eines Abends ist sie dann zu weit gegangen. Sie hat gesagt, sie hätte gesehen, wie ich Harry getötet habe. Das war zu viel. Ich habe ihr mit einem Schürhaken auf den Kopf geschlagen und dann das Leben aus ihr rausgewürgt. Ein nutzloses Stück Scheiße war sie.«

»Und dann haben Sie sie zerstückelt. Aber warum haben Sie ihren Kopf vom Rest des Körpers getrennt?«

»Damit Patsy nicht vergisst, dass sie selbst da mit drinsteckte. Ich habe den Putz neben dem Kamin abgehauen, wo früher der Küchenofen stand. Dann habe ich den Kopf da reingelegt und die Wand wieder verputzt. Saubere Arbeit.«

Lottie schüttelte verwirrt den Kopf. »Aber die Gefriertruhen befanden sich doch im Haus der Doyles, dem Haus Ihrer Familie.«

»Ich habe sie Jahre später dahin gebracht. Ich glaube, das hat der alten Patsy den Rest gegeben. Als ich eines Tages mit einem Transporter bei ihr vor der Tür stand. Der Ausdruck auf ihrem Gesicht, als sie mich gesehen hat!« Wieder brach er in dämonisches Gelächter aus, das die Vögel in den Bäumen aufschreckte.

Die Einheit befand sich jetzt dicht hinter Charlie und schlich sich leise an ihn heran. Lottie machte sich bereit, Jack zu fangen, falls Charlie ihn in die tiefe Schleusenkammer stoßen sollte.

»Warum haben Sie die Leichen aus den Kühltruhen genommen? Hätten Sie sie dagelassen, hätte wahrscheinlich niemand je etwas davon erfahren.«

»Ich wollte, dass Aaron das Haus für mich verkauft. Darum musste ich die Leichen wegbringen. Ich dachte, wenn ich sie auf den Gleisen liegen lasse, würden die Züge schon dafür sorgen, dass sie unkenntlich gemacht werden. Aber das hat sich als zu schwierig herausgestellt, deshalb habe ich ein paar der Leichenteile in den Kanal geworfen. Ich hatte nicht damit gerechnet, dass diese Baker den Schädel ausgerechnet in derselben Woche finden würde oder dass dieser kleine Scheißkerl und sein dämlicher Freund den Torso auf den Gleisen entdecken würden. Das Schicksal spielt einem schon manchmal seltsame Streiche. Ich traue diesen Ärzten nicht, die mir sagen, dass ich einfach nur zu wenige Blutplättchen habe. Ich bin krank und ich werde sterben.«

Lottie bewegte sich ein paar Zentimeter nach vorn, als ein Mitglied der Einsatztruppe Charlie packte und ihm die Mündung einer Pistole an den Kopf hielt.

»Ja, krank sind Sie in der Tat, und Sie sind verdammt paranoid«, sagte sie und stürzte sich auf Jack, um ihn zu packen, bevor Charlies Fuß ihn traf. Sie nahm den bewusstlosen Jungen in ihre Arme, während der Mörder abgeführt wurde.

FÜNFUNDSIEBZIG

Lottie stand in der Mitte von Superintendentin Farrells Büro. Es war stickig, und die Luft war abgestanden, als wäre hier etwas gestorben und würde noch immer in einer Ecke verrotten. Farrell saß wie ein untersetzter Sergeant Major auf ihrem Stuhl und bot Lottie nicht an, sich ebenfalls zu setzen. Sie blieb also auf ihren müden Füßen stehen.

Sie wusste, dass sie keine Glückwünsche zu erwarten hatte. Es würde keine Belobigung für die Rettung eines kleinen Jungen und die Festnahme eines Mörders geben, der über zwanzig Jahre lang sein Unwesen getrieben hatte. Ein Mörder, der in der letzten Woche drei unschuldige Menschen getötet hatte und noch mehr getötet hätte, wenn Lottie und ihr Team nicht so gut in ihrem Job wären. Oder einfach Glück gehabt hatten. Sie wusste, dass die Aufklärung der meisten Fälle von Glück und Timing abhing. Von Umständen und Gelegenheiten. Gerade empfand sie jedoch kein Gefühl des Glücks. Sie war einfach nur todmüde.

»Detective Inspector Parker, heute Morgen habe ich Sie aufgefordert, in mein Büro zu kommen, was Sie nicht getan haben.«

Lottie versuchte, sich zu erinnern. Meinte sie, als Sean da gewesen war? Das musste es sein. »Da war Ruby O'Keeffe gerade verschwunden und befand sich in höchster Gefahr, ich musste sie retten ...«

»Haben Sie sie gerettet?«

»Ja. Nun ja, sie hat sich eigentlich selbst gerettet.«

»Dann gab es ja keinen Grund, einen direkten Befehl zu missachten.«

»Bei allem Respekt ...«

»Keine Ausreden.«

»Aber wir haben Kevin O'Keeffe gefunden, und dann ...«

»Wurde er überhaupt vermisst?«

»Wir konnten ihn nicht finden, und seine Frau hat gesagt, dass Gefahr von ihm ausgeht. Wir haben ihn des Mordes an Aaron Frost verdächtigt.«

»Und? Hat er Aaron Frost ermordet?«

»Nein, aber er ist mitschuldig an ...«

»Haben Sie O'Keeffe in Anwesenheit eines anderen Beamten verhört? Haben Sie ihn über seine Rechte aufgeklärt?«

»Ich habe ihn am See über seine Rechte aufgeklärt.«

»War ein Beamter in der Zelle mitanwesend? Haben Sie das Gespräch aufgezeichnet?«

»Nein, aber ich musste Jack Sheridan finden, und ...«

»Detective Inspector Parker, Sie würden einen Befehl wohl nicht befolgen, wenn Ihr Leben davon abhinge. Ich will fair sein und ich will, dass Sie fair sind, aber Sie machen es mir nicht gerade leicht. Wenn Sie sich nicht an meine Regeln halten, wird das Konsequenzen haben.«

Lottie schwankte. Sie wollte sich so gern hinsetzen.

»Es tut mir leid, Superintendentin. Es wird nicht wieder vorkommen.« Sie schluckte ihren Stolz und ihren Ärger hinunter.

»Das will ich aber auch hoffen. Ich habe hier eine Liste mit Beschwerden über Sie vorliegen. Ich werde sie Ihnen vorlesen und Sie haben das Recht, sich dazu zu äußern, wenn ich fertig bin.«

»Habe ich auch das Recht auf eine Garda-Vertrauensperson, oder brauche ich meinen Anwalt?«

»Haben Sie denn eine Vertrauensperson?« Farrell verschränkte die Arme.

»Ich kann mir eine suchen.«

»Okay. Wenn Sie das hier formalisieren wollen, dann auf Ihre Veranlassung hin.«

»Nein, nein, lesen Sie einfach vor. Dann kann ich entscheiden, was ich tun werde.«

Lotties Erschöpfung wurde von Wut abgelöst, als Farrell loslegte.

»Erstens: Sie haben Jeff Cole in der Zelle befragt, ohne dass jemand anderes anwesend war.«

»So kommt man am besten an Informationen.«

»Aber das entspricht nicht den Vorschriften. Warum haben Sie das getan?«

»Habe ich halt.« Sie wusste, dass sie klang wie eines ihrer Kinder. Als sie fünf Jahre alt gewesen waren.

»Sie haben ihn vernommen, ohne das Gespräch aufzunehmen. Ganz allein!« Farrells Stimme war lauter geworden.

»Das ist nicht ungewöhnlich für mich. Ich mache das schon so, seit ...« Lottie schloss den Mund, als Farrell sie entgeistert anstarrte. Es hatte keinen Sinn, sich ein noch tieferes Grab zu schaufeln. Sie musste die Schaufel wegwerfen.

»Sie haben den Familien der beiden Jungen, die die Leichenteile gefunden haben, keine Opferschutzbeamten zugeteilt. Warum?«

»Sie haben das beide zunächst abgelehnt. Ich kann es nur anbieten, ich kann sie nicht zwingen.«

»Na, wenn Sie das sagen«, entgegnete Farrell trocken. »Sie haben die Sheridans allein und ohne die Anwesenheit anderer

Beamter aufgesucht. Sie haben Josie Frost und Marianne O'Keeffe allein befragt.«

»Und?«

Farrell ignorierte sie. »Während Ihrer Arbeitszeit haben Sie zusammen mit Detective Sergeant Boyd Krankenhaustermine gemacht. Während Sie mitten in einer Ermittlung steckten, wohlgemerkt.«

Lottie ballte ihre Hände zu Fäusten, als ihre Wut überzukochen drohte. Doch sie sagte nichts.

Farrell las weiter, und Lottie wusste, dass Maria Lynch sie angeschwärzt hatte. Tja, Detective Lynch, dachte sie, was man sät, das wird man verdammt noch mal auch ernten.

SECHSUNDSIEBZIG

EINE WOCHE SPÄTER

Ruby O'Keeffe steckte ihre Ohrstöpsel in die Tasche ihrer Jeans und betrat Tamaras Küche. Sie erschauderte. Das Gefühl des Verlustes war fast greifbar. Sie umarmte Tamara und setzte sich neben Marianne.

»Es tut mir so leid, Tamara«, sagte sie. »Wir wissen zwar jetzt, dass mein Vater Gavin nicht getötet hat, aber ich werde ihm trotzdem nie verzeihen, was er dann gemacht hat.«

»Kevin ist mir egal.« Tamara zog an ihrer Zigarette, ihre Augen waren glasig vor Kummer. »Nichts kann mir meinen kleinen Jungen zurückbringen.«

Ruby wartete darauf, dass ihre Mutter etwas sagte, obwohl Marianne von Hass völlig zerfressen war und alles, was über ihre Lippen kommen würde, vielleicht besser ungesagt blieb.

»Man hat mir viel Geld geboten, damit ich über die Rolle meines Mannes in dieser Geschichte schreibe«, sagte Marianne schließlich. »Er hat unser ganzes Eheleben lang versucht, an mein Geld ranzukommen, er hat damit gedroht, allen und jedem zu erzählen, dass ich meinen Vater dazu gezwungen habe, mir alles zu hinterlassen, und ich habe die letzten zwei Jahre damit verbracht, ihm damit zu drohen, allen von seinem unehelichen Kind zu erzählen. Jetzt weiß ich, dass ein Leben, das auf Drohungen aufgebaut ist, nur ins Verderben führen kann.«

»Es ist nicht deine Schuld«, sagte Tamara.

»Ich habe immer davon geträumt, dass meine Worte in einem Buch veröffentlicht werden, aber ich sag's euch, ich werde kein einziges Wort über diese Tragödie schreiben.«

»Warum nicht?«, fragte Tamara. »Hol dir das Geld. Er kann im Knast verrotten, während du es ausgibst.«

»Ich hoffe, dass er verrottet, aber ich werde keinen Profit aus dem schlagen, was er getan hat. Und was willst du machen?«

Tamara drückte ihre Zigarette aus und zündete sich eine neue an. Sie schaute traurig auf, ihre Wangen waren schwarz von all den Tränen. »Ich werde für immer und ewig um meinen kleinen Engel weinen.«

Ein leises Klopfen ertönte an der Eingangstür. Ruby stand auf und öffnete sie.

Lisa Sheridan stand da mit Maggie im Arm und Tyrone an der Hand.

»Ich muss mit Tamara sprechen«, sagte sie. Der Wind erfasste ihr Haar und wehte es über ihr besorgtes Gesicht.

»Ich ... ich bin mir nicht sicher, ob das eine gute ...«, begann Ruby.

»Sag ihr, dass sie reinkommen soll«, rief Tamara. »Wir haben eine Menge zu besprechen.«

Ruby trat zur Seite und sah zu, wie die traurige kleine Familie an ihr vorbeilief. »Wo ist Jack?«

Lisa nickte in Richtung Straße.

Ruby ging die Betonstufen hinunter und stellte sich neben den kleinen Jungen. »Jack?«

Er starrte die Straße hinunter auf das mit Brettern verrammelte Haus, in dem zwanzig Jahre zuvor die Familie Doyle abgeschlachtet worden war.

»Es stand die ganze Zeit da«, flüsterte er. »Wir sind jeden

Tag dran vorbeigelaufen, Gavin und ich. Wir wussten, dass hinter dem Zaun ein Haus ist, aber wir sind nie reingeschlichen oder näher rangegangen. Glaubst du, dass uns eine übernatürliche Kraft davon abgehalten hat?«

Ruby legte ihren Arm um ihn und drückte ihn an sich. »Was auch immer es war, jetzt ist es weg.«

»Sie sind alle weg. Gavin und diese Frau Faye und Aaron, der Halbbruder von meinem Dad ... von Charlie. Alle tot. Warum?«

»Ich weiß es nicht, Jack. Aber dieses Haus war nicht böse. Charlie war böse.«

»Früher war er anders. Er hat sich um mich gekümmert und war ganz lieb. Aber als er dachte, er würde sterben, hat er sich verändert.« Ruby fand, dass er sehr klug klang für einen Elfjährigen. Er fügte hinzu: »Es ist, als ob die Vergangenheit wiederauferstanden wäre und er genau dort weitergemacht hat, wo er mit vierzehn aufgehört hat.« Er sah sie an, das Entsetzen stand ihm ins Gesicht geschrieben. »Ich habe Angst, dass ich auch mal so werde.«

»Nein, Jack, wirst du nicht, Charlie war nicht dein richtiger Dad. Und hey, hör zu. Das ist das Beste überhaupt: Ich bin deine große Schwester. Wie cool ist das denn?«

»Bäh«, sagte Jack, aber durch den Kummer in seinem Gesicht konnte Ruby den Anflug eines Lächelns erkennen.

Jeff Cole stand auf dem Bürgersteig vor der Church View Nummer zwei. Er hörte, dass die Forensiker noch drinnen arbeiteten. Sie holten Dielen raus und rissen Putz von den Wänden. Ein Techniker in einem weißen Anzug erschien an der Tür und kämpfte mit dem Gewicht einer Toilettenschüssel. Jeff wollte gern hineingehen, um Zeuge der Durchsuchung des Hauses seiner Tante zu werden. Er wollte jede einzelne Fliese von den Wänden reißen, die Nägel aus jedem Stück Holz und jedem Scharnier herausziehen. Er wollte das Haus Zementblock um Zementblock rückbauen, die Ziegel vom Dach schleudern und einfach nur lauthals schreien. Er wollte es zerstören, nur dann konnte er vergessen, was hier passiert war.

Stattdessen stand er schweigend am Tatortband, während der leichte Wind ihm ins Gesicht pustete, und trauerte um Faye und ihr ungeborenes Kind. Er trauerte nicht um seine Cousine Polly. Er konnte sich kaum noch an sie erinnern, wenn er ganz ehrlich war. Aber je mehr er an die Zeit zurückdachte, als er ein kleiner Junge gewesen war, und versuchte, sie mit den Augen eines Erwachsenen zu sehen, desto bewusster wurde ihm, wie sehr sich das Leben seiner Tante und seines Onkels um Alkohol und Drogen gedreht hatte. Hatte Patsy wirklich über den Tod ihrer Tochter geschwiegen, weil sein eigenes Leben in Gefahr gewesen war? Oder (und er nahm an, dass das der wahrscheinlichere Grund war) hatte sie einfach nur nicht die Gardaí zu sich ins Haus holen wollen, wo diese Beweise für ihre Mitwisserschaft bei der Vertuschung zweier Verbrechen und für ihre Drogensucht gefunden hätten?

Er würde es nie erfahren.

Er warf einen letzten Blick auf das Fenster mit den vergilbten Vorhängen, und eine Sekunde lang glaubte er, Faye dort stehen zu sehen, ihr Haar weich und leicht, ihr Lächeln breit und ansteckend, ihre Hand, die die kleine Kugel hielt, die nie mehr größer werden würde. Er glaubte, sie lachen und seinen Namen rufen zu hören. Die Vorstellung machte ihn ganz krank.

Langsam ging er davon, sein eins achtzig Meter großer Körper war gebeugt und traurig. Er musste eine Beerdigung vorbereiten.

EPILOG

ZWEI WOCHEN SPÄTER

Lottie saß mit Boyd im Wohnzimmer. Er hatte ein Glas Wein in der Hand. Grace war in der Küche und unterhielt sich mit Chloe und Katie. Sean saß oben an seinem Computer, und Louis schlief tief und fest. Rose hatte Abendessen vorbeigebracht, aber Lottie hatte keinen Appetit.

»Meinst du, dein Freund Pater Joe könnte uns trauen?«, fragte Boyd.

»Du bist geschieden. Wir können nicht kirchlich heiraten.«

»Oh, heißt das, dass er auch bei meiner Beerdigung keine Zeremonie abhalten kann?«

»Hör auf, so zu reden.«

»Ich frage ja nur.«

»Jedenfalls kann er das wirklich nicht.«

»Warum nicht?«

»Weil er ein Sabbatical einlegt.«

»Schon wieder? Ist der Mann überhaupt noch Priester?«

»Er versucht, seine Tochter richtig kennenzulernen. Das ist gar nicht so leicht für ihn.«

»Das glaube ich gern.« Boyd nippte an seinem Wein.

Lottie blickte sehnsüchtig auf das Glas in seiner Hand und

nahm einen Schluck von ihrer Cola Light. »Seine Tochter wurde ihm so lange vorenthalten, genauso wie er seiner Mutter damals vorenthalten worden war, darum verstehe ich ihn. Aber er kann gern meine Töchter eine Weile haben, wenn er will.«

Boyd lachte aus vollem Herzen.

Es tat gut, ihn lachen zu hören. Als sie ihn ansah, spürte sie, wie ihre Liebe eine weitere Wurzel schlug, auch wenn sich diese Wurzeln ständig mit dem verschlungenen Efeu der Schuld verhedderten. Sie konnte ihre Liebe zu Adam nicht ignorieren. Sie konnte nicht einfach aufhören, ihn zu lieben. Aber sie konnte auch nicht aufhören, Boyd zu lieben. Sie musste lernen, mit dem Geist der vergangenen Liebe zu leben, während sie eine neue erlebte.

»Alles, was ich tue, Boyd, tue ich für meine Kinder, aber sie begreifen es einfach nicht.«

»Das liegt daran, dass sie Kinder sind.«

»Katie und Chloe sind angeblich schon erwachsen. Warum sind sie so unzufrieden?«

»Wie ich schon sagte, sie sind noch Kinder.«

»Katie will mit Louis nach New York ziehen«, sagte sie, und ihr stiegen die Tränen in die Augen.

»Wann?«

»Bald. Das ist doch keine sichere Stadt, um ein Kind aufzuziehen.«

»Viel schlimmer als Ragmullin kann es nicht sein. Hör zu, Lottie, ich habe es dir schon mal gesagt und ich sage es dir noch einmal: Du musst sie loslassen.«

»Das kann ich nicht. Ich liebe sie doch alle so, und den kleinen Louis liebe ich auf eine ganz besondere Weise. Ich könnte es nicht ertragen, wenn er nicht mehr in meiner Nähe wäre. Ich habe so viel von der Kindheit meiner eigenen Kinder verpasst. Ich habe immer nur gearbeitet. Ich möchte nicht auch noch verpassen, wie mein Enkel aufwächst.«

»Du überkompensierst, weil Adam nicht mehr da ist, aber

du hast ja jetzt mich.«

»Das weiß ich doch, Boyd, aber es ist eine andere Art von Liebe. Kinder leben in deinem Herzen, und wenn eins von ihnen weggeht, dann bleibt ein großes, tiefes Loch zurück, das nichts anderes füllen kann. Adam hat doch schon ein Loch zurückgelassen, und ich versuche, es mit Arbeit zu stopfen, aber das ist keine dauerhafte Lösung. Ich brauche eine Konstante.«

»Ich werde deine Konstante sein«, sagte er und legte seinen Arm um ihre Schulter. »Und wenn Farrell dich suspendiert, hast du genug Zeit, all die Dinge zu tun, die du wegen der Arbeit normalerweise nicht tun kannst.«

»Was denn zum Beispiel? Eine Strickgruppe mit meiner Mutter besuchen?«

Wieder lachte er und sie lächelte. Er setzte sich aufrecht hin und stellte sein Glas auf den Couchtisch. »Ich habe eine Idee.«

»Schieß los. Hau mich um.«

»Also, Leo hat doch gesagt, er würde dir Farranstown House überschreiben, oder?«

»Ja, und?«

»Warum gehst du nicht mit Katie in die Staaten? Hilf ihr, sich einzuleben, und triff dich mit Leo, um herauszufinden, was genau er vorhat.«

»Das ist die beste Idee, die du seit Langem hattest, Boyd.« Und sie wusste in ihrem Herzen, dass sie genau darauf die ganze Zeit hinausgewollt hatte. »Unter einer Bedingung«, fügte sie hinzu.

»Alles, was du willst.«

»Du musst deine Behandlung abschließen, und wenn du Entwarnung bekommst, kommst du mit.«

»Flitterwochen? Darauf trinke ich, aber zuerst muss ich noch was erledigen.«

Er beugte sich vor und zog ihr Gesicht zu seinem, und Lottie ließ sich von dem Mann küssen, den sie mehr liebte, als er je ahnen würde.

Von oben kam ein lauter Schrei.

Louis war aufgewacht.

MEHR VON BOOKOUTURE DEUTSCHLAND

Für mehr Infos rund um Bookouture Deutschland und unsere Bücher melde dich für unseren Newsletter an:

www.bookouture.com/bookouture-deutschland-sign-up

Oder folge uns auf Social Media:

 facebook.com/bookouturedeutschland
 twitter.com/bookouturede
 instagram.com/bookouturedeutschland

EIN BRIEF VON PATRICIA

Hallo, liebe Leser:innen,

ich danke euch herzlich, dass ihr meinen achten Roman, *Begrabene Engel*, gelesen habt. Ich bin euch so dankbar, dass ihr eure kostbare Zeit mit Lottie Parker, ihrer Familie und ihrem Team in diesem neuesten Buch der Reihe geteilt habt. Ich hoffe, dass euch *Begrabene Engel* gefallen hat, und ich würde mich freuen, wenn ihr Lottie auch während der weiteren Romanreihe begleiten würdet.

Ihr könnt mit mir über meine Facebook-Autorenseite und über Twitter in Kontakt treten. Ich habe auch eine Website (die ich versuche, auf dem neuesten Stand zu halten). Wenn ihr euch in meine Mailingliste eintragen möchtet, um über meine Neuerscheinungen informiert zu werden, könnt ihr euch unter dem folgenden Link anmelden:

deutschland.bookouture.com/subscribe/

Denjenigen unter euch, die bereits die anderen sieben Lottie-Parker-Bücher gelesen haben – *Die vergessenen Kinder, Die geraubten Mädchen, Das verlorene Kind, Nie in Sicherheit, Sag nichts, Tödlicher Verrat* und *Zerrissene Seelen* –, danke ich für ihre Unterstützung und Rezensionen. Und wenn *Begrabene Engel* eure erste Begegnung mit Lottie ist, hoffe ich, dass ihr mit den vorherigen Büchern der Reihe viel Freude haben werdet.

Ich bitte nur ungern darum, aber es wäre fantastisch, wenn

ihr eine Rezension auf Amazon oder auf der Seite posten könntet, auf der ihr das E-Book, Taschenbuch oder Hörbuch gekauft habt. Das würde mir sehr viel bedeuten.

Nochmals vielen Dank, dass ihr *Begrabene Engel* gelesen habt.

Ich hoffe, dass wir uns bei Buch neun der Reihe wiedersehen werden.

Alles Liebe,

Patricia

facebook.com/trisha460
twitter.com/trisha460
instagram.com/patricia_gibney_author

DANKSAGUNG

Zunächst möchte ich mich bei euch bedanken, dass ihr *Begrabene Engel* gelesen habt, und allen, die Lotties Reise schon seit einer Weile folgen, danke ich, dass sie auch meine anderen Bücher gelesen haben.

Ich möchte meiner Agentin Ger Nichol vom Book Bureau aufrichtig danken, die sich unermüdlich für mich einsetzt und zu einer echten Vertrauten geworden ist. Mein Dank geht auch an Marianne Gunn O'Connor. Danke an Hannah von Rights People für die Vermittlung meiner Bücher an ausländische Verlage, die diese übersetzen.

Lydia Vassar-Smith ist die geduldigste und professionellste Lektorin, die man sich nur wünschen kann. Ich kann mich glücklich schätzen, dass sie mit mir zusammenarbeitet. Danke, dass du mir geholfen hast, *Begrabene Engel* zum Leben zu erwecken.

Vielen Dank an Kim Nash, Leiterin der Öffentlichkeitsarbeit bei Bookouture, für all deine PR-Arbeit, Ermutigung und Unterstützung. Dank auch an Noelle Holten und alle, die bei Bookouture direkt an meinen Büchern arbeiten und gearbeitet haben: Alexandra Holmes (Herstellung), Leodora Darlington, Alex Crow und Jules Macadam (Marketing). Außerdem bin ich Jane Selley für ihre hervorragenden Lektoratsfähigkeiten unendlich dankbar.

Ich möchte Olly Rhodes viel Glück für seine Zeit nach Bookouture wünschen. Danke, Olly, für all deine Unterstützung und dafür, dass du mich vor drei Jahren als Debütautorin aufgenommen hast. Schau, wo wir jetzt sind! Viel Erfolg bei deinen neuen Unternehmungen und Abenteuern. Und Dank an Jenny Geras, die seitdem das Steuer des Schiffes in der Hand hält.

Vielen Dank an Sphere, Hachette Ireland und Grand Central Publishing, die meine Bücher im Taschenbuchformat veröffentlichen, und an alle meine ausländischen Übersetzungsverlage dafür, dass sie meine Bücher den Leser:innen in ihren Muttersprachen zugänglich machen.

Michele Moran gehört die unglaubliche Stimme, die die Hörbücher all meiner Bücher spricht und Lottie in den Ohren der Hörer:innen zum Leben erweckt. Danke, Michele, und danke auch deinem Team bei den Audiobook Producers.

Buchblogger:innen und Rezensent:innen, Buchläden und Bibliotheken: Vielen Dank. Ihr helft den Leser:innen, meine Bücher zu finden, und ich bin allen dankbar, die eine Rezension geschrieben haben, denn damit macht ihr einen großen Unterschied. Die Autorengemeinschaft unterstützt mich und meine Arbeit sehr. Vielen Dank an alle, die mir zugehört, mit mir geplaudert und mich beraten haben, insbesondere an meine Bookouture-Kolleg:innen.

Besonderen Dank an John Quinn für seine raschen Antworten auf meine Bitten um Klärung und Rat. Ich schreibe Krimis und hole dafür bei Bedarf Rat ein, aber für alle Ungenauigkeiten bin natürlich ich allein verantwortlich. Alle polizeilichen Verfahren sind fiktiv beschrieben, um die Geschichte voranzutreiben. Es ist ja schließlich Fiktion!

Shane Barkey, danke, dass du mir gezeigt hast, wie eine Drohne funktioniert. Ich hatte wirklich keine Ahnung, bis du es mir gezeigt hast.

Meine Freund:innen sind für mich da, wenn ich mal wieder mitten im Schreibprozess stecke. Ich bin dankbar, tolle Menschen um mich zu haben. Antoinette Hegarty, Jo Kelly, Jackie Walsh, Niamh Brennan und Grainne Daly, ich danke euch für eure ermutigenden Worte, die Ausflüge und natürlich die Shoppingtherapie und die Kristalle.

2020 feiern meine Mutter und mein Vater ihren sechzigjährigen Hochzeitstag, zu dem ich ihnen gratulieren möchte. Meine Eltern sind die Konstante in meinem Leben. Vielen Dank, Kathleen und William Ward.

Danke auch an meine Schwiegermutter Lily Gibney und ihre Familie, die seit dem Tag, an dem ich Aidan kennenlernte, Teil meines Lebens sind. Dieses Buch ist Lily gewidmet.

Meine Geschwister unterstützen mich in all dem, was ich tue. Vielen Dank, Cathy Thornton, Gerry Ward und Marie Brennan. Besonderen Dank an Marie, die mir beim Redigieren und Korrekturlesen von *Begrabene Engel* geholfen hat.

Mein besonderer Dank gilt auch meinen Kindern Aisling, Orla und Cathal. Als junge Teenager haben sie ihren Vater Aidan verloren, der den Krebs nicht besiegen konnte. Sie haben sich durch dunkle und schwere Zeiten gekämpft und sind inzwischen drei wunderschöne, liebevolle und aufmerksame Erwachsene geworden. Wenn Aidan heute noch am Leben wäre, würde er ihnen mit einem breiten Lächeln auf dem Gesicht sagen, wie stolz er auf sie ist. Und auch ich möchte ihnen sagen, wie stolz ich auf sie bin und wie dankbar ich dafür bin, sie in meinem Leben zu haben. Danke, dass ihr mir vier Enkelkinder geschenkt habt. Daisy und Caitlyn, Shay und Lola bereiten mir so viel Freude. Ich liebe euch alle.

Alle Figuren in meinen Büchern sind fiktiv, ebenso wie Lotties Heimatstadt Ragmullin. Mullingar im Herzen Irlands ist mein Geburtsort und meine Heimat, und ich bin ewig dankbar für die Unterstützung, die ich von allen dort erhalte.

Jetzt werde ich euch nicht länger aufhalten. Ich muss nämlich weiterschreiben!

www.ingramcontent.com/pod-product-compliance
Lightning Source LLC
LaVergne TN
LVHW041616060526
838200LV00040B/1302